W0210002

De Lincoln Highway

meulenhoff.nl

AMOR TOWLES

De Lincoln Highway

ROMAN

Vertaald door Theo Schoemaker

MEULENHOFF

ISBN 978-90-290-9669-0
ISBN 978-94-023-1979-8 (e-book)
NUR 302

Oorspronkelijke titel: *The Lincoln Highway*
Omslagbeeld: © Elliott Erwitt/Magnum Photos, bewerkt door DPS Design & Prepress Studio, Amsterdam
Auteursfoto: © Dmitri Kasterine
Zetwerk: Pier Post
Kaart pag. 6 en 7: gebaseerd op het originele design van Alex Coulter
Foto pag. 276: Edward Hausner/The New York Times/Redux.

© 2021 Amor Towles
© 2022 Nederlandse vertaling Theo Schoemaker en Meulenhoff Boekerij bv, Amsterdam
Vertaling citaat pag. 9: Johannes Jonkers, *O pioniers!*, uitg. Karmijn 2022

Niets uit deze uitgave mag openbaar worden gemaakt door middel
van druk, fotokopie, internet of op welke andere wijze ook, zonder
voorafgaande schriftelijke toestemming van de uitgever.

Voor
mijn broer Stokeley
en
mijn zus Kimbrough

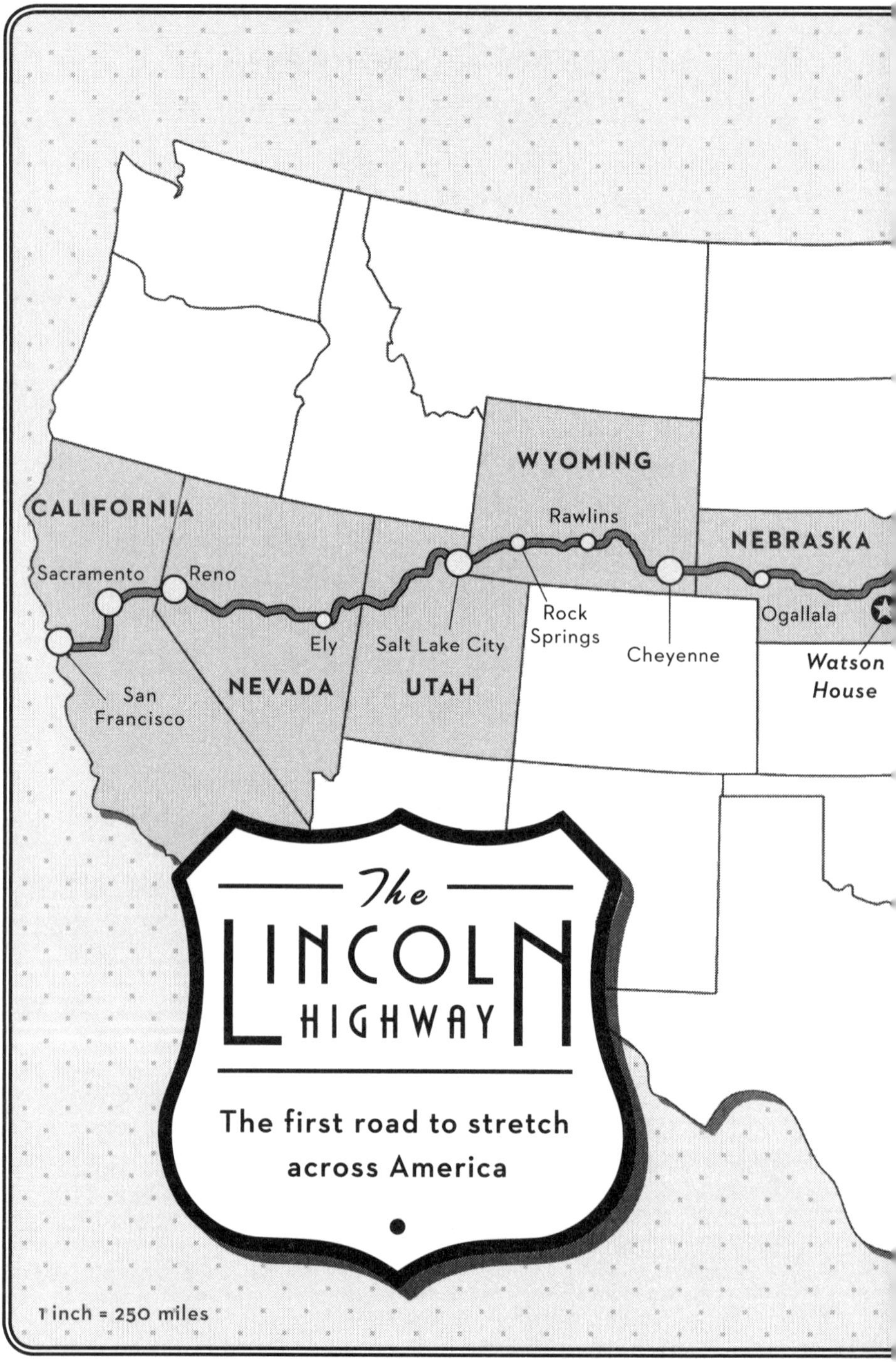
WYOMING
CALIFORNIA
Rawlins
NEBRASKA
Sacramento
Reno
Rock
Springs
Ogallala
Ely
Salt Lake City
Cheyenne
Watson
House
San
Francisco
NEVADA
UTAH
The
LINCOLN
HIGHWAY
The first road to stretch
across America
1 inch = 250 miles

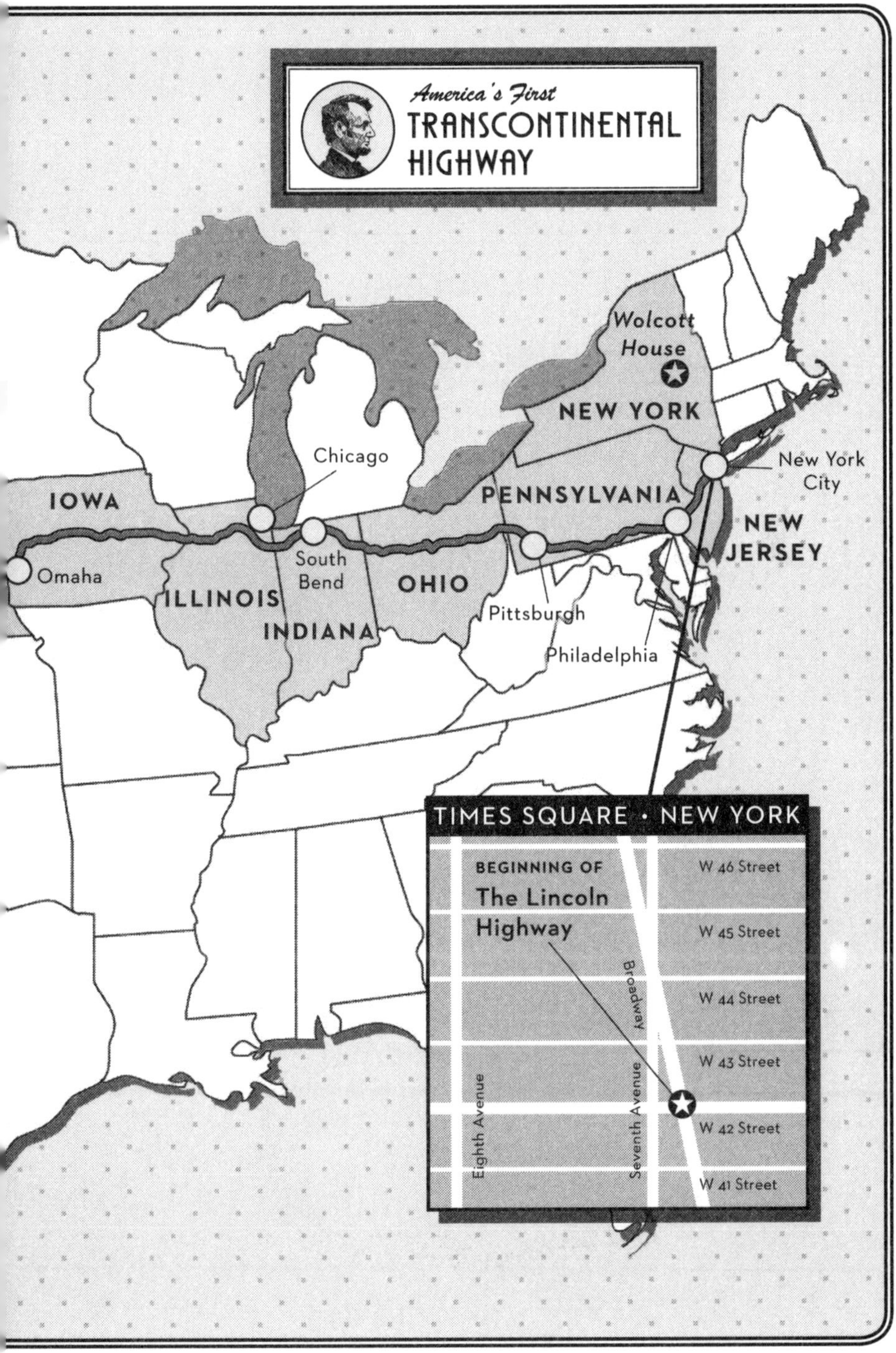

America's First
TRANSCONTINENTAL
HIGHWAY
Wolcott
House
NEW YORK
Chicago
New York
City
IOWA
PENNSYLVANIA
NEW
JERSEY
Omaha
South
Bend
OHIO
ILLINOIS
INDIANA
Pittsburgh
Philadelphia
TIMES SQUARE • NEW YORK
BEGINNING OF
The Lincoln
Highway
W 46 Street
W 45 Street
Broadway
W 44 Street
W 43 Street
Eighth Avenue
Seventh Avenue
W 42 Street
W 41 Street

Avond en het vlakke land,
Rijk en somber en altijd stil;
De mijlen pas geploegde aarde
Zwaar en zwart, vol kracht en hardheid;
De groeiende tarwe, het groeiende gras,
De zwoegende paarden, de vermoeide mannen;
De lange lege wegen,
Smeulende vuren van avondval, dovend,
De eeuwige, onverbiddelijke hemel.
Tegenover dit alles de jeugd…

– *O Pioneers!*, Willa Cather

TIEN

Emmett

12 juni 1954 – De autorit van Salina naar Morgen duurde drie uur en Emmett had het grootste gedeelte daarvan geen woord gezegd. Tijdens ongeveer de eerste honderd kilometer had directeur Williams nog een poging gedaan een vriendelijk gesprek aan te knopen. Hij had een paar verhalen over zijn jeugd in het Oosten verteld en enkele vragen gesteld over die van Emmett op de boerderij. Maar dit was de laatste keer dat ze samen zouden zijn en het leek Emmett weinig zinvol om daar nu allemaal op in te gaan. Dus toen ze de grens van Kansas naar Nebraska overstaken en de directeur de radio aanzette, ging Emmett uit het raam naar de prairie zitten staren en hield hij zijn gedachten voor zich.

Toen ze acht kilometer ten zuiden van het stadje waren, wees Emmett door de voorruit.

– Neem de eerste weg rechts. Het is het witte huis, na zo'n zes kilometer.

De directeur ging langzamer rijden en nam de afslag. Ze reden langs het huis van McKuster en daarna dat van de Andersens, met de twee bijpassende grote rode schuren. Na een paar minuten konden ze op zo'n dertig meter van de weg Emmetts huis zien staan, naast een groepje eiken.

Volgens Emmett leek het alsof alle huizen in dit deel van het land uit de lucht waren komen vallen. Alleen leek het huis van de Watsons een hardere landing te hebben gemaakt. De daklijn was aan weerszijden van de schoorsteen doorgezakt en de raamkozijnen helden een beetje, waardoor de ene helft van de ramen niet goed openging en de andere helft niet goed dicht. Nog even en ze konden zien dat de verf van de planken was afgebladderd. Maar toen ze nog dertig meter van de oprit waren, stopte de directeur aan de kant van de weg.

– Emmett, zei hij, met zijn handen aan het stuur, voor we daarheen rijden wil ik je iets zeggen.

Dat directeur Williams iets wilde zeggen kwam niet als een verrassing. Toen Emmett aankwam in Salina was de toenmalige directeur een boerenpummel uit Indiana die Ackerly heette, en die niet geneigd was zijn goede raad in woorden te gieten als dat makkelijker met een stok kon. Maar directeur Williams was een moderne man met goede bedoelingen, die gestudeerd had en een ingelijste foto van Franklin D. Roosevelt achter zijn bureau had hangen. Hij had opvattingen die hij uit boeken en ervaring had vergaard, en beschikte over een royale woordenschat om ze in goede raad om te zetten.

– Voor sommige jongemannen die naar Salina komen, zo begon hij, zijn de gebeurtenissen die ertoe hebben geleid dat ze onder ons toezicht terechtkwamen slechts het begin van een lange reis door een leven vol problemen. Het zijn jongens die als kind nooit veel besef van goed of fout is bijgebracht en die weinig reden zien om dat alsnog te leren. Wat voor normen of ambities we hun ook proberen in te prenten: die zullen naar alle waarschijnlijkheid aan de kant worden gezet zodra ze uit ons zicht verdwijnen. Treurig genoeg is het voor die jongens slechts een kwestie van tijd voordat ze terechtkomen in het tuchthuis in Topeka, of erger.

Hij keek Emmett aan.

– Wat ik wil zeggen, Emmett, is dat jij niet een van hen bent. We hebben elkaar niet lang meegemaakt, maar uit mijn ervaring met jou weet ik dat de dood van die jongen zwaar op je geweten drukt. Niemand denkt dat wat er die nacht plaatsvond kwade opzet was, of dat het jouw persoonlijkheid weerspiegelde. Het was een ongelukkige samenloop van omstandigheden. Maar als beschaafde samenleving verlangen wij dat zelfs zij die onbedoeld de hand hadden in andermans ongeluk, daarvoor op een of andere manier moeten boeten. Uiteraard dient zo'n straf deels als genoegdoening voor hen die de klap van het ongeluk moesten verduren – zoals de familie van die jongen. Maar we willen ook dat de straf ten gunste werkt voor de jongeman die slechts een *radertje* in de catastrofe was. Zodat hij, door de gelegenheid te hebben om boete te doen, ook iets van soelaas kan vinden, een besef van genoegdoening, en zodoende met het proces van herbronning kan beginnen. Begrijp je me, Emmett?

– Ja, meneer.

– Fijn dat te horen. Ik weet dat je nu voor je broer moet zorgen en de nabije toekomst lijkt misschien moeilijk, maar je bent een pientere knaap en je hebt je hele leven nog voor je. Je hebt je boete volledig voldaan en ik hoop maar dat je van je vrijheid het beste zult maken.

– Dat ben ik zeker van plan, meneer de directeur.

En op dat moment meende Emmett dat ook. Omdat hij het eens was met het meeste wat de directeur had gezegd. Hij besefte wel degelijk dat hij zijn hele leven voor zich had en ook dat hij voor zijn broer moest zorgen. Hij wist ook dat hij eerder een radertje in de ramp was geweest dan de aanstichter ervan. Maar hij vond niet dat hij zijn boete volledig had voldaan. Want ook al had het toeval nog zo'n grote rol gespeeld: als door jouw toedoen iemand anders' tijd op aarde wordt bekort, dan zul je de hele rest van je leven de Almachtige moeten bewijzen dat je zijn genade waard bent.

De directeur startte de auto weer en draaide de oprit naar het huis van de Watsons op. Op de open plek voor de veranda stonden twee auto's, een sedan en een pick-uptruck. Hij parkeerde naast de pick-up. Toen Emmett en hij uitstapten kwam er een lange man met een cowboyhoed in zijn hand naar buiten lopen, tot voor de veranda.

– Dag Emmett.

– Dag meneer Ransom.

De directeur stak zijn hand naar de boer uit.

– Ik ben directeur Williams. Wat attent van u om ons hier op te vangen.

– Geen probleem, meneer de directeur.

– Ik neem aan dat u Emmett al heel lang kent.

– Sinds zijn geboorte.

De directeur legde een hand op Emmetts schouder.

– Dan hoef ik u niet uit te leggen wat een voortreffelijke jongeman hij is. Ik zei hem net in de auto nog dat hij de samenleving zijn boete heeft betaald en zijn hele leven nu voor hem ligt.

– Zeker weten, beaamde meneer Ransom.

Er viel een stilte tussen de drie mannen.

De directeur woonde inmiddels bijna een jaar in het Middenwesten en wist dat als je voor de veranda van iemands boerderij stond, je op dit moment van een gesprek waarschijnlijk naar binnen werd gevraagd en iets fris te drinken kreeg aangeboden, en dat als je daartoe werd uitgenodigd je zoiets moest accepteren omdat het onbeschoft overkwam als je zou weigeren, zelfs al heb je nog een rit van drie uur voor de boeg. Maar Emmett noch meneer Ransom maakte enige aanstalten om de directeur naar binnen te noden.

– Goed dan, zei hij na enige tijd, dan ga ik maar weer eens.

Emmett en meneer Ransom bedankten de directeur nog een laatste keer, gaven hem een hand en bleven staan kijken toen hij in zijn auto stapte en wegreed. Toen hij nog geen halve kilometer de weg af was knikte Emmett naar de sedan.

– Van meneer Obermeyer?

– Hij zit in de keuken te wachten.

– En Billy?

– Ik heb Sally gezegd dat ze hem wat later moet brengen, zodat jij en Tom jullie zaken kunnen regelen.

Emmett knikte.

– Klaar om naar binnen te gaan? vroeg meneer Ransom.

– Hoe eerder hoe beter, zei Emmett.

Ze troffen Tom Obermeyer op een stoel aan de kleine keukentafel. Hij droeg een wit overhemd met korte mouwen en een das. Als hij ook een colbertje had moest hij dat in zijn auto hebben gelaten want het hing niet aan de stoel.

Toen Emmett en meneer Ransom de keuken binnenkwamen leken ze de bankier te verrassen, want hij schoof abrupt zijn stoel naar achteren, stond op en stak zijn hand uit, allemaal in één enkele beweging.

– Kijk eens aan, Emmett. Goed je te zien.

Emmett schudde zonder antwoord te geven de bankier de hand.

Hij keek even rond en zag dat de vloer geveegd was, het aanrecht opgeruimd, de gootsteen leeg en de keukenkastjes dicht. Hij kon zich niet herinneren dat de keuken ooit zo netjes was geweest.

– Laten we gaan zitten, zei meneer Obermeyer, met een gebaar naar de tafel.

Emmett nam plaats tegenover de bankier. Meneer Ransom bleef staan en leunde met zijn schouder tegen de deurpost. Op tafel lag een dikke bruine map met papieren. Hij lag buiten handbereik van de bankier, alsof iemand anders hem daar had achtergelaten. Meneer Obermeyer schraapte zijn keel.

– Allereerst, Emmett, wil ik je zeggen hoe erg ik het vind van je vader. Hij was een goed mens en te jong om door ziekte te overlijden.

– Dank u.

– Ik neem aan dat je, toen je voor de begrafenis kwam, de gelegenheid hebt gehad om met Walter Eberstadt over je vaders nalatenschap te praten.

– Klopt, zei Emmett.

De bankier gaf bij wijze van instemming een vriendelijk knikje.

– Dan vermoed ik dat Walter je heeft uitgelegd dat je vader drie jaar geleden een nieuwe lening heeft afgesloten, boven op de oude hypotheek. Hij zei destijds dat die bedoeld was om zijn werktuigen te vernieuwen. Ik vermoed dat in werkelijkheid een flink deel van die lening naar de aflossing van enkele oudere schulden is gegaan, want het enige nieuwe materieel voor de boerderij dat we konden vinden was de John Deere-tractor in de schuur. Maar ik neem aan dat dat niet ter zake doet.

Emmett en meneer Ransom leken ermee in te stemmen dat dat niet ter zake deed, want geen van beiden nam de moeite om te reageren. De bankier schraapte wederom zijn keel.

– Waar ik naartoe wil is dat de laatste paar jaren de oogst niet was wat je vader had gehoopt, en dit jaar, met je vaders overlijden, is er helemaal geen oogst. Dus we konden niet anders dan de lening terugvorderen. Dat is een vervelende kwestie, dat besef ik, Emmett, maar je moet begrijpen dat het voor de bank geen eenvoudige beslissing was.

– Ik zou anders denken dat het onderhand best een eenvoudige beslissing was, zei meneer Ransom, als je ziet hoe vaak jullie die nemen.

De bankier richtte zich tot de boer.

– Nou, Ed, dat is niet eerlijk. Geen enkele bank sluit leningen af in de hoop op beslaglegging.

De bankier richtte zich weer tot Emmett.

– Het ligt in de aard van een lening dat daar op gezette tijden rente en aflossing over wordt betaald. Niettemin doen we ons best om toegeeflijk te zijn wanneer een gerespecteerde cliënt achterloopt. Door termijnen te verlengen en het innen uit te stellen. Jouw vader is een perfect voorbeeld. Toen hij achter begon te lopen, hebben we hem extra tijd gegeven. En toen hij ziek werd nog wat meer. Maar soms wordt iemands tegenslag te groot om nog te boven te komen, hoeveel tijd je hem ook geeft.

De bankier strekte zijn arm uit om zijn hand op de bruine map te leggen, waardoor hij zich die eindelijk toe-eigende.

– We hadden het vastgoed al een maand geleden kunnen uitruimen en te koop zetten, Emmett. Daar hadden we het volste recht toe. Maar dat hebben we niet gedaan. We hebben gewacht zodat je je tijd in Salina kon uitzitten en naar huis kon komen, om in je eigen bed te slapen. We wilden je de gelegenheid geven om rustig met je broer het hele huis door te gaan en je persoonlijke zaken te regelen. We hebben verdorie zelfs voor eigen rekening het gas en licht laten doorlopen.

– Dat was heel vriendelijk van u, zei Emmett.

Meneer Ransom bromde wat.

– Maar nu je thuis bent, is het wellicht voor alle betrokkenen het beste dat we deze zaak afronden. Als executeur van je vaders nalatenschap moet je enkele papieren tekenen. En het spijt me het te moeten zeggen, maar binnen een paar weken zullen jij en je broer jullie vertrek moeten regelen.

– Als u iets heeft wat ik moet tekenen, doe ik dat.

Meneer Obermeyer haalde een paar documenten uit de map. Hij draaide ze een slag zodat Emmett ze voor zich had en sloeg de pagina's om, waarbij hij de bedoeling van elke paragraaf en subparagraaf uitlegde, de terminologie vertaalde, en aanwees waar de documenten getekend dan wel geparafeerd moesten worden.

– Heeft u een pen?

Meneer Obermeyer gaf Emmett zijn pen. Emmett tekende en parafeerde de stukken zonder er verder acht op te slaan en schoof ze vervolgens over de tafel terug.

– Dat is het?

– Er is nog één ding, zei de bankier, na de documenten veilig terug in de map te hebben gestopt. De auto in de schuur. Toen we de inventaris van het huis opmaakten konden we het kentekenbewijs en de sleutels niet vinden.

– Waar heeft u die voor nodig?

– De tweede lening die je vader afsloot was niet voor specifieke landbouwwerktuigen. Het was voor elk nieuw bedrijfsmiddel dat voor de boerderij werd aangeschaft, en ik ben bang dat persoonsvoertuigen daar ook onder vallen.

– Die auto niet.

– Emmett, luister…

– Die niet want dat bedrijfsmiddel is niet van mijn vader. Het is van mij.

Meneer Obermeyer keek Emmett aan met een mengeling van ongeloof en sympathie – twee emoties die volgens Emmett niet tegelijk op eenzelfde gezicht hoorden voor te komen. Hij viste zijn portefeuille uit zijn zak, haalde het kenteken eruit en legde het op tafel.

De bankier pakte het op en bekeek het.

– Ik zie dat de auto op jouw naam staat, Emmett, maar ik ben bang dat als die door je vader namens jou is aangeschaft...

– Dat is niet zo.

De bankier keek naar meneer Ransom om hulp. Toen hij die niet kreeg, richtte hij zich weer tot Emmett.

– Twee zomers lang, zei Emmett, heb ik voor meneer Schulte gewerkt om het geld voor die auto te verdienen. Ik heb karkassen van huizen in elkaar gezet. Daken bedekt. Veranda's gerepareerd. Sterker nog, ik heb zelfs uw nieuwe keukenkastjes helpen installeren. Als u me niet gelooft, gaat u het maar aan meneer Schulte vragen. Hoe dan ook, u raakt die auto met geen vinger aan.

Meneer Obermeyer fronste zijn wenkbrauwen. Maar toen Emmett zijn hand uitstak voor het kentekenbewijs gaf de bankier dat zonder morren terug. En toen hij met zijn map vertrok, verbaasde het hem niet erg dat Emmett noch meneer Ransom hem uitgeleide deed.

Toen de bankier weg was, ging meneer Ransom naar buiten om Sally en Billy op te wachten en liet hij Emmett in zijn eentje door het huis lopen.

Net als de keuken trof Emmett de voorkamer netter aan dan gebruikelijk, met de kussens rechtop in de hoeken van de bank, de tijdschriften keurig op een stapel op de salontafel en het rolluik van zijn vaders cilinderbureau dicht. Boven was in Billy's kamer het bed opgemaakt, lagen de verzamelingen kroonkurken en veren netjes uitgestald op hun plank en was een van de ramen opengezet voor frisse lucht. Aan de andere kant van de gang moest ook een raam openstaan, want er was genoeg tocht om de gevechtsvliegtuigjes die boven Billy's bed hingen in beweging te zetten: replica's van een Spitfire, een Warhawk en een Thunderbolt.

Emmett moest er vertederd om glimlachen.

Hij had die vliegtuigjes gemaakt toen hij ongeveer zo oud als Billy was. Zijn moeder had hem de modelbouwdozen in 1943 gegeven, toen Emmett en zijn vriendjes alleen maar konden praten over de veldslagen die zich op de strijdtonelen in Europa en de Stille Oceaan afspeelden, over Patton die aan het hoofd van het Zevende Leger de stranden van Sicilië bestormde, en over Pappy Boyingtons Black Sheep-eskader dat de vijand tergde boven de Salomon Zee. Emmett had de modellen aan de keukentafel in elkaar gezet met de precisie van een ingenieur. Hij had met vier kleine potjes emailverf en een fijnharig kwastje de insignes en serienummers op de rompen geschilderd. Toen ze klaar waren had hij ze in een diagonale rij boven op zijn ladekast opgesteld, net zoals ze op een vliegdekschip zouden hebben gestaan.

Vanaf zijn vierde was Billy ze gaan bewonderen. Soms trof Emmett, wanneer hij van school thuiskwam, Billy staand op een stoel naast de ladekast terwijl hij in zichzelf praatte in het jargon van een gevechtspiloot. Dus toen Billy zes werd, hingen Emmett en zijn vader de vliegtuigen aan het plafond boven Billy's bed, als verjaardagscadeau.

Emmett liep door de gang naar de kamer van zijn vader, waar hij dezelfde netheid aantrof: bed opgemaakt, de foto's op de commode afgestoft, de gordijnen bijeengebonden met embrasses. Hij ging voor een van de ramen staan en keek uit over zijn vaders land. Na twintig jaar lang beploegd en beplant te zijn geweest lagen de akkers er pas één seizoen onbewerkt bij, maar je kon de natuur nu al tomeloos zien oprukken: salie, kruiskruid en ijzerhard hadden tussen het prairiegras wortel geschoten. Als de akkers nog een paar jaar braak zouden liggen, zou je niet meer kunnen zien dat er ooit iemand op die grond geboerd had.

Emmett schudde zijn hoofd.

Tegenslag...

Zo had meneer Obermeyer het genoemd. Tegenslag die te groot was om te boven te komen. En de bankier had tot op zekere hoogte gelijk. Tegenslag had Emmetts vader altijd in overvloed gehad. Maar Emmett wist dat het daar niet bij was gebleven. Want slecht oordeelsvermogen had Charlie Watson eveneens in overvloed gehad.

Zijn vader was in 1933 vanuit Boston naar Nebraska gekomen, met zijn kersverse vrouw en een droom om het land te gaan bewerken. De volgende twintig jaar had hij geprobeerd tarwe, mais, soja en zelfs alfalfa te verbouwen, maar dat liep telkens in het honderd. Als het gewas dat hij dat jaar had gekozen veel water nodig had, brak er een droogteperiode van twee jaar aan. Als hij overstapte op een gewas dat veel zon nodig had, bleven de donderwolken maar aanzeilen. De natuur is meedogenloos, zou je kunnen tegenwerpen. Ze is onverschillig en onvoorspelbaar. Maar een boer die elke twee of drie jaar van gewas verandert? Zelfs als jongen snapte Emmett al dat dat wees op iemand die niet wist wat hij deed.

Buiten stond achter de schuur een bijzonder landbouwwerktuig, geïmporteerd uit Duitsland, voor de oogst van gierst. Dat leek op een gegeven moment van levensbelang maar het bleek al spoedig onnodig en bracht nu niets meer op, aangezien zijn vader niet het benul had gehad het te verkopen toen hij geen gierst meer verbouwde. Hij had het maar op de open plek achter de schuur laten staan, blootgesteld aan regen en sneeuw. Toen Emmett zo oud als Billy was en zijn vriendjes van naburige boerderijen kwamen spelen – jongens die op het hoogtepunt van de oorlog graag op elk apparaat klommen en dan deden alsof het een tank was – wilden ze het ding met nog geen vinger aanraken, omdat ze intuïtief aanvoelden dat het een soort slecht voorteken was, dat er in de genen van het verroeste gevaarte iets van mislukking zat dat je beter kon vermijden, of het nu uit ontzag of uit zelfbehoud was.

Zodoende was Emmett, op een avond toen hij vijftien was en het schooljaar ten einde liep, op zijn fiets naar de stad gereden en had hij aangeklopt bij meneer Schulte om hem om een baantje te vragen. Meneer Schulte was zo verbouwereerd door Emmetts verzoek dat hij hem aan de eettafel liet plaatsnemen en een stuk taart voor hem liet aanrukken. Vervolgens vroeg hij Emmett waarom een jongen die op een boerderij was opgegroeid in hemelsnaam de zomer wilde doorbrengen met het inhameren van spijkers.

Het was niet omdat Emmett wist dat meneer Schulte zo'n vriendelijk mens was, of omdat hij in een van de mooiste huizen van de stad woonde. Hij was naar meneer Schulte gegaan omdat hij dacht dat wat er ook gebeurde, een timmerman altijd werk zou hebben. Hoe goed je huizen ook bouwt, ze slijten hoe dan ook. Scharnieren gaan loszitten, vloerdelen takelen af, daknaden gaan wijken. Je hoefde maar door het huis van de Watsons te wandelen om de talloze manieren te zien waarop de tijd zijn tol van een woning eist.

In de zomermaanden waren er nachten met het gedonder van onweer of het gefluit van een dorre wind, en dan kon Emmett zijn vader in de kamer ernaast horen woelen, niet in staat om te slapen – en niet zonder reden. Want een boer met een hypotheek was als iemand die met uitgestrekte armen en gesloten ogen over een brugleuning liep. Het was een manier van leven waarin het verschil tussen voorspoed en ondergang uitgemaakt kon worden door een paar centimeter regen of een paar nachten vorst.

Maar een timmerman lag zich 's nachts geen zorgen te maken over het weer. Hij *verwelkomde* de extremen der natuur. Hij verwelkomde de sneeuwstormen, stortbuien en orkanen. Hij verwelkomde het ontstaan van schimmel en de slachtpartijen van insecten. Het waren de krachten der natuur die langzaam maar zeker de stevigheid van een huis ondermijnden, zijn fundering aantastten, de balken lieten rotten en het stucwerk lieten afbladderen.

Dat zei Emmett allemaal niet toen meneer Schulte hem zijn vraag stelde. Hij legde zijn vork neer en zei eenvoudigweg:

– Zoals ik het zie, meneer Schulte, was het Job die de os had en Noah die de hamer had.

Meneer Schulte moest lachen en nam Emmett ter plekke aan.

De meeste boeren in de regio zouden, als hun oudste zoon op een avond thuiskwam met de mededeling dat hij een baantje bij een timmerman had aangenomen, hem een preek geven die hij niet snel zou vergeten. Vervolgens zouden ze voor alle zekerheid naar het huis van de timmerman gaan en hem een en ander inprenten – iets om zich te heugen voor de volgende keer als ze zich gingen bemoeien met de opvoeding van andermans zoon.

Maar toen Emmett 's avonds thuiskwam en zijn vader vertelde dat hij een baantje bij meneer Schulte had gevonden, was zijn vader niet boos geworden. Hij had aandachtig geluisterd. Hij dacht even na en zei toen dat meneer Schulte een goed mens was en timmerwerk een nuttig vak. En op de eerste dag van de zomer maakte hij voor Emmett een stevig ontbijt en een lunchpakket, waarna hij hem op weg stuurde, met de beste wensen voor andermans vak.

En misschien was dat ook wel een blijk van slecht oordeelsvermogen.

§

Toen Emmett weer beneden kwam trof hij meneer Ransom zittend op het trapje van de veranda, met zijn armen om zijn knieën en zijn hoed nog in zijn hand. Emmett ging naast hem zitten en samen keken ze uit over het braakliggende land. Op een kleine kilometer in de verte kon je net het hek zien dat het begin van de veehouderij van de oudere man markeerde. Volgens Emmetts laatste berekening had meneer Ransom meer dan negenhonderd stuks vee en acht man in dienst.

– Ik wil u bedanken dat u Billy in huis heeft genomen, zei Emmett.

– Billy in huis nemen was wel het minste wat we konden doen. Trouwens, je kunt je wel voorstellen hoeveel plezier dat Sally deed. Ze is het behoorlijk zat om alleen voor mij het huishouden te doen, maar voor jouw broertje zorgen is andere koek. Sinds Billy's komst zijn we allemáál beter gaan eten.

Emmett glimlachte.

– Evengoed. Het maakte voor Billy veel uit, en voor mij was het geruststellend om te weten dat hij bij u was.

Meneer Ransom knikte, bij wijze van acceptatie van de dankbetuiging van de jongeman.

– Directeur Williams lijkt een goed mens, zei hij na een tijdje.

– Dat is hij zeker.

– Lijkt me geen Kansas…

– Nee. Hij komt uit Philadelphia.

Meneer Ransom draaide met zijn hand zijn hoed rond. Emmett kon zien dat zijn buurman met iets in zijn maag zat. Hij zat te dubben hoe hij het zou zeggen, en óf het hij wel zou zeggen. Of misschien probeerde hij alleen het juiste moment te kiezen om het te zeggen. Maar soms wordt dat moment voor je gekozen, zoals toen een stofwolk in de verte op de weg de komst van zijn dochter aankondigde.

– Emmett, begon hij, directeur Williams had gelijk toen hij zei dat je je boete hebt betaald, voor zover het de samenleving betreft. Maar dit is een kleine plaats, veel kleiner dan Philadelphia, en niet iedereen in Morgen zal het zien zoals de directeur het ziet.

– U heeft het over de Snyders.

– Ik heb het over de Snyders, Emmett, maar niet alleen de Snyders. Ze hebben in de hele regio neven. Ze hebben buren en oude vrienden van de familie. Ze hebben mensen met wie ze zakendoen en mensen van hun parochie. We weten allemaal dat alle problemen waarin Jimmy Snyder terechtkwam voornamelijk door zijn eigen toedoen ontstonden. Al zijn zeventien jaar was hij de schepper van zijn eigen hoop ellende. Maar dat maakte zijn broers geen zier uit. Vooral niet nadat Joe Junior in de oorlog was omgekomen. Ze waren al niet blij dat je maar achttien maanden in Salina kreeg, maar ze waren ronduit woest toen ze hoorden dat je een paar maanden eerder vrijkwam vanwege je vaders overlijden. Ze gaan er zeker voor zorgen dat je de volle laag van hun woede te verduren krijgt, zo hard en zo vaak ze maar kunnen. Dus zolang je je hele leven nog voor je hebt, of beter gezegd: omdát je je hele leven nog voor je hebt, kun je misschien beter overwegen om dat elders te beginnen.

– Maakt u zich daar maar geen zorgen over, zei Emmett. Ik ga ervan uit dat Billy en ik binnen achtenveertig uur niet meer in Nebraska zijn.

Meneer Ransom knikte.

– Omdat jullie vader zo weinig naliet, zou ik jullie twee wat willen geven, om een nieuwe start te maken.

– Ik kan geen geld van u aannemen, meneer Ransom. U heeft al genoeg voor ons gedaan.

– Beschouw het dan als een lening. Je kunt het terugbetalen als je eenmaal ergens goed gevestigd bent.

– Ik denk dat de Watsons voorlopig genoeg hebben van leningen, merkte Emmett op.

Meneer Ransom glimlachte en knikte. Vervolgens ging hij staan en zette zijn hoed op terwijl de oude pick-up die Betty werd genoemd de oprit op kwam scheuren, met Sally achter het stuur en Billy op de passagiersstoel. Voor ze slippend en met een knal uit de uitlaat tot stilstand was gekomen had Billy het portier al geopend en was hij op de grond gesprongen. Hij droeg van zijn schouders tot zijn zitvlak een canvas rugzak, rende meneer Ransom daarmee straal voorbij en sloeg zijn armen om Emmetts middel.

Emmett ging op zijn hurken zitten zodat hij zijn kleine broer ook kon omhelzen.

Vervolgens kwam Sally naderbij, in een felgekleurde zondagse jurk, met een ovenschotel in haar handen en een glimlach op haar gezicht.

Meneer Ransom nam de jurk en de glimlach peinzend op.

– Kijk eens aan, zei Sally, wie hebben we daar. Knijp hem niet fijn, Billy Watson.

Emmett ging staan en legde een hand op het hoofd van zijn broer.

– Hallo, Sally.

Zoals gebruikelijk als ze zenuwachtig was kwam Sally meteen ter zake.

– Het huis is aangeveegd en alle bedden zijn opgemaakt en er ligt een nieuw stuk zeep in de badkamer en boter, melk en eieren in de ijskast.

– Dank je wel, zei Emmett.

– Ik had voorgesteld dat jullie twee bij ons komen eten, maar Billy drong erop aan dat jij je eerste maaltijd thuis moest hebben. Maar omdat je nu net pas terug bent, heb ik voor jullie twee een ovenschotel gemaakt.

– Je had al die moeite niet hoeven doen, Sally.

– Moeite of geen moeite, hier is-ie. Je hoeft hem alleen maar in de oven te zetten, drie kwartier op 175 graden.

Emmett nam de schotel aan en Sally schudde haar hoofd.

– Dat had ik moeten opschrijven.

– Ik denk dat Emmett die instructie wel kan onthouden, zei meneer Ransom. En anders Billy wel.

– Hij moet drie kwartier in de oven op 175 graden, zei Billy.

Meneer Ransom keek zijn dochter aan.

– Deze jongens hebben vast een hoop te bespreken en wij hebben thuis ook het een en ander te doen.

– Ik ga heel even naar binnen om te zien of alles...

– Sally, zei meneer Ransom op een toon die geen tegenspraak duldde.

Sally wees naar Billy en glimlachte.

– Braaf zijn, hè kleintje!

Emmett en Billy keken toe hoe de Ransoms elk in hun eigen pick-up klommen en de weg op reden. Toen draaide Billy zich om naar Emmett en omhelsde hem nog een keer.

– Ik ben blij dat je thuis bent, Emmett.

– Ik ook, Billy.

– Je hoeft deze keer niet meer terug naar Salina, hè?

– Nee. Ik hoef nooit meer terug naar Salina. Kom op.

Billy liet Emmett los en samen liepen de broers het huis in. In de keuken deed Emmett de ijskast open en schoof de ovenschotel op een van de onderste leggers. Op de bovenste legger trof hij de beloofde melk, eieren en boter. Er was ook een pot zelfgemaakte appelmoes en een met perziken op sap.

– Wil je iets eten?

– Nee dank je, Emmett. Sally heeft vlak voor we weggingen nog een boterham met pindakaas voor me gemaakt.

– Of anders wat melk?

– Oké.

Terwijl Emmett de glazen melk op tafel zette deed Billy zijn rugzak af en stalde die op een lege stoel. Hij maakte de bovenste flap los, haalde er voorzichtig een pakje uit dat met aluminiumfolie was omwikkeld en maakte het open. Het was een stapeltje van acht koekjes. Hij legde er twee op tafel, een voor Emmett en een voor hemzelf. Hij pakte de rest van de koekjes weer in, stopte ze terug in de rugzak, sloot de flap en ging weer zitten.

– Wat een rugzak, zeg, zei Emmett.

– Het is een echte, van de Amerikaanse landmacht, zei Billy. Maar het is een zogenoemde legerdump-rugzak want hij is eigenlijk nooit in de oorlog geweest. Ik heb hem in meneer Gundersons winkel gekocht. Ik heb ook een dump-zaklantaarn, een dump-kompas en een dump-horloge.

Billy strekte zijn arm uit om het horloge dat losjes aan zijn pols hing te laten zien.

– Het heeft zelfs een secondewijzer.

Na zijn bewondering voor het horloge te hebben geuit nam Emmett een hap van zijn koekje.

– Lekker. Met stukjes chocola?

– Yep. Sally heeft ze gemaakt.

– Met jouw hulp?

– Ik heb de kom schoongemaakt.

– Dat dacht ik al.

– Sally had trouwens een hele bakplaat vol voor ons gemaakt, maar meneer Ransom zei dat ze overdreef, dus toen zei ze dat ze ons er maar vier zou geven, maar ze gaf ons er stiekem acht.

– Hebben wij even geluk.

– Meer geluk dan er maar vier krijgen. Maar niet zoveel geluk als de hele bakplaat krijgen.

Emmett glimlachte, nam een slok melk en maakte over de rand van zijn glas een inschatting van zijn broer. Hij was een paar centimeter gegroeid en zijn haar was korter, zoals het hoorde in huize Ransom, maar verder leek hij naar lichaam en geest dezelfde. Billy achterlaten was voor Emmett het moeilijkste van zijn verblijf in Salina geweest, dus hij was blij hem zo weinig veranderd aan te treffen. Hij vond het fijn om met hem aan de oude keukentafel te zitten. Hij kon wel zien dat Billy het ook fijn vond daar te zitten.

– Het schooljaar goed afgerond? vroeg Emmett terwijl hij zijn glas neerzette.

Billy knikte.

– Ik kreeg een tien-en-half voor mijn proefwerk aardrijkskunde.

– Een tien-en-half!

– Normaal krijg je geen tien-en-half, legde Billy uit. Meestal is een tien het hoogste cijfer dat je kunt krijgen.

– Hoe kreeg je dan nog een half punt extra uit juf Cooper geperst?

– Er was nog een bonusvraag.

– Wat was die vraag?

Billy citeerde uit zijn geheugen.

– *Wat is het hoogste gebouw ter wereld?*

– En je wist het antwoord?

– Ja.

...

– Ga je het me niet zeggen?

Billy schudde van nee.

– Dat zou valsspelen zijn. Je moet er zelf maar achter komen.

– Da's redelijk.

Na een korte stilte realiseerde Emmett zich dat hij in zijn melk zat te staren. Nu was hij degene die ergens mee in zijn maag zat. Hij was degene die probeerde te beslissen óf, hoe en wanneer hij het zou zeggen.

– Billy, begon hij, ik weet niet wat meneer Ransom je heeft verteld, maar we kunnen hier niet langer wonen.

– Dat weet ik, zei Billy. Er wordt beslag op ons gelegd.

– Klopt. Begrijp je wat dat inhoudt?

– Het betekent dat de bank nu ons huis heeft.

– Klopt. Maar ook al nemen ze het huis, we zouden toch in Morgen kunnen blijven. We zouden een tijdje bij de Ransoms kunnen wonen, ik zou weer voor meneer Schulte kunnen gaan werken, komend najaar zou jij terug naar school kunnen, en op den duur zouden we ons een eigen plek kunnen veroorloven. Maar ik zat zo te denken dat dit voor jou en mij misschien een goed moment is om iets nieuws te proberen...

Emmett had er lang over nagedacht hoe hij dit moest brengen, want hij was bang dat Billy van slag zou raken door het idee om Morgen te verlaten, vooral zo kort na het overlijden van hun vader. Maar Billy raakte helemaal niet van slag.

– Ik heb precies hetzelfde gedacht, Emmett.

– Echt?

Billy knikte, met een zekere gretigheid.

– Nu pa weg is en het huis in beslag genomen, hoeven we niet in Morgen te blijven. We kunnen onze spullen pakken en naar Californië rijden.

– Dan zijn we het eens, zei Emmett met een glimlach. Het enige verschil is dat ik denk dat we naar Texas zouden moeten verhuizen.

– O, maar we kunnen niet naar Texas verhuizen, zei Billy hoofdschuddend.

– Hoezo niet?

– Omdat we naar Californië moeten verhuizen.

Emmett begon iets te zeggen maar Billy was al opgestaan en naar zijn rugzak gegaan. Deze keer deed hij het voorvak open, haalde er een kleine beige envelop uit en ging weer zitten. Terwijl hij zorgvuldig het rode touwtje dat om de envelop zat verwijderde begon hij met zijn uitleg.

– Na papa's begrafenis, toen jij terugging naar Salina, stuurde meneer Ransom Sally en mij naar het huis om belangrijke papieren te zoeken. In de onderste la van pa's commode vonden we een metalen doos. Die zat niet op slot, maar het was het soort doos dat je kón afsluiten als je wilde. Er zaten belangrijke papieren in, precies zoals meneer Ransom had gezegd, zoals onze geboortebewijzen en pa en ma's trouwboekje. Maar onder in de doos, helemaal op de bodem, vond ik dit.

Billy hield de envelop schuin boven de tafel en er gleden negen ansichtkaarten uit.

Uit de staat van de kaarten kon Emmett niet opmaken of ze nu erg oud of erg nieuw waren. Een paar ervan waren foto's en andere waren getekend, maar ze waren allemaal in kleur. Bovenop lag een foto van het Welsh Motor Court in Ogallala, Nebraska – een modern ogend hotelcomplex met witte huisjes, wegbeplanting en een vlaggenmast met de Amerikaanse vlag.

– Het zijn ansichtkaarten, zei Billy. Aan jou en mij gericht. Van ma.

Emmett was uit het veld geslagen. Bijna acht jaar geleden had hun moeder hen allebei ingestopt en welterusten gekust, en was ze de deur uitgelopen – en sindsdien hadden ze nooit meer wat van haar gehoord. Geen telefoontjes. Geen brieven. Geen mooi ingepakte cadeautjes die net op tijd voor de kerst aankwamen. Niet eens een gerucht van iemand die toevallig iets van iemand anders had gehoord. Althans, dat was voor zover Emmett begreep het geval, tot nu toe.

Hij pakte de kaart van het Welsh Motor Court en draaide hem om. Net zoals Billy had gezegd was hij aan hen tweeën gericht, in hun moeders sierlijke handschrift. Zoals gebruikelijk op ansichtkaarten stonden er maar een paar regels tekst op. Samengevat drukten de zinnen uit hoezeer ze hen al miste, ook al was ze pas een dag weg. Emmett pakte een andere kaart van het stapeltje. In de linkerbovenhoek was een cowboy op een paard te zien. De lasso die hij liet ronddraaien liep tot de voorgrond en daarin stond *Groeten uit Rawlins, Wyoming – de hoofdstad van de prairie.* Emmett draaide de kaart om. In zes zinnen, waarvan de laatste uitliep tot het gedeelte rechtsonder, had hun moeder geschreven dat ze in Rawlins de eerste cowboy met een lasso nog moest tegenkomen, maar dat ze wel al veel koeien had gezien. Ze sloot af door wederom te zeggen hoeveel ze van hen hield en dat ze hen erg miste.

Emmett nam de andere kaarten op tafel vluchtig door, zag de namen van verschillende steden, motels, restaurants, bezienswaardigheden en monumenten, en merkte op dat ze op één na allemaal een stralend blauwe lucht hadden.

Hij wist dat zijn broer naar hem keek en vertrok geen spier. Maar wat hij voelde was een steek van wrok – wrok jegens hun vader. Hij moest de kaarten onderschept en verstopt hebben. Hoe kwaad hij ook op zijn vrouw was geweest, hij had het recht niet om zijn zoons de kaarten te ontzeggen, zeker Emmett niet die oud genoeg was om ze zelf te lezen. Maar hij voelde die steek maar heel even. Omdat hij besefte dat zijn vader er verstandig aan had gedaan. Immers, wat was nou helemaal de betekenis van een paar regels op een ansichtkaart, geschreven door een vrouw die moedwillig haar eigen kinderen had verlaten?

Emmett legde de kaart uit Rawlins terug op tafel.

– Weet je nog dat ma op 5 juli bij ons wegging? vroeg Billy.

– Jazeker.

– De daaropvolgende negen dagen schreef ze ons elke dag een kaart.

Emmett pakte de kaart uit Ogallala weer en keek alleen naar de plek waar hun moeder *Lieve Emmett en Billy* had geschreven, maar daar stond geen datum.

– Ma schreef er geen data op, zei Billy. Maar je kunt die zien op de poststempels.

Billy nam de Ogallala-kaart uit Emmetts hand, draaide alle kaarten om, spreidde ze op de tafel en wees van het ene poststempel naar het andere.

– 5 juli. 6 juli. Er was geen 7 juli, maar er zijn er twee van 8 juli. Dat is omdat 7 juli in 1946 een zondag was en op zondag is het postkantoor dicht, dus moest ze op maandag twee kaarten sturen. Maar kijk hier eens naar.

Billy ging weer naar het voorvak van zijn rugzak en haalde er iets uit wat leek op een folder. Toen hij die op de tafel openvouwde zag Emmett dat het een wegenkaart van de Verenigde Staten was, van oliemaatschappij Phillips 66. Dwars over het hele midden van de kaart liep een weg die door Billy zwart was gemaakt. In het westelijke stuk van het land had hij de namen van negen steden op de weg omcirkeld.

– Dit is de Lincoln Highway, legde Billy uit, wijzend op de lange zwarte lijn. Hij is in 1912 ontworpen en werd naar Abraham Lincoln genoemd, en het was de allereerste weg die van de ene kant van Amerika naar de andere gaat.

Beginnend bij de oostkust volgde Billy met zijn vinger de hele weg.

– Hij begint op Times Square in New York en hij eindigt 5424 kilometer verder in Lincoln Park in San Francisco. En hij gaat recht door Central City, op 40 kilometer van ons huis.

Billy verplaatste zijn vinger van Central City naar het kleine zwarte sterretje dat hij voor hun huis op de kaart had getekend.

– Toen ma ons op 5 juli verliet ging ze zo...

Hij pakte de ansichtkaarten, draaide ze om en legde ze over de onderste helft van de wegenkaart in westelijke richting, elke kaart onder de bijbehorende plaats.

Ogallala.

Cheyenne.

Rawlins.

Rock Springs.

Salt Lake City.

Ely.

Reno.

Sacramento.

Tot de laatste kaart, van een groot klassiek gebouw dat oprees achter een fontein in een park in San Francisco.

Billy slaakte een zucht van voldoening toen hij alle kaarten op volgorde op tafel had gelegd. Maar Emmett kreeg een ongemakkelijk gevoel bij de hele verzameling, alsof ze samen zaten te kijken naar de privécorrespondentie van iemand anders met wie ze niks te maken hadden.

– Billy, zei hij, ik weet niet zeker of we wel naar Californië moeten gaan.

– We móéten naar Californië gaan, Emmett. Snap je het niet? Daarom stuurde ze ons die kaarten. Zodat we haar konden volgen.

– Maar ze heeft al acht jaar geen kaart meer gestuurd.

– Omdat ze op 13 juli ophield met reizen. We hoeven alleen maar de Lincoln Highway te nemen, tot San Francisco, en daar zullen we haar vinden.

Emmetts directe impuls was om zijn broer iets te zeggen wat verstandig en overtuigend klonk. Bijvoorbeeld dat hun moeder misschien niet in San Francisco was gestopt, dat ze net zo makkelijk verder had kunnen reizen en dat wellicht ook had gedaan, en dat ze die eerste negen dagen wel aan haar zoons had kunnen denken maar dat alles erop wees dat ze daarna niet meer aan hen had gedacht. Uiteindelijk besloot hij maar te volstaan met te zeggen dat ook al was ze in San Francisco, het voor hen zo goed als onmogelijk zou zijn haar daar te vinden.

Billy knikte met de blik van iemand die zich al over dat dilemma gebogen had.

– Weet je nog dat je zei dat ma zo van vuurwerk hield, dat ze ons op 4 juli helemaal meenam naar Seward zodat we dat spektakel daar konden zien?

Emmett kon zich niet herinneren dat hij Billy dat verteld had, en alles bij elkaar genomen kon hij zich niet voorstellen ooit de neiging te hebben gehad om dat wél te doen. Maar hij kon niet ontkennen dat het waar was.

Billy pakte de laatste kaart, die met het klassieke gebouw en de fontein. Hij draaide hem om en liet zijn vinger over hun moeders tekst gaan.

– *Dit is het paleis van het Legioen van Eer in Lincoln Park in San Francisco en ieder jaar is er op 4 juli een van de grootste vuurwerkshows van heel Californië!*

Billy keek zijn broer aan.

– Daar zal ze zijn, Emmett. Bij het vuurwerk van het paleis van het Legioen van Eer, op 4 juli.

– Billy... begon Emmett.

Maar Billy, die aan zijn broers stem al de tegenspraak kon horen, begon driftig nee te schudden. Vervolgens keek hij weer naar de kaart op de tafel en volgde hij met zijn vinger de route van hun moeder.

– Van Ogallala naar Cheyenne, van Cheyenne naar Rawlins, van Rawlins naar Rock Springs, van Rock Springs naar Salt Lake City, van Salt Lake City naar Ely, van Ely naar Reno, van Reno naar Sacramento, van Sacramento naar San Francisco. Zo moeten we gaan.

Emmett leunde achterover in zijn stoel en dacht na.

Hij had Texas niet zomaar gekozen. Hij had zorgvuldig en systematisch nagedacht over de vraag waar hij en zijn broer naartoe zouden gaan. Hij had uren in de kleine bibliotheek in Salina doorgebracht en de almanak en delen van de encyclopedie pagina voor pagina opgeslagen, totdat het antwoord op de vraag waar ze naartoe moesten volstrekt helder was geworden. Maar Billy had zijn eigen gedachtegang net zo zorgvuldig en systematisch gevolgd, en hij kon met evenveel helderheid zijn eigen antwoord op die vraag zien.

– Oké, Billy, weet je wat? Stop die maar terug in hun envelop, en laat me even nadenken over wat je hebt gezegd.

Nu begon Billy ja te knikken.

– Goed idee, Emmett, goed idee.

Billy schoof de ansichtkaarten van oost naar west bij elkaar, deed ze in hun envelop, wond het rode touwtje eromheen totdat alles goed dichtzat en stopte de envelop weer in zijn rugzak.

–Denk er maar even over na, Emmett. Dan zul je het wel zien.

§

Terwijl Billy in zijn eigen kamer bezig was, nam Emmett boven een lange, hete douche. Toen hij klaar was raapte hij zijn kleren van de vloer – de kleren die hij naar Salina en weer terug had gedragen –, haalde het pakje sigaretten uit de borstzak en gooide alles op een hoop in de vuilnis. Even later gooide hij de sigaretten ook weg, uit het zicht, onder de kleren.

In zijn kamer trok hij een schone spijkerbroek en een spijkerhemd aan, plus zijn lievelingsriem en laarzen. Daarna haalde hij uit de bovenste la van zijn ladekast een paar opgerolde sokken tevoorschijn. Hij maakte het bolletje open en gaf aan een van de sokken een rukje, tot zijn autosleutels eruit vielen. Toen ging hij naar de overkant van de gang en stak zijn hoofd om de hoek van de deur van zijn broer.

Billy zat op de vloer met zijn rugzak naast zich. In zijn schoot lag het oude blauwe tabaksblikje met het portret van George Washington erop, en op het vloerkleed lagen zijn zilveren dollars keurig in het gelid.

– Zo te zien heb je er een paar nieuwe bij gevonden toen ik weg was, zei Emmett.

– Drie, antwoordde Billy terwijl hij er een zorgvuldig op zijn plek legde.

– Hoeveel moet je er nog?

Billy wees met zijn wijsvinger op de lege plekken in het schema.

– 1881. 1894. 1895. 1899. 1903.

– Je schiet al aardig op.

Billy knikte instemmend.

– Maar 1894 en 1895 zullen heel moeilijk te vinden zijn. Met 1893 had ik geluk.

Billy keek op naar zijn broer.

– Heb je al over Californië nagedacht, Emmett?

– Ik heb erover nagedacht, maar ik heb nog iets meer tijd nodig.

– Dat is prima.

Billy richtte zijn aandacht weer op zijn zilveren dollars en Emmett keek voor de tweede keer die dag zijn broers kamer rond: de verzamelingen die zo netjes op hun planken lagen en de vliegtuigen die boven het bed hingen.

– Billy…

Billy keek weer op.

– Of we nu naar Texas of naar Californië gaan, het lijkt me het beste als we zo licht mogelijk reizen. Aangezien we toch een soort nieuwe start maken.

– Zo dacht ik er ook over, Emmett.

– Echt?

– Professor Abernathe zegt dat de avontuurlijke reiziger vaak op pad gaat met niet meer dan wat er in een plunjezak past. Daarom heb ik in de winkel van meneer Gunderson mijn rugzak gekocht. Zodat ik klaar zou staan om te vertrekken, zo gauw je thuiskwam. Alles wat ik nodig heb zit er al in.

– Alles?

– Alles.

Emmett glimlachte.

– Ik ga naar de schuur om de auto na te kijken. Wil je mee?

– Nu? vroeg Billy verrast. Stop! Wacht even! Ga niet zonder mij!

Eerder had hij de zilveren dollars zorgvuldig op chronologische volgorde gelegd, maar nu veegde hij ze zo snel mogelijk bij elkaar en stopte ze terug in het tabaksblikje. Hij sloot het dekseltje, deed het blikje weer in zijn rugzak en zijn rugzak weer op zijn rug. Daarna ging hij voorop de trap af en de deur uit.

Bij het oversteken van de achterplaats keek Billy over zijn schouder om te melden dat meneer Obermeyer een hangslot op de schuurdeuren had gedaan, maar dat Sally dat er met het breekijzer dat ze achter in haar pick-up had liggen had losgewrikt.

En ja hoor, aan de schuurdeur vonden ze de beugel die, met hangslot en al, losjes aan zijn schroeven hing. De lucht binnen was warm en vertrouwd; het rook er naar vee, hoewel er sinds Emmetts kinderjaren al geen vee meer op de boerderij was geweest.

Emmett liet zijn ogen even aan het licht wennen. Voor hem stond de nieuwe John Deere en daarachter een gedeukte oude combine. Ze liepen naar achteren en Emmett stopte voor een groot, schuin aflopend voorwerp onder een dekzeil.

– Meneer Obermeyer had het zeil eraf gehaald, zei Billy, maar Sally en ik hebben het teruggelegd.

Emmett pakte het dekzeil beet bij een hoek en trok er met beide handen aan totdat het op een hoop aan zijn voeten lag, en daar, precies waar hij hem vijftien maanden geleden had achtergelaten, stond een lichtblauwe vierdeurs auto, zijn Studebaker Land Cruiser uit 1948.

Emmett liet zijn handpalm over de motorkap glijden, opende het bestuurdersportier en stapte in. Hij zat even stil met zijn handen aan het stuur. Toen hij de auto kocht stond er al honderddertigduizend kilometer op de teller, was de motorkap gedeukt en zaten er brandplekken van sigaretten in de bekleding, maar de motor liep gesmeerd. Hij stak de sleutel in het contact, draaide hem om en drukte op de starter, klaar voor het zachte gebrom van de motor – maar het bleef stil.

Billy, die op een afstandje was gebleven, kwam aarzelend dichterbij.

– Is hij kapot?

– Nee, Billy. De accu zal leeg zijn. Dat gebeurt als je een auto te lang laat stilstaan. Maar dat is makkelijk te verhelpen.

Met een opgelucht gezicht ging Billy op een baal hooi zitten en deed zijn rugzak af.

– Wil je nog een koekje, Emmett?

– Nee, dank je. Maar neem gerust.

Terwijl Billy zijn rugzak openmaakte stapte Emmett uit de auto, liep naar de achterkant en opende de kofferbak. Hij zorgde ervoor dat de opgerichte achterklep zijn broer het zicht belemmerde, trok het vilt dat de holte bedekte waarin het reservewiel lag weg en ging met zijn hand langs de buitenste ronding ervan. Bovenaan vond hij de envelop met zijn naam erop, precies zoals zijn vader had gezegd. Erin zat een briefje in zijn vaders handschrift.

Nóg een handgeschreven epistel van nóg zo'n schim, dacht Emmett.

Beste zoon,

Ik veronderstel dat tegen de tijd dat je dit leest, de boerderij in handen van de bank zal zijn. Als gevolg daarvan zul je wel boos of teleurgesteld in mij zijn en dat kan ik je niet kwalijk nemen.
Je zou versteld staan als je wist hoeveel mijn vader me naliet toen hij stierf, hoeveel mijn grootvader mijn vader naliet en hoeveel mijn overgrootvader hem naliet. Niet alleen maar aandelen en obligaties, maar huizen en schilderijen. Meubels en tafelgerei. Lidmaatschappen van clubs en sociëteiten. Alle drie waren ze toegewijd aan de puriteinse traditie van genoegen vinden in het oog van de Heer, door hun kinderen meer na te laten dan henzelf was nagelaten.
In deze envelop vind je alles wat ik je heb te vergeven – twee nalatenschappen, een grote, een kleine, en beide een vorm van heiligschennis.
Terwijl ik dit schrijf, beschaamt het me enigszins te weten dat door de manier waarop ik heb geleefd, ik de vicieuze cirkel van spaarzaamheid, gevestigd door mijn voorouders, heb doorbroken. Maar tegelijkertijd vervult het me met trots te

weten dat jij ongetwijfeld meer met dit kleine aandenken zult bereiken dan ik met een fortuin kon.

In liefde en bewondering,
je vader, Charles William Watson.

Aan de brief zat met een paperclip de eerste van de twee nalatenschappen gehecht: een enkele pagina, losgescheurd uit een oud boek.

Emmetts vader was niet zo iemand die als hij kwaad is naar zijn kinderen uithaalt, ook niet als ze dat verdienden. Eigenlijk was de enige keer dat Emmett zich kon herinneren dat zijn vader onomwonden zijn toorn had geuit, de keer dat hij van school was gestuurd omdat hij een lesboek had beklad. Zoals zijn vader hem die avond pijnlijk duidelijk maakte, stond het bekladden van een boek gelijk aan het handelen van een vandaal. Het was een aanslag op de heiligste en edelste prestatie van de mensheid: de vaardigheid om zijn beste ideeën en gevoelens te boekstaven, zodat ze door de eeuwen heen gedeeld konden worden.

Voor zijn vader was een pagina uit een boek scheuren heiligschennis. Wat nog schokkender was, was dat de pagina uit Ralph Waldo Emersons *Essays* was gescheurd – het boek dat bij zijn vader in hoger aanzien stond dan enig ander boek. Onderaan had zijn vader twee zinnen zorgvuldig met rode inkt onderstreept.

> In de ontwikkeling van ieder mens is er een moment waarop hij tot de overtuiging komt dat na-ijver onwetendheid is, dat navolging zelfdoding is, dat hij zichzelf ten goede en ten kwade, wat hem maar ten deel valt, moet accepteren, en dat hoewel het hele heelal vol goedheid is, hem geen korrel voedzame mais toekomt tenzij door eigen gezwoeg op dat stuk grond dat hem gegeven is om te bebouwen. De kracht in hem is van een nieuwe orde, en niemand behalve hij weet waartoe hij in staat is, en hij evenmin, totdat hij het heeft geprobeerd.

Emmett zag onmiddellijk dat deze passage van Emerson twee dingen tegelijk betekende. Ten eerste was het een verontschuldiging. Het was de uitleg van de reden waarom zijn vader, tegen beter weten in, de huizen en schilderijen en de lidmaatschappen van clubs en sociëteiten achter zich had gelaten om naar Nebraska te gaan en daar de grond te bebouwen. Emmetts vader bracht deze pagina uit Emerson in als bewijs, alsof het een goddelijk decreet was, dat hij geen andere keus had gehad.

Maar als het aan de ene kant een verontschuldiging was, was het aan de andere kant een aansporing – een aansporing voor Emmett dat hij geen spijt, schuld of twijfel moest voelen als hij de honderdtwintig hectare waaraan zijn vader zijn halve leven had gewijd de rug zou toekeren, zolang hij ze maar opgaf om zonder na-ijver of navolging zijn eigen doel na te streven en zodoende datgene zou ontdekken waartoe alleen hij in staat was.

In de envelop was achter de pagina van Emerson de tweede nalatenschap gestopt: een stapeltje gloednieuwe biljetten van 20 dollar. Emmett liet de knisperende, gladde randjes langs zijn duim glijden en schatte dat er in totaal zo'n 150 biljetten waren, wat neerkwam op zo'n 3000 dollar.

Emmett kon wel begrijpen waarom zijn vader de losgescheurde pagina als heiligschennis beschouwde, maar hij kon niet accepteren dat het geld dat ook was. Mogelijk typeerde zijn vader het geld als heiligschennis omdat hij het schonk achter de rug van zijn crediteuren om. Door dat te doen was hij tegen zowel zijn wettelijke verplichtingen als tegen zijn eigen gevoel van goed en kwaad ingegaan. Maar na twintig jaar lang de rentebetalingen op zijn hypotheek te hebben voldaan, had zijn vader voor de boerderij al het dubbele betaald. Hij had er nógmaals voor betaald met zware arbeid en teleurstelling, met zijn huwelijk, en uiteindelijk met zijn leven. Dus nee, het apart houden van 3000 dollar was in Emmetts ogen geen heiligschennis. Wat hem betrof had zijn vader elke cent verdiend.

Hij stak een van de biljetten in zijn zak, legde de envelop terug op zijn plek boven aan het reservewiel en schoof het vilt weer op zijn plaats.

– Emmett… zei Billy.

Emmett deed de kofferbak dicht en keek naar Billy, maar Billy keek niet naar hem. Hij keek naar de twee figuren die in de deuropening van de schuur stonden. Door het namiddaglicht achter hen kon Emmett niet zien wie het waren. Althans niet totdat de slungel links zijn armen uitstak en zei:

– Tadaaa!

Duchess

Je had Emmetts gezicht moeten zien toen hij zich realiseerde wie daar in de deuropening stonden. Zoals hij keek zou je denken dat we uit de lucht waren komen vallen.

In de jaren veertig had je een ontsnappingskunstenaar die bekendstond onder de naam Kazantikis. Sommige wijsneuzen in die kringen noemden hem graag het domme broertje van Houdini uit Hackensack, maar dat was niet helemaal terecht. De eerste helft van zijn act was een beetje rommelig, maar de finale was een juweeltje. Pal voor je ogen werd hij vastgebonden met kettingen, in een kist opgesloten en neergelaten naar de bodem van een grote glazen bak met water. Dan zette een knappe blondine een enorme klok op het toneel en herinnerde de presentator het publiek eraan dat de gemiddelde mens zijn adem maar twee minuten kan inhouden, dat je zonder zuurstof na vier minuten duizelig wordt en na zes minuten het bewustzijn verliest. Er waren twee agenten van detectivebureau Pinkerton aanwezig om te garanderen dat het hangslot op de kist echt was en er was een priester van de Grieks-orthodoxe Kerk voorhanden, compleet met zwarte pij en lange witte baard, voor als het nodig was om de laatste sacramenten toe te dienen. De kist ging het water in en daarna startte de blondine de klok. Na twee minuten begon het publiek te fluiten en te joelen. Na vijf minuten gingen de mensen uit hun dak. Maar na acht minuten begonnen de Pinkertons bezorgde blikken te wisselen. Na tien maakte de priester een kruisteken en begon hij een onbegrijpelijk gebed te prevelen. Na twaalf minuten barstte het blondje in tranen uit en kwamen er twee toneelknechten achter het gordijn vandaan om de Pinkertons te helpen de kist uit de bak te halen. Die kwam met een dreun op het toneel terecht – waarbij het water over de voetlichten gutste, zo de orkestbak in. Toen een van de Pinkertons vervolgens met zijn sleutels klungelde, duwde de andere hem opzij, trok zijn pistool en schoot het slot eraf. Vervolgens trok hij het deksel open en gooide de kist omver, om erachter te komen dat die... leeg was. Op dat moment trok de orthodoxe priester zijn baard af en werd duidelijk dat hij niemand anders was dan Kazantikis, zijn haar nog nat, en keek het hele publiek in heilige verbijstering toe. Zó keek Emmett Watson, toen hij zich realiseerde wie er in de deuropening stonden. Hij kon gewoon niet geloven dat, van alle mensen in de wereld, wij het waren.

– Duchess?

– In levenden lijve. En Woolly ook.

Hij leek nog steeds met stomheid geslagen.

– Maar hoe...?

Ik lachte.

– Ja, dat is de vraag, hè?

Ik hield mijn hand opzij van mijn mond en begon zachter te praten.

– We zijn meegelift met de directeur. Terwijl hij jouw ontslagpapieren tekende zijn we in de kofferbak van zijn auto geglipt.

– Je meent het.

– Ik weet het – het is niet wat je noemt eersteklas reizen. Met daarbinnen 37 graden en Woolly die elke tien minuten klaagt dat-ie naar de wc moet. En toen we de grens met Nebraska overstaken... ik dacht dat ik een hersenschudding kreeg van al die kuilen in de weg. Iemand zou de gouverneur een brief moeten schrijven!

– Hoi Emmett, zei Woolly, alsof hij er net pas bij was gekomen.

Dat is echt zo'n leuk trekje van Woolly. Hij is altijd ongeveer vijf minuten te laat en verschijnt dan op het verkeerde perron met de verkeerde bagage, net als de trein het station uit boemelt. Sommige mensen kunnen dat een irritant trekje vinden, maar ik heb altijd veel liever iemand die vijf minuten te laat komt dan iemand die vijf minuten te vroeg komt.

Vanuit mijn ooghoek had ik in de gaten gehouden hoe de jongen die op een baal hooi zat nu langzaam onze kant op kwam. Toen ik naar hem wees, verstarde hij als een eekhoorn op het gras.

– Billy, toch? Je broer zegt dat je erg bij de pinken bent. Is dat zo?

Het joch glimlachte en schoof wat dichterbij, tot hij naast Emmett stond. Hij keek op naar zijn broer.

– Zijn dat jouw vrienden, Emmett?

– Natuurlijk zijn wij zijn vrienden!

– Ze zijn van Salina, verklaarde Emmett.

Daar wilde ik wel op ingaan, maar toen zag ik de auto. Ik was zo geconcentreerd op onze gelukkige hereniging geweest dat ik de auto niet achter de landbouwmachines had zien staan.

– Is dat de Studebaker, Emmett? Hoe noemen ze dat... babyblauw?

Objectief gesproken leek het een beetje op een auto waarmee de vrouw van je tandarts naar de bingo rijdt, maar ik floot toch maar even. Toen keek ik naar Billy.

– Sommige jongens in Salina prikken een foto van hun meisje op de onderkant van het bed boven hen, zodat ze ernaar konden kijken voor het licht uitging. Andere hadden een foto van Elizabeth Taylor of Marilyn Monroe. Maar jouw broer hing een uitgescheurde advertentie uit een oud tijdschrift op, met een kleurenfoto van zijn auto. Ik zal je eerlijk zeggen, Billy, we bezorgden je broer daar een hoop ellende mee. Helemaal wee worden van een auto. Maar nu ik hem van dichtbij zie...

Ik schudde mijn hoofd als blijk van waardering.

– Hé, zei ik tegen Emmett. Kunnen we niet even een ritje maken?

Emmett gaf geen antwoord want hij stond naar Woolly te kijken – die naar een spinnenweb keek waar geen spin in zat.

– Hoe is het met je, Woolly? vroeg hij.

Woolly draaide zich om en dacht even na.

– Met mij gaat het goed, Emmett.

– Wanneer heb je voor het laatst iets gegeten?

– O, ik weet niet. Ik geloof voordat we in de auto van de directeur stapten, ja toch, Duchess?

Emmett richtte zich tot zijn broer.

– Billy, weet je nog wat Sally zei over het avondeten?

– Ze zei dat het drie kwartier in de oven moest op 175 graden.

– Ga maar met Woolly naar binnen, doe de schotel in de oven en dek de tafel. Ik moet Duchess iets laten zien, maar we komen jullie zo achterna.

– Oké, Emmett.

Terwijl we Billy en Woolly nakeken vroeg ik me af wat Emmett me wilde laten zien. Eerlijk gezegd leek hij een beetje van slag. Dat zal wel meer mensen overkomen als ze verrast worden. Zelf ben ik gek op verrassingen. Ik vind het heerlijk als het leven een konijn uit de hoge hoed tovert. Bijvoorbeeld als midden in mei de dagschotel gevulde kalkoen is. Maar sommige mensen houden er gewoon niet van om overrompeld te worden – zelfs niet met goed nieuws.

– Duchess, wat kom je hier doen?

Nu was ik degene die verbaasd keek.

– Wat we hier komen doen? Jou opzoeken natuurlijk, Emmett. En de boerderij. Je weet hoe dat gaat. Je hoort van een maatje een hoop verhalen over zijn leven thuis en dan wil je dat op den duur weleens zien.

Om dit te onderstrepen gebaarde ik naar de tractor, de baal hooi en de uitgestrekte Amerikaanse prairie die pal voor de deur lag, als om ons er uit alle macht van te overtuigen dat de aarde tóch plat was.

Emmett volgde mijn blik en keek me toen weer aan.

– Weet je wat, zei hij. We gaan een hapje eten, ik geef jou en Woolly een korte rondleiding, we gaan lekker slapen, en dan rij ik jullie morgenochtend terug naar Salina.

Dat wuifde ik weg.

– Je hoeft ons niet terug te brengen naar Salina, Emmett. Je bent zelf pas net thuis. Ik geloof trouwens niet dat we teruggaan. Althans, nog niet.

Emmett deed zijn ogen even dicht.

– Hoeveel maanden moeten jullie nog zitten? Vijf, zes? Jullie zijn allebei bijna klaar.

- Dat is waar, zei ik instemmend. Dat is helemaal waar. Maar toen directeur Williams het stokje van Ackerly overnam, ontsloeg hij die verpleegkundige uit New Orleans. Degene die Woolly altijd aan zijn medicijnen hielp. Hij heeft nu nog maar een paar flesjes, en je weet hoe depri hij wordt zonder zijn medicijn...

– Het is zijn medicijn niet.

Ik schudde instemmend mijn hoofd.

– Wat voor de een gif is, is voor de ander een opkikkertje, nietwaar?

– Duchess, jij bent wel de laatste aan wie ik dit zou moeten uitleggen. Maar hoe langer jullie tweeën vermist worden en hoe verder jullie van Salina weg zijn, des te erger de gevolgen zullen zijn. En jullie zijn deze winter allebei achttien geworden. Dus als jullie in een andere staat worden opgepakt, sturen ze jullie misschien niet terug naar Salina. Ze kunnen jullie zelfs naar Topeka sturen.

Laten we wel wezen: de meeste mensen hebben een ladder en een telescoop nodig om te begrijpen hoeveel twee plus twee is. Daarom kost het meestal onnodig veel moeite om uit te leggen wat je bedoelt. Maar zo niet bij Emmett Watson. Hij is zo iemand die meteen het hele plaatje ziet, het grotere geheel, en alle details. Ik hief in overgave mijn beide handen op.

– Honderd procent mee eens, Emmett. In feite heb ik geprobeerd Woolly precies hetzelfde in precies dezelfde bewoordingen te zeggen. Maar hij wou niet luisteren. Hij was vastbesloten om over het hek te springen. Hij had een heel plan. Hij zou 'm op een zaterdagavond smeren en dan als de bliksem naar de stad gaan en een auto stelen. Hij jatte zelfs een mes toen hij keukendienst had. Geen dunschiller maar een slagersmes. Niet dat Woolly ooit een vlieg kwaad zou doen. Dat weten jij en ik wel. Maar de politie weet dat niet. Die zien een onrustige vreemde met een jachtige blik in zijn ogen en een slagersmes in zijn hand, en die leggen ze om als een hond. Dus ik zei tegen hem dat hij het mes moest terugleggen waar hij het gevonden had, en dat ik hem veilig en wel uit Salina zou krijgen. Hij legde het mes terug, we glipten in de kofferbak, en hopla, hier zijn we dan.

Dit was allemaal waar.

Behalve dat van het mes.

Dat is wat je verfraaiing noemt – een onschuldig stukje overdrijving, omwille van het effect. Net zoiets als die enorme klok in de act van Kazantikis, of dat kapotschieten van het hangslot door de Pinkerton. Die kleinigheden die oppervlakkig gezien onnodig lijken maar die op een of andere manier zorgen dat het hele verhaal staat als een huis.

– Luister Emmett, je kent mij. Ik had mijn tijd kunnen uitzitten en daarna die van Woolly. Vijf maanden of vijf jaar, wat maakt het uit. Maar gezien Woolly's toestand denk ik niet dat hij het er nog vijf dagen had uitgehouden.

Emmett liet zijn gedachten langs Woolly's levenspad gaan.

We wisten allebei dat zijn probleem er een van vele was. Woolly was opgegroeid in zo'n chic gebouw aan de Upper East Side op Manhattan, ze hadden een huis op het platteland, een auto met chauffeur en een kok. Zijn grootvader was bevriend met Teddy én Franklin Roosevelt, en zijn vader was in de Tweede Wereldoorlog een held geweest. Maar al die voorspoed kan ook iets te veel van het goede worden. Er bestaan van die kwetsbare zielen die geconfronteerd met zoveel overvloed een gevoel van naderend onheil krijgen, alsof die hele berg huizen, auto's en Roosevelts boven op hem in elkaar zal donderen. De gedachte alleen al bederft zijn eetlust en maakt hem nerveus. Hij kan zich moeilijk concentreren, waardoor hij moeite heeft met lezen, schrijven en rekenen. Als hij van de ene kostschool af moet, wordt hij naar de volgende gestuurd. En daarna misschien nog naar een andere. Uiteindelijk zal zo'n type íéts nodig hebben om de wereld op afstand te houden. En wie kan hem dat kwalijk nemen? Ik zal de eerste zijn die zegt dat rijke mensen nog geen twee minuten van je medeleven verdienen. Maar een groothartige jongen als Woolly? Dat is een totaal ander verhaal.

Ik kon aan Emmetts gezicht zien dat hij, Woolly's gevoelige aard indachtig, eenzelfde soort afweging maakte en zich afvroeg of we hem nou terug naar Salina moesten sturen of hem veilig op pad moesten helpen. Als dilemma was het behoorlijk moeilijk om te ontleden. Maar ik neem aan dat ze het daarom een dilemma noemen.

– Het is een lange dag geweest, zei ik, en legde een hand op Emmetts schouder. Zullen we maar naar binnen gaan en het brood breken? Als we eenmaal wat gegeten hebben, zijn we allemaal in een betere gemoedstoestand om het hoe en waarom goed te overwegen.

§

De boerenkeuken...

Daar hoor je in het Oosten veel over. Het is een van die dingen die mensen ontzag inboezemt, ook als ze er geen enkele directe ervaring mee hebben. Net als met justitie en Jezus. Maar in tegenstelling tot de meeste dingen die mensen van verre bewonderen, verdient de boerenkeuken die bewondering wél. Het is twee keer zo lekker als wat je ook maar bij Delmonico's kunt krijgen, en zonder alle poespas. Dat komt misschien doordat ze gebruikmaken van de recepten van hun betovergrootmoeders die ze perfectioneerden tijdens de huifkarrentrek. Of misschien komt het doordat ze zoveel uren doorbrengen te midden van varkens en tomaten. Hoe dan ook, ik schoof mijn bord pas opzij nadat ik driemaal had opgeschept.

– Dat was smullen.

Ik richtte me tot het joch, dat amper met zijn hoofd boven de tafel uitkwam.

– Hoe heet die knappe brunette, Billy? Die met die bloemetjesjurk en werklaarzen, aan wie we deze kostelijke schotel te danken hebben?

– Sally Ransom, zei hij. Het is een ovenschotel met kip. Gemaakt met een van haar eigen kippen.

– Een van haar eigen kippen! Hé Emmett, hoe gaat die volkswijsheid ook alweer? Die over de liefde van de man, die gaat toch door de maag?

– Het is een buurvrouw, zei Emmett.

– Kan zijn, gaf ik toe. Maar ik heb mijn hele leven zat buren gehad maar nooit een die me een ovenschotel heeft gebracht. En jij, Woolly? Woolly zat met zijn vork een spiraal in zijn jus te tekenen.

– Wat?

– Heb jij ooit een buurvrouw gehad die je een ovenschotel bracht? vroeg ik nu iets harder.

Hij dacht er even over na.

– Ik heb nooit een ovenschotel gekregen.

Ik glimlachte met opgetrokken wenkbrauwen naar de jongen. Hij glimlachte terug en trok ook zijn wenkbrauwen op.

Ovenschotel of niet, Woolly keek plotseling op met een blik alsof hem iets was ingevallen.

– Hé Duchess, heb je het met Emmett al over de escapade gehad?

– De escapade? vroeg Billy, die zijn hoofd iets verder boven de tafel uitstak.

– Dat is de andere reden waarom we hierheen zijn gekomen, Billy. We zijn van plan een kleine escapade te beginnen en we hoopten dat je broer mee zou komen.

– Een escapade... zei Emmett.

– We noemen dat zo omdat we geen beter woord weten, zei ik. Maar eigenlijk is het een goede daad. Een soort mitswa. Eigenlijk is het de vervulling van de wens van een overledene.

Tijdens mijn uitleg keek ik van Emmett naar Billy en weer terug, omdat ze allebei even geïntrigeerd leken.

– Toen Woolly's grootvader overleed, liet hij Woolly wat geld na, in wat ze een trustfonds noemen. Klopt toch, Woolly?

Woolly knikte.

– Welnu, een trustfonds is een bijzondere beleggingsrekening, opgezet ten gunste van een minderjarige, met een beheerder die alle beslissingen neemt tot de minderjarige de volwassen leeftijd bereikt, op welk moment de minderjarige met het geld kan doen wat hij wil. Maar toen Woolly achttien werd heeft de beheerder, die toevallig Woolly's zwager is, met behulp van een knap stukje jurisprudentie

Woolly karakterologisch ongeschikt laten verklaren. Dat was het woord toch, Woolly?

– Karakterologisch ongeschikt, bevestigde Woolly, met een verontschuldigend glimlachje.

– En zodoende verlengde zijn zwager zijn zeggenschap over het fonds tot het moment dat Woolly zijn karakter verbeterd zou hebben, of tot in de eeuwigheid, wat er ook maar het eerst plaatsvindt.

Ik schudde mijn hoofd.

– En dat noemen ze een *trust*fonds?

– Dat lijken me Woolly's zaken, Duchess. Wat heb jij daarmee te maken?

– Wij, Emmett. Wat hebben *wij* ermee te maken.

Ik trok mijn stoel nog wat dichter bij de tafel.

– Woolly's familie heeft een buitenhuis in het noorden van de staat New York…

– Een kamp, zei Woolly.

– Een kamp, corrigeerde ik mezelf, waar de familie van tijd tot tijd bijeenkomt. En tijdens de grote Crisis, toen de banken het lieten afweten, besloot Woolly's overgrootvader dat hij het Amerikaanse banksysteem nooit meer volledig kon vertrouwen. Daarom stopte hij, voor je weet maar nooit, honderdvijftigduizend dollar in contanten in een kluis in het kamp. Maar wat hierbij extra interessant is, je zou het zelfs voorbeschikt kunnen noemen, is dat de waarde van Woolly's trustfonds tegenwoordig bijna precies honderdvijftigduizend dollar is.

Ik stopte even om dit goed te laten doordringen. Toen keek ik Emmett recht in de ogen.

– En omdat Woolly zo'n groothartig en bescheiden mens is, heeft hij voorgesteld dat als jij en ik hem vergezellen naar de Adirondacks om hem te helpen bij het bemachtigen van wat hem wettelijk toekomt, hij de opbrengst in drie gelijke stukken zal delen.

– Honderdvijftigduizend dollar gedeeld door drie is vijftigduizend dollar, zei Billy.

– Precies, zei ik.

Terwijl ik achterover ging leunen keek Emmett me een tijdje indringend aan. Toen wendde hij zich tot Woolly.

– Was dit jouw plan?

– Inderdaad, erkende Woolly.

– En je gaat niet terug naar Salina?

Woolly legde zijn handen in zijn schoot en schudde zijn hoofd.

–Nee, Emmett. Ik ga niet terug naar Salina.

Emmett keek Woolly onderzoekend aan, alsof hij nog een vraag wilde bedenken. Maar Woolly, die van nature niet geneigd was vragen te beantwoorden en die veel ervaring had in het vermijden ervan, begon de tafel af te ruimen.

Twijfelend hield Emmett een hand voor zijn mond. Ik leunde voorover.

– Het enige probleempje is dat het kamp altijd in het laatste weekend van juni geopend wordt, waardoor we niet veel tijd hebben. Ik moet in New York even stoppen om mijn ouweheer te bezoeken, maar daarna gaan we rechtstreeks naar de Adirondacks. Je kunt vrijdag weer terug zijn in Morgen – misschien een beetje moe van de reis, maar wel vijftig ruggen rijker. Denk je eens in, Emmett... wat zou een mens met vijftig ruggen wel niet kunnen doen? Wat zou *jij* met vijftig ruggen doen?

Er is niets zo raadselachtig als de menselijke wil – althans dat willen de zielenknijpers ons doen geloven. Volgens hen zijn de drijfveren van een mens een kasteel zonder sleutel. Ze vormen een veelgelaagd doolhof van waaruit persoonlijke handelingen ontstaan, zonder aanwijsbare reden. Maar eigenlijk is het niet zo ingewikkeld. Als je iemands drijfveren wilt begrijpen, hoef je hem alleen maar te vragen: *Wat zou jij met vijftigduizend dollar doen?*

De meeste mensen die je dit vraagt hebben een paar minuten bedenktijd nodig, om de mogelijkheden te ordenen en hun opties af te wegen. En dat zegt genoeg over wat je over hen wilt weten. Maar als je die vraag aan een man van aanzien stelt, een man die ontzag verdient, zal hij je zonder te aarzelen antwoord geven, mét details. Omdat hij al heeft bedacht wat hij met vijftig ruggen zou doen. Hij heeft erover nagedacht terwijl hij greppels groef, of aan paperclips pulkte, of koeken bakte. Hij heeft erover nagedacht terwijl hij zijn vrouw aanhoorde of de kinderen instopte, of midden in de nacht naar het plafond lag te staren. In zekere zin heeft hij er zijn hele leven al over nagedacht.

Toen ik Emmett die vraag stelde gaf hij geen antwoord, maar dat was niet omdat hij geen antwoord had. Ik kon aan zijn blik zien dat hij *precies* wist wat hij met vijftigduizend dollar zou doen, stuiver voor stuiver en cent voor cent.

Terwijl we daar even zaten te zwijgen keek Billy van mij naar zijn broer en weer terug, maar Emmett keek recht over de tafel naar mij, alsof hij en ik opeens de enige aanwezigen waren.

– Misschien was dit Woolly's idee, misschien ook niet, Duchess. Maar ik wil hier part noch deel aan hebben. Aan het stoppen in New York niet, de reis naar de Adirondacks niet en de vijftigduizend dollar niet. Morgen moet ik een paar dingen hier in de stad doen. Maar maandagochtend brengen Billy en ik jou en Woolly allereerst naar het Greyhound-busstation in Omaha. Daar kunnen jullie de bus nemen naar Manhattan of de Adirondacks of waar dan ook. Vervolgens gaan Billy en ik met de Studebaker terug, en verder met onze eigen zaken.

Emmett was heel serieus toen hij zijn korte speech afstak. In feite heb ik nog nooit iemand zo serieus gezien. Hij verhief zijn stem niet en hij keek geen enkele keer van mij weg, zelfs niet even naar Billy die met een verwonderde blik elk woord in zich opnam.

En toen viel bij mij het kwartje. De blunder die ik had begaan. Ik had alle plannen pal voor zijn ogen op tafel gelegd.

Zoals ik eerder al zei, begrijpt Emmett Watson het hele plaatje beter dan de meesten. Hij begrijpt dat iemand geduldig kan zijn maar alleen tot op zekere hoogte, dat iemand af en toe een spaak in het wiel van de wereld moet steken om te krijgen wat hem als mens nu eenmaal toekomt. Maar Billy? Als achtjarige had hij waarschijnlijk nog geen voet buiten de staat Nebraska gezet. Dus je kon van hem niet verwachten dat hij alle ingewikkeldheden van het moderne leven begreep, of alle subtiliteiten van wat wel of niet redelijk was. Eigenlijk wílde je ook niet dat hij dat al begreep. En als oudere broer van de jongen, als zijn voogd en enige beschermer, was het Emmetts taak om Billy dergelijke lotgevallen zo lang als maar kon te besparen.

Ik leunde achterover in mijn stoel en gaf een knikje bij wijze van wederzijds begrip.

– Hou maar op, Emmett. Ik snap je helemaal.

§

Na het eten kondigde Emmett aan dat hij naar de Ransoms zou lopen om te zien of zijn buurman kon komen om zijn auto op te starten. Omdat het wel anderhalve kilometer ver was bood ik aan om hem te vergezellen, maar het leek hem beter als Woolly en ik uit het zicht bleven. Dus bleef ik aan de keukentafel met Billy zitten kletsen, terwijl Woolly de afwas deed.

Na wat ik je al eerder over Woolly verteld heb zul je waarschijnlijk denken dat afwassen niks voor hem was – dat hij zou wegdromen en zijn gedachten af zou laten dwalen, en dat hij een en ander heel slordig zou doen. Maar Woolly waste die borden alsof zijn leven ervan afhing. Met zijn hoofd gebogen onder een hoek van vijfenveertig graden en het puntje van zijn tong tussen zijn tanden wreef hij de spons in uiterste concentratie over het oppervlak van de borden en verwijderde hij sommige vlekken die daar al jaren zaten, en andere die er helemaal niet zaten.

Het was een wonder om naar te kijken. Maar zoals ik al zei, ik ben gek op verrassingen.

Toen ik mijn aandacht weer op Billy richtte, was hij bezig een in zilverpapier gewikkeld pakje dat hij uit zijn knapzak had gehaald open te maken. Hij haalde er voorzichtig vier koekjes uit en legde ze op tafel – een koekje voor elke zitplaats.

– Nou, nou, zei ik. Wat hebben we daar?

– Koekjes met chocola, zei Billy. Door Sally gemaakt.

Terwijl we in stilte zaten te kauwen merkte ik dat Billy een beetje verlegen naar het tafelblad staarde, alsof hij iets wilde zeggen.

– Is er iets, Billy?

– Allen voor een en een voor allen, zei hij een beetje aarzelend. Dat komt toch uit *De drie musketiers*?

– Precies, *mon ami*.

Nu hij de bron van het citaat met succes had vastgesteld zou je denken dat de jongen dolblij zou zijn, maar hij keek mistroostig. Volstrekt mistroostig. En dat terwijl alleen al het noemen van *De drie musketiers* bij kleine jongens gewoonlijk een glimlach teweegbrengt. Dus Billy's teleurstelling was me nogal een raadsel. Totdat ik op het punt stond nog een hapje te nemen, en me de allen-voor-een-en-een-voor-allen-plaatsing van de koekjes op tafel te binnen schoot.

Ik legde mijn koekje neer.

– Heb je *De drie musketiers* gezien, Billy?

– Nee, gaf hij toe, nog steeds wat mistroostig. Maar ik heb het boek gelezen.

– Dan zou je beter dan wie ook kunnen weten hoe misleidend een titel wel niet kan zijn.

Billy keek op van de tafel.

– Hoezo, Duchess?

– Omdat *De drie musketiers* in feite een verhaal over víér musketiers is. Ja, het begint met de heerlijke camaraderie van Orthos, Pathos en Artemis.

– Athos, Porthos en Aramis?

– Precies. Maar de kern van het verhaal gaat over de manier waarop die jonge avonturier...

– D'Artagnan.

– ... waarop D'Artagnan zich bij de gelederen van het vermetele drietal aansluit. En nog wel door niets minder dan de goede eer van de koningin te redden.

– Da's waar, zei Billy, rechtop in zijn stoel. In feite is het een verhaal over vier musketiers.

Ter ere van een goed volbrachte taak stopte ik de rest van mijn koekje in mijn mond en veegde de kruimels van mijn vingers. Maar Billy keek me opnieuw indringend aan.

– Ik heb zo het gevoel dat er nog iets anders is, kleine William.

Hij leunde zover mogelijk naar voren over de tafel en sprak enigszins fluisterend.

– Wil je horen wat ik met vijftigduizend dollar zou doen?

Ook ik leunde naar voren en sprak enigszins fluisterend.

– Dat zou ik voor geen goud willen missen.

– Ik zou er een huis in San Francisco, Californië van bouwen. Het zou een wit huis worden, net als dit, met een kleine veranda en een keuken en een voorkamer. En boven zouden drie slaapkamers zijn. Alleen zou er in de plaats van een schuur voor de tractor een garage voor Emmetts auto zijn.

– Geweldig, Billy. Maar waarom San Francisco?

– Omdat onze moeder daar is.

Ik leunde weer naar achteren.

– Je meent het.

Wanneer Emmett in Salina zijn moeder ter sprake bracht, wat echt maar zelden gebeurde, gebruikte hij onveranderlijk de verleden tijd. Maar hij gebruikte die niet op een manier die suggereerde dat zijn moeder naar Californië was vertrokken. Hij gebruikte die op een manier die deed vermoeden dat zijn moeder naar het hiernamaals was vertrokken.

– We gaan direct nadat we jou en Woolly naar het busstation hebben gebracht op weg, voegde Billy er nog aan toe.

– Gewoon zomaar, jullie pakken de hele boel in en verkassen naar Californië.

– Nee, we pakken de hele boel niet in, Duchess. We nemen alleen het weinige mee dat in een plunjezak past.

– Waarom zou je dat doen?

– Omdat Emmett en professor Abernathe het erover eens zijn dat dat de beste manier is om een nieuwe start te maken. We gaan via de Lincoln Highway naar San Francisco rijden en als we daar zijn, gaan we onze moeder zoeken en een huis bouwen.

Ik had de moed niet om het joch te vertellen dat als zijn moeder niet in een klein wit huis in Nebraska wilde wonen, ze ook niet in een klein wit huis in Californië zou willen gaan wonen. Maar los van de grillen van het moederschap schatte ik dat de droom van het joch ongeveer veertigduizend dollar onder het budget was.

– Geweldig plan, Billy. Het heeft het specifieke karakter dat elk welgemeend plan betaamt. Maar weet je zeker of je wel groot genoeg droomt? Ik bedoel, met vijftigduizend dollar kun je nog een heel stuk verdergaan. Je zou een zwembad en een butler kunnen hebben. Je zou een garage voor vier auto's kunnen hebben.

Billy schudde met een ernstig gezicht zijn hoofd.

– Nee, zei hij. Ik denk niet dat we een zwembad en een butler nodig zullen hebben, Duchess.

Ik wilde net vriendelijk suggereren dat hij niet te kort door de bocht moest denken, dat zwembaden en butlers niet makkelijk te krijgen waren en dat de mensen die ze wel hadden ze niet gauw zouden opgeven, toen Woolly opeens bij de tafel stond, met in zijn ene hand een bord en in de andere een spons.

– Niemand heeft een zwembad of een butler nodig, Billy.

Je weet nooit waardoor Woolly's aandacht wordt gewekt. Het kon een vogel zijn die op een tak gaat zitten. Of de vorm van een voetafdruk in de sneeuw. Of iets wat iemand de vorige middag had gezegd. Maar wát Woolly ook aan het denken zet, het loont altijd de moeite erop te wachten. Dus toen hij naast Billy ging zitten, ging ik snel naar de gootsteen, draaide de kraan dicht en ging weer naar mijn eigen stoel, een en al oor.

– Niemand heeft een garage voor vier auto's nodig, vervolgde Woolly. Maar wat je denk ik wel nodig hebt zijn een paar extra slaapkamers.

– Waarom, Woolly?

– Zodat vrienden en familie tijdens de vakantie op bezoek kunnen komen.

Billy knikte uit erkentelijkheid voor Woolly's verstandige idee, dus kwam Woolly met nieuwe suggesties en werd hij gaandeweg steeds enthousiaster.

– Je zou een veranda met een overkapping moeten hebben zodat je er op regenachtige middagen onder kunt zitten, of om er op warme zomernachten bovenop te liggen. En beneden zou een studeerkamer moeten zijn, en een grote kamer met een open haard die groot genoeg is dat iedereen eromheen kan zitten als het sneeuwt. En onder de trap zou je een geheime verstopplaats moeten hebben, en een speciale plek in de hoek voor de kerstboom.

Woolly was nu niet meer te houden. Hij vroeg om pen en papier, zwiepte zijn stoel naast die van Billy en begon in detail een plattegrond te tekenen. En dat was niet zomaar een soort schetsje op een papieren servet. Het bleek dat Woolly plattegronden tekende zoals hij borden waste. De vertrekken werden op schaal weergegeven, met keurig parallel lopende muren en kaarsrechte hoeken. Het was indrukwekkend om te zien.

Los van de vraag of een overdekte veranda nou beter was dan een garage voor vier auto's, moest je het Woolly nageven dat hij prachtig kon dromen. Het huis dat hij voor Billy had bedacht was drie keer groter dan wat het joch zichzelf had voorgesteld, en het moet een snaar geraakt hebben. Want toen Woolly klaar was met de tekening vroeg Billy hem om een pijl richting het noorden toe te voegen en een grote rode ster om de plek te markeren waar de kerstboom moest komen. En nadat Woolly daarmee klaar was vouwde de jongen de plattegrond zorgvuldig op en stopte hem in zijn rugzak.

Woolly leek ook tevreden. Maar toen Billy de koorden goed strak had aangetrokken en weer was gaan zitten, keek Woolly hem met zijn bekende droevige lachje aan.

– Ik wou dat ik niet wist waar mijn moeder is, zei hij.

– Hoe dat zo, Woolly?

– Dan kon ik haar gaan zoeken, net als jij.

§

Toen de afwas klaar was en Billy Woolly mee naar boven had genomen om te laten zien waar hij kon douchen, snuffelde ik wat rond.

Het was geen geheim dat Emmetts ouweheer failliet was gegaan.

Maar je hoefde maar even om je heen te kijken om te weten dat dat niet door de drank kwam. Als de heer des huizes een zuiplap is, zie je dat. Je ziet het aan de staat van het meubilair en hoe het erf erbij ligt. Je kunt het zien aan de manier waarop de kinderen uit hun ogen kijken. Maar ook al was Emmetts ouweheer een geheelonthouder, dan kon er volgens mij nog wel ergens iets te drinken zijn, zoals misschien een fles appelbrandewijn of pepermuntlikeur, ergens weggestopt voor een bijzondere gelegenheid. In dit deel van het land is dat meestal het geval.

Ik begon met de keukenkastjes. In het eerste vond ik de borden en kommen. In het tweede de glazen en mokken. In het derde vond ik het gebruikelijke assortiment levensmiddelen maar geen spoor van een fles, zelfs niet achter de tien jaar oude pot stroop. Ook in de buffetkast was geen borrel te vinden. Maar in het onderste deel stond een allegaartje aan fijn porselein, bedekt onder een dunne laag stof. Niet zomaar wat bordjes, snap je. Er waren soepborden, slabordjes, dessertbordjes en tuimelende torentjes theekopjes. Ik telde al met al een twintigdelig servies – in een huis zonder eetkamertafel.

Ik herinnerde me vaag dat Emmett had gezegd dat zijn familie uit Boston kwam. Nou, als ze uit Boston kwamen, dat moet het wel boven op Beacon Hill zijn geweest. Dit was het soort spullen dat je aan een brahmaanse bruid geeft, in de verwachting dat het van de ene generatie overgaat op de volgende. Maar de hele set paste amper in de kast, dus het zou zeker niet in een plunjezak passen. Waardoor je je zou kunnen afvragen…

In de voorkamer was de enige plek om een fles te verstoppen het grote oude cilinderbureau in de hoek. Ik ging op de stoel zitten en rolde het open. Op het schrijfblad lagen de gebruikelijke spullen – een schaar, een briefopener, pen en papier – maar de laatjes zaten propvol dingen die daar niet hoorden, zoals een oude wekker, een half pak speelkaarten, en hier en daar wat stuivers en centen. Nadat ik het kleingeld bij elkaar had geraapt (wie spaart, die heeft wat) maakte ik duimend de onderste la open, omdat ik wist dat die een klassieke verstopplek is. Maar er was daar geen plaats voor een fles want de la zat boordevol post.

Eén blik erop was genoeg om te weten wat deze rommel inhield: onbetaalde rekeningen. Rekeningen van het energiebedrijf en het telefoonbedrijf, en van ieder ander die zo dom was geweest om meneer Watson krediet te verstrekken. Helemaal onderop lagen de originele facturen, daarna de herinneringen en bovenop de opzeggingen en aanmaningen van incassobureaus. Sommige enveloppen waren niet eens opengemaakt.

Ik moest erom glimlachen.

Het had iets eigenaardigs dat meneer Watson deze verzameling in de onderste la had bewaard – vlak naast de prullenmand. Het had hem net zoveel moeite gekost om de rekeningen in zijn bureau te stoppen als om ze naar de vergetelheid te verwijzen. Misschien kon hij zich er gewoon niet toe zetten om toe te geven dat hij ze nooit zou betalen.

Míjn ouweheer zou die moeite zeker nooit genomen hebben. Wat hem betrof kon een onbetaalde rekening niet snel genoeg bij de vuilnis. In feite was hij zó allergisch voor alleen al het papier waarop rekeningen waren gedrukt, dat hij zich zekere inspanningen getroostte om te voorkomen dat ze hem überhaupt bereikten. Om die reden kwam het voor dat de weergaloze Harrison Hewett, die een pietje-precies was wat de Engelse taal betrof, af en toe zijn eigen adres verkeerd spelde.

Maar oorlog voeren met de Amerikaanse posterijen is geen kleinigheid. Ze hebben hele vloten vrachtwagens ter beschikking, en een leger voetsoldaten wier enige doel in het leven is zich ervan te vergewissen dat een envelop met jouw naam erop zijn weg vindt naar jouw tengels. Om die reden kwam het voor dat de Hewetts af en toe via de hal binnenkwamen en via de nooduitgang vertrokken, meestal om vijf uur 's morgens.

Ah, zei mijn vader dan, pauzerend tussen de derde en tweede verdieping en gebarend naar het oosten. *Rozenvingerige dageraad! Prijs je maar gelukkig dat je dit meemaakt, jongen. Er zijn kóningen die dit nooit hebben gezien!*

Buiten hoorde ik de wielen van meneer Ransoms pick-up de oprit van de Watsons opdraaien. Toen hij langs het huis reed, richting de schuur, maakten de koplampen een korte zwaai van rechts naar links door de kamer. Ik deed de onderste la van het bureau dicht zodat de hele berg berichtgevingen veilig en wel bleef opgeborgen, tot de eindafrekening.

Boven stak ik mijn hoofd in Billy's kamer, waar Woolly al uitgestrekt op bed lag. Hij lag zacht hummend naar de vliegtuigjes die aan het plafond hingen te kijken. Hij dacht waarschijnlijk aan zijn vader, in de cockpit van zijn gevechtsvliegtuig, op drieduizend meter. Dat is waar Woolly's vader voor Woolly voorgoed zou zijn: ergens tussen het vliegdek van zijn vliegdekschip en de bodem van de Zuid-Chinese Zee.

Ik trof Billy in de kamer van zijn vader, waar hij in kleermakerszit op de beddensprei zat met naast zich zijn knapzak en op schoot een groot rood boek.

– Hé, musketier. Wat ben je aan het lezen?

– *Professor Abacus Abernathes Compendium van Helden, Avonturiers en Andere Onversaagde Reizigers.*

Ik floot.

– Klinkt indrukwekkend. Is het goed?

– O, ik heb het al vierentwintig keer gelezen.

– Dan is *goed* misschien te zwak uitgedrukt.

Ik ging de kamer binnen en slenterde van de enige hoek naar de andere terwijl de jongen de pagina's omsloeg. Op de commode stonden twee ingelijste foto's. De eerste was van een staande echtgenoot naast zijn zittende vrouw, in kleding van rond de eeuwwisseling. Dat moesten de Watsons van Beacon Hill zijn. De andere was van Emmett en Billy, van pas een paar jaar geleden. Ze zaten op dezelfde veranda waar eerder die dag Emmett met zijn buurman had gezeten. Er was geen foto van Billy en Emmetts moeder.

– Hé Billy, zei ik toen ik de foto van de broers weer op de commode zette. Mag ik je iets vragen?

– Oké, Duchess.

– Wanneer ging jullie moeder precies naar Californië?

– Op 5 juli 1946.

– Dat is behoorlijk precies. Dus ze vertrok gewoon, zomaar? Nooit meer wat van gehoord?

– Nee, zei Billy, die nog een pagina omsloeg. Wél nog wat van gehoord. Ze stuurde ons negen ansichtkaarten. Vandaar dat we weten dat ze in San Francisco is.

Voor het eerst sinds ik de kamer in was gekomen keek hij op van zijn boek.

– Mag ik jou wat vragen, Duchess?

– Ja hoor, ieder zijn beurt, Billy.

– Waarom noemen ze je zo?

– Omdat ik in Dutchess County geboren ben.

– Waar ligt Dutchess County?

– Ongeveer tachtig kilometer ten noorden van New York.

Billy ging rechtop zitten.

– Bedoel je de stad New York?

– Ja.

– Ben je dan weleens in New York geweest?

– Ik ben in honderden steden geweest, Billy, maar nergens zo vaak als in New York.

– Dat is waar professor Abernathe is. Kijk, hier.

Hij ging terug naar een van de eerste pagina's en reikte me het boek aan.

– Van kleine lettertjes krijg ik hoofdpijn, Billy. Neem jij de honneurs maar waar.

Hij boog zijn hoofd en begon te lezen, met behulp van een vingertop.

– Beste lezer, ik schrijf u vandaag vanuit mijn eenvoudige kantoor op de vierenvijftigste verdieping van het Empire State Building, op het kruispunt van Thirty-Fourth Street en Fifth Avenue op het eiland Manhattan in de stad New York, aan de noordoostelijke kust van onze grote natie, de Verenigde Staten van Amerika.

Billy keek op met een blik vol verwachting. Ik reageerde met een onderzoekende blik.

– Heb je professor Abernathe ooit ontmoet? vroeg hij.

Ik glimlachte.

– Ik heb veel mensen in onze grote natie ontmoet en veel van hen op het eiland Manhattan, maar voor zover ik weet heb ik nooit het genoegen gehad om met jouw professor kennis te maken.

– O, zei Billy.

Hij was even stil, en daarna fronste hij zijn wenkbrauwtjes.

– Nog iets anders? vroeg ik.

– Waarom ben je in honderden steden geweest, Duchess?

– Mijn vader was een tragédien. Hoewel we in principe in New York waren gestationeerd, brachten we een groot deel van het jaar reizend van stad tot stad door. Dan waren we de ene week in Buffalo en de volgende in Pittsburgh. Daarna Cleveland of Kansas City. Ik ben zelfs enige tijd in Nebraska geweest, of je het gelooft of niet. Toen ik ongeveer zo oud als jij was heb ik een tijdje in de buitenwijken van een stad die Lewis heet gewoond.

– Ik ken Lewis, zei Billy. Het ligt op de Lincoln Highway. Halverwege hier en Omaha.

– Je meent het.

Billy legde zijn boek terzijde en pakte zijn knapzak.

– Ik heb een kaart. Wil je die zien?

– Ik geloof het graag.

Billy liet de knapzak met rust. Toen fronste hij weer.

– Toen je van stad tot stad ging, hoe ging je dan naar school?

– Niet alles wat het weten waard is bevindt zich tussen de kaften van compendia, jongen. Laten we maar zeggen dat ik naar de universiteit van de straat ging, waar ik mijn kennis opdeed, en de grillige vinger van het lot was mijn docent.

Billy leek dit even te overwegen, kennelijk onzeker of hij wel bereid was om zo'n uitgangspunt als geloofsartikel te accepteren. Vervolgens knikte hij tweemaal tegen zichzelf, en keek hij met iets van gêne weer op.

– Mag ik je nog iets vragen, Duchess?

– Kom maar op.
– Wat is een tragédien?
Ik lachte.
– Een tragédien is een man van het toneel, Billy. Een acteur.
Ik strekte een hand uit, keek in de verte en declameerde:

> Haar dood had later moeten zijn; er ware
> Voor zulk een woord nog wel een tijd gekomen.
> Dat morgen, morgen, en alweder morgen
> Kruipt, kort van schreden, voort van dag tot dag,
> Tot aan het laatste woord in 't boek des tijds;
> Al onze gist'rens lichtten narren voor
> Naar dood en stof...

Het was best goed gebracht, al zeg ik het zelf. Zeker, de pose was een beetje afgezaagd, maar ik legde een wereld van vermoeienis in de *morgens*, en ik trof die ouwe *dood en stof* met een onheilspellende allure.
Billy keek me met zijn karakteristieke opengesperde ogen aan.
– William Shakespeare, uit het Schotse toneelstuk, zei ik. Vijfde bedrijf, vijfde scène.
– Was jouw vader een shakespeareaanse acteur?
– Zeer shakespeareaans.
– Was hij beroemd?
– O, ze kenden hem bij naam in elke kroeg, van Petaluma tot Poughkeepsie.
Billy leek onder de indruk. Maar toen fronste hij nog een keer.
– Ik heb het een en ander over Shakespeare geleerd, zei hij. Professor Abernathe noemt hem de grootste avonturier die nooit het zeegat is uitgevaren. Maar hij heeft het nooit over het Schotse toneelstuk gehad...
– Dat verbaast me niet. Het Schotse toneelstuk wordt tegenwoordig door theatermensen *Macbeth* genoemd, snap je. Een paar eeuwen geleden was er bepaald dat het stuk vervloekt was, en dat het bij naam

noemen ervan alleen maar ongeluk kon brengen voor wie het durfde op te voeren.

– Wat voor soort ongeluk?

– Van het ergste soort. Bij de eerste productie van het stuk, in zestienhonderd zoveel, overleed de jonge acteur die Lady Macbeth zou spelen vlak voordat hij het toneel op moest. Ongeveer honderd jaar geleden waren de twee grootste Shakespeare-acteurs ter wereld een Amerikaan die Forrest heette en een Brit die Macready heette. Uiteraard vond het Amerikaanse publiek dat Forrest de beste was. Dus toen Macready de rol van Macbeth zou spelen in het Astor Place Opera House, op het eiland Manhattan, brak er een rel uit waarbij tienduizend mensen slaags raakten en vele doden vielen.

Uiteraard was Billy gefascineerd.

– Maar waarom was het vervloekt?

– Waarom het vervloekt was! Heb je nooit het verhaal van Macbeth gehoord? De Leenheer van Glamis met het zwarte hart? Wat, nee? Goed dan, jongen, maak maar wat plaats en dan zal ik je lid van de club maken!

Professor Applenathes *Compendium* werd weggelegd. En terwijl Billy onder de dekens schoof deed ik het licht uit, net als mijn vader altijd deed als hij me een duister en griezelig verhaal ging vertellen.

Uiteraard begon ik op het veen met de drie heksen die poken en stoken. Ik vertelde hoe Macbeth, aangespoord door zijn ambitieuze vrouwtje, het bezoek van zijn koning eer aandeed met een dolk door diens hart, en hoe deze koelbloedige moord leidde tot de volgende, die op zijn beurt tot een derde leidde. Ik vertelde dat Macbeth gekweld werd door geestverschijningen en dat zijn vrouw door de zalen van Cawdor begon te slaapwandelen terwijl ze het denkbeeldige bloed van haar handen veegde. O, welzeker schroefde ik mijn moed tot aan het hoogste punt!

En zodra de bomen van Birnam Wood de heuvel van Dunsinane hadden beklommen en Macduff, die man uit geen vrouw geboren, de koningsmoordenaar afgeslacht op het veld had achtergelaten, stopte ik

Billy in en wenste hem welterusten. En nadat ik was afgegaan naar de gang maakte ik met een zwierig gebaar een buiging toen ik hoorde dat kleine Billy uit bed was gestapt om het licht weer aan te doen.

§

Wat me op de rand van Emmetts bed gezeten direct opviel in zijn kamer, was wat er níét was. Al was er een barstje in het stucwerk waar ooit een spijker had gezeten: er hingen geen foto's, affiches of vlaggetjes. Er was geen radio of grammofoon. En ook al hing er boven het raam een gordijnrail, er waren geen gordijnen. Als er aan de muur een kruis had gehangen, had dit de cel van een monnik kunnen zijn.

Ik neem aan dat hij de kamer leeggeruimd kon hebben vlak voordat hij naar Salina ging. Weg met al die kinderspullen en wat dies meer zij, gooi alle stripboeken en honkbalkaartjes maar in de vuilnis. Misschien. Maar íéts zei me dat dit de kamer was van iemand die al heel lang bezig was om zijn vertrek uit dit huis voor te bereiden, met niets anders dan een plunjezak.

De lichtbundels van meneer Ransoms koplampen zwaaiden weer over de muur, nu van links naar rechts, toen zijn pick-up op weg naar de straatweg het huis passeerde. Ik hoorde de hordeur dichtslaan en Emmett de lampen in de keuken uitdoen en vervolgens die in de voorkamer. Toen hij de trap op kwam wachtte ik hem op in de gang.

– Doet-ie het weer? vroeg ik.

– Gelukkig wel.

Hij leek oprecht opgelucht, maar ook nogal moe.

– Ik vind het vreselijk dat ik jou je kamer uitgooi. Neem jij je bed maar en dan ga ik beneden op de bank slapen. Die is misschien een beetje kort maar hij is zeker comfortabeler dan de matrassen in Salina.

Ik zei dit omdat ik niet verwachtte dat Emmett op mijn aanbod zou ingaan. Zo was hij niet. Maar ik kon zien dat hij het gebaar wel waardeerde. Hij glimlachte naar me en legde zelfs een hand op mijn schouder.

– Zit wel goed, Duchess. Blijf daar nou maar en ik ga bij Billy. Ik denk dat we allemaal wel een goede nachtrust kunnen gebruiken.

Emmett liep een paar passen verder de gang in, maar toen stopte hij en draaide zich om.

– Jij en Woolly zouden die kleren moeten wegdoen. Hij kan wel iets in mijn vaders kast vinden. Ze hebben ongeveer dezelfde maat. Ik heb voor Billy en mij alles al gepakt, dus jij kunt uit mijn kast pakken wat je wilt. Er ligt daar ook een stel oude schooltassen die jullie twee kunnen gebruiken.

– Bedankt, Emmett.

Hij liep de gang in en ik ging zijn kamer weer in. Door de gesloten deur hoorde ik dat hij zich waste en bij zijn broer ging liggen.

Toen ik in zijn bed lag staarde ik naar het plafond. Boven mijn hoofd hingen geen vliegtuigjes. Ik had in het pleisterwerk alleen maar een barst die met een flauwe bocht rond de plafonnière liep. Maar aan het eind van een lange dag is een barst in het pleisterwerk misschien wel het enige wat nodig is om je verbeelding op gang te brengen. Want de manier waarop die kleine oneffenheid rond de plafondlamp krulde, leek ineens heel veel op de manier waarop de rivier de Platte rond Omaha krult.

O, Omaha, ik herinner me u goed.

Het was in augustus 1944, net een halfjaar na mijn achtste verjaardag. Die zomer maakte mijn vader deel uit van een reizende revue die beweerde geld in te zamelen voor de oorlog. Hoewel de show werd geafficheerd als *Grootheden van het Variété* had hij net zo goed *Optocht van vergane glorie* kunnen heten. Het spektakel opende met een verslaafde jongleur die in de tweede helft van zijn act de bibberatie kreeg, gevolgd door een tachtigjarige komiek die zich nooit kon herinneren welke grap hij al verteld had. Mijn vaders act was de voordracht van een potpourri van Shakespeares grootste monologen – of, zoals hij het formuleerde: *Een levenslange voorraad wijsheid in tweeëntwintig minuten.* Met de baard van een bolsjewiek en een dolk in zijn riem hief hij zijn blik langzaam van de voetlichten omhoog, op zoek naar dat domein van sublieme ideeën dat ergens in de rechterbovenhoek van het balkon was gesitueerd, en vandaar zoude hij aanvangen: *Maar stil! Wat licht breekt door het venster ginds...* en *Nog eens gestormd, nog eens, mijn lieve vrienden!...* en *O, spreekt niet van nooddruft!...*

Van Romeo tot Henry en Lear. Een op maat gesneden parade van achtereenvolgens de verliefde jongeling, de ontluikende held en de bevende oude gek.

Als ik me goed herinner begon die tournee in het Majestic Theatre, in het bekoorlijke Trenton, New Jersey. Vandaar gingen we westwaarts en deden we alle toplocaties van het binnenland aan, van Pittsburgh tot Peoria.

De laatste stopplaats was een verblijf van een week in het Odeon in Omaha. Het was een groot, oud art-decogebouw, ergens weggestopt tussen het station en de hoerenbuurt, dat niet zo verstandig was geweest om omgebouwd te worden tot bioscoop, toen dat nog kon. Wanneer we onderweg waren logeerden we meestal met de andere artiesten in ons passende hotels, die ook door voortvluchtigen en bijbelverkopers werden gefrequenteerd. Maar telkens als we de laatste stopplaats van een tournee bereikten, waarna er dus geen nieuw doorstuuradres zou zijn, nam mijn vader voor ons het chicste hotel van de stad. Uitgerust met de wandelstok van Winston Churchill en het stemgeluid van John Barrymore drentelde hij dan naar de receptie en vroeg om zijn kamer. Als hij dan vernam dat het hotel was volgeboekt en er geen reservering voor hem was, bracht hij de verontwaardiging die paste bij een man van zijn standing tot uiting. *Wat krijgen we nu! Geen reservering! Terwijl niemand minder dan Lionel Pendergast, directeur van het Waldorf Astoria en een heel goede vriend, me heeft verzekerd dat er in Omaha geen andere plek was om te overnachten, en uw kantoor heeft gebeld om mijn kamer te boeken!* Wanneer de directie dan uiteindelijk toegaf dat de presidentiële suite vrij was, gaf paps toe dat de presidentiële suite wel schikte, ook al was hij maar een man met bescheiden behoeften.

Goed en wel geïnstalleerd buitte deze man met bescheiden behoeften de voorzieningen van het hotel volledig uit. Al onze kledingstukken werden naar de wasserij gestuurd. Manicuristen en masseuses werden naar onze kamers gesommeerd. Piccolo's moesten bloemen halen. En elke avond om zes uur gaf hij in de bar van de lobby een rondje voor de hele zaak.

Op een zondag in augustus, de ochtend na zijn laatste voorstelling, stelde mijn vader een uitstapje voor. Hij was ingehuurd voor een serie in het Palladium in Denver en stelde voor dat te vieren met een picknick op de oever van een meanderende rivier.

Terwijl we onze bagage via de brandtrap naar beneden droegen vroeg mijn vader zich af of we de feestvreugde niet konden verhogen door een afgevaardigde van het zwakke geslacht mee te nemen. Bijvoorbeeld Miss Maples, die heerlijke jongedame die Mefisto, de schele goochelaar, elke avond in de tweede acte doormidden zaagde. En wie troffen we aan in de steeg, met haar koffer in de hand? De rondborstige blondine waar we het net over hadden.

– Holadijee! zei mijn vader.

Ach, wat zou het een heerlijke dag worden.

Met mij op de achterbank en Miss Maples voorin reden we naar een groot gemeentepark aan de oever van de Platte, waar het gras welig tierde, de bomen hoog waren en de zon op het water glinsterde. De avond ervoor had mijn vader een picknickmand met gebraden kip en gekoelde maiskolven besteld. Hij had zelfs het tafelkleed onder onze ontbijtborden weggetrokken (probeer dat maar eens, Mefisto!).

Miss Maples, die hooguit vijfentwintig was, leek bijzonder te genieten van mijn ouweheers gezelschap. Ze lachte om al zijn grappen en telkens wanneer hij haar wijnglas bijvulde uitte ze op warme wijze haar dankbaarheid. Ze moest zelfs blozen bij enkele van de complimenten die hij van de Bard had gestolen.

Ze had een draagbare platenspeler meegenomen en ik werd belast met het uitzoeken en opzetten van platen, terwijl zij tweeën al wankelend dansten op het gras.

Er is ooit beweerd dat wat de maag troost, de geest afstompt. En zeker, een grotere waarheid werd nooit gesproken. Want nadat we de wijnflessen in de rivier hadden gegooid, de platenspeler in de kofferbak hadden gedaan en de auto hadden gestart, en mijn vader zei dat we even in een stadje in de buurt moesten stoppen, dacht ik daar niets bijzonders van. En toen we bij een oud natuurstenen gebouw boven op een heuvel stopten en hij me vroeg in een kamer met een jonge non te wachten terwijl hij in een andere kamer met een oudere non sprak, dacht ik daar nog steeds niets bijzonders van. Eigenlijk was het pas toen ik toevallig uit het raam keek en mijn vader de oprit af zag snellen met het hoofd van Miss Maples op zijn schouder, dat ik doorhad dat ik was genaaid.

NEGEN

Emmett

Emmett werd wakker met de geur van gebakken bacon. Hij kon zich niet meer herinneren wanneer hij voor het laatst met de geur van bacon wakker was geworden. Ruim een jaar lang was hij 's morgens om kwart over zes wakker geworden met hoorngeschal en het rumoer van veertig jongens. Weer of geen weer, ze hadden veertig minuten om te douchen, zich aan te kleden, hun bed op te maken, te ontbijten en zich op te stellen voor corvee. Wakker worden op een echte matras onder schone katoenen lakens met de geur van bacon in de lucht was zo onbekend geworden, zo onverwacht, dat hij zich even moest afvragen waar de bacon vandaan kwam en wie hem bakte.

Hij draaide zich om en zag dat Billy weg was, en dat de klok op het nachtkastje 9u45 aanwees. Zachtjes vloekend kwam hij uit bed en kleedde zich aan. Hij had gehoopt de stad in en uit te zijn voordat de kerk uitging.

In de keuken trof hij Billy en Duchess tegenover elkaar aan tafel – en Sally bij het fornuis. Voor de jongens stonden borden met eieren en bacon, en midden op tafel een mandje zachte broodjes en een pot aardbeiencompote.

– Jongen, wat ga jij smullen, zei Duchess toen hij Emmett zag.

Emmett trok er een stoel bij en keek naar Sally, die de percolator pakte.

– Je had geen ontbijt voor ons hoeven maken, Sally.

Bij wijze van antwoord zette ze een mok voor hem neer.

– Hier is je koffie. Je eieren zijn zo klaar.

Meteen draaide ze zich om en ging terug naar het fornuis.

Duchess, die net een tweede hap van een broodje nam, schudde waarderend zijn hoofd.

– Ik heb heel Amerika afgereisd, Sally, maar ik heb nog nooit zoiets als deze zachte broodjes geproefd. Wat is je geheime recept?

– Er is niets geheims aan mijn recept, Duchess.

– O nee? Maar dat zou wel moeten. En Billy zegt dat je de gelei ook hebt gemaakt.

– Dat is aardbeiencompote, geen gelei. Ja, die maak ik altijd in juli.

– Het kost haar een hele dag, zei Billy. Je moest haar keuken eens zien. Op elk aanrecht staan mandjes aardbeien, en een tweekilopak suiker, en vier verschillende pannen die op het fornuis staan te sudderen.

Duchess floot en schudde zijn hoofd.

– Het mag dan wel een ouderwets karwei zijn, maar zoals ik het zie is het alleszins de moeite waard.

Sally draaide zich om en bedankte Duchess met een zekere plechtigheid. Toen keek ze Emmett aan.

– Klaar nou?

Zonder op antwoord te wachten bracht ze hem zijn bord.

– Je had echt niet al die moeite hoeven doen, Sally, zei Emmett. We hadden best zelf voor ons ontbijt kunnen zorgen, en er was nog een heleboel jam in de kast.

– Ik zal er voortaan aan denken, zei Sally terwijl ze zijn bord neerzette.

Toen ging ze terug naar het fornuis en begon de koekenpan te boenen.

Emmett staarde naar haar rug maar toen sprak Billy hem aan.

– Ben je weleens naar het Imperial geweest, Emmett?

Emmett keek naar zijn broer.

– Wat is dat, Billy? Het Imperial?

– De bioscoop in Salina.

Emmett keek fronsend naar Duchess, die de zaak snel rechtzette.

– Je broer is nooit naar het Imperial geweest, Billy. Alleen ik met nog een paar andere jongens.

Billy knikte, maar het leek alsof hij ergens op zat te broeden.

– Moest je speciale toestemming hebben om naar de film te gaan?

– Niet zozeer toestemming, eerder... initiatief.

– Maar hoe kwam je dan buiten?

– Ah! Gezien de omstandigheden een verstandige vraag. Salina was niet echt een gevangenis, Billy, met wachttorens en zoeklichten. Het was meer als een trainingskamp in het leger – een omheind terrein in niemandsland met een hoop barakken en een kantine en een paar oudere kerels in uniform die naar je schreeuwden dat je te snel liep, als ze niet naar je schreeuwden dat je te langzaam liep. Maar die kerels in uniform, zeg maar onze sergeanten, sliepen niet bij ons. Ze hadden hun eigen barakken, met een biljart, een radio en een koelkast vol bier. Dus wanneer op zaterdag het licht uit was en zij aan het biljarten en drinken waren, glipten er een paar van ons via het badkamerraam naar buiten, om naar de stad te gaan.

– Was dat ver?

– Niet zo ver. Als je het aardappelveld overstak kwam je na twintig minuten bij een rivier. Meestal was die maar een halve meter diep, dus dan kon je er in je ondergoed doorheen waden en dan kon je op tijd in de stad zijn voor de tweede avondvoorstelling. Je kon een zak popcorn en een flesje prik nemen, op het balkon de hoofdfilm zien en dan tegen enen terug in bed zijn zonder dat iemand iets in de gaten had.

– Zonder dat iemand iets in de gaten had, herhaalde Billy met een zeker ontzag. Maar hoe betaalde je dan voor de film?

– Kunnen we het over iets anders hebben, stelde Emmett voor.

– Natuurlijk! zei Duchess.

Sally, die de pan had afgedroogd, zette die met een klap op het fornuis.

– Ik ga de bedden opmaken, zei ze.

– Je hoeft de bedden niet op te maken, zei Emmett.

– Ze maken zich niet vanzelf op.

Sally verliet de keuken en ze konden haar de trap op horen marcheren.

Duchess keek naar Billy en trok zijn wenkbrauwen op.

– Momentje, zei Emmett terwijl hij zijn stoel naar achteren schoof.

Terwijl hij naar boven ging kon hij horen hoe Duchess en zijn broer begonnen over de Graaf van Monte-Cristo en diens wonderbaarlijke ontsnapping van een gevangeniseiland – de beloofde verandering van onderwerp.

Toen Emmett bij zijn vaders kamer aankwam was Sally het bed al aan het opmaken, met snelle, doeltreffende bewegingen.

– Je hebt niet gezegd dat je bezoek zou krijgen, zei ze zonder op te kijken.

– Ik wist niet dat ik bezoek zou krijgen.

Sally schudde de kussens op door ze aan beide kanten in te stompen, waarna ze ze tegen het hoofdeind zette.

– Pardon, zei ze terwijl ze in de deuropening langs Emmett streek, om aan de overkant van de gang zijn kamer in te gaan.

Toen Emmett haar volgde zag hij haar naar het bed staan kijken, want Duchess had het al opgemaakt. Emmett was enigszins onder de indruk van Duchess' poging maar Sally niet. Ze trok de deken en de lakens weg en stopte ze opnieuw in, met dezelfde doeltreffende bewegingen. Toen ze daarna haar aandacht op het opschudden van de kussens richtte, keek Emmett naar de klok op het nachtkastje. Het was bijna kwart over tien. Hij had hier echt geen tijd voor, wat het ook was.

– Zit je iets dwars, Sally…

Sally stopte abrupt en keek hem voor de eerste keer die ochtend aan.

– Wat zou mij dwars moeten zitten?

– Ik heb geen flauw idee.

– Kennelijk.

Ze trok haar jurk recht en liep naar de deur maar Emmett versperde haar de weg.

– Het spijt me als ik in de keuken niet dankbaar leek. Ik wou alleen maar zeggen…

– Ik weet wat je wou zeggen want je zei het. Dat ik niet de moeite had hoeven nemen om de kerk over te slaan zodat ik vanmorgen ontbijt voor jullie kon maken, net zoals ik niet de moeite had hoeven doen om jullie avondeten gisteren te maken. Dat is allemaal goed en wel. Maar even voor de duidelijkheid, iemand zeggen dat hij of zij niet de moeite had hoeven nemen iets te doen is niet hetzelfde als er dankbaarheid voor tonen. Verre van. Maakt niet uit hoeveel jam je uit de winkel in de kast hebt staan.

– Gaat het daarover? De jam in de kast? Sally, ik wilde jouw aardbeiencompote niet tekortdoen. Natuurlijk is die beter dan de jam in de kast. Maar ik weet hoeveel moeite het je kost om die te maken, en ik wilde niet dat je je verplicht voelde om een pot aan ons te verspillen. Het is ook geen speciale gelegenheid of zo.

– Misschien aardig om te weten, Emmett Watson, dat ik het prima vind als mijn familie en vrienden mijn aardbeiencompote eten als er géén speciale gelegenheid is of zo. Maar ik dacht dat jij en Billy heel misschien wel van een laatste pot zouden genieten voordat jullie zouden inpakken en wegwezen naar Californië zonder verder een woord te zeggen.

Emmett sloot zijn ogen.

– Nu ik het er toch over heb, vervolgde ze, denk ik dat ik me gelukkig mag prijzen dat je vriend Duchess de tegenwoordigheid van geest had mij over jullie plannen in te lichten. Anders was ik hier morgenochtend gekomen en had ik pannenkoeken en worstjes gebakken, om er dan achter te komen dat er niemand was om ze op te eten.

– Sorry dat ik nog niet de gelegenheid had je dat te zeggen, Sally. Maar het was niet iets wat ik voor je wilde achterhouden. Ik heb het gistermiddag met je vader besproken. In feite was hij degene die het te berde bracht – hij zei dat het misschien het beste was als Billy en ik de tent hier opbraken en ergens anders een frisse start zouden maken.

Sally keek Emmett aan.

– Dat zei mijn vader al. Dat jullie je spullen moesten pakken en een frisse start moesten maken.

– Zoiets...

– Nou, klinkt dat niet geweldig.

Ze wurmde zich langs Emmett en liep door naar Billy's kamer, waar Woolly op zijn rug lag en naar het plafond blies, om de vliegtuigjes in beweging te krijgen.

Sally zette haar handen in haar zij.

– En wie mag jij wel zijn?

Woolly keek geschokt op.

– Ik ben Woolly.

– Ben je katholiek, Woolly?

– Nee, ik ben anglicaans.

– Wat doe je dan nog in bed?

– Weet ik niet, gaf Woolly toe.

– Het is na tienen in de ochtend en ik heb een hoop te doen. Dus over vijf tellen ga ik dat bed opmaken, of je er nu in ligt of niet.

Woolly sprong in zijn boxershort het bed uit en keek met verbijstering toe hoe Sally het bed opmaakte. Hij krabde zich op zijn hoofd en zag Emmett op de drempel staan.

– Hoi Emmett!

– Hoi Woolly.

Woolly kneep zijn ogen even tot spleetjes, en toen klaarde zijn gezicht op.

– Is dat bacon?

– Ha! zei Sally.

En Emmett ging de trap af en naar buiten.

§

Het was een hele opluchting voor Emmett om in zijn eentje achter het stuur van de Studebaker te zitten.

Sinds hij weg was uit Salina had hij amper een moment voor zichzelf gehad. Eerst had je de rit met de directeur, toen meneer Obermeyer in de keuken en meneer Ransom op de veranda, daarna Duchess en Woolly, en nu Sally. Het enige wat Emmett wilde, het enige wat hij nodig had, was de gelegenheid om alles op een rijtje te zetten zodat hij, waar hij en Billy ook zouden besluiten heen te gaan – of het nu Texas was of Californië, of heel ergens anders –, daar wel in de juiste gemoedstoestand heen ging. Maar toen hij Route 14 opdraaide stond hij niet zozeer stil bij de vraag waar hij en Billy heen zouden gaan maar meer bij zijn gesprek met Sally.

Ik heb echt geen flauw idee.

Zo had hij geantwoord toen ze hem vroeg wat haar dwars kon zitten. En in strikte zin wist hij het ook niet.

Maar hij had er wel een gooi naar kunnen doen.

Hij begreep wel degelijk dat Sally bepaalde verwachtingen had. Misschien had hij daar op een zeker moment ook wel aanleiding toe gegeven. Dat doen jonge mensen: het vuur van elkaars verwachtingen aanwakkeren – totdat de noodwendigheden des levens zich kenbaar beginnen te maken. Maar sinds hij naar Salina was gegaan had hij haar niet veel aanleiding voor verwachtingen meer gegeven. Toen ze hem die pakketjes had gestuurd, met zelfgemaakte koekjes en het plaatselijke nieuws, had hij haar met nog geen woord bedankt. Niet telefonisch en ook niet met een briefje. En voor zijn thuiskomst had hij haar niet ingelicht over zijn ophanden zijnde aankomst en haar evenmin gevraagd om het huis schoon te maken. Hij had haar niet gevraagd om te vegen, bedden op te maken, zeep in de badkamer te leggen of eieren in de ijskast te stoppen. Hij had haar helemaal niets gevraagd.

Was hij dankbaar toen hij zag dat ze die dingen voor hem en Billy had willen doen? Natuurlijk wel. Maar dankbaar zijn is één ding, en iets verplicht zijn is heel iets anders.

Terwijl hij zo reed zag hij de kruising met Route 7 naderen. Emmett wist dat als hij daar rechts afsloeg en terugreed op de 22D, hij de stad kon bereiken zonder langs het kermisterrein te hoeven. Maar wat had dat voor zin? Het kermisterrein zou er zijn, of hij er nou langsreed of niet. Het zou er blijven, of hij nou naar Texas of Californië of heel ergens anders heen ging.

Nee, de lange route nemen zou niks uitmaken. Behalve dat je je misschien even kon inbeelden dat wat al gebeurd was, helemaal niet gebeurd was. Dus reed Emmett bij de kruising niet alleen rechtdoor maar hij ging ook dertig kilometer per uur rijden toen hij het kermisterrein naderde, en parkeerde hij er in de berm, waar hij geen andere keus had dan er goed naar kijken.

Gedurende eenenvijftig weken per jaar lag het terrein er net zo bij als nu – twee hectare leeg land bedekt met stro zodat de aarde niet wegwaaide. Maar in de eerste week van oktober was het er allesbehalve leeg. Dan was het een en al muziek, mensen en lamplicht. Dan stond er een draaimolen en waren er botsautootjes en bonte kramen waar je een poging kon wagen met ballengooien of schieten. Er zou een grote gestreepte tent staan waar jury's met de nodige omhaal zouden samenkomen en overleggen wie een blauw lintje zou krijgen voor de grootste pompoen of de lekkerste citroen-meringuetaart. En er zou een kraal met tribunes zijn waar ze de tractorwedstrijden en het concours lassowerpen zouden houden, waarbij nog meer lintjes door jury's zouden worden uitgereikt. En daar achterin, net voorbij de eettentjes, zou een uitgelicht podium zijn voor de vioolwedstrijd.

Uitgerekend pal naast het kraampje met suikerspinnen had Jimmy Snyder het op de laatste avond van de kermis nodig gevonden om te gaan vechten.

De eerste keer dat Jimmy iets riep dacht Emmett dat hij het tegen iemand anders had, aangezien hij Jimmy amper kende. Emmett was een jaar jonger en had nooit bij Jimmy in de klas of op sport gezeten, dus hij ging eigenlijk nooit met hem om.

Maar Jimmy hoefde jou niet te kennen. Hij hield ervan mensen te kleineren, of hij ze nou kende of niet. En de reden deed er ook niet toe. Het kon zijn om de kleren die je droeg, of het eten dat je at, of hoe je zus de straat overstak. Ja meneer, het kon overal over gaan, als het maar iets was wat je irriteerde.

Qua stijl was Jimmy het type dat zijn beledigingen in de vorm van vragen goot. Met een nieuwsgierig en vriendelijk gezicht stelde hij dan zijn eerste vraag aan niemand in het bijzonder. Als die niet ergens een gevoelige snaar raakte, beantwoordde hij zijn eerste vraag zelf en stelde dan een nieuwe, waarbij hij de cirkel steeds kleiner maakte.

Is dat niet schattig? was de vraag die hij stelde toen hij had gezien dat Emmett hand in hand met Billy liep. *Zeg nou zelf, is dat niet het schattigste wat je ooit hebt gezien?*

Toen Emmett doorhad dat Jimmy hém bedoelde, liet hij het van zich afglijden. Wat kon het hem schelen dat hij op de kermis hand in hand met zijn jongere broertje werd gezien. Wie zou de hand van een zesjarige jongen niet vasthouden, midden in een grote menigte, om acht uur 's avonds?

Dus Jimmy probeerde het nog eens. Hij gooide het over een andere boeg en vroeg zich hardop af of Emmetts vader misschien niet in de oorlog had gevochten omdat hij 3-C had gekregen, de classificatie van het dienstplichtkantoor waarmee boeren uitstel kregen. Emmett vond dit een raar soort belediging, als je zag hoeveel mannen in Nebraska 3-C hadden gekregen. Hij vond het zó raar dat hij het niet kon nalaten om te stoppen en zich om te draaien – wat zijn eerste fout was.

Nu Jimmy Emmetts aandacht had, gaf hij zelf antwoord op zijn vraag. *Nee*, zei hij, *Charlie Watson had geen 3-C gekregen. Want hij zou zelfs in het paradijs nog geen gras kunnen laten groeien. Hij moet wel 4-F hebben gekregen.*

Hierbij draaide Jimmy met een vinger om zijn oor, om te suggereren dat Charlie Watson achterlijk was.

Toegegeven, dit waren kwajongensachtige beschimpingen, maar Emmett begon er wel van te tandenknarsen. Hij voelde dat zijn bloed langzaam begon te koken. Maar hij voelde ook dat Billy aan zijn hand trok – misschien om de eenvoudige reden dat de vioolwedstrijd zo zou beginnen, of misschien omdat Billy zelfs als zesjarige begreep dat van bemoeienis met figuren als Jimmy Snyder niks goeds kon komen. Maar voordat Billy Emmett mee kon trekken gooide Jimmy er nog een schepje bovenop.

Nee, zei hij, *het kan geen 4-F zijn geweest. Hij is te dom om gek te zijn. Ik denk dat als hij niet vocht, dat geweest moet zijn omdat hij 4-E kreeg. Wat staat voor gewetens...*

Voordat Jimmy het woord *bezwaarde* kon zeggen had Emmett hem geslagen. Hij had hem een klap gegeven zonder zelfs zijn broers hand los te laten, door zijn vuist vanuit zijn schouder in één strakke haal uit te stoten en Jimmy's neus te breken.

Het was natuurlijk niet de gebroken neus die Jimmy noodlottig werd. Het was de val. Jimmy was er zo aan gewend dat hij ongestraft kon ouwehoeren dat hij niet op de dreun was voorbereid. Door die stoot wankelde hij met fladderende armen naar achteren. Toen hij met zijn hak in een kluwen kabels terechtkwam viel hij achterover, waarbij zijn hoofd tegen een sintelblok sloeg dat ter versteviging op een tentharing was gelegd.

Volgens de lijkschouwer was Jimmy zo hard terechtgekomen dat de hoek van het sintelblok een driehoekig gat van een paar centimeter diep in Jimmy's schedel had gemaakt. Hij raakte erdoor in coma waardoor hij nog wel kon ademen maar langzaam ook al zijn krachten afnamen. Na tweeënzestig dagen was het laatste restje leven uit hem weggevloeid, terwijl zijn familieleden aan zijn bed hun vruchteloze wake hielden.

Zoals de directeur had gezegd: *De lelijke kant van het toeval.*

Sheriff Petersen was degene die het nieuws van Jimmy's dood bij de Watsons thuis kwam melden. Hij had nog geen aanklacht ingediend, want hij wachtte af wat Jimmy's vader zou doen. In de tussentijd had Emmett zijn mond gehouden omdat hij het niet netjes vond de gebeurtenissen op te rakelen terwijl Jimmy voor zijn leven vocht.

Maar Jimmy's vrienden hielden hun mond niet. Ze spraken vaak en uitgebreid over het gevecht. Ze hadden het erover op school, in de snackbar en bij de Snyders thuis. Ze zeiden dat ze met zijn vieren op weg waren naar de kraam met de suikerspinnen en dat Jimmy per ongeluk tegen Emmett was opgelopen, en dat Emmett voordat Jimmy de kans kreeg om excuus te maken hem in zijn gezicht had geslagen.

Meneer Streeter, Emmetts advocaat, had hem aangespoord om van zijn eigen versie van het gebeuren getuigenis af te leggen. Maar Jimmy Snyder was hoe dan ook dood en begraven, welke versie ook zou winnen. Dus zei Emmett tegen meneer Streeter dat hij geen rechtszaak wilde. En op 1 maart 1953 werd Emmett tijdens een hoorzitting bij rechter Schomer in het gerechtsgebouw na zijn vrijwillige schuldbekentenis veroordeeld tot achttien maanden in een speciaal traject voor jeugddelinquenten op een landbouwbedrijf in Salina.

Over tien weken zou het kermisterrein wederom niet leeg zijn, dacht Emmett. De tent zou worden opgezet en het podium weer opgebouwd, en opnieuw zouden de mensen samenkomen voor de wedstrijden, het eten en de muziek. Terwijl hij de Studebaker startte, putte hij enige troost uit het feit dat wanneer de festiviteiten zouden losbarsten, hij en Billy al duizenden kilometers verder zouden zijn.

§

Emmett parkeerde langs het grasveld bij het gerechtsgebouw. Omdat het zondag was waren er maar weinig winkels open. Hij stopte kort bij die van Gunderson en bij de winkel van Sinkel, waar hij de twintig dollar uit zijn vaders envelop besteedde aan spullen voor de reis naar het Westen. Daarna legde hij de tassen in de auto en liep hij Jefferson Street op, naar de openbare bibliotheek.

Voor in de centrale ruimte zat aan een V-vormig bureau een bibliothecaresse van middelbare leeftijd. Toen Emmett vroeg waar hij de almanakken en encyclopedieën kon vinden, bracht ze hem naar de afdeling naslagwerken en wees ze verscheidene delen aan. Terwijl ze dat deed, merkte Emmett dat ze hem door haar brillenglazen scherp opnam en nog eens naar hem keek, alsof ze hem soms herkende. Hij was sinds zijn kinderjaren niet meer in de bibliotheek geweest, maar ze kon hem om een aantal redenen herkend hebben – al was het maar door het feit dat zijn foto meer dan eens op de voorpagina van het plaatselijke krantje had gestaan. In het begin was het zijn schoolfoto naast die van Jimmy. De volgende was toen hij naar het politiebureau werd gebracht waar hij formeel werd aangeklaagd, en daarna toen hij de trappen van het gerechtsgebouw af liep, vlak na zijn hoorzitting. Het meisje in de winkel van meneer Gunderson had net zo naar hem gekeken.

– Kan ik je helpen iets in het bijzonder te vinden? vroeg de bibliothecaresse na een tijdje.

– Nee, mevrouw. Ik red het wel.

Toen ze terugging naar haar bureau pakte Emmett de delen die hij nodig had, bracht ze naar een van de tafels en ging zitten.

Het grootste deel van 1952 had Emmetts vader wel met een ziekte te kampen gehad. Maar het was een griep die in het voorjaar van 1953 maar niet ophield waardoor dokter Winslow zich genoopt zag om hem voor een paar onderzoeken naar Omaha te sturen. In de brief die Emmetts vader een paar maanden later naar Salina stuurde verzekerde hij zijn zoon ervan dat hij *weer op de been was,* en *al een eind op weg naar herstel.* Niettemin had hij ermee ingestemd nog een tweede trip naar Omaha te maken zodat de specialisten nog wat tests konden doen, *zoals specialisten gewend zijn te doen.*

Toen hij de brief las, liet Emmett zich niet bedotten door zijn vaders simpele geruststellingen of zijn laconieke opmerking over de neigingen van de medische stand. Zijn vader had verhullende woorden gebruikt zolang Emmett zich kon herinneren. Verhullende woorden om te beschrijven hoe het poten was gegaan, hoe het met de oogst ging, en waarom zijn moeder ineens nergens meer te bekennen was. Bovendien was Emmett oud genoeg om te weten dat de weg naar herstel zelden geplaveid was met herhaalde bezoeken aan specialisten.

Eventuele twijfel over meneer Watsons prognose verdween op een ochtend in augustus toen hij opstond van de ontbijttafel en voor Billy's ogen flauwviel, wat tot een derde trip naar Omaha leidde, deze keer in een ambulance.

Die avond, nadat Emmett in het kantoor van de directeur het telefoontje van dokter Winslow had gekregen, begon er zich een plan te vormen. Of beter gezegd, het was een plan dat Emmett de afgelopen maanden in zijn achterhoofd had gehad maar dat nu op de voorgrond trad en zich voordeed in varianten die verschilden qua planning en reikwijdte, maar dat altijd ergens anders plaatsvond dan in Nebraska. Naarmate zijn vaders toestand in het najaar verslechterde won het plan aan duidelijkheid, en toen hij in april stierf was het zo duidelijk als wat – alsof Emmetts vader zijn eigen vitaliteit had opgegeven om de vitaliteit van Emmetts plannen een impuls te geven.

Het plan was doodeenvoudig.

Zodra Emmett uit Salina zou zijn, zouden hij en Billy hun spullen pakken en naar een grootstedelijk gebied trekken, zonder graansilo's, oogstmachines of kermisterreinen, waar ze het restant van hun vaders nalatenschap zouden kunnen gebruiken om een huis te kopen.

Het hoefde geen groot huis te zijn. Iets met drie of vier slaapkamers en een of twee badkamers. Het kon koloniaal of victoriaans zijn, van planken of met dakspanen. Als het maar een opknappertje was.

Ze zouden dat huis immers niet kopen om het vol te zetten met meubilair, tafelgerei en kunst, of met nostalgische objecten, om maar wat te noemen. Ze zouden het huis kopen om het op te knappen en dan te verkopen. Om dat te financieren zou Emmett bij een plaatselijke aannemer gaan werken, maar 's avonds, als Billy zijn huiswerk deed, zou Emmett het huis beetje bij beetje op orde brengen. Eerst zou hij al het nodige aan het dak en de ramen doen om te zorgen dat het huis weerbestendig was. Daarna zou hij zijn aandacht op de muren, deuren en vloeren richten. Vervolgens het pleisterwerk, de trapleuningen en de kasten. Pas als het huis in topconditie was, pas als de ramen open- en dichtgingen, de trap niet meer kraakte en de radiatoren niet meer rammelden, pas als elk hoekje er picobello uitzag, dán pas zouden ze het verkopen.

Als hij het spel goed speelde, als hij het juiste huis in de juiste buurt vond en de juiste hoeveelheid werk erin stak, dan schatte hij dat hij zijn geld bij de eerste verkoop kon verdubbelen – wat het mogelijk maakte om de opbrengst te investeren in twee nieuwe vervallen huizen, waarmee hij het proces weer van voren af aan begon. Maar deze keer zou hij als de huizen klaar waren er een verkopen en het andere verhuren. Als hij zich hier volledig op toelegde, zou hij binnen een paar jaar genoeg geld hebben om zijn baan op te geven en een of twee man in te huren. Daarna zou hij twee huizen renoveren en er vier verhuren. Maar nooit, onder geen enkele omstandigheid, zou hij een cent lenen.

Emmett bedacht dat er behalve zijn eigen harde werken maar één ding onontbeerlijk was voor zijn succes: hij moest zijn plan uitvoeren in een stedelijk gebied dat groot genoeg was en groeide. Met dat in gedachten had hij de kleine bibliotheek in Salina bezocht, en met deel achttien van de *Encyclopedia Britannica* open op tafel had hij het volgende opgeschreven:

Bevolking van Texas	
1920	4.700.000
1930	5.800.000
1940	6.400.000
1950	7.800.000
1960S	9.600.000

(De S stond voor schatting.)

Toen Emmett het lemma van Texas voor zich had, had hij niet eens de inleidende alinea's gelezen waarin de geschiedenis van de staat en zijn handel, cultuur en klimaat stonden samengevat. Toen hij zag dat de bevolking tussen 1920 en 1960 meer dan verdubbeld zou zijn, was dat het enige wat hij wilde weten.

Maar om redenen van logica zou hij ervoor open moeten staan om élke grote, groeiende staat in het land te overwegen.

Toen hij in de bibliotheek van Morgen zat, haalde hij het stuk papier uit zijn portefeuille en legde het op tafel. Daarna opende hij deel drie van de encyclopedie en voegde hij er een tweede kolom aan toe.

Bevolking van Texas		*Bevolking van Californië*	
1920	4.700.000	1920	3.400.000
1930	5.800.000	1930	5.700.000
1940	6.400.000	1940	6.900.000
1950	7.800.000	1950	10.600.000
1960S	9.600.000	1960S	15.700.000

Emmett was zo verbaasd over de groei van Californië dat hij deze keer de inleidende alinea's wél las. Hij kwam te weten dat de economie er op meerdere fronten groeide. De staat was lang een landbouwgigant geweest maar de oorlog had de staat veranderd in een toonaangevende bouwer van schepen en vliegtuigen. Hollywood was de dromenfabriek van de wereld geworden. En bij elkaar genomen vormden de havens van San Diego, Los Angeles en San Francisco de grootste toegangspoort voor handel van de Verenigde Staten. Alleen al in de jaren vijftig zou Californië met meer dan vijf miljoen inwoners groeien, een toename in de buurt van vijftig procent.

Het idee dat hij en zijn broer hun moeder zouden vinden leek nog net zo gek als gisteren, zo niet gekker, gegeven de groei van de populatie daar. Maar als het Emmetts bedoeling was om huizen te renoveren en te verkopen, dan was Californië onbetwistbaar beter.

Emmett deed het papiertje weer in zijn portefeuille en zette de encyclopedie op zijn plek. Maar toen deel drie op zijn plek stond, pakte hij deel twaalf. Zonder te gaan zitten bladerde hij naar het lemma over Nebraska en bekeek de pagina snel. Met een soort verbeten voldoening zag hij dat de bevolking van 1920 tot 1950 rond de 1,3 miljoen had geschommeld en dat er voor het huidige decennium niet verwacht werd dat er nog één ziel bij zou komen.

Hij plaatste het deel terug en liep naar de uitgang.

– Heb je gevonden wat je zocht?

Emmett was haar bureau al voorbijgelopen maar hij draaide zich om, om de bibliothecaresse aan te kijken. Nu haar bril boven op haar hoofd was geschoven zag hij dat hij haar leeftijd verkeerd had ingeschat. Ze was waarschijnlijk niet ouder dan vijfendertig.

– Ja, zei hij. Dank u.

– Jij bent Billy's broer, toch?

– Ja, zei hij, enigszins verbaasd.

Ze glimlachte en knikte.

– Ik ben Ellie Matthiessen. Ik zag het, omdat je zo op hem lijkt.

– Kent u mijn broer goed?

– O, hij brengt hier veel tijd door. Althans, toen jij weg was. Je broer houdt van een goed verhaal.

– Dat doet hij zeker, zei Emmett instemmend, en hij glimlachte.

Maar toen hij de deur uit liep kon hij het niet nalaten er in zichzelf aan toe te voegen: *ten goede of ten kwade.*

§

Toen Emmett van de bibliotheek terugkwam bij zijn Studebaker stonden daar drie mannen. De lange rechts met de cowboyhoed herkende hij niet, maar links stond Jenny Andersens oudere broer Eddie en in het midden stond Jacob Snyder. Uit de manier waarop Eddie tegen de bestrating stond te schoppen leidde Emmett af dat hij daar met tegenzin was. De lange vreemdeling gaf Jake een por in zijn zij toen hij Emmett zag naderen. Toen Jake opkeek, kon Emmett zien dat ook hij daar liever niet was.

Op een meter afstand bleef Emmett met zijn sleutels in zijn hand staan en knikte naar de twee mannen die hij kende.

– Jake. Eddie.

Geen van beiden antwoordde.

Emmett overwoog Jake zijn excuses aan te bieden, maar Jake was hier niet voor een excuus. Emmett had Jake en de rest van de Snyders al eerder zijn excuses aangeboden. Hij had ze in de uren volgend op het gevecht aangeboden, daarna in het politiebureau, en ten slotte op de trappen van het gerechtsgebouw. Zijn verontschuldigingen hadden toen weinig betekend voor de Snyders, en ze zouden nu ook weinig betekenis hebben.

– Ik wil geen problemen, zei Emmett. Ik wil alleen in mijn auto stappen en naar huis.

– Dat zal niet gaan, zei Jake.

En hij had waarschijnlijk gelijk. Hoewel Emmett en Jake nog geen minuut met elkaar gesproken hadden, begonnen zich al mensen rondom hen te verzamelen. Er waren een paar boerenknechten, de weduwen uit Westerly en twee jongens die op het gras van het gerechtsgebouw hadden rondgelummeld. Als de kerk van de Pinkstergemeente of de Gemeentekerk zou uitgaan zou de menigte alleen maar toenemen. Wat er ook zou gebeuren, het zou de oude heer Snyder zeker ter ore komen, en dat betekende dat er voor Jake maar één manier was om deze ontmoeting tot een einde te brengen.

Emmett stak zijn sleutels in zijn zak en liet zijn handen omlaag hangen.

De onbekende sprak als eerste. Hij leunde tegen het portier van de Studebaker, schoof zijn hoed wat naar achteren en glimlachte.

– Schijnt dat Jake hier nog iets met jou heeft af te handelen, Watson.

Emmett keek de man even aan en keek vervolgens naar Jake.

– Jake, als wij nog iets af te handelen hebben, laten we dat dan maar doen.

Jake zag eruit alsof hij niet wist hoe te beginnen, alsof de woede die hij had verwacht te voelen – die hij *verondersteld* werd te voelen – hem na al die maanden ineens was ontglipt. Hij aapte zijn broer na en begon met een vraag.

– Je vindt jezelf een hele vechtersbaas, nietwaar, Watson?

Emmett gaf geen antwoord.

– En misschien heb je ook wel iets van een vechtersbaas, als je iemand zomaar zonder reden kunt slaan.

– Het was niet zonder reden, Jake.

Jake deed een halve stap naar voren en begon zich ietsje bozer te voelen.

– Bedoel je dat Jimmy probeerde jou eerst te slaan?

– Nee, dat probeerde hij niet.

Jake knikte met opeengeklemde kaken en deed nog een halve stap naar voren.

– Als je zo graag de eerste klap uitdeelt, kun je mij toch wel als eerste slaan?

– Ik ga jou niet slaan, Jake.

Jake staarde Emmett een ogenblik aan en keek toen weg. Hij keek niet naar zijn twee vrienden. Hij keek niet naar het volk dat zich achter hem had verzameld. Hij richtte zijn blik op niets in het bijzonder. En toen hij zich weer omdraaide, raakte hij Emmett met een rechtse hoek.

Omdat Jake niet naar Emmett had gekeken toen hij in beweging kwam schampte zijn vuist Emmetts wang in plaats van hem midden op zijn kaak te raken. Maar hij had Emmett toch zo hard geraakt dat hij naar rechts wankelde.

Iedereen deed nu een stap naar voren. Eddie en de onbekende, de toeschouwers, zelfs de vrouw met de kinderwagen die zich net bij de menigte had gevoegd. Iedereen behalve Jake. Hij bleef staan waar hij stond en wachtte op Emmett.

Emmett keerde terug naar de plek waar hij eerst had gestaan, met zijn handen weer omlaag.

Jake zag rood, door een combinatie van inspanning en boosheid, en misschien ook iets van gêne.

– Hou je vuisten omhoog, zei hij.

Emmett verroerde zich niet.

– Hou godverdomme je vuisten omhoog!

Emmett hief zijn vuisten hoog genoeg om de houding van een vechter aan te nemen maar niet hoog genoeg om zichzelf afdoende te kunnen verdedigen.

Deze keer raakte Jake hem op de mond. Emmett strompelde drie stappen naar achteren en proefde bloed op zijn lippen. Hij herwon zijn evenwicht en deed de drie stappen naar voren die hem weer binnen Jakes bereik brachten. Terwijl hij de vreemdeling Jake hoorde opstoken hief hij zijn vuisten weer een beetje omhoog en sloeg Jake hem tegen de vlakte.

Opeens was de wereld uit balans en gleed hij weg onder een hoek van dertig graden. Om op zijn knieën te komen moest Emmett met beide handen op de grond steunen. Terwijl hij zichzelf overeind duwde kon hij de warmte van de dag voelen die via zijn handpalmen opsteeg van het plaveisel.

Hij zat op handen en knieën, wachtte tot hij niet meer duizelde en probeerde weer te gaan staan.

Jake deed een stap naar voren.

– Blijf liggen, zei hij moeizaam, vanwege de emotie in zijn stem. Blijf liggen, Emmett Watson.

Toen Emmett helemaal overeind was gekomen begon hij zijn vuisten weer te heffen, maar hij bleek uiteindelijk toch niet te kunnen staan. De aarde tolde en helde omhoog, en Emmett belandde met een grom weer op de grond.

– Zo is het wel genoeg, riep iemand uit. Genoeg, Jake.

Het was sheriff Petersen die zich een weg door de omstanders baande.

De sheriff beval zijn ene assistent om Jake weg te trekken en de andere om de menigte te verspreiden. Vervolgens ging hij op zijn hurken zitten om Emmetts toestand te beoordelen. Hij stak zelfs zijn arm uit om Emmetts hoofd om te draaien, zodat hij de linkerkant van zijn gezicht beter kon zien.

– Lijkt niet alsof er iets gebroken is. Gaat het een beetje, Emmett?

– Het gaat wel weer.

Sheriff Petersen bleef op zijn hurken zitten.

– Ga je een aanklacht indienen?

– Waarvoor?

De sheriff gebaarde naar zijn assistent dat hij Jake kon laten gaan en keek toen weer naar Emmett, die inmiddels op de grond zat en het bloed van zijn lippen veegde.

– Sinds wanneer ben je terug?

– Sinds gisteren.

– Dan heeft Jake je snel te pakken.

– Ja.

– Nou ja, het verbaast me eigenlijk niets.

De sheriff was even stil.

– Woon je weer thuis?

– Ja, meneer.

– Goed dan. We gaan je even opknappen voor je terug naar huis gaat.

De sheriff nam Emmett bij de hand om hem van de grond te helpen. Maar terwijl hij dat deed, nam hij de gelegenheid te baat om Emmetts knokkels te bekijken.

De sheriff en Emmett reden in de Studebaker in een rustig gangetje door de stad, met Emmett in de passagiersstoel en de sheriff achter het stuur. Emmett controleerde met het puntje van zijn tong zijn tanden toen de sheriff, die een liedje van Hank Williams had zitten fluiten, zichzelf onderbrak.

– Geen slecht wagentje. Hoe hard kan-ie?

– Ongeveer honderddertig, zonder te schudden.

– Je meent het.

Maar de sheriff bleef in het rustige gangetje doorrijden en nam wijde bochten, onderwijl fluitend. Toen ze de oprit van het politiebureau voorbijreden keek Emmett hem vragend aan.

– Ik dacht, ik neem je mee naar huis, verklaarde de sheriff. Dan kan Mary je even nakijken.

Emmett maakte geen bezwaar. Hij vond het wel fijn om opgeknapt te worden voor hij weer naar huis ging en hij had weinig zin om het politiebureau weer vanbinnen te zien.

Nadat ze op de oprit van Petersens huis waren gestopt wilde Emmett zijn portier openmaken, maar hij zag dat de sheriff geen aanstalten maakte. Hij zat daar maar met zijn handen aan het stuur – net als de directeur gisteren.

Emmett wachtte tot de sheriff zou zeggen wat hij in gedachten had en keek door de voorruit naar de buitenbandschommel die aan een eik in de voortuin hing. Hoewel Emmett de kinderen van de sheriff niet kende wist hij dat ze volwassen waren, en hij vroeg zich onwillekeurig af of de schommel soms een overblijfsel uit hun jeugd was, of dat de sheriff hem voor zijn kleinkinderen had opgehangen. Wie weet, dacht Emmett, misschien hing hij er al voordat de Petersens het huis hadden gekocht.

– Ik kwam er pas aan het eind van jullie schermutseling bij, begon de sheriff, maar aan jouw hand en Jakes gezicht te zien neem ik aan dat je niet teruggevochten hebt.

Emmett reageerde niet.

– Ach, misschien dacht je dat het je sowieso te wachten stond, vervolgde de sheriff op bedachtzame toon. Of misschien heb je, na alles wat je hebt meegemaakt, besloten dat je vechtersjaren achter je liggen.

De sheriff keek Emmett aan alsof hij verwachtte dat hij iets ging zeggen, maar Emmett bleef zwijgen en door de voorruit staren.

– Is het goed als ik in je auto rook? vroeg de sheriff na een ogenblik. Ik mag van Mary niet meer binnen roken.

– Ga uw gang.

De sheriff haalde een pakje uit zijn zak, klopte twee sigaretten uit de opening en bood er Emmett een aan. Nadat Emmett die had aangenomen stak de sheriff beide sigaretten met zijn aansteker aan. Vervolgens draaide hij uit respect voor Emmetts auto zijn raampje open. Hij nam een trekje en blies uit.

– De oorlog is nu bijna tien jaar voorbij, zei hij. Maar sommige jongens die terugkwamen gedragen zich alsof ze nog steeds in de oorlog zitten. Neem nou Danny Hoagland. Er gaat geen maand voorbij zonder dat ik klachten over hem krijg. De ene week veroorzaakt hij in het wegrestaurant een knokpartij, en een paar weken later geeft hij midden in de supermarkt die knappe jonge vrouw van hem klappen.

De sheriff schudde zijn hoofd, alsof het hem een raadsel was wat die knappe jonge vrouw überhaupt in Danny Hoagland zag.

– En afgelopen dinsdag? Ik word om twee uur 's nachts uit bed gehaald omdat Danny voor het huis van de Iversons met een pistool in zijn hand iets over een oude grief staat te schreeuwen. De Iversons hadden geen flauw idee waar hij het over had. Want naderhand bleek dat Danny's grief niet met de Iversons te maken had, maar met de Barkers. Hij stond alleen niet voor het juiste huis. En nu ik eraan denk, hij stond niet eens in de juiste straat.

Emmett moest zijns ondanks glimlachen.

– Maar aan de andere kant van het spectrum, zei de sheriff die met zijn sigaret naar een onbekend publiek wees, had je die jongens die uit de oorlog terugkwamen en zwoeren dat ze hun medemens nooit meer iets zouden aandoen. En ik heb veel ontzag voor hun standpunt. Ze hebben er zeker het recht op. Het punt is alleen dat als het op drinken aankomt, die jongens Danny Hoagland op een diaken van de kerk doen lijken. Ik word nooit vanwege hen uit bed gebeld. Want zij staan niet om twee uur 's nachts voor het huis van de Iversons of de Barkers. Op dat tijdstip zitten zij in het donker in hun woonkamer zich een stuk in hun kraag te zuipen. Wat ik wil zeggen, Emmett, is dat ik denk dat die standpunten geen van tweeën werken. Je kunt niet blijven doorvechten zoals in de oorlog, maar je kunt ook niet je mannelijkheid opgeven. Oké, je kunt je een of twee keer in elkaar laten slaan. Dat bepaal je zelf. Maar uiteindelijk zul je weer je mannetje moeten staan, net als vroeger.

De sheriff keek Emmett aan.

– Begrijp je me, Emmett?

– Ja, meneer, zeker.

– Ik begrijp van Ed Ransom dat je misschien de stad uit gaat…

– We vertrekken morgen.

– Goed dan. Als we je hebben opgelapt, rij ik naar de Snyders en zorg ervoor dat ze in de tussentijd bij jou uit de buurt blijven. Nu ik het er toch over heb, zijn er nog andere mensen die je problemen geven?

Emmett draaide zijn raampje open en gooide de sigaret weg.

– Wat de mensen me vooral geven, zei hij, is goede raad.

Duchess

Altijd als ik in een nieuwe stad kom, wil ik me graag oriënteren. Ik wil de indeling van de straten begrijpen en weten wat voor soort mensen er wonen. In sommige steden kan het je dagen kosten om dat vast te stellen. In Boston kan het je weken kosten. In New York jaren. Het goeie van Morgen, Nebraska is dat het maar een paar minuten kostte.

De stad was ontworpen als een rechthoekig raster, met het gerechtsgebouw precies in het midden. Volgens de garagehouder die me met zijn takelwagen een lift had gegeven hebben de stadsoudsten in de jaren 1880 een hele week overlegd over hoe ze de straten het best konden noemen, voor ze besloten – met het oog op de toekomst – om de oost-weststraten naar presidenten te noemen en de noord-zuidstraten naar bomen. Naar later bleek hadden ze ook kunnen kiezen voor de jaargetijden en de symbolen op speelkaarten, want vijfenzeventig jaar later bestond de plaats nog steeds uit een vierkant van vier bij vier straten.

– Houdoe, zei ik tegen de twee dames die in de tegenovergestelde richting kwamen aanlopen, maar geen van tweeën zei houdoe terug.

Je moet me niet verkeerd begrijpen. Dit soort plaatsen hebben een zekere charme. En je hebt een bepaald soort mensen dat liever hier dan elders woont – zelfs in de twintigste eeuw. Het soort mensen dat graag in een overzichtelijke omgeving leeft. Als je in de grote stad woont, met alle herrie en heisa om je heen, kunnen de gebeurtenissen des levens gauw wat chaotisch aandoen. Maar in een stadje van deze omvang... wanneer daar een piano uit een raam valt en op iemands hoofd terechtkomt, is de kans groot dat je weet waarom diegene dat verdiend had.

Hoe dan ook, Morgen was het soort stadje waar als er iets ongewoons gebeurde, iedereen eropaf kwam. En ja hoor, toen ik bij het gerechtsgebouw kwam, stond er een hele kring inwoners om dat te bewijzen. Op twintig meter afstand kon ik zien dat het een doorsnee van het plaatselijke electoraat betrof. Er waren boerenpummels met petten, weduwen met handtassen en jongens in tuinbroeken. Er kwam zelfs in volle vaart een moeder met een kinderwagen aanzetten, met een kleuter ernaast.

Ik gooide de rest van mijn ijsje in een prullenbak en liep eropaf om het van dichtbij te zien. En wie trof ik daar aan, midden op het toneel? Niemand minder dan Emmett, die uitgedaagd werd door een vet joch met een vet probleem.

De mensen die waren komen toekijken zagen er opgewonden uit, althans op een soort Middenwesten-manier. Ze waren niet aan het roepen of grinniken, maar blij dat ze toevallig op het juiste moment in de buurt waren. Het was iets waar ze bij de kapper nog wekenlang over konden praten.

Emmett zag er in zijn rol fantastisch uit. Hij stond er met open ogen en zijn armen langs zijn zij, niet blij daar te zijn maar ook niet popelend om weg te komen. Het was de uitdager die er bekommerd uitzag. Hij stond maar heen en weer te wippen en zweette door zijn shirt heen, ondanks het feit dat hij twee vriendjes had meegebracht om hem te steunen.

– Jake, ik wil geen problemen, zei Emmett, Ik wil alleen maar in mijn auto stappen en naar huis.

– Dat zal niet gaan, antwoordde Jake, hoewel het leek alsof hij heel graag wilde dat Emmett juist wel wegging.

Vervolgens droeg een van de hulpjes, de lange met de cowboyhoed, zijn steentje bij:

– Schijnt dat Jake hier nog iets met jou heeft af te handelen, Watson.

Ik had die cowboy nooit eerder gezien, maar aan de stand van zijn hoed en de glimlach op zijn gezicht te zien wist ik precies wie hij was. Hij was zo'n man die duizend gevechten begint zonder ooit een klap uit te delen.

Dus wat deed Emmett? Liet hij zich door de cowboy van streek maken? Zei hij dat hij zijn mond moest houden en zich met zijn eigen zaken moest bemoeien? Hij verwaardigde zich niet eens te reageren. Hij keek alleen maar naar Jake en zei:

– Als wij nog iets af te handelen hebben, laten we dat dan maar doen.

Páf!

Als wij nog iets af te handelen hebben, laten we dat dan maar doen.

Je kon je hele leven wachten om zo'n zin uit te spreken en dan niet de tegenwoordigheid van geest hebben het te zeggen wanneer het moment daar is. Dat soort evenwichtigheid is niet het resultaat van opvoeding of oefening. Je bent ermee geboren of niet. En meestal niet.

Maar nu komt het mooiste van alles.

Het bleek dat die Jake de broer was van die gast van Snyder die Emmett in 1952 buiten werking had gesteld. Dat begreep ik omdat hij wat onzin uitkraamde over hoe Jimmy onverwachts een klap had gekregen, alsof Emmett zich ooit zou verlagen iemand te slaan die daar niet op bedacht was.

Toen het stoken niet werkte ging meneer Eerlijk Vechten in de verte staren, alsof hij in gedachten was verzonken, en vervolgens sloeg hij Emmett zonder enige waarschuwing in zijn gezicht. Emmett wankelde naar rechts, herstelde zich, ging weer rechtop staan en kwam weer Jakes kant op.

Daar gaan we, dacht iedereen in het publiek. Omdat Emmett die gast makkelijk tot pulp kon slaan, ook al was hij vijf kilo lichter en vijf centimeter kleiner. Maar zeer tot ongenoegen van de menigte pakte Emmett niet door. Hij stopte precies op de plek waar hij zonet had gestaan.

Wat Jake echt woest maakte. Zijn gezicht werd zo rood als zijn hemdbroek en hij begon te roepen dat Emmett zijn vuisten moest heffen. Dus hield Emmett ze min of meer omhoog en gaf Jake hem nog een hengst. Deze keer raakte hij Emmett midden op zijn waffel. Emmett wankelde weer maar ging niet onderuit. Bloedend aan zijn lip herwon hij zijn evenwicht en kwam hij terug voor de volgende portie.

De cowboy, die nog steeds laatdunkend tegen het portier van Emmetts auto leunde, schreeuwde intussen: *Geef hem ervan langs, Jake*, alsof Jake Emmett een lesje moest leren. Maar de cowboy had het bij het verkeerde eind. Het was Emmett die Jake een lesje leerde.

Alan Ladd in *Shane*.

Frank Sinatra in *From Here to Eternity*.

Lee Marvin in *The Wild One*.

Weet je wat die drie filmsterren gemeen hebben? Ze incasseerden alle drie een pak slaag. Dan bedoel ik niet een tik op de neus of dat ze door een duw even geen lucht meer hadden. Ik bedoel *een pak slaag*. Waarbij hun oren suisden, hun ogen traanden en ze het bloed op hun tanden konden proeven. Ladd kreeg zijn portie van de jongens van Ryker in de Grafton's Saloon. Sinatra de zijne van sergeant Fatso in de bajes. En Marvin kreeg de zijne uit handen van Marlon Brando op straat in een klein Amerikaans stadje net als dit, met ook zo'n menigte eerzame burgers erbij om te kijken.

De bereidheid om een pak slaag in ontvangst te nemen: daar kun je aan zien dat je te maken hebt met iemand van aanzien. Zo iemand hangt niet rond aan de zijlijn, gooit geen olie op andermans vuur en gaat niet ongedeerd naar huis. Hij gaat middenvoor staan, onverschrokken, bereid om stand te houden tot hij niet meer op zijn benen kan staan.

Het was dus duidelijk Emmett die hier iemand een lesje leerde. En niet alleen aan Jake. Hij leerde het aan het hele godvergeten stadje.

Niet dat ze ook maar iets snapten van wat ze te zien kregen. Je kon aan de uitdrukking op hun gezicht zien dat het hele punt van onderricht hun pet volledig te boven ging.

Jake, die inmiddels stond te trillen, dacht waarschijnlijk dat hij het niet lang meer zou volhouden. Dus deze keer probeerde hij echt te scoren. Eindelijk kreeg hij zijn doel en zijn woede op een lijn en gaf hij Emmett een oplawaai waardoor hij tegen de vlakte ging.

De hele menigte hapte naar adem, Jake slaakte een zucht van opluchting en de cowboy grinnikte van voldoening, alsof hij die dreun had uitgedeeld. Maar toen krabbelde Emmett weer overeind.

Man, ik wou dat ik een fototoestel had. Ik had een foto kunnen nemen en die naar *Life Magazine* kunnen sturen. Die zouden 'm vast op de voorpagina hebben gezet.

Het was prachtig, zeg ik je. Maar voor Jake was het te veel. Het leek alsof hij op het punt stond in tranen uit te barsten. Hij stapte naar voren en begon tegen Emmett te roepen dat hij niet op moest staan. Dat hij moest blijven liggen, zo helpe hem god almachtig.

Ik weet niet of Emmett hem wel hoorde, omdat zijn zintuigen waarschijnlijk van slag waren. Maar of hij Jake nou hoorde of niet, het maakte niet uit. Hij zou toch weer hetzelfde gaan doen. Een beetje onzeker kwam hij weer binnen bereik, ging rechtop staan en hief zijn vuisten. Maar toen moest het bloed uit zijn hoofd zijn weggetrokken want hij wankelde en tuimelde op de grond.

Emmett op zijn knieën zien was geen prettig gezicht, maar het baarde me geen zorgen. Hij had alleen even tijd nodig om bij zinnen te komen, zodat hij weer overeind kon komen en terugkeren naar het slagveld. Dat hij dat zou doen was zo klaar als een klontje. Maar voordat hij er de kans toe kreeg bedierf de sheriff het schouwspel.

– Zo is het wel genoeg, zei hij, zich een weg door de toeschouwers banend. Zo is het wel genoeg.

Op instructie van de sheriff begon een assistent de menigte te verspreiden; hij zwaaide met zijn armen en zei tegen iedereen dat het tijd was om door te lopen. Maar de cowboy aanmanen hoefde de hulpsheriff niet. Die had zichzelf immers al aangemaand. Zodra het gezag ten tonele kwam had hij de rand van zijn hoed naar beneden getrokken en was hij om het gerechtsgebouw heen gekuierd, alsof hij op weg was naar de ijzerhandel om een blikje verf te kopen.

Ik kuierde achter hem aan. Toen de cowboy de achterkant van het gebouw bereikte stak hij een van de presidenten over en ging een boom in. Hij wilde zó graag afstand tussen zichzelf en zijn heldendaad scheppen dat hij een oude dame met een stok, die moeizaam probeerde een boodschappentas achter in haar T-Ford te zetten, straal voorbijliep.

– Hupsakee, mevrouwtje, zei ik.

– Dank je wel, jongeman.

Tegen de tijd dat oma achter het stuur was geklommen was de cowboy me een halve straat voor. Toen hij rechtsaf de steeg voorbij de bioscoop in ging, moest ik daadwerkelijk rennen om hem in te halen, ondanks het feit dat rennen in het algemeen iets is wat ik in principe vermijd.

Voordat ik je ga vertellen wat er daarna gebeurde denk ik dat ik je wat achtergrondinformatie moet geven, door je terug te voeren naar toen ik ongeveer negen was en in Lewis woonde.

Toen mijn ouweheer me bij het St. Nicolaas Tehuis voor jongens had afgeleverd, was de verantwoordelijke non daar een vrouw van onbestemde leeftijd maar met uitgesproken meningen, zuster Agnes geheten. Het lijkt logisch dat een eigenzinnige vrouw die nu eenmaal een evangelisch beroep en een aandachtig publiek heeft, waarschijnlijk van elke gelegenheid gebruik zou maken om haar gezichtspunten te delen. Zo niet zuster Agnes. Als een doorgewinterde podiumkunstenaar wist ze haar momenten te kiezen. Ze kon onopvallend binnenkomen en achter het toneel blijven wachten totdat iedereen zijn zegje had gedaan, om vervolgens de show te stelen met vijf minuten in de schijnwerpers.

Haar favoriete tijdstip om haar wijsheid over te brengen was vlak voor bedtijd. Ze kwam dan de slaapzaal in en keek rustig hoe de andere zusters in hun habijten rondscharrelden om een kind zijn kleren te laten opvouwen of een ander zijn gezicht te laten wassen, en dat iedereen zijn avondgebed zei. En dan, als we allemaal onder de wol lagen, pakte zuster Agnes een stoel en gaf ze haar les. Je kunt je wel voorstellen dat zuster Agnes verzot was op Bijbels taalgebruik, maar ze sprak met zo'n vriendelijke intonatie dat haar woorden al het geklets tussendoor tot zwijgen brachten en nog lang nadat het licht uit was in onze oren bleven naklinken.

Een van haar favoriete lessen was iets wat ze de Ketenen van Onrecht noemde. *Jongens*, begon ze dan op moederlijke toon, *jullie zullen in je leven anderen onrecht aandoen, en anderen zullen jou onrecht aandoen. Het onrecht dat jij anderen aandeed zal aan je vastzitten in de vorm van schuldgevoel, en het onrecht dat anderen jou aandoen in de vorm van verontwaardiging. De lessen van Jezus Christus onze Verlosser zijn er om je van beide ketenen te bevrijden. Om je van je schuldgevoel te bevrijden door boetedoening, en van je verontwaardiging door vergeving. Pas wanneer je jezelf van beide ketenen hebt bevrijd, kun je beginnen je leven te leiden met liefde in je hart en kalmte in je gang.*

Destijds begreep ik niet waar ze het over had. Ik begreep niet hoe je bewegingen gehinderd konden worden door een beetje onrecht, omdat ik uit eigen ervaring wist dat zij die neigden naar onrecht er altijd als eersten vandoor waren. Ik begreep niet waarom je, als iemand jou onrecht had aangedaan, je vanwege hem met een last moest rondlopen. En ik begreep al helemaal niet wat het betekende om kalmte in je gang te hebben. Maar zuster Agnes zei ook graag: *Welke wijsheid de Heer ongeschikt acht om bij de geboorte mee te geven, verschaft hij door de gave van de ervaring.* En warempel, naarmate ik ouder werd, bleek dat ervaring zuster Agnes' preek enigszins zinnig maakte.

Zoals toen ik aankwam in Salina.

Het was augustus, de lucht was warm, de dagen waren lang, en de eerste aardappels moesten gerooid worden. Oude Testament-Ackerly liet ons van zonsopgang tot zonsondergang werken, zodat het enige wat we na het avondeten wilden, slapen was. Maar als het licht uit was lag ik vaak te malen over de redenen waarom ik in Salina terecht was gekomen en overdacht ik elk wrang detail, tot de haan kraaide. Andere nachten fantaseerde ik dat ik naar het kantoor van de directeur werd geroepen, waar hij me plechtig het nieuws bracht over een auto-ongeluk of een hotelbrand waarbij mijn ouweheer het leven had gelaten. En ook al kwamen dat soort beelden weer tot bedaren, toch bleven ze me de rest van de nacht plagen met een gevoel van schaamte en wroeging. Dus daar had je ze: verontwaardiging en schuldgevoel. Twee tegenstrijdige krachten die me zozeer verwarden dat ik me neerlegde bij de mogelijkheid dat ik nooit meer goed zou slapen.

Maar toen directeur Williams het stokje van Ackerly overnam en zijn tijdperk van hervorming inluidde, zette hij een programma van middaglessen op om ons voor te bereiden op een leven van rechtschapen burgerschap. Met dat oogmerk liet hij een leraar maatschappijleer lesgeven over de drie takken van openbaar bestuur. Hij liet ons door een raadslid instrueren over de vloek van het communisme en het belang van ieders stem. Als snel verlangden we allemaal terug naar de aardappelvelden.

Vervolgens regelde hij een paar maanden geleden dat een beëdigd accountant uitleg kwam geven over de grondbeginselen van persoonlijke financiën. Nadat hij de wisselwerking tussen vermogen en vorderingen had beschreven, ging de accountant naar het schoolbord en gaf hij in grote lijnen aan hoe je een balans opmaakt. En op dat moment, toen ik daar achterin dat warme kleine klaslokaal zat, begreep ik eindelijk waar zuster Agnes het altijd over had gehad.

In de loop van ons leven, had ze gezegd, doen we anderen onrecht en anderen doen ons onrecht, met de eerdergenoemde ketenen tot gevolg. Maar een andere manier om hetzelfde idee uit te drukken was dat we door onze wandaden bij iemand anders in het krijt staan, net zoals zij door hun wandaden bij ons in het krijt staan. En omdat we vanwege die schulden – die we zijn aangegaan, en de schulden die we kunnen vorderen – in de vroege uurtjes liggen te woelen en te malen, is de enige remedie voor een goede nachtrust het opmaken van de balans.

Emmett lette op school niet beter op dan ik, maar hij hoefde minder acht te slaan op deze les. Hij had die al geleerd lang voordat hij naar Salina kwam. Uit de eerste hand, door op te groeien in de schaduw van het falen van zijn vader. Dáárom tekende hij die beslagleggingspapieren zonder erbij na te denken. Dáárom wilde hij geen lening van meneer Ransom accepteren, of het porselein onder in de kast. En dáárom had hij er vrede mee om een pak slaag te krijgen.

Precies zoals de cowboy zei: Jake en Emmett hadden nog iets af te handelen. Los van wie er nou door wie was uitgelokt, toen Emmett op de kermis dat joch van Snyder sloeg ging hij een schuld aan, net zo goed als zijn vader dat deed toen hij een hypotheek op de boerderij nam. En vanaf die dag hing die schuld boven Emmetts hoofd – en hield die hem wakker – totdat hij de schuld voldeed, door de handen van zijn crediteur en voor de ogen van zijn medemensen.

Maar als Emmett een schuld aan Jake Snyder moest afbetalen, had hij nog geen ene moer aan de cowboy af te betalen. Geen sjekel, geen drachme, geen rooie rotcent.

– Hé cowboy, riep ik, achter hem aan dravend. Stop even!

De cowboy draaide zich om en nam me op.

– Ken ik jou?

– U kent mij niet, meneer.

– Wat moet je dan?

Ik hield mijn hand omhoog om op adem te komen voordat ik antwoord gaf.

– Daarnet bij het gerechtsgebouw zei je dat je vriend Jake nog iets had af te handelen met mijn vriend Emmett. Eerlijk gezegd denk ik dat ik voor hetzelfde geld zou kunnen zeggen dat Emmett nog iets af te handelen had met Jake. Hoe dan ook, of Jake nog iets met Emmett had of Emmett met Jake, we kunnen het er denk ik wel over eens zijn dat het niet jouw zaak was.

– Man, ik heb geen idee waar je het over hebt.

Ik probeerde nog duidelijker te zijn.

– Ik bedoel, dat ook al kón Jake een goede reden hebben om Emmett een pak slaag te geven, en ook al kón Emmett een goede reden hebben om dat te accepteren, jij geen enkele reden had voor al dat opjutten en geglunder van je. Ik vermoed dat jij mettertijd de rol die je vandaag speelde gaat betreuren, en dat je gaat wensen dat je het goed kon maken, voor je eigen gemoedsrust. Maar omdat Emmett morgen de stad verlaat, zal dat te laat zijn.

– Weet je wat ík vermoed, zei de cowboy, ik vermoed dat jij de tering kunt krijgen.

Vervolgens draaide hij zich om en liep weg. Zomaar. Zonder zelfs maar gedag te zeggen.

Ik geef toe dat ik me een beetje leeg voelde. Ik bedoel, zit ik hier een vreemde te helpen om te begrijpen wat voor last hij door eigen toedoen heeft, en dan geeft hij mij het nakijken. Door zo'n reactie zou je voorgoed kunnen gaan afzien van liefdadigheidswerk. Maar een andere les van zuster Agnes was dat als je het werk van de Heer doet, je geduld moet kunnen opbrengen. Want net zo zeker als de rechtschapenen op de weg naar rechtvaardigheid met tegenslag te kampen krijgen, zo zal de Heer hen voorzien van middelen om te overwinnen.

En ziedaar, wat er ineens voor me verscheen was niet minder dan de kliko van de bioscoop, bomvol met het afval van de vorige avond. En tussen de colaflesjes en de popcornbakken stak een stuk hout uit, ter grootte van een rechthoekig soort slaghout.

– Hé! riep ik opnieuw terwijl ik het op een lopen zette, de steeg door. Stop nou even!

De cowboy draaide zich abrupt om en aan zijn gezicht te zien wist ik dat hij iets kostelijks had te zeggen, iets wat waarschijnlijk een lach op het gezicht van alle jongens aan de bar zou toveren. Maar dat zullen we vermoedelijk nooit weten, want voor hij iets kon zeggen gaf ik hem een optater.

Het was een fikse dreun tegen de linkerkant van zijn hoofd. Zijn hoed zeilde de lucht in, maakte een salto en streek neer aan de overkant van de steeg. De man zelf viel neer waar hij stond, als een marionet waarvan de touwtjes waren doorgeknipt.

Nu had ik nog nooit van mijn leven iemand geslagen. En om heel eerlijk te zijn was mijn eerste veronderstelling dat het veel pijn moest doen. Ik verplaatste het stuk hout naar mijn linkerhand en keek naar mijn rechterhandpalm, waar door de hoeken van het hout twee felrode lijnen waren achtergelaten. Ik gooide het op de grond en wreef mijn handpalmen samen om het stekende gevoel te verzachten. Toen boog ik me over de cowboy om hem beter te zien. Zijn benen lagen onder hem gevouwen en zijn linkeroor was doormidden, maar hij was nog bij bewustzijn. Althans, voldoende.

– Kun je me horen, cowboy? vroeg ik.

Toen sprak ik iets harder, om zeker te zijn dat hij me hoorde.

– Beschouw je schuld maar als volledig afbetaald.

Toen hij naar mij terugkeek, trilden zijn wimpers even. Maar daarna glimlachte hij een beetje, en aan de manier waarop zijn oogleden zich sloten, zag ik dat hij als een roos ging slapen.

Terwijl ik de steeg uit liep werd ik me bewust van een opborrelend gevoel van morele voldoening, maar merkte ook dat mijn voetstap wat lichter voelde, en mijn schreden wat zwieriger.

Krijg nou wat, dacht ik bij mezelf met een glimlach. Er is kalmte in mijn gang!

En dat moet te zien zijn geweest. Want toen ik de steeg uitkwam en houdoe tegen twee passerende oude mannen zei, zeiden ze allebei houdoe terug. En hoewel er op de heenweg naar het stadje wel tien auto's waren langsgekomen voordat de garagehouder me oppikte, stopte op de terugweg naar de Watsons de eerste de beste auto die langskwam, om me een lift aan te bieden.

Woolly

Het gekke aan verhalen, dacht Woolly terwijl Emmett in de stad was, Duchess was gaan wandelen en Billy hardop zijn grote rode boek las, het gekke aan verhalen is dat je ze in verschillende lengtes kunt vertellen.

De eerste keer dat Woolly het verhaal *De graaf van Monte-Cristo* hoorde moet hij jonger dan Billy zijn geweest. Zijn familie bracht de zomer door op het kamp in de Adirondacks en elke avond las zijn zus Sarah hem bij het slapengaan een hoofdstuk voor. Maar zijn zus las voor uit het originele boek van Alexandre Dumas, dat wel duizend pagina's lang was.

Nu is het lastige bij het luisteren naar een verhaal als *De graaf van Monte-Cristo* in de versie van duizend pagina's, dat telkens als je denkt dat er iets spannends gaat gebeuren, je eindeloos moet wachten tot het echt gebeurt. Eigenlijk moet je soms zó lang wachten tot het gebeurt dat je vergeet dat het eraan gaat komen en dan val je vanzelf in slaap. Maar in Billy's grote rode boek had professor Abernathe ervoor gekozen om het hele verhaal in maar acht pagina's te vertellen. Dus wanneer je in zijn versie iets spannends voelde aankomen, gebeurde dat in een wip.

Zoals het stuk dat Billy nu las – waarin Edmond Dantès, veroordeeld voor een misdaad die hij niet beging, wordt afgevoerd naar het vreselijke Château d'If om daar de rest van zijn leven door te brengen. Als Dantès geketend en al door de indrukwekkende poorten van de gevangenis wordt gevoerd, snap je al dat hij zal ontsnappen. Maar in de versie van meneer Dumas moet je voordat Dantès zijn vrijheid herwint naar zó veel zinnen uitgesmeerd over zó veel hoofdstukken luisteren, dat je onderhand het gevoel krijgt dat jíj degene bent die in het Château d'If zit! Zo niet bij professor Abernathe. In zijn versie vinden de aankomst van de held bij de gevangenis, zijn acht jaar in eenzame opsluiting, zijn vriendschap met Abbé Faria en zijn wonderbaarlijke ontsnapping allemaal op een en dezelfde pagina plaats.

Woolly wees naar de wolk die boven hun hoofd overdreef.

– Zo stel ik me het Château d'If voor.

Billy zette zorgvuldig zijn vinger op de plek waar hij in het boek was, keek omhoog naar waar Woolly wees en was het grondig met hem eens.

– Met die rechte stenen muren.

– En in het midden de uitkijktoren.

Woolly en Billy glimlachten omdat ze het allebei zagen, maar toen trok Billy een wat ernstiger gezicht.

– Mag ik je iets vragen, Woolly?

– Natuurlijk, natuurlijk.

– Was het zwaar om in Salina te zijn?

Terwijl Woolly over die vraag nadacht, veranderde ver boven hen het Château d'If vanzelf in een oceaanstomer, met een reusachtige schoorsteen waar eerst de wachttoren had gestaan.

– Nee, zei Woolly, zo zwaar was het niet, Billy. Zeker niet zo zwaar als het Château d'If voor Edmond Dantès was. Het is alleen dat... het is alleen dat elke dag in Salina een elke-dag dag was.

– Wat is een elke-dag dag, Woolly?

Woolly moest weer even nadenken.

– Toen we in Salina waren stonden we elke dag op dezelfde tijd op en trokken we dezelfde kleren aan. Elke dag ontbeten we aan dezelfde tafel met dezelfde mensen. En elke dag deden we hetzelfde werk op dezelfde velden voordat we op hetzelfde tijdstip in dezelfde bedden gingen slapen.

Hoewel Billy nog maar een jongen was, of misschien juist omdát hij nog maar een jongen was, leek hij te begrijpen dat – ook al is er op zich niets mis met opstaan, je aankleden en ontbijten – het iets heel verontrustends heeft als je die dingen dag in dag uit op precies dezelfde manier doet, vooral in de duizendpaginaversie van je eigen leven.

Billy knikte, vond de plek waar hij gebleven was en begon weer te lezen.

Woolly had niet de moed om Billy te vertellen dat dit weliswaar de manier van leven in Salina was, maar dat het ook op veel andere plekken de manier van leven was. Zeker ook op een kostschool. En niet alleen op het St. George, de laatste kostschool waar hij op had gezeten. Op alle drie de kostscholen waar hij op had gezeten stonden ze elke dag op dezelfde tijd op, trokken ze dezelfde kleren aan en ontbeten ze aan dezelfde tafel met dezelfde mensen, voordat ze naar dezelfde lessen in dezelfde lokalen gingen.

Daar had Woolly vaak bij stilgestaan. Waarom kozen de kostschooldirecteuren ervoor om van elke dag een elke-dag dag te maken? Na enig nadenken begon hij te vermoeden dat ze dat deden omdat alles dan makkelijker te organiseren was. Door elke dag in een elke-dag dag te veranderen wist de kok altijd wanneer hij het ontbijt moest maken, de leraar geschiedenis wanneer hij geschiedenis moest geven en de surveillant wanneer hij moest surveilleren.

Maar toen had Woolly een ingeving gekregen.

Het was in het tweede semester van de vijfde klas (die op het St. Marc). Onderweg van natuurkunde naar de gymzaal zag hij toevallig de studentendecaan voor het schoolgebouw uit een taxi stappen. Zodra hij de taxi zag, kwam het bij hem op wat een aardige verrassing het zou zijn als hij op bezoek zou gaan bij zijn zus, die onlangs een groot wit huis in Hastings-on-Hudson had gekocht. Zodoende sprong hij achterin de taxi en gaf hij het adres op.

Bedoelt u in de staat New York? vroeg de taxichauffeur verrast.

Ik bedoel in de staat New York! bevestigde Woolly, en ze gingen op weg.

Toen ze een paar uur later aankwamen trof Woolly zijn zus in de keuken, net toen ze een aardappel wilde schillen.

Hallo, zus!

Als Woolly enig ander familielid met een verrassingsbezoek had vereerd, zou hij waarschijnlijk begroet zijn met een hele stoet vragen als wie, waarom en wat (vooral toen hij 150 dollar nodig had, voor de taxichauffeur die buiten stond te wachten). Maar nadat Sarah de chauffeur had betaald zette ze gewoon een ketel op het gas en koekjes op tafel, en zaten ze samen heel gezellig te kletsen over alles wat er maar in hun hoofd opborrelde.

Maar na een uurtje of zo kwam Woolly's zwager, 'Dennis', door de keukendeur naar binnen. Woolly's zus was zeven jaar ouder dan Woolly, en 'Dennis' was zeven jaar ouder dan Sarah, dus rekenkundig gesproken was 'Dennis' op dat moment tweeëndertig. Maar 'Dennis' was ook zeven jaar ouder dan zichzelf, waardoor hij geestelijk bijna veertig was. Dat is ongetwijfeld de reden waarom hij al onderdirecteur bij J.P. Morgan & Sons & Co. was. Toen 'Dennis' Woolly aan de keukentafel zag zitten was hij enigszins ontsteld geworden omdat Woolly ergens anders hoorde te zijn. Maar hij werd nog meer ontsteld toen hij de half geschilde aardappel op het aanrecht ontdekte.

Wanneer eten we? vroeg hij aan Sarah.

Ik ben bang dat ik er nog niet aan begonnen ben.

Maar het is half acht.

In hemelsnaam, Dennis.

'Dennis' keek Sarah eventjes ongelovig aan maar wendde zich toen tot Woolly en vroeg of hij Sarah onder vier ogen kon spreken.

Wanneer iemand vraagt of hij iemand anders even onder vier ogen kan spreken, is het in Woolly's beleving moeilijk om te weten wat je dan moet doen. Ten eerste vertellen ze je in het algemeen niet hoelang het gaat duren, dus dan weet je niet in hoeverre het loont om met iets heel anders te beginnen. Moet je de gelegenheid te baat nemen om naar de wc te gaan? Of een legpuzzel beginnen van een zeilwedstrijd met vijftig spinnakers? En hoe vér moet je weg? Je moet in elk geval ver genoeg weg zodat je ze niet kunt horen praten. Dat was sowieso de belangrijkste reden om je te vragen om weg te gaan. Maar het klinkt vaak ook alsof ze misschien willen dat je even later terugkomt, dus je moet dichtbij genoeg zijn om het te horen als ze je roepen. In een poging de gulden modderweg te kiezen ging Woolly naar de zitkamer, waar hij een onbespeelde piano ontdekte en een paar ongelezen boeken, en een onopgewonden grootvadersklok – die trouwens zijn naam eer aandeed, want hij was ooit van hun grootvader geweest! Maar gezien hoe ontsteld 'Dennis' was geworden bleek de zitkamer niet ver genoeg te zijn, want Woolly kon hem woord voor woord horen.

Jíj was degene die buiten wilde wonen, zei 'Dennis'. *Maar ík ben degene die bij het krieken van de dag op moet om de trein van 6u42 te halen om op tijd op de bank te zijn voor de vergadering van de beleggingscommissie om 8u00. In de tien uur daarna, terwijl jij hier god weet wat doet, werk ik als een paard. Daarna, als ik naar het Grand Central ren en het geluk heb de trein van 6u14 te halen, red ik het misschien net om tegen half acht thuis te zijn. Is het na zo'n dag echt te veel gevraagd dat je dan het eten op tafel hebt staan?*

Op dat moment kreeg hij de ingeving. Voor zijn grootvaders klok naar zijn zwager luisterend kreeg Woolly ineens het idee dat ze op het St. George, St. Marc en St. Paul misschien niet elke dag tot een elke-dag dag maakten omdat alles dan makkelijker te organiseren was, maar omdat het de beste manier was om die keurige, aan hen toevertrouwde jongemannen erop voor te bereiden om de trein van 6u42 te halen, zodat ze altijd op tijd zouden zijn voor hun vergadering om 8u00.

Op hetzelfde moment dat Woolly de herinnering aan zijn ingeving afsloot kwam Billy op het punt in het verhaal waarop Edmond Dantès, die met succes uit de gevangenis was ontsnapt, in de geheime grot op het eiland Monte-Cristo voor een schitterende berg diamanten, parels, robijnen en goud stond.

– Weet je wát schitterend zou zijn, Billy? Weet je wat *absolutief* schitterend zou zijn?

Billy markeerde waar hij was en keek op van zijn boek.

– Wat, Woolly? Wat zou absolutief schitterend zijn?

– Een enig-in-zijn-soort soort dag.

Sally

In de dienst van afgelopen zondag las dominee Pike een parabel uit het evangelie voor waarin Jezus en zijn discipelen in een dorp aankomen en door een vrouw in haar huis worden genood. Nadat ze het zich gemakkelijk hebben gemaakt gaat deze vrouw, Martha, terug naar haar keuken om iets te eten voor hen te maken. En al die tijd dat ze aan het koken is en in ieders behoeften voorziet door lege glazen te vullen en nog eens op te scheppen, zit haar zus Maria aan Jezus' voeten.

Uiteindelijk is Martha het zat en geeft ze lucht aan haar gevoelens. *Heer,* zegt ze, *ziet u niet dat mijn luiaard van een zus mij al het werk heeft laten doen? Waarom zegt u niet dat ze me een handje moet helpen?* Of iets dergelijks. En Jezus antwoordt: *Martha, je bent zo bezorgd en je maakt je veel te druk. Er is maar één ding noodzakelijk. En Maria heeft het juiste gekozen.*

Nou sorry hoor. Maar als je ooit bewijs nodig mocht hebben dat de Bijbel door een man geschreven is, dan is dit het.

Ik ben een goed christen. Ik geloof in God de Almachtige Vader, Schepper van hemel en aarde. Ik geloof dat Jezus Christus, zijn enige Zoon, werd geboren uit de Maagd Maria en leed onder Pontius Pilatus, dat hij werd gekruisigd, stierf en werd begraven, en dat hij op de derde dag herrees. Ik geloof dat hij ten hemel is gevaren en dat hij terug zal keren om te oordelen over de doden en de levenden. Ik geloof dat Noah een ark bouwde en dat hij alles wat leefde twee aan twee de loopplank op dreef voordat het veertig dagen en veertig nachten regende. Ik ben zelfs bereid te geloven dat Mozes werd toegesproken door een brandend braambos. Maar ik ben níét bereid te geloven dat Jezus Christus onze Verlosser – die een melaatse genas of een blinde weer liet zien alsof het niks was – een vrouw die voor het huishouden zorgde de rug zou toekeren.

Dus Hem klaag ik niet aan.

Wie ik wél aanklaag zijn Mattheus, Marcus, Lucas en Johannes, en elke andere man die sindsdien als priester of predikant heeft gediend.

Vanuit het oogpunt van een man is het enige wat *noodzakelijk* is, dat je aan zijn voeten zit en luistert naar wat hij te zeggen heeft, maakt niet uit hoelang hij daarvoor nodig heeft of hoe vaak hij het al eerder heeft gezegd. Zo'n persoon denkt dat jij alle tijd hebt om te zitten luisteren omdat een maaltijd wel vanzelf komt. Het manna valt wel uit de hemel, en met een vingerknip kan water wijn worden. Iedere vrouw die ooit de moeite heeft genomen om een appeltaart te bakken kan je vertellen dat een man de wereld zó ziet.

Om een appeltaart te bakken moet je eerst deeg maken. Je moet de boter door de bloem snijden, het deeg met een losgeklopt ei en een paar lepels ijswater samenvoegen tot een bal en dan een nachtje laten binden. De volgende dag moet je de appels schillen en hun klokhuizen eruit halen, ze in partjes snijden en met kaneelsuiker bestrooien. Dan rol je het deeg uit en vul je de taart. Vervolgens bak je hem een kwartier op 220 graden en dan nog drie kwartier op 175 graden. Ten slotte leg je na het avondeten een stuk taart netjes op een bord en zet je dat op tafel, waar een man, midden in een zin, de helft ervan met een vork in zijn mond propt en zonder te kauwen doorslikt, zodat hij meteen door kan gaan met wat hij zei zonder verder onderbroken te worden.

En aardbeiencompote? Breek me de bek niet open over aardbeiencompote!

Zoals kleine Billy zo terecht opmerkte is aardbeiencompote maken een tijdrovende aangelegenheid. Het plukken van de aardbeien alleen al kost je een halve dag. Dan moet je het fruit wassen en van zijn kroontjes ontdoen. Je moet de potten en de deksels steriliseren. Als je de ingrediënten hebt samengevoegd moet je het zachtjes laten sudderen en er als een havik op letten en in de buurt blijven, om te zorgen dat het niet te gaar wordt. Als de compote klaar is giet je de potten vol en sluit je ze af, en dan sjouw je ze blad voor blad naar de bijkeuken. Pas dan kun je beginnen met de keuken schoonmaken, wat op zich al een hele klus is.

En ja, zoals Duchess opmerkte, het maken van compote is een beetje *ouderwets*, het doet denken aan de tijd van groentekelders en huifkarrenstoeten. Ik neem aan dat alleen al het woord *compote* vervlogen is, vergeleken met de botte precisie van het woord *jam*.

En zoals Emmett opmerkte: het is vooral ook *onnodig*. Dankzij meneer Smucker zijn er bij de kruidenier wel vijftien varianten jam te koop voor negentien cent per pot, het hele jaar door. In feite is jam tegenwoordig zo makkelijk verkrijgbaar dat je het praktisch bij de ijzerhandel kunt kopen.

Dus ja, het maken van aardbeiencompote kost tijd en is ouderwets en onnodig.

Maar waarom, vraag je je misschien af, doe ik dan al die moeite?

Ik doe het *omdat* het tijd kost.

Wie zegt dat iets waardevols geen tijd mag kosten? Het kostte de Pelgrims máánden om naar Plymouth Rock te varen. Het kostte George Washington járen om de Revolutieoorlog te winnen. En het kostte de pioniers tientallen jaren om het Westen te veroveren.

God gebruikt tijd om de luiaards van de vlijtigen te scheiden. Want tijd is een berg, en de luiaard zal, als hij de steile helling ziet, zich vlijen bij de leliën des velds en hopen dat er iemand met een kan limonade langskomt. Een waardevolle onderneming vereist daarentegen planning, inspanning, aandacht, en de bereidheid om de boel weer schoon te maken.

Ik doe het *omdat* het ouderwets is.

Als iets nieuw is betekent dat nog niet dat het beter is, en vaak genoeg betekent het dat het slechter is.

Alsjeblieft en dank je wel zeggen is hartstikke ouderwets. Trouwen en kinderen krijgen is ouderwets. Tradities, precies datgene waardoor we begrijpen wie we zijn, zijn per definitie ouderwets.

Ik maak compote zoals mij geleerd is door mijn moeder, God hebbe haar ziel. Zij maakte compote zoals ze geleerd had van haar moeder, en oma maakte compote zoals ze geleerd had van de hare. En zo maar door, door de eeuwen heen, helemaal terug tot Eva. Of ten minste zover terug als Martha.

En ik doe het *omdat* het onnodig is.

Want wat is vriendelijkheid nou anders dan het uitvoeren van een handeling die voor een ander zowel weldadig als ongevraagd is? Het betalen van een rekening heeft niks vriendelijks. Er zit niks vriendelijks in vroeg opstaan om de varkens te voeren, de koeien te melken of eieren uit het kippenhok te rapen. Evenmin zit er vriendelijkheid in eten bereiden, of de keuken schoonmaken nadat je vader naar boven gaat zonder ook maar een woord van dank.

Er zit niks vriendelijks in het vergrendelen van deuren en het licht uitdoen, of in het oprapen van kleren van de badkamervloer en ze in de wasmand stoppen. Er zit niks vriendelijks in het huishouden doen omdat je enige zus zo verstandig was om te trouwen en naar Pensacola te verhuizen.

Nee, zei ik tegen mezelf toen ik in bed stapte en het licht uitdeed, daar zit allemaal geen vriendelijkheid in.

Want vriendelijkheid begint waar noodzaak eindigt.

Duchess

Toen ik na het avondeten bovenkwam, stond ik op het punt om op Emmetts bed neer te ploffen, maar toen zag ik hoe glad en strak het beddengoed zat. Ik bleef even stilstaan en boog me vervolgens over de matras, om het van dichtbij te bekijken.

Er was geen twijfel mogelijk. Ze had het bed opnieuw opgemaakt.

Ik dacht dat ik het vrij goed had gedaan, al zeg ik het zelf. Maar Sally had het beter gedaan. Er was geen kreukeltje te bekennen. En waar het laken bovenaan over de deken wordt gevouwen was een tien centimeter brede witte rechthoek die van de ene rand van het bed naar de andere liep alsof ze een liniaal had gebruikt. En aan het voeteneind had ze het beddengoed zo strak ingestopt dat je door het oppervlak van de deken de hoeken van de matras kon zien, net zoals je Jane Russell door het oppervlak van haar truitje kunt zien.

Het zag er zo prachtig uit dat ik het niet wilde verstoren totdat ik klaar was om naar bed te gaan. Dus ging ik op de grond zitten, leunend tegen de muur, en dacht ik na over de gebroeders Watson terwijl ik wachtte tot iedereen in slaap was gevallen.

Toen ik eerder die dag weer bij het huis was teruggekomen lagen Woolly en Billy nog op het gras.

– Hoe was je wandeling? vroeg Woolly.

– Verkwikkend, antwoordde ik. Wat hebben jullie tweeën uitgespookt?

– Billy heeft me een paar verhalen uit het boek van professor Abernathe voorgelezen.

– Jammer dat ik dat gemist heb. Welke verhalen?

Billy begon een hele lijst op te sommen, maar toen kwam Emmett de oprit op.

Over verhalen gesproken, dacht ik…

Zo meteen zou Emmett uit zijn auto stappen met een enigszins gehavend gezicht. Hij zou zeker een dikke lip en een paar blauwe plekken hebben, en misschien wel het begin van een blauw oog. De vraag was hoe hij dat aan hen zou verklaren. Was hij over een spleet in het trottoir gestruikeld? Van een trap gevallen?

Naar mijn ervaring zijn verklaringen waarbij je gebruikmaakt van iets onverwachts de beste. Bijvoorbeeld: *Bij het oversteken van het grasveld van het gerechtsgebouw keek ik vol bewondering naar een nachtzwaluw die op een boomtak zat, en toen werd ik midden in mijn gezicht door een voetbal geraakt.* Met zo'n soort uitleg is je luisteraar zo gefocust op de nachtzwaluw in die boom dat hij die voetbal niet meer verwacht.

Maar toen Emmett aan kwam lopen en Billy met grote ogen vroeg wat er was gebeurd zei Emmett dat hij Jake Snyder was tegengekomen toen hij in de stad was, en dat Jake hem geslagen had. Gewoon zo, zonder meer.

Ik keek naar Billy want ik verwachtte een uiting van ontzetting of misschien woede, maar hij knikte alleen maar en keek bedachtzaam.

– Heb je teruggeslagen? vroeg hij even later.

– Nee, zei Emmett. Maar ik heb wel tot tien geteld.

Toen glimlachte Billy naar Emmett, en Emmett schonk hem op zijn beurt een brede glimlach terug.

Waarlijk, Horatio, er is meer tussen hemel en aarde dan waarvan uw wijsheid droomt.

§

Kort na middernacht keek ik bij Woolly's kamer naar binnen. Uit het geluid van zijn ademhaling kon ik opmaken dat hij in dromenland was. Ik hoopte maar dat hij voor hij naar bed ging niet te veel van zijn medicijn had genomen, aangezien ik hem straks heel vroeg uit zijn bed zou moeten halen.

De gebroeders Watson waren ook diep in slaap, Emmett plat op zijn rug en Billy opgekruld op zijn zij. In het maanlicht kon ik het boek van de jongen aan het voeteneind op het bed zien liggen. Als hij zijn benen zou strekken kon het op de grond vallen, dus ik verhuisde het maar naar de plek op de commode waar zijn moeders foto had moeten staan.

Ik zag Emmetts broek over de rugleuning van de stoel hangen – met alle zakken leeg. Ik liep op mijn tenen om het bed en hurkte bij het nachtkastje. De la was maar dertig centimeter van Emmetts gezicht vandaan, dus ik moest hem heel zachtjes openen. Maar daar waren de sleutels ook niet.

– Grrr, zei ik bij mezelf.

Ik had er al in de auto naar gezocht, en in de keuken, voordat ik naar boven was gegaan. Waar kon hij ze godsamme hebben neergelegd?

Terwijl ik hierover piekerde zwaaide er een straal licht van koplampen door de kamer, toen er een auto de oprit van de Watsons opkwam en langzaam tot stilstand kwam.

Stilletjes liep ik de gang door en wachtte even boven aan de trap. Buiten hoorde ik een autoportier opengaan. Kort daarna hoorde ik voetstappen het erf op en weer af gaan, vervolgens werd het portier weer gesloten en reed de auto weg.

Toen ik me ervan had vergewist dat er niemand wakker was geworden ging ik naar de keuken, opende de hordeur en stapte het erf op. In de verte kon ik de lichten van de auto terug naar de weg zien gaan. Het duurde even voor ik de schoenendoos aan mijn voeten opmerkte, met grote zwarte letters erop gekrabbeld.

Ik mag dan geen geleerde zijn maar ik ken mijn naam als ik die zie, zelfs bij maanlicht. Ik ging op mijn hurken zitten en haalde voorzichtig het deksel eraf, heel benieuwd wat er in godsnaam in kon zitten.

– Krijg nou wat.

ACHT

Emmett

Toen ze om half zes 's morgens de oprit af reden was Emmett in een opperbeste stemming. De avond ervoor had hij met behulp van Billy's kaart een traject uitgestippeld. De route van Morgen naar San Francisco was iets meer dan vierentwintighonderd kilometer. Als ze gemiddeld vijfenzestig kilometer per uur reden, tien uur per dag, met genoeg tijd om te eten en te slapen, konden ze de reis in vier dagen doen.

Er was uiteraard veel te zien tussen Morgen en San Francisco. Zoals de ansichtkaarten van hun moeder toonden waren er motels, monumenten, rodeo's en parken. Als je bereid was een omweg te maken had je Mount Rushmore, Old Faithful en de Grand Canyon. Maar Emmett wilde op de reis naar het Westen geen tijd of geld verkwisten. Hoe sneller ze in Californië waren, des te sneller hij aan de slag kon, en hoe meer geld ze in handen hadden wanneer ze aankwamen, een des te beter huis ze konden kopen. Als ze het weinige wat ze hadden onderweg al gingen verbrassen zouden ze genoegen moeten nemen met een wat minder huis, in een wat mindere buurt, dat bij verkoop minder winst zou opleveren. Hoe sneller ze het land doorkruisten hoe beter, vond Emmett.

Toen hij naar bed ging was zijn grootste zorg dat hij de anderen niet uit bed zou kunnen trommelen, dat hij de eerste uren daglicht zou verspillen om ze wakker en de deur uit te krijgen. Maar hij had zich geen zorgen hoeven maken. Toen hij om vijf uur opstond was Duchess al onder de douche en kon hij Woolly aan het eind van de gang horen neuriën. Billy was zelfs met kleren aan gaan slapen, zodat hij wanneer hij wakker werd zich niet hoefde aan te kleden. Tegen de tijd dat Emmett achter het stuur ging zitten en zijn sleutels vanachter de zonneklep haalde, zat Duchess al in de passagiersstoel en zat Billy naast Woolly achterin met zijn kaart op schoot. En toen ze kort voor zonsopgang de oprit afreden, keek geen van hen achterom.

Misschien hadden ze allemaal wel hun reden om een vroege start te maken, dacht Emmett. Misschien was voor iedereen de tijd rijp om ergens anders te zijn.

Omdat Duchess voorin zat, vroeg Billy hem of hij de kaart wilde vasthouden. Toen Duchess dat afsloeg vanwege het feit dat lezen in auto's hem draaierig maakte, was Emmett enigszins opgelucht, wetend dat Duchess niet altijd goed op details lette, terwijl Billy een geboren navigator was. Hij had niet alleen zijn kompas en potloden bij de hand maar ook een liniaal, zodat hij met de schaal van de kaart de afstanden kon berekenen. Maar toen Emmett een afslag naar rechts aangaf naar Route 34, wenste hij toch dat Duchess de taak op zich had genomen.

– Je hoeft je richtingaanwijzer nog niet aan te zetten, zei Billy. We moeten nog een stukje rechtdoor.

– Ik neem Route 34, legde Emmett uit, want dat is de snelste weg naar Omaha.

– Maar de Lincoln Highway gaat naar Omaha.

Emmett stopte op de vluchtstrook en keek om naar zijn broer.

– Ja, Billy. Maar dat is een beetje een omweg.

– Een beetje een omweg van wat? vroeg Duchess met een glimlach.

– Een beetje een omweg van waar we heen gaan, zei Emmett.

Duchess draaide zich om naar de achterbank.

– Hoe ver is het nog naar de Lincoln Highway, Billy?

Billy, die al met zijn liniaal in de weer was, zei dat het nog achtentwintig kilometer was.

Woolly, die rustig naar het landschap had zitten kijken, draaide zich met plotselinge nieuwsgierigheid naar Billy.

– Wat is de Lincoln Highway, Billy? Is dat een bijzondere snelweg?

– Het was de eerste snelweg die heel Amerika doorkruist.

– De eerste snelweg die heel Amerika doorkruist, herhaalde Woolly met ontzag.

– Kom op, Emmett, porde Duchess. Wat is nou achtentwintig kilometer?

Het is achtentwintig kilometer, wilde Emmett antwoorden, boven op de tweehonderd die we al gaan omrijden om jullie naar Omaha te brengen. Maar tegelijk wist Emmett dat Duchess gelijk had. De extra afstand stelde niet veel voor, vooral als je bedacht hoe teleurgesteld Billy zou zijn als hij erop aandrong om Route 34 te nemen.

– Oké, zei hij. We gaan via de Lincoln Highway.

Terwijl hij de weg opreed kon hij bijna horen hoe zijn broer goedkeurend knikte, als om te bevestigen dat dit een goed idee was.

Billy leunde voorover om te zien wat er aankwam en daarna keek hij over zijn schouder om te zien waar ze voorbij waren gereden. Central City mocht dan alleen in naam een stad zijn, maar omdat Billy maandenlang over de reis naar Californië had gedroomd gaf het hem voldoening om het handjevol motels en restaurants te zien en was hij blij dat ze best leken op die van zijn moeders ansichtkaarten. Dat ze de verkeerde kant op reden leek hem niet veel uit te maken.

Woolly deelde Billy's opwinding en met hernieuwde waardering keek hij naar de voorzieningen langs de weg.

– Dus deze weg gaat van de ene kust naar de andere?

– Hij gaat bijna van de ene kust naar de andere, corrigeerde Billy. Hij gaat van New York naar San Francisco.

– Dat klinkt behoorlijk van-kust-tot-kust, zei Duchess.

– Behalve dat de Lincoln Highway niet begint of eindigt bij het water. Hij begint op Times Square en eindigt bij het paleis van het Legioen van Eer.

– Is hij genoemd naar *Abraham* Lincoln? vroeg Woolly.

– Ja, zei Billy. En overal langs de weg staan standbeelden van hem.

– Langs de hele weg?

– De Verkennerij heeft geld ingezameld om de opdrachten te verlenen.

– Er staat een borstbeeld van Abraham Lincoln op mijn overgrootvaders bureau, zei Woolly met een glimlach. Hij was een groot bewonderaar van president Lincoln.

– Hoelang bestaat die snelweg al? vroeg Duchess.

– Hij werd in 1912 uitgevonden door de heer Carl G. Fisher.

– Uitgevonden?

– Ja, zei Billy. Uitgevonden. Hij vond dat Amerikanen van de ene kant van het land naar de andere kant moesten kunnen rijden. Hij legde de eerste stukken aan in 1913, met behulp van donaties.

– Gaven mensen hem *geld* om de weg aan te leggen? vroeg Duchess ongelovig.

Billy knikte ernstig.

– Onder wie Thomas Edison en Teddy Roosevelt.

– Teddy Roosevelt! riep Duchess uit.

– Bullebak, zei Woolly.

Naarmate ze verder oostwaarts reden – en Billy plichtmatig de naam van elke plaats die ze passeerden noemde – deed het Emmett genoegen dat ze tenminste goed op schema lagen.

Ja, de trip naar Omaha was een omweg, maar vanwege de vroege start was het volgens Emmetts berekening goed mogelijk om Duchess en Woolly bij het station af te zetten, rechtsomkeert te maken, en nog voor donker Ogallala te halen. Misschien konden ze zelfs wel tot Cheyenne komen. Per slot van rekening had je nu in juni achttien uur daglicht. In feite, dacht Emmett, konden ze, als ze alles op alles zetten en twaalf uur per dag reden met gemiddeld tachtig kilometer per uur, de hele reis in minder dan drie dagen afleggen.

Maar op dat moment wees Billy naar een watertoren in de verte, waarop de naam Lewis was geschilderd.

– Kijk, Duchess. Lewis. Is dat niet de plaats waar jij hebt gewoond?

– Heb jij in Nebraska gewoond? vroeg Emmett, met een blik op Duchess.

– Een paar jaar, toen ik klein was, bevestigde Duchess.

Vervolgens ging hij wat meer rechtop zitten en keek hij met toegenomen belangstelling rond.

– Hé, zei hij na een tijdje tegen Emmett. Kunnen we er niet even langsgaan? Lijkt me leuk die plek nog eens te zien. Vanwege vroeger, snap je.

– Duchess…

– Ah, kom op. Alsjeblieft. Ik weet dat je zei dat je om acht uur in Omaha wilde zijn, maar we lijken qua tijd behoorlijk goed te zitten.

– We liggen twaalf minuten voor op schema, zei Billy nadat hij op zijn legerdumphorloge had gekeken.

– Zie je wel?

– Oké, zei Emmett. We kunnen er even langsgaan. Maar alleen even kijken.

– Meer vraag ik niet.

Toen ze bij de rand van de stad kwamen nam Duchess de navigatie over en knikte hij naar de bezienswaardigheden langs de weg.

– Ja. Ja. Ja. Daar! Bij die brandweerkazerne naar links.

Emmett sloeg linksaf, waardoor ze in een woonwijk kwamen met mooie huizen en goed onderhouden gazons. Na een paar kilometer kwamen ze langs een kerk met een hoge torenspits en een park.

– Volgende rechts, zei Duchess.

Zo kwamen ze op een brede, bochtige weg met bomen erlangs.

– Parkeer daar maar.

Emmett parkeerde.

Ze stonden onder aan een heuvel met gras waar bovenop een groot stenen gebouw stond. Met twee verdiepingen en torentjes aan weerszijden leek het wel een landhuis.

– Was dit jouw huis? vroeg Billy.

– Nee, zei Duchess lachend. Het is een soort school.

– Een kostschool? vroeg Woolly.

– Min of meer.

Ze bewonderden allemaal eventjes de grandeur van het gebouw en toen wendde Duchess zich tot Emmett.

– Kan ik even naar binnen?

– Waarom?

– Om gedag te zeggen.

– Duchess, het is half zeven 's ochtends.

– Als er niemand op is laat ik wel een briefje achter. Zullen ze mieters vinden.

– Een briefje voor je onderwijzers? vroeg Billy.

– Precies. Een briefje voor mijn onderwijzers. Wat vind je, Emmett? Kost maar een paar minuten. Hooguit vijf.

Emmett wierp een snelle blik op de klok.

– Oké, zei hij. Vijf minuten.

Duchess pakte de schooltas die aan zijn voeten lag, stapte de auto uit en snelde de heuvel op, naar het gebouw.

Op de achterbank begon Billy Woolly uit te leggen waarom Emmett en hij voor 4 juli in San Francisco moesten zijn.

Emmett zette de motor uit en staarde door de voorruit. Hij wou dat hij een sigaret had.

De vijf minuten van Duchess verstreken.

Daarna nog eens vijf.

Hoofdschuddend nam Emmett het zichzelf kwalijk dat hij Duchess naar het gebouw had laten gaan. Niemand wipt zomaar voor vijf minuten ergens aan, hoe laat het ook is. Zeker niet iemand die zo van kletsen houdt als Duchess.

Emmett stapte uit en liep naar de passagierskant. Leunend tegen het portier keek hij omhoog naar de school en merkte op dat het gebouw van hetzelfde rode kalksteen was gemaakt als het gerechtsgebouw in Morgen. Het steen kwam waarschijnlijk uit een van de afgravingen in Cass County. Eind negentiende eeuw werd het in een straal van honderdvijftig kilometer in elke plaats gebruikt voor stadhuizen, bibliotheken en gerechtsgebouwen. Sommige gebouwen leken zó op elkaar dat als je van de ene plaats naar de andere ging, het leek alsof je niet was vertrokken.

Desondanks was er iets aan dit gebouw wat niet helemaal leek te kloppen. Het kostte Emmett een paar minuten om te beseffen dat het raar was dat er geen prominente ingang was. Of het oorspronkelijk nu als landhuis of als school was gebouwd: zo'n groots gebouw zou een passende entree gehad moeten hebben. Er zou een met bomen omzoomde oprijlaan hebben moeten zijn, die naar een imposante voordeur leidde.

Emmett bedacht dat ze misschien aan de achterkant van het gebouw hadden geparkeerd. Maar waarom had Duchess ze dan niet naar de oprit aan de voorkant verwezen?

En waarom had hij zijn schooltas meegenomen?

– Ik kom zo terug, zei hij tegen Billy en Woolly.

– Oké, antwoordden ze, zonder op te kijken van Billy's kaart.

Emmett begon de heuvel op te lopen, in de richting van een deur die zich in het midden van het gebouw bevond. Onder het lopen bekroop hem een toenemend gevoel van ergernis en keek hij bijna uit naar de uitbrander die hij Duchess zou geven zodra hij hem vond. Hij zou hem in niet mis te verstane bewoordingen zeggen dat ze geen tijd hadden voor dit soort flauwekul. Dat zijn ongenode verschijnen al een belasting was en dat de reis naar Omaha een omweg van tweeënhalf uur voor hen betekende. Vijf uur als je heen en terug rekende. Maar die gedachten vervlogen op het moment dat hij het ingetikte ruitje zag – het ruitje het dichtst bij de deurknop. Hij duwde de deur voorzichtig open en ging naar binnen, waarbij de glasscherven knarsten onder zijn schoenzolen.

Hij bleek zich in een grote keuken te bevinden met twee stalen gootstenen, een fornuis met tien pitten en een inloopkoeling. Zoals meestal bij instellingskeukens was deze de avond ervoor al aan kant gemaakt – de aanrechten waren opgeruimd, de kastjes gesloten en alle pannen hingen aan hun haak.

Los van het gebroken ruitje bevond het enige teken van wanorde zich in een bijkeuken aan de andere kant, waar meerdere lades waren opengetrokken en lepels verspreid over de grond lagen.

Hij liep door een klapdeur en kwam in een gelambriseerde eetzaal met zes lange tafels, zoals je zou verwachten in een klooster. De godsdienstige uitstraling werd nog verhoogd door een groot glas-in-loodraam dat gele, rode en blauwe patronen op de tegenoverliggende muur wierp. Het raam stelde het ogenblik voor dat Jezus, opgestaan uit de dood, de wonden in Zijn handen toont – alleen waren de verbijsterde discipelen in deze voorstelling vergezeld door kinderen.

Emmett verliet de eetzaal via de hoofdingang en kwam in een grootse vestibule. Links van hem was de imposante voordeur die hij had verwacht en rechts was een trap die van hetzelfde glimmende eikenhout was gemaakt. Onder andere omstandigheden had Emmett hier graag wat rondgehangen om het houtsnijwerk van de deurpanelen en de balustrades van de trap te bestuderen, maar net toen de kwaliteit van het vakmanschap hem opviel, hoorde hij ergens boven hem geluiden van commotie.

Hij vloog met twee treden tegelijk de trap op en kwam her en der nog meer lepels tegen. Op de overloop van de eerste verdieping kon je links en rechts een gang in, maar uit de rechter klonk onmiskenbaar het tumult van kinderen. Dus die kant ging hij op.

De eerste deur die hij opende kwam uit in een slaapzaal. Hoewel de bedden in twee perfecte rijen stonden opgesteld was het beddengoed een puinhoop en waren de bedden leeg. De volgende deur leidde naar een tweede slaapzaal met weer twee rijen bedden en meer wanordelijk beddengoed. Maar in deze zaal zaten zestig jongens in blauwe pyjama's bijeen in zes luidruchtige groepjes, met elk in het midden een pot aardbeiencompote.

In sommige groepjes wachtten de jongens braaf op hun beurt, terwijl ze in andere groepjes vochten om bij de pot te komen en hun lepel in de jam te steken, om dan zo snel mogelijk de inhoud ervan in hun mond te stoppen zodat ze, voor de pot leeg was, nog een poging konden wagen.

Voor het eerst kwam het bij Emmett op dat dit geen kostschool was. Het was een weeshuis. Terwijl hij naar de wanorde stond te kijken trok een tienjarig jongetje met een bril, die hem had opgemerkt, aan de mouw van een van de oudere jongens. Deze keek op naar Emmett en gaf een seintje aan een leeftijdgenoot. Zonder iets te zeggen kwamen de twee schouder aan schouder naar voren om henzelf tussen Emmett en de anderen te plaatsen.

Emmett hief als vredesgebaar beide handen op.

– Ik kom jullie niet lastigvallen. Ik ben alleen op zoek naar mijn vriend. Degene die jullie de jam bracht.

De twee oudere jongens keken Emmett zwijgend aan, maar de jongen met de bril wees in de richting van de gang.

– Hij nam dezelfde weg terug.

Emmett verliet de slaapzaal en liep weer naar de overloop. Hij wilde net naar beneden lopen toen hij uit de andere gang het gedempte geluid van een roepende vrouw hoorde, gevolgd door gebons van een vuist op hout. Hij stopte even en liep toen die gang in, waar hij twee deuren met elk een gekantelde stoel onder de deurknop aantrof. Het geroep en gebons kwam vanachter de eerste deur.

– Open onmiddellijk deze deur!

Toen Emmett de stoel weghaalde en de deur opende, viel er een vrouw van ruim veertig in een lange witte nachtpon zowat de gang in. Achter haar kon Emmett een andere vrouw op een bed zien zitten huilen.

– Hoe dúrf je! schreeuwde de bonzer toen ze haar evenwicht had hervonden.

Emmett negeerde haar en liep naar de tweede deur om daar ook de stoel te verwijderen. In deze kamer was een derde vrouw die op haar knieën voor haar bed in gebed was, en een oudere vrouw die in een stoel met een hoge rugleuning vredig een sigaret zat te roken.

– Ah! zei ze toen ze Emmett zag. Wat goed van je om de deur te openen. Kom binnen, kom binnen.

Terwijl de oudere vrouw haar sigaret in de asbak op haar schoot uitdrukte, deed Emmett onzeker een stap naar voren. Net toen hij dat deed kwam de zuster uit de eerste kamer achter hem de kamer in.

– Hoe dúrf je! schreeuwde ze opnieuw.

– Zuster Berenice, zei de oudere vrouw. Waarom verhef je je stem tegen deze jongeman? Zie je dan niet dat hij onze bevrijder is?

Nu kwam de huilende zuster de kamer in, nog steeds in tranen, en de oudere vrouw wendde zich tot degene die geknield zat.

– Medeleven voor gebeden, zuster Ellen.

– Ja, zuster Agnes.

Zuster Ellen ging staan, nam de huilende zuster in haar armen en suste haar door *stil maar, stil maar* te zeggen, en ondertussen richtte zuster Agnes haar aandacht weer op Emmett.

– Hoe heet je, jongeman?

– Emmett Watson.

– Welnu, Emmett Watson, misschien kun je ons opheldering verschaffen over wat er vanmorgen in het St. Nicolaas allemaal heeft plaatsgevonden.

Emmett was sterk geneigd zich om te draaien en de deur uit te lopen, maar zijn neiging om zuster Agnes antwoord te geven was sterker.

– Ik was onderweg om een vriend naar het busstation in Omaha te brengen en hij vroeg me hier te stoppen. Hij zei dat hij hier vroeger gewoond had…

Alle vier de zusters keken nu nieuwsgierig naar Emmett – de huilende zuster huilde niet meer en de sussende zuster suste niet meer. De schreeuwende zuster schreeuwde niet meer maar deed dreigend een stap in de richting van Emmett.

– *Wie* woonde hier vroeger?

– Hij heet Duchess…

– Ha! riep ze uit, met een blik op zuster Agnes. Ik zei toch dat we hem vast niet voor het laatst hebben gezien! Ik zei toch dat hij op een dag zou terugkomen om ons nog een laatste streek te leveren!

Zuster Agnes negeerde zuster Berenice en keek Emmett aan met een uitdrukking van milde nieuwsgierigheid.

– Maar vertel eens, Emmett, waarom sloot Daniel ons op in onze kamers? Met welk oogmerk?

Emmett aarzelde.

– Nou?! drong zuster Berenice aan.

Emmett schudde zijn hoofd en wees in de richting van de slaapzalen.

– Volgens mij wilde hij dat ik stopte zodat hij de jongens een paar potten aardbeienjam kon brengen.

Zuster Agnes slaakte een zucht van voldoening.

– Kijk. Zie je nou, zuster Berenice? Onze kleine Daniel kwam terug om een daad van naastenliefde te plegen.

Wat Duchess ook pleegde, dacht Emmett, deze kleine omleiding had ze al een halfuur gekost, en hij voelde dat als hij nu draalde, ze hier nog urenlang vast konden zitten.

– Goed dan, zei hij naar de deur lopend, als alles nu in orde is...

– Nee, wacht, zei zuster Agnes, die haar hand opstak.

Eenmaal op de gang gekomen haastte Emmett zich naar de overloop. Met de hoog opklinkende stemmen achter hem rende hij de trap af, de eetzaal door en de keukendeur uit, en voelde hij zich opgelucht.

Toen hij de heuvel was afgedaald zag hij dat Billy in het gras zat met zijn rugzak naast zich en zijn grote rode boek op zijn schoot – terwijl Duchess, Woolly en de Studebaker in geen velden of wegen te bekennen waren.

– Waar is de auto? vroeg Emmett buiten adem toen hij bij zijn broer was.

Billy keek op van zijn boek.

– Duchess en Woolly hebben hem geleend. Maar ze komen hem terugbrengen.

– Terugbrengen, wanneer?

– Nadat ze naar New York zijn gegaan.

Emmett staarde zijn broer een tijdje aan, verbijsterd en ziedend tegelijk.

Omdat Billy voelde dat er iets mis was, zei hij iets ter geruststelling.

– Maak je geen zorgen, zei hij. Duchess heeft beloofd dat ze voor 18 juni terug zouden zijn, en dan hebben we nog tijd genoeg om voor 4 juli in San Francisco te zijn.

Voordat Emmett hem kon antwoorden wees Billy naar iets achter hem.

– Kijk, zei hij.

Emmett draaide zich om en in de verte zag hij hoe zuster Agnes de heuvel afdaalde, waarbij de zoom van haar lange zwarte habijt achter haar opbolde, alsof ze door de lucht zweefde.

§

– Bedoel je de Studebaker?

Emmett stond in het kantoor van zuster Agnes met Sally te bellen.

– Ja, zei hij. De Studebaker.

– En Duchess heeft die meegenomen?

– Ja.

Er viel een stilte aan de andere kant van de lijn.

– Ik snap het niet, zei ze. Meegenomen waarheen?

– Naar New York.

– De stad New York in de staat New York?

– Ja. De stad New York in de staat New York.

...

– En jij bent in Lewis.

– Vlakbij.

– Ik dacht dat jullie naar Californië zouden gaan. Waarom ben je dan vlak bij Lewis? En waarom is Duchess op weg naar New York?

Emmett begon er spijt van te krijgen dat hij Sally gebeld had. Maar wat voor keus had hij gehad?

– Hoor es, Sally, dat doet er nu allemaal niet toe. Wat er wel toe doet is dat ik mijn auto terug moet krijgen. Ik heb het station in Lewis gebeld en kennelijk stopt daar later vandaag een trein naar het oosten. Als ik die neem kan ik Duchess in New York opvangen, de auto terugnemen en tegen vrijdag weer in Nebraska zijn. De reden waarom ik bel is dat ik in de tussentijd iemand nodig heb die voor Billy kan zorgen.

– Had dat dan meteen gezegd.

Na Sally te hebben uitgelegd hoe ze moest rijden hing hij zuster Agnes' telefoon op en keek uit het raam, en onwillekeurig moest hij aan de dag van zijn veroordeling denken.

Voordat hij met zijn vader naar het gerechtsgebouw ging had hij zijn broer apart genomen en uitgelegd dat hij had afgezien van een rechtszaak. Hij legde uit dat hij Jimmy niet echt kwaad had willen doen maar dat hij toch was uitgeschoten, en dat hij bereid was de gevolgen van zijn daden te accepteren.

Terwijl Emmett dit uitlegde, schudde Billy niet zijn hoofd, en evenmin zei hij dat Emmett een vergissing maakte. Hij scheen te begrijpen dat wat Emmett deed, juist was. Maar als Emmett zonder gehoord te worden schuld ging bekennen, dan wilde Billy dat hij hem één ding beloofde.

– En wat is dat, Billy?

– Beloof me dat als je ooit iemand uit woede wilt slaan, je eerst tot tien telt.

En Emmett had dat niet zómaar beloofd: ze hadden het bezegeld met een handdruk.

Niettemin vermoedde Emmett dat als Duchess op dat moment daar zou zijn, tien tellen misschien niet zouden volstaan.

§

Toen Emmett de eetzaal binnenging was het daar een en al geroezemoes, van zestig jongens die allemaal door elkaar praatten. In elke eetzaal vol jongens was het wellicht rumoerig, maar Emmett vermoedde dat deze rumoeriger dan gebruikelijk was omdat de jongens de gebeurtenissen van die ochtend herbeleefden: het plotselinge verschijnen van een mysterieuze bondgenoot die potten jam kwam brengen, nadat hij de zusters in hun kamers had opgesloten. Uit zijn tijd in Salina wist Emmett dat de jongens de gebeurtenissen niet alleen maar herbeleefden vanwege de opwinding. Ze beleefden de gebeurtenissen opnieuw om ze in de folklore vast te leggen en om overeenstemming te krijgen over alle belangrijke details van dit verhaal, dat ongetwijfeld nog decennialang in de zalen van het weeshuis zou worden naverteld.

Emmett trof Billy en zuster Agnes naast elkaar aan in het midden van een van de lange kloostertafels. Een halfleeg bord met geroosterd brood was opzijgeschoven om plaats te maken voor Billy's grote rode boek.

– Ik had eigenlijk gedacht, zei zuster Agnes terwijl ze haar vinger op een pagina legde, dat jouw professor Abernathe Jezus in plaats van Jason had moeten opvoeren. Want Hij was waarachtig de meest onversaagde reiziger van allemaal. Vind je ook niet, William? Ah! Daar is je broer!

Emmett nam de stoel tegenover zuster Agnes aangezien de stoel tegenover Billy bezet was door zijn rugzak.

– Mogen we je wat geroosterd brood aanbieden, Emmett? Of misschien koffie en eieren?

– Nee dank u, zuster, ik hoef niks.

Ze gebaarde naar de rugzak.

– Ik geloof niet dat jullie al in de gelegenheid zijn geweest mij te vertellen waar jullie heen gingen, toen jullie toevallig bij ons terechtkwamen.

Toevallig bij ons terechtkwamen, dacht Emmett met een frons.

– We brachten alleen maar Duchess – of Daniel – en een andere vriend naar het busstation in Omaha.

– Ah, ja, zei zuster Agnes, ik geloof dat je dat al hebt gezegd.

– Maar de trip naar het station was alleen een omweg, zei Billy. Wij zijn eigenlijk op weg naar Californië.

– Californië! riep zuster Agnes uit, met een blik op Billy. Wat opwindend. En waarom gaan jullie naar Californië?

Zodoende vertelde Billy zuster Agnes over hun moeder die het huis had verlaten toen ze jong waren, en over hun vader die was overleden aan kanker, en over de ansichtkaarten in de doos in de commode, die hun moeder hun had gestuurd uit negen verschillende stopplaatsen op de Lincoln Highway, toen ze op weg was naar San Francisco.

– En daar gaan we haar vinden, besloot Billy.

– Nou, zei zuster Agnes met een glimlach, dat klinkt als een heel avontuur.

– Ik weet niet of het wel een avontuur is, zei Emmett. De realiteit is dat de bank beslag heeft gelegd op de boerderij. We moesten een nieuwe start maken en het leek verstandig dat ergens te doen waar ik werk kan vinden.

– Ja, natuurlijk, zei zuster Agnes, wat meer afgemeten.

Ze keek even peinzend naar Emmett en toen weer naar Billy.

– Ben je klaar met je ontbijt, Billy? Ruim dan je spullen maar af. De keuken is daar.

Zuster Agnes en Emmett keken toe hoe Billy zijn bestek en glas op zijn bord legde en dat voorzichtig wegbracht. Toen richtte ze haar aandacht weer op Emmett.

– Is er iets mis?

Die vraag verbaasde Emmett enigszins.

– Hoe bedoelt u?

– Je leek zojuist een beetje geïrriteerd toen ik je broers enthousiasme over jullie reis naar het Westen deelde.

– Eigenlijk heb ik liever niet dat u hem aanmoedigt.

– Hoe dat zo?

– We hebben acht jaar niets van onze moeder gehoord en hebben geen idee waar ze is. Zoals u wellicht heeft gemerkt heeft mijn broer een sterke verbeelding. Voor zover mogelijk probeer ik hem te behoeden voor teleurstellingen – in plaats van aanleiding te geven voor nieuwe.

Terwijl zuster Agnes Emmett aandachtig bekeek, merkte hij dat hij in zijn stoel heen en weer zat te schuiven.

Emmett was nooit zo dol op de clerus geweest. De ene helft van de tijd leek het alsof een predikant je iets probeerde te verkopen waar je geen behoefte aan had en de andere helft was hij iets aan het verkopen wat je al had. Maar wat geestelijken aangaat schrok zuster Agnes hem nog meer af dan anderen.

– Heb je misschien dat raam achter mij gezien? vroeg ze na een tijdje.

– Ja.

Ze knikte en deed Billy's boek vervolgens zachtjes dicht.

– Toen ik in 1942 net in het St. Nicolaas was gekomen, merkte ik dat dat raam een nogal merkwaardig effect op mij had. Er was iets wat mijn aandacht trok, maar op een manier die ik niet goed thuis kon brengen. Soms ging ik 's middags, als alles rustig was, hier met een kop koffie zitten, ongeveer waar jij nu zit, en dan keek ik ernaar, gewoon om het in me op te nemen. En toen op een dag wist ik wat me zo had aangegrepen. Het was het verschil in gezichtsuitdrukking tussen die van de discipelen en die van de kinderen.

Zuster Agnes draaide een beetje in haar stoel zodat ze op kon kijken naar het raam. Bijna met tegenzin volgde Emmett haar blik.

– Als je naar de gezichten van de discipelen kijkt kun je daaruit opmaken dat ze nogal sceptisch zijn over wat ze zojuist hebben gezien. *Dit moet zeker een vorm van bedotterij of gezichtsbedrog zijn*, denken ze bij zichzelf, *want wij waren met eigen ogen getuige van Zijn dood aan het kruis, en met eigen handen hebben we Zijn lichaam naar het graf gedragen.* Maar als je naar de gezichten van de kinderen kijkt, zie je daar geen spoor van scepticisme. Jazeker, ze bezien dit wonder met ontzag en verbazing, maar zonder ongeloof.

Emmett wist dat zuster Agnes het goed bedoelde. En aangezien het een vrouw van in de zestig was die haar leven niet alleen aan de Kerk had gewijd maar ook aan weeskinderen, begreep hij, toen ze met haar verhaal begon, dat ze zijn volle aandacht verdiende. Maar terwijl ze sprak kon Emmett het niet laten om te zien dat de gele, rode en blauwe patronen van het raam dat ze beschreef van de muur naar het tafelblad waren verschoven, en zodoende het voortschrijden van de zon en het verlies van nóg een uur markeerden.

§

– ... En toen ging hij de heuvel op met Emmetts schooltas en brak hij het ruitje van de keukendeur!

Net als de jongens in het weeshuis beleefde Billy helemaal opgewonden de gebeurtenissen van die ochtend opnieuw, terwijl Sally Betty door het verkeer manoeuvreerde.

– Hij brak het ruitje?

– Omdat de deur op slot was! En toen ging hij de keuken in en graaide een handvol lepels mee en bracht ze naar de slaapzalen boven.

– Wat moest hij met een handvol lepels?

– Hij wilde die lepels want hij bracht ze jouw aardbeiencompote!

Sally keek Billy geschokt aan.

– Gaf hij ze een pot met mijn aardbeiencompote?

– Nee, zei Billy, hij gaf ze er zes. Dat zei je toch, Emmett?

Billy en Sally keken allebei naar Emmett die door het raam aan de passagierskant naar buiten zat te kijken.

– Ja, dat klopt, antwoordde hij zonder naar hen te kijken.

– Ik begrijp het niet, zei Sally, bijna in zichzelf.

Ze boog zich over het stuur en gaf gas om een sedan in te halen.

– Ik gáf hem maar zes potten. Daar had hij het wel tot Kerstmis mee kunnen uitzingen. Waarom zou hij in vredesnaam de hele voorraad aan een stelletje vreemden geven?

– Omdat het wezen zijn, verklaarde Billy.

Hier moest Sally even over nadenken.

– Ja, natuurlijk, Billy. Je hebt helemaal gelijk. Omdat het wezen zijn.

Terwijl Sally knikte bij wijze van goedkeuring van Billy's redenering en Duchess' liefdadigheid, merkte Emmett wel op dat ze veel verontwaardigder was geweest over het lot van haar jam dan over het lot van zijn auto.

– Daar, zei Emmett, wijzend naar het station.

Om de bocht te kunnen maken sneed Sally een Chevrolet af. Toen ze met een slip tot stilstand kwam stapten ze alle drie uit. Maar terwijl Emmett naar de ingang van het station keek, ging Billy naar de laadbak van de pick-up, pakte zijn rugzak en begon die op zijn rug te hijsen.

Sally zag dit en was verrast, maar toen keek ze naar Emmett, met bestraffend samengeknepen ogen.

– Heb je het hem niet verteld? vroeg ze fluisterend. Nou, denk maar niet dat ik het doe!

Emmett nam zijn broer terzijde.

– Billy, begon hij, je hoeft je rugzak nu niet om te doen.

– Geeft niet, zei Billy terwijl hij de schouderbanden aantrok. Ik kan hem afdoen als we in de trein zijn.

Emmett ging op zijn hurken zitten.

– Je gaat niet mee in de trein, Billy.

– Wat bedoel je, Emmett? Waarom ga ik niet mee in de trein?

– Het is verstandiger als jij met Sally meegaat terwijl ik de auto ophaal. Maar zo gauw ik hem heb kom ik meteen terug naar Morgen om je op te pikken. Het hoeft niet meer dan een paar dagen te kosten.

Maar terwijl Emmett nog met zijn uitleg bezig was schudde Billy zijn hoofd al.

– Nee, zei hij. Nee. Ik kan niet met Sally mee terug, Emmett. We hebben Morgen al verlaten en we zijn op weg naar San Francisco.

– Dat is waar, Billy. We zijn op weg naar San Francisco. Maar nu is de auto op weg naar New York...

Toen Emmett dit zei zette Billy ineens grote ogen op, want hij had een ingeving.

– De Lincoln Highway begint in New York, zei hij. Na de trein, als we de Studebaker hebben gevonden, kunnen we naar Times Square rijden en onze reis daar beginnen!

Emmett keek naar Sally om hulp.

Ze deed een stap naar voren en legde een hand op Billy's schouder.

– Billy, zei ze op haar nuchtere toon, je hebt helemaal gelijk.

Emmett sloot zijn ogen.

Nu was het Sally die hij terzijde nam.

– Sally... begon hij, maar ze onderbrak hem.

– Emmett, je weet dat ik niets liever doe dan Billy nog drie dagen bij me houden. Ik zweer bij God dat ik blij zou zijn om hem nog drie jáár bij me te houden. Maar hij heeft al vijftien maanden op jouw terugkeer uit Salina zitten wachten. En intussen is hij zijn vader en zijn huis kwijtgeraakt. Op dit punt gekomen is Billy's plaats naast jou, en dat weet hij. En ik veronderstel dat hij inmiddels denkt dat jij dat ook zou moeten weten.

Wat Emmett werkelijk wist, was dat hij naar New York moest gaan en zo snel mogelijk Duchess opsporen, en dat Billy erbij hebben de klus niet makkelijker zou maken.

Maar in een belangrijk opzicht had Billy gelijk gehad: ze hadden

Morgen al verlaten. Door hun vader te begraven en hun tassen te pakken hadden ze dat deel van hun leven achter zich gelaten. Het zou voor hen allebei geruststellend zijn om te weten dat wat er ook gebeurde, ze niet meer terug hoefden te keren.

Emmett keek zijn broer aan.

– Oké, Billy. We gaan samen naar New York.

Billy knikte, ter bevestiging dat dit het verstandigst was.

Sally wachtte tot Billy de banden van zijn rugzak weer had aangetrokken en omhelsde hem, en zei dat hij op zijn manieren moest letten, en op zijn broer. Zonder Emmett te omhelzen klom ze vervolgens in haar pick-up. Maar toen ze gestart had wenkte ze hem om naar haar raampje te komen.

– Nog een ding, zei ze.

– En dat is?

– Als jij je auto naar New York wilt najagen is dat jouw zaak. Maar ik ben niet van plan de komende paar weken midden in de nacht bezorgd wakker te worden. Dus over een paar dagen moet je me bellen om te zeggen dat jullie veilig zijn aangekomen.

Emmett begon uit te leggen dat haar verzoek heel onpraktisch was, dat ze zich in New York moesten concentreren op het vinden van de auto, dat hij niet wist waar ze zouden overnachten, en of ze wel toegang tot een telefoon zouden hebben...

– Je scheen er anders geen enkel probleem mee te hebben om mij vanmorgen om zeven uur te bellen, zodat ik alles uit mijn handen kon laten vallen om helemaal naar Lewis te rijden. Ik twijfel er niet aan dat je in een stad zo groot als New York weer een telefoon kunt vinden, én de tijd om die te gebruiken.

– Oké, zei Emmett. Ik zal je bellen.

– Goed, zei Sally. Wanneer?

– Wanneer wat?

– Wanneer ga je me bellen?

– Sally, ik weet niet eens...

– Vrijdag dan. Je kunt me vrijdag bellen om half drie.

Voordat Emmett kon reageren zette Sally haar pick-up in de rijstand en reed ze naar de uitgang van het stationsterrein, waar ze even wachtte op een gaatje om in te voegen.

Eerder die ochtend, toen ze zich klaarmaakten om het weeshuis te verlaten, had zuster Agnes Billy een hanger aan een halsketting geschonken en gezegd dat het een medaillon van Christoffel was, de beschermheilige van reizigers. Toen ze zich tot Emmett wendde was hij bang dat ze hem ook een medaillon ging schenken. Ze zei daarentegen dat ze hem iets wilde vragen, maar voor ze dat deed had ze nog een verhaal te vertellen: het verhaal over hoe Duchess onder haar hoede was gekomen.

Op een zomerse middag in 1944, zei ze, was er een man van ongeveer vijftig aan de deur van het weeshuis verschenen, met naast hem een schriel jongetje van acht. Zodra de man alleen met zuster Agnes in haar kantoor was legde hij uit dat zijn broer en schoonzus waren omgekomen in een auto-ongeluk, en dat hij het enige overlevende familielid van de jongen was. Uiteraard wilde hij niets liever dan voor zijn neefje zorgen, vooral op zo'n ontvankelijke leeftijd, maar als officier in de strijdkrachten werd hij verwacht aan het eind van de week naar Frankrijk te reizen en hij wist niet wanneer hij uit de oorlog zou terugkeren, en of hij überhaupt wel zou terugkeren...

– Welnu, ik geloofde geen woord van wat die man zei. Nog los van zijn onverzorgde haar dat niet paste bij een officier der strijdkrachten, had hij een knap meisje in de passagiersstoel van zijn auto met open dak zitten. Het was overduidelijk dat hij de vader van de jongen was. Maar het is niet mijn roeping me te ontfermen over de dubbelhartigheid van gewetenloze mensen. Het is mijn roeping me te ontfermen over het welzijn van in de steek gelaten jongens. En laat daar geen twijfel over bestaan, Emmett: de jonge Daniel was in de steek gelaten. Ja, zijn vader kwam twee jaar later terug om Daniel op te eisen, toen het hem uitkwam, maar Daniel had daar allemaal geen idee van. De meeste jongens die onder onze hoede komen zijn echte weeskinderen. We hebben jongens wier ouders allebei omkwamen door de griep of in een brand, wier moeder stierf in het kraambed en wier vader sneuvelde in Normandië. En het is een vreselijke beproeving voor die kinderen om te moeten opgroeien zonder ouderlijke liefde. Maar stel je voor dat je niet door een calamiteit wees wordt maar door je vaders wil – door zijn besluit dat je hem tot last bent geworden.

Zuster Agnes liet dat even indalen.

– Natuurlijk ben je boos op Daniel omdat hij zich vrijheden met jouw auto permitteert. Maar we weten allebei dat er goedheid in hem zit, een goedheid die er van meet af aan al inzat, maar die nooit de kans kreeg volledig tot bloei te komen. Wat hij op dit kritieke moment in zijn leven meer dan wat ook nodig heeft, is een vriend die hem loyaal terzijde staat, een vriend die hem voor dwaasheid behoedt en die hem helpt zijn weg te vinden ter vervulling van zijn christelijke doel.

– Zuster, u zei dat u me iets ging vragen. U zei niet dat u iets ván mij ging vragen.

De non bekeek Emmett even aandachtig en glimlachte vervolgens.

– Je hebt helemaal gelijk, Emmett. Ik vraag je dit niet. Ik vraag het ván je.

– Ik heb al iemand om voor te zorgen. Iemand van mijn eigen vlees en bloed, en die van zichzelf ook weeskind is.

Ze keek met een beminnelijke glimlach naar Billy maar wendde zich toen weer tot Emmett, met onverminderde inzet.

– Beschouw je jezelf als een christen, Emmett?

– Ik ga niet naar de kerk.

– Maar beschouw je jezelf als een christen?

– Zo ben ik wel opgevoed.

– Dan veronderstel ik dat je de parabel van de Barmhartige Samaritaan kent?

– Ja, zuster, ik ken die parabel. En ik weet dat een goed christen een mens in nood helpt.

– Ja, Emmett. Een goed christen toont medeleven met hen die het moeilijk hebben. Dat is een belangrijk deel van de betekenis van de parabel. Maar een even belangrijk punt dat Jezus maakt, is dat we niet altijd kunnen *kiezen* aan wie we onze naastenliefde zouden moeten tonen.

Toen Emmett vlak voor zonsopgang aan het eind van zijn eigen oprit was gekomen, was hij de weg opgedraaid in de wetenschap dat Billy en hij onbelast waren – ze begonnen hun nieuwe leven vrij van schulden of verplichtingen. En nu, na pas honderd kilometer van huis in de verkeerde richting gereisd te hebben, had hij twee beloftes gedaan, in evenzoveel uren.

Toen het verkeer eindelijk wat afnam en Sally linksaf het station uit reed, verwachtte Emmett dat ze zich zou omdraaien om te zwaaien. Maar Sally boog zich over het stuur en gaf een dot gas, Betty gaf een knal, en samen gingen ze naar het Westen, zonder één blik zijn kant op.

Pas toen ze uit het zicht waren verdwenen realiseerde Emmett zich dat hij geen geld had.

Duchess

Jongens, jongens, wat een dag! Emmetts auto mag dan wel niet de snelste op de weg zijn geweest, maar de zon stond hoog, de lucht was blauw en iedereen die we tegenkwamen had een glimlach op zijn gezicht.

Na ons vertrek uit Lewis hadden we gedurende de eerste tweehonderdvijftig kilometer meer graansilo's dan mensen gezien. En de meeste plaatsen waar we doorheen kwamen leken door een plaatselijk decreet beperkt te zijn tot één van alles: één bioscoop en één restaurant, één kerkhof en één bank, en naar alle waarschijnlijkheid één opvatting over goed en kwaad.

Maar de meeste mensen kan het niet schelen waar ze wonen. Als ze 's morgens opstaan zijn ze niet van zins om de wereld te veranderen. Ze willen een kop koffie en een boterham, dan gaan ze hun acht uren werken en eindigen ze de dag met een biertje voor de buis. Dat doen ze op de een of andere manier allemaal, of ze nu in Atlanta, Georgia of in Nome, Alaska wonen. En als het voor de meeste mensen niet uitmaakt waar ze wonen, dan maakt het ze zéker niet uit waar ze heen gaan.

En daar ontleent de Lincoln Highway zijn charme aan.

Als je de weg op een kaart ziet, lijkt het alsof die Fisher waar Billy het over had met een liniaal een rechte lijn dwars door het land had getrokken, waarbij bergen en rivieren konden doodvallen. Aldus moet hij gedacht hebben dat de weg voorzag in een snel kanaal voor het transport van goederen en ideeën van de ene schitterende oceaan naar de andere, als vervulling van wat voorbestemd was. Maar alle mensen die we tegenkwamen leken alleen maar te genieten van hun eigen gebrek aan een doel. *Moge de weg je tegemoetkomen*, zeggen de Ieren, en dat is precies wat de onversaagde reizigers op de Lincoln Highway overkomt. De weg kwam iedereen tegemoet, of ze nu naar het oosten of het westen reisden, of in kringetjes reden.

– Het was ontzettend aardig van Emmett om ons zijn auto uit te lenen, zei Woolly.

– Zeker weten.

Hij glimlachte even, maar toen fronste hij zijn wenkbrauwen, net als Billy.

– Denk je dat ze moeite hadden om thuis te komen?

– Nee, zei ik. Zeker weten dat Sally in die pick-up van haar naar ze toe kwam racen en dat ze alweer in haar keuken zachte broodjes met jam zitten te eten.

– Je bedoelt zachte broodjes met aardbeiencompote.

– Precies.

Ik vond het wel een beetje rot dat Emmett de reis naar Lewis en weer terug had moeten maken. Als ik had geweten dat hij zijn sleutels boven de zonneklep bewaarde had ik hem die trip kunnen besparen.

Het ironische is dat toen we van Emmetts huis vertrokken, ik helemaal niet van plan was om de auto te lenen. Op dat moment keek ik ernaar uit om de Greyhoundbus te nemen. En waarom ook niet? In de bus kun je achteroverleunen en ontspannen. Je kunt een uiltje knappen, of een gesprekje aanknopen met de vertegenwoordiger in schoenleer aan de andere kant van het gangpad. Maar net toen we de afslag naar Omaha zouden nemen begon Billy over de Lincoln Highway te juichen en voor je het wist waren we in de buurt van Lewis. En toen ik terugkwam na mijn bezoekje aan St. Nick stond de Studebaker daar bij de stoeprand met de sleutel erin en de bestuurdersplaats leeg. Het was alsof Emmett en Billy alles zo gepland hadden. Of de Lieve Heer. Hoe dan ook, wat ik te doen had stond als een paal boven water, ook al moest Emmett rechtsomkeert maken.

– Het goede nieuws, zei ik tegen Woolly, is dat als we deze snelheid aanhouden, we woensdagochtend in New York kunnen zijn. We gaan snel even langs bij mijn ouweheer, sjezen naar het kamp, en dan zijn we terug met Emmetts aandeel voordat hij ons gaat missen. En gezien de grootte van het huis dat jij en Billy hebben bekokstoofd, denk ik dat Emmett heel blij zal zijn met wat extra poen als hij in San Francisco belandt.

Woolly glimlachte bij de gedachte aan Billy's huis.

– Over ons tempo gesproken, zei ik, hoelang is het nog naar Chicago?

De glimlach verdween van Woolly's gezicht.

In Billy's afwezigheid had ik hem de taak van navigeren gegeven. Omdat Billy ons niet zijn kaart wilde lenen, moesten we er zelf eentje kopen (bij een Phillips 66 natuurlijk). En net als Billy had Woolly onze route, die de Lincoln Highway helemaal tot New York volgde, zorgvuldig met een zwarte lijn gemarkeerd. Maar zodra we op weg gingen wist hij niet hoe snel hij de kaart in het handschoenenvak moest stoppen.

– Moet ik de afstand berekenen? vroeg hij met een onmiskenbaar somber voorgevoel.

– Weet je wat, Woolly: vergeet Chicago en zoek maar iets moois op de radio, om naar te luisteren.

En hopla, daar was de glimlach weer.

Ik neem aan dat de zenderknop normaal stond afgesteld op Emmetts favoriete zender, maar dat signaal hadden we in Nebraska achter ons gelaten. Dus toen Woolly de radio aanzette kwam er alleen maar ruis uit de luidspreker.

Woolly gaf dat eventjes zijn volle aandacht, alsof hij precies wilde bepalen wat voor soort ruis het was. Maar zodra hij aan de zenderknop begon te draaien wist ik dat we hier nog een van Woolly's verborgen talenten te pakken hadden, net als dat bordenwassen en plattegronden tekenen. Want Woolly draaide niet zomaar aan die knop, op hoop van zegen. Hij draaide eraan als een brandkastkraker. Met zijn ogen tot spleetjes geknepen en zijn tong tussen zijn tanden bewoog hij de kleine oranje naald langzaam over het spectrum tot hij ergens het zwakste vermoeden van een signaal opving. Dan ging hij nog langzamer verder en liet hij het signaal in sterkte en helderheid toenemen totdat hij ineens stopte, als de ontvangst perfect was.

Het eerste signaal waar Woolly op kwam was een countrymuziekzender. Er werd een liedje over een cowboy gedraaid die zijn vrouw of anders zijn paard kwijt was. Voor ik erachter kwam om welk van de twee het ging, had Woolly het weggedraaid. Het volgende was een oogstreportage die helemaal uit Iowa City 'live' tot ons kwam, daarna de vlammende preek van een doopsgezinde predikant, en toen een stukje Beethoven waarvan alle scherpe kantjes waren weggeschuurd. Toen hij zelfs niet stopte voor *Sh-boom, sh-boom*, begon ik me af te vragen of er op de radio wel iets was dat goed genoeg voor hem was. Maar toen hij afstemde op 1540 begon daar net een reclameboodschap voor cornflakes. Hij liet de knop met rust en staarde naar de radio, en gaf de reclame het soort aandacht die je normaal bewaart voor een dokter of een waarzegster. En dat was het begin.

O, wat hield deze jongen van reclames. De volgende honderdzestig kilometer moeten we er minstens vijftig hebben beluisterd. En ze konden overal over gaan. Over een Coupe DeVille of de nieuwe Playtex-beha. Maakte niet uit. Want Woolly zocht niet iets om te kopen. Wat hem fascineerde was het drama.

Aan het begin van een reclame luisterde Woolly ernstig toe als de acteur of actrice zijn of haar specifieke probleem uitlegde. Zoals de flauwe smaak van een mentholsigaret of de grasvlekken op de broeken van de kinderen. Uit Woolly's gezichtsuitdrukking kon je opmaken dat hij niet alleen deelde in hun ellende, maar dat hem ook het ernstige vermoeden bekroop dat álle zoektochten naar geluk tot teleurstelling gedoemd waren. Maar zodra deze belaagde zielen besloten het een of andere nieuwe merk te proberen klaarde Woolly's gezicht op, en als ze ontdekten dat het product in kwestie niet alleen de klonten uit hun aardappelpuree haalde maar ook de klonten uit hun leven, brak er bij Woolly een brede glimlach door en leek hij opgelucht en gerustgesteld.

Een paar kilometer ten westen van Ames, Iowa, stelde de reclame waar Woolly toevallig op stuitte ons voor aan een moeder die net tot haar grote ongenoegen had vernomen dat alle drie haar zoons voor het avondeten een gast hadden meegenomen. Bij de onthulling van deze enorme tegenslag moest Woolly hoorbaar zuchten. Maar plotseling hoorden we het getwinkel van een toverstafje en kwam niemand minder dan Chef Boyardee met zijn bolle koksmuts en nog bollere accent tevoorschijn. Met nog een zwaai van het toverstafje verschenen er zes van zijn blikken spaghettisaus met vlees op een rijtje op het aanrecht, klaar om de boel te redden.

– Klinkt dat niet heerlijk, verzuchtte Woolly toen de jongens op de radio begonnen te schransen.

– Heerlijk! riep ik vol afschuw uit. Het komt uit een blik, Woolly.

– Weet ik. Is dat niet verrassend?

– Verrassend of niet, dat is toch geen manier om Italiaans te eten.

Woolly draaide zich met een oprecht nieuwsgierige blik naar mij toe.

– Wat is dan de manier om Italiaans te eten, Duchess?

O, waar moest ik beginnen.

– Heb je ooit gehoord van Leonello's? vroeg ik. In East Harlem?

– Ik geloof van niet.

– Trek er dan maar een stoel bij.

Woolly deed daar trouwhartig een poging toe.

– Leonello's, begon ik, is een klein Italiaans restaurant met tien zithoeken, tien tafels en een bar. De zithoeken zijn bekleed met rood leer, op de tafels liggen rood-wit geblokte tafelkleden en op de jukebox speelt Sinatra, precies zoals je zou verwachten. Het enige probleempje is dat als je op een donderdagavond zomaar naar binnen liep en om een tafel vroeg, ze je er niet lieten dineren – zelfs als de zaak leeg was.

Gek op raadsels als hij was, klaarde Woolly's gezicht op.

– Waarom lieten ze je er niet dineren, Duchess?

– Omdat alle tafels bezet zijn.

– Maar je zei net dat de hele zaak leeg was.

– Dat klopt als een bus.

– Bezet door wie, dan?

– Tja, mijn vriend, daar zit 'm de kneep. Kijk – Leonello's functioneert zó dat elke tafel in de zaak tot in de eeuwigheid gereserveerd is. Als je een van Leonello's klanten bent, kun je bijvoorbeeld een tafel voor vier bij de jukebox hebben, op zaterdag om acht uur. En je betaalt elke zaterdag voor die tafel, of je nou komt opdagen of niet, dus niemand anders kan die gebruiken.

Ik keek Woolly aan.

– Volg je me nog?

– Ik volg je nog, zei hij.

En dat was te merken.

– Stel dat je geen klant van Leonello's bent maar dat je het geluk hebt een vriend te hebben die dat wél is, en dat die vriend jou het gebruik van zijn tafel heeft gegeven omdat hij de stad uit is. Dan wordt het zaterdagavond, doe je je beste plunje aan en ga je met je drie beste vrienden naar Harlem.

– Zoals jij en Billy en Emmett.

– Precies. Zoals ik en Billy en Emmett. Maar als we goed en wel zitten en we een drankje hebben besteld, doe dan geen de moeite om de kaart te vragen.

– Waarom niet?

– Omdat ze die bij Leonello's niet hebben.

Daarmee had ik Woolly echt te pakken. Ik bedoel, hij zuchtte nog harder dan hij bij de reclame van Chef Boyardee had gedaan.

– Hoe kun je nou bestellen zonder menukaart, Duchess?

– Als je bij Leonello's eenmaal zat en je je drankjes had besteld, legde ik uit, trok de ober een stoel bij je tafel, draaide die om, en dan ging hij met zijn armen over de rugleuning zitten zodat hij je precies kon vertellen wat ze die avond hadden. *Welkom bij Leonello's*, zei hij dan. *Vanavond hebben we als voorgerechten gevulde artisjokken, mossels marinara, venusschelpen oreganata en calamari fritti. Als eerste gang hebben we linguini met venusschelpen, spaghetti carbonara en penne Bolognese. En als hoofdgerecht kip cacciatore, kalfsscallopini, kalf Milanese en ossobuco.*

Ik wierp een snelle blik op mijn bijrijder.

– Ik kan aan je gezicht zien dat je een beetje uit het veld bent geslagen door al die keus, Woolly, maar geen zorgen. Want het enige gerecht dat je in Leonello's moet bestellen is wat de ober niet genoemd heeft: *Fettuccine Mio Amore*, de specialiteit van het huis. Verse pasta met een saus van tomaat, bacon, gekaramelliseerde ui en chilivlokken.

– Maar waarom noemt de ober dat niet, als het de specialiteit van het huis is?

– Hij noemt het niet *omdat* het de specialiteit van het huis is. Zo gaat dat met *Fettuccine Mio Amore*. Of je weet voldoende om het te bestellen, of je verdient het niet om het te eten.

Ik kon aan Woolly's glimlach zien dat hij genoot van zijn avond in Leonello's.

– Had jouw vader een tafel in Leonello's? vroeg hij.

Ik lachte.

– Nee, Woolly. Mijn ouweheer had nergens een tafel. Maar gedurende de zes heerlijke maanden was hij er de gastheer en ik mocht er in de keuken rondhangen zolang ik maar niet in de weg liep.

Ik wilde Woolly net vertellen over Lou, de chef, toen er een vrachtwagenchauffeur voorbij kwam scheuren die zijn vuist naar ons opstak.

Normaal gesproken zou ik gereageerd hebben met een gebaar van duimbijten, maar toen ik opkeek om dat te doen zag ik dat ik zó in mijn verhaal verwikkeld was geraakt dat ik onze snelheid had laten zakken tot nog geen vijftig kilometer per uur. Geen wonder dat die chauffeur uit zijn doen was.

Maar toen ik gas gaf, daalde het oranje wijzertje van de snelheidsmeter van veertig naar tweeëndertig. Toen ik de pedaal helemaal indrukte zakten we tot vijfentwintig, en toen ik de vluchtstrook op ging kwamen we vanzelf tot stilstand en sloeg de motor af.

Ik probeerde te starten, telde tot drie en startte weer, maar tevergeefs.

Klote-Studebaker, mopperde ik in mezelf. Het is waarschijnlijk weer de accu. Maar meteen toen ik dat dacht besefte ik dat de radio nog aanstond, dus het kon niet de accu zijn. Misschien had het met de bougies te maken…?

– Zitten we zonder benzine? vroeg Woolly.

Ik keek Woolly even aan en vervolgens naar de benzinemeter. Die had ook een klein oranje wijzertje, en ja hoor, dat lag helemaal plat.

– Daar lijkt het op, Woolly, daar lijkt het verdacht veel op.

Gelukkig waren we nog steeds binnen de stadsgrenzen van Ames en iets verderop zag ik langs de weg het vliegende rode paard van een Mobil-benzinestation. Ik stak mijn handen in mijn zakken en haalde het kleingeld eruit dat over was van meneer Watsons bureaula. Na aftrek van wat de hamburger en het ijsje in Morgen me hadden gekost, was er nog zeven cent over.

– Woolly, heb jij soms wat geld bij je?

– Geld? antwoordde hij.

Hoe komt het toch dat mensen die met geld geboren zijn dat woord altijd uitspreken alsof het uit een vreemde taal komt, vroeg ik me af.

Ik stapte uit en keek links en rechts de weg af. Aan de overkant was een wegrestaurant waar het druk begon te worden met lunchpubliek. Daarnaast was een wasserette met twee auto's voor de deur. Maar verderop was een drankzaak die nog niet open scheen te zijn.

In New York zou geen enkele zichzelf respecterende eigenaar van een drankzaak daar 's nachts contant geld achterlaten. Maar we waren niet in New York. We waren op het platteland, waar de meeste mensen die op een dollarbiljet *In God We Trust* lazen, die woorden letterlijk namen. En in het onwaarschijnlijke geval dat er geen geld in de kassa zat, kon ik een doos whiskey pakken en de pompbediende een paar flessen aanbieden in ruil voor een volle tank.

Het enige probleem was: hoe kwam ik binnen.

– Geef me de sleutels eens, alsjeblieft.

Vooroverleunend haalde Woolly de sleutels uit het contact en gaf ze aan door het raampje.

– Bedankt, zei ik, en liep naar de kofferbak.

– Duchess?

– Ja, Woolly?

– Denk je dat ik misschien… denk je dat ik…?

In het algemeen verdoe ik mijn tijd niet met iemand anders' gewoonten. Als hij vroeg op wil om naar de kerk te gaan, laat hem dan vroeg opstaan om naar de kerk te gaan; als hij tot de middag wil slapen met zijn kleren van de avond ervoor nog aan, laat hem dan slapen met zijn kleren van de avond ervoor nog aan. Maar aangezien Woolly nog maar een laatste paar flesjes van zijn medicijn had en ik hulp nodig had bij het navigeren, had ik hem gevraagd zijn ochtenddosis over te slaan.

Ik keek nog eens naar de drankzaak. Ik had geen idee hoeveel tijd het me zou kosten om daar in en uit te komen. Dus in de tussentijd was het wellicht wel goed als Woolly dan in gedachten verzonken was.

– Oké, zei ik. Maar hou het dan bij een of twee druppels.

Hij reikte al naar het handschoenenvak terwijl ik naar de achterkant van de auto liep.

Toen ik de kofferbak opendeed moest ik glimlachen. Want toen Billy had gezegd dat Emmett en hij naar Californië gingen met het weinige dat in een plunjezak paste, dacht ik dat hij dat figuurlijk bedoelde. Maar er was niets figuurlijks aan. Het was inderdaad een plunjezak. Ik schoof hem opzij en sloeg het vilt dat over het reservewiel lag terug. Naast het wiel vond ik de krik en de hendel. De hendel was zo dun als een zuurstok, maar als hij sterk genoeg was om een Studebaker omhoog te krijgen, was hij volgens mij ook sterk genoeg om een plattelandsdeur open te krijgen.

Ik pakte de hendel met mijn linkerhand en met mijn rechterhand wilde ik het vilt weer op zijn plaats vouwen. Op dat moment zag ik het: een klein hoekje papier dat achter het zwart van het wiel uitstak, zo wit als de vleugel van een engeltje.

Emmett

Het kostte Emmett een halfuur om de weg naar de toegang van het goederenemplacement te vinden. Hoewel de personen- en goederenvervoerslijnen naast elkaar lagen, lagen ze wel in omgekeerde richting. Dus ook al lagen hun eindpunten maar een paar honderd meter van elkaar vandaan, toch moest je om van de ene ingang bij de andere te komen in een rondtrekkende beweging anderhalve kilometer afleggen. De route voerde Emmett aanvankelijk langs een keurige winkelstraat maar daarna over de sporen en een gebied in van metaalgieterijen, autokerkhoven en garages.

Terwijl hij langs het hek liep dat aan het spoorterrein grensde, begon de omvang van de taak die voor hem lag tot hem door te dringen. Want hoewel het passagiersstation net groot genoeg was voor de paar honderd reizigers die dagelijks in deze middelgrote plaats aankwamen of eruit vertrokken, was het goederenvervoersterrein enorm uitgestrekt. Het waaierde uit over ruim twee hectares en omvatte een aankomstterrein, een rangeerterrein, stuurhuizen, kantoren, werkplaatsen en vooral veel goederenwagons. Honderden. Rechtlijnig en roestkleurig stonden ze rij na rij in elkaars verlengde opgesteld, bijna zo ver als het oog reikte. En of ze nou op het spoor richting oost of west, of noord of zuid stonden, en leeg dan wel geladen waren: ze waren precies zoals hij aan zijn water had kunnen voelen hoe ze zouden zijn, namelijk naamloos en inwisselbaar.

De ingang van het terrein lag aan een brede weg met aan weerszijden pakhuizen. Toen Emmett dichterbij kwam, was de enige persoon die er te zien was een man van middelbare leeftijd in een rolstoel, naast de poort. Zelfs op afstand kon Emmett zien dat beide benen boven de knie waren geamputeerd – ongetwijfeld een oorlogsslachtoffer. Emmett dacht dat als de veteraan het moest hebben van de vriendelijkheid van vreemden, hij beter af zou zijn bij het passagiersstation.

Om de situatie goed te overzien stelde Emmett zich aan de overkant van de ingang op, in de deuropening van een dichtgetimmerd gebouw. Niet ver achter het hek kon hij een bakstenen gebouw met een verdieping zien, dat er redelijk goed uitzag. Daar zou het commandocentrum zich bevinden – de ruimte met de vrachtbrieven en de dienstregeling. Hij had zich naïef voorgesteld dat hij wel ongezien het gebouw kon binnenglippen en de informatie die hij nodig had van een schema op de muur kon plukken. Maar vlak achter de poort was een klein gebouwtje dat veel weg had van een wachtpost.

En ja hoor, terwijl Emmett daarnaar keek stopte er een vrachtwagen bij de ingang en kwam er uit het wachtpostgebouwtje een man in uniform met een clipboard om de vrachtwagen in te klaren. Er zou geen sprake zijn van binnenglippen en iets wegplukken, bedacht Emmett. Hij moest wachten tot de informatie naar hem toe kwam.

Emmett keek op het legerdumphorloge dat Billy hem geleend had. Het was kwart over elf. Hij dacht dat hij tegen lunchtijd wel een kans zou maken. Hij leunde naar achter in de schaduw van de deuropening en wachtte zijn tijd af, en in gedachten ging hij terug naar zijn broer.

Toen Emmett en Billy de passagiershal waren ingegaan was Billy een en al oog, en keek hij naar de hoge plafonds, de loketten voor de kaartverkoop, de cafetaria, de schoenpoetser en de krantenkiosk.

– Ik ben nog nooit in een treinstation geweest, zei hij.

– Is het anders dan je verwachtte?

– Het is precies zoals ik verwachtte.

– Kom op, zei Emmett met een glimlach. Laten we daar gaan zitten.

Emmett leidde zijn broer door de grote wachtruimte naar een rustige hoek waar een lege bank was.

Billy deed zijn rugzak af, ging zitten en schoof wat opzij om ruimte te maken voor zijn broer, maar Emmett ging niet zitten.

– Ik moet een en ander uitzoeken over de treinen naar New York, Billy. Maar dat kan wel even duren. Je moet me beloven dat je hier blijft zitten tot ik terugkom.

– Oké, Emmett.

– En onthoud: we zijn niet in Morgen. Er zullen hier een hoop mensen komen en gaan en het zijn allemaal vreemden. Het is waarschijnlijk beter als je je met niemand inlaat.

– Ik begrijp het.

– Mooi.

– Maar als je dingen over treinen naar New York moet uitzoeken, waarom vraag je dat dan niet bij de informatiebalie? Die is daar, onder de klok.

Billy wees en Emmett keek achterom naar de informatiebalie, en vervolgens ging hij naast zijn broer zitten.

– Billy, we gaan niet met de passagierstrein.

– Waarom niet, Emmett?

– Omdat al ons geld in de Studebaker ligt.

Billy dacht daar even over na en reikte naar zijn rugzak.

– We kunnen mijn zilveren dollars gebruiken.

Met een glimlach pakte Emmett Billy's hand.

– Dat kunnen we niet doen. Je spaart ze al jaren. En je hoeft er nog maar een paar, toch?

– Maar wat gaan we dan doen, Emmett?

– We gaan meeliften op een van de goederentreinen.

Emmett dacht dat regels voor de meeste mensen een noodzakelijk kwaad waren. Ze waren een ongemak dat je moest dulden om het voorrecht te hebben in een ordentelijke wereld te leven. En daarom waren de meeste mensen wel bereid om de grenzen van een regel op te rekken wanneer ze aan hun lot waren overgelaten. Om op een lege weg harder te rijden, of een appel te gappen uit een verwaarloosde boomgaard. Maar wat regels aanging was Billy niet alleen maar iemand die zich eraan hield – nee, hij was een pietje-precies. Hij maakte zijn bed op en poetste zijn tanden zonder dat iemand dat hoefde te vragen. Hij wilde per se vijftien minuten voor de eerste bel op school zijn en hij stak altijd zijn vinger op voor hij iets zei. Daarom had Emmett goed nagedacht over hoe hij dit zou gaan zeggen en had hij uiteindelijk gekozen voor 'meeliften', in de hoop dat dit de gewetensbezwaren die zijn broer zeker zou hebben, zou verminderen. Aan Billy's gezicht te zien leek het dat Emmett goed had gekozen.

– Als verstekelingen, zei Billy, met grote ogen.

– Ja. Als verstekelingen.

Emmett tikte zijn broer op de knie, stond op van de bank en wilde gaan.

– Zoals Duchess en Woolly in de auto van de directeur.

Emmett stopte en draaide zich om.

– Hoe weet jij dat, Billy?

– Duchess vertelde het. Gisteren na het ontbijt. We hadden het over *De Graaf van Monte Cristo* en hoe Edmond Dantès, die ten onrechte gevangenzat, uit Château d'If ontsnapte door zichzelf in de zak te naaien die voor het lichaam van Abbé Faria bestemd was, zodat de onwetende wachters hem de gevangenispoort zouden uitdragen. Duchess legde uit dat hij en Woolly bijna precies hetzelfde hadden gedaan. Hoe ze, ten onrechte gevangengezet, zich in de kofferbak van de auto van de directeur hadden verstopt en de directeur hen onwetend de poort had uitgereden. Alleen waren Duchess en Woolly niet in zee gegooid.

Billy vertelde dit op dezelfde opgewonden toon die hij had gebruikt toen hij Sally het incident in het weeshuis beschreef, met het gebroken ruitje en de vuisten vol lepels.

Emmett ging weer zitten.

– Billy, jij schijnt Duchess wel te mogen.

Billy keek Emmett onthutst aan.

– Mag jij Duchess dan niet, Emmett?

– Jawel. Maar alleen omdat ik iemand mag, betekent dat nog niet dat ik alles wat hij doet prettig vind.

– Bijvoorbeeld dat hij Sally's aardbeiencompote weggaf?

Emmett lachte.

– Nee. Dat vind ik geen punt. Ik bedoelde andere dingen...

Omdat Billy hem strak bleef aankijken zocht Emmett naar een geschikt voorbeeld.

– Herinner je je Duchess' verhaal nog over dat ze naar de film gingen?

– Je bedoelt toen hij uit het badkamerraam glipte en over de aardappelvelden rende.

– Ja. Nou, er zit nog wel een andere kant aan dat verhaal van hem. Hij deed niet alleen maar mee als ze stiekem naar de stad gingen: hij was de aanstichter. Hij was degene die het idee verzon en dan een paar anderen optrommelde als hij naar de film wou. Grotendeels ging het zoals hij vertelde. Als ze op een zaterdagavond rond negen uur wegglipten, konden ze om één uur 's nachts terug zijn, zonder dat iemand het in de gaten had. Maar op een bepaalde avond wilde Duchess heel graag een nieuwe western met John Wayne zien. Aangezien het de hele week geregend had en het ernaar uitzag dat er nog meer regen kwam, was de enige die hij kon overtuigen om mee te gaan Townhouse, mijn stapelbedgenoot. Ze waren nog niet halverwege de velden of het begon te gieten. Hoewel ze drijfnat werden en hun laarzen in de modder bleven steken, gingen ze door. Maar toen ze eindelijk bij de rivier kwamen, die vanwege de regen gezwollen was, ging Duchess zitten en gaf hij het op. Hij zei dat hij te koud, te nat en te moe was om verder te gaan. Townhouse stelde dat nu hij zo ver was gekomen, niet terugging. Dus zwom hij naar de overkant en bleef Duchess achter.

Billy zat te knikken terwijl Emmett sprak en fronste in opperste concentratie zijn wenkbrauwen.

– Dat zou allemaal prima zijn geweest, vervolgde Emmett, maar nadat Townhouse was vertrokken besloot Duchess dat hij te nat, te koud en te moe was om helemaal terug te lopen naar de barakken. Dus ging hij naar de dichtstbijzijnde weg, hield een passerende pick-up aan en vroeg of hij een lift kon krijgen naar een wegrestaurant verderop. Het enige probleem was dat de bestuurder van de pick-up een politieagent in burger was. In plaats van Duchess naar het wegrestaurant te brengen, bracht hij hem naar de directeur. En toen Townhouse om een uur 's nachts thuiskwam werd hij door de bewakers opgewacht.

– Kreeg Townhouse straf?

– Ja, Billy. En niet zo'n beetje ook.

Wat Emmett zijn broer niet vertelde was dat directeur Ackerly twee eenvoudige regels had als het ging om *opzettelijke overtredingen*. De eerste regel was dat je het gelag kon betalen in weken of in slagen. Als je in de eetzaal gevochten had, was dat óf drie weken extra zitten óf drie slagen op je rug. Zijn tweede regel was dat aangezien zwarte jongens maar half zo goed konden leren als witte jongens, hun les twee keer zo lang moest zijn. Dus terwijl Duchess koos voor vier weken extra zitten, ontving Townhouse acht slagen met het riet, midden in de eetzaal, met iedereen erbij.

– Het punt is, Billy, dat Duchess vol energie en enthousiasme zit en goede bedoelingen heeft. Maar soms zitten die energie en dat enthousiasme de goede bedoelingen in de weg, en als dat gebeurt zijn de gevolgen vaak voor iemand anders.

Emmett had gehoopt dat dit relaas Billy wat zou ontnuchteren, en aan Billy's gezichtsuitdrukking te zien leek hij dat doel bereikt te hebben.

– Wat een triest verhaal, zei hij.

– Dat is het zeker, zei Emmett.

– Ik vind het heel zielig voor Duchess.

Emmett keek zijn broer verbaasd aan.

– Waarom voor Duchess, Billy? Hij was degene die Townhouse in de problemen bracht.

- Dat kwam alleen omdat Duchess de rivier niet wilde oversteken toen die gezwollen was.

– Dat is waar. Maar waarom zou je dat zielig voor hem vinden?

– Omdat hij waarschijnlijk niet kon zwemmen, Emmett. En hij schaamde zich om dat toe te geven.

§

Precies zoals Emmett had voorspeld begonnen kort na twaalf uur sommige medewerkers van het spoorterrein de poort te verlaten, op weg naar hun lunch. Emmett zag dat hij het helemaal mis had gehad wat betreft de positiebepaling van de veteraan. Bijna iedereen die naar buiten kwam had iets voor hem – of het nu wat kleingeld was of een vriendelijk woord.

Emmett begreep dat degenen die uit het administratiegebouw kwamen wellicht de informatie hadden die hij nodig had. Zij waren verantwoordelijk voor het plannen van de transporten en zouden weten welke goederenwagons op welk moment aan welke trein zouden worden gekoppeld, en met welke bestemming. Maar Emmett benaderde hen niet. In plaats daarvan wachtte hij op de anderen: de wisselwachters, laders en monteurs, de mannen die met hun handen werkten en per uur werden betaald. Intuïtief wist Emmett dat die mannen hem eerder als een van hen zouden zien, en al zouden ze niet overlopen van medeleven, het zou ze weinig kunnen schelen of het spoor een kaartje meer of minder zou verkopen. Hoewel hij intuïtief wist dat hij deze mensen moest hebben, zei zijn verstand hem dat hij moest wachten op een achterblijver, want ook al kon een werkman voor een vreemde wel bereid zijn om van de regels af te wijken, zou hij dat in gezelschap van anderen niet zo gauw doen.

Emmett moest bijna een halfuur wachten op de eerste gelegenheid – een alleen lopende arbeider in spijkerbroek en een zwart T-shirt, die niet ouder leek dan vijfentwintig. Toen de jongeman even stopte om een sigaret op te steken stak Emmett de straat over.

– Neem me niet kwalijk, zei hij.

De jongeman zwaaide zijn lucifer uit en bekeek Emmett even van top tot teen, maar gaf geen antwoord. Emmett stak van wal met het verhaal dat hij had bedacht en legde uit dat hij een oom uit Kansas City had die ingenieur was, en dat hij die middag op een goederentrein richting New York in Lewis zou stoppen, maar dat Emmett zich niet kon herinneren welke trein dat was en hoe laat die zou aankomen. Toen Emmett hem voor het eerst zag, dacht hij dat het in zijn voordeel zou werken dat ze ongeveer even oud waren. Maar zodra hij begon te spreken besefte hij dat hij zich weer vergist had. De jongeman deed zo afwijzend tegen Emmett als een jongeman maar kan doen.

– Je meent het, zei hij met een schamper lachje. Een oom uit Kansas City. Stel je toch eens voor.

Hij nam een trekje en tikte de rest van de sigaret op straat.

– Doe jezelf een plezier, jongen, en ga naar huis. Je moeder vraagt zich vast af waar je uithangt.

Terwijl de jongeman wegslenterde maakte Emmett oogcontact met de bedelaar die de hele scène had gezien. Vervolgens keek Emmett naar de wachtpost om te zien of de bewaker het ook had gezien, maar die zat achterovergeleund in zijn stoel een krant te lezen.

Nu kwam er een oudere man in een overall door de poort, die stopte om een paar vriendelijke woorden met de bedelaar te wisselen. De man droeg een pet die zó ver naar achteren was geschoven dat je je afvroeg waarom hij er überhaupt een droeg. Toen hij weer doorliep stapte Emmett op hem af.

Nu overeenstemming in leeftijd bij de eerste man een beletsel was gebleken, besloot Emmett om het leeftijdsverschil met de tweede man in zijn voordeel te gebruiken.

– Neem me niet kwalijk, meneer, zei hij beleefd.

De man draaide zich met een glimlach naar Emmett toe.

– Hallo, jongen. Kan ik iets voor je doen?

Emmett herhaalde het verhaal over zijn oom en de man luisterde belangstellend toe, en boog zelfs wat naar voren, alsof hij geen woord wilde missen. Maar toen Emmett klaar was schudde hij zijn hoofd.

– Ik had je graag willen helpen, jongen, maar ik repareer ze alleen maar. Ik vraag niet waar ze heen gaan.

Toen de monteur zijn weg vervolgde, drong het tot Emmett door dat hij het over een andere boeg moest gooien.

– Hallo daar, riep iemand.

Emmett draaide zich om en zag dat het de bedelaar in de rolstoel was.

– Sorry, zei Emmett, en draaide zijn zakken binnenstebuiten. Ik heb niks voor u.

– Je begrijpt me verkeerd, vriend. Ik heb iets voor jóú.

Toen Emmett aarzelde rolde de bedelaar zichzelf dichterbij.

– Je wilt op een goederentrein naar New York springen. Komt het daar niet op neer?

Emmett toonde zich verrast.

– Ik ben mijn benen kwijt, maar mijn oren niet! Maar luister, als je op een trein wilt springen, vraag je het aan de verkeerde mensen. Jackson zou nog niet eens op je voet stampen als je tenen in brand stonden. En zoals Arnie al zei, hij repareert ze alleen maar. Wat geen kleinigheid is, vergis je niet, maar dat heeft alles te maken met hoe een trein loopt en niets met welke kant hij op gaat. Dus het heeft geen zin om het Jackson of Arnie te vragen. Nee, meneertje. Als je wil weten hoe je op een trein naar New York springt, moet je bij mij wezen.

Emmett moet iets van ongeloof hebben uitgestraald want de bedelaar grinnikte en wees met zijn duim naar zijn borst.

– Ik heb vijfentwintig jaar bij het spoor gewerkt. Vijftien als remmer en tien op het rangeerterrein hier in Lewis. Hoe denk je dat ik mijn benen ben kwijtgeraakt?

Hij wees naar zijn schoot, opnieuw glimlachend. Vervolgens nam hij Emmett op, maar op een veel behulpzamere manier dan hoe de jongeman had gekeken.

– Hoe oud ben je – achttien?

– Klopt, zei Emmett.

– Geloof het of niet, maar ik ben bij het spoor gegaan toen ik een paar jaar jonger was dan jij. In die dagen namen ze je aan als je zestien was, misschien vijftien als je lang voor je leeftijd was.

De bedelaar schudde met een weemoedige glimlach zijn hoofd en ging vervolgens achteroverleunen, als een oude man die het zich gemakkelijk maakte in zijn lievelingsstoel in de zitkamer.

– Ik ben begonnen op de Union Pacific-lijn en heb zeven jaar op de zuidwestroute gezeten. Daarna zat ik acht jaar bij de Pennsylvania Railroad, de grootste van het land. In die dagen was ik meer onderweg dan dat ik stilstond. Het werd zo erg dat als ik thuis was en 's morgens uit bed stapte, het aanvoelde alsof het hele huis onder mijn voeten aan het rollen was. Ik moest me aan het meubilair vasthouden om bij de badkamer te komen.

De bedelaar lachte en schudde zijn hoofd weer.

– Yep. De Pennsylvania. De Burlington. De Union Pacific en de Great Northern. Ik ken alle lijnen.

Toen deed hij er het zwijgen toe.

– U had het over een trein naar New York, spoorde Emmett hem zachtjes aan.

– Juist, antwoordde hij. De Big Apple! Maar ben je zeker van New York? Het punt van goederenstations is dat je overal heen kunt, waar je maar wil. Florida. Texas. Californië. Wat dacht je van Santa Fe? Ben je daar geweest? Dat is pas een stad. Deze tijd van het jaar is het overdag warm en 's nachts koel, en je hebt er de vriendelijkste *señoritas* die je ooit zult tegenkomen.

De bedelaar begon te lachen, maar Emmett was bang dat hij de draad van het gesprek weer verloor.

– Ik zou dolgraag eens naar Santa Fe gaan, zei Emmett, maar op dit moment moet ik naar New York.

De bedelaar stopte met lachen en zette een ernstiger gezicht op.

– Nou, als dat niet het leven in een notendop is. Graag naar de ene plaats willen maar naar de andere toe moeten.

De bedelaar keek van links naar rechts en rolde nog ietsje dichterbij.

– Ik weet dat je Jackson vroeg naar een middagtrein naar New York. Dat zou de Empire Special zijn, die vertrekt om 1155 en dat is een schoonheid. Met een gangetje van 145 kilometer per uur en maar zes stopplaatsen kan hij in minder dan twintig uur in de stad zijn. Maar als je New York wil halen, moet je niet met de Empire Special. Want als hij aankomt in Chicago komt er een lading obligatiehouders richting Wall Street aan boord. Er zijn altijd minstens vier gewapende bewakers aan boord, en als die besluiten je van de trein te verwijderen, dan wachten ze niet tot het volgende station.

De bedelaar keek omhoog naar de lucht.

– Welnu. De West Coast Perishables komt om zes uur Lewis binnen. Geen slechte machine. Maar in deze tijd van het jaar zal hij tjokvol zitten, en je zou in het volle daglicht aan boord moeten. Dus de Perishables moet je ook niet hebben. Je moet de Sunset East hebben, die kort na middernacht Lewis inkomt. En ik kan je precies vertellen hoe je aan boord komt, maar voordat ik dat doe moet je een vraag beantwoorden.

– Vraag maar, zei Emmett.

De bedelaar grinnikte.

– Wat is het verschil tussen een ton bloem en een ton crackers?

§

Toen Emmett terugkwam in het station voor personenvervoer was hij opgelucht dat hij Billy precies aantrof waar hij hem had achtergelaten – op de bank met naast zich zijn rugzak en met zijn grote rode boek op schoot.

Toen Emmett bij hem kwam zitten keek Billy enigszins opgewonden op.

– Ben je erachter gekomen met welke trein we gaan meeliften, Emmett?

– Ja, Billy. Maar hij vertrekt pas kort na middernacht.

Billy knikte om zijn goedkeuring te tonen, alsof kort na middernacht precies het juiste moment voor vertrek was.

– Hier, zei Emmett, toen hij zijn broers horloge afdeed.

– Nee, zei Billy. Draag jij het maar voorlopig. Je moet de tijd in de gaten houden.

Terwijl hij het horloge weer omdeed zag Emmett dat het bijna twee uur was.

– Ik sterf van de honger, zei hij. Ik ga maar eens kijken of ik iets te eten voor ons bij elkaar kan scharrelen.

– Je hoeft niks bij elkaar te scharrelen, Emmett. Ik heb onze lunch hier.

Billy tastte in zijn rugzak en haalde er zijn veldfles, twee papieren servetjes en twee in vetvrij papier strak verpakte sandwiches uit. Emmett glimlachte toen hij zag dat Sally haar sandwiches net zo netjes inpakte als ze bedden opmaakte.

– Een is met rosbief en de andere met ham, zei Billy. Ik wist niet meer of je liever rosbief dan ham hebt, of liever ham dan rosbief, dus besloten we om er van elk een te nemen. Ze zijn allebei ook met kaas. Maar alleen op die met rosbief zit mayonaise.

– Ik neem die met rosbief, zei Emmett.

De broers vouwden het papier open en namen flinke happen van hun sandwiches.

– God zegene Sally.

Billy keek instemmend op, maar leek benieuwd waarom Emmett dit nú zei. Bij wijze van verklaring hield Emmett zijn sandwich omhoog.

– O, zei Billy. Deze zijn niet van Sally.

– O, nee?

– Ze zijn van mevrouw Simpson.

Emmett hield als verlamd zijn sandwich even in de lucht, terwijl Billy nog een hapje nam.

– Wie is mevrouw Simpson, Billy?

– Die aardige mevrouw die naast mij zat.

– Zat ze híér naast je?

Emmett wees naar de plek op de bank waar hij zelf zat.

– Nee, zei Billy wijzend naar de lege plek rechts van hem. Ze zat daar naast me.

– Heeft zij die sandwiches gemaakt?

– Ze heeft ze in de cafetaria gekocht en daarna hier gebracht, want ik zei dat ik moest blijven zitten.

Emmett legde zijn sandwich neer.

– Je moet geen sandwiches van vreemden aannemen, Billy.

– Maar ik nam geen sandwiches aan toen we vreemden waren, Emmett. Ik nam ze aan toen we vrienden waren.

Emmett sloot even zijn ogen.

– Billy, zei hij zo vriendelijk als hij kon, je kunt niet met iemand vrienden worden door alleen maar in een station met ze te praten. Zelfs al brachten jullie samen een uur op een bank door, dan weet je nog amper iets over iemand.

– Ik weet heel veel over mevrouw Simpson, corrigeerde Billy. Ik weet dat ze is opgegroeid buiten Ottumwa, Iowa, op een boerderij als de onze, maar ze verbouwden er alleen mais en er is nooit beslag op gelegd. En ze heeft twee dochters, een woont in St. Louis en de andere in Chicago. En degene die in Chicago woont, die Mary heet, krijgt bijna een baby. Haar eerste. En daarom was mevrouw Simpson hier op het station. Om de Empire Special naar Chicago te nemen, zodat ze Mary met de baby kan helpen. Meneer Simpson kon niet mee want hij is de voorzitter van de Lions Club en moet donderdagavond een diner voorzitten.

Emmett hief zijn handen op.

– Oké, Billy. Ik begrijp dat je veel over mevrouw Simpson te weten bent gekomen. Dus jullie tweeën zijn misschien geen echte vreemden meer. Jullie hebben kennis met elkaar gemaakt. Vrienden worden gaat niet in maar een of twee uur. Dat duurt wat langer. Oké?

– Oké.

Emmett pakte zijn sandwich en nam nog een hap.

– Hoeveel?

Emmett slikte.

– Hoeveel?

– Hoeveel langer moet je met een vreemde praten voor je vrienden wordt?

Emmett overwoog even om uit te weiden over de manieren waarop relaties in de loop der tijd veranderen. Maar hij zei:

– Tien dagen.

Billy dacht hier een moment over na en schudde toen zijn hoofd.

– Tien dagen lijkt me erg lang om te moeten wachten om een vriend te worden, Emmett.

– Zes dagen? stelde Emmett voor.

Billy nam een hap en kauwde terwijl hij hierover nadacht, en vervolgens knikte hij voldaan.

– Drie dagen, zei hij.

– Goed, zei Emmett. We zijn het erover eens dat het ten minste drie dagen duurt voordat iemand je vriend wordt. Maar tot die tijd zien we hen als vreemden.

– Of kennissen, zei Billy.

– Of kennissen.

De broers aten verder.

Emmett gebaarde met zijn hoofd naar het grote rode boek dat Billy op de plek had gelegd waar mevrouw Simpson had gezeten.

– Wat is dat voor boek dat je aan het lezen bent?

– *Professor Abacus Abernathes Compendium van Helden, Avonturiers en Andere Onversaagde Reizigers.*

– Klinkt fascinerend. Mag ik even kijken?

Een beetje bezorgd keek Billy van het boek naar zijn broers handen en weer terug.

Emmett legde zijn sandwich op de bank en veegde met een servet zijn handen zorgvuldig af. Daarna gaf Billy hem het boek.

Omdat Emmett zijn broer zo goed kende deed hij het boek niet zomaar op een willekeurige pagina open. Hij begon bij het begin – het allereerste begin – door het bij de schutbladen te openen. En dat was maar goed ook. Want hoewel de kaft effen rood met gouden opdruk was, waren de schutbladen geïllustreerd met een gedetailleerde wereldkaart, doorkruist met een wirwar van gestippelde lijnen. Elke lijn had een letter van het alfabet en duidde kennelijk op de route die een bepaalde avonturier had genomen.

Billy, die zijn sandwich had neergelegd en zijn handen met zijn eigen servetje had afgeveegd, ging wat dichter bij Emmett zitten zodat ze samen het boek konden bestuderen – net zoals toen hij jonger was en Emmett hem altijd voorlas uit een plaatjesboek. En net als toen keek Emmett naar Billy om te zien of hij klaar was om door te gaan. Op Billy's knikje sloeg Emmett de titelpagina op, waar tot zijn verrassing een opdracht stond.

Voor de Onversaagde Billy Watson
Met de beste wensen voor alle vormen van reizen en avonturen,
Ellie Matthiessen

Hoewel de naam Emmett vagelijk bekend voorkwam kon hij zich niet herinneren wie Ellie Matthiessen was. Billy moet zijn broers nieuwsgierigheid hebben gevoeld want hij legde zachtjes een vinger op haar handtekening.

– De bibliothecaresse.

O ja, dacht Emmett. Die ene met de bril, die zo verrukt over Billy gesproken had.

Emmett sloeg de bladzijde om en kwam bij de inhoudsopgave.

Urdaneta
da Vinci
Washington
Xenos
Younghusband
Zorro

– Ze staan op alfabetische volgorde, zei Billy.

Even later keerde Emmett terug naar de schutbladen om de namen van de helden te vergelijken met de letters die bij de gestippelde lijnen stonden. Ja, dacht hij, daar had je Magellaan die van Spanje naar Oost-Indië voer, en Napoleon op zijn mars naar Rusland, en Daniel Boone die op ontdekkingsreis de wildernis van Kentucky inging.

Na een korte blik op de inleiding bladerde Emmett door de zesentwintig hoofdstukken die elk acht pagina's lang waren. Elk hoofdstuk stipte kort de jeugd van de held aan maar behandelde voor het leeuwendeel zijn wapenfeiten, prestaties en nalatenschap. Emmett kon wel begrijpen waarom zijn broer keer op keer naar dit boek terugkeerde, want elk hoofdstuk had een reeks bijzonder boeiende kaarten en afbeeldingen, zoals de blauwdruk van da Vinci's vliegmachine en de plattegrond van het labyrint waarin Theseus met de Minotaurus vocht.

Toen hij bijna halverwege was hield hij stil bij twee pagina's die blanco waren.

– Lijkt erop dat ze een hoofdstukje zijn vergeten.

– Je hebt een pagina gemist.

Billy boog naar voren en sloeg een pagina terug. Hier waren de bladzijden ook blanco, behalve dat boven aan de linkerpagina de titel van het hoofdstuk stond: *Jij*.

Billy raakte de lege pagina's met iets van ontzag aan.

– Professor Abernathe nodigt je uit om op deze plek het verhaal van je eigen avontuur vast te leggen.

– Ik vermoed dat jij je eigen avontuur nog niet hebt gehad, zei Emmett met een glimlach.

– Ik denk dat we er nu middenin zitten, zei Billy.

– Misschien kun je dan een begin met het vastleggen maken, terwijl we op de trein wachten.

Billy schudde zijn hoofd. Toen bladerde hij terug naar het allereerste hoofdstuk en las de openingszinnen:

– *Het is gepast om onze avonturen te beginnen met de Snelvoetige Achilles, wiens eeuwenoude wapenfeiten voorgoed onsterfelijk zijn gemaakt door Homerus in zijn epische gedicht* De Ilias.

Billy keek op van het boek om het uit te leggen.

– De oorzaken van de Trojaanse Oorlog vinden hun oorsprong bij het Oordeel van Paris. Boos omdat ze niet was uitgenodigd voor een banket op de Olympus gooide de godin van de tweedracht een gouden appel op tafel, met de inscriptie *Voor de mooiste*. Toen Athene, Hera en Aphrodite ieder de appel als de hare opeisten, stuurde Zeus hen naar de aarde, waar Paris, een Trojaanse prins, werd uitgekozen om het dispuut te beslechten.

Billy wees op een illustratie van drie schaars geklede dames bij een jongeman die onder een boom zat.

– Om Paris te beïnvloeden bood Athene hem wijsheid aan, Hera bood hem macht aan, en Aphrodite bood hem de mooiste vrouw ter wereld aan: Helena van Sparta, de vrouw van koning Menelaos. Toen Paris Aphrodite koos hielp ze hem om Helena te schaken, wat resulteerde in Menelaos' woede en de oorlogsverklaring. Maar Homerus was zijn verhaal niet bij het begin begonnen.

Billy schoof zijn vinger naar de derde alinea en wees naar een zinnetje met drie Latijnse woorden.

– Homerus begon zijn verhaal *in medias res*, wat betekent *in het midden van de zaak*. Hij begint in het negende jaar van de oorlog, wanneer de held, Achilles, in zijn tent zit en zijn wrok koestert. En sindsdien is dat de manier waarop de meeste verhalen over grote avonturen worden verteld.

Billy keek op naar zijn broer.

– Ik weet vrij zeker dat we op avontuur zijn, Emmett. Maar ik kan geen begin met het vastleggen ervan maken voordat ik weet waar het middenstuk zit.

Duchess

Woolly en ik lagen op bed in een HoJo, op ongeveer tachtig kilometer ten westen van Chicago. Toen we de eerste vlak na het oversteken van de Mississippi voorbijreden en Illinois in kwamen had Woolly het oranje dak en de blauwe torenspits ervan bewonderd. Toen we de tweede passeerden wierp hij er een tweede blik op – alsof hij bang was dat hij spoken zag, of dat ik de weg kwijt was.

– Niet piekeren, zei ik. Het is alleen maar een Howard Johnson's.

– Een Howard wie?

– Het is een restaurant met een motel, Woolly. Ze zijn overal waar je maar gaat en ze zien er allemaal zo uit.

– Allemaal?

– Allemaal.

Tegen de tijd dat Woolly zestien werd, was hij al minstens vijf keer in Europa geweest. Hij was in Londen, Parijs en Wenen geweest waar hij door museumzalen had gedwaald, naar de opera was gegaan en de top van de Eiffeltoren had beklommen. Maar in zijn thuisland had hij de meeste tijd doorgebracht met pendelen tussen een appartement op Park Avenue, het huis in de Adirondacks en de campussen van drie kostscholen in New England. Met wat Woolly níét over Amerika wist kon je de Grand Canyon vullen.

Hij keek over zijn schouder achterom toen we langs het restaurant reden.

– Achtentwintig smaken ijs, constateerde hij met enige verbazing.

Dus toen het laat begon te worden en we moe en hongerig waren, en Woolly een lichtblauwe torenspits aan de horizon zag verschijnen, was er geen ontkomen meer aan.

Woolly had heel wat nachten in hotels doorgebracht maar nooit in een die leek op een Howard Johnson's. Toen we de kamer binnenkwamen onderzocht hij die als een privédetective van een andere planeet. Hij opende de kasten en was hoogst verbaasd om een strijkplank en een strijkijzer aan te treffen. Hij opende een laatje van een nachtkastje en was hoogst verbaasd er een bijbel te vinden. En toen hij de badkamer inging, kwam hij er meteen weer uit met in zijn hand twee zeepjes.

– Ze zijn apart verpakt!

Zodra we ons hadden geïnstalleerd zette Woolly de televisie aan. Toen er beeld verscheen was dat een Lone Ranger, met een nog grotere en wittere hoed dan die van Chef Boyardee. Hij stond te praten met een jonge revolverheld die hij een preek gaf over waarheid, rechtvaardigheid en de Amerikaanse levensstijl. Je kon zien dat de revolverheld zijn geduld begon te verliezen, maar net toen hij op het punt stond naar zijn revolver te reiken draaide Woolly de zender weg. Nu hadden we Sergeant Joe Friday in een pak en met een gleufhoed, die precies dezelfde preek afstak tegen een jonge boef die aan zijn motorfiets sleutelde. Ook de boef begon zijn geduld te verliezen. Maar net toen het erop leek dat hij zijn ratelsleutel naar Sergeant Fridays hoofd zou gooien veranderde Woolly van kanaal.

Daar gaan we weer, dacht ik.

En ja hoor, Woolly bleef maar van kanaal veranderen tot hij een reclame vond. Vervolgens draaide hij het volume helemaal weg, schudde hij zijn kussens op en maakte het zich gemakkelijk.

Was dat niet typisch Woolly? In de auto was hij betoverd door het geluid van reclameboodschappen zonder er beeld bij te zien. Nu wilde hij naar de reclamebeelden kijken zonder geluid. Toen het reclameblok voorbij was deed hij zijn licht uit en gleed hij onderuit, zodat hij met zijn handen achter zijn hoofd naar het plafond kon liggen staren.

Hij had na het eten nog een paar druppels van zijn medicijn genomen en ik dacht dat die hun toverkunsten ongeveer nu wel zouden uitvoeren. Dus ik was enigszins verrast toen hij iets tegen mij zei.

– Hee, Duchess, zei hij, nog steeds naar het plafond kijkend.

– Ja, Woolly?

– Als jij en ik en Emmett en Billy zaterdagavond om acht uur aan de tafel bij de jukebox zitten, wie zouden er dan verder nog zijn?

Ik lag ook naar het plafond te kijken.

– In Leonello's? Even kijken. Op een zaterdagavond heb je een paar bobo's van het stadhuis. Een bokser en een paar gangsters. Misschien Joe DiMaggio en Marilyn Monroe, als ze toevallig in de stad zijn.

– Zouden die allemaal op dezelfde avond in Leonello's zijn?

– Zo gaat dat, Woolly. Als je een tent opent waar niemand in kan komen, wil iedereen erheen.

Woolly dacht hier even over na.

– En waar zitten ze?

Ik wees naar een plek op het plafond.

– De gangsters zitten in het hoekje naast de burgemeester. De bokser zit bij de bar met een of andere chanteuse oesters te eten. En de DiMaggiootjes zitten aan de tafel naast de onze. Maar nu komt het belangrijkste, Woolly. Daar in het hoekje bij de keukendeur zit een kleine kalende man in een streepjespak, helemaal alleen.

– Ik zie hem, zei Woolly. Wie is dat?

– Leonello Brandolini.

...

– Bedoel je de eigenaar?

– In hoogsteigen persoon.

– En hij is daar in zijn eentje?

– Precies. Althans, in het begin van de avond. Gewoonlijk gaat hij daar om een uur of zes zitten, als er nog niemand is. Dan eet hij een hapje en drinkt hij een glas chianti. Daarna doet hij wat administratie en misschien belt hij met iemand, met zo'n telefoon met zo'n lang snoer die ze naar je tafel kunnen brengen. Maar dan rond achten, als de zaak begint te gonzen, slaat hij een dubbele espresso achterover en gaat hij van tafeltje naar tafeltje. *Hoe gaat het vanavond met iedereen?* zegt hij dan, terwijl hij een gast een schouderklopje geeft. *Leuk u weer eens te zien. Heeft u trek? Ik hoop het, want we hebben heel wat te eten in huis.* Dan deelt hij de dames een paar complimentjes uit en geeft hij een teken aan de barkeeper. *Hé Rocko, nog een rondje voor mijn vrienden hier.* Daarna gaat hij naar de volgende tafel, met opnieuw schouderklopjes, opnieuw complimentjes voor de dames en opnieuw een rondje van de zaak. Of misschien is het deze keer een schaal calamari, of wat tiramisu. Hoe dan ook, het is van het huis. En als Leonello klaar is met zijn rondgang zal iedereen daar – en dan bedoel ik iedereen, van de burgemeester tot Marilyn Monroe – het idee hebben dat het een heel bijzondere avond is.

Woolly zweeg, want hierop paste alleen een moment van stilte. Toen vertelde ik hem iets wat ik nog aan niemand had verteld.

– Dat is wat ik zou doen, Woolly. Dat is wat ik zou doen als ik vijftig ruggen had.

Ik kon horen dat hij op zijn zij draaide, om naar mij te kunnen kijken.

– Dat je dan een tafel bij Leonello's neemt?

Ik lachte.

– Nee, Woolly. Ik zou mijn éígen Leonello's openen. Een klein Italiaans tentje met zithoeken van rood leer en Sinatra op de jukebox. Een zaak zonder menukaarten en waar elke tafel is besproken. In het hoekje bij de keuken zou ik dan wat eten en wat bellen. En dan rond achten, na een dubbele espresso, zou ik van tafel naar tafel gaan om de gasten te begroeten en de barkeeper te zeggen dat hij ze nog een rondje moest geven – van het huis.

Ik kon wel zien dat Woolly mijn idee bijna net zo goed vond als dat van Billy want hij draaide zich weer op zijn rug, glimlachte tegen het plafond en stelde zich het hele tafereel voor, bijna net zo duidelijk als ik. Misschien nog wel duidelijker.

Morgen, dacht ik, vraag ik hem om een plattegrond te tekenen.

– Waar zou het zijn? vroeg hij na een tijdje.

– Dat weet ik nog niet, Woolly. Maar zodra ik dat heb besloten, ben jij de eerste die het te horen krijgt.

En daar moest hij ook om glimlachen.

Een paar minuten later was hij in dromenland. Dat wist ik, want toen zijn arm over de rand van het bed gleed liet hij die daar hangen, met zijn vingertoppen bungelend op het vloerkleed.

Ik stond op, legde zijn arm terug langs zijn zij en bedekte hem met de deken die aan het voeteneind lag. Vervolgens vulde ik een glas met water en zette dat op het nachtkastje. Hoewel Woolly van zijn medicijn 's morgens altijd dorst had, scheen hij er voordat hij indutte nooit aan te denken om een glas water binnen handbereik te zetten.

Toen ik de tv had uitgezet, me had uitgekleed en onder mijn eigen dekens was gekropen, begon ik me af te vragen: *Waar zou het zijn?*

Vanaf het begin had ik me altijd voorgesteld dat mijn eigen zaak in de stad zou zijn – waarschijnlijk in Greenwich Village, op MacDougal of Sullivan Street, in een van die plekjes om de hoek van de jazzclubs en cafés. Maar misschien zat ik op het foute spoor. Misschien zou ik in een staat moeten opengaan waar ze nog geen Leonello's hadden. Een staat als... Californië.

Absoluut, dacht ik. Californië.

Als we Woolly's fonds hadden opgehaald en terug naar Nebraska waren gereden, hoefden we niet eens uit de auto te stappen. Het zou net zo zijn als vanmorgen, met Woolly en Billy op de achterbank en Emmett en ik voorin, alleen zou de pijl op Billy's kompas deze keer naar het westen wijzen.

Het punt was dat ik niet zo zeker van San Francisco was.

Begrijp me niet verkeerd. Frisco is een stad met heel veel sfeer – met die mist die langs de kade dwaalt, de zuiplappen die door de rosse buurten dwalen, en de enorme papieren draken die over de straten van Chinatown dwalen. Daarom wordt daar in de films ook altijd iemand vermoord. Maar toch leek San Francisco, ondanks al die sfeer, geen zaak als Leonello's te rechtvaardigen. Het ontbrak er gewoon aan allure.

Maar Los Angeles?

De stad Los Angeles heeft zo veel allure dat je die kon bottelen en overzee verkopen. Waar filmsterren hebben gewoond sinds er filmsterren bestaan. En sinds kort is het ook de plek waar boksers en gangsters zich zijn gaan vestigen. Zelfs Sinatra is ernaartoe verhuisd. En als Ol' Blue Eyes de Big Apple voor Hollywood kon inruilen, dan konden wij dat ook.

Los Angeles, mijmerde ik, waar het de hele winter zomer is, waar elke serveerster een ster in de dop is, en waar de straatnamen allang niet meer naar presidenten of bomen zijn vernoemd.

Dat is pas een nieuwe start!

Maar Emmett had gelijk wat de plunjezak betreft. Een nieuwe start maken draait niet alleen om een nieuw adres in een nieuwe stad. Het is geen kwestie van een nieuwe baan hebben, of een nieuw telefoonnummer, of zelfs een nieuwe naam. Voor een nieuwe start moet je met een schone lei beginnen. En dat betekent: afbetalen wat je schuldig bent, en vorderen wat je toekomt.

Door de boerderij te laten schieten en op het plein zijn pak slaag te incasseren had Emmett zijn balans al opgemaakt. Als we samen naar het Westen zouden gaan, dan was het misschien tijd dat ik mijn balans ook opmaakte.

De rekensom kostte me niet veel tijd. Ik had meer dan genoeg nachten op bed in Salina liggen nadenken over mijn openstaande schulden, dus de grote kwamen meteen bovendrijven, drie in totaal: een die ik moest afbetalen, en twee die ik moest vorderen.

Emmett

Emmett en Billy baanden zich haastig een weg door de struiken aan de voet van de spoordijk die naar het westen liep. Het zou makkelijker gaan als ze op het spoor zelf zouden lopen maar dat idee vond Emmett, zelfs bij maanlicht, te roekeloos. Hij bleef even staan en keek achterom naar Billy die zijn best deed hem bij te benen.

– Weet je zeker dat je niet wilt dat ik je rugzak draag?

– Ik heb het onder controle, Emmett.

Terwijl Emmett zijn tempo weer oppikte keek hij op Billy's horloge en zag dat het kwart voor twaalf was. Ze hadden het station om kwart over elf verlaten. Hoewel het lopen zwaarder was dan Emmett had gedacht zouden ze onderhand toch bij het dennenbosje moeten zijn, dus hij slaakte een zucht van verlichting toen hij eindelijk de puntige silhouetten van de naaldbomen zag opdoemen. Aangekomen bij het bosje liepen ze door tot ze in de schaduw stonden, en wachtten in stilte af. Ze luisterden naar de uilen boven hen en roken de geur van de dennennaalden op de grond.

Emmett keek weer op Billy's horloge en zag dat het nu vijf voor twaalf was.

– Wacht hier, zei hij.

Hij klom op het talud en keek de sporen af. In de verte kon hij het lichtpuntje zien dat van de neus van de locomotief kwam. Hij keerde terug naar zijn broer in de schaduw en was blij dat ze niet over het spoor hadden gelopen. Want ook al had de locomotief in Emmetts waarneming wel anderhalve kilometer ver geleken, toch kwam de lange rij goederenwagons al langs zoeven toen hij net weer bij zijn broer was.

Billy pakte Emmetts hand, of het nu uit opwinding was of uit ongerustheid.

Emmett schatte dat er wel vijftig wagons voorbij waren gekomen voordat de trein vaart begon te minderen. Toen hij eindelijk tot stilstand kwam, stonden de laatste tien wagons vlak voor de plek waar ze waren, precies zoals de bedelaar had gezegd.

Tot zover was alles gegaan zoals de bedelaar had gezegd.

Wat is het verschil tussen een ton bloem en een ton crackers? Dat had de bedelaar Emmett op het goederenterrein gevraagd. Daarna had hij met een knipoog zijn eigen raadsel beantwoord: *Bijna drie kubieke meter.*

Een bedrijf dat over dezelfde route goederen heen en terug transporteerde, legde hij goedhartig als hij was uit, was in het algemeen beter af als het zijn eigen laadcapaciteit had, want dan stond het niet bloot aan prijsschommelingen. Aangezien Nabisco's fabriek in Manhattan wekelijks zendingen bloem uit het Middenwesten ontving en wekelijks zendingen gerede producten naar de regio terugstuurde, was het verstandig om eigen goederenwagons te hebben. Het enige punt was dat er weinig dingen compacter zijn dan een zak bloem, en weinig dingen minder compact zijn dan een pak crackers. Dus hoewel alle wagons van het bedrijf vol zaten als ze naar het Westen gingen, waren er op de reis terug naar New York altijd wel vijf of zes leeg, en nam niemand de moeite die te vergrendelen.

Uit het oogpunt van de lifter gezien, zei de bedelaar, was het feit dat de lege wagons achter aan de trein waren gekoppeld buitengewoon gunstig, want als de loc van de Sunset East een paar minuten na twaalf in station Lewis aankwam, zou de achterste wagon er nog anderhalve kilometer van verwijderd zijn.

Toen de trein eenmaal stilstond klauterde Emmett vlug het talud op en probeerde hij de deuren van de dichtstbijzijnde wagons, en trof hij de derde open. Hij wenkte Billy en na hem een kontje te hebben gegeven klom hij zelf naar binnen en trok hij met een luide klap de deur dicht – waardoor het binnen pikkedonker werd.

De bedelaar had gezegd dat ze het luik in het dak open konden laten voor licht en lucht, zolang ze er maar aan dachten het weer dicht te doen wanneer ze Chicago naderden waar een open luik waarschijnlijk wel opgemerkt zou worden. Maar Emmett had er niet aan gedacht om het luik te openen voordat hij de deur sloot, of om zelfs maar te kijken waar het luik zat. Hij stak zijn handen uit om op de tast de deurgrendel te vinden om die weer te openen, maar de trein schoot hortend naar voren, waardoor hij naar achter viel, tegen de tegenoverliggende wand.

In het duister kon hij zijn broer horen bewegen.

– Blijf zitten, Billy, waarschuwde hij. Ik ga op zoek naar het luik.

Maar ineens kwam er een straal licht zijn kant op.

– Wil je mijn zaklantaarn?

Emmett glimlachte.

– Ja Billy, graag. Of beter nog, richt het licht maar op die ladder in de hoek.

Emmett klom de ladder op en gooide het luik open waardoor er maanlicht en een welkome golf lucht binnenkwam. Omdat de wagon de hele dag in de zon had gestaan moest het binnen wel tegen de dertig graden zijn.

– Laten we daar maar gaan liggen, zei Emmett, en hij ging Billy voor naar de andere kant van de wagon, waar ze niet zo makkelijk te zien waren als er iemand door het luik zou kijken.

Billy haalde twee shirts uit zijn rugzak en gaf er een aan Emmett, met de uitleg dat als je ze dubbelvouwde, je ze als kussen kon gebruiken, net als soldaten. Na de rugzak weer dichtgetrokken te hebben ging Billy met zijn hoofd op zijn opgevouwen shirt liggen en sliep hij al snel als een roos.

Hoewel Emmett bijna net zo uitgeput als zijn broer was, wist hij dat hij niet zo snel in slaap kon vallen. Hij was te opgewonden door de gebeurtenissen van die dag. Hij wilde eigenlijk een sigaret. Maar hij moest genoegen nemen met wat water.

Stilletjes pakte hij Billy's rugzak en droeg die naar een plek onder het luik waar de lucht iets koeler was, en ging met zijn rug tegen de wand zitten. Hij maakte de banden van de rugzak weer los, haalde Billy's veldfles eruit, draaide de dop eraf en nam een slok. Hij had zo veel dorst dat hij de fles makkelijk leeg kon drinken, maar misschien hadden ze voor ze in New York aankwamen geen gelegenheid meer om extra water te krijgen, dus nam hij nog één slokje, stopte de veldfles terug in de rugzak en trok die weer net zo goed dicht als zijn broer gedaan zou hebben. Net toen hij de rugzak weer wilde neerleggen viel zijn oog op het voorvakje. Hij keek even naar Billy, deed de flap open en haalde de beige envelop eruit.

Hij zat even stil met de envelop in zijn handen, alsof hij die probeerde te wegen. Na nog een blik op zijn broer maakte hij het rode touwtje los en liet hij de ansichtkaarten van zijn moeder op zijn schoot glijden.

Als jongen zou Emmett zijn moeder nooit als ongelukkig hebben omschreven. Niet tegenover anderen en ook niet tegenover zichzelf. Maar op een zeker moment was hij, zonder dat het ooit ter sprake was geweest, gaan begrijpen dat ze dat wel was. Hij was er niet door tranen of openlijk gejammer achter gekomen maar toen hij 's middags op onafgemaakte taken stuitte. Als hij van boven komend de keuken in kwam kon hij op de snijplank een stuk of tien wortels naast het mes zien liggen, waarvan de helft in plakjes was gesneden en de andere helft niet. Of als hij terugkwam uit de schuur - dan kon hij de helft van het wasgoed wapperend aan de lijn aantreffen en de andere helft nat in de wasmand. Als hij dan ging kijken waar zijn moeder was, zag hij haar vaak op de treden van de veranda zitten, met haar ellebogen op haar knieën. Als hij dan zachtjes, bijna weifelend, *Mama?* zei, keek ze naar hem op alsof ze blij verrast was. Dan maakte ze op de trede plaats voor hem, sloeg haar arm om zijn schouder of maakte zijn haar door de war, en ging dan weer zitten kijken naar waar ze voorheen had zitten kijken – naar iets ergens tussen de veranda en de horizon in.

Omdat jonge kinderen niet weten hoe dingen horen te gaan, gaan ze denken dat de gewoonten bij hen thuis de gewoonten van de hele wereld zijn. Als een kind opgroeit in een gezin waar bij het avondeten harde woorden vallen, zal hij aannemen dat harde woorden aan elke keukentafel vallen, terwijl als een kind opgroeit in een gezin waar bij het avondeten helemaal geen woorden vallen, hij zal aannemen dat alle gezinnen zwijgend eten. Maar toch, ondanks dit algemeen bekende feit, begreep de jonge Emmett dat huishoudelijke taken die 's middags onafgemaakt bleven een teken waren dat er iets mis was – net zoals hij er een paar jaar later achter zou komen dat elk seizoen van gewas wisselen een teken was dat een boer niet wist wat hij deed.

Hij hield de kaarten op in het maanlicht en bekeek ze stuk voor stuk weer in westwaartse richting – Ogallala, Cheyenne, Rawlins, Rock Springs, Salt Lake City, Ely, Reno, Sacramento en San Francisco – waarbij hij de plaatjes van alle kanten bestudeerde en de berichten woord voor woord las, alsof hij een inspecteur was die zocht naar een gecodeerde boodschap van een agent uit het veld. Hij bestudeerde de kaarten deze nacht nauwkeuriger dan hij aan de keukentafel had gedaan, maar hij bestudeerde er geen enkele nauwkeuriger dan de laatste.

Dit is het paleis van het Legioen van Eer in Lincoln Park in San Francisco, stond er, *en ieder jaar is er op 4 juli een van de grootste vuurwerkshows van heel Californië.*

Emmett kon zich niet herinneren of hij Billy verteld had dat hun moeder zo van vuurwerk hield, maar het was ontegenzeggelijk het geval. Toen ze opgroeide in Boston bracht zijn moeder de zomers door in een klein plaatsje op Cape Cod. Hoewel ze niet vaak over die tijd daar gesproken had, had ze wel met het enthousiasme van weleer beschreven hoe de vrijwillige brandweer daar altijd op 4 juli een vuurwerkshow boven de haven verzorgde. Toen ze klein was keek ze daar met haar familie altijd naar, vanaf het eind van hun steiger. Maar toen ze groter was mocht ze een stukje naar buiten roeien, tot tussen de zeilboten die er voor anker lagen te dobberen, zodat ze in haar eentje liggend in haar boot naar de pyrotechniek kon kijken.

Toen Emmett acht was, hoorde zijn moeder van meneer Cartwright van de ijzerwarenzaak dat het stadje Seward – op iets meer dan een uur van Morgen – op 4 juli een heel aardig feestje bouwde, met 's middags een optocht en na zonsondergang vuurwerk. In de optocht was Emmetts moeder niet geïnteresseerd. Dus stapten Emmett en zijn ouders na vroeg gegeten te hebben in hun pick-up en reden ze erheen.

Toen meneer Cartwright had gezegd dat het *een heel aardig feestje* was, had Emmetts moeder zich voorgesteld dat het net als alle andere lokale festiviteiten zou zijn, met banieren van schoolkinderen en frisdrank die door dames van de parochie op klaptafeltjes werd verkocht. Maar toen ze aankwamen stond ze versteld toen ze zag dat 4 juli in Seward elke 4 juli die ze ooit eerder had meegemaakt, ver overtrof. Het was een viering waar de gemeente zich het hele jaar op voorbereidde en waar mensen van heinde en verre op afkwamen. Tegen de tijd dat de Watsons arriveerden konden ze alleen nog anderhalve kilometer buiten het centrum van de stad parkeren, en toen ze eindelijk Plum Creek Park in wandelden, waar het vuurwerk plaats zou vinden, was elke vierkante centimeter van het gras al bezet door families die er op kleden aan het picknicken waren.

Het jaar daarop was zijn moeder niet van plan dezelfde vergissing te maken. Op 4 juli kondigde ze bij het ontbijt aan dat ze na de lunch al naar Seward zouden gaan. Maar toen ze de picknick had voorbereid en de bestekla opendeed om er een paar vorken en messen uit te halen, stopte ze en keek voor zich uit. Vervolgens draaide ze zich om, liep de keuken uit en de trap op, met Emmett in haar kielzog. Ze verplaatste een stoel uit haar slaapkamer, ging erop staan en reikte naar een kort touwtje dat aan het plafond hing. Toen ze eraan trok ging er een luik open en kwam er een schuifladder uit die naar een zolder leidde.

Met grote ogen verwachtte Emmett dat zijn moeder zou zeggen dat hij daar moest wachten, maar ze was zo geconcentreerd op haar doel dat ze de trap opging zonder te stoppen om hem een waarschuwing te geven. En toen hij achter haar de smalle treden beklom, was ze zo druk bezig met dozen schuiven dat ze niet de moeite nam hem terug te sturen.

Terwijl zijn moeder haar zoektocht voortzette bekeek Emmett de vreemde inventaris van de zolder: een oude radio die bijna net zo groot als hij zelf was, een kapotte schommelstoel, een zwarte typemachine en twee grote koffers, vol kleurige stickers.

– Hebbes, zei zijn moeder.

Ze glimlachte naar Emmett en hield iets omhoog wat op een koffertje leek. Maar in plaats van leer was het van gevlochten riet.

Terug in de keuken zette ze het koffertje op tafel.

Emmett kon zien dat ze transpireerde van de warmte van de zolder, en toen ze met de rug van haar hand haar voorhoofd afveegde liet dat op haar huid een streep vuil achter. Nadat ze de sluitingen had opengeklapt glimlachte ze opnieuw naar Emmett en deed ze het deksel open.

Emmett wist heel goed dat een koffer op zolder naar alle waarschijnlijkheid leeg was, dus stond hij perplex toen hij zag dat deze niet alleen gepakt was, maar perféct gepakt was. Binnenin zat keurig gerangschikt alles wat je voor een picknick maar nodig kon hebben. Onder een band zat een stapel van zes rode borden, en onder een andere een toren van zes koppen. Er waren lange smalle holtes met vorken, messen en lepels, en een korte voor een kurkentrekker. Er waren zelfs twee speciaal gevormde uitsparingen voor peper- en zoutvaatjes. En in de uitsparing van het deksel was een rood-wit geblokt tafelkleed, op zijn plaats gehouden met twee leren bandjes.

Emmett had in zijn hele leven nog nooit zo'n knap samengesteld geheel gezien – met niets te veel of te weinig, en alles op zijn plaats. Hij zou niets vergelijksbaars zien tot zijn vijftiende toen hij de werkbank in de loods van meneer Schulte zag, met zijn keurige rangschikking van vakjes, knijpers en haken voor al zijn gereedschap.

– Asjemenou, zei Emmett, en zijn moeder had gelachen.

– Hij was van je oudtante Edna.

Toen schudde ze haar hoofd.

– Ik geloof niet dat ik hem nog geopend heb sinds onze trouwdag. Maar vanavond gaan we hem gebruiken!

Dat jaar kwamen ze om twee uur 's middags in Seward aan en vonden ze een plekje midden op het grasveld waar ze hun geruite tafelkleed uitspreidden. Emmetts vader, die wat had gemord over het vroege vertrek, gaf geen tekenen van ergernis meer toen ze er eenmaal waren. Sterker nog: bij wijze van verrassing haalde hij uit zijn zak een fles wijn tevoorschijn. En terwijl zijn ouders dronken, vertelde zijn vader verhalen over zijn krenterige tante Sadie en zijn verstrooide oom Dave en al die andere rare familieleden in het Oosten, waarmee hij Emmetts moeder aan het lachen maakte zoals ze maar zelden lachte.

Terwijl de uren verstreken vulde het grasveld zich met meer kleden en manden, en met meer gelach en een vrolijke sfeer. Toen het eindelijk donker was geworden en de Watsons met Emmett in hun midden op hun geblokte kleed lagen en het eerste stuk vuurwerk floot en knalde, had zijn moeder gezegd: *Ik had dit voor geen goud willen missen.* En toen ze die avond terugreden had het Emmett toegeschenen dat ze de rest van hun leven elke vierde juli in Seward zouden vieren.

Maar in februari het jaar daarop, in de weken na Billy's geboorte, was zijn moeder plotseling zichzelf niet meer. Sommige dagen was ze zo moe dat ze niet eens kon begínnen met de huishoudelijke taken die ze anders half deed. Op andere dagen kwam ze haar bed niet uit.

Toen Billy drie weken was kwam mevrouw Ebbers – wier kinderen zelf al kinderen hadden – elke dag voor het huishouden en voor Billy zorgen, terwijl Emmetts moeder probeerde weer op krachten te komen. Zo tegen april kwam mevrouw Ebbers alleen nog 's ochtends, en tegen juni kwam ze helemaal niet meer. Maar toen zijn vader op 1 juli tijdens het avondeten met enig enthousiasme vroeg hoe laat ze naar Seward zouden gaan, zei zijn moeder dat ze twijfelde of ze wel wilde gaan.

Emmett keek over de tafel naar zijn vader en dacht niet dat hij hem ooit zo verdrietig had gezien. Maar zoals hij nu eenmaal gewend was zette Emmetts vader door, gesterkt door een zelfvertrouwen dat niet erg geneigd was om van ervaring te leren. Op de ochtend van 4 juli bereidde zijn vader de picknick voor. Hij trok het luik open en beklom de smalle ladder om de mand van de zolder te halen. Hij zette Billy in de draagwieg en reed de pick-up voor. En toen hij om een uur binnenkwam en *Kom op, iedereen! We willen niet ons lievelingsplekje mislopen* riep, stemde Emmetts moeder ermee in om te gaan.

Of beter gezegd, ze legde zich erbij neer.

Ze stapte de pick-up in en zei geen woord.

Ze zeiden geen van allen een woord.

Maar toen ze in Seward waren aangekomen en naar het midden van het park waren gegaan, en zijn vader het geblokte kleed had uitgevouwen en de vorken en messen uit hun vakjes tevoorschijn wilde halen, zei zijn moeder:

– Wacht, laat mij maar even.

En op dat moment leek het alsof er een grote last van hen af viel.

Nadat ze de rode plastic koppen had neergezet, legde ze de sandwiches die haar man had gemaakt op de borden. Ze voerde Billy de appelmoes die haar man zo attent had meegebracht en schommelde Billy's wiegje heen en weer tot hij in slaap viel. Ze dronken de wijn die haar man niet was vergeten en ze vroeg hem van die verhalen over zijn gekke ooms en tantes te vertellen. En toen kort na het vallen van de avond boven het park het eerste salvo explodeerde in een grote uitwaaierende wolk van kleurige vonken, reikte ze naar de hand van haar man om die stevig vast te houden en schonk ze hem een tedere glimlach, terwijl de tranen haar over de wangen liepen. En toen Emmett en zijn vader haar tranen zagen glimlachten ze terug, omdat ze wisten dat dit tranen van dankbaarheid waren – dankbaarheid omdat haar man, in plaats van toe te geven aan haar aanvankelijke gebrek aan enthousiasme, had aangedrongen, zodat ze alle vier toch bij dit grootse spektakel op deze warme zomeravond konden zijn.

Toen de Watsons thuiskwamen bracht Emmetts vader de wieg en de picknickmand naar binnen en leidde Emmetts moeder hem aan de hand naar boven, stopte hem stevig in en gaf hem een kus op zijn voorhoofd, waarna ze de gang doorliep en bij Billy hetzelfde deed.

Die nacht sliep Emmett even vast als altijd. En toen hij 's morgens wakker werd, was zijn moeder weg.

Na een laatste blik op het paleis van het Legioen van Eer stopte Emmett de kaarten terug in de envelop. Hij wikkelde het dunne rode touwtje eromheen en borg ze op in Billy's rugzak, waarbij hij erop lette de koorden goed aan te trekken.

Dat eerste jaar was zwaar geweest voor Charlie Watson, herinnerde Emmett zich toen hij zijn plaats naast zijn broer innam. De weersproblemen hielden onverminderd aan. Er doemden financiële moeilijkheden op. En de bevolking van het stadje roddelde vrijelijk over mevrouw Watsons plotselinge vertrek. Maar wat zijn vader het meest bezwaarde, wat hen beiden het meest bezwaarde, was het besef dat toen Emmetts moeder bij het begin van het vuurwerk haar mans hand had gepakt, dat niet was uit dankbaarheid voor zijn aandringen of voor zijn trouw en steun, maar uit dankbaarheid dat hij, door haar zachtjes uit haar malaise te halen om deze magische show te zien, haar eraan herinnerd had wat blijdschap kon zijn – als ze maar bereid was om haar dagelijkse leven achter zich te laten.

ZEVEN

Duchess

– Het is een kaart! riep Woolly verrast uit.

– Jazeker.

We zaten aan een tafel in de HoJo op ons ontbijt te wachten. Voor ons hadden we ieder een papieren placemat die tegelijk een schematische kaart van de staat Illinois voorstelde, met de grootste wegen en steden, en enkele illustraties van regionale bezienswaardigheden. Bovendien stonden er zestien Howard Johnson's op, allemaal met oranje dak en blauw torentje.

– Hier zitten we, zei Woolly wijzend op een daarvan.

– Ik geloof je op je woord.

– En dit hier is de Lincoln Highway. En moet je dít zien!

Voor ik kon zien wat 'dit' was zette onze serveerster – die niet ouder dan zeventien kon zijn – onze borden boven op de placemats.

Woolly fronste. Nadat hij haar had weggekeken schoof hij zijn bord naar rechts zodat hij opnieuw de kaart kon bestuderen, terwijl hij deed alsof hij at.

Het was ironisch te zien hoe weinig aandacht Woolly aan zijn ontbijt besteedde, nadat hij zoveel aandacht had besteed aan het bestellen ervan. Toen onze serveerster hem het menu had gegeven, keek hij eerst een beetje benauwd omdat het zo groot was. Hij haalde diep adem en begon hardop elke beschrijving van elk gerecht te lezen. En om er zeker van te zijn dat hij niks gemist had, begon hij daarna weer van voren af aan. Toen de serveerster terugkwam om de bestelling op te nemen verkondigde hij zelfverzekerd dat hij de wafels wilde – of nee, doe toch maar roerei – en net toen ze zich omdraaide veranderde hij dat in flensjes. Maar toen zijn flensjes waren gekomen en hij ze uitgebreid versierd had met kringeltjes stroop, negeerde hij ze verder en at hij alleen de bacon. Ik daarentegen had niet eens naar het menu gekeken en maakte snel korte metten met mijn cornedbeef en spiegeleieren.

Toen ik alles op had leunde ik achterover om eens goed rond te kijken, en bedacht dat als Woolly een idee wilde krijgen van mijn toekomstige restaurant, hij alleen maar eens goed naar een Howard Johnson's hoefde te kijken. Want het zou in alle opzichten precies het tegenovergestelde ervan zijn.

Wat de stijl betreft hadden de brave lui van Howard Johnson's besloten om de kleuren van hun bekende dak in het restaurant terug te laten komen in de aankleding van de eethoekjes in feloranje en van de serveersters in lichtblauw – hoewel de combinatie van oranje en blauw al sinds mensenheugenis niet bekendstaat als eetlustbevorderend. Het dominerende architectonische element van de ruimte was een ononderbroken rij grote ramen die iedereen een onbelemmerd uitzicht bood op het parkeerterrein. Culinair was het een opgedirkte versie van wat je in elk wegrestaurant kon vinden, en het meest kenmerkende van de clientèle was dat één enkele oogopslag je meer zei dan je zou willen weten.

Neem nou die man met dat rode gezicht aan de tafel naast ons, die met een hoekje van zijn volkorenboterham in zijn eigeel zat te soppen. Als ik ooit een handelsreiziger had gezien was hij het wel – en ik heb er in mijn leven meer dan genoeg gezien. Op de familiestamboom van onbeduidende mannen van middelbare leeftijd zijn handelsvertegenwoordigers de neefjes van revueartiesten op hun retour. Ze gaan naar dezelfde plaatsen in dezelfde auto's en logeren in dezelfde hotels. Eigenlijk is het enige verschil tussen hen dat handelsreizigers praktischer schoenen dragen.

Alsof ik nog meer bewijs nodig had zag ik dat hij, nadat hij voor de fooi vakkundig het juiste percentage had berekend en opgeteld, iets op de bon schreef, deze opvouwde en in zijn portefeuille stak, voor de jongens van de boekhouding.

Toen de vertegenwoordiger opstond om te vertrekken zag ik op de klok dat het al half acht was.

– Woolly, zei ik, het hele punt van vroeg opstaan is om een vroege start te maken. Dus eet nou maar wat van die flensjes, dan ga ik intussen naar de plee. Daarna rekenen we af en gaan we op weg.

– Zeker weten, zei Wolly, terwijl hij zijn bord nog wat meer naar rechts schoof.

Voor ik naar de heren-wc ging haalde ik wat kleingeld bij de kassa en dook ik een telefooncel in. Ik wist dat Ackerly met pensioen was gegaan in Indiana, maar ik wist niet precies waar. Vandaar dat ik de telefoniste vroeg het nummer van Salina op te zoeken en me door te verbinden. Gezien het tijdstip ging de telefoon wel acht keer over voordat er iemand opnam. Ik geloof dat het Lucinda was, de brunette met de roze bril die de deur van de directeur bewaakte. Ik imiteerde mijn vader en gaf een stukje van de ouwe King Lear ten beste. Dat deed mijn vader altijd als hij een gunst van iemand aan de andere kant van de lijn nodig had. Uiteraard hield dat een Brits accent in, maar dan een beetje beneveld.

Ik legde uit dat ik Ackerly's oom uit Engeland was en dat ik hem voor Onafhankelijkheidsdag een kaart wilde sturen om hem ervan te verzekeren dat ik niet meer boos was, maar dat ik mijn adresboekje niet kon vinden. Zag zij misschien een mogelijkheid om een vergeetachtige ouwe sul te helpen? Een minuut later kwam ze terug met het antwoord: Rhododendron Road 132, South Bend.

Fluitend liep ik van de telefooncel naar de heren-wc en wie anders trof ik daar bij de urinoirs dan de man met het rode gezicht van de zithoek naast ons. Toen ik mijn klusje geklaard had en naast hem bij de wastafels stond, gaf ik hem in de spiegel even een glimlach.

– U lijkt me nou echt een handelsvertegenwoordiger.

Enigszins onder de indruk keek hij via de spiegel naar mij terug.

– Ik zit inderdaad in de verkoop.

Ik knikte.

– U heeft die vriendelijke man-van-de-wereldblik.

– Nou, dank je wel.

– Van deur tot deur?

– Nee, zei hij, enigszins gekrenkt. Ik werk met vaste klanten.

– Uiteraard. In welke sector, als ik vragen mag?

– Keukenapparatuur.

– Zoals koelkasten en vaatwasmachines?

Hij kneep zijn ogen een beetje toe, alsof ik een gevoelig punt had geraakt.

– Wij zijn gespecialiseerd in kleinere keukenapparaten. Zoals blenders en handmixers.

– Klein maar onontbeerlijk, merkte ik op.

– Ja, dat zeker.

– Vertel eens, hoe doet u dat nou? Als u naar een klant gaat bedoel ik, hoe verkoopt u dan iets? Uw blender, bijvoorbeeld?

– Onze blender verkoopt zich vanzelf.

Uit de manier waarop hij dat zei kon ik opmaken dat hij dat al duizend keer eerder had gezegd.

– U bent te bescheiden, denk ik. Maar serieus, als u het over uw blender heeft, ten opzichte van de concurrentie, hoe... differentieert u die?

Bij het woord 'differentiëren' werd hij nogal ernstig en vertrouwelijk. Het maakte niet uit dat hij in de wc van een Howard Johnson's met een achttienjarige stond te praten. Nu ging hij over op zijn verkooppraatje en er zou geen eind aan komen, ook al zou hij dat gewild hebben.

– Ik maakte eigenlijk maar een grapje, begon hij, toen ik zei dat onze blender zich vanzelf verkoopt. Want weet je, nog niet lang geleden hadden alle bekende blenders drie instellingen: laag, midden en hoog. Ons bedrijf was het eerste om de knoppen van de blender te differentiëren naar het sóórt blenden: mixen, kneden en kloppen.

– Wat spitsvondig. De markt lag zeker wel voor u open.

– Een tijdje wel, gaf hij toe. Maar al snel ging de concurrentie het ook doen.

– Dus u moet ze altijd een stap voor zijn.

– Precies. Daarom kwamen we dit jaar, zeg ik met gepaste trots, voor het eerst in Amerika uit met een blender die een víérde soort blenden introduceert.

– Een vierde soort? Na mixen, kneden en kloppen?

Ik werd gek van de spanning.

– Pureren.

– Bravo, zei ik.

En in zekere zin meende ik het nog ook.

Ik bekeek hem nog eens van top tot teen, deze keer met bewondering. Toen vroeg ik of hij in de oorlog gevochten had.

– Die eer heb ik niet gehad, zei hij, ook voor de duizendste keer.

Ik schudde meelevend mijn hoofd.

– Wat een tamtam toen de jongens thuiskwamen. Vuurwerk en optochten. Burgemeesters die medailles opspelden. En alle knappe dames in de rij om elke malloot in een uniform een zoen te geven. Maar weet u wat ik vind? Ik vind dat het Amerikaanse volk wel wat meer eer mag betonen aan de handelsreizigers.

Hij wist niet of ik hem nu in de maling nam of niet. Daarom legde ik een beetje gevoel in mijn stem.

– Mijn vader was handelsreiziger. Tjonge, wat een kilometers heeft hij afgelegd. Al die deurbellen. De nachten die hij ver van het comfort van thuis moest doorbrengen. Ik zeg u dat handelsreizigers niet gewoon hardwerkende mensen zijn: ze zijn het voetvolk van het kapitalisme!

Ik geloof dat hij toen moest blozen. Maar dat was moeilijk te zeggen met die teint van hem.

– Het is me een eer kennis met u te maken, meneer, zei ik, en ik stak mijn hand uit, ook al had ik die nog niet afgedroogd.

§

Toen ik de wc uit kwam zag ik onze serveerster en wenkte haar.

– Anders nog iets? vroeg ze.

– De rekening graag, antwoordde ik. We hebben nog heel wat plaatsen te gaan en mensen te bezoeken.

Bij de woorden *plaatsen te gaan* keek ze enigszins weemoedig. Ik weet zeker dat als ik had gezegd dat we naar New York gingen en wel plaats voor haar hadden, ze direct achterin was gesprongen zonder zelfs maar haar uniform uit te doen – al was het maar om te zien wat er gebeurt als je van de rand van de placemat rijdt.

– Ik breng hem direct, zei ze.

Teruglopend naar onze tafel speet het me dat ik onze buurman belachelijk had gemaakt om zijn gedoe met de rekening. Want het kwam ineens in me op dat we iets vergelijkbaars moesten doen voor Emmett. Aangezien we voor onze onkosten het geld uit zijn envelop gebruikten, had hij bij onze terugkeer alle recht op een volledige verantwoording – zodat we hem konden terugbetalen voordat we het fonds gingen opdelen.

De avond ervoor had ik Woolly het avondeten laten afrekenen terwijl ik ons incheckte in het hotel. Ik wilde hem vragen hoeveel het had gekost, maar toen ik bij onze tafel aankwam was hij nergens te bekennen.

Waar kan hij nou uithangen, vroeg ik me af, met mijn ogen rollend. Hij kon niet naar de wc zijn want daar kwam ik net vandaan. In het besef dat hij van glimmende, gekleurde dingen hield keek ik naar de ijsbar, maar daar waren alleen twee jochies die hun neus plat tegen het glas drukten en het jammer vonden dat het nog zo vroeg was. Met een raar soort voorgevoel draaide ik me om naar de grote ramen.

Ik keek uit over het parkeerterrein en gleed met mijn blik over de glinsterende zee van glas en chroom naar de plek waar ik de Studebaker had geparkeerd, en waar de Studebaker niet langer stond. Ik deed een stap opzij om langs twee hoog opgetaste kapsels te kunnen kijken en keek naar de ingang van het terrein, net op tijd om te zien dat Emmetts auto daar rechts afsloeg, de Lincoln Highway op.

– Godsklere klote kankertering.

Onze serveerster die net met de rekening aankwam, trok bleek weg.

– Sorry voor het taalgebruik, zei ik.

Vervolgens keek ik naar de rekening en gaf haar een briefje van twintig uit de envelop.

Terwijl ze wisselgeld ging halen zakte ik onderuit in mijn stoel en staarde ik over de tafel naar waar Woolly had moeten zitten. Van zijn bord, dat weer op zijn oorspronkelijke plek stond, was de bacon verdwenen en ook een hoekje van het stapeltje flensjes.

Terwijl ik de precisie bewonderde waarmee Woolly zo'n mooi klein hoekje uit de flensjes had gesneden merkte ik op dat onder het witte bord het formica tafelblad was te zien. Wat wilde zeggen dat de placemat weg was.

Ik schoof mijn bord opzij en pakte mijn eigen placemat. Zoals ik al zei was het een kaart van Illinois met de belangrijkste wegen en steden. Maar in de hoek rechtsonder was een inzet met een plattegrond van het plaatselijke centrum, met in het midden een klein groen vierkant, en in het midden van dat kleine groene vierkant stond, levensgroot leek het wel, een standbeeld van Abraham Lincoln.

Woolly

Hum de-dum de-dum, neuriede Woolly terwijl hij nog eens naar de kaart keek die op zijn schoot lag. *Niets rijdt er beter, het leven is completer, alweer een kilometer...* hum de-dum de-dum, een reclamedeuntje van Chrysler.

– Uit de weg! schreeuwde iemand terwijl hij met drie klappen op zijn claxon de Studebaker inhaalde.

– Sorry, sorry, sorry! antwoordde Woolly als drievoudige echo, met een vriendelijke handzwaai.

Terwijl hij weer naar zijn eigen rijstrook stuurde moest hij toegeven dat het waarschijnlijk niet zo'n goed idee was om met een plattegrond op je schoot te rijden, met al dat op- en neerkijken. Dus hield hij de kaart maar in zijn rechterhand omhoog terwijl hij met de linkerhand stuurde. Zo kon hij met zijn ene oog de kaart bekijken en met zijn andere de weg.

Toen Duchess de vorige dag bij het Phillips 66-tankstation de Phillips 66-wegenkaart van Amerika had bemachtigd, had hij die aan Woolly gegeven met de woorden dat Woolly moest navigeren omdat hijzelf reed. Woolly had deze verantwoordelijkheid met enig ongemak op zich genomen. Wanneer iemand je een kaart van een tankstation in handen geeft, heeft die een perfect formaat – zoiets als een programmaboekje in het theater. Maar om zo'n kaart te lezen moet je hem helemaal uitvouwen, totdat de Stille Oceaan tegen de versnellingspook zit en de Atlantische Oceaan tegen het raam aan de passagierszijde kabbelt.

Zodra zo'n tankstationkaart helemaal openligt kun je alleen al bij het zien ervan licht in het hoofd worden, want hij is absolutief van boven tot onder en van links naar rechts doorkrast met snelwegen, hoofdwegen, zijwegen en duizend kleinere wegen, elk gemarkeerd met een kleine naam of een nummertje. Het herinnerde Woolly aan het lesboek voor het vak biologie dat hij een tijdje had gevolgd op het St. Paul. Of was het op het St. Marc? Hoe dan ook, in het begin van dat boek stond op een linkerpagina een plaatje van een menselijk skelet. Als je dat skelet met al die botten keurig op hun plaats nauwkeurig bekeken had en de pagina omsloeg, verwachtte je het skelet niet meer te zien, maar het was er nog, want die volgende pagina was van doorkijkpapier! Hij was gemaakt van doorkijkpapier zodat je het zenuwstelsel boven op het skelet kon bestuderen. En als je de pagina daarna opsloeg, kon je het skelet, het zenuwstelsel én de bloedsomsloop zien, met al die blauwe en rode lijntjes.

Woolly wist dat deze illustratie met meerdere lagen bedoeld was om alles extra duidelijk te maken, maar hij vond het zenuwslopend. Was het een plaatje van een man of een vrouw, om maar wat te noemen? Oud of jong? Zwart of wit? En hoe wisten al de bloedcellen en zenuwimpulsen die over deze ingewikkelde netwerken reisden waar ze naartoe moesten? En als ze daar eenmaal waren, hoe vonden ze dan de weg terug naar huis? Daar leek de wegenkaart van Phillips 66 op: een illustratie met honderden slagaderen, gewone aderen en haarvaten die zich almaar verder vertakten totdat niemand die over een ervan reisde nog kon weten welke kant hij op ging.

Maar dat was met de placematkaart van Howard Johnson's geenszins het geval! Je hoefde hem helemaal niet uit te vouwen. En hij stond niet vol met een warboel van snelwegen en hoofdwegen. Hij had precies de goede hoeveelheid wegen. En als ze een naam hadden stond die er duidelijk bij, terwijl de wegen die geen duidelijke naam hadden helemaal geen naam hadden. Het andere prijzenswaardige kenmerk van de

Howard Johnsonkaart waren de illustraties. De meeste kaartenmakers zijn bijzonder goed in het inkrimpen van dingen. De staten, de steden, de rivieren en de wegen zijn allemaal stuk voor stuk tot een kleinere afmeting ingekrompen. Maar op de placemat van Howard Johnson had de kaartmaker, na de steden, rivieren en wegen verkleind te hebben, een aantal illustraties toegevoegd die gróter waren dan ze hoorden te zijn. Zoals in de hoek linksonder een grote vogelverschrikker om aan te geven waar de maisvelden waren. Of de grote tijger in de rechterbovenhoek die wees op de Lincoln Park Zoo.

Het was precies zoals hoe piraten hun schatkaarten altijd tekenden. Ze krompen de oceaan en de eilanden in totdat die heel klein en eenvoudig waren, maar dan voegden ze buitengaats een groot schip toe, en een grote palmboom op het strand, en een grote rotsformatie op een heuvel in de vorm van een doodshoofd, die precies vijftien stappen aflag van de X die de juiste plek aangaf.

In een vierkant in de hoek rechtsonder op de placemat was een kaart binnen de kaart waarop het centrum van de stad te zien was. Volgens deze plattegrond kon je, als je bij Second Street rechts afsloeg en vijf centimeter doorreed, aankomen bij Liberty Park waar in het midden een groot standbeeld van Abraham Lincoln stond.

Plotseling zag hij met zijn linkeroog het bord voor Second Street. Zonder een moment te aarzelen nam hij een scherpe bocht naar rechts, waarbij hij achter zich weer hoorde toeteren.

– Sorry, riep hij.

Hij boog zich naar voren tot de voorruit en ving een glimp van iets groens op.

– We zijn er, zei hij. We zijn er.

Een minuut later was hij er.

Hij parkeerde bij de stoeprand en gooide zijn deur open die er bijna door een passerende sedan werd afgereden.

– Oeps!

Hij sloot de deur, wurmde zich naar de passagiersstoel, stapte aan die kant uit, wachtte op een gaatje in het verkeer en rende de straat over.

In het park was het stralend mooi weer. De bomen stonden in blad, de struiken in bloei en aan beide kanten van het pad groeiden madeliefjes.

– We zijn er, zei hij weer, snel doorlopend.

Maar opeens kruiste het met madeliefjes omzoomde pad een ander pad, wat Woolly voor drie keuzes stelde: links, rechts of rechtdoor. Had hij er nou maar aan gedacht om de placemat mee te nemen. Hij keek in alle richtingen. Links waren bomen, struiken en donkergroene banken. Rechts waren ook bomen, struiken en banken, plus een man in een flodderig pak en met een slappe hoed, die hem vaag bekend voorkwam. Maar rechtdoor kon hij, als hij een beetje met zijn ogen kneep, net een fontein zien.

– Aha! riep hij. Want naar Woolly's ervaring stonden standbeelden vaak in de buurt van fonteinen. Zoals het standbeeld van Garibaldi dat in Washington Square Park vlak bij de fontein stond, of het standbeeld van de engel boven op de grote fontein in Central Park.

Met toegenomen zelfvertrouwen rende hij naar de rand van de fontein en hield hij stil in de verfrissende mist, om op adem te komen. Uit een snel onderzoek bleek dat de fontein het middelpunt was waarvandaan acht verschillende paden liepen (als je het pad waarlangs hij was aangekomen meetelde). Hij liet zich niet ontmoedigen en begon met de klok mee langzaam om de fontein te lopen waarbij hij elk afzonderlijk pad aftuurde, met een hand boven zijn ogen, als een kapitein ter zee. En daar, aan het eind van het zesde pad, stond Honest Abe in eigen persoon.

In plaats van het pad af te rennen liep hij er, uit respect voor het standbeeld, met lange Lincolniaanse schreden heen, tot hij een paar meter ervoor bleef staan.

Wat een prachtige gelijkenis, dacht Woolly. Het beeld had niet alleen de allure van de president goed vastgelegd maar, naar het leek, ook diens morele moed. Ofschoon deze Lincoln grotendeels was afgebeeld zoals te verwachten was, met zijn Shenandoah-baard en zijn lange zwarte jas, had de beeldhouwer een ongewone keus gemaakt: in zijn rechterhand hield de president zijn hoed bij de rand vast, alsof hij die net had afgezet toen hij op straat een kennis tegenkwam.

Woolly ging op een bank voor het standbeeld zitten en dacht terug aan de vorige dag, toen Billy achter in Emmetts auto de geschiedenis van de Lincoln Highway had uitgelegd. Hij had verteld dat toen de weg werd aangelegd (in negentien zo-en-zoveel), fanatiekelingen langs de hele route op schuren en hekken rode, witte en blauwe strepen hadden geverfd. Woolly zag dat helemaal voor zich, want het deed hem denken aan zijn familie die op 4 juli altijd rood-wit-blauwe wimpels aan de spanten van de grote zaal en de balustrades van de veranda hing.

O, wat had zijn overgrootvader van 4 juli gehouden.

Op Thanksgiving, met Kerstmis of Pasen kon het Woolly's overgrootvader niet schelen of zijn kinderen de feestdag bij hem vierden of ergens anders. Maar op Onafhankelijkheidsdag duldde hij geen verzuim. Hij maakte het volkomen duidelijk dat elk kind, kleinkind en achterkleinkind in de Adirondacks werd verwacht, hoever ze ook moesten reizen.

En reken maar dat ze kwamen!

Op 1 juli verschenen de eerste familieleden al op de oprit, of kwamen ze aan op het plaatselijke station, of landden ze op het kleine vliegveld dertig kilometer verderop. Tegen de middag van 2 juli was elke slaapplaats in het huis bezet – met de grootouders, ooms en tantes in de slaapkamers, de jongere neven en nichten op de veranda, en alle neven en nichten die het geluk hadden ouder dan twaalf te zijn in tenten tussen de dennenbomen.

Op 4 juli was er een picknick-lunch op het gazon, gevolgd door kano- en zwemwedstrijden, schietwedstrijden met geweer en pijl-en-boog, en een groots opgezet spel vlagveroveren. Om klokke zes waren er cocktails op de veranda. Om half acht klonk de gong en ging iedereen naar binnen voor een diner met gebraden kip, maiskolven en Dorothy's beroemde muffins met blauwe bessen. En dan om tien uur roeiden oom Bob en oom Randy altijd naar het vlot midden in het meer om het vuurwerk af te steken dat ze in Pennsylvania hadden gekocht.

Wat zou Billy ervan genoten hebben, dacht Woolly met een glimlach.

Hij zou de wimpels op de balustrades, de tenten tussen de bomen en de manden vol muffins prachtig hebben gevonden. Maar hij zou vooral van het vuurwerk genoten hebben, dat altijd begon met gefluit en geknal maar dat almaar groter en groter werd totdat het de hele lucht leek te vullen. Maar nog terwijl Woolly deze heerlijke herinnering had betrok zijn gezicht, want hij was bijna vergeten wat zijn moeder altijd De Reden Waarom We Hier Samen Zijn noemde: de voordrachten. Elk jaar op 4 juli, wanneer al het eten op tafel was gezet, nam het jongste kind van boven de zestien plaats aan het hoofd van de tafel en droeg hij of zij, in plaats van een gebed, voor uit de Onafhankelijkheidsverklaring.

'*Wanneer het in de loop der menselijke gebeurtenissen noodzakelijk wordt*', en '*We beschouwen deze waarheden als vanzelfsprekend*', enzovoort.

Maar zoals zijn overgrootvader graag opmerkte: als de heren Washington, Jefferson en Adams de visie hadden gehad om de Republiek te stichten, dan was het de heer Lincoln die de moed had gehad die te perfectioneren. Zodoende nam, nadat de neef of nicht die uit de Onafhankelijkheidsverklaring had geciteerd weer op zijn of haar plaats was gaan zitten, het jongste kind van boven de tien plaats aan het hoofd van de tafel om Lincolns beroemde speech, het Gettysburg Address, in zijn geheel voor te dragen.

Wanneer dat was voltooid maakte de spreker een buiging en zou de hele zaal losbarsten in een ovatie die bijna net zo luid was als na de finale van het vuurwerk. Vervolgens gingen onder veel gelach en vrolijkheid de schalen en manden vlot de tafel rond. Het was een moment waar Woolly zich altijd op verheugde.

Dat wil zeggen: hij verheugde zich erop tot 16 maart 1944, de dag dat hij tien werd.

Meteen nadat zijn moeder en zussen 'Lang zal hij leven' voor hem hadden gezongen had zijn oudste zus Katie het nodig gevonden om op te merken dat het de volgende 4 juli Woolly's beurt zou zijn om aan het hoofd van de tafel te staan. Woolly was door dit nieuwtje zo nerveus geworden, dat hij amper in staat was zijn stuk chocoladetaart op te krijgen. Want als hij op zijn tiende íéts wist, dan was het dat hij niet goed was in uit het hoofd leren.

Zijn zus Sarah, die zeven jaar eerder een vlekkeloze voordracht had gegeven, begreep Woolly's bezorgdheid en bood aan hem te coachen.

– Die toespraak uit je hoofd leren kun je best, zei ze glimlachend tegen Woolly. Per slot van rekening zijn het maar tien zinnen.

Aanvankelijk gaf deze belofte hem moed. Maar toen zijn zus hem de feitelijke tekst van de speech liet zien ontdekte hij dat, hoewel het op het eerste gezicht maar tien zinnen léken, de laatste zin eigenlijk uit drie zinnen bestond, vermomd als één.

– Alles goed en dolfijn (zoals Woolly altijd zei), er zijn twaalf zinnen, niet tien.

– En wat dan nog, antwoordde Sarah.

Maar om het zekere voor het onzekere te nemen stelde ze voor om ruim van tevoren met de voorbereidingen te beginnen. In de eerste week van april zou Woolly de eerste zin woord voor woord leren voor te dragen. Vervolgens zou hij in de tweede week van april de eerste en de tweede zin leren. Dan in de derde week de eerste drie zinnen, en zo voort, tot hij twaalf weken later, wanneer juni ten einde liep, hij in staat zou zijn de hele speech zonder haperen op te zeggen.

En zo liep het precies. Week na week leerde Woolly er een zin bij totdat hij de speech in zijn geheel kon voordragen. In feite had hij tegen 1 juli de speech niet alleen van begin tot eind voor Sarah voorgedragen, maar ook voor zichzelf, voor de spiegel, bij de gootsteen terwijl hij Dorothy met de afwas hielp, en ook een keer in een kano midden op het meer. Dus toen de bewuste dag naderde was hij er klaar voor.

Nadat zijn neef Edward uit de Onafhankelijkheidsverklaring had voorgedragen en een vriendelijk applaus had gekregen, nam Woolly de bevoorrechte plek in.

Maar net toen hij wilde beginnen ontdekte hij het eerste probleem van het plan van zijn zus: de mensen. Ook al had hij de toespraak vele malen voor zijn zus en ook vaak alleen voor zichzelf voorgedragen, hij had hem nooit voor iemand anders voorgedragen. En dit was niet zomaar iemand anders. Dit waren dertig van zijn meest directe familieleden in twee aandachtige rijen aan weerszijden van een tafel, met niemand minder dan zijn overgrootvader recht tegenover hem gezeten.

Hij wierp een blik op Sarah die hem bemoedigend toeknikte, waardoor zijn zelfvertrouwen werd opgekrikt. Maar net toen hij wilde beginnen ontdekte hij het tweede probleem van het plan van zijn zus: de kleding. Ook al had hij de toespraak eerder voorgedragen in zijn corduroybroek, zijn pyjama en zijn zwembroek, hij had hem nooit voorgedragen in een kriebelende blauwe blazer met een rood-witte stropdas die hem naar de keel greep.

Toen hij met een gekromde vinger aan de boord van zijn overhemd trok, begonnen een paar van zijn jongere neefjes te giechelen.

– Shht, zei zijn grootmoeder.

Woolly keek weer naar Sarah, die hem opnieuw vriendelijk toeknikte.

– Begin maar, zei ze.

Precies zoals ze had gezegd stond Woolly kaarsrecht, haalde hij tweemaal adem en begon hij:

– *Tachtig-en-zeven jaar geleden*, zei hij. *Tachtig-en-zeven jaar geleden.*

Er werd weer gegnuifd door de jongere neefjes, opnieuw gevolgd door gesus van zijn grootmoeder.

Woolly herinnerde zich dat Sarah had gezegd dat als hij zenuwachtig werd, hij over de hoofden van de familie heen moest kijken, en dus richtte hij zijn blik op de elandskop aan de muur. Maar omdat hij de eland onsympathiek vond kijken, probeerde hij maar naar zijn schoenen te kijken.

– *Tachtig-en-zeven jaar geleden*... begon hij weer.

– *Brachten onze vaders*... zei Sarah zachtjes voor.

– *Brachten onze vaders,* zei Woolly terwijl hij naar zijn zus keek. *Brachten onze vaders op dit contingent.*

– *Op dit continent*...

– *Op dit continent een nieuwe natie voort. Een nieuwe natie*...

– ... *Verwekt in vrijheid*, zei een vriendelijke stem.

Het was alleen niet Sarahs stem. Het was de stem van neef James, die een paar weken eerder was afgestudeerd aan Princeton. En deze keer, toen Woolly doorging met zijn voordracht, deden Sarah en James mee.

– *Verwekt in vrijheid*, zeiden ze met z'n drieën tegelijk, *en toegewijd aan de stelling dat alle mensen gelijk zijn geschapen.*

De andere familieleden die in hun tijd Lincolns toespraak hadden moeten opzeggen lieten zich ook horen. Vervolgens voegden ook andere familieleden zich bij het koor, zij die nooit waren verzocht de toespraak voor te dragen maar die hem zo vaak gehoord hadden dat ook zij hem uit hun hoofd kenden. Al snel deed de hele tafel mee, inclusief overgrootvader, en toen ze met z'n allen die grandioze en hoopvolle woorden spraken dat de *regering van het volk, door het volk en voor het volk niet van de aarde zal vergaan*, barstte de familie los in een luid gejuich zoals in de zaal nog nooit te horen was geweest.

Dit was vast en zeker de manier waarop Abraham Lincoln had bedoeld dat zijn toespraak zou worden voorgedragen. Niet door een kleine jongen die in een kriebelend jasje alleen aan het hoofd van een tafel staat, maar met vier generaties van een familie die gezamenlijk in koor spreken.

O, als zijn vader daar eens bij had kunnen zijn, dacht Woolly terwijl hij met de rug van zijn hand een traan van zijn wang veegde. Als zijn vader nu eens hier had kunnen zijn.

§

Nadat hij de droefheid te boven was gekomen en klaar was met zijn eerbetoon aan de president ging hij terug naar waar hij vandaan was gekomen. Toen hij bij de fontein aankwam lette hij erop om er deze keer *tegen de klok in* omheen te lopen, tot hij bij het zesde pad kwam.

Geen enkel pad ziet er in beide richtingen hetzelfde uit, dus terwijl Woolly daar liep begon hij zich af te vragen of hij zich niet had vergist. Misschien had hij de nummers van de paden verkeerd geteld toen hij bij de fontein tegengeklokt had. Maar net toen hij overwoog om terug te lopen zag hij de man met de slappe hoed.

Toen Woolly hem een glimlach van herkenning gaf, gaf de man hem een glimlach van herkenning terug. Maar toen Woolly even naar hem zwaaide, deed de man dat niet terug. In plaats daarvan reikte hij in de flodderige zakken van zijn flodderige jasje. Daarna vormde hij een cirkel met zijn armen door de vuist van zijn rechterhand op zijn linkerschouder en de vuist van zijn linkerhand op zijn rechterschouder te leggen. Woolly bleef geboeid toekijken hoe de man zijn handen over de volle lengte van de andere arm bewoog, waarbij hij om de twee centimeter een klein wit voorwerpje achterliet.

– Het is popcorn, zei Woolly hoogst verbaasd.

Toen de stukjes popcorn van boven op zijn schouders helemaal tot aan zijn pols waren neergelegd begon de man heel langzaam zijn armen te openen, totdat hij ze aan beide kanten volledig gestrekt had als... als...

Als een vogelverschrikker! besefte Woolly. Daarom was de man met de slappe hoed hem zo bekend voorgekomen. Want hij leek precies op de vogelverschrikker in de hoek linksonder van de placematkaart.

Behalve dat deze man geen vogelverschrikker was. Hij was het tegendeel van een vogelverschrikker. Want toen hij zijn armen eenmaal had uitgestrekt, kwamen alle musjes die er hadden rondgescharreld op en rond zijn armen fladderen. Terwijl de mussen naar de popcorn pikten, dribbelden twee eekhoorns die zich onder een bank hadden verscholen naar de voeten van de meneer. Met wijd open ogen dacht Woolly een ogenblik dat ze hem gingen beklimmen, als een boom. Maar de eekhoorns, die hun zaakjes goed voor elkaar hadden, wachtten tot de mussen af en toen wat popcorn van de armen van de man op de grond morsten.

Ik moet niet vergeten dit allemaal aan Duchess te vertellen, dacht Woolly toen hij doorliep. Want de Vogelman van Liberty Park leek precies op een van die oude revueartiesten waar Duchess zo graag over vertelde.

Maar toen hij de straat bereikte werd het vrolijke beeld van de Vogelman met zijn uitgestrekte armen vervangen door een veel minder vrolijk beeld van een politieagent die met zijn bonnenboekje in de hand achter Emmetts auto stond.

Emmett

Emmett werd wakker met een vaag besef dat de trein niet meer reed. Hij keek op Billy's horloge en kon zien dat het kort na achten was. Ze moesten al bij Cedar Rapids zijn.

Om zijn broer niet wakker te maken kwam hij stilletjes overeind, ging de ladder op en stak hij zijn hoofd door het luik in het dak. Toen hij naar achteren keek kon hij zien dat de trein, die nu op een zijspoor stond, met minstens twintig wagons verlengd was.

Staand op de ladder met zijn gezicht in de koele ochtendlucht werd Emmett niet langer geroerd door gedachten uit het verleden. Waar hij nu door geroerd werd, was honger. Het enige wat hij sinds het vertrek uit Morgen had gegeten was de sandwich die zijn broer hem in het station had gegeven. Billy was tenminste nog zo verstandig geweest om in het weeshuis te ontbijten, toen het hem werd aangeboden. Naar Emmetts inschatting duurde het nog wel dertig uur voor ze New York zouden bereiken, en het enige wat ze in Billy's rugzak hadden was een veldfles met water en Sally's laatste koekjes.

Maar toen de bedelaar Emmett had verteld dat ze buiten Cedar Rapids een paar uur op een particulier zijspoor zouden staan, had hij erbij verteld dat dat was om General Mills een paar van hun wagons achter aan de trein te laten koppelen – wagons die waren volgestouwd met pakken ontbijtgranen.

Emmett ging de ladder weer af en maakte zachtjes zijn broer wakker.

– De trein zal hier een tijdje blijven staan, Billy. Ik ga kijken of ik voor ons iets te eten kan vinden.

– Oké, zei Billy.

Terwijl Billy weer ging slapen klom Emmett de ladder op en het luik uit. Hij zag links noch rechts een teken van leven en begaf zich op weg naar het achtereind van de trein. Omdat de wagons van General Mills volgeladen waren dacht Emmett dat ze waarschijnlijk op slot zaten. Hij moest er maar op hopen dat een van de grendels per ongeluk niet op slot zat. Hij dacht dat hij minder dan een uur had voor ze weer zouden vertrekken en dus maakte hij zo snel mogelijk voort, waarbij hij van de ene wagon op het dak van de volgende sprong.

Maar toen hij de laatste van de lege Nabiscowagons had bereikt bleef hij staan. Hoewel hij de platte rechthoekige daken van de General Millswagons zich tot in de verte kon zien uitstrekken, hadden de twee direct voor hem het gewelfde dak van passagierswagons.

Na een korte aarzeling klom hij naar beneden naar het smalle platform en keek hij door het raampje van de deur. Het meeste wat er binnen was werd aan het zicht onttrokken door de gordijnen aan weerskanten van het raampje, maar het weinige wat hij kon zien was veelbelovend. Het bleek de zitkamer te zijn van een fraai ingerichte privéwagon, na een avondje feesten. Voorbij een paar stoelen die met hun hoge leuning naar hem toegekeerd stonden kon Emmett een salontafel vol lege glazen zien, een champagnefles omgekeerd in een ijsemmer, en een klein dressoir met daarop de resten van een avondmaal. De passagiers waren waarschijnlijk in de slaapcoupés van de volgende wagon.

Emmett deed de deur open en stapte snel naar binnen. Terwijl hij op adem kwam kon hij zien dat het feestje zijn rommelige sporen had nagelaten. Verspreid over de vloer lagen veren van een kapotgemaakt kussen, tussen broodjes en druiven, alsof die tijdens een gevecht als munitie waren gebruikt. Het glazen deurtje van een staande klok stond open en de wijzers ontbraken. En diep in slaap op een bank bij het dressoir lag een man van medio twintig die een besmeurde smoking droeg, met op zijn wangen de rode strepen van een Apache.

Emmett overwoog de wagon te verlaten en over het dak verder te gaan, maar een betere kans als deze zou hij niet krijgen. Terwijl hij de slapende figuur in het oog hield, liep hij tussen de hoge stoelen door behoedzaam naar voren. Op het dressoir stond een fruitschaal en er lagen stukken kaas, brood en een half opgegeten ham. Er was ook een omgevallen pot ketchup die ongetwijfeld als grondstof voor de oorlogsstrepen had gediend. Op de grond vond hij de sloop van het kapotte kussen. Hij deed er snel voldoende eten voor twee dagen in en knoopte hem dicht. Toen wierp hij nog een laatste blik op de slapende man en draaide zich om naar de deur.

– O, eh, steward...

Onderuitgezakt in een van de hoge stoelen zat een tweede man in een smoking.

Met zijn volle aandacht op de slapende man gericht was Emmett hem straal voorbijgelopen – wat des te verrassender was, gezien zijn omvang. Hij moet minstens een meter vijfentachtig zijn geweest, en negentig kilo. Hij droeg geen oorlogskleuren maar had wel een plak ham netjes uit zijn borstzak hangen, alsof het een zakdoek was.

Met halfopen ogen hief de feestneus een hand op en stak langzaam een vinger uit om iets op de vloer aan te wijzen.

– Als je zo vriendelijk zou willen zijn...

Emmett keek in de aangegeven richting en zag een halflege fles gin op zijn kant liggen. Hij zette de kussensloop neer, pakte de fles en gaf die aan de feestneus, die hem met een zucht aannam.

– Ik zit al zowat een uur naar die fles te kijken en diverse tactieken af te wegen om hem in mijn bezit te krijgen. Ik moest er stuk voor stuk van afzien omdat ze slecht ontworpen waren, slecht doordacht, of omdat ze de wetten van de zwaartekracht tartten. Uiteindelijk wierp ik me op de laatste toevlucht van iemand die iets gedaan wil krijgen en die alle opties, met uitzondering van het zelf doen, heeft overwogen en verworpen – met andere woorden: ik heb gebeden. Ik bad tot Ferdinand en Bartholomeus, de beschermheiligen van Pullmanwagons en omgevallen flessen. En een reddende engel is op mij neergedaald.

Hij keek Emmett aan met een dankbare glimlach, die ineens veranderde in een blik van verbazing.

– Maar je bent de steward niet!

– Ik ben een van de remmers, zei Emmett.

– Evengoed bedankt.

De feestneus draaide naar links, pakte een martiniglas dat op een rond tafeltje stond en begon dat langzaam met gin te vullen. Emmett zag dat de olijf op de bodem van het glas doorboord was met de grote wijzer van de klok.

Toen het glas vol was keek de feestneus weer naar Emmett.

– Wil jij misschien ook...?

– Nee, dank u.

– Niet onder werktijd, neem ik aan.

Hij hief zijn glas even richting Emmett, sloeg het in één teug achterover en keek er vervolgens somber naar.

– Je had gelijk dat je het afsloeg. Deze gin is onnatuurlijk lauw. Misdadig, bijna. Desalniettemin...

Hij schonk nog eens in, bracht het glas naar zijn mond, maar hield ineens met een bezorgde blik stil.

– Weet je toevallig waar we zijn?

– Bij Cedar Rapids.

– Iowa?

– Ja.

– En hoe laat is het?

– Ongeveer half negen.

– In de ochtend?

– Ja, zei Emmett. In de ochtend.

De feestneus begon zijn glas te kantelen maar hield weer stil.

– Toch niet dónderdagochtend?

– Nee, zei Emmett, die zijn best deed zijn geduld niet te verliezen. Het is dinsdag.

De feestneus ademde opgelucht uit en boog zich toen voorover naar de man die op de bank sliep.

– Heb je dat gehoord, meneer Packer?

Toen Packer geen antwoord gaf zette de feestneus zijn glas neer, haalde een broodje uit zijn zak en gooide dat met succes naar Packers hoofd.

– Ik zei: heb je dat gehoord?

– Wát gehoord, meneer Parker?

– Het is nog geen donderdag.

Packer draaide zich op zijn zij, naar de muur.

– Woensdag is van woef waf hond, maar donderdag gaat de donder rond.

Parker keek aandachtig naar zijn reisgenoot en wendde zich vervolgens tot Emmett.

– Onder ons gezegd, meneer Packer is ook onnatuurlijk lauw.

– Ik hoor je wel, hoor, zei Packer tegen de muur.

Parker negeerde hem en nam Emmett nog verder in vertrouwen.

– Normaal gesproken maak ik me niet druk over zoiets als de dagen van de week. Maar meneer Packer en ik zijn gebonden aan een heilige belofte. Want in de volgende coupé ligt niemand minder dan Alexander Cunningham de Derde te slapen, de geliefde kleinzoon van de eigenaar van deze prachtige wagon. En we hebben gezworen dat we meneer Cunningham in Chicago naar de ingang van de Racquet Club (let wel, dat is met een q) zullen brengen, op donderdagavond om zes uur, om hem veilig...

– In handen te stellen van zijn ontvoerders, zei Packer.

– In handen te stellen van zijn aanstaande bruid, corrigeerde Parker. Wat een niet licht op te vatten taak is, meneer de remmer. Want meneer Cunninghams grootvader is de grootste exploitant van koelwagons in Amerika en de grootvader van de bruid is de grootste fabrikant van saucijsjes. Dus ik denk dat u wel begrijpt hoe belangrijk het is dat we meneer Cunningham op tijd in Chicago hebben.

– De toekomst van het ontbijt in Amerika hangt ervan af, zei Packer.

– Inderdaad, zei Parker instemmend. Inderdaad.

Emmett was altijd gezegd dat hij niemand moest minachten. Iemand minachten, zei zijn vader altijd, veronderstelt dat je zoveel weet over zijn levenslot, zijn bedoelingen en zijn handelen, zowel privé als in het openbaar, dat je zijn persoon kunt afzetten tegen jezelf, zonder bang te zijn dat je het mis hebt. Maar toen Emmett zag dat degene die Parker heette weer een glas lauwe gin achteroversloeg en vervolgens met zijn tanden de olijf van de grote wijzer riste, kon hij het niet nalaten hem de maat te nemen, en vond hij hem tekortschieten.

Als ze in Salina op het veld werkten of hun tijd binnen verlummelden, ging een van de verhalen die Duchess graag vertelde over een artiest die zich professor Heinrich Schweitzer, Meester in Telekinese noemde.

Wanneer het doek opging zat de professor midden op het toneel aan een tafeltje met een wit tafelkleed dat voor één persoon gedekt was, met daarop een onaangestoken kaars. Uit de coulissen kwam dan een ober die de professor een biefstuk serveerde, een glas wijn voor hem inschonk en de kaars aanstak. Wanneer de ober vertrokken was ging de professor rustig een stukje biefstuk eten, dronk hij wat wijn en stak hij zijn vork rechtop in het vlees – alles zonder een woord te zeggen. Nadat hij met zijn servet zijn mond had afgeveegd, hield hij zijn duim en wijsvinger in de lucht. Dan bracht hij ze langzaam naar elkaar toe, en de vlam van de kaars zou even sputteren en vervolgens uitgaan, waarbij een klein sliertje rook opsteeg. Daarna ging de professor naar de wijn zitten staren, totdat die overkookte. Wanneer hij vervolgens zijn aandacht op het bord richtte begon de bovenste helft van zijn vork zich te buigen, tot die in een hoek van negentig graden stond. Op dat moment begon het publiek, dat gemaand was om stil te blijven, zich te roeren met uitroepen van verbazing of ongeloof. De professor stak zijn hand op om het publiek te bedaren. Vervolgens richtte hij met gesloten ogen zijn handpalmen naar de tafel. Terwijl hij zich concentreerde begon de tafel zo hard te trillen, dat je de poten tegen het podium kon horen klepperen. Dan opende de professor zijn ogen en zwiepte hij plotseling zijn handen naar rechts, waarbij het tafelkleed de lucht in vloog maar het bord, het wijnglas en de kaars onberoerd bleven staan.

De hele act was natuurlijk bedrog. Een ingewikkelde illusie, tot stand gebracht met het behulp van onzichtbare draden, stroom en perslucht.

En professor Schweitzer? Volgens Duchess was het een Pool uit Poughkeepsie die telekinese niet eens voldoende beheerste om een hamer op zijn eigen voet te laten vallen.

Nee, dacht Emmett met een vleugje bitterheid, de Schweitzers van deze wereld waren niet in een positie om met een blik of een handzwaai voorwerpen te laten bewegen. Die macht was voorbehouden aan de Parkers.

Naar alle waarschijnlijkheid had niemand Parker ooit verteld dat hij de macht van telekinese bezat, maar dat had ook niet gehoeven. Hij had het uit ervaring geleerd, te beginnen in zijn kindertijd, wanneer hij speelgoed dat in de etalage van een winkel lag opeiste, of een ijsje van een ijscoman in het park. Hij had uit ervaring geleerd dat als hij iets heel graag wilde, hij het uiteindelijk in handen kreeg, zelfs in weerwil van de wetten van de zwaartekracht. Met wat anders dan minachting kun je een man aanschouwen die deze buitengewone macht gebruikt om van de andere kant van de kamer het restje van een fles gin te krijgen, zonder uit zijn stoel te hoeven komen?

Terwijl Emmett hierover nadacht klonk er een licht gezoem en begon de wijzerloze klok te luiden. Emmett keek op Billy's horloge en zag tot zijn schrik dat het al negen uur was. Hij had volledig onderschat hoeveel tijd er was verstreken. De trein kon op elk moment beginnen te rijden.

Toen Emmett naar de kussensloop aan zijn voeten reikte keek Parker hem aan.

– Je gaat toch niet weg?

– Ik moet terug naar de loc.

– Maar we begonnen elkaar net te leren kennen. Er is vast geen haast bij. Hier, neem een stoel.

Parker boog naar voren en trok de lege leunstoel dichter bij de zijne, met als gevolg dat hij de doorgang naar de deur blokkeerde.

In de verte hoorde Emmett gesis van stoom toen de remmen werden losgegooid en de trein in beweging kwam. Hij schoof de lege stoel opzij en zette een stap naar de deur.

– Wacht! riep Parker.

Hij zette zijn handen op de armleuningen van zijn stoel en drukte zich omhoog. Toen hij eenmaal stond besefte Emmett dat hij nog groter was dan hij had geleken. Hij zwaaide even wat heen en weer tot hij rechtop stond, waarbij zijn hoofd bijna het plafond raakte, en kwam daarna met uitgestrekte armen slingerend naar voren, alsof hij Emmett bij zijn overhemd wilde grijpen.

Emmett kreeg een adrenalinestoot en het misselijkmakende gevoel dat de geschiedenis zich herhaalde. Een meter achter Parker stond de salontafel met de lege glazen en de omgekeerde champagnefles. Nu Parker zo onvast ter been was, begreep Emmett intuïtief dat als hij Parker een duw tegen zijn borst gaf, hij als een boom kon omvallen. Emmett kreeg bij toeval opnieuw een gelegenheid om al zijn plannen voor de toekomst in één enkele handeling onderuit te halen.

Maar met verrassende behendigheid stak Parker plotseling een opgevouwen briefje van vijf in Emmetts borstzak. Toen deed hij een stap naar achteren en viel hij terug in zijn stoel.

– Met mijn grootst mogelijke dank, riep Parker toen Emmett de deur uit ging.

Met de kussensloop in zijn ene hand klauterde hij de ladder op, liep snel over het dak van de goederenwagon en sprong over het gat naar de volgende wagon – net zoals hij eerder die ochtend had gedaan.

Alleen bewoog de trein nu, schommelend van links naar rechts, en ging hij steeds harder. Emmett schatte dat hij maar dertig kilometer per uur reed, maar hij had de kracht van de tegenwind gevoeld toen hij de sprong maakte. Als de trein vijftig ging rijden, zou hijzelf een flinke vaart moeten hebben voor zijn sprong over het gat, en als de trein de vijfenzeventig bereikte, was hij er niet zeker van of hij de sprong over het gat nog wel zou redden.

Hij begon te rennen.

Hij wist niet meer hoeveel wagons hij eerder die ochtend was gepasseerd voor hij bij de Pullman was gekomen. Met een steeds ongeruster gevoel keek hij of hij kon bepalen waar de wagon met het open luik was. Maar wat hij zag, was dat de trein achthonderd meter verderop afboog over een bocht in het spoor.

Hoewel het de bocht in de rails was die vastlag en het de trein was die bewoog, leek het vanuit Emmetts gezichtspunt juist dat de bocht in beweging was en zich snel een weg langs de keten van goederenwagons baande, onherroepelijk op hem afkomend, zoals een slappe lus langs een stuk touw voortbeweegt als je daar aan één kant mee zwiept.

Emmett begon zo snel hij kon te sprinten, in de hoop de volgende wagon te halen voordat de bocht kwam. Maar de bocht kwam sneller dan hij had voorzien en schoof net toen hij sprong onder zijn voeten door. Doordat de wagon schommelde kwam hij ongelijk terecht en schoot hij een stuk door, zodanig dat hij even later dwars over het dak lag, met een voet buitenboord.

Vastbesloten de kussensloop niet te laten glippen tastte Emmett met zijn vrije hand verwoed rond om ergens houvast te vinden. Zonder iets te zien kreeg hij een metalen rand te pakken en hees hij zichzelf naar het midden van het dak. Liggend bewoog hij zich achterwaarts, naar het gat waar hij zojuist overheen was gesprongen. Op de tast vond hij met zijn voet de ladder. Hij bewoog zich nog wat verder naar achteren om de trap af te kunnen klimmen en viel neer op het smalle platform, hijgend van de inspanning en brandend van zelfverwijt.

Had hij zijn verstand soms verloren? In een sprint van wagon naar wagon springen. Hij had gemakkelijk van de trein geworpen kunnen worden. En wat was er dan van Billy terechtgekomen?

De trein reed inmiddels minstens tachtig kilometer per uur. Het komende uur zou hij op een zeker moment vast wel snelheid minderen, en dan zou hij veilig zijn weg terug naar hun wagon kunnen vinden. Hij keek op zijn broers horloge om de tijd vast te stellen, maar zag alleen dat het glas was gebroken en dat de secondewijzer doodstil stond.

Pastoor John

Toen pastoor John zag dat er in de goederenwagon iemand lag te slapen was hij bijna doorgelopen. Als je ver weg moet, is er veel te zeggen voor gezelschap. De reis in een goederenwagon duurt vele uren en er is weinig comfort, en iedereen, inclusief een zwerver, heeft wel een verhaal waar je wat van kunt opsteken of dat je vermaakt. Maar sinds Adam uit het paradijs is heeft de zonde zich in de harten van de mensen genesteld, waardoor zelfs iemand met een deemoedige en vriendelijke aanleg opeens inhalig en wreed kan worden. Als een vermoeide reiziger in het bezit is van een halve fles whiskey en achttien dollar die hij heeft verdiend in het zweet zijns aanschijns, is het dus raadzaam dat hij de voordelen van gezelschap laat schieten en de uren doorbrengt in de geborgenheid van zijn eigen zorgen.

Terwijl pastoor John dit overdacht, zag hij dat de vreemdeling rechtop ging zitten, een zaklantaarn aandeed, en de smalle baan licht op de pagina's van een groot boek richtte – waardoor duidelijk werd dat het nog maar een jongen was.

Een weglopertje, dacht pastoor John met een glimlach.

Hij had ongetwijfeld ruzie met zijn ouders gehad en was met zijn rugzak over zijn schouder weggeglipt, eropuit trekkend als een kleine Tom Sawyer, die hij als boekenlezer vast wel kende. Tegen de tijd dat hij in New York aankwam zou de jongen het moment dat hij werd ontdekt wel verwelkomen, zodat hij door de autoriteiten kon worden teruggestuurd naar zijn vaders strenge uitbrander en zijn moeders warme omhelzing.

Maar New York was nog een dagreis weg, en hoewel jongens onbezonnen, onervaren en naïef kunnen zijn, kunnen ze ook een zekere praktische intelligentie hebben. Want hoewel een volwassen man er in zijn woede vaak vandoor gaat met niets anders dan de kleren die hij aanheeft, zal een jongen die wegloopt er altijd aan denken om een boterham mee te nemen. Misschien zelfs een overgebleven stuk van de kip die zijn moeder de avond ervoor had gebraden. En denk dan eens aan die zaklantaarn. Hoe vaak zou pastoor John, alleen al in het afgelopen jaar, zich gelukkig hebben geprezen als hij een zaklantaarn bij de hand had gehad? Ontelbaar vaak.

– Hé, hallo daar!

Zonder op een reactie te wachten klom pastoor John de ladder af en veegde hij het stof van zijn knieën, waarbij hij opmerkte dat de jongen, die verrast had opgekeken, het fatsoen had om de lichtstraal niet op het gezicht van de nieuwkomer te richten.

– Voor de voetsoldaten van de Heer, begon pastoor John, zijn de uren lang en is het comfort gering. Daarom kan ik persoonlijk wel wat gezelschap gebruiken. Is het goed als ik met je bij je vuur ga zitten?

– Mijn vuur? vroeg de jongen.

Pastoor John wees naar de zaklantaarn.

– Vergeef me. Ik bedoelde het in poëtische zin. Een beroepsafwijking van geestelijken. Pastoor John, tot je dienst.

Toen John zijn hand uitstak ging de jongen staan en schudde hij die, als een klein heertje.

– Ik heet Billy Watson.

– Aangenaam kennis te maken, William.

Hoewel achterdocht zo oud als de zonde is, liet de jongen daar niets van blijken. Maar hij gaf wel blijk van een redelijke nieuwsgierigheid.

– Bent u een echte pastoor?

Pastoor John glimlachte.

– Ik heb geen klokkentoren onder mijn bevel, jongen. Mijn kerk is eerder, net als die van mijn naamgenoot Johannes de Doper, de openlucht en mijn congregatie is de gewone man. Maar inderdaad, ik ben zo echt als een pastoor maar kan zijn.

– U bent de tweede geestelijke die ik in twee dagen ben tegengekomen, zei de jongen.

– Vertel op.

– Gisteren heb ik in het St. Nicolaas in Lewis kennisgemaakt met zuster Agnes. Kent u haar?

– Ik heb in mijn leven heel wat zusters bekend, zei de pastoor, met een innerlijk knipoogje. Maar ik geloof niet dat ik het genoegen heb gehad er een met de naam Agnes te kennen.

John keek met een glimlach op de jongen neer en was vervolgens zo vrij om te gaan zitten. Toen de jongen dat ook deed, uitte John zijn bewondering voor de zaklantaarn en vroeg hij of hij hem even van dichtbij mocht bekijken. Zonder te aarzelen gaf de jongen hem de zaklantaarn.

– Het is er een van de legerdump, legde hij uit. Uit de Tweede Wereldoorlog.

Als om zich te verwonderen over de straal van de zaklantaarn gebruikte pastoor John hem om de rest van de goederenwagon te onderzoeken, en zag hij tot zijn verrassing dat de rugzak van de jongen groter was dan hij eerst had geleken.

– De eerste scheppingsdaad van de Heer, merkte pastoor John met waardering op, toen hij de zaklantaarn teruggaf aan de eigenaar.

Opnieuw keek de jongen hem nieuwsgierig aan. Bij wijze van uitleg citeerde pastoor John het vers.

– *En de Heer sprak:* Er zij licht, *en er wás licht.*

– Maar in het begin schiep God de hemel en de aarde, zei de jongen. Dan is licht toch Zijn derde schepping?

Pastoor John schraapte zijn keel.

– Je hebt helemaal gelijk, William. Althans, in technische zin. Hoe dan ook, we kunnen wel aannemen dat de Heer veel voldoening haalt uit het feit dat zijn derde schepping werd aangewend ten dienste van militairen, en nu een tweede leven leidt ten dienste van de verheffing van een jongen.

Met deze afdoende opmerking was de jongen tot zwijgen gebracht en zat John verder enigszins reikhalzend naar de rugzak te kijken.

De dag ervoor had hij het Woord van de Heer gepredikt, in de marge van een reizende evangelisatiebijeenkomst even buiten Cedar Rapids. Alhoewel de pastoor niet officieel deel uitmaakte van het programma, waren de aanwezigen zo enthousiast over zijn geheel eigen versie van hel en verdoemenis dat hij van 's morgens tot 's avonds gepredikt had, zonder zelfs maar tijd te nemen voor een kleine maaltijd. En 's avonds, toen de ploeg begonnen was de tenten af te breken, was hij van plan geweest zich terug te trekken in een taverne in de buurt, waar een schattig jong lid van het methodistenkoor hem zou vergezellen voor het avondeten en misschien een glas wijn. Maar het bleek dat de koordirigent van het meisje tevens haar vader was, en van het een kwam het ander, en pastoor John moest er noodgedwongen sneller vandoor dan zijn bedoeling was. Dus toen hij naast de jongen was gaan zitten, wilde hij maar wat graag het moment bereiken waarop ze het brood zouden breken.

Maar in een lege goederenwagon geldt etiquette evenzeer als aan de tafel van een bisschop. En de etiquette van de straat schreef voor dat een reiziger een ander eerst moest leren kennen voordat hij kon verwachten om diens eten met hem te delen. Om die reden nam hij het initiatief.

– Zeg eens, jongeman, wat ben je aan het lezen?

– *Professor Abernathes Compendium van Helden, Avonturiers en Andere Onversaagde Reizigers.*

– Wat toepasselijk! Mag ik?

Wederom gaf de jongen zonder enige aarzeling een van zijn bezittingen uit handen. Door en door een christen, dacht pastoor John terwijl hij het boek opensloeg. Aangekomen bij de inhoudsopgave zag hij dat het in feite een compendium van helden was, min of meer.

– Ongetwijfeld ben je zelf op weg naar een avontuur, suggereerde hij.

Als reactie knikte de jongen energiek.

– Niet verklappen. Laat me raden.

Hij liep met zijn vinger de lijst af.

– Hmm. Eens kijken... Ja!

Hij beklopte glimlachend het boek en keek de jongen aan.

– Ik vermoed dat je op pad bent om in tachtig dagen de aardbol rond te reizen, zoals Phileas Fogg!

– Nee, zei de jongen. Ik ben niet op pad om de aardbol rond te reizen.

Pastoor John keek weer naar de inhoudsopgave.

– Ben je van plan om zoals Sinbad de zeven zeeën te bevaren?

De jongen schudde opnieuw zijn hoofd.

Door de ernstige stilte die volgde, werd John eraan herinnerd hoe snel een mens verveeld kan raken door kinderspelletjes.

– Je hebt gewonnen, William. Ik geef het op. Vertel maar waar je avontuur je heen gaat voeren.

– Naar Californië.

Pastoor John trok zijn wenkbrauwen op. Moest hij de jongen vertellen dat van alle mogelijke richtingen waarin hij kon reizen, hij de minst waarschijnlijke had gekozen om in Californië te komen? Het nieuws zou ongetwijfeld voor de jongen van waarde zijn, maar het kon hem ook verontrusten. En wat schoot hij er zelf mee op?

– Californië, zeg je? Een uitmuntende bestemming. Ik neem aan dat je naar Californië gaat in de hoop er goud te vinden.

De pastoor glimlachte bemoedigend.

– Nee, antwoordde de jongen op zijn papegaaiachtige manier, ik ga niet naar Californië in de hoop er goud te vinden.

Pastoor John wachtte tot de jongen daarover zou uitweiden, maar uitweiden scheen niet in zijn aard te liggen. In elk geval, dacht John, leek dit wel genoeg conversatie.

– Waar we ook heen reizen en om welke reden dan ook, ik prijs me gelukkig dat ik me in het gezelschap bevind van een jongeman met kennis van de Schrift en een liefde voor avontuur. Het enige wat ontbreekt om deze reis nog perfecter te maken...

Toen de pastoor een pauze liet vallen keek de jongen verwachtingsvol naar hem op.

– … zou een kleinigheid om te knabbelen zijn, terwijl we de tijd verbeiden met conversatie.

John trok een droefgeestig gezicht. Vervolgens was het zijn beurt om verwachtingsvol te kijken.

Maar de jongen gaf geen krimp.

Hm, dacht John. Was het mogelijk dat de kleine William terughoudend was?

Nee. Zo'n type was hij niet. Argeloos als hij was, zou hij een boterham zeker delen als hij er een had. Wat voor boterham hij dan ook zo slim was geweest om mee te nemen: kennelijk was die al opgegeten, helaas. Weglopers mochten dan wel de vooruitziende blik hebben om eten mee te nemen, maar wat ze misten was de zelfdiscipline om het te rantsoeneren.

Pastoor John fronste zijn wenkbrauwen.

Welke liefdadigheid de Lieve Heer ook aan de aanmatigenden schenkt, hij doet dat in de vorm van teleurstelling. Deze les had John vele malen in vele tenten onderricht aan vele zielen, en met veel succes. Maar toch kwam het altijd als een nare verrassing wanneer het bewijs van die les werd geleverd in zijn eigen omgang met de medemens.

– Je kunt misschien beter je licht uitdoen, zei pastoor John een beetje zuur. Om je batterijen niet te verspillen.

Omdat hij het verstandige van die suggestie inzag pakte de jongen zijn zaklantaarn en klikte die uit. Maar toen hij zijn rugzak pakte om hem erin te doen kwam daar een delicaat geluidje uit.

Toen pastoor John dat hoorde, ging hij wat meer rechtop zitten en verdween de frons van zijn gezicht.

Had hij het geluid herkend? Het klonk zo vertrouwd, zo onverwacht, en zo welkom dat het elke vezel van zijn wezen prikkelde, net zoals het geritsel van een veldmuis tussen de herfstbladeren een kat zal prikkelen. Want wat er uit de rugzak had geklonken was onmiskenbaar het gerinkel van munten.

Toen de jongen de zaklantaarn wegstopte, kon pastoor John de bovenkant van een tabaksblikje zien en het geld horen dat er zo muzikaal in rondschoof. Let wel, geen centen en stuivers: die laten zich kennen met een toepasselijk armoedig geluid. Dit hier waren vrijwel zeker halve, dan wel zilveren dollars.

Gezien de omstandigheden voelde pastoor John de behoefte om te grijnzen, te lachen, ja zelfs te zingen. Maar hij was bovenal een man met ervaring. Dus in plaats daarvan schonk hij de jongen de plagerige glimlach van een oude bekende.

– Wat heb je daar, kleine William? Zie ik daar tabak? Je gaat toch niet zeggen dat je je te buiten gaat aan sigaretten?

– Nee, pastoor. Ik rook geen sigaretten.

– God zij dank. Maar waarom sleep je dan in godsnaam zo'n blikje mee?

– Ik bewaar er mijn verzameling in.

– Een verzameling! O, ik ben gek op verzamelingen. Mag ik hem zien?

De jongen haalde het blikje uit zijn rugzak, maar hoewel hij zo vrijgevig was geweest met zijn zaklantaarn en zijn boek, was hij nu zichtbaar terughoudend om zijn verzameling te laten zien.

De pastoor vroeg zich wederom af of de kleine William misschien niet zo naïef was als hij zich voordeed. Maar toen hij de jongen naar de ruwe en stoffige vloer van de goederenwagon zag kijken, besefte hij dat als de jongen aarzelde, dat moest zijn omdat hij het vloeroppervlak niet goed genoeg vond.

John moest toegeven dat het voor een verzamelaar van fijn porselein of zeldzame manuscripten heel normaal was om kieskeurig te doen over het oppervlak waarop zijn kostbare bezittingen werden gelegd. Maar wat metalen munten aangaat, was het ene oppervlak toch net zo goed als het andere. Een doorsnee geldstuk reist immers gedurende zijn leven van de geldkisten van een magnaat naar de handpalm van een bedelaar en weer terug, telkens weer. Het heeft zich op pokertafels en in collecteschalen bevonden. Het is de strijd in gedragen in de laars van een patriot en kwijtgeraakt tussen de fluwelen kussens in het boudoir van een jongedame. De doorsnee munt heeft waarachtig de aardbol rondgereisd én de zeven zeeën bevaren.

Er was toch eigenlijk geen reden voor een dergelijke kieskeurigheid. Verspreid over de vloer van een goederenwagon konden de munten hun functie net zo goed vervullen als op de dag dat ze geslagen waren. De jongen had alleen maar een beetje aanmoediging nodig.

– Wacht, zei pastoor John. Ik help wel even.

Maar toen hij zijn arm uitstak, week de jongen terug – nog steeds met het blikje in zijn handen en strak naar de vloer kijkend.

De plotse achterwaartse beweging van de jongen had een reflexmatige sprong voorwaarts van de pastoor tot gevolg.

Nu hadden ze allebei hun handen op het blik.

De jongen toonde een bijna bewonderingswaardige wilskracht toen hij het naar zich toe trok, maar de kracht van een kind is geen partij voor die van een volwassen man, en even later had de pastoor het blik in zijn bezit. Hij hield het met zijn rechterhand opzij, met zijn linkerhand tegen de borst van de jongen, om hem op afstand te houden.

– Oppassen, William, waarschuwde hij.

Maar het bleek dat hij dat niet had hoeven doen, want de jongen probeerde niet langer het blik of de inhoud ervan terug te krijgen. Zoals iemand die bevangen is door de Heilige Geest schudde hij nu met zijn hoofd en bracht hij onsamenhangende klanken uit, zich kennelijk niet bewust van zijn omgeving. Zoals hij daar met zijn rugzak vastgeklemd op zijn schoot zat, was hij duidelijk geagiteerd, maar hield hij zich ook gedeisd.

– Laten we nu maar eens kijken wat erin zit, zei pastoor John tevreden.

Hij opende het deksel en schudde de inhoud eruit. Hoewel het gehussel met het blikje al een prachtig gerinkel had opgeleverd, deed het uitgieten van de inhoud op de harde houten vloer denken aan het geluid van een Liberty Bell-gokkast die uitbetaalde. Voorzichtig verspreidde pastoor John de munten met zijn vingertoppen over de vloer. Het waren er minstens veertig en het waren allemaal zilveren dollars.

– De Heer zij geprezen, zei hij.

Want het was waarlijk door goddelijke voorzienigheid dat deze schat hem te beurt was gevallen.

Hij wierp een snelle blik op William en was blij te zien dat hij nog steeds in zijn toestand van eenzelvigheid verkeerde. Daardoor kon John zich met al zijn aandacht op zijn meevaller richten. Hij raapte een van de dollars op en hield die tegen het ochtendlicht dat door het luik naar binnen was gaan schijnen.

– 1886, fluisterde hij.

Vlug pakte hij een andere van de stapel. En toen nog een, en nog een. 1898. 1905. 1909. 1912. 1882!

Hij keek naar de jongen met hernieuwde waardering, want hij had niet lichtvaardig gesproken toen hij de inhoud van zijn blik een verzameling had genoemd. Dit was niet zomaar het spaargeld van een boerenjongen. Het was een geduldig vergaarde selectie van Amerikaanse zilveren dollars die in verschillende jaren geslagen waren, waarvan er enkele waarschijnlijk meer dan een dollar waard waren. Misschien wel véél meer dan een dollar.

Wie wist wat dit stapeltje waard was?

Pastoor John niet, in elk geval. Maar als hij eenmaal in New York was, zou hij er snel genoeg achter kunnen komen. De joden op Forty-Seventh Street zouden de waarde zeker weten en de dollars vast willen kopen. Maar je kon er niet op vertrouwen dat ze hem er een redelijke prijs voor zouden geven. Misschien bestond er ergens documentatie over de waarde van de munten. Ja, dat was het. Er was altijd documentatie over de waarde van spullen die verzamelaars graag verzamelden. En toevallig was het hoofdgebouw van de openbare bibliotheek van New York precies om de hoek van waar de joden hun handel dreven.

De jongen, die rustig telkens hetzelfde woord herhaalde, was steeds meer zijn stem gaan verheffen.

– Rustig aan, zei pastoor John waarschuwend.

Maar toen hij naar de jongen keek – die met zijn rugzak op schoot heen en weer zat te wiegen, ver van huis, hongerig, en op reis in de verkeerde richting – voelde hij ineens een steek van christelijk mededogen. In een moment van blijdschap had hij zich ingebeeld dat God de jongen naar hem toe had gezonden. Maar wat als het nu eens andersom was? Dat God *hem naar de jongen had gestuurd*? Niet de God van Abraham die een zondaar eerder neer zou slaan dan hem een standje te geven, maar de God van Christus. Of zelfs Christus zelve, degene die ons verzekerde dat hoe vaak we ook dwalen, we altijd vergeving en zelfs verlossing kunnen vinden door onze stappen weer richting het deugdzame pad te zetten.

Misschien was het de bedoeling dat hij de jongen hielp met de verkoop van zijn verzameling. Dat hij hem veilig naar de stad bracht en voor hem met de joden onderhandelde, om er zeker van te zijn dat de jongen niet werd afgezet. Daarna zou hij hem naar Pennsylvania Station brengen, waar hij hem op de trein naar Californië zou zetten. En als tegenprestatie zou hij een nominale offerande vragen. Een tiende, misschien. Maar onder het imposante plafond van het station zou de jongen, omringd door andere reizigers, erop aandringen dat ze hun meevaller in tweeën verdeelden!

De gedachte daaraan deed pastoor John glimlachen.

Maar wat als de jongen van gedachten veranderde…?

Wat als hij in een van die zaken op Forty-Seventh Street opeens bezwaar maakte tegen de verkoop van zijn verzameling? Wat als hij het blik net zo vast tegen zijn borst zou houden als nu de rugzak, en tegen iedereen die het maar wilde horen zou uitroepen dat de munten van hém waren? O, wat zouden de joden dat prachtig vinden! Wat zouden ze ervan genieten om de kans te hebben de politie te bellen, met hun vinger naar een pastoor te wijzen, en hem te laten afvoeren.

Nee. Als de Lieve Heer had ingegrepen, was dat om de jongen naar hém te brengen, en niet andersom.

Hij keek naar William met een bijna meelevend hoofdschudden. Maar onderwijl zag hij ook hoe stevig de jongen zijn rugzak vasthield. Hij hield hem tegen zijn borst met zijn beide armen eromheen geslagen, met opgetrokken knieën en met zijn kin omlaag, alsof hij hem aan het zicht wilde onttrekken.

– Zeg eens, William, wat zit er nog meer in die rugzak van jou…?

Zonder op te staan begon de jongen over de ruwe, stoffige vloer van de wagon naar achteren te schuiven, zonder zijn greep op de rugzak te verminderen.

Vast wel, dacht pastoor John. Kijk eens hoe hij hem tegen zijn borst houdt, zelfs terwijl hij weg schuifelt. Er zit nog iets in die rugzak, en bij God, ik zal erachter komen.

Terwijl hij ging staan hoorde hij het geknars van metalen wielen toen de trein in beweging kwam.

Prima, dacht hij. Hij zou de rugzak van de jongen lossen, en de jongen van de wagon. Vervolgens kon hij in de geborgenheid van zijn eigen zorgen naar New York reizen, met honderd dollar – of meer.

Met gestrekte armen deed pastoor John een stapje naar voren, terwijl de jongen net de wand bereikte. Toen de pastoor nog een stap deed, begon de jongen naar rechts te schuiven, totdat hij zichzelf had klemgezet in de hoek en geen kant meer uit kon.

Pastoor John verzachtte zijn toon van beschuldigend naar verklarend.

– Ik begrijp dat je mij niet in je rugzak wilt laten kijken, William. Maar het is Gods wil dat ik dat doe.

De jongen, die nog steeds met zijn hoofd schudde, sloot nu zijn ogen, als iemand die de nadering van het onvermijdelijke aanvaardt maar de aankomst ervan niet wil zien.

Zachtjes reikte John omlaag, pakte de rugzak en begon hem op te tillen. Maar de greep van de jongen was stevig. Zo stevig, dat toen John de rugzak begon op te tillen, hij merkte dat hij tegelijk de jongen optilde.

John moest even lachen om het hilarische van de situatie. Het was iets wat had kunnen gebeuren in een film van Buster Keaton.

Maar hoe harder hij probeerde de rugzak weg te rukken, hoe steviger de jongen hem vasthield, en hoe steviger hij hem vasthield, hoe duidelijker het werd dat er iets van waarde in verborgen was.

– Kom op nou, zei John, op een toon die verried dat hij zijn geduld begon te verliezen.

Maar schuddend met zijn hoofd en met dichtgeknepen ogen herhaalde de jongen luider en duidelijker simpelweg zijn bezwering.

– Emmett, Emmett, Emmett.

– Er is hier geen Emmett, zei John op sussende toon, maar de jongen gaf geen teken dat hij zijn greep liet verslappen.

Omdat hij geen andere keus meer had, gaf John hem een klap.

Ja, hij sloeg de jongen. Maar hij sloeg hem zoals een schooljuf een leerling kon slaan om diens gedrag te corrigeren en te zorgen dat hij oplette.

Er begonnen enkele tranen over de wangen van de jongen te biggelen, maar hij opende nog steeds zijn ogen niet en liet zijn greep niet verslappen.

Met iets van een zucht hield John met zijn rechterhand de rugzak stevig vast en trok hij zijn linkerhand naar achteren. Deze keer zou hij de jongen slaan zoals zijn eigen vader hem geslagen had: met de rug van zijn hand recht in zijn gezicht. Soms, zoals zijn vader graag zei, moet je om indruk op een kind te maken een indruk op het kind achterlaten. Maar voordat John zijn hand in beweging kon zetten klonk er een luide plof achter hem.

Zonder de jongen los te laten keek hij over zijn schouder.

Aan de andere kant van de wagon stond een zwarte man van een meter tachtig die door het luik was komen vallen.

– Ulysses! riep de pastoor uit.

Het duurde even voordat Ulysses zich bewoog of iets kon zeggen. Het tafereel voor hem was waarschijnlijk te donker, vanwege de plotselinge overgang van daglicht naar schemerduister. Maar zijn ogen waren er gauw aan gewend.

– Laat die jongen los, zei hij op zijn bedaarde manier.

Maar John had de jongen niet vast – hij had de rugzak vast. Zonder die los te laten begon hij zo snel hij kon de situatie uit te leggen.

– Deze kleine dief hier sloop de wagon in toen ik lag te slapen. Gelukkig werd ik net wakker toen hij mijn tas doorzocht. In de worsteling die volgde viel mijn spaargeld op de grond.

– Laat die jongen los, pastoor. Ik zeg het niet nog een keer.

Pastoor John keek Ulysses aan en liet toen langzaam los.

– Je hebt helemaal gelijk. Het is niet nodig hem nog verder te berispen. Hij heeft zijn lesje nu vast wel geleerd. Ik ga alleen even mijn dollars oprapen en terug in mijn tas doen.

Gelukkig maakte de jongen geen bezwaar.

Maar enigszins tot Johns verbazing was dat niet uit angst. Integendeel: de jongen, die niet langer met gesloten ogen met zijn hoofd schudde, zat met een verbijsterde blik naar Ulysses te kijken.

Hij heeft gewoon nog nooit een zwarte gezien, dacht John.

Wat goed uitkwam. Want voordat de jongen bij zinnen was gekomen zou John de verzameling kunnen oprapen. Daarom viel hij op zijn knieën om de munten bij elkaar te vegen.

– Laat dat liggen, zei Ulysses.

Met zijn handen nog maar een paar centimeter boven de meevaller keek John achterom naar Ulysses en sprak hij met iets van verontwaardiging in zijn stem.

– Ik wilde alleen maar terugnemen wat mij rechtmatig…

– Niks ervan, zei Ulysses.

De pastoor probeerde het nu op een redelijke toon.

– Ik ben geen hebzuchtig mens, Ulysses. Ook al heb ik deze dollars in het zweet mijns aanschijns verdiend, mag ik dan voorstellen dat we het salomonsoordeel volgen en het geld samen delen?

Al op het moment dat hij dit voorstelde, besefte hij tot zijn schrik dat hij de levensles op zijn kop had gezet. Des te meer reden om maar door te stomen.

– We kunnen het ook in drieën delen, als je dat liever hebt. Gelijke delen voor jou, mij, én de jongen.

Maar terwijl John dit voorstel deed was Ulysses naar de deur gelopen, had hem ontgrendeld en met veel lawaai opengeschoven.

– Hier uitstappen, zei Ulysses.

Toen John de rugzak van de jongen net vast had, was de trein nog maar amper in beweging gekomen, maar in de tussentijd was de snelheid behoorlijk toegenomen. De takken van de bomen flitsten voorbij in een vage streep groen.

– Hier? antwoordde John verschrikt. Nu?

– Ik reis alleen, pastoor. Dat weet je.

– Ja, ik herinner me dat je dat verkiest. Maar de reis in een goederenwagon duurt vele uren en biedt weinig comfort; een beetje christelijke saamhorigheid zal zeker...

– Ik reis al meer dan acht jaar alleen, zonder het genot van christelijke saamhorigheid. Als ik daar om een of andere reden ineens behoefte aan zou krijgen, dan zou dat zeker geen behoefte aan jou zijn.

John keek naar de jongen met een beroep op diens gevoel voor naastenliefde en in de hoop dat hij hem te hulp zou schieten, maar de jongen zat nog steeds verbijsterd naar de zwarte man te kijken.

– Oké, oké, zei de pastoor berustend. Iedereen heeft het recht zijn eigen vrienden te kiezen en ik wil mijn gezelschap niet aan jou opdringen. Ik zal gewoon de ladder opklimmen, door het luik glippen en naar een andere wagon gaan.

– Nee, zei Ulysses. Je gaat er hier uit.

John aarzelde even. Maar toen Ulysses zijn kant opkwam, zette hij een stap naar de deur.

Het terrein buiten zag er niet uitnodigend uit. Er was de spoordijk, bedekt met afwisselend kiezels en struikgewas, en erachter lag een dicht, oud bos. Wie wist hoe ver weg de dichtstbijzijnde stad of weg wel niet was.

John voelde dat Ulysses nu achter hem stond en draaide zich om met een smekende blik, maar de zwarte man keek hem niet aan. Hij keek naar de voorbijflitsende bomen en hij bekeek ze meedogenloos.

– Ulysses, pleitte John nogmaals.

– Mét of zonder mijn hulp, pastoor.

– Oké, oké, antwoordde John, in een poging oprecht verontwaardigd te klinken. Ik spring wel. Maar daarvóór moet je me tenminste een moment van gebed toestaan.

Bijna onzichtbaar haalde Ulysses zijn schouders op.

– Psalm drieëntwintig lijkt me toepasselijk, zei pastoor John op scherpe toon. Ja, ik denk dat Psalm drieëntwintig heel geschikt is.

Hij deed zijn handpalmen tegen elkaar en sloot zijn ogen, en begon.

– *De Heer is mijn herder, mij zal het aan niets ontbreken. Hij doet mij nederliggen in grazige weiden en voert mij zachtjes naar stille wateren. Hij verkwikt mijn ziel en leidt mij in het spoor der gerechtigheid om Zijns Naams wil.*

De pastoor begon de psalm langzaam en rustig te reciteren, op een nederige toon. Maar toen hij bij het vierde vers kwam werd zijn stem luider, met dat besef van innerlijke kracht dat is voorbehouden aan de voetsoldaten van de Heer.

– *Ja*, galmde hij met opgeheven hand, alsof hij met de Bijbel over de hoofden van zijn parochianen zwaaide. *Al ging ik ook in een dal der schaduw des doods, ik zou geen kwaad vrezen, want Gij zijt met mij! Uw staf en uw stok, die vertroosten mij!*

Er waren nog maar twee verzen over van de psalm, maar dat waren dan ook de meest toepasselijke. Nu pastoor John helemaal in zijn element was, zijn toon gezwollen tot een passende hoogte, zou de regel *Gij richt de tafel toe voor mijn aangezicht, tegenover mijn vijanden* Ulysses zeker tot op het bot raken. En hij zou op zijn minst beven wanneer pastoor John afsloot: *Immers zullen mij het goede en de weldadigheid volgen al de dagen mijns levens; en ik zal in het huis des Heren blijven in lengte van dagen!*

Maar pastoor John kreeg de kans niet om deze bijzondere oratorische klok te luiden, want net toen hij op het punt stond die twee laatste verzen te reciteren pakte Ulysses hem op en keilde hem de buitenlucht in.

Ulysses

Toen Ulysses zich omdraaide zag hij de witte jongen naar hem opkijken, met zijn knapzak in zijn armen geklemd.

Ulysses maakte een handgebaar naar de dollars.

– Raap je spullen maar op, jongen.

Maar de jongen maakte geen aanstalten te doen wat hem was gezegd. Hij bleef alleen maar terugkijken, zonder enig teken van vrees.

Hij moet pas acht of negen zijn, dacht Ulysses. Niet veel jonger dan mijn eigen zoon inmiddels zou zijn.

– Het is zoals je mij tegen de pastoor hoorde zeggen, vervolgde hij wat vriendelijker. Ik reis alleen. Zo is het altijd geweest en zo zal het altijd blijven. Maar over een halfuur of zo komt er een steile helling en gaat de trein vertragen. Als we daar komen, zet ik je in het gras en zal je niks overkomen. Begrijp je?

Maar de jongen bleef maar kijken alsof hij geen woord gehoord had, en Ulysses begon zich af te vragen of hij soms niet goed bij zijn hoofd was. Maar toen zei hij iets.

– Heeft u in een oorlog gevochten?

Ulysses was verbluft door die vraag.

– Ja, zei hij na een tijdje. Ik heb in een oorlog gevochten.

De jongen deed een stap naar voren.

– Bent u over een zee gevaren?

– We waren allemaal overzee, antwoordde Ulysses enigszins terughoudend.

De jongen dacht even na en deed vervolgens nog een stap naar voren.

– Heeft u een vrouw en zoon achtergelaten?

Ulysses, die voor niemand opzijging, week terug voor het kind. Hij stapte zo abrupt achteruit dat het er voor een buitenstaander uitzag alsof de jongen hem een elektrische schok had gegeven.

– Kennen wij elkaar? vroeg hij ontdaan.

– Nee. We kennen elkaar niet. Maar ik denk dat ik weet naar wie u vernoemd bent.

– Iedereen weet naar wie ik vernoemd ben: Ulysses S. Grant, commandant van het leger van de Unie, het onwankelbare zwaard van de heer Lincoln.

– Nee, zei de jongen hoofdschuddend. Het was niet die Ulysses.

– Ik dacht dat ik dat anders wel zou weten.

De jongen bleef zijn hoofd schudden, maar niet op een weerspannige manier. Hij schudde zijn hoofd heel geduldig, vol sympathie.

– Nee, zei hij weer. U moet vernoemd zijn naar de gróte Ulysses, oftewel Odysseus.

Ulysses keek de jongen aan met gevoelens van toenemende onzekerheid, als iemand die plotseling in aanraking met het onaardse komt.

De jongen richtte zijn blik even op het dak van de goederenwagon. Toen hij weer naar Ulysses keek waren zijn ogen opengesperd, alsof hij was getroffen door een idee.

– Ik kan het u laten zien, zei hij.

Hij ging op de grond zitten, opende de flap van zijn knapzak en haalde er een groot rood boek uit. Hij bladerde naar het achterste deel en begon te lezen:

> Vertel mij, Muze, over de grote en schrandere zwerveling
> Odysseus, ook wel Ulysses genoemd
> Groot van stuk en soepel van geest
> Die nadat hij zijn moed in de strijd had getoond
> Gedoemd was van hot naar her te reizen
> Van het ene vreemde land naar het andere…

Nu was het Ulysses die een stap voorwaarts deed.

– Het staat hier allemaal in, zei de jongen zonder van zijn boek op te kijken. In de Oudheid verliet de grote Odysseus met veel tegenzin zijn vrouw en zoon en voer hij over de zee om in de Trojaanse Oorlog te vechten. Maar toen de Grieken eenmaal hadden gewonnen ging Odysseus op weg naar huis, in het gezelschap van zijn kameraden, enkel om zijn schip keer op keer van koers geblazen te zien worden.

De jongen keek op.

– Dit moet degene zijn naar wie u vernoemd bent, Ulysses.

En ook al had Ulysses zijn naam duizenden keren eerder horen uitspreken: toen hij werd uitgesproken door deze jongen, op dit moment, in deze goederenwagon ergens ten westen vanwaar hij heen ging en ten oosten vanwaar hij vandaan kwam, was het alsof hij hem voor de allereerste keer hoorde.

De jongen hield het boek schuin zodat Ulysses het duidelijker kon zien. Vervolgens schoof hij een beetje naar rechts, zoals je doet als je op een bank voor iemand anders plaatsmaakt. En Ulysses ging naast de jongen zitten en luisterde naar het voorlezen van de jongen, alsof de jongen de doorgewinterde reiziger was, gehard door de oorlog, en hij, Ulysses, het kind.

In de minuten die volgden las de jongen – deze Billy Watson – over de grote Odysseus die, nadat hij de zeilen had afgesteld en de helmstok huiswaarts had gericht, de woede van de god Poseidon had gewekt doordat hij zijn eenogige zoon, de Cycloop, blind had gemaakt en zodoende gedoemd was om over de genadeloze zeeën te dwalen. Hij las hoe Odysseus een zak van Aelos kreeg, de Hoeder der Winden, voor extra wind in de zeilen, enkel om te ervaren dat zijn bemanningsleden, die dachten dat hij goud verborg, de zak openmaakten waardoor de winden werden ontketend en Odysseus' schip duizend mijl van koers raakte – net op het moment dat de kust van zijn zo vurig verlangde thuisland in zicht was gekomen.

En terwijl Ulysses luisterde, weende hij voor het eerst sinds hij zich kon heugen. Hij weende voor zijn naamgenoot en diens bemanning.

Hij weende voor Penelope en Telemachus. Hij weende voor zijn eigen strijdmakkers die op het slagveld waren gesneuveld, en voor zijn eigen vrouw en zoon die hij had achtergelaten. Maar bovenal weende hij voor zichzelf.

§

Toen Ulysses in de zomer van 1939 Macie ontmoette, stonden ze allebei alleen in de wereld. Op het dieptepunt van de Crisis hadden ze allebei hun ouders begraven en allebei de staat waar ze waren geboren verlaten – zij Alabama en hij Tennessee – en naar St. Louis gegaan. Daar aangekomen waren ze allebei van pension naar pension en van het ene baantje naar het andere getrokken, zonder vrienden of familie. Zodanig dat toen ze bij toeval naast elkaar aan de bar achter in de Starlight Ballroom stonden – allebei eerder geneigd te luisteren dan te dansen – waren gaan geloven dat een leven in eenzaamheid het enige was wat het leven voor mensen als zij in petto had.

Wat waren ze blij toen het tegendeel bleek. Wat hadden ze die avond veel gepraat en gelachen, als twee mensen die niet alleen elkaars zwakke punten doorhadden maar ook zagen dat de ander die moedwillig had opgebouwd uit zijn eigen dromen, muizenissen en onbezonnen gedrag. En toen hij eenmaal voldoende moed had gevat om haar ten dans te vragen, had ze zich op de dansvloer tegen hem aangevlijd. Drie maanden later, toen hij als lijnwachter bij het telefoniebedrijf was aangenomen en twintig dollar per week verdiende, waren ze getrouwd en naar een tweekamerflat op Fourteenth Street verhuisd, waar ze van de vroege ochtend tot de late avond, en soms nog langer, doorgingen met hun onafscheidelijke dans.

Maar toen begonnen de problemen overzee.

Ulysses had zich altijd voorgesteld dat, mocht het zover komen, hij gehoor zou geven aan de oproep van zijn land, net zoals zijn vader in 1917 had gedaan. Maar toen de Jappen in december 1941 Pearl Harbor bombardeerden en alle jongens bij het rekruteringskantoor begonnen samen te drommen, had Macie – die zoveel jaren in eenzaamheid had gewacht – hem met samengeknepen ogen en een langzaam hoofdschudden aangekeken, waarmee ze wilde zeggen: *Waag het niet, Ulysses Dixon.*

Alsof de Amerikaanse overheid zelf door Macies niet mis te verstane blik was overtuigd, verklaarde die dat alle lijnwachters met meer dan twee jaar ervaring te belangrijk waren om dienst te nemen. Dus zelfs toen de oorlogsinspanning toenam werden Macie en hij in hetzelfde bed wakker, ontbeten ze aan dezelfde tafel en gingen ze met hetzelfde lunchtrommeltje in de hand naar hun werk. Maar met elke dag die verstreek werd Ulysses' bereidheid om de oorlog uit de weg te gaan zwaarder op de proef gesteld. Op de proef gesteld door de radiotoespraken van Roosevelt, waarin hij de natie verzekerde dat we door onze gezamenlijke vastberadenheid de machten des kwaads zouden overwinnen. Op de proef gesteld door de krantenkoppen. Op de proef gesteld door de jongens uit de buurt, die logen over hun leeftijd om maar te kunnen vechten. En bovenal op de proef gesteld door mannen van boven de zestig die hem op weg naar zijn werk scheef aankeken en zich afvroegen wat een gezonde vent in godsnaam in een bus deed, 's morgens om acht uur, terwijl de rest van de wereld oorlog voerde. Maar telkens als hij toevallig een nieuwe rekruut in zijn gloednieuwe uniform tegenkwam, was daar Macie met haar toegeknepen ogen, om hem eraan te herinneren hoelang ze wel niet had gewacht. Dan verbeet Ulysses zijn trots, en terwijl de maanden verstreken zat hij met neergeslagen blik in de bus en verbeidde hij zijn vrije tijd binnen de muren van hun appartement.

Toen kwam Macie er in juli 1943 achter dat ze zwanger was. Naarmate de weken verstreken begon ze, ongeacht welk nieuws van welk front dan ook, een onmiskenbaar innerlijk licht uit te stralen. Ze begon Ulysses bij de bushalte op te wachten in een zomerjurk en met een breedgerande gele hoed op, en stak dan haar arm in de zijne om aan zijn zijde naar huis te wandelen, knikkend naar vrienden en onbekenden. Tegen eind november, net toen haar zwangerschap zichtbaar begon te worden, overreedde ze hem om, tegen beter weten in, zijn zondagse pak aan te trekken en haar mee uit te nemen naar het Thanksgiving-bal in de Halleluja Hall.

Direct toen Ulysses daar binnenkwam wist hij dat hij een ernstige vergissing had gemaakt. Want waar hij maar keek ving hij de blik op van een moeder die een zoon verloren had, een vrouw die haar man verloren had of een kind dat zijn vader verloren had, en al die blikken werden door Macies gelukzaligheid des te bitterder. Nog erger waren de blikken van andere mannen van zijn leeftijd. Want wanneer ze hem daar onhandig aan de rand van de dansvloer zagen staan, kwamen ze naar hem toe en schudden hem de hand, met een door hun eigen lafheid getemperde glimlach, maar opgelucht om een andere gezonde man te treffen met wie ze de broederschap der schaamte konden delen.

Toen Macie en hij die avond terugkwamen in hun flat kondigde hij, nog voor ze hun jas hadden uitgedaan, zijn besluit aan dat hij dienst ging nemen. Hij had zich erop voorbereid dat Macie waarschijnlijk boos zou worden of zou gaan huilen, en daarom uitte hij zijn bedoelingen als een uitgemaakte zaak, een besluit dat geen discussie behoefde. Maar toen hij was uitgesproken beefde ze niet en huilde evenmin. En toen ze antwoord gaf verhief ze haar stem niet.

– Als jij naar de oorlog moet, zei ze, ga dan maar. Neem het op tegen Hitler en Tojo, met voor mijn part een arm op je rug gebonden. Maar verwacht niet ons hier aan te treffen wanneer je terugkomt.

De volgende dag liep hij het rekruteringskantoor binnen in de vrees dat hij als man van tweeënveertig afgewezen zou worden, maar tien dagen later was hij op Camp Funston, en tien maanden daarna was hij op weg om te dienen in de 92e divisie Infanterie van het Vijfde leger, in de Italiaanse campagne. Gedurende die hele meedogenloze periode kon hij, ondanks dat hij geen enkele brief van zijn vrouw had gekregen, zich niet voorstellen – of beter gezegd, stond hij zich nooit toe om het zich voor te stellen – dat zij en het kind bij zijn terugkeer niet op hem zouden staan wachten.

Maar toen zijn trein op 12 december 1945 St. Louis binnenreed, stonden ze niet op het perron. Toen hij naar Fourteenth Street ging, waren ze niet in de flat. En toen hij de huisbaas benaderde, en de buren, en haar vrienden van werk, was het relaas altijd hetzelfde: twee weken nadat haar prachtige zoontje was geboren had Macie Dixon haar spullen gepakt en de stad verlaten, zonder bericht van haar bestemming achter te laten.

Nog geen vierentwintig uur na zijn terugkeer in St. Louis zette Ulysses zijn tas op zijn schouder en liep hij terug naar Union Station. Daar nam hij de eerste de beste trein, zonder zich af te vragen waar die heen ging. Hij nam hem tot het eindpunt – Atlanta, Georgia – en vervolgens nam hij, zonder een stap buiten het station te zetten, de volgende trein die een andere kant op ging, tot het eindpunt, helemaal in Santa Fe. Dat was meer dan acht jaar geleden. Sedertdien was hij blijven reizen – als gewone passagier zolang hij nog geld had en in de goederenwagons toen het op was – kriskras door het land, waarbij hij zichzelf nooit toestond ergens een tweede nacht door te brengen voor hij op de volgende trein sprong, waar die ook heen ging.

§

Terwijl de jongen doorlas en de grote Odysseus her en der aan land ging en van de ene beproeving in de andere belandde, luisterde Ulysses in stilte toe, waarbij de tranen vrijelijk over zijn wangen liepen. Hij hoorde dat zijn naamgenoot het hoofd bood aan de bovennatuurlijke bezweringen van Circe, de meedogenloze verleiding van de Sirenen en de nauw verweven gevaren van Scylla en Charybdis. Maar toen de jongen voorlas hoe Odysseus' hongerige bemanning de waarschuwingen van de ziener Tiresias negeerde en de heilige dieren van zonnegod Helios slachtte, wat Zeus ertoe bracht de held opnieuw met donder en deining te bestoken, legde Ulysses een hand dwars over de bladzijden van het boek.

– Genoeg, zei hij.

De jongen keek verrast op.

– Wilt u het einde niet horen?

Ulysses was even stil.

– Er is geen einde, Billy. Er komt geen einde aan de kwellingen voor hen die de Almachtige vertoornd hebben.

Maar Billy schudde zijn hoofd, omdat hij nog steeds de verwantschap zag.

– Dat is niet waar, zei hij. Hoewel de grote Odysseus Poseidon en Helios vertoornd had, kwam er wel een einde aan zijn omzwervingen. Wanneer zette u na uw oorlog koers voor uw terugkeer naar Amerika?

Betwijfelend of dit er iets toe deed, gaf Ulysses antwoord.

– Op 14 november 1945.

De jongen schoof Ulysses' hand zachtjes weg, sloeg de pagina om en wees op een passage.

– Professor Abernathe vertelt ons dat Odysseus naar Ithaka terugkeerde en zich met zijn vrouw en zoon herenigde *na tien lange jaren.*

De jongen keek op.

– Dat betekent dat u bijna aan het eind van uw omzwervingen bent gekomen en dat u binnen twee jaar met uw gezin herenigd zult worden.

Ulysses schudde zijn hoofd.

– Billy, ik weet niet eens waar ze zijn.

– Geeft niet, antwoordde de jongen. Als u wist waar ze waren, hoefde u ze niet te zoeken.

Vervolgens keek de jongen weer naar zijn boek en knikte hij tevreden: zo hoorde het te gaan.

Zou het mogelijk zijn? vroeg Ulysses zich af.

Het was waar, hij had op het slagveld op alle mogelijke manieren tegen de leringen van de Heer Jezus Christus gezondigd, en wel in zulke mate dat het moeilijk was zich voor te stellen dat hij ooit nog in goed geweten een voet over de drempel van een kerk kon zetten. Maar alle mannen met wie hij gestreden had – en ook tégen wie hij gestreden had – hadden gezondigd tegen dezelfde leringen, hadden dezelfde verbonden geschonden en dezelfde geboden genegeerd. Zodoende had Ulysses in zekere zin vrede met de zonden van het slagveld en erkende hij dat het de zonden van een generatie waren. Waar hij geen vrede mee had, en wat zwaar op zijn geweten drukte, was zijn verraad aan zijn vrouw. Zij hadden ook een verbond gehad, en toen hij het verried, verried alleen hij het.

Op het moment dat hij in vol tenue in de slecht verlichte hal van hun appartement stond en hij zich meer een gek dan een held voelde, had hij al begrepen dat de consequenties van wat hij had gedaan wel onherroepelijk móésten zijn. Dat is wat hem ertoe had gebracht om terug te gaan naar Union Station en als zwerver door het leven te gaan – een leven dat gedoemd was geleefd te worden zonder gezelschap of doel.

Maar misschien had de jongen gelijk...

Misschien had hij, door zijn schaamtegevoel boven de heiligheid van hun verbond te stellen, en door zichzelf zo gemakkelijk tot een leven van eenzaamheid te veroordelen, zijn vrouw een tweede keer verraden. Zijn vrouw én zijn zoon.

Terwijl hij dit overdacht sloot de jongen zijn boek en begon hij de zilveren dollars op te rapen, met de manchet van zijn mouw af te vegen en terug in het blik te doen.

– Wacht, zei Ulysses, ik zal je helpen.

Hij begon de munten op te rapen, ze aan zijn mouw af te vegen en in het blik te stoppen.

Maar toen de jongen op het punt stond de laatste munt op te bergen keek hij plotseling over Ulysses' schouder, alsof hij iets gehoord had. Vlug stopte hij het blik en zijn grote rode boek weg, trok de koorden van zijn knapzak aan en zwaaide die op zijn rug.

– Wat is er? vroeg Ulysses, enigszins verontrust door de plotse bewegingen van de jongen.

– De trein mindert vaart, legde hij uit terwijl hij ging staan. We moeten bij de helling zijn gekomen.

Het duurde even voor Ulysses begreep waar de jongen het over had.

– Nee, Billy, zei hij, terwijl hij de jongen naar de deur volgde. Je hoeft niet weg. Je moet bij me blijven.

– Weet u het zeker, Ulysses?

– Ja.

Billy knikte instemmend, maar zoals hij daar uit de deur naar de voorbijflitsende bosjes stond te kijken, begreep Ulysses dat de jongen nog iets anders dwarszat.

– Wat is er, jongen?

– Denkt u dat pastoor John zich bezeerd heeft toen hij van de trein sprong?

– Niet meer dan hij verdiende.

Billy keek op naar Ulysses.

– Maar het was een prediker.

– In het hart van die man, zei Ulysses terwijl hij de deur dichtschoof, zit meer bedriegerij dan prekerij.

Ze liepen getweeën naar de andere kant van de wagon met de bedoeling weer te gaan zitten, maar net toen ze dat wilden doen hoorde Ulysses achter zich geschuifel, alsof er iemand voorzichtig van de ladder kwam.

Zonder af te wachten wat het was draaide Ulysses met uitgestrekte armen in het rond, waarbij hij per ongeluk Billy tegen de grond sloeg.

Toen Ulysses het geschuifel had gehoord, schoot het door hem heen dat pastoor John op een of andere manier weer aan boord was en nu terugkeerde om wraak op hem te nemen. Maar het was pastoor John niet. Het was een witte jongeman met blauwe plekken en een vastberaden blik. In zijn rechterhand droeg hij de dichtgebonden zak van een dief. Hij liet de zak vallen, deed een stap naar voren en nam met uitgestoken armen zijn eigen versie van een vechthouding aan.

– Ik wil niet met je vechten, zei de jongeman.

– Niemand wil met mij vechten, zei Ulysses.

Ze deden allebei een stap naar voren.

Het speet Ulysses dat hij de wagondeur had dichtgedaan. Als die open was geweest, had hij makkelijk schoon schip kunnen maken. Dan had hij die jongeman alleen maar bij zijn armen hoeven pakken en de trein uit gooien. Nu de deur dicht was moest hij hem óf bewusteloos slaan, óf in een houdgreep nemen en Billy de deur laten openen. Maar hij wilde Billy beslist niet binnen het bereik van die jonge gast brengen.

Dus wachtte hij maar tot zich een goed moment zou voordoen. Hij zou zichzelf tussen Billy en de jongeman plaatsen, dan wat dichterbij komen en hem vervolgens tegen de bezeerde kant van zijn gezicht slaan, waar het vast gevoelig was.

Ulysses kon achter zich de jongen overeind horen komen.

– Blijf daar, Billy, zeiden hij en de jongeman precies tegelijk.

Vervolgens keken ze elkaar verbouwereerd aan maar lieten ze geen van beiden hun armen zakken.

Ulysses hoorde Billy een stap opzij zetten, alsof hij om hem heen wilde kijken.

– Hoi Emmett.

De jongeman deed een stap naar links, met zijn armen nog omhoog en een oog op Ulysses.

– Alles goed, Billy?

– Alles goed.

– Ken je hem? vroeg Ulysses.

– Het is mijn broer, zei Billy. Emmett, dit is Ulysses. Hij heeft net als de grote Odysseus in de oorlog gevochten en moet nu tien jaar rondzwerven, tot hij met zijn vrouw en zoon herenigd wordt. Maar maak je geen zorgen. We zijn nog geen vrienden. We hebben net kennisgemaakt.

Duchess

– Moet je al die huizen zien, zei Woolly verwonderd. Heb je ooit zoveel huizen gezien?

– Het zijn veel huizen, gaf ik toe.

Eerder die dag was ik met de taxi precies op het moment dat Woolly het park uit kwam om de hoek gekomen. Aan de overkant van de straat kon ik zien waar hij de Studebaker had achtergelaten: pal voor een brandkraan, met lopende motor, en het passagiersportier open. Ik kon ook de smeris zien die met zijn bonnenboekje in de hand achter de auto stond om het kenteken op te nemen.

– Hier stoppen, zei ik tegen de taxichauffeur.

Ik weet niet wat Woolly bij wijze van uitleg tegen de smeris zei, maar tegen de tijd dat ik de taxichauffeur had betaald stopte hij zijn bonnenboekje weg en haalde zijn handboeien tevoorschijn.

Ik liep ernaartoe met een zo goed mogelijk benepen glimlachje.

– Wat is er aan het handje, brigadier?

(Ze vinden het fijn om brigadier genoemd te worden.)

– Horen jullie bij elkaar?

– In zekere zin. Ik werk voor zijn ouders.

De smeris en ik keken naar Woolly, die was weggewandeld om de brandkraan eens goed te bekijken.

Toen de smeris me een opsomming van Woolly's overtredingen gaf, waarbij inbegrepen het feit dat hij kennelijk geen rijbewijs bij zich had, schudde ik mijn hoofd.

– Ik weet er alles van, brigadier. Ik zeg ze altijd dat als ze hem thuis willen hebben, ze iemand moeten inhuren om een oogje op hem te houden. Maar wie ben ik? Ik ben de terreinknecht maar.

De smeris keek nog eens naar Woolly.

– Bedoel je dat er een steekje los bij hem zit?

– Laten we het erop houden dat zijn radio-ontvanger op een andere frequentie staat afgesteld dan die van u of mij. Hij heeft de gewoonte te gaan zwerven, dus toen zijn moeder vanmorgen bij het opstaan zag dat haar auto weer weg was, vroeg ze mij hem op te sporen.

– Hoe wist je waar hij te vinden was?

– Hij heeft iets met Abraham Lincoln.

De brigadier keek me een beetje ongelovig aan. Dus bewees ik het hem.

– Meneer Martin, riep ik. Waarom bent u naar het park gegaan?

Woolly dacht daar even over na en daarna glimlachte hij.

– Om het standbeeld van president Lincoln te zien.

Nu keek de brigadier me een beetje onzeker aan. Enerzijds had hij een waslijst van overtredingen en zijn eed om in de staat Illinois de wet te handhaven. Maar wat moest hij doen? Een gestoorde jongen arresteren die uit huis was geglipt om zijn eer te betuigen aan Honest Abe?

De smeris keek van mij naar Woolly en weer terug. Toen rechtte hij zijn schouders en trok hij aan zijn riem, zoals smerissen dat doen.

– Goed dan, zei hij. Breng hem maar veilig naar huis.

– Zal ik zeker doen, brigadier.

– Maar een jongeman met zijn *frequentie* zou geen auto moeten rijden. Misschien wordt het tijd dat zijn familie de autosleutels op een hogere plank legt.

– Ik zal het ze zeggen.

Toen de smeris was weggereden en wij weer in de Studebaker zaten, gaf ik Woolly een kleine preek over de betekenis van allen voor één en één voor allen.

– Wat gebeurt er als je gearresteerd wordt, Woolly, en je naam in het politierapport staat? Voor je het weet zetten ze ons allebei op de bus terug naar Salina. Dan komen we dus nooit bij het kamp, en kan Billy zijn huis in Californië niet bouwen.

– Het spijt me, zei Woolly, met een oprechte blik van berouw – en pupillen zo groot als vliegende schotels.

– Hoeveel druppels van je medicijn heb je vanmorgen genomen?

...

– Vier?

– Hoeveel flesjes heb je nog over?

...

– Een?

– Een! Jezus, Woolly. Het is geen Coca-Cola. En wie weet wanneer we nieuw spul voor je kunnen krijgen. Laat mij zolang maar het laatste flesje bewaren.

Woolly opende schaapachtig het handschoenenvak en overhandigde me het kleine blauwe flesje. Als tegenprestatie gaf ik hem de kaart van Indiana die ik van de taxichauffeur had gekocht. Hij fronste toen hij die zag.

– Ik weet het, het is geen Phillips 66-kaart, maar beter kon ik niet krijgen. Terwijl ik rij moet jij uitzoeken hoe we bij Rhododendron Road 132 in South Bend komen.

– Wat is er op Rhododendron Road 132?

– Een oude vriend.

§

We waren rond half twee in South Bend aangekomen en reden inmiddels midden in een gloednieuwe woonwijk met identieke huizen op identieke kavels, waarschijnlijk bewoond door identieke mensen. Ik kreeg er bijna heimwee naar de straten van Nebraska van.

– Het lijkt wel het labyrint in Billy's boek, zei Woolly met iets van ontzag. Dat was zo ingenieus door Daedalus ontworpen, dat niemand die er binnenging er ooit nog levend uitkwam...

– Des te meer reden, zei ik streng, dat je goed op de straatnamen let.

– Oké, oké. Ik snap het, ik snap het.

Woolly keek even op de kaart en boog zich toen naar de voorruit, om iets beter te zien waar we heen gingen.

– Linksaf op Tiger Lily Lane, zei hij. Rechts op Amaryllis Avenue... Wacht, wacht... daar is het!

Ik sloeg af op Rhododendron Road. Alle gazons waren groen en netjes gemaaid, maar tot dusverre waren de rhododendrons nog slechts een streven. Wie weet. Misschien zou dat altijd zo blijven.

Ik ging langzamer rijden zodat Woolly de huisnummers kon bijhouden.

– 124... 126... 128... 130... 132!

Toen ik het huis voorbijreed, keek Woolly over zijn schouder achterom.

– Het was daar, zei hij.

Ik ging de hoek om bij het volgende kruispunt en parkeerde bij de stoeprand. Aan de overkant was een volgevreten gepensioneerde in een onderhemd bezig met een tuinslang zijn gras te besproeien. Hij zag eruit alsof hij zelf wel een plens kon gebruiken.

– Je vriend woont toch op 132?

– Ja. Maar ik wil hem verrassen.

Ik had mijn lesje geleerd, dus toen ik uitstapte nam ik de sleutels mee in plaats van ze boven de zonneklep achter te laten.

– Het duurt maar een paar minuten, zei ik. Blijf hier zitten.

– Doe ik, doe ik. Maar Duchess...

– Ja, Woolly?

– Ik weet dat we de Studebaker zo snel mogelijk aan Emmett willen teruggeven, maar denk je dat we misschien bij mijn zus Sarah in Hastings-on-Hudson op bezoek kunnen, voor we naar de Adirondacks gaan?

De meeste mensen zijn gewend dingen te vragen. Bij het minste of geringste vragen ze je om een vuurtje, of hoe laat het is. Ze vragen je om een lift, of een lening. Om je hulp of je geld. Sommige mensen vragen je zelfs om vergeving. Maar Woolly Martin vroeg zelden iets. Dus áls hij iets vraagt, weet je dat het iets belangrijks is.

– Woolly, zei ik, als je ons levend uit dit labyrint kunt krijgen, kunnen we bij iedereen die je maar wilt op bezoek.

Tien minuten later stond ik in een keuken met een deegroller in mijn hand en vroeg ik me af of het daarmee zou lukken. Gezien de vorm en het gewicht voelde het zeker beter dan een rechthoekig stuk hout. Maar ik besefte ineens dat het beter gebruikt kon worden voor een komisch effect – zoals door een Hausfrau die haar onfortuinlijke echtgenoot achternazit rond de keukentafel.

Ik legde de deegroller terug in de la en trok een andere open. Deze zat vol met een hoop kleiner keukengerei zoals groenteschillers en maatlepels. De volgende bevatte de grotere en dunnere hulpmiddelen zoals pannenlikkers en kloppers. Weggestopt onder een soeplepel vond ik een vleeshamer. Voorzichtig, om niet te veel gerammel met de rest te veroorzaken, haalde ik hem uit de la en vond dat hij een goed houten handvat en een ruw slagoppervlak had, maar hij was een beetje aan de tere kant en eerder ontworpen om er een koteletje mee te pletten dan om ermee op een homp vlees te rammen.

Op het aanrecht naast de gootsteen had je de gebruikelijke moderne apparatuur: een elektrische blikopener, een broodrooster, een blender met *drie* knoppen, allemaal perfect ontwikkeld voor als je iemand wilde openen, roosteren of blenden. In de kastjes erboven vond ik genoeg blikvoer voor een schuilkelder. Middenvoor stonden ten minste tien blikken Campbell-soep. Maar er waren ook blikken stoofvlees, chili, en knakworst met bonen. Wat leek te suggereren dat het enige hulpmiddel dat de Ackerlys echt nodig hadden de blikopener was.

Ik kon het niet laten om de parallel te zien tussen het eten in Ackerly's kastjes en het menu in Salina. We hadden het veelvuldig voorkomen van dit soort cuisine altijd toegeschreven aan het instellingsnut ervan, maar misschien was het wel een uiting van de persoonlijke smaak van de directeur. Ik was even geneigd om het blik knakworst met bonen te gebruiken, omwille van dichterlijke gerechtigheid. Maar als je iemand met een blik slaat, denk ik dat je net zoveel schade aan je vingers toebrengt als aan iemands schedel.

Ik deed het keukenkastje dicht en zette mijn handen in mijn zij, zoals Sally gedaan zou hebben. Zij zou wel weten waar ze moest kijken, dacht ik. Ik probeerde de situatie door haar ogen te zien en bekeek de keuken opnieuw, van de ene hoek naar de andere. En wat zag ik daar wel niet staan, midden op het fornuis: een koekenpan, zo zwart als de cape van Batman. Ik pakte hem op, woog hem in mijn hand en bewonderde het ontwerp en de stevigheid. Het handvat, dat zich geleidelijk versmalde en afgeronde randen had, paste zo goed in je hand dat je er waarschijnlijk honderd kilo aan slagkracht mee kon leveren zonder je greep te verliezen. En de bodem van de pan had een goed vlak, dat zo breed en plat was, dat je er met je ogen dicht nog wel iemand flink verrot mee kon slaan.

Ja, de gietijzeren koekenpan was in alle opzichten perfect, hoewel er niets moderns of gemakkelijks aan was. In feite kon deze pan weleens honderd jaar oud zijn. Hij had gebruikt kunnen zijn door Ackerly's overgrootmoeder tijdens de huifkarrentocht, en daarna doorgegeven totdat er voor vier generaties Ackerly-mannen karbonaadjes in waren gebakken. Petje af voor de pioniers. Ik pakte de pan en nam hem mee naar de woonkamer.

Dat was een gezellige kamer, met een televisie waar de open haard had moeten zijn. De gordijnen, een stoel en de bank waren allemaal gemaakt met dezelfde bloemetjesstof. Naar alle waarschijnlijkheid droeg mevrouw Ackerly een jurk van dezelfde stof, en als ze maar stil genoeg op de bank zat, zou haar man niet weten dat ze er was.

Ackerly lag er nog steeds zo bij als toen ik binnenkwam: uitgestrekt op zijn BarcaLounger, diep in slaap.

Aan de glimlach op zijn gezicht kon je zien dat hij gek was op die ligstoel. Tijdens zijn ambtstermijn op Salina moet hij bij het uitdelen van lijfstraffen gedroomd hebben van de dag dat hij een ligstoel als deze zou hebben, waarin je om twee uur 's middags in slaap kon vallen. Trouwens, hij was na al die jaren van ernaar uitkijken waarschijnlijk nog stééds aan het dromen van slapen in een BarcaLounger, ook al was dat precies wat hij nu deed.

– '*Slapen, misschien dromen*,' citeerde ik Hamlet zachtjes terwijl ik de pan boven zijn hoofd hief.

Maar iets op de bijzettafel trok mijn aandacht. Het was een recente foto van Ackerly die tussen twee jongetjes stond die allebei de snoet en het voorhoofd van Ackerly hadden. Ze droegen het honkbaltenue van de Junioren Divisie en Ackerly had een bijpassende pet op, dus kennelijk was hij zijn kleinkinderen bij een wedstrijd komen aanmoedigen. Uiteraard had hij een grote, vette glimlach op zijn gezicht, maar de jongens ook, alsof ze blij waren dat opa op de tribune had gezeten. Ik voelde een golf van tederheid voor de oude man in me opkomen, zo erg dat ik er zweethanden van kreeg. Maar als de Bijbel zegt dat de zonen niet de zondigheid van de vaders hoeven te dragen, dan spreekt het vanzelf dat de vaders niet de onschuld van de zonen hoeven te dragen.

Dus sloeg ik hem.

Toen ik hem raakte, schokte zijn lichaam, alsof er een stroomstoot doorheen was gegaan. Daarna zakte hij wat dieper weg in de stoel en werd het kruis van zijn kaki broek donker toen zijn blaas zich ontspande.

Ik gaf een waarderend knikje naar de koekenpan en dacht: dit is nou een voorwerp dat zorgvuldig ontworpen is voor een bepaald doel, maar dat net zo goed geschikt is voor een ander. Een extra voordeel van het gebruik van de koekenpan – vergeleken met de vleeshamer, de broodrooster of het blik knakworst met bonen – was dat het bij het raken een welluidende *kloing* gaf. Als het gebeier van een kerkklok die de gelovigen opriep tot gebed. Eigenlijk was het geluid zó bevredigend, dat ik in de verleiding kwam hem nog een mep te geven.

Maar ik had mijn rekensom uitgebreid en zorgvuldig gemaakt, en ik wist wel zeker dat Ackerly's schuld aan mij voldaan zou zijn met één flinke dreun op zijn kruin. Hem een tweede keer slaan zou ertoe leiden dat ik hém iets schuldig was. Zodoende bracht ik de koekenpan terug naar het fornuis en glipte de keukendeur uit, en dacht: *Een gedaan, nog twee te gaan.*

Emmett

– In het besef dat hij niet alleen het fortuin dat zijn vader hem had nagelaten had verspild, maar ook veel kostbare tijd, verkocht de jonge Arabische prins de weinige bezittingen die hij nog had, monsterde hij aan bij een koopvaardijschip en vertrok hij naar het grote onbekende...

Daar gaan we weer, dacht Emmett.

Terwijl hij die middag het brood met de ham en kaas die hij uit de Pullmanwagon had bemachtigd belegde, had Billy aan Ulysses gevraagd of hij nog een ander verhaal over iemand die de zeeën had bevaren wilde horen. Toen Ulysses ja zei, pakte Billy zijn grote rode boek, ging naast de zwarte man zitten en begon hij voor te lezen over Jason en de Argonauten.

De jonge Jason, de rechtmatige koning van Thessalië, krijgt in dat verhaal van zijn machtsbeluste oom te horen dat hij de troon kan opeisen als hij erin slaagt naar het koninkrijk Colchis te varen en terug te keren met het Gulden Vlies.

In het gezelschap van vijftig avonturiers – onder wie Theseus en Hercules, in de tijd dat ze nog niet beroemd waren – koerst Jason met de wind mee naar Colchis. In de talloze dagen die volgen reizen hij en zijn groep van de ene beproeving naar de andere, afwisselend het hoofd biedend aan een bronzen kolos, de gevleugelde harpijen en de *spartoi* – een bataljon strijders die volledig bewapend uit de grond schieten wanneer de tanden van een draak er zijn gezaaid. Met hulp van tovenares Medea overwinnen Jason en zijn Argonauten uiteindelijk hun tegenstanders, bemachtigen ze het Vlies, en komen ze veilig terug in Thessalië.

Billy was zo in beslag genomen door het vertellen van het verhaal, en Ulysses door het aanhoren ervan, dat toen Emmett ze de boterhammen gaf die hij voor hen had gemaakt, ze amper schenen te merken dat ze die aten.

Terwijl hij aan de andere kant van de wagon zijn eigen boterham zat te eten begon hij over Billy's boek te piekeren.

Hij kon met de beste wil van de wereld niet begrijpen waarom deze zogenaamde professor ervoor had gekozen om Galileo Galilei, Leonardo da Vinci en Thomas Alva Edison – drie van de grootste geesten van de wetenschap – te mengen met types als Hercules, Theseus en Jason. Galilei, da Vinci en Edison waren geen helden uit legenden. Het waren mannen van vlees en bloed die de zeldzame vaardigheid hadden om natuurverschijnselen waar te nemen zonder bijgeloof of vooroordeel. Het waren nijvere mannen die met geduld en precisie de verborgen werking van de wereld bestudeerden en die daarna de in eenzaamheid verworven kennis hadden omgezet in praktische uitvindingen ten dienste van de mensheid.

Wat had het in hemelsnaam voor nut om de levens van deze mannen te presenteren samen met verhalen over mythische helden die verzonnen wateren bevaren om met gefantaseerde beesten te strijden? Het scheen Emmett toe dat Abernathe, door ze op een hoop te gooien, jongens aanmoedigde om te geloven dat de grote wetenschappelijke ontdekkers niet helemaal echt waren en de helden uit de legendes niet helemaal verzonnen. Dat ze schouder aan schouder door bekende en onbekende dimensies en werelden reisden en optimaal gebruikmaakten van hun intelligentie en moed: ja, maar ook van hekserij, betovering en af en toe een ingreep van de goden.

Was het niet al moeilijk genoeg om tijdens je leven onderscheid te maken tussen feiten en verzinsels, tussen wat je waarnam en wat je wilde? Was het niet juist dit punt van onderscheid maken waardoor hun vader, na twintig jaar zwoegen, bankroet en van alles verstoken was geraakt?

En nu de dag ten einde liep hadden Billy en Ulysses hun aandacht op Sinbad gevestigd, een held die zeven keer was uitgevaren, naar zeven verschillende avonturen.

– Ik ga naar bed, kondigde Emmett aan.

– Oké, zei het tweetal.

Om zijn broer niet te storen ging Billy daarna zachter praten, en Emmett ging liggen. Het tweetal zag er meer uit als samenzweerders dan als vreemden.

Toen Emmett lag en probeerde niet naar het gefluisterde relaas over de Arabische zeeman te luisteren, zag hij heel goed in dat Ulysses' komst in de goederenwagon een buitengewoon gelukkig toeval was geweest, maar het had ook iets vernederends gehad.

Nadat Billy Ulysses en Emmett aan elkaar had voorgesteld, had hij opgewonden meteen alles verteld wat er was gebeurd, vanaf het moment dat pastoor John was verschenen tot en met diens tijdige vertrek uit de trein. Toen Emmett Ulysses zijn dankbaarheid had betuigd, had de vreemdeling dat onnodig gevonden. Maar bij de eerste gelegenheid die hij kreeg – toen Billy zijn boek uit zijn rugzak was gaan vissen – had hij Emmett terzijde genomen en hem grondig de les gelezen. *Hoe kon hij zo dom zijn om zijn broer zomaar alleen te laten? Dat een goederenwagon vier wanden en een dak heeft, maakt hem nog niet veilig, verre van zelfs. En vergis je niet, de pastoor zou heus niet volstaan hebben met Billy een klap te geven. Hij was wel degelijk van plan geweest hem uit de trein te gooien.*

Toen Ulysses zich had omgedraaid en weer naast Billy was gaan zitten om het verhaal over Jason te horen, had Emmett de steek van de terechtwijzing op zijn wangen voelen gloeien. Maar hij voelde zich ook verhit uit verontwaardiging, doordat deze man met wie hij pas net kennis had gemaakt de vrijheid had genomen om hem op z'n kop te geven, zoals een ouder een kind op z'n kop geeft. Tegelijk begreep hij dat aanstoot nemen aan het feit als een kind behandeld te worden op zich al kinderachtig was. Net zoals hij begreep dat het kinderachtig was om wrevel te voelen omdat Billy en Ulysses niet eens hadden stilgestaan bij hun boterhammen, of om jaloers te zijn vanwege hun plotselinge saamhorigheid.

Hij probeerde de onstuimige wateren van zijn eigen karakter te temperen door zijn aandacht te verleggen van de gebeurtenissen van die dag naar de uitdagingen die voor hem lagen.

Toen ze met z'n allen in Morgen aan de keukentafel hadden gezeten, had Duchess gezegd dat voor ze naar de Adirondacks gingen, Woolly en hij in Manhattan zouden stoppen om zijn vader te bezoeken.

Uit Duchess' verhalen was het duidelijk dat de heer Hewett zelden een vast adres had. Maar op Townhouse's laatste dag in Salina had Duchess hem aangespoord om hem in de stad op te zoeken, door contact op te nemen met een van zijn vaders boekingskantoren. *Zelfs als een uitgerangeerde artiest op de loop is voor schuldeisers, gezocht wordt door de politie en leeft onder een valse naam,* had Duchess met een knipoog gezegd, *zal hij altijd bij zijn boekingskantoor bericht achterlaten waar hij te vinden is. En in New York bevinden alle boekingskantoren van uitgerangeerde artiesten zich in een en hetzelfde gebouw aan de voet van Times Square.*

Het enige probleem was dat Emmett zich de naam van dat gebouw niet kon herinneren.

Hij was er vrij zeker van dat het met een S begon. En terwijl hij daar zo lag, probeerde hij zijn geheugen op te frissen door alfabetisch en systematisch alle mogelijke combinaties van de eerste drie letters van de naam van het gebouw te peilen. Te beginnen met Sa zei hij dan in zichzelf: Sab, sac, sad, saf, sag, enzovoort. Daarna kwamen de combinatiemogelijkheden die begonnen met Sc, Se en Sh.

Misschien kwam het door de klank van Billy's gefluister, of door zijn eigen gemompel van alfabetische trio's. Of misschien kwam het door de geur van warm hout van de goederenwagon na een lange dag in de zon. Hoe dan ook, in plaats van zich de naam van een gebouw aan de voet van Times Square te herinneren werd Emmett ineens de negenjarige thuis op zolder, met het luik dichtgetrokken, waar hij een fort bouwde met de koffers van zijn ouders – waarmee ze naar Parijs, Venetië en Rome waren gereisd en sindsdien nooit meer –, wat hem van de weeromstuit deed denken aan zijn moeder die zich afvroeg waar hij toch gebleven was, en aan het geluid van haar stem als ze zijn naam riep en van de ene kamer naar de andere liep.

ZES

Duchess

Toen ik op de deur van kamer 42 klopte, hoorde ik gekreun en een moeizaam bewegen op de bedspiralen, alsof het geluid van mijn geroffel hem uit een heel diepe slaap had gewekt. Aangezien het bijna twaalf uur was, was dat precies volgens schema. Daarna kon ik horen dat hij zijn katerige voeten op de vloer zette. Ik kon horen hoe hij de kamer rondkeek en probeerde zich te oriënteren, en verbouwereerd het gebarsten gips van het plafond en het afbladderende behang zag, alsof hij niet helemaal kon vatten wat hij in zo'n kamer deed, en het niet helemaal geloofde, zelfs niet na al die jaren.

O ja, kon ik hem bijna horen zeggen.

Heel beleefd klopte ik nog eens.

Opnieuw een kreun – nu van krachtsinspanning – en daarna het ontspannen van de bedspiralen toen hij overeind kwam en zich langzaam naar de deur bewoog.

– Ik kom eraan, klonk het gedempt.

Ik wachtte en was eigenlijk heel benieuwd hoe hij eruit zou zien. Het was maar twee jaar geleden, maar op zijn leeftijd en met zijn levensstijl konden twee jaar een hoop schade aanrichten.

Maar toen de deur knarsend openging stond daar niet mijn ouweheer.

– Ja?

De bewoner van kamer 42 was ergens in de zeventig en had een aristocratisch baardje, en het bijbehorende accent. Hij kon ooit de heer van een landgoed zijn geweest, of anders diens butler.

– Kan ik iets voor je doen, jongeman? vroeg hij, terwijl ik over zijn schouder keek.

– Ik zoek iemand die hier vroeger woonde. Mijn vader, om precies te zijn.

– O, juist ja...

Zijn borstelige wenkbrauwen gingen een beetje hangen, alsof het hem speet dat hij de oorzaak van de teleurstelling van een vreemde was. Daarna gingen zijn wenkbrauwen weer omhoog.

– Misschien heeft hij beneden een doorstuuradres achtergelaten?

– Eerder een onbetaalde rekening, maar ik zal het vragen als ik naar buiten ga. Bedankt.

Hij knikte meelevend. Maar toen ik me omdraaide om weg te gaan riep hij me terug.

– Jongeman. Was je vader misschien acteur?

– Hij stond erom bekend dat hij zich zo noemde.

– Wacht dan even. Ik geloof dat hij iets heeft laten liggen.

Terwijl de oude baas naar de ladekast schuifelde bekeek ik de kamer, nieuwsgierig naar zijn zwakke plek. In het Sunshine Hotel had elke kamer een zwakke plek, en voor elke zwakke plek was er een voorwerp dat ervan getuigde. Zoals een lege fles die onder het bed was gerold, of een bezoedeld pak speelkaarten op het nachtkastje, of een lichtroze kimono aan een haakje. Een teken van dat ene verlangen dat zo verrukkelijk en onverzadigbaar was dat het al het andere overschaduwde, en dat zelfs het verlangen naar een huis, een gezin of een gevoel van menselijke waardigheid overtrof.

Omdat de oude man zo langzaam bewoog had ik alle tijd om te kijken, en de kamer was maar drie bij drie, maar als er een teken van zijn zwakke plek was: al sla je me dood, ik kon het niet lokaliseren.

– Hier is het, zei hij.

Hij kwam weer terugschuifelen en gaf me wat hij uit de onderste la van de ladekast had opgevist.

Het was een zwartleren platte doos van ongeveer dertig bij dertig centimeter en zo'n zeven centimeter hoog, met een klein koperen slotje – net als een grotere versie van een doos voor een dubbele parelketting. De gelijkenis was geen toeval, neem ik aan. Want op het kniehoge hoogtepunt van mijn vaders roem, toen hij hoofdacteur was bij een klein Shakespearegezelschap dat voor halfvolle zalen speelde, had hij zes van die dozen, en ze waren zijn kostbaarste bezit.

Hoewel het gouden reliëf op deze gebladderd en vervaagd was, kon je nog steeds de O van *Othello* zien. Ik opende de sluiting en sloeg het deksel open. Erin lagen vier voorwerpen in precies passende fluwelen uitsparingen: een sikje, een gouden oorbel, een potje zwarte schmink en een dolk.

Net als de doos was de dolk op bestelling gemaakt. Het goudkleurige gevest, dat zo gevormd was dat het perfect in de greep van mijn ouweheer paste, was versierd met drie grote juwelen op een rij: een robijn, een saffier en een smaragd. Het roestvrijstalen lemmet was gesmeed, getemperd en gepolijst door een vakman in Pittsburgh, en mijn vader kon er in de derde akte een appel mee doorsnijden en de dolk rechtop in een tafelblad steken waar hij onheilspellend bleef staan, terwijl mijn ouweheer zijn verdenkingen over Desdemona's ontrouw koesterde.

Maar hoewel het staal van het lemmet echt was, was het gevest van verguld koper en waren de juwelen imitatie. En als je met je duim op de saffier drukte ging het gevest van binnen open, zodat als mijn ouweheer zichzelf aan het eind van de vijfde akte in zijn buik stak, het lemmet in het gevest schoof. Terwijl de dames in de loge naar adem snakten, nam hij rustig de tijd om voor het voetlicht heen en weer te strompelen voor hij eindelijk de geest gaf. Met andere woorden, de dolk was net zo nep als hij.

Toen de set van zes dozen nog compleet was, had elk zijn eigen etiket in goudreliëf: *Othello, Hamlet, Henry, Lear, Macbeth* en – echt waar – *Romeo*. Elke doos had zijn eigen met fluweel gevoerde uitsparingen waarin de eigen dramatische accessoires lagen. Voor Macbeth zat er onder meer een flesje nepbloed in om zijn handen mee in te smeren, voor

Lear een lange grijze baard, voor Romeo een flacon met gif en een potje roze make-up dat de tand des tijds op mijn vaders gezicht net zomin kon verhullen als de kroon de misvormingen van Richard III.

In de loop der jaren was de verzameling dozen geleidelijk gekrompen. Eentje was er gestolen, een andere kwijtgeraakt, en nog een andere was verkocht. Hamlet ging verloren bij een spelletje open poker in Cincinnati, heel toepasselijk voor twee koningen. Maar het was geen toeval dat Othello de laatste van de zes was, want dat was de doos die mijn ouweheer het meest waardeerde. Dat was niet alleen omdat hij enkele van zijn beste kritieken voor zijn vertolking van de Moor had gekregen, maar omdat het potje zwarte schmink hem bij meerdere gelegenheden had geholpen om tijdig ergens weg te komen. In het uniform van een piccolo en met een zwartepietengezicht droeg hij dan zijn eigen bagage uit de lift en door de lobby, vlak langs de kassiers, of boze echtgenoten, of wie hem ook maar tussen de palmen opwachtte. Om de Othellodoos achter te laten moet mijn ouweheer wel erg veel haast hebben gehad…

– Ja, zei ik terwijl ik het deksel sloot, dit is van mijn vader. Als ik vragen mag, sinds wanneer heeft u deze kamer?

– O, niet lang.

– Het zou fijn zijn als u het zich wat preciezer kon herinneren.

– Even kijken. Woensdag, dinsdag, maandag… Sinds maandag, geloof ik. Ja. Het was maandag.

Met andere woorden, mijn ouweheer had de dag nadat we uit Salina waren vertrokken zijn biezen gepakt – ongetwijfeld nadat hij een verontrustend telefoontje van een bezorgde directeur had gekregen.

– Ik hoop dat je hem vindt!

– Dat kan ik u verzekeren. In elk geval, bedankt voor de moeite.

– Het was geen enkele moeite, zei de oude baas, gebarend naar zijn bed. Ik was alleen maar aan het lezen.

Aha, dacht ik, toen ik tussen de plooien van de lakens de hoek van een boek zag uitsteken. Ik had het kunnen weten. De arme kerel lijdt aan de gevaarlijkste verslaving die er is.

Toen ik terugliep naar de trap zag ik een baan licht over de vloer van de gang, wat erop wees dat de deur van kamer 49 op een kier stond. Na enige aarzeling liep ik langs de trap verder de gang door. Toen ik bij de kamer kwam stopte ik om te luisteren. Ik hoorde binnen niets en gaf de deur met mijn knokkels een zetje. Door de deuropening kon ik zien dat het bed leeg en niet opgemaakt was. Ik nam aan dat de bewoner in de badkamer aan de andere kant van de gang was, en opende de deur helemaal.

Toen mijn ouweheer en ik in 1948 voor het eerst in het Sunshine Hotel kwamen, was kamer 49 de beste van het huis. Niet alleen waren er twee ramen aan de achterkant van het gebouw, waar het rustig was, maar centraal aan het plafond hing een victoriaanse lamp met een ventilator – de enige in het hele hotel. Het enige wat er nu aan het plafond hing was een peertje aan een snoer.

In de hoek stond nog het kleine houten bureautje. Dat was een andere voorziening die de kamer in de ogen van de huurders meerwaarde gaf, hoewel niemand in dertig jaar in het Sunshine Hotel er ooit een brief had geschreven. De bureaustoel stond er ook nog, en zag er net zo oud en stram uit als de meneer verderop.

Het was misschien wel de treurigste kamer die ik ooit had gezien.

§

Terug in de lobby controleerde ik of Woolly nog in een van de stoelen bij het raam zat te wachten. Daarna ging ik naar de receptie, waar een dikke man met een dun snorretje op de radio naar een honkbalwedstrijd zat te luisteren.

– Zijn er kamers vrij?

– Voor de nacht, of per uur? vroeg hij, na een veelbetekenende blik op Woolly te hebben geworpen.

Het verbaast me altijd weer hoe iemand die op een plek als deze werkt, zich kon inbeelden ook maar iets te weten. Hij mocht blij zijn dat ik geen koekenpan bij me had.

– Twéé kamers, zei ik. Voor de nacht.

– Vier piek vooruit. En een kwartdollar extra als je handdoeken wilt.

– We nemen de handdoeken.

Ik haalde Emmetts envelop uit mijn zak en ging langzaam met mijn duim door het stapeltje twintigjes. Dat haalde de zelfgenoegzame grijns sneller van zijn gezicht dan de koekenpan had kunnen doen. Ik vond het wisselgeld dat ik bij de HoJo had gekregen en legde een briefje van vijf op de balie.

– We hebben twee mooie kamers op de tweede verdieping, zei hij, opeens een en al gedienstigheid. En ik heet Bernie. Als u ook maar iets nodig heeft tijdens uw verblijf – drank, dames, diner – vraagt u het maar.

– Ik denk niet dat we zoiets nodig hebben, maar misschien kun je me met iets anders helpen.

Ik haalde nog twee dollars uit de envelop.

– Zeker, zei hij likkebaardend.

– Ik zoek iemand die hier tot voor kort logeerde.

– Wie?

– De gast van kamer 42.

– U bedoelt Harry Hewett?

– Precies.

– Hij is begin deze week vertrokken.

– Dat dacht ik al. Heeft hij gezegd waar hij heen ging?

Bernie moest even hard nadenken, en ik bedoel echt hard, maar tevergeefs. Ik begon de dollars weer terug te stoppen waar ze vandaan kwamen.

– Wacht even, zei hij. Ik weet niet waar Harry heen ging, maar er is iemand die hier ook vaak logeerde die heel dik met hem was. Als er iemand is die weet waar Harry nu is, is hij het.

– Hoe heet hij?

– FitzWilliams.

– Fitzy FitzWilliams?

– Ja, die.

– Bernie, als je me kunt zeggen waar ik Fitzy FitzWilliams kan vinden, geef ik je een vijfje. Als je me voor vanavond je radio leent, geef ik je er twee.

§

In de jaren dertig, toen mijn vader met Patrick 'Fitzy' FitzWilliams bevriend raakte, was Fitzy een derderangs podiumartiest in het tweederangs-revuecircuit. Hij droeg verzen voor en werd doorgaans tussen twee nummers door het podium op geduwd om het publiek in hun stoelen te houden met een paar uitgelezen coupletten in het patriottistische dan wel pornografische genre, en soms allebei.

Maar Fitzy was echt een geletterd mens en zijn eerste liefde was de dichtkunst van Walt Whitman. Hij realiseerde zich in 1941 dat de vijftigste gedenkdag van de dood van de dichter voor de deur stond en besloot zijn baard te laten staan en een slappe hoed te kopen, in de hoop toneelbazen ervan te overtuigen dat hij de gedenkdag eer zou kunnen aandoen door de woorden van de dichter tot leven te brengen.

Nu heb je allerlei soorten baarden. Er is de Errol Flynn en de Fu Manchu, de Sigmund Freud en de goeie ouwe Amishbaard zonder snor. Maar bij toeval bleek Fitzy's baard net zo wit en wollig als die van Whitman te zijn, dus met de slappe hoed op zijn hoofd en zijn troebele blauwe ogen was hij helemaal de dichter zelf. En toen hij met zijn vertolking in een goedkoop theater in Brooklyn Heights in première ging – zingend over de niet-aflatende stroom immigranten, de ploegers die maar ploegden, de mijnwerkers die maar mineerden en de arbeiders die maar zwoegden in de talloze fabrieken – gaf het volkse publiek Fitzy de eerste staande ovatie van zijn leven.

Binnen enkele weken werd Fitzy gevraagd door elke instelling die van Washington DC tot Portland, Maine de gedenkdag van Whitmans dood wilde vieren. Hij reisde eersteklas met de Northeast Corridor en trad op in allerlei gemeenschapszalen, bibliotheken en historische sociëteiten, en verdiende in zes maanden tijd meer geld dan Whitman in zijn hele leven.

Toen hij in november 1942 naar Manhattan terugkeerde voor een reprise bij de New Yorkse Historische Sociëteit bleek er ene Florence Skinner in het publiek te zitten. Mevrouw Skinner was een prominente societydame die er prat op ging de meest spraakmakende feesten in de stad te geven. Dat jaar was ze van plan het kerstseizoen te openen met een stijlvolle aangelegenheid op de eerste donderdag van december. Toen ze Fitzy zag, trof het haar als de bliksem dat hij met zijn grote witte baard en zachte blauwe ogen de perfecte kerstman zou zijn.

En reken maar, toen Fitzy een paar weken later op haar feest verscheen met zijn bolle buik en hij 'Twas nacht voor Kerstmis' opdreunde, liepen de gasten over van blije kerstgevoelens. De Ier in hem zorgde ervoor dat hij telkens als hij aan de bak moest zin in een neut had, wat in de toneelwereld weleens voor problemen kon zorgen. Maar de Ier in hem zorgde er ook voor dat hij rode konen kreeg als hij dronk, wat op mevrouw Skinners soirée een voordeel bleek, want het gaf de oude kerstbaas de perfecte uitstraling.

De dag na mevrouw Skinners feest rinkelde de telefoon op het bureau van Ned Mosely, Fitzy's boekingsagent, van vroeg tot laat. Alle Van Zus-tot-Zo's waren hun feestdagen aan het plannen en ze móésten allemaal Fitzy hebben. Mosely mag dan wel een derderangs agent zijn geweest, maar hij wist wel wanneer hij een kip met gouden eieren te pakken had. Met nog maar drie weken te gaan tot Kerstmis, prijsde hij Fitzy op een oplopende schaal. Het was driehonderd dollar voor een afspraak op 10 december en vijftig dollar méér voor elke daaropvolgende dag. Dus als je wilde dat hij op kerstavond uit je schoorsteen kwam, kostte je dat een rug. Maar voor nog vijftig dollar extra mochten de kinderen aan zijn baard trekken, om hun irritante verdenkingen tot bedaren te brengen.

Vanzelfsprekend was geld in die kringen geen probleem als het ging om het vieren van de geboorte van het kindeke Jezus. Fitzy werd vaak voor wel drie optredens per avond geboekt. Walt Whitman werd naar de kleedkamer gestuurd en Fitzy liep al ho-ho-ho-roepend naar zijn bank.

Fitzy's status als kerstman voor de betere buurten nam van jaar tot jaar toe, zodat hij tegen het eind van de oorlog – hoewel hij alleen in december werkte – in een appartement op Fifth Avenue woonde, driedelige pakken droeg en een wandelstok had met als knop de zilveren kop van een rendier. Bovendien bleek er een hele groep chique jongedames te zijn wier hartslag versnelde zodra ze de kerstman zagen. Fitzy vond het dus niet heel verwonderlijk toen de welgevormde dochter van een grootindustrieel hem na een optreden op een Park Avenue-feest vroeg of ze hem enkele dagen later kon bezoeken.

Toen ze in Fitzy's flat haar opwachting maakte, had ze een jurk aan die zowel uitdagend als elegant was. Maar het bleek dat ze niets romantisch van plan was. Ze sloeg een drankje af en legde uit dat ze lid was van de Greenwich Village Progressive Society en dat ze voor 1 mei een groot evenement aan het plannen waren. Toen ze Fitzy had zien optreden was het in haar opgekomen dat hij met zijn grote witte baard de perfecte man zou zijn om de bijeenkomst te openen, door enkele passages uit het werk van Karl Marx voor te dragen.

Fitzy was ongetwijfeld zeer ingenomen met de allure van de jonge vrouw, verleid door haar vleierij, en beïnvloed door de belofte van een aanzienlijke vergoeding. Maar hij was ook een rasartiest en bereid de uitdaging aan te gaan om de oude filosoof tot leven te wekken.

Toen 1 mei was aangebroken en Fitzy in de coulissen stond, was het voor hem als elke andere avond op de planken. Dat wil zeggen: totdat hij even om het gordijn heen keek. Want de zaal zat niet alleen stampvol, maar was ook nog eens louter gevuld met hardwerkende mannen en vrouwen. Hier waren de loodgieters, lassers en havenarbeiders, de naaisters en keukenmeiden die hem al die jaren geleden, in dat groezelige zaaltje in Brooklyn Heights, zijn eerste staande ovatie hadden gegeven. Met een diep gevoel van dankbaarheid en in een opwelling van populistische genegenheid nam hij plaats op het podium en gaf hij de voorstelling van zijn leven.

Zijn monoloog kwam rechtstreeks uit *Het Communistisch Manifest* en zoals hij sprak, werd het publiek tot in zijn ziel geroerd. Zelfs in die mate dat toen hij bij zijn vlammende afsluiting kwam, ze in een daverend applaus opgesprongen zouden zijn – ware het niet dat alle deuren van het auditorium plotseling openvlogen om een klein bataljon politieagenten met snerpende fluitjes en zwaaiende knuppels binnen te laten, onder het mom van een overtreding van de brandvoorschriften.

De volgende ochtend had de *Daily News* als kop:

KERSTMAN PARK AVENUE SPEELT DUBBELROL
ALS COMMUNISTISCHE OPROERKRAAIER

En dat betekende voor Fitzy FitzWilliams het einde van zijn luxeleventje.

Hij was over het puntje van zijn eigen baard gestruikeld en tuimelde nu de trappen van fortuin af. De Ierse whisky die ooit die joviale blos op zijn kerstwangen had getoverd nam de controle over zijn algehele welzijn over door zijn zakken te legen en zijn banden met schone kleren en beschaafde kringen te verbreken. Tegen 1949 droeg hij in de metro met zijn hoed in de hand schunnige limericks voor en woonde hij in kamer 43 van het Sunshine Hotel – pal tegenover mij en mijn ouweheer.

Ik keek ernaar uit hem te ontmoeten.

Emmett

Toen de trein aan het eind van de middag langzamer begon te rijden stak Ulysses kort zijn hoofd door het luik en kwam hij daarna de ladder weer af.

– Hier stappen we uit, zei hij.

Na Billy met zijn rugzak geholpen te hebben zette Emmett een stap naar de deur waardoor zijn broer en hij waren binnengekomen, maar Ulysses gebaarde naar de andere kant van de wagon.

– Deze kant.

Emmett had zich voorgesteld dat ze van boord zouden gaan op een uitgestrekt goederenemplacement – zoals dat in Lewis, maar dan groter – ergens aan de rand van de stad, met de skyline van de stad aan de horizon. Hij had gedacht dat ze behoedzaam uit de wagon moesten glippen om ongezien langs spoorweglui en bewakers te komen. Maar toen Ulysses de deur openschoof was er geen teken van een goederenemplacement, geen teken van andere treinen, noch van andere mensen. In plaats daarvan bood de deuropening direct zicht op de stad zelf. Ze bleken op een smal stuk spoor te staan dat drie verdiepingen hoog boven de straten hing, met rondom hen bedrijfspanden en in de verte hogere gebouwen.

– Waar zijn we? vroeg Emmett toen Ulysses op de grond sprong.

– Dit is de West Side Elevated. Een verhoogd goederenspoor.

Ulysses stak een hand omhoog om Billy te helpen met uitstappen en liet Emmett zichzelf behelpen.

– En het kamp waar je het over had?

– Niet ver.

Ulysses begon het smalle pad tussen de trein en de vangrail aan de rand van de verhoging af te lopen.

– Let op de bielzen, zei hij zonder zich om te draaien.

Hoezeer de skyline van New York in gedichten en liedjes ook bezongen was: Emmett schonk er terwijl hij daar liep amper aandacht aan. Hij had, toen hij jong was, er nooit over gedroomd om naar New York te gaan. Hij had de boeken en films erover zonder een gevoel van afgunst gelezen of gezien. Hij was om maar één enkele reden naar New York gekomen: om zijn auto terug te vorderen. Nu ze hier waren kon Emmett zijn aandacht richten op het opsporen van Duchess, door diens vader te vinden.

Toen hij die ochtend wakker werd, was het eerste woord op zijn lippen *Statler* geweest, alsof zijn geest in zijn slaap verder was gegaan met het sorteren van alfabetische combinaties. Daar waren volgens Duchess de boekingskantoren: in het Statler-gebouw. Emmett stelde zich voor dat zodra ze in de stad waren, Billy en hij direct naar Times Square zouden gaan om meneer Hewetts adres te achterhalen.

Toen Emmett zijn plannen aan Ulysses had uitgelegd, had Ulysses gefronst. Hij wees erop dat ze niet voor vijf uur in New York zouden aankomen en de kantoren tegen de tijd dat hij op Times Square was dus dicht zouden zijn. Het was verstandiger om tot de volgende ochtend te wachten. Ulysses zei dat hij hem en Billy mee zou nemen naar een kamp waar ze veilig konden overnachten en dat hij de volgende dag op Billy zou passen wanneer Emmett naar het centrum zou gaan.

Ulysses had een manier van zeggen wat je moest doen alsof het een uitgemaakte zaak was – een trekje dat Emmett algauw begon te irriteren. Maar hij kon er niet omheen dat het verstandig was. Als ze om vijf uur zouden aankomen, zou het te laat zijn om nog op zoek naar het kantoor te gaan. En als Emmett in de ochtend naar Times Square ging, zou het veel efficiënter zijn als hij alleen ging.

Ulysses liep met lange, doelgerichte schreden over het verhoogde spoor, alsof hij degene was die dringende zaken in de stad had.

Terwijl Emmett hem probeerde bij te benen, keek hij rond om te zien waar ze heen gingen. Eerder die middag had de trein twee derde van zijn goederenwagons geloosd, maar er waren nog zeker zeventig wagons tussen die van hen en de locomotief. Het enige wat Emmett kon zien als hij vooruitkeek was de smalle ruimte tussen de wagons en de vangrail, tot in het oneindige.

– Hoe komen we van hier beneden? vroeg hij aan Ulysses.

– We gaan niet naar beneden.

– Bedoel je dat het kamp op dit verhoogde spoor is?

– Dat bedoel ik.

– Maar waar dan?

Ulysses stopte en draaide zich om.

– Heb ik gezegd dat ik je erheen zou brengen?

– Ja.

– Laat me dat dan ook doen.

Ulysses liet zijn blik even op Emmett rusten om te zien of hij duidelijk was geweest en vervolgens keek hij over Emmetts schouder.

– Waar is je broer?

Emmett draaide zich om en zag geschrokken dat Billy er niet was. Hij was zo afgeleid door zijn eigen gedachten en het bijbenen van Ulysses, dat hij zich niet bewust was geweest waar Billy uithing.

Toen Ulysses Emmetts gezichtsuitdrukking zag, werd die van hemzelf er een van ontsteltenis. Hij mompelde een kort woord, liep Emmett rakelings voorbij en begon terug te lopen naar waar ze vandaan kwamen, terwijl Emmett hem wederom probeerde bij te benen, met vuurrode konen.

Ze troffen Billy precies aan waar ze hem hadden achtergelaten: naast de goederenwagon waarin ze hadden gezeten. Dat Emmett niet gegrepen was door het uitzicht op New York kon van Billy niet gezegd worden. Toen ze waren uitgestapt had hij twee stappen naar de vangrail gezet en was hij op een oud houten kratje naar het uitzicht gaan staan kijken, betoverd door de schaal en het verticale ervan.

– Billy..., zei Emmett.

Billy keek op naar zijn broer, zich kennelijk net zomin bewust van hun scheiding als Emmett was geweest.

– Is het niet precies zoals je je had voorgesteld, Emmett?

– Billy, we moeten verder.

Billy keek naar Ulysses.

– Welk gebouw is het Empire State Building, Ulysses?

– Het Empire State Building?

Het ongeduld waarmee Ulysses dit zei was meer uit gewoonte dan uit haast. Maar toen hij zijn eigen stem hoorde, sloeg hij een mildere toon aan en wees naar het centrum.

– Het is dat gebouw met die spits. Maar je broer heeft gelijk. We moeten verder. En je moet bij ons in de buurt blijven. Als je op een gegeven moment een van ons niet meer kunt aanraken, ben je niet dichtbij genoeg. Begrepen?

– Begrepen.

– Oké dan. We gaan.

Terwijl ze met z'n drieën hun tocht over het oneffen paadje hernamen viel het Emmett op dat de trein voor de derde keer een paar tellen naar voren reed en toen weer stopte. Hij vroeg zich af waarom dat was, maar toen pakte Billy zijn hand en keek hij stralend naar hem op.

– Dat was het antwoord, zei hij.

– Het antwoord waarop, Billy?

– Het Empire State Building. Dat is het hoogste gebouw ter wereld.

Nadat ze de helft van de goederenwagons voorbij waren gelopen zag Emmett dat zo'n vijftig meter verderop het verhoogde spoor naar links boog. Door een optisch effect leek het alsof er achter de bocht een gebouw van acht verdiepingen van het spoor oprees. Maar toen ze dichterbij kwamen kon Emmett zien dat het eigenlijk geen optisch effect was. Het gebouw rees echt direct op boven het spoor, aangezien de rails er dwars doorheen liepen. Op de muur boven de opening hing een groot geel bord waarop stond:

Privéterrein
Verboden toegang

Vijf meter ervoor gaf Ulysses een teken dat ze moesten stoppen.

Op de plek waar ze stonden, konden ze verderop aan de andere kant van de trein geluiden van activiteiten horen: het openen van de schuifdeuren van de wagons, het geknars van karretjes, het geroep van werklui.

– Daar gaan we heen, zei Ulysses met gedempte stem.

– Door het gebouw? fluisterde Emmett.

– Dat is de enige weg om op onze bestemming te komen.

Ulysses legde uit dat er op dit moment vijf goederenwagons aan het perron stonden. Zodra de werkploeg klaar was met uitladen zou de trein naar voren rijden, zodat ze de volgende vijf konden uitladen. Op dat moment zouden ze doorlopen. Zolang ze achter de wagon bleven en gelijk met de trein mee opliepen zou niemand ze zien.

Dit leek Emmett een slecht plan. Hij wilde Ulysses zeggen wat hem zorgen baarde en kijken of er niet een alternatieve route was, maar verderop klonk het ontsnappen van stoom en de trein kwam in beweging.

– We gaan, zei Ulysses.

Onder zijn leiding liepen ze in de smalle ruimte tussen de wagon en de muur het gebouw binnen, in precies hetzelfde tempo als de trein. Halverwege het gebouw stopte de trein abrupt, en zij ook. De geluiden van de activiteiten in het pakhuis klonken nu luider en Emmett kon via de schaduwen die tussen de wagons heen en weer schoten de snelle bewegingen van de werklui zien. Billy keek op alsof hij een vraag wilde stellen maar Emmett hield een vinger tegen zijn mond. Uiteindelijk hoorden ze weer stoom ontsnappen en begon de trein weer te rijden. Erop lettend dat ze hetzelfde tempo als de trein aanhielden, kwamen de drie aan de andere kant van het gebouw ongezien naar buiten.

Eenmaal buiten begon Ulysses sneller te lopen om de afstand tussen hen en het pakhuis te vergroten. Net als eerder liepen ze in de krappe ruimte tussen de goederenwagons en de vangrail. Maar toen ze voorbij de locomotief kwamen, opende zich rechts van hen een groots uitzicht.

Vooruitlopend op Billy's gevoel voor verwondering stopte Ulysses ditmaal.

– De Hudson, zei hij met een gebaar naar de rivier.

Ulysses gunde Billy een moment om de oceaanstomers, sleepboten en binnenvaartschepen te bewonderen, maar maakte toen oogcontact met Emmett en liep door. Emmett had het signaal begrepen en nam zijn broer bij de hand.

– Kijk eens hoeveel schepen er zijn, zei Billy.

– Kom op, zei Emmett. Je kunt onder het lopen wel naar ze kijken.

Billy liep braaf mee en Emmett kon hem onderweg stilletjes de vaartuigen horen tellen.

Nadat ze een eindje hadden gelopen werd de doorgang geblokkeerd door een hoge afrastering die dwars over het verhoogde spoor naar de andere vangrail liep. Ulysses ging naar het midden van het spoor en op een plek waar de afrastering was doorgeknipt trok hij die opzij, zodat Emmett en Billy erdoor konden. Aan de andere kant bleven de rails verder naar het zuiden doorlopen, maar hier waren ze overwoekerd met onkruid en gras.

– Wat is er met dit stuk van de lijn gebeurd? vroeg Emmett.

– Het is buiten gebruik.

– Waarom?

– Dingen worden gebruikt en dan niet meer, zei Ulysses op zijn ongeduldige toon.

Een paar minuten later kon Emmett eindelijk zien waar ze heen gingen. Op een zijspoor dat grensde aan het verlaten spoor lag een geïmproviseerd kamp met een wirwar van tenten en afdakjes. Toen ze dichterbij kwamen kon hij van twee verschillende vuren rook zien opstijgen, en de langgerekte silhouetten van mannen in beweging.

Ulysses leidde hen naar het dichtstbijzijnde vuur, waar twee witte zwervers op een biels van tinnen borden zaten te eten en een gladgeschoren zwarte man in een gietijzeren pot roerde. Toen de zwarte man Ulysses zag, glimlachte hij.

– Kijk eens aan, wie hebben we daar.

– Hoi, Stew, zei Ulysses.

Maar het welkom op het gezicht van de kok veranderde in een blik van verrassing toen Emmett en Billy tevoorschijn kwamen.

– Ze horen bij mij, legde Ulysses uit.

– Réízen ze met jou? vroeg Stew.

– Zeg ik toch net.

– Da's waar…

– Is er bij jouw hut nog plaats?

– Ik denk het wel.

– Ik ga even kijken. Maak jij intussen iets te eten.

– Ook voor de jongens?

– Ook voor de jongens.

Het scheen Emmett toe dat Stew op het punt stond weer verrast te gaan kijken maar daar vervolgens van afzag. De zwervers die waren gestopt met eten keken belangstellend naar Ulysses die een beurs uit zijn zak haalde en opende. Het duurde even tot Emmett doorhad dat Ulysses voor hun eten wilde betalen.

– Wacht, zei hij. Laat ons voor jou betalen, Ulysses.

Hij pakte het vijfdollarbiljet dat Parker in zijn borstzak had gepropt, deed een paar stappen naar voren en stak het uit naar Stew. Terwijl hij dat deed, zag hij dat het geen vijfdollarbiljet was. Het was een vijftigje.

Stew en Ulysses staarden allebei even naar het biljet en vervolgens keek Stew naar Ulysses, die op zijn beurt Emmett aankeek.

– Stop dat weg, zei hij streng.

Emmett voelde het bloed weer naar zijn kaken stijgen en borg het geld in zijn borstzak. Pas toen dat gedaan was draaide Ulysses zich om naar Stew en betaalde hij voor de drie maaltijden. Daarna richtte hij zich op zijn bekende manier tot Billy en Emmett.

– Ik ga een plek voor ons regelen. Jullie twee gaan zitten en eten wat. Ik ben zo terug.

Emmett keek Ulysses na en had totaal geen zin om te gaan zitten of te eten. Maar Billy had al een bord chili en maisbrood op schoot, en Stew was nog zo'n bord aan het klaarmaken.

– Het is net zo lekker als die van Sally, zei Billy.

Emmett zei tegen zichzelf dat hij beleefd moest zijn en nam het bord aan.

Bij de eerste hap realiseerde hij zich hoeveel trek hij had. Het was al een aantal uren geleden dat ze het laatste eten uit de Pullmanwagon hadden opgemaakt. En Billy had gelijk. De chili was net zo goed als die van Sally. Misschien zelfs beter. Uit de rooksmaak kon je concluderen dat Stew flink wat bacon had gebruikt, en het rundvlees was verrassend goed. Toen Stew hem een tweede portie aanbood, sloeg Emmett die niet af.

Terwijl hij daarop zat te wachten bekeek hij tersluiks de twee zwervers die aan de andere kant van het vuur zaten. Door hun versleten kleren en ongeschoren gezichten was het moeilijk te zeggen hoe oud ze waren, maar Emmett vermoedde dat ze jonger waren dan ze eruitzagen. De lange dunne links sloeg, bijna opzettelijk, totaal geen acht op Emmett of zijn broer. Maar degene rechts, die naar hen glimlachte, zwaaide ineens.

Billy zwaaide terug,

– Welkom, vermoeide reizigers, riep hij over het vuur heen. Waar komen jullie vandaan?

– Nebraska, riep Billy terug.

– Nebraskee! antwoordde de zwerver. Ik ben heel wat keren in Nebraskee geweest. Wat brengt jullie naar de Big Apple?

– We komen Emmetts auto ophalen, zei Billy. Zodat we naar Californië kunnen rijden.

Toen de auto genoemd werd keek de lange zwerver, die hen genegeerd had, ineens belangstellend op.

Emmett legde een hand op zijn broers knie.

– We zijn alleen maar op doorreis, zei hij.

– Dan zijn jullie op het juiste adres, zei de glimlachende. Geen betere plek ter wereld, als je op doorreis bent.

– Maar waarom reis je dan niet door, zei de lange.

De glimlachende man keek zijn buurman met een frons aan, maar voordat hij kon antwoorden keek de lange naar Billy.

– Jullie komen voor jullie auto, zei je?

Emmett wilde tussenbeide komen, maar opeens was daar aan de rand van het vuur Ulysses, die naar het bord van de lange keek.

– Ziet ernaar uit dat je klaar bent met eten, zei hij.

De twee zwervers keken allebei op naar Ulysses.

– Ik ben klaar wanneer ik zeg dat ik klaar ben, zei de lange.

Toen gooide hij zijn bord op de grond.

– Nu ben ik klaar.

Toen de lange opstond gaf de glimlachende man Billy een knipoog en stond hij ook op.

Ulysses keek de twee weglopende mannen na, ging toen op de biels zitten waar zij gezeten hadden en keek Emmett door het vuur veelbetekenend aan.

– Ik weet het, zei Emmett. Ik weet het.

Woolly

Als het aan Woolly had gelegen, zouden ze de nacht niet in Manhattan hebben doorgebracht. Ze zouden er zelfs niet doorheen zijn gereden. Ze zouden rechtstreeks naar het huis van zijn zus in Hastings-on-Hudson zijn gegaan en vandaaruit naar de Adirondacks.

Het probleem met Manhattan was, vanuit Woolly's gezichtspunt, het probleem met Manhattan was dat het zo vreselijk permanent was. Ál die torens van graniet en ál die kilometers bestrating, zover het oog maar reikt! En dat er elke dag miljoenen mensen over de trottoirs en de marmeren vloeren van lobby's stampten, zonder er zelfs maar een deukje in te slaan. Daar kwam nog bij dat Manhattan absolutief vol zat met verwachtingen. Er waren zoveel verwachtingen dat ze de gebouwen acht verdiepingen hoog moesten bouwen, zodat ze genoeg ruimte hadden om ze boven op elkaar te stapelen.

Maar Duchess wilde zijn vader bezoeken, dus namen ze de Lincoln Highway tot de Lincoln Tunnel, en de Lincoln Tunnel onder de Hudson door, en hier waren ze dan.

Als ze dan toch in Manhattan moesten zijn, dacht Woolly terwijl hij zijn kussen opschudde, dan was dit tenminste wel de manier om het te doen. Want toen ze uit de Lincoln Tunnel kwamen was Duchess niet linksaf naar het centrum gegaan. In plaats daarvan was hij rechtsaf gegaan en helemaal naar de Bowery gereden, een straat waar Woolly nooit eerder was geweest, om bij zijn vader langs te gaan in een hotelletje waarvan hij nog nooit had gehoord. En toen hij in de lobby naar alle activiteiten buiten op straat zat te kijken, zag hij toevallig iemand langslopen met een stapel kranten – een man in een flodderige jas en met een slappe hoed.

– De Vogelman! riep Woolly tegen het raam. Wat een buitengewoon toeval!

Hij sprong op van zijn stoel en klopte op het raam. Alleen, toen de man zich omdraaide zag hij dat het de Vogelman helemaal niet was. Maar omdat er op het raam naar hem geklopt was, kwam de man met zijn stapel kranten de lobby binnen en vloog hij direct op Woolly's stoel af.

Zoals Duchess, naar hij graag zei, allergisch voor boeken was, zo had Woolly een gerelateerde aandoening. Hij was allergisch voor het dagelijkse nieuws. In New York gebeurde voortdurend van alles. Dingen waarvan je niet alleen verwacht werd verstand te hebben, maar waarover je ook verwacht werd een mening te hebben die je op elk gewenst moment direct kon ventileren. In feite gebeurden er zoveel dingen in zo'n hoog tempo dat ze met geen mogelijkheid allemaal in een enkele krant pasten. New York had natuurlijk de *Times*, de krant bij uitstek, maar daarnaast was er de *Post*, de *Daily News*, de *Herald Tribune*, de *Journal-American*, de *World-Telegram* en de *Mirror*. En dat waren alleen nog maar de kranten waar Woolly zo uit zijn blote hoofd op kon komen.

En die bedrijven hadden allemaal een bataljon mannen in dienst die tot ver na etenstijd primeurs versloegen, bronnen nagingen, op aanknopingspunten jaagden en kopij schreven. Ze lieten allemaal midden in de nacht drukpersen draaien en in alle mogelijke richtingen bestelbusjes rondrijden, zodat het nieuws van de dag op je stoep lag als je bij het krieken van de dag opstond om de trein van 6u42 te halen.

De gedachte alleen al bezorgde Woolly koude rillingen. Dus toen de flodderjasman hem met zijn stapel kranten naderde, was Woolly maar al te bereid hem weg te sturen.

Maar het bleek dat de flodderjasman niet de kranten van vandaag verkocht. Hij verkocht de kranten van gisteren. En van eergisteren. En van de dag daarvoor!

– Drie cent voor de *Times* van gisteren, legde hij uit, twee cent voor die van eergisteren en een voor die van drie dagen geleden, of: vijf cent voor alle drie.

Nou, dat is andere koek, dacht Woolly. Nieuws dat een, twee, en drie dagen oud was kwam met lang niet zoveel urgentie binnen als het nieuws van de dag. Eigenlijk kon je het niet eens meer nieuws noemen. En je hoefde geen 10 in de wiskundeles van meneer Kehlenbeck te halen om te weten dat drie kranten voor vijf cent een koopje is. Maar helaas, Woolly had geen geld.

Of misschien...?

Voor het eerst sinds hij meneer Watsons broek had aangetrokken stak hij zijn handen in meneer Watsons zakken. En geloof het of niet, echt, geloof het of niet, maar uit de rechterbroekzak kwamen een paar verkreukelde bankbiljetten.

– Ik neem ze alle drie, zei Woolly enthousiast.

Toen de man Woolly de kranten overhandigde, overhandigde Woolly hem een dollar, en zei hij er grootmoedig bij dat hij het wisselgeld kon houden. En hoewel de man zo blij als wat was, dacht Woolly met vrij grote zekerheid dat hij de beste slag had geslagen.

Kort en goed, toen het avond werd en Duchess in Manhattan rondzwierf op zoek naar zijn vader, en Woolly op bed lag met zijn kussen in zijn rug en de radio aan – en met twee extra druppels van zijn medicijn, uit het extra flesje dat hij in Emmetts schooltas had gestopt – las hij de krant van drie dagen geleden.

En wat maakten drie dagen een groot verschil. Het nieuws leek niet alleen veel minder dringend, maar als je de koppen zorgvuldig uitkoos, hadden de verhalen vaak ook iets bizars. Zoals deze op de voorpagina van zondag:

PROEFMODEL ATOOMONDERZEEËR
SIMULEERT EEN DUIK NAAR EUROPA

Het artikel besprak hoe de eerste atoomonderzeeër het equivalent van een reis dwars door de Atlantische Ocean had afgelegd – terwijl hij ergens midden in de woestijn van Idaho was! De hele vooronderstelling leek Woolly net zo ongelooflijk als iets wat je in Billy's grote rode boek kon vinden.

En dan had je deze, die op de voorpagina van twee dagen geleden stond:

HEDENOCHTEND OM 10 UUR
TEST CIVIELE VERDEDIGING

Normaal gesproken waren *verdediging* en *test* exact het soort woorden die Woolly van streek maakten en ervoor zorgden dat hij een artikel maar helemaal oversloeg. Maar in het artikel in de twee dagen oude *Times* werd uitgelegd dat in de loop van de test een denkbeeldige vloot vijandelijke vliegtuigen op vierenvijftig steden denkbeeldige atoombommen zou laten vallen en zodoende denkbeeldige verwoestingen zou aanrichten in heel Amerika. Alleen al in New York zouden drie afzonderlijke denkbeeldige bommen vallen, waarvan er een denkbeeldig zou landen op het kruispunt van Fifty-Seventh Street en Fifth Avenue – nota bene vlak voor Tiffany's. Als onderdeel van de test moesten, wanneer het alarm klonk, alle normale activiteiten in de vierenvijftig steden gedurende tien minuten worden opgeschort.

– Alle normale activiteiten gedurende tien minuten opgeschort, las Woolly hardop. Stel je voor!

Lichtelijk buiten adem pakte Woolly de krant van gisteren om te zien wat er was gebeurd. En op de voorpagina, boven de vouw zoals ze zeggen, stond een foto van Times Square met twee politieagenten die Broadway afkeken, en verder geen mens te bekennen. Niemand die in de etalage van de sigarenboer keek. Niemand die uit het Criterion

Theater kwam of het Astor Hotel in ging. Niemand die een kassa liet rinkelen of een telefoonnummer draaide. Helemaal niemand die sjacherde of jakkerde, of een taxi aanhield.

Wat een vreemd en mooi gezicht, dacht Woolly. De stad New York stil, bewegingsloos en praktisch uitgestorven, totaal inactief, en voor het eerst sinds zijn stichting zonder het gegons van verwachtingen.

Duchess

Nadat ik Woolly in zijn kamer had geïnstalleerd, met wat druppels van zijn medicijn en de radio afgestemd op reclames, ging ik op weg naar een kroeg die de Anchor heette, op West Forty-Fifth Street, in Hell's Kitchen. Door de gedempte verlichting en de schamele clientèle was het precies het soort zaak waar mijn ouweheer van hield – een plek waar een uitgerangeerde artiest aan de bar kon hangen en afgeven op het onrecht van het leven, zonder bang te hoeven zijn dat iemand hem in de rede viel.

Volgens Bernie hadden Fitzy en mijn ouweheer de gewoonte elkaar hier elke avond rond de klok van acht te ontmoeten en te drinken tot hun geld op was. En ja hoor, om 7u59 zwaaide de deur open en schuifelde Fitzy naar binnen, precies op tijd.

Aan de manier waarop iedereen hem negeerde kon je zien dat hij een stamgast was. Al met al was hij niet zo beroerd oud geworden. Zijn haar was wat dunner en zijn neus wat roder, maar onder de oppervlakte kon je nog steeds iets van de oude kerstman zien, als je je ogen voldoende toekneep.

Hij liep me straal voorbij, perste zich tussen twee barkrukken en bestelde een whisky – in een longdrinkglas.

Een whisky ziet er in een longdrinkglas erg miezerig uit, dus het bevreemdde me dat Fitzy om iets dergelijks vroeg. Maar toen hij het drankje van de bar pakte, kon ik zijn vingers heel licht zien trillen. Hij was er ongetwijfeld door schade en schande achter gekomen dat je met een borrel in een borrelglas veel eerder morst.

Met zijn whisky veilig in de hand trok hij zich terug in de hoek, naar een tafeltje met twee stoelen. Dat was duidelijk de plek waar hij met mijn vader gewoonlijk zat te drinken, want toen hij goed en wel zat, hief hij zijn glas naar de lege stoel. Hij moest wel de laatste levende mens op aarde zijn die nog met Harry Hewett proostte, dacht ik. Toen hij zijn glas naar zijn mond bracht ging ik bij hem zitten.

– Hallo, Fitzy.

Fitzy verstarde even en tuurde over de bovenkant van zijn glas. En voor ongetwijfeld de eerste keer in zijn leven zette hij zijn glas terug op tafel zonder ervan gedronken te hebben.

– Hé, Duchess, zei hij. Ik herkende je bijna niet. Je bent een stuk forser geworden.

– Komt van al het zware werk. Zou je ook eens moeten proberen.

Fitzy keek naar zijn drankje, vervolgens naar de barkeeper en daarna naar de uitgang. Toen hij nergens anders meer naar kon kijken keek hij me aan.

– Nou, leuk om je te zien, Duchess. Wat brengt je naar de stad?

– O, van alles. Morgen moet ik op bezoek bij een vriend in Harlem, maar ik ben ook op zoek naar mijn vader. Hij en ik hebben zogezegd nog iets af te handelen. Helaas is hij zo snel uit het Sunshine Hotel vertrokken dat hij heeft vergeten bericht achter te laten waar hij naartoe ging. Maar ik dacht dat als íémand in New York zou weten waar Harry was, het zijn goede vriend Fitzy zou zijn.

Fitzy schudde zijn hoofd al voordat ik was uitgesproken.

– Nee, zei hij. Ik weet niet waar je vader is, Duchess. Ik heb hem in geen weken gezien.

Vervolgens keek hij sip naar zijn onaangeroerde drankje.

– Waar zijn mijn manieren, zei ik. Wat kan ik je aanbieden?

– O, hoeft niet hoor. Ik heb nog.

– Dat slokje? Daarmee doe je jezelf tekort.

Ik stond op, liep naar de bar en vroeg de barkeeper om een fles van wat Fitzy aan het drinken was. Toen ik terugkwam trok ik de kurk eruit en vulde zijn glas tot de rand.

– Dat lijkt er meer op, zei ik toen hij naar de whisky keek, zonder te glimlachen.

Wat een wrange ironie, dacht ik bij mezelf. Ik bedoel: voor Fitzy's neus stond datgene waarover hij zijn halve leven had gedroomd. Voor had gebéden zelfs. Een longdrinkglas tot de rand gevuld met whisky – en ook nog door iemand anders betaald. Maar nu het voor hem stond, wist hij niet meer zo zeker of hij het wel wilde.

– Toe maar, zei ik bemoedigend. We hoeven niet zo formeel te doen.

Bijna met tegenzin hief hij het glas en liet het even mijn kant op hellen. Het gebaar was minder hartelijk dan toen hij naar de lege stoel van mijn ouweheer had getoost, maar evengoed uitte ik mijn dank.

Toen hij deze keer het glas aan zijn lippen zette, nam hij een flinke slok, alsof dat ter compensatie was voor het eerder niet genomen drankje. Vervolgens zette hij het glas neer, keek me aan en wachtte. Want dat is wat uitgerangeerde artiesten doen: ze wachten.

Wat wachten betreft hebben uitgerangeerde artiesten veel ervaring. Bijvoorbeeld wanneer ze wachtten op hun doorbraak, of tot hun act populair werd. Wanneer het duidelijk werd dat die dingen niet gingen gebeuren, begonnen ze op andere dingen te wachten. Bijvoorbeeld op het opengaan van de bars, of op het binnenkomen van de bijstand. Binnen de kortste keren zaten ze te wachten op hoe het zou zijn om in een park te slapen, of op het nemen van de twee laatste trekjes van een afgedankte sigaret. Ze zaten te wachten op de volgende vernedering waaraan ze konden gaan wennen, terwijl ze erop wachtten vergeten te worden door degenen die hun eens dierbaar waren. Maar ze wachtten bovenal op het einde.

– Waar is hij, Fitzy?

Fitzy schudde zijn hoofd, meer om zichzelf dan om mij.

– Zoals ik al zei, Duchess, ik heb hem in geen weken gezien. Ik zweer het.

– Normaal gesproken zou ik geneigd zijn elk woord dat uit je mond kwam te geloven. Vooral als je erbij gezworen had.

Dat laatste deed hem huiveren.

– Alleen, toen ik ging zitten, scheen je niet zo verrast om me te zien. Hoe zou dat nou komen?

– Ik weet het niet, Duchess. Misschien was ik vanbinnen wel verrast?

Daar moest ik hard om lachen.

– Misschien was dat wel zo. Maar weet je wat ik denk? Ik denk dat je niet verrast was, omdat mijn ouweheer je heeft gezegd dat ik misschien langs zou komen. Maar dan moet hij je in de afgelopen paar dagen gesproken hebben. In feite gebeurde dat waarschijnlijk precies terwijl je hier zat.

Ik tikte met een vinger op de tafel.

– En als hij je gezegd heeft dat hij de benen ging nemen, moet hij je ook gezegd hebben waarheen. Jullie waren per slot zo dik als twee dieven in een kerk.

Bij het woord dieven moest Fitzy weer huiveren. Vervolgens keek hij nog sipper, als zoiets voorstelbaar was.

– Het spijt me, zei hij zacht.

– Wat zei je?

Ik leunde een beetje naar voren, alsof ik hem niet goed kon horen, en hij keek op met iets wat op oprechte spijt leek.

– Het spijt me zo, Duchess, zei hij. Het spijt me dat ik die dingen over jou in die verklaring heb gezet. En dat ik die heb getekend.

Voor iemand die niet wilde praten, was hij nu ineens niet te stoppen.

– Ik had de avond ervoor gedronken, weet je. Ik voel me toch al niet op mijn gemak met politie, en nog minder wanneer ze me vragen gaan stellen. Vragen over wat ik misschien heb gezien of gehoord, ook al zijn mijn ogen en oren niet meer wat ze geweest zijn. En mijn geheugen evenmin. En toen de agenten een beetje ongeduldig werden, nam je vader me terzijde en probeerde hij mijn geheugen op te frissen…

Terwijl Fitzy doorpraatte pakte ik de fles whisky op en keek er eens goed naar. Midden op het etiket stond een groot, groen klavertjevier. Daar moest ik om glimlachen. Ik bedoel, wat voor geluk heeft een glas whisky ooit iemand gebracht. En dan ook nog Ierse whisky.

En terwijl ik daar zo het gewicht van de fles in mijn hand woog, kwam het plotseling in me op dat dit een ander goed voorbeeld was van iets wat nauwgezet voor een bepaald doel was gemaakt, maar ook prima voor iets anders kon dienen. Honderden jaren geleden was de whiskyfles ontworpen als een behuizing die breed genoeg was voor de inhoud, met een hals die smal genoeg was om ermee te schenken. Maar als je de fles eens omdraaide en bij de hals vasthield, leek het ineens of hij was ontworpen om een stakker mee op zijn kop te slaan. In zekere zin was een whiskyfles net zoiets als een potlood met een gum – die aan één kant gebruikt werd om dingen te zeggen en aan de andere kant om ze terug te nemen.

Fitzy moest mijn gedachten gelezen hebben, want hij werd ineens heel stil. En aan zijn gezicht kon ik zien dat hij bang was geworden. Zijn gezicht was bleek en het trillen van zijn vingers was beduidend erger geworden.

Het was misschien wel de eerste keer van mijn leven dat iemand bang voor me was. Ik kon het amper geloven, want ik had geen enkele intentie om Fitzy kwaad te doen. Wat had dat voor zin? Wanneer het erop aankwam Fitzy kwaad te doen, had hij daar zelf de beste papieren voor.

Maar gezien de omstandigheden dacht ik dat ik zijn vrees in mijn voordeel kon gebruiken. Dus toen hij me vroeg of we 'zand erover' konden doen, zette ik de fles opzettelijk heel langzaam op het tafeltje.

– Ik wou dat ik dat kon, zei ik peinzend. Ik wou dat ik de klok terug kon draaien en dat je wat je deed ongedaan kon maken, Patrick FitzWilliams. Maar helaas, mijn vriend, is er geen zand. Er is, wat dat aangaat, geen korrel zand te bekennen. Alles is zoals het is. Ook hier, in deze ruimte.

Hij keek nu zo benard dat ik bijna medelijden met hem kreeg.

– Wat je redenen ook geweest mogen zijn, Fitzy, ik denk dat we het er wel over eens kunnen zijn dat je bij mij in het krijt staat. Als je mij vertelt waar mijn vader is, staan we quitte. Maar als je dat niet doet, zal ik mijn fantasie moeten gebruiken om een andere manier te bedenken hoe wij tweetjes dit gaan oplossen.

Sally

Ik vond mijn vader helemaal in de noordhoek waar hij met Bobby en Miguel een stuk van het hek aan het repareren was, terwijl hun paarden er werkeloos bij stonden en een paar honderd stuks vee op het terrein achter hen graasde.

Ik draaide van de weg de berm in, kwam precies op de plek waar ze bezig waren slippend tot stilstand en klom uit de cabine, terwijl ze hun ogen tegen het stof beschermden.

Bob, die altijd de lolbroek uithangt, hoestte heel overdreven en mijn vader schudde zijn hoofd.

– Sally, zei hij, als je op die manier over slechte wegen blijft rijden, gaat die pick-up je een keer in de steek laten.

– Ik denk dat ik onderhand wel weet wat Betty wel of niet aankan.

– Ik zeg alleen maar dat als de versnellingsbak het begeeft, je niet moet verwachten dat ik hem vervang.

– Maak je daar maar geen zorgen over. Want als ik weet wat ik van mijn pick-up kan verwachten, weet ik nog beter wat ik van jou kan verwachten.

Hij was even stil, en ik vermoed dat hij overwoog of hij de jongens moest wegsturen.

– Oké, zei hij, alsof hij het met zichzelf eens was geworden. Je bent hier niet voor niks heen komen scheuren. Zoveel is wel duidelijk. Zeg maar wat er is.

Ik opende het portier aan passagierszijde, pakte het TE KOOP-bord dat op de zitting lag en hield het omhoog zodat hij het goed kon zien.

– Ik vond dit bij de vuilnis.

Hij knikte.

– Daar heb ik het in gedaan.

– En als ik vragen mag: waar komt het vandaan?

– Van de Watsons.

– Waarom zou jij het TE KOOP-bord van het huis van de Watsons halen?

– Omdat het niet meer te koop is.

– En hoe weet jij dat?

– Omdat ik het gekocht heb.

Zijn toon was afgemeten en vastbesloten, waarmee hij probeerde aan te geven dat zijn geduld op was, dat hij geen tijd voor dit soort gesprekjes had, dat de jongens en hij werk te doen hadden en het nu tijd was dat ik in mijn pick-up stapte en naar huis reed, waar ik vast en zeker met het avondeten bezig hoorde te zijn. Maar als hij dacht dat hij de enige was die wist wat geduld was, dan had hij de verkeerde voor zich.

Ik wachtte even af. Zonder een voet te verzetten keek ik bedachtzaam in de verte en vervolgens richtte ik mijn blik weer op hem.

– De snelheid waarmee je die boerderij hebt gekocht... Een mens vraagt zich af hoelang je daarvoor op de loer hebt gelegen.

Bobby zat met de punt van zijn laars in het stof op de grond te wroeten, Miguel keek achterom naar het vee en mijn vader krabde zich in de nek.

– Jongens, zei hij na een poosje, ik denk dat jullie nog wel wat te doen hebben.

– Ja, meneer Ransom.

Ze bestegen elk hun paard en reden op de ongehaaste manier van mannen die rustig aan het werk zijn naar de kudde. Mijn vader keek niet achterom om ze na te kijken, maar hij wachtte tot het geluid van de hoeven afnam voor hij weer wat zei.

– Sally, zei hij op zijn ik-zeg-dit-maar-één-keer-toon, er was geen sprake van op de loer liggen. Charlie kon de hypotheek niet opbrengen, de bank legde beslag en zette het te koop, en ik heb het gekocht. Meer niet. Bij niemand van de bank kwam het als een verrassing, bij niemand van de gemeente kwam het als een verrassing, en het zou ook voor jou niet als een verrassing moeten komen. Want dat doen boeren nu eenmaal. Als de mogelijkheid zich aandient en de prijs goed is, zal een boer zijn land uitbreiden, achtereenvolgens.

– *Achtereenvolgens*, zei ik, onder de indruk.

– Ja, antwoordde hij. Achtereenvolgens.

We keken elkaar strak aan.

– Dus al die jaren dat meneer Watson met zijn land worstelde had jij het te druk om hem te helpen. Maar zo gauw de mogelijkheid zich aandiende had je ineens wel tijd. Komt het daarop neer? Dat klinkt volgens mij erg als op de loer liggen.

Voor het eerst verhief hij zijn stem.

– Verdomme, Sally. Wat had ik dan moeten doen? Ernaartoe gaan en zijn ploeg ter hand nemen? Zijn zaden poten en zijn gewassen oogsten? Je kunt iemand anders' leven niet voor hem leven. Als een man maar een greintje trots heeft, wil hij dat niet. En Charlie Watson mag dan wel geen goede boer zijn geweest, hij had wel zijn trots. Meer trots dan de meesten.

Ik keek nog eens bedachtzaam in de verte.

– Maar is het niet interessant dat net toen de bank bezig was het perceel op de markt te brengen, jij op de veranda de zoon van de eigenaar zat te vertellen dat het tijd voor hem werd om zijn biezen te pakken en ergens anders een frisse start te maken.

Hij keek me even aandachtig aan.

– Gaat het dáárom? Om jou en Emmett?

– Niet van onderwerp veranderen.

Hij schudde weer zijn hoofd, net als toen ik hier aankwam.

– Hij zou nooit blijven, Sally. Net zomin als zijn moeder. Je hebt het zelf gezien. Zo gauw hij kon nam hij een baantje in de stad. En wat deed hij met zijn eerste spaargeld? Hij kocht een auto. Geen truck of tractor, Sally. Een auto. Hoewel ik er niet aan twijfel dat Emmett het verlies van zijn vader diep betreurde, vermoed ik dat hij *opgelucht* was door het verlies van de boerderij.

– Doe maar niet alsof je Emmett Watson zo goed kent. Je hebt geen flauw idee wat er in zijn hoofd omgaat.

– Kan zijn. Maar na vijfenvijftig jaar in Nebraska kan ik wel zien wie een blijver is en wie er vertrekt.

– O ja? Vertel eens, meneer Ransom, wat ben ik dan?

Je zou zijn gezicht hebben moeten zien toen ik dat zei. Hij werd eventjes helemaal wit. En toen werd hij net zo snel helemaal rood.

– Ik weet dat het voor een jong meisje niet makkelijk is om haar moeder te verliezen. In bepaalde opzichten is het voor haar moeilijker dan voor de echtgenoot die zijn vrouw heeft verloren. Want een vader is niet toegerust om een meisje groot te brengen op de manier waarop dat zou moeten. Maar dat is vooral het geval als het meisje in kwestie een tegendraadse aard heeft.

Op dat moment keek hij me lang en indringend aan, voor het geval het niet al duidelijk was dat hij het over mij had.

– Hoeveel nachten heb ik wel niet voor mijn bed geknield en tot je moeder gebeden, met de vraag hoe ik het beste kon reageren op jouw eigenzinnigheid. En in al die jaren heeft je moeder – God hebbe haar ziel – me niet één keer geantwoord. Dus moest ik me verlaten op herinneringen aan hoe zij voor jou zorgde. Hoewel je pas twaalf was toen ze stierf, was je al behoorlijk tegendraads. En als ik daar mijn zorg over uitsprak, zei je moeder altijd dat ik geduld moest hebben. Ed, zei ze dan, je jongste heeft een sterke wil, en dat zal haar goed van pas komen als ze groot is. We moeten haar wat tijd en ruimte geven.

Nu was het zijn beurt om even in de verte te kijken.

– Welnu, ik vertrouwde je moeders goede raad, toen, en nu nog. En daarom heb ik toegegeven. Ik heb toegegeven aan je manieren en gewoontes, aan je opvliegendheid en je woordgebruik. Maar Sally, zo helpe mij God, ik ben gaan inzien dat ik je helemaal geen dienst heb bewezen. Door je de vrije teugel te geven heb ik je een eigenzinnige jonge vrouw laten worden, iemand die eraan gewend is haar toorn bot te vieren en zich vrijelijk te uiten, en die naar alle waarschijnlijkheid niet geschikt is voor het huwelijk.

Ach, wat genoot hij ervan om dat toespraakje te houden. Zoals hij daar wijdbeens stond, met zijn voeten stevig op de grond, deed hij alsof hij zijn kracht rechtstreeks aan het land kon ontlenen, louter omdat het van hem was.

Toen werd zijn uitdrukking milder en keek hij me met medelijden aan, wat me nog kwaaier maakte.

Ik gooide het bord voor zijn voeten, draaide me om en klom in de cabine van mijn pick-up. Ik zette haar in de rijstand, liet de motor gieren en stoof met honderdtien kilometer per uur over de weg, waarbij ik alle kiezels liet opvliegen en elke hobbel nam zodat het chassis schokte en de ramen en deuren rammelden. Ik zwierde de oprit naar de boerderij op, mikte op de voordeur en kwam met een slip op anderhalve meter ervoor tot stilstand.

Pas toen het stof was neergedaald zag ik dat er een man met een hoed op onze veranda zat. En pas toen hij opstond en in het licht trad, zag ik dat het de sheriff was.

Ulysses

Terwijl Ulysses de gebroeders Watson die van het kampvuur naar hun slaapplaats liepen nakeek, kwam Stew naast hem zitten.

– Reizen ze morgen door?

– Nee, zei Ulysses. De oudere jongen heeft iets in de stad te regelen. Hij zou in de middag terug moeten zijn en dan blijven ze nog een nachtje.

– Goed dan. Ik zal de slaapplekken voor ze aanhouden.

– En de mijne ook.

Stew boog zich met een korte draai iets naar voren om Ulysses aan te kijken.

– Blijf jij nog een nacht?

Ulysses keek terug naar Stew.

– Dat zeg ik toch net?

– Dat zei je, ja.

– En is dat een probleem?

– Nee, zei Stew. Wat mij betreft niet. Ik herinner me alleen dat iemand ooit zei dat hij nooit twee nachten achtereen op dezelfde plek bleef.

– Nou, zei Ulysses, dan zal hij dat komende vrijdag wél gedaan hebben.

Stew knikte.

– Ik heb nog wat koffie op het vuur staan, zei hij na een tijdje. Ik ga daar maar even naar kijken.

– Lijkt me een goed idee, zei Ulysses.

Hij keek Stew na die terugliep naar het kampvuur en begon toen het panorama van lichtjes van de stad te bekijken, van Battery Park helemaal tot de George Washington Bridge – lichtjes die geen bekoring voor hem inhielden en hem geen troost boden.

Maar Billy had hem verteld over de afspraak die hij met zijn broer had, en die leek Ulysses heel redelijk. Hij zou twee nachten op het eiland Manhattan verblijven. Morgen zouden ze als kennissen met elkaar omgaan, zodat ze de dag daarop als vrienden uit elkaar konden gaan.

VIJF

Woolly

Toen ze de oprit van zijn zus opreden kon Woolly al zien dat er niemand thuis was.

Woolly kon altijd zien of er iemand in huis was door alleen maar naar de ramen te kijken. Soms kon hij als hij naar de ramen keek alle activiteiten in het huis horen, zoals de geluiden van voetstappen die de trap op en af gingen, of als er in de keuken selderij werd gehakt. Soms kon hij het zwijgen horen van twee mensen die elk in een andere kamer zaten. En soms, zoals nu, kon hij aan de manier waarop de ramen terugkeken zien dat er niemand thuis was.

Toen Woolly de motor uitzette, floot Duchess even.

– Hoeveel mensen zei je dat hier wonen?

– Alleen mijn zus en haar man, antwoordde Woolly. Maar mijn zus is in verwachting.

– In verwachting van wat? Een vijfling?

Ze stapten uit de Studebaker.

– Moeten we aanbellen? vroeg Duchess.

– Ze zijn er niet.

– Kun je dan binnenkomen?

– Ze houden de voordeur graag op slot, maar ze laten de deur in de garage vaak open.

Woolly volgde Duchess naar een van de garagedeuren en keek toe toen hij het rolluik met veel geratel optrok.

Binnen waren de eerste twee parkeerplekken leeg. De eerste moest de plek zijn waar zijn zus parkeerde, dacht Woolly, want de olievlek op het beton had de vorm van een enorme ballon – net als die in Billy's boek. De olievlek op de tweede plek daarentegen leek op zo'n klein donderwolkje dat boven het hoofd van een stripfiguurtje hangt als hij in een slechte bui is.

Duchess floot nog eens.

– Wat is dat, zei hij, wijzend naar de vierde plek.

– Een Cadillac met open dak.

– Van je zwager?

– Nee, zei Woolly enigszins verontschuldigend. Hij is van mij.

– Van jou!

Met een ruk draaide Duchess zich naar Woolly om en keek zo verrast, dat Woolly ervan moest glimlachen. Duchess was niet zo gauw verrast, dus als het wel gebeurde moest Woolly altijd glimlachen. Hij volgde Duchess die door de garage liep om de auto van dichtbij te bekijken.

– Hoe kom je daaraan?

– Geërfd, geloof ik. Van mijn vader.

Duchess gaf Woolly een plechtig blijk van erkenning. Daarna liep hij langs de auto, waarbij hij zijn hand over de lange zwarte kap liet gaan en de witte strook op de banden bewonderde.

Woolly was blij dat Duchess niet helemaal om de auto heen was gelopen, want aan de andere kant zaten er deuken in de deur, van toen hij tegen een lantaarnpaal was gebotst.

'Dennis' was heel, heel kwaad geweest toen Woolly op een zaterdagavond met de deuken was thuisgekomen. Woolly wist dat 'Dennis' heel, heel kwaad was, want dat had 'Dennis' zelf gezegd.

Kijk nou eens wat je hebt gedaan, had hij tegen Woolly gezegd terwijl hij woedend de schade opnam.

Dennis, zei zijn zus die tussenbeide kwam. *Die auto is niet van jou. Hij is van Woolly.*

Wat Woolly waarschijnlijk zelf had moeten zeggen: *Die auto is niet van jou, 'Dennis'. Hij is van mij.* Maar daar had hij niet aan gedacht. Tenminste, hij had er pas aan gedacht het te zeggen nadat Sarah eraan had gedacht het te zeggen. Sarah wist altijd precies wat ze moest zeggen voordat Woolly het wist. Als hij midden in een gesprek was, op kostschool of op een feest in New York, dacht hij vaak bij zichzelf hoeveel gemakkelijker het gesprek zou lopen als Sarah er zou zijn om namens hem de juiste dingen te zeggen.

Maar de avond dat hij met de deuken was thuisgekomen en Sarah tegen 'Dennis' had gezegd dat het niet zijn auto was maar die van Woolly, had dat 'Dennis' alleen maar kwader gemaakt.

Dat het zijn auto is, is precies mijn punt. (Woolly's zwager maakte zijn punten altijd heel precies. Zelfs als hij heel erg kwaad was, was hij heel erg precies.) *Als een jongeman het geluk heeft dat hem door zijn eigen vader iets van veel waarde wordt gegeven, zou hij dat met respect moeten behandelen. En als hij het niet met respect weet te behandelen, dan verdient hij niet dat hij het krijgt.*

O, Dennis, zei Sarah. *Het is verdorie geen Manet. Het is een machine.*

Machines zijn de grondslag van alles wat deze familie heeft, zei 'Dennis'.

En van alles wat de familie niet heeft, zei Sarah.

Daar gaat ze weer, dacht Woolly met een glimlach.

– Mag ik? vroeg Duchess, met een gebaar naar de auto.

– Watte? O, ja. Natuurlijk, natuurlijk.

Duchess reikte naar de deurknop van het bestuurdersportier, weifelde, deed toen een stap naar rechts en opende het portier van de achterbank.

– Na u, zei hij met een zwierig gebaar.

Woolly gleed de achterbank op en Duchess gleed na hem naar binnen. Hij sloot de deur en slaakte een zucht van waardering.

– Vergeet de Studebaker, zei hij. Emmett zou híérmee in Hollywood moeten aankomen.

– Billy en Emmett gaan naar San Francisco, bracht Woolly te berde.

– Maakt niet uit. Hiermee zouden ze naar Californië moeten rijden.

– Als Billy en Emmett met de Cadillac naar Californië willen rijden, kan dat natuurlijk.

– Meen je dat?

– Dat zou ik hartstikke leuk vinden, verzekerde Woolly. Het enige probleem is dat de Cadillac veel ouder is dan de Studebaker, zodat ze er waarschijnlijk veel langer over zullen doen om in Californië te komen.

– Kan zijn, zei Duchess. Maar in een auto als deze heb je toch geen haast.

Toen bleek dat de deur in de garage op slot was, gingen ze maar weer naar buiten en ging Woolly bij de voordeur zitten terwijl Duchess de tassen uit de kofferbak haalde.

– Het kan wel een paar uur duren, zei Duchess. Weet je zeker dat dat geen probleem voor je is?

– Heel zeker, zei Woolly. Ik blijf hier gewoon zitten wachten tot mijn zus thuiskomt. Dat duurt vast niet lang.

Woolly keek toe hoe Duchess in de Studebaker stapte, achteruit de oprit uitreed en naar hem zwaaide. Zodra hij alleen was haalde hij het extra flesje medicijn uit de schooltas, draaide de pipet los en kneep een paar extra druppels op het puntje van zijn tong. Daarna nam hij even de tijd om het enthousiasme van de zonneschijn te bewonderen.

– Er is niets enthousiaster dan zonneschijn, zei hij bij zichzelf. En er is niemand betrouwbaarder dan gras.

Bij het woord 'betrouwbaar' moest Woolly plotseling aan zijn zus Sarah denken, ook zo'n toonbeeld van betrouwbaarheid. Hij deed het flesje in zijn zak, ging staan, tilde een bloempot op en keek – en ja hoor, onder de bloempot lag de sleutel van het huis van zijn zus geduldig te wachten. Alle sleutels zien er uiteraard hetzelfde uit, maar Woolly kon wel merken dat dit de sleutel van het huis van zijn zus was, want hij paste in het slot.

Hij deed de deur open, stapte naar binnen en bleef staan.

– Hallo? riep hij. Hallo, hallo?

Voor de zekerheid riep hij nog eens 'hallo' in de gang naar de keuken en ook langs de trap, naar boven. Vervolgens wachtte hij of er iemand zou antwoorden.

Terwijl hij wachtte en luisterde, keek hij toevallig omlaag naar het tafeltje onderaan de trap, waarop een telefoon stond. Glanzend, glad en zwart leek het net het kleine neefje van de Cadillac. Het enige wat er niet glanzend, glad en zwart aan was, was het rechthoekige papiertje midden op de draaischijf waarop in een fijn handschrift het telefoonnummer van het huis was geschreven – zodat de telefoon precies wist wie hij was, dacht Woolly.

Toen er niemand antwoord gaf op zijn hallo's liep hij de grote, zonverlichte kamer links van hem in.

– Dit is de zitkamer, zei hij, alsof hij zichzelf een rondleiding gaf.

Er was niet veel veranderd sinds hij hier voor het laatst was. Zijn grootvaders klok stond nog steeds onopgewonden bij het raam. De piano stond nog steeds onbespeeld in de hoek. En de boeken stonden nog steeds ongelezen op hun planken.

Het enige wat anders was, was dat er nu een enorme oosterse waaier voor de open haard stond, alsof de open haard zich geen raad met zijn eigen verschijning wist. Woolly vroeg zich af of die daar altijd stond, of dat zijn zus hem 's winters weghaalde zodat ze een vuurtje konden stoken. Maar als ze hem weghaalde, waar borg ze hem dan op? Hij zag er kwetsbaar en onhandzaam uit. Misschien kon hij ingeklapt worden, als een gewone waaier, dacht Woolly, en dan worden weggestopt in een la.

Tevreden met deze gedachte nam hij even de tijd om de klok op te winden, liep toen de zitkamer uit en vervolgde zijn rondleiding.

– Dit is de eetkamer, zei hij, waar op feestdagen en verjaardagen wordt gedineerd... hier is de enige deur in het huis die geen deurknop heeft en die zowel naar voren als naar achteren zwaait... en dit is de keuken... en dit is de gang achter in het huis... en hier is 'Dennis' zijn kantoor, dat niemand geacht wordt te betreden.

Zo werkte hij alle vertrekken af en eindigde zijn ronde waar hij was begonnen: aan de voet van de trap.

– En dit is de trap, zei hij terwijl hij die opging. Dit is de overloop. Dit is de kamer van mijn zus en 'Dennis'. Dit is de badkamer. En hier...

Woolly stopte voor een deur die op een kier stond. Hij duwde hem verder open en ging de kamer in, die was zoals hij verwacht had maar tegelijk ook niet.

Zijn bed was er nog, maar het was naar het midden van de kamer geschoven en bedekt met een groot stuk zeildoek. De vaalwitte doek was bespetterd met honderden grijze en blauwe druppeltjes – zoals een van die schilderijen in het Museum of Modern Art. De kast, waar Woolly's nette overhemden en jasjes hadden gehangen, was volkomen leeg. Er was niet eens een kleerhanger achtergelaten, of de doos mottenballen die gewoonlijk in de schaduw van de bovenste plank verborgen lag.

Drie van de vier muren van de kamer waren nog wit maar een, waar de ladder voor stond, was nu blauw. Een vriendelijk lichtblauw, zoals het blauw van Emmetts auto.

Het was voor Woolly geen punt dat zijn kast leeg was of dat zijn bed met een zeildoek was bedekt, want de kamer was zowel wél als niet van hem. Toen zijn moeder was hertrouwd en naar Palm Beach verhuisde, had Sarah hem deze kamer in bruikleen gegeven. Hij kon hem gebruiken tijdens Thanksgiving en de paasvakanties, en in die weken dat hij al van de ene kostschool af was en nog niet op de volgende was begonnen. Ook al had Sarah hem aangespoord om de kamer als de zijne te zien, hij had altijd geweten dat het geen kamer voor altijd was, althans niet voor hem. Het was een kamer voor altijd voor iemand anders.

Uit de bultige vorm van het zeildoek maakte Woolly op dat er enkele dozen op het bed waren gezet voordat het was afgedekt – waardoor het nu iets weg had van een kleine dekschuit.

Woolly sloeg het zeildoek terug, nadat hij eerst had gecontroleerd of de spetters erop nog nat waren. Op het bed stonden vier kartonnen dozen met zijn naam erop geschreven.

Hij pauzeerde even om zich te verwonderen over het handschrift. Want hoewel zijn naam met een dikke zwarte viltstift in letters van vijf centimeter was geschreven, kon je nog steeds zien dat het handschrift van zijn zus was – hetzelfde handschrift dat was gebruikt voor de kleine cijfertjes op het kleine rechthoekje op de kiesschijf van de telefoon. Wat interessant toch, dacht hij, dat iemands handschrift hetzelfde blijft, of het nou groot of klein is.

Hij reikte naar de dichtstbijzijnde doos om die te openen, maar aarzelde. Hij herinnerde zich ineens de verontrustende theorie van Schrödingers kat, die door professor Freely in de natuurkundeles was beschreven. Volgens deze theorie had een natuurkundige genaamd Schrödinger geponeerd (dat was het woord dat professor Freely had gebruikt: *geponeerd*) dat er een kat met een soort vergif in een doos zat, in een toestand van zalige onwetendheid. Maar als je de doos opende, kon de kat óf wel zitten spinnen, óf wel vergiftigd zijn. Om die reden moest iedereen die het waagde een doos te openen dat met enige voorzichtigheid doen, zelfs als het een doos was waar zijn naam op stond. Of misschien wel juist als zijn naam erop stond.

Woolly zette zich schrap, opende het deksel en slaakte een zucht van verlichting. In de doos lagen alle kleren uit de commode die tegelijk wel en niet van hem was. In de doos eronder vond Woolly alle dingen die op de commode hadden gestaan. Zoals de oude sigarendoos en het flesje aftershave dat hij voor Kerstmis had gekregen en nooit had gebruikt, en de tweede-prijsbeker van de tennisclub, met het goudkleurige mannetje dat tot in de eeuwigheid een bal serveerde. En helemaal onder in de doos lag het donkerblauwe woordenboek dat zijn moeder hem had gegeven toen hij voor het eerst naar kostschool ging.

Woolly haalde het woordenboek eruit en voelde het vertrouwenwekkende gewicht ervan in zijn handen. Wat had hij veel van dit boek gehouden – want het had als doel je precies de betekenis van een woord te vertellen. Neem een woord, sla de bijbehorende pagina op, en dan heb je de betekenis ervan. En als er in die uitleg een woord stond dat je niet herkende, kon je opzoeken wat dát woord betekende.

Toen zijn moeder hem het verklarend woordenboek had gegeven, maakte het deel uit van een stel: het zat samen met een bijbehorend synoniemenwoordenboek in een cassette. En net zoveel als hij van het verklarend woordenboek had gehouden, had hij het synoniemenboek verafschuwd. De gedachte eraan alleen al bezorgde hem de kriebels, want het hele doel ervan leek het tegenovergestelde van het verklarend woordenboek. In plaats van je precies te zeggen wat een woord betekende, gaf het je bij een woord tien andere woorden die je ook kon gebruiken.

Hoe kon je nou aan iemand anders een idee uitleggen wanneer je, als je iets te zeggen had, kon kiezen uit tien verschillende woorden voor elk woord in een zin? Het aantal mogelijke variaties deed hem duizelen. Zozeer dat hij, kort na zijn aankomst in het St. Paul, naar zijn wiskundeleraar, meneer Kehlenbeck, was gegaan en hem had gevraagd hoeveel zinnen er mogelijk waren als je een zin met tien woorden had en elk woord vervangen kon worden door tien andere woorden. En zonder een moment te aarzelen was meneer Kehlenbeck naar het bord gegaan, had er een formule op gekalkt en een paar snelle berekeningen gemaakt, om onweerlegbaar aan te tonen dat het antwoord op Woolly's vraag tien miljard was. Hoe kon iemand, gegeven een dergelijke onthulling, dan überhaupt nog begínnen met het formuleren van een antwoord op een vraag tijdens de proefwerkweek?

Niettemin had Woolly, toen hij het St. Paul verwisselde voor het St. Marc, het synoniemenboek braaf meegenomen en op zijn bureau gezet, waar het strak in zijn cassette bleef en hem toegrijnsde, met zijn tienduizenden woorden die door elkaar vervangen konden worden. Gedurende het erop volgende jaar tartte, treiterde en prikkelde het hem, tot hij uiteindelijk, op een avond kort voor de Thanksgiving-vakantie, het boek uit de cassette haalde, naar het footballveld bracht, overgoot met benzine die hij in de sloep van de trainer had ontdekt, en het verfoeide kreng in de fik stak.

Achteraf gezien had dit waarschijnlijk van een leien dakje kunnen gaan als Woolly eraan had gedacht het boek op de middenlijn in de fik te steken. Maar om redenen die hij zich niet meer goed kon herinneren had hij het boek bij de buitenlijn gezet, en toen hij de lucifer ernaar had gegooid hadden de vlammen snel een op het gras gemorst spoor benzine gevolgd, het benzineblik verzwolgen en een explosie veroorzaakt waardoor de doelpaal vlam had gevat.

Woolly week achteruit naar de twintigmeterlijn en zag aanvankelijk geschokt en vervolgens verbijsterd hoe het vuur zich een weg baande naar de dwarsbalk, zich gelijktijdig voortbewoog over de twee steunpalen en ten slotte beide doelpalen opging tot het hele geval in de fik stond. Opeens leek het helemaal niet meer op een doel. Het leek op een ziedende geest die in een jubelende toestand zijn armen ten hemel hief. En het was heel, heel mooi.

Toen ze Woolly voor de tuchtraad riepen, was het zijn bedoeling om uit te leggen dat hij zich alleen maar had willen bevrijden van de tirannie van het synoniemenboek, zodat hij zijn proefwerken beter kon maken. Maar voor hij de kans kreeg iets te zeggen had de studentendecaan, die de zitting voorzat, gezegd dat Woolly hier was om zich te verantwoorden voor de *brand* die hij op het footballveld had veroorzaakt. Vlak daarna noemde de heer Harrington, die de staf vertegenwoordigde, het een *vuurzee*. Vervolgens noemde Dunkie Dunkle, de voorzitter van de studentenraad (die toevallig ook de captain van het footballteam was) het een *vlammenzee*. Op dat moment begreep Woolly dat wat hij ook te zeggen had, ze allemaal partij zouden gaan kiezen voor het synoniemenboek.

Terwijl hij het andere woordenboek teruglegde in de doos hoorde hij het aarzelende gekraak van een voetstap in de gang, en toen hij zich omdraaide zag hij zijn zus in de deuropening staan, met een honkbalknuppel in haar handen.

§

– Het spijt me van de kamer, zei Sarah.

Woolly zat met zijn zus in de keuken aan het tafeltje in de hoek tegenover de gootsteen. Sarah had zich al verontschuldigd omdat ze Woolly met een honkbalknuppel had verwelkomd, nadat ze de voordeur wagenwijd open had aangetroffen. Nu verontschuldigde ze zich voor het innemen van de kamer die tegelijk wél en niet van hem was. Sarah was de enige van Woolly's familie die het meende als ze sorry zei. Het enige probleem was volgens Woolly dat ze vaak sorry zei wanneer daar niet de geringste reden toe was. Zoals nu.

– Nee, nee, zei Woolly. Je hoeft je voor mij niet te verontschuldigen. Ik vind het prachtig dat het de babykamer wordt.

– We hadden gedacht jouw spullen naar de kamer bij de achtertrap te verhuizen. Daar heb je veel meer privacy, en is het makkelijker om te komen en te gaan zoals het jou uitkomt.

– Ja, zei Woolly instemmend. Bij de achtertrap zou fantastisch zijn.

Woolly knikte twee keer met een glimlach en keek vervolgens naar het tafelblad.

Nadat Sarah Woolly boven had omhelsd, had ze gevraagd of hij trek had, en aangeboden om een sandwich voor hem te maken. Dus die stond nu voor hem: een kaastosti die in twee driehoeken was gesneden, eentje die naar boven wees en eentje die naar beneden wees. Terwijl hij naar de driehoeken keek, kon hij voelen dat zijn zus naar hem keek.

– Woolly, zei ze na een tijdje. Waarom ben je hier?

Woolly keek op.

– O, ik weet niet, zei hij glimlachend. Beetje rondzwerven, of zo. Naar hier en ginder reizen. Mijn vriend Duchess en ik kregen namelijk verlof van Salina, en toen besloten we een reisje te maken en wat familie en vrienden te bezoeken.

– Woolly…

Sarah slaakte een zuchtje, zo licht dat Woolly het amper kon horen.

– Ik werd maandag door mama gebeld – nadat zij een telefoontje van de directeur had gekregen. Dus ik weet dat je geen verlof hebt.

Woolly keek weer naar zijn sandwich.

– Maar ik heb de directeur gebeld omdat ik zelf met hem wilde spreken. Hij vertelde dat je een voorbeeldig lid van de gemeenschap bent geweest. En aangezien je nog maar vijf maanden moet zitten, zei hij dat als je direct en uit eigen beweging terugkomt, hij zijn best zou doen om de gevolgen te beperken. Kan ik hem bellen, Woolly? Kan ik hem zeggen dat je op de terugweg bent??

Woolly draaide zijn bord rond zodat de tostidriehoek die naar boven wees nu naar beneden wees, en de tostidriehoek die naar beneden wees nu naar boven wees. De directeur belde ma die Sarah belde die de directeur belde, dacht Woolly. Toen verscheen er een brede glimlach op zijn gezicht.

– Weet je nog? vroeg hij. Weet je nog dat we telefoontje speelden? Met z'n allen samen in de zaal op het kamp?

Eventjes keek Sarah Woolly aan met een intens droeve blik. Maar dat was maar eventjes. Daarna kwam er ook bij haar een brede glimlach op het gezicht.

– Ik weet het nog.

Woolly ging rechtop zitten en begon voor hen beiden herinneringen op te halen, want al was hij niet goed in uit het hoofd leren, hij was wel heel goed in gewoon herinneren.

– Als jongste was ik altijd de eerste, zei hij. En dan boog ik me naar jouw oor en hield mijn hand voor mijn mond zodat niemand anders me kon horen, en dan fluisterde ik: *De kapiteins speelden cribbage in hun kitsen.* Daarna keerde jij je naar Kaitlin en fluisterde in haar oor, en Kaitlin fluisterde pa in, en pa fluisterde dan nicht Penelope in, en nicht Penelope fluisterde dan tante Ruthie in, enzovoort, de hele kring rond tot het bericht uitkwam bij moeder. En dan zei moeder: *De Comptons aten hun kool in de keuken.*

Bij de herinnering aan hun moeders onvermijdelijke verwarring barstten broer en zus in een lachen uit dat bijna net zo luid was als het gelach dat ze al die jaren geleden hadden gelachen.

Daarna waren ze stil.

– Hoe gaat het met haar? vroeg Woolly, naar zijn tosti kijkend. Hoe gaat het met ma?

– Goed, zei Sarah. Toen ze me belde was ze onderweg naar Italië.

– Met Richard.

– Hij is haar echtgenoot, Woolly.

– Ja, ja, zei Woolly instemmend. Natuurlijk, natuurlijk, natuurlijk. In rijkdom en in armoede. In voor- en tegenspoed. En tot de dood hen scheidt – maar geen minuut langer.

– Woolly... het was niet in een minuut.

– Ik weet het, ik weet het.

– Het was vier jaar na vaders overlijden. En met jou op kostschool en Kaitlin en ik allebei getrouwd, was ze helemaal alleen.

– Ik weet het, zei hij weer.

– Je hoeft Richard niet aardig te vinden, Woolly, maar je kunt je moeder niet de geneugten van gezelschap misgunnen.

Woolly keek zijn zus aan en dacht: *je kunt je moeder niet de geneugten van gezelschap misgunnen.* En hij dacht: als ik Sarah die zin had ingefluisterd, en zij hem Kaitlin had ingefluisterd, en Kaitlin had hem zijn vader ingefluisterd, enzovoort, helemaal de kring rond tot hij uiteindelijk zijn moeder bereikte, wat zou er dan van die zin geworden zijn?

Duchess

Met de cowboy bij het gerechtsgebouw en Oude Testament-Ackerly was het opmaken van de balans vrij eenvoudig geweest. Die lagen in de orde van een min een, of vijf min vijf. Maar wat Townhouse betreft was de rekensom wat ingewikkelder.

Het leed geen twijfel dat ik door het *Hondo*-fiasco bij hem in het krijt stond. Het was niet mijn schuld dat het die avond regende, en ik wilde al helemaal niet een lift van een smeris krijgen, maar dat deed niets af aan het feit dat als ik door de aardappelvelden terug naar huis was gesjokt, Townhouse zijn popcorn had kunnen eten, de hoofdfilm had kunnen zien en onopgemerkt weer in de barak had kunnen glippen.

Het pleitte voor Townhouse dat hij er niet zo'n punt van maakte, zelfs niet nadat Ackerly het riet tevoorschijn had gehaald. En toen ik probeerde mijn excuus aan te bieden weerde hij dat af – als iemand die is gaan begrijpen dat hem af en toe een afranseling te wachten staat, of dat nu verdiend is of niet. Evengoed zag ik wel dat hij niet blij was hoe de dingen waren gelopen, net zomin als ik dat zou zijn als het andersom was geweest. Dus ik snapte dat ik vanwege zijn afranseling bij hem in het krijt stond.

Wat de rekensom ingewikkeld maakte was dat gedoe met Tommy Ladue. Dat was de zoon van een Okie die zo stom was geweest om in de jaren dertig Oklahoma niet te verlaten, en hij zag eruit als iemand die een overall droeg, ook al had hij er geen.

Toen Townhouse bij ons in Barak Vier kwam, als Emmetts stapelbedgenoot, was Tommy daar niet bepaald blij mee. Hij zei dat hij als Oklahoman vond dat zwarten in hun eigen barak gehuisvest hoorden te zijn en aan hun eigen tafel moesten eten, te midden van hun eigen soort. Als je de foto van Tommy's familie voor hun boerderij zag, kon je je afvragen wat de Ladues uit Oklahoma de zwarten nu zo fanatiek probeerden te ontzeggen, maar dat scheen bij Tommy niet te dagen.

Toen Townhouse die eerste avond bezig was zijn zojuist verstrekte kleren in zijn kastje te stoppen, kwam Tommy op hem af om even een paar dingen duidelijk te maken. Hij zei dat Townhouse wel binnen kon komen om naar bed te gaan, maar niet welkom was in de westelijke helft van de barak. In de badkamer, waar vier wasbakken waren, mocht hij alleen de wasbak die het verst van de deur was gebruiken. En oogcontact kon hij maar beter tot het minimum beperken.

Townhouse zag eruit als iemand die zijn eigen boontjes wel kon doppen, maar Emmett was niet van dit soort geklets gediend. Hij zei tegen Tommy dat een medebewoner een medebewoner was, en een wasbak een wasbak, en dat Townhouse zich net zo vrij in de barak kon bewegen als ieder ander. Als Tommy vijf centimeter langer, tien kilo zwaarder en twee keer zo dapper was geweest, had hij misschien wel uitgehaald naar Emmett. Maar hij ging terug naar de westelijke helft van de barak om daar zijn wrok te koesteren.

Het leven in een werkkamp is ingericht om je geest te doden. Ze maken je bij zonsopgang wakker, je werkt tot zonsondergang, dan krijg je een halfuur om te eten en een halfuur om te ontspannen, en dan is het uit met het licht. Net als bij die paarden met oogkleppen in Central Park word je verondersteld niets anders te zien dan de twee stappen voor je. Maar als je een jongen bent die is opgegroeid in het gezelschap van rondreizende artiesten, dat wil zeggen miezerige oplichters en kruimeldieven, dan laat je jezelf nooit zó onoplettend worden.

Ik geef een voorbeeld: ik had gezien dat Tommy smoesde met Bo Finlay, de gelijkgestemde bewaker uit Macon, Georgia; ik had gehoord hoe ze de getinte medemens belasterden alsmede witte mensen die het voor hem opnamen; op een avond had ik gezien dat Bo achter de keuken twee smalle blauwe pakjes aan Tommy gaf, en om twee uur 's nachts had ik gezien dat Tommy op zijn tenen door de barak liep om die pakjes in het kastje van Townhouse te stoppen.

Zodoende was ik niet bijzonder verrast toen Oude Testament-Ackerly tijdens het ochtendappel in bijzijn van Bo en twee andere bewakers verkondigde dat er iemand iets uit de bijkeuken had gestolen, ik was ook niet verrast dat hij rechtstreeks op Townhouse afliep en hem beval om zijn spullen op zijn net opgemaakte bed te leggen, en ik was helemáál niet verrast dat het enige wat er uit Townhouse's kastje kwam zijn kleren waren.

Degenen die wél verrast waren, waren Bo en Tommy – zó verrast dat ze zo stom waren elkaar aan te kijken.

Met een lachwekkend vertoon van gebrek aan zelfbeheersing duwde Bo Townhouse opzij en kieperde hij zijn matras om, om te zien wat eronder verborgen was.

– Kappen nou, zei de directeur, met een norse blik.

Op dat moment meldde ik me.

– Directeur Ackerly, zeg ik. Als de bijkeuken is geplunderd en een of andere schurk onze eer heeft aangetast door te beweren dat de schuldige in Barak Vier woont, ben ik van mening dat u al onze kastjes zou moeten doorzoeken. Want dat is de enige manier om onze goede naam te herstellen.

– Wij maken zelf wel uit wat we doen, zei Bo.

– Ík maak uit wat we doen, zei Ackerly. Alles openmaken.

Op Ackerly's commando gingen de bewakers van bed tot bed en openden alle kastjes. En kijk nou toch, onder in Tommy Ladue's kastje vonden ze zowaar een gloednieuw pak Oreo's.

– Wat heb je ons hierover te vertellen, zei Ackerly tegen Tommy terwijl hij de vervloekte koekjes omhooghield.

Een verstandig jongmens zou voet bij stuk kunnen houden en zeggen dat hij het lichtblauwe pakje nooit eerder had gezien. Een gehaaid jongmens zou zelfs vol zelfvertrouwen – want technisch gezien correct

– kunnen beweren: *Ik heb die koekjes niet in mijn kastje gelegd.* Want dat had hij uiteindelijk ook niet gedaan. Maar zonder een seconde te wachten keek Tommy van de directeur naar Bo en sputterde:

– Als ik die Oreo's heb gepakt, wie heeft dan dat *andere* pak?

God zegene hem.

Later die avond, terwijl Tommy in het strafhok doodsangsten uitstond en Bo voor zijn spiegel stond te stamelen, kwamen alle jongens van Barak Vier bijeen om me te vragen hoe de vork in de steel zat. En ik vertelde het. Ik vertelde dat ik Tommy met Bo had zien smoezen, en over de verdachte uitwisseling achter de keuken, en het nachtelijke plaatsen van bewijsmateriaal.

– Maar hoe kwamen de koekjes van Townhouse's kast in die van Tommy? vroeg een behulpzame domoor precies op het juiste moment.

Bij wijze van antwoord ging ik mijn vingernagels bestuderen.

– Laten we het er maar op houden dat ze daar niet vanzelf terecht zijn gekomen.

Daar moesten alle jongens flink om lachen.

Toen stelde de nooit te onderschatten Woolly Martin de cruciale vraag.

– Als Bo aan Tommy twee pakken koekjes gaf en een van de pakken eindigde in Tommy's kastje, wat is er dan met het andere pak gebeurd?

Aan de muur in het midden van de barak hing een groot groen bord waarop alle regels en voorschriften stonden waar we ons aan moesten houden. Ik stak mijn arm erachter en haalde met een zwierig gebaar het smalle blauwe pakje tevoorschijn.

– Voilà!

Toen werd het een beregezellige boel, terwijl we de koekjes verdeelden en het uitgierden over Tommy's gesputter en het omkieperen van de matras door Bo.

Maar toen het gelach afnam schudde Townhouse zijn hoofd en merkte hij op dat ik een behoorlijk risico had genomen. Daarop keken ze me allemaal nieuwsgierig aan. Waarom had ik het gedaan, vroegen ze zich opeens af. Waarom had ik het gewaagd Tommy en Bo in de zeik te nemen voor een barakmaat die ik amper kende? En nog zwart ook.

In de stilte die volgde legde ik mijn hand op het gevest van mijn zwaard en keek ik ze stuk voor stuk aan.

– Een risico genomen? zei ik. Er is vandaag geen risico genomen, mijn vrienden. Er werd een *kans* geboden. Eenieder van ons heeft een uiteenlopende achtergrond en we zitten uiteenlopende vonnissen uit voor het plegen van uiteenlopende misdrijven. Maar geconfronteerd met gedeelde rampspoed krijgen we een kans, een zeldzame en kostbare kans, om samen sterk te staan. Laten we niet terugdeinzen voor wat Fortuna ons aan de voeten heeft gelegd. Laten we het opnemen als een vaandel en door de bres marcheren, zodat we over vele jaren, wanneer we erop terugkijken, zullen kunnen zeggen dat we de geestdodende tijden waartoe we veroordeeld waren onverdroten het hoofd hebben geboden, schouder aan schouder. Wij de enkelingen, wij de uitverkorenen, wij, een verbond van broeders.

O, je had ze eens moeten zien!

Ze waren verrukt zeg ik je, en hingen aan mijn lippen. En toen ik toesloeg met *een verbond van broeders*, barstten ze los in gejuich. Als mijn vader erbij was geweest zou hij trots zijn geweest – als hij niet zo jaloers was aangelegd.

Nadat iedereen op zijn schouders was geklopt en de jongens met een glimlach op hun gezicht en koekjes in hun buik naar hun bed waren teruggekeerd, kwam Townhouse naar me toe.

– Ik sta bij je in het krijt, zei hij.

Hij had gelijk.

Ook al waren we een verbond van broeders.

Maar al die maanden later was het nog steeds de vraag: hoevéél stond hij bij mij in het krijt? Als Ackerly die koekjes in Townhouse's kastje had gevonden, zou het Townhouse zijn geweest die in het strafhok doodsangsten had uitgestaan in plaats van Tommy, en vier nachten in plaats van twee. Het was wel degelijk een krediet ten gunste van mij, maar zoals dat met kredieten gaat: ik wist dat het onvoldoende was om de acht slagen met het riet die Townhouse op zijn falie had gekregen teniet te doen.

Daarover zat ik te peinzen toen ik Woolly achterliet bij het huis van zijn zus in Hastings-on-Hudson, en ik bleef er de hele weg naar Harlem over peinzen.

§

Townhouse had me ooit verteld dat hij op 126th Street woonde, wat me niet moeilijk te vinden leek. Maar ik moest de straat wel zes keer in zijn volle lengte op en neer rijden voor ik hem aantrof.

Hij zat bovenaan op de stoep van een oud bruin pand, met zijn jongens om hem heen. Ik parkeerde aan de overkant van de straat en bekeek ze door de voorruit. Op de tree onder Townhouse zat een grote dikzak met een glimlach op zijn gezicht, daarna was er een lichtgetinte zwarte met sproeten, en op de onderste tree zaten twee jonge tieners. Ik denk dat het was gearrangeerd als een klein peloton, met de kapitein bovenaan, dan zijn eerste luitenant, zijn tweede luitenant en de twee voetsoldaten. Maar de volgorde had net zo goed andersom kunnen zijn, met Townhouse onder, want dan had hij nog steeds boven de rest uitgetorend. Je ging je vanzelf afvragen wat ze hadden uitgespookt toen hij in Kansas zat. Waarschijnlijk hadden ze op hun nagels zitten bijten en de dagen afgeteld tot hij werd vrijgelaten. Nu Townhouse weer de leiding had, konden ze een bestudeerde onverschilligheid aan de dag leggen en aan iedere passant uitstralen dat ze net zo weinig om hun toekomst gaven als om het weer.

Toen ik overstak en naar hen toe liep, kwamen de jonge tieners overeind en deden een stap naar voren, alsof ze me om het paswoord gingen vragen.

Ik keek over hun hoofden heen naar Townhouse en glimlachte.

– Dus dit is een van die gevaarlijke straatbendes waar iedereen het over heeft?

Toen Townhouse begreep dat ik het was, keek hij me bijna net zo verbaasd aan als Emmett eerder.

– Jezus Christus, zei hij.

– Ken je die bleekscheet? vroeg degene met sproeten.

Townhouse en ik negeerden hem.

– Wat doe je hier, Duchess?

– Ik wilde je spreken.

– Waarover?

– Kom naar beneden, dan leg ik het uit.

– Townhouse komt voor niemand de stoep af, zei de sproetenkop.

– Kop houden, Maurice, zei Townhouse.

Ik keek naar Maurice met een gevoel van medeleven. Hij wilde alleen maar een plichtsgetrouwe militair zijn. Wat hij niet begreep was dat wanneer hij zoiets zei als *Townhouse komt voor niemand de stoep af*, iemand als Townhouse geen andere optie had dan het juist wél doen. Hij mag dan wel geen aanwijzingen van mij accepteren, hij accepteert ze evenmin van zijn tweede luitenant.

Townhouse ging staan en de jongens weken voor hem uiteen zoals de Rode Zee uiteenweek voor Mozes. Toen hij op het trottoir stond zei ik dat het me goed deed hem te zien, maar hij schudde alleen maar zijn hoofd.

– Ben je weggelopen?

– In zekere zin. Woolly en ik zijn hier op doorreis, onderweg naar het huis van zijn familie in het Noorden.

– Is Woolly bij jou?

– Ja. En ik weet dat hij je heel graag wil zien. We gaan morgenavond naar het Circus, de voorstelling van zes uur. Zin om mee te gaan?

– Het Circus is niet helemaal mijn ding, Duchess, maar doe Woolly evengoed de hartelijke groeten van mij.

– Zal ik doen.

– Goed dan, zei Townhouse na een ogenblik. Wat is er zo belangrijk dat je naar Harlem moest komen om met mij te bespreken?

Ik haalde berouwvol mijn schouders op.

– Het gaat om dat *Hondo*-fiasco.

Townhouse keek me aan alsof hij geen idee had wat ik bedoelde.

– Je weet wel. Die film met John Wayne die we die regenachtige avond in Salina gingen zien. Ik voel me klote vanwege de afranseling die je kreeg.

Bij het woord *afranseling* liet Townhouse elke schijn van onverschilligheid varen. Het was alsof er een stroomstoot dwars door de stoep was gegaan. De grote dikzak moet te veel isolatie hebben gehad om de volle kracht van de lading te voelen want hij verschoof alleen maar wat, maar Maurice kwam overeind.

– Een afranseling? vroeg de dikzak met een glimlach.

Ik kon zien dat Townhouse de dikzak wilde zeggen dat ook hij zijn bek moest houden, maar hij bleef mij aankijken.

– Misschien kreeg ik een afranseling maar misschien ook niet, Duchess. Hoe dan ook, ik snap niet dat dat enige reden tot zorg voor jou zou hoeven zijn.

– Dat maak je zelf uit, Townhouse, dat geef ik direct toe. Maar laten we eerlijk zijn: je had die afranseling die je al dan niet kreeg, niet hoeven krijgen als ik niet die lift van de smeris had aangenomen.

Dat veroorzaakte nog een stroomstoot door de stoep.

Townhouse haalde diep adem en keek bijna weemoedig de straat uit, alsof hij terugblikte op simpeler tijden. Maar hij sprak me niet tegen. Ik was degene die kookte en hij degene die de afwas deed. Zo eenvoudig was het.

– En nu? vroeg hij na een tijdje. Je gaat me toch niet zeggen dat je helemaal hierheen bent gekomen om je excuus aan te bieden.

Ik lachte.

– Nee, ik geef niet zoveel om excuses. Ze komen altijd als mosterd na de maaltijd. Ik had iets concreters in gedachten. Zoiets als een afrekening.

– Een afrekening.

– Precies.

– En hoe moet ik me dat voorstellen?

– Als het alleen om die film ging, kon het een riet om een riet zijn. Acht min acht, en klaar is Kees. Het punt is dat jij nog bij me in het krijt staat vanwege dat Oreo-incident.

– Het Oreo-incident? zei de dikzak met een nog bredere glimlach.

– Het is niet zoveel waard als een afranseling, vervolgde ik, maar het moet wel meegeteld worden. In plaats van een acht-min-achtsituatie hebben we hier, zeg maar, met acht min vijf te maken. Dus als je mij drie klappen geeft, staan we quitte.

Alle jongens op de stoep keken me aan met uiteenlopende gradaties van ongeloof. Een daad van eer brengt dat nou eenmaal teweeg bij de gewone man.

– Wil je een gevecht, zei Townhouse.

– Nee, zei ik, met een handgebaar. Geen *gevecht*. Een gevecht zou inhouden dat ik probeer jou terug te slaan. Wat ik ga doen is híér staan en mij laten slaan door jou, zonder me te verweren.

– Je gaat je door mij laten slaan.

– Drie keer, benadrukte ik.

– Tering, zei Maurice, wiens ongeloof had plaatsgemaakt voor een vorm van vijandigheid.

Maar de dikzak zat geluidloos te schudden van het lachen. Na een tijdje richtte Townhouse zich tot hem.

– Wat zeg jij ervan, Otis?

Otis veegde de tranen van zijn wangen en schudde zijn hoofd.

– Ik weet het niet, T. Aan de ene kant lijkt het tamelijk geschift. Maar aan de andere kant, als een witte jongen helemaal uit Kansas komt rijden om jou om een pak slaag te vragen, dan denk ik dat je hem dat moet geven.

Terwijl Otis weer geluidloos begon te lachen, schudde Townhouse alleen maar zijn hoofd. Hij had geen enkele neiging het te doen. Dat kon ik zien. En als we met z'n tweeën waren geweest, had hij me waarschijnlijk weggestuurd zonder me mijn zin te geven. Maar Maurice keek me nu indringend aan, met een blik van plaatsvervangende verontwaardiging.

– Als jij hem niet wil slaan doe ik het wel, zei hij.

Doet-ie het weer, dacht ik. Maurice scheen de commandostructuur maar niet te begrijpen. Hij maakte het nog erger doordat hij, toen hij aanbood me te slaan, dat stoer genoeg zei om te suggereren dat Townhouse draalde omdat hij de klus niet aankon.

Townhouse wendde zich heel langzaam tot Maurice.

– Maurice, zei hij, dat je mijn neef bent wil niet zeggen dat ik niet wil dat je je klotebek houdt.

Daarop kreeg Maurice zo'n kleur dat zijn sproeten bijna verdwenen. Daarna was hij degene die de straat uit keek en wilde dat het simpeler tijden waren.

Ik kreeg een beetje medelijden met hem, om hem zo vernederd te zien worden in het bijzijn van ons allemaal. Maar ik zag ook dat door zijn onbezonnenheid Townhouse's temperatuur was opgelopen, wat goed uitkwam.

Ik stak mijn kin uit naar Townhouse en wees ernaar.

– Geef me gewoon een mep, T. Wat heb je te verliezen?

Toen ik hem T noemde, vertrok hij zijn gezicht – wat ik verwacht had.

Townhouse respectloos behandelen was het laatste wat ik wilde, maar ik moest hem nu eenmaal zover krijgen dat hij me die eerste klap gaf. Ik wist dat na die eerste de rest vanzelf zou komen. Want ook al zeurde hij niet over die afranseling, ik wist zeker dat hij nog iets van wrok koesterde.

– Kom op, zei ik, en ik wilde hem nogmaals T noemen.

Maar voor ik de kans daartoe kreeg haalde hij uit. De dreun landde precies waar hij hoorde, maar ik wankelde alleen een paar stappen naar achteren, alsof hij me niet het volle pond had gegeven.

– Goed zo, zei ik bemoedigend. Dat was een mooie. Maar nu moet je er wat meer van de ouwe Joe Louis in gooien.

En dat deed hij. Althans, ik zag het niet eens aankomen. Het ene moment sta ik hem daar op te jutten en het volgende moment lig ik op de grond en ruik ik die vreemde geur die je alleen ruikt als je een optater hebt gekregen. Ik zette mijn handen op het beton, drukte mezelf van de grond, kwam overeind en liep terug naar de plek waar de klappen vielen – net als Emmett.

De jonge tieners sprongen letterlijk op en neer.

– Geef hem op z'n lazer, Townhouse, gilden ze.

– Hij heeft erom gevraagd, mompelde Maurice.

– Moeder Maria, zei Otis, die het nog steeds niet kon geloven.

Hoewel ze alle vier tegelijk spraken, kon ik elk van hen net zo duidelijk horen alsof ze apart spraken. Maar Townhouse niet. Hij kon hen geen van allen horen omdat hij niet op 126th Street was. Hij was terug in Salina. Terug op dat moment dat hij door Ackerly werd afgeranseld terwijl wij toekeken. En hij had gezworen nooit meer aan dat moment terug te denken. Het was het vuur van gerechtigheid dat nu door Townhouse woedde. Het vuur van gerechtigheid dat de gewonde geest verzacht en de zaken rechtzet.

De derde klap was een kaakslag die me volledig vloerde.

Het was een prachtklap, kan ik je verzekeren.

Townhouse deed twee stappen naar achteren, enigszins hijgend van de inspanning en met het zweet op zijn voorhoofd. Toen deed hij nog een stap terug, alsof hij dat nodig had, alsof hij bang was dat als hij dichterbij kwam, hij me nog eens zou slaan en misschien niet meer kon ophouden.

Ik maakte het gebaar van iemand die het opgeeft. Vervolgens kwam ik voorzichtig overeind, waarbij ik de tijd nam, zodat ik niet duizelig werd.

– Dat is het betere werk, zei ik met een glimlach, na wat bloed op de grond te hebben gespuugd.

– Nu staan we quitte, zei Townhouse.

– Nu staan we quitte, zei ik instemmend, en ik stak mijn hand uit.

Townhouse keek daar even strak naar. Daarna schudde hij mij heel stevig de hand en keek me daarbij diep in de ogen – alsof we presidenten van twee landen waren die zojuist een wapenstilstand hadden getekend, na generaties van onenigheid.

Op dat moment torenden we boven de jongens uit, en dat wisten ze. Dat kon je zien aan de uitdrukking van respect op het gezicht van Otis en de tieners, en aan de uitdrukking van verslagenheid op het gezicht van Maurice.

Ik vond het zielig voor hem. Niet mans genoeg om een man te zijn, niet kinderlijk genoeg om kind te zijn, niet zwart genoeg om zwart te zijn, niet wit genoeg om wit te zijn – het had er alle schijn van dat Maurice zijn draai niet zou kunnen vinden. Ik kreeg de neiging even door zijn haar te woelen en hem te verzekeren dat alles op een dag in orde zou komen. Maar het was tijd om op te stappen.

Ik liet Townhouse's hand los en salueerde naar hem.

– Tot kijk, makker, zei ik.

– Zeker weten, zei Townhouse.

Ik had me behoorlijk goed gevoeld toen ik met de cowboy en met Ackerly had afgerekend, in de wetenschap dat ik een kleine bijdrage had geleverd aan de gerechtigheid in de wereld. Maar die gevoelens waren niets vergeleken met de voldoening die ik voelde nadat ik Townhouse met mij had laten afrekenen.

Zuster Agnes had altijd gezegd dat goede daden tot gewenning kunnen leiden. En ik denk dat ze gelijk had, want ik had Sally's jam aan de kinderen op het St. Nick gegeven, en nu ik op het punt stond Townhouse's stoep te verlaten, draaide ik me om.

– Hé, Maurice, riep ik.

Hij keek op met diezelfde blik van verslagenheid, maar er zat ook iets onzekers bij.

– Zie je die babyblauwe Studebaker daar?

– Ja?

– Je mag hem hebben.

Vervolgens gooide ik de sleutels naar hem.

Ik zou graag zijn gezichtsuitdrukking hebben willen zien toen hij ze ving. Maar ik had me alweer omgedraaid en beende over het midden van 126th Street weg, met de zon in mijn rug, en ik dacht: *Ik kom eraan, Harrison Hewett.*

Emmett

Om kwart voor acht 's avonds zat Emmett in een morsige kroeg aan de rand van Manhattan, met voor hem op de bar een glas bier en een foto van Harrison Hewett.

Hij nam een slok en bekeek de foto aandachtig. Je zag het profiel van een knappe veertigjarige man die in de verte keek. Duchess had nooit gezegd hoe oud zijn vader precies was, maar uit zijn verhalen kon je opmaken dat de carrière van de heer Hewett terugging tot begin jaren twintig. En had zuster Agnes niet gedacht dat hij rond de vijftig was, toen hij Duchess in 1944 naar het weeshuis bracht? Dan zou hij nu rond de zestig moeten zijn – en was deze foto twintig jaar oud. Het kon ook betekenen dat de foto nog voor de geboorte van Duchess was genomen.

Omdat de foto zo oud was en de acteur zo jong kon Emmett zonder problemen de familiegelijkenis zien. Volgens Duchess had zijn vader de neus, kin en extravagantie van John Barrymore. Al had Duchess niet bepaald zijn vaders extravagantie geërfd, hij had wel degelijk diens neus en kin geërfd. Duchess was lichter van teint, maar misschien kwam die van zijn moeder, wie dat ook was.

Hoe knap meneer Hewett ook geweest was, Emmett kon hem zich alleen met een zekere weerzin voorstellen, als de vijftiger die wegreed in zijn auto met open dak met een mooi meisje naast zich nadat hij net zijn achtjarige zoon had gedumpt.

Zuster Agnes had gelijk gehad toen ze opmerkte dat Emmett boos op

Duchess was omdat hij zijn auto had gepikt. Maar Emmett wist dat ze ook gelijk had toen ze opmerkte dat Duchess, meer dan wat ook, een vriend nodig had die hem bij gelegenheid kon weerhouden van zijn eigen ondoordachte ideeën. Of Emmett daartoe in staat was viel nog te bezien. Hoe dan ook, eerst moest hij Duchess vinden.

§

Toen Emmett die ochtend om zeven uur wakker was geworden, was Stew al druk in de weer.

Stew wees hem op een omgekeerd kratje met een waskom, een pan heet water, zeep, een scheermes en een handdoek. Emmett ontblootte zijn bovenlijf en waste en schoor zich. Nadat hij – op eigen kosten – had ontbeten met eieren en spek, en van Ulysses de verzekering had gekregen dat er op Billy gelet werd, ging hij op Stews aanwijzingen ergens door een gat in het hek en vervolgens een afgerasterde metalen trap af die van het spoor naar Thirteenth Street leidde. Iets na achten stond hij op de hoek van Tenth Avenue naar het oosten te kijken, en kwam het hem voor dat dit een veelbelovend begin van de dag was.

Maar hij onderschatte alles wat er zou volgen. Hij onderschatte hoelang het duurde om naar Seventh Avenue te lopen. Hij onderschatte hoe moeilijk het was om de ingang van de metro te vinden – die hij tweemaal voorbijliep. Hij onderschatte hoe desoriënterend het station was toen hij eenmaal binnen was, met zijn netwerk van gangen en trappen, en de jachtige, doelbewuste mensenmassa.

Hij wentelde door de forensenstroom, vond het loket voor kaartjes en een plattegrond van het metronet, lokaliseerde de Seventh Avenue-lijn en zag dat er vijf haltes tot Forty-Second Street waren – allemaal stapjes die hij met de nodige moeite voor elkaar kreeg.

Net toen hij de trap naar het perron af kwam begonnen mensen een trein in te stappen. Hij voegde zich snel bij de menigte die de wagon binnendrong. Toen de deuren sloten en Emmett zich schouder-aan-schouder met sommigen en oog-in-oog met anderen bevond, kreeg hij het desoriënterende gevoel dat hij tegelijk bekeken en genegeerd werd. Iedereen aan boord leek een of ander vast punt te hebben gekozen om gericht maar onverschillig naar te staren. Emmett paste zich aan en richtte zijn blik op een reclame voor Lucky Strike-sigaretten, en begon de haltes te tellen.

Bij de eerste twee leek het alsof er ongeveer evenveel mensen in- als uitstapten. Maar bij de derde halte stapten er meer mensen uit. En bij de vierde stapten er zoveel mensen uit dat hij bijna als enige achterbleef. Hij boog zich voorover om door het smalle raam naar het perron te kijken en zag met enig ongemak dat het station Wall Street was. Toen hij op Fourteenth Street de plattegrond had bestudeerd, had hij niet erg op de namen van de tussenliggende haltes gelet, dat leek hem niet nodig, maar hij was er vrij zeker van dat Wall Street er niet tussen zat.

En was Wall Street niet in Zuid-Manhattan...?

Hij liep snel naar een plattegrond die aan de wand van de metrowagon hing en volgde met zijn vinger de Seventh Avenue-lijn. Hij vond de Wall Street-halte en het bleek dat hij in zijn haast een sneltrein in zuidelijke richting had genomen in plaats van een stoptrein in noordelijke richting. Toen hij zich dat realiseerde waren de deuren al gesloten. Een tweede blik op de kaart wees uit dat de trein zo meteen onder de East River zou rijden, op weg naar Brooklyn.

Emmett ging op een van de vele lege zitplaatsen zitten en sloot zijn ogen. Opnieuw was hij diametraal de verkeerde kant opgegaan, maar deze keer was het volledig zijn eigen schuld. Bij elke stap was er wel iemand geweest die hij om hulp had kunnen vragen, iemand die zijn tocht had kunnen vergemakkelijken door hem naar de juiste trap, het juiste perron en de juiste trein te wijzen. Maar hij had geweigerd wie dan ook te raadplegen. Met verbeten zelfinzicht herinnerde hij zich hoe kritisch hij was geweest over zijn vaders tegenzin om meer ervaren boeren in de buurt om advies te vragen – alsof hij door dat te doen zijn mannelijkheid zou verliezen. Tot dwaasheid gedreven zelfredzaamheid, had Emmett toen gedacht.

Op de terugweg van Brooklyn naar Manhattan nam hij zich voor niet nogmaals dezelfde fout te maken. Bij aankomst op Times Square vroeg hij de man van de kaartverkoop welke uitgang richting zuid was, op de hoek van Forty-Second Street vroeg hij de man van de krantenkiosk waar hij het Statler-gebouw kon vinden, en toen hij dat bereikt had vroeg hij de geüniformeerde man van de receptie welke agentschappen in het gebouw de grootste waren.

Tegen de tijd dat Emmett aankwam bij het Tristar Talent-agentschap op de twaalfde verdieping zaten daar al acht mensen in de kleine wachtkamer: vier mannen met een hond, twee met een kat, een vrouw met een aap aan een halsband en een man in een driedelig pak en een bolhoed die een exotische vogel op zijn schouder had zitten. Hij was in gesprek met de receptioniste, een vrouw van middelbare leeftijd. Toen hij klaar was liep Emmett naar de balie.

– Ja? vroeg de receptioniste, alsof ze nu al verveeld was door wat Emmett ook maar zou zeggen.

– Ik kom voor de heer Lehmberg.

Ze pakte een pen uit een bakje en hield die boven een schrijfblok.

– Naam?

– Emmett Watson.

Er werd wat neergekrabbeld.

– Dier?

– Pardon?

Ze keek op van haar schrijfblok en sprak op een overdreven geduldige toon.

– Wat voor soort dier heb je?

– Ik heb geen dier.

– Als je geen dier in je act hebt, ben je aan het verkeerde adres.

– Ik heb geen act, legde Emmett uit. Ik moet meneer Lehmberg over iets anders spreken.

– In dit kantoor komt alles op zijn beurt, jongeman. Als je meneer Lehmberg over iets anders wilt spreken, moet je op een andere dag terugkomen.

– Het duurt maar een minuutje.

– Ga toch zitten, jongen, zei een man met een buldog aan zijn voeten.

– Misschien hoef ik meneer Lehmberg niet eens te spreken, drong Emmett aan. Misschien kunt u me helpen.

De receptioniste keek Emmett aan alsof ze dit ernstig betwijfelde.

– Ik zoek iemand die wellicht een cliënt van meneer Lehmberg is geweest. Een variétéartiest. Ik probeer alleen maar zijn adres te achterhalen.

Toen hij klaar was met zijn uitleg betrok het gezicht van de receptioniste.

– Zie ik eruit als een telefoonboek?

– Nee, mevrouw.

Emmett hoorde meerdere artiesten achter hem lachen en het schaamrood steeg hem naar de kaken.

De receptioniste legde de pen weer in het bakje, pakte de telefoon en draaide een nummer.

Omdat hij dacht dat ze uiteindelijk toch meneer Lehmberg belde, bleef Emmett bij de balie staan. Maar toen er aan de andere kant werd opgenomen begon de receptioniste tegen een vrouw die Gladys heette te praten over wat er de avond ervoor in een bepaald tv-programma was gebeurd. Emmett draaide zich om en zonder nog naar de wachtende artiesten te kijken liep hij de gang in – net op tijd om de liftdeuren te zien sluiten.

Maar vlak voordat ze helemaal dicht waren kwam het puntje van een paraplu door de spleet. Even later gingen de deuren weer open en zag Emmett de man met de bolhoed en de vogel op zijn schouder.

– Dank u, zei Emmett.

– Niets te danken, zei de man.

Het had er die ochtend niet naar uitgezien dat het zou gaan regenen, dus dacht Emmett dat de paraplu wel een onderdeel van zijn act zou uitmaken. Toen hij opkeek van de paraplu drong het tot hem door dat de man hem verwachtingsvol aankeek.

– Lobby? vroeg de man.

– O, sorry – nee.

Emmett frommelde in zijn zak en haalde de lijst die de man van de receptie hem gegeven had tevoorschijn.

– Vierde verdieping graag.

– Ah.

De man drukte op de desbetreffende knop. Toen reikte hij in zijn zak en viste er een pinda uit, die hij aan de vogel op zijn schouder gaf. Staand op één klauw pakte de vogel het nootje met de andere.

– Dank u, meneer Morton, kakelde hij.

– Geen dank, meneer Winslow.

Emmett keek toe hoe de vogel met verbazingwekkende handigheid de pinda pelde, en meneer Morton zag zijn interesse.

– Een grijze roodstaartpapegaai, zei hij met een glimlach. Een van de intelligentste van al onze gevederde vrienden. Meneer Winslow hier bijvoorbeeld heeft een woordenschat van honderdtweeënzestig woorden.

– Honderddrieënzestig, kakelde de vogel.

– Werkelijk, meneer Winslow. En wat is dan het honderddrieënzestigste woord?

– ASPCA.

De man kuchte gegeneerd.

– Dat is geen woord, meneer Winslow. Dat is een acroniem.

– Acroniem, kwaakte de vogel. Honderdvierenzestig!

Pas toen de man een beetje bedroefd naar Emmett glimlachte, begreep hij dat deze kleine dialoog ook een deel van de act was.

Aangekomen bij de vierde verdieping kwam de lift tot stilstand en gingen de deuren open. Met een woord van dank stapte Emmett uit en begonnen de deuren zich te sluiten. Maar opnieuw stak meneer Morton de punt van zijn paraplu door de spleet. Toen de deuren deze keer weer opengingen stapte hij de lift uit en voegde zich bij Emmett in de hal.

– Ik wil me nergens mee bemoeien, maar ik hoorde per ongeluk wat je in meneer Lehmbergs kantoor vroeg. Ga je nu toevallig naar McGinley & Co.?

– Ja, zei Emmett verrast.

– Mag ik je dan iets adviseren?

– Hij kan goed adviseren en je zult de prijs waarderen.

Toen meneer Morton de vogel een deemoedige blik toewierp moest

Emmett hard lachen. Het was voor het eerst sinds tijden dat hij weer eens hard kon lachen.

– Elk advies dat u me wilt geven is welkom, meneer Morton.

De man glimlachte en wees met zijn paraplu naar de gang, waar aan weerskanten identieke deuren waren.

– Als je meneer McGinleys kantoor ingaat, zul je zien dat zijn receptioniste, mejuffrouw Cravitts, nog minder behulpzaam is dan mevrouw Burk. De dames die in dit gebouw de recepties runnen zijn van nature terughoudend, afkerig zou je zelfs kunnen zeggen, om te helpen. Dat kan onvriendelijk overkomen, maar je moet begrijpen dat ze van 's morgens vroeg tot 's avonds laat belaagd worden door artiesten van allerlei pluimage die zich naar binnen proberen te kletsen. In het Statler-gebouw zijn het de Cravittsen en de Burks die de keuze bepalen tussen iets van ordentelijk leven of het Colosseum. Maar als deze dames al redelijk streng voor artiesten moeten zijn, dan moeten ze dat helemáál zijn voor iedereen die om namen en adressen komt vragen...

Meneer Morton zette de punt van zijn paraplu op de grond en leunde op de knop.

– Op elke artiest die een agent in dit gebouw vertegenwoordigt, wordt door minstens vijf schuldeisers jacht gemaakt. Er is verbolgen publiek, er zijn ex-vrouwen en opgelichte restauranthouders. Er is maar één persoon voor wie de poortwachters enig respect tonen en dat is degene die voor inkomsten zorgt – of hij nu mensen voor een Broadwayshow inhuurt of voor een bar mitswa. Dus als je meneer McGinleys kantoor binnengaat, raad ik je aan jezelf te presenteren als een producent.

Terwijl Emmett nadacht over dit advies nam de man hem onopvallend op.

– Ik kan aan je gezicht zien dat het idee om gebruik te maken van valse voorwendselen je tegen de borst stuit. Maar wees er maar zeker van, jongeman, dat iemand die in het Statler-gebouw ergens onder valse voorwendselen binnenkomt, in elk geval binnenkomt.

– Dank u, zei Emmett.

Meneer Morton knikte. Maar toen stak hij vanwege een nakomende gedachte een vinger op.

– Die artiest die je zoekt… weet je wat zijn specialiteit is?

– Het is een acteur.

– Hm.

– Is er iets mis?

Meneer Morton maakte een vaag gebaar.

– Je uiterlijk. Je leeftijd, en je kleding. Laat ik maar zeggen dat dat beeld botst met wat iemand van een theaterproducent verwacht.

Meneer Morton bekeek Emmett nog wat ongegeneerder, en vervolgens glimlachte hij.

– Ik stel voor dat je jezelf introduceert als de zoon van een rodeo-eigenaar.

– De man die ik zoek is een Shakespeare-acteur…

Meneer Morton lachte.

– Des te beter, zei hij.

En toen hij weer begon te lachen, lachte de papegaai met hem mee.

Toen Emmett zijn bezoek aan het kantoor van McGinley & Co. aflegde, zorgde hij ervoor bij elke stap precies te doen zoals meneer Morton hem had aangeraden, en hij werd niet teleurgesteld. Toen hij de wachtkamer binnenkwam zat die vol met jonge moeders en roodharige jongetjes en onthaalde de receptioniste hem met dezelfde ongeduldige blik die hem bij Tristar Talent te beurt was gevallen. Maar zodra hij had uitgelegd dat hij de zoon van een rondreizende rodeo-baas was die een artiest wilde inhuren klaarde haar gezicht op.

Ze ging staan, streek haar rok glad en leidde Emmett naar een tweede wachtkamer die kleiner was maar met betere stoelen, een waterkoeler en verder geen mensen. Tien minuten later werd hij meneer McGinleys kantoor binnengelaten, waar hij als een oude kennis hartelijk werd begroet en iets te drinken kreeg aangeboden.

– Dus… zei meneer McGinley toen hij weer plaatsnam achter zijn bureau, Alice zegt dat u iemand voor uw rodeoshow zoekt!

Emmett was sceptisch geweest toen meneer Morton opmerkte dat het zoeken naar een Shakespeare-acteur voor een rol in een rodeo *des te beter* was. Dus toen hij meneer McGinley zijn toelichting gaf, deed hij dat met enige aarzeling. Maar zodra hij was uitgesproken, klapte McGinley voldaan in zijn handen.

– Een leuke wending, al zeg ik het zelf! Er zijn zat artiesten die zich beklagen dat ze te veel getypecast worden voor alleen zus of zo. Maar ik zie telkens dat producenten niet de vergissing begaan dat ze hun artiesten typecasten, maar hun *publiek*. Dit publiek wil dít, zeggen ze, en dat publiek wil dát. Terwijl naar alle waarschijnlijkheid de toneelliefhebber juist wat ruiger werk wil zien, en de fans van een rodeo juist wat meer verfijning!

Meneer McGinley grijnsde breed. Vervolgens werd hij ernstig en legde een hand op een stapel dossiers die op zijn bureau lag.

– Wees gerust, meneer Watson, uw problemen zijn opgelost. Want ik heb niet alleen een heel leger Shakespeare-artiesten tot mijn beschikking, maar zelfs vier die kunnen paardrijden, en twee van hen kunnen ook nog schieten!

– Dank u, meneer McGinley. Maar ik ben op zoek naar een bepáálde Shakespeariaan.

McGinley leunde enthousiast naar voren.

– Bepaald, op welke manier? Brits? Klassiek geschoold? Voor een tragedie?

– Ik zoek een solist die monologen houdt, iemand die mijn vader een paar jaar terug heeft zien optreden en nooit is vergeten. Hij heet Harrison Hewett.

McGinley tikte driemaal zachtjes op zijn bureau.

– Hewett?

– Ja.

McGinley gaf nog een tikje op zijn bureau en drukte toen op de knop van de intercom.

– Alice? Breng me het dossier van... Harrison Hewett.

Even later kwam Alice binnen en overhandigde ze McGinley een mapje waar niet meer dan een enkel velletje papier in kon zitten. McGinley bekeek het snel en legde het op zijn bureau.

– Harrison Hewett is een uitstekende keus, meneer Watson. Ik begrijp waarom uw vader hem nooit is vergeten. En het is een man die goed gedijt bij artistieke uitdagingen, dus hij zal de kans om in uw voorstelling op te treden zeker met beide handen aangrijpen. Maar voor de duidelijkheid moet ik opmerken dat wij de heer Hewett op coöperatieve basis vertegenwoordigen...

Meneer Morton had geschat dat de kans dat McGinley dit zo zou zeggen meer dan vijftig procent was.

– Als een agent zegt dat hij een artiest op coöperatieve basis vertegenwoordigt, houdt dat in dat hij hem helemaal niet vertegenwoordigt. Maar maak je geen zorgen. De agenten in het Statler-gebouw zijn onderling overeengekomen dat ze, om een klant aan de haak te slaan, de aanbrenger graag tien procent betalen. Met als gevolg dat ze allemaal lijsten bijhouden van artiesten die bij de concurrent werken, zodat ze een geïnteresseerde partij tegen een gepaste commissie de trap op of af kunnen sturen.

In Emmetts geval was het een ritje naar ene meneer Cohen op de tiende verdieping. Omdat McGinley van tevoren had gebeld, werd Emmett bij de deur begroet en meteen een andere wachtkamer ingewerkt. Tien minuten later werd hij meneer Cohens kantoor binnengebracht, waar hij hartelijk werd verwelkomd en weer een drankje kreeg aangeboden. Wederom werd het idee om een Shakespeare-acteur bij een rodeo op te voeren geprezen om zijn vernuftigheid. Maar deze keer dat er op de knop van de intercom werd gedrukt en er een mapje werd binnengebracht, was dat wel vijf centimeter dik, en puilde het uit van de vergeelde krantenknipsels, programmaboekjes en verouderde portretfoto's, waarvan er een aan Emmett werd gegeven.

Nadat meneer Cohen Emmett ervan had verzekerd dat meneer Hewett (die dik bevriend was met Will Rogers) verrukt zou zijn met deze gelegenheid, vroeg hij hoe Emmett bereikt kon worden.

Meneer Mortons instructies opvolgend legde Emmett uit dat hij de volgende ochtend al de stad zou verlaten en dus alle details hier en nu geregeld wilde hebben. Dat bracht het kantoor in rep en roer, want er moest snel overeenstemming komen en een contract worden opgesteld.

– Als ze feitelijk contracten gaan opstellen, had Emmett meneer Morton gevraagd, moet ik die dan tekenen?

– Alles tekenen wat ze je voorleggen, jongen! En zie erop toe dat de agent ze ook tekent. Dring erop aan dat je twee getekende kopieën krijgt, voor je administratie. Want als een agent eenmaal je handtekening heeft, zou hij nog de sleutels van het huis van zijn eigen moeder aan je geven.

Het adres dat meneer Cohen Emmett voor Harrison Hewett had gegeven voerde hem naar een groezelig hotel in een groezelige straat in zuidelijk Manhattan. Van de keurige man die de deur van kamer 42 opende vernam Emmett tot zijn teleurstelling dat de heer Hewett daar niet meer logeerde, maar hij vernam ook dat de zoon van de heer Hewett er gisterochtend was geweest en kennelijk in het hotel had overnacht.

– Misschien is hij er nog, zei de man.

In de lobby zei de receptionist met het dunne snorretje dat hij wel degelijk wist over wie Emmett het had. De zoon van Harry Hewett. Die was komen informeren waar zijn ouweheer uithing, en had vervolgens twee kamers geboekt. Maar hij was er niet meer. Hij en zijn dromerige vriend waren rond het middaguur vertrokken.

– Met mijn radio, verdomme, voegde de receptionist eraan toe.

– Zei hij toevallig waar hij heen ging?

– Zou kunnen.

– Zou kunnen? vroeg Emmett.

De receptionist leunde achterover in zijn stoel.

– Toen ik je vriend hielp zijn vader te vinden, gaf hij me tien dollar…

Volgens de receptionist kon Emmett Duchess' vader vinden door een vriend van hem te spreken die elke avond na achten wat ging drinken in een kroeg aan de West Side. Omdat hij tijd over had, liep Emmett Broadway af totdat hij een cafetaria zag die druk, schoon en goed verlicht was. Hij ging aan de bar zitten en bestelde de dagschotel en een stuk taart. Hij besloot zijn maaltijd met drie koppen koffie en een sigaret die hij bij zijn serveerster bietste, een Ierse vrouw die Maureen heette die, al had ze het tien keer zo druk als mevrouw Burk, tien keer zoveel charme had.

De informatie van de hotelreceptionist bracht Emmett terug naar Times Square, waar het een uur voor zonsondergang al fonkelde van de felle lichtreclames voor sigaretten, auto's, huishoudelijke apparaten, hotels en theaters. Het was allemaal zo groot, veel en schreeuwerig dat het Emmett afkerig maakte om wat dan ook van het aanbod te kopen.

Hij ging terug naar de krantenkiosk op de hoek van Forty-Second Street en trof er dezelfde verkoper als eerder die dag. Deze keer wees de man naar de noordzijde van het plein, waar op tien-hoog boven straatniveau een reusachtige reclame voor Canadian Club-whiskey schitterde.

– Zie je die reclame? Ga vlak erachter naar links op Forty-Fifth Street en dan net zo lang doorlopen tot je Manhattan uitloopt.

Emmett was er in de loop van de dag gewend aan geraakt dat hij genegeerd werd. Hij was genegeerd door de forensen in de metro, de voetgangers op de trottoirs en de artiesten in de wachtkamers, en weet dat aan de onvriendelijkheid van het stadsleven. Daarom was hij enigszins verrast toen hij merkte dat hij voorbij Eighth Avenue niet meer genegeerd werd.

Op de hoek van Ninth Avenue werd hij bekeken door een wijkagent die zijn ronde deed. Op Tenth Avenue werd hij benaderd door een jongeman die drugs wilde verkopen, en door een andere die hem zijn gezelschap wilde verkopen. Toen hij Eleventh naderde, werd er naar hem gewenkt door een oude zwarte bedelaar die hij ontweek door zijn pas te versnellen, maar een paar passen verder liep hij zowat in de armen van een oude witte bedelaar.

Hij had de anonimiteit van die ochtend nogal onaangenaam gevonden, maar nu zou die hem juist goed zijn uitgekomen. Hij meende te begrijpen waarom New Yorkers met dat air van doelbewuste urgentie liepen. Het was een ontmoedigend signaal aan de landlopers, zwervers en overige aan lagerwal geraakte types.

Vlak voordat hij bij de rivier aankwam vond hij de Anchor, de bar die de hotelreceptionist hem had genoemd. Gezien de naam en de locatie had Emmett zich voorgesteld dat het een plek voor zeelieden of mensen van de koopvaardij was. Als het dat al ooit was geweest, dan was de relatie met die doelgroep al lang verleden tijd, aangezien er binnen niemand was die je zeewaardig zou kunnen noemen. Ze schenen Emmett maar één stapje boven het niveau van de oude bedelaars op straat te zijn.

Omdat hij van meneer Morton had vernomen hoe afkerig agenten waren om adressen te geven, vreesde hij nu dat de barkeeper weleens net zo zwijgzaam zou kunnen zijn – of dat hij misschien net als de receptionist van het Sushine Hotel een flinke vergoeding verwachtte. Maar toen hij uitlegde dat hij iemand die FitzWilliams heette zocht, zei de barkeeper dat hij naar de juiste plek was gekomen. Dus was Emmett aan de bar gaan zitten en had hij een biertje besteld.

§

Toen kort na acht uur de deur van de Anchor openging en er een man van in de zestig binnenkwam gaf de barkeeper Emmett het knikje. Vanaf zijn kruk zag Emmett de oude man langzaam naar de bar komen, een glas en een halfvolle fles whisky in ontvangst nemen en naar een tafeltje in de hoek gaan.

Terwijl FitzWilliams voor zichzelf een glas inschonk, dacht Emmett terug aan de verhalen die Duchess over zijn opkomst en ondergang had verteld. Het was moeilijk voor te stellen dat deze dunne, schuifelende, troosteloos ogende man ooit goed betaald werd om voor kerstman te spelen. Emmett legde wat geld op de bar en liep naar het tafeltje van de oude artiest.

– Neem me niet kwalijk, maar bent u de heer FitzWilliams?

Toen Emmett het woord *heer* zei, keek FitzWilliams lichtelijk verrast op.

– Ja, gaf hij na een ogenblik toe. Ik ben de heer FitzWilliams.

Emmett ging op de lege stoel naast hem zitten en legde uit dat hij een vriend van Duchess was.

– Mogelijk is hij gisteravond hier geweest om u te spreken.

De oude podiumkunstenaar knikte, alsof het nu tot hem doordrong dat hij dat had kunnen weten.

– Ja, zei hij op een toon die grensde aan een bekentenis. Duchess was hier geweest. Hij probeerde zijn vader te vinden omdat er nog iets tussen hen afgehandeld moest worden. Maar Harry was de stad uit, en Duchess wist niet waarheen, dus was hij Fitzy komen opzoeken.

FitzWilliams bood Emmett een halfhartige glimlach.

– Ik ben een oude vriend van de familie, snap je.

Emmett glimlachte terug en vroeg of hij Duchess had verteld waar meneer Hewett heen was gegaan.

– Ja, zei de oude artiest, eerst knikkend en toen hoofdschuddend. Ik heb hem gezegd waar Harry heen was gegaan. Naar het Olympic Hotel in Syracuse. En ik neem aan dat Duchess daarheen zal gaan. Nadat hij zijn vriend heeft bezocht.

– Welke vriend bedoelt u?

– O, dat zei Duchess niet. Maar het was... het was in Harlem.

– Harlem?

– Ja. Gek hè?

– Nee, het is juist logisch. Dank u, meneer FitzWilliams. U heeft me heel erg geholpen.

Toen Emmett zijn stoel naar achter schoof keek FitzWilliams verrast op.

– Ga je nu al weg? Als twee oude vrienden van de Hewetts kunnen we toch wel ter ere van hen een drankje nemen?

Nu hij te weten was gekomen wat hij wilde, en Billy zich vast en zeker zat af te vragen waar hij bleef, had Emmett totaal geen behoefte om nog in de Anchor te blijven.

Maar hoewel het eerst had geleken dat de oude podiumkunstenaar niet gestoord wilde worden, leek het er nu opeens op dat hij niet alleen wilde zijn. Dus haalde Emmett nog een glas bij de barkeeper en keerde hij terug naar het tafeltje.

FitzWilliams schonk beide glazen in en hief het zijne.

– Op Harry en Duchess.

– Op Harry en Duchess, zei Emmett hem na.

Toen ze allebei een slok hadden genomen en hun glas hadden neergezet, glimlachte FitzWilliams een beetje droevig, alsof hij geroerd werd door een bitterzoete herinnering.

– Weet je waarom hij zo heet? Ik bedoel Duchess?

– Ik geloof dat hij zei dat dat was omdat hij in Dutchess County geboren is.

– Nee, zei FitzWilliams hoofdschuddend, met zijn halfhartige lachje. Dat was het niet. Hij is hier geboren, op Manhattan. Ik kan me de avond nog herinneren.

Voor hij doorging nam hij nog een slok, alsof hij die nodig had.

– Zijn moeder, Delphine, was een mooie, jonge Parisienne die liefdesliedjes zong in de stijl van Piaf. In de jaren voor Duchess' geboorte trad ze op in alle grote clubs. In de El Morocco, de Stork Club en de Rainbow Room. Ze had zeker heel beroemd kunnen worden, althans in New York, als ze niet zo ziek was geworden. Het was meen ik tuberculose. Maar ik weet het niet meer precies. Is dat niet verschrikkelijk? Een mooie vrouw als zij, een vriendin die sterft in de bloei van haar leven, en ik weet niet eens meer waaraan.

Hij schudde afkeurend zijn hoofd, hief zijn glas weer maar zette het terug zonder een slok te nemen, alsof hij aanvoelde dat zoiets een smet op haar nagedachtenis zou betekenen.

Het verhaal over de dood van mevrouw Hewett bracht Emmett enigszins van zijn stuk, want de weinige keren dat Duchess zijn moeder te berde had gebracht, had hij altijd gezegd dat ze hem in de steek had gelaten.

– Hoe dan ook, vervolgde FitzWilliams, Delphine was dol op haar zoontje. Als er geld was, hield ze dat verborgen voor Harry, zodat ze nieuwe kleertjes voor hem kon kopen. Schattige pakjes, zoals die… hoe heten ze ook alweer… lederhosen! Ze dirkte hem dan helemaal op en liet zijn haar tot op zijn schouders groeien. Maar toen ze bedlegerig werd en hem dan naar de kroegen beneden stuurde om Harry naar huis te halen, ging Harry altijd…

Hij schudde zijn hoofd.

– Nou ja, je weet hoe Harry is. Na een paar borrels is het moeilijk te zeggen waar Shakespeare eindigt en Harry begint. Dus als de jongen dan binnenkwam, ging Harry staan, maakte een zwierige buiging en zei: *Dames en heren, mag ik aan u voorstellen: de Duchess van Alba.* En de keer daarop was het: *de Duchess van Kent* of *de Duchess van Tripoli.* Al snel gingen een paar anderen hem Duchess noemen, alsof hij een hertogin was. Daarna gingen we hem allemaal Duchess noemen. Echt iedereen deed dat. Totdat niemand meer wist hoe hij oorspronkelijk heette.

Hij hief zijn glas weer en nam deze keer een flinke teug. Toen hij het weer neerzette zag Emmett tot zijn ontsteltenis dat de oude artiest was gaan huilen – de tranen liepen over zijn wangen en hij deed geen moeite ze weg te vegen.

FitzWilliams gebaarde naar de fles.

– Die heeft hij mij gegeven, weet je. Ik bedoel Duchess. Ondanks alles. Ondanks alles kwam hij gisteravond hier en trakteerde hij me op een hele fles whisky, mijn favoriete merk. Zomaar.

Hij haalde diep adem.

– Hij werd naar een werkkamp in Kansas gestuurd, weet je. Toen hij zestien was.

– Ja, zei Emmett. We hebben elkaar daar leren kennen.

– Aha, nou begrijp ik het. Maar heeft hij je al die tijd dat jullie daar waren, nooit verteld hoe hij daar terecht was gekomen?

– Nee, zei Emmett. Nooit.

Daarna was hij zo vrij om nog wat whisky in beide glazen te schenken en wachtte hij af.

Ulysses

Hoewel de jongen het verhaal al eens van begin tot eind had voorgelezen, vroeg Ulysses hem om het nog eens te doen.

Kort na tien uur, toen de zon onder was, de maan nog op moest komen en de anderen zich in hun tenten terugtrokken, had Billy zijn boek gepakt en aan Ulysses gevraagd of hij het verhaal van Ismaël wilde horen, een jonge zeeman die een kapitein met één been vergezelde bij diens jacht op een grote witte walvis. Ook al had Ulysses nog nooit van het verhaal over Ismaël gehoord, hij twijfelde er niet aan dat het een goed verhaal zou zijn. Alle verhalen van de jongen waren goed geweest. Maar toen de jongen aanbood om dit nieuwe avontuur voor te lezen, had Ulysses met enige gêne gevraagd of hij in plaats daarvan nog eens het verhaal over zijn naamgenoot wilde voorlezen.

De jongen had niet geaarzeld. Bij het afnemende licht van Stews vuur was hij naar de tweede helft van zijn boek gegaan en had hij de pagina met zijn zaklantaarn bijgelicht – een cirkel van licht binnen een cirkel van licht binnen een zee van duisternis.

Toen Billy begon was Ulysses even bezorgd dat de jongen, aangezien hij het verhaal al eerder had voorgelezen, misschien stukken in zijn eigen woorden zou navertellen of overslaan, maar Billy scheen te begrijpen dat als een verhaal het waard was om nogmaals gelezen te worden, het ook waard was om woord voor woord gelezen te worden.

Ja, de jongen las het precies zo voor als hij in de goederenwagon had gedaan, maar Ulysses hoorde het niet op dezelfde manier, want deze keer wist hij wat er ging gebeuren. Hij wist nu naar welke stukken hij kon uitkijken en tegen welke stukken hij opzag: uitkijken naar hoe Odysseus de cyclopen versloeg door zijn manschappen onder de schapenhuiden te verstoppen, en opzien tegen de passage waarin de hebzuchtige bemanning de winden van Aeolis losliet waardoor het schip van hun kapitein uit de koers raakte, precies op het moment dat zijn thuisland in zicht was gekomen.

Toen het verhaal uit was, Billy zijn boek had gesloten en zijn zaklantaarn had uitgedaan, en Ulysses Stews schep had gepakt om het nasmeulende vuur te doven, vroeg Billy of hij een verhaal wilde vertellen.

Ulysses keek met een glimlach op hem neer.

– Ik heb geen verhalenboek, Billy.

– Je hoeft ook geen verhaal uit een boek te vertellen, antwoordde Billy. Je kunt iets van jezelf vertellen. Bijvoorbeeld iets over de oorlog overzee. Heb je daar geen verhalen over?

Ulysses draaide de schep rond in zijn hand.

Of hij verhalen uit de oorlog had? Ja, natuurlijk. Meer dan hem lief was. Zijn verhalen waren niet verzacht door de sluiers van de tijd en ook niet opgefleurd door de stijlfiguren van een poëet. Ze waren levendig en heftig gebleven. Zó levendig en heftig, dat Ulysses telkens als er een in zijn hoofd opdook, het moest begraven – precies zoals hij nu net het nasmeulende vuur ging begraven. Als hij het al niet aankon om de herinneringen met zichzelf te delen, zou hij ze zeker niet gaan delen met een achtjarige jongen.

Maar Billy's verzoek was wel terecht. Hij had heel ruimhartig zijn boek geopend en de verhalen van Sinbad, Jason en Achilles verteld, en dat van zijn naamgenoot tot tweemaal toe. Hij had wel degelijk een wederverhaal verdiend. Dus legde Ulysses zijn schep opzij, gooide nog een blok op het vuur en ging weer op de biels zitten.

– Ik heb een verhaal voor je, zei hij. Een verhaal over mijn eigen ontmoeting met de koning van de winden.

– Toen je over de wijndonkere zee voer?

– Nee, zei Ulysses. Toen ik over het droge en stoffige land liep.

Het verhaal begon op een landweg in Iowa, in de zomer van 1952.

Een paar dagen eerder was Ulysses in Utah aan boord gegaan van een trein met de bedoeling door de Rocky's te reizen en de vlaktes te doorkruisen, richting Chicago. Maar halverwege Iowa werd de goederenwagon waarin hij zat op een zijspoor gerangeerd om te wachten op een andere locomotief, en Joost mocht weten wanneer die zou aankomen. Vijfenzestig kilometer verder was er de aftakking in Des Moines, waar hij makkelijk een andere trein oostwaarts kon nemen, of noordwaarts naar de meren, of zuidwaarts naar New Orleans. Met dat idee was Ulysses uitgestapt en begonnen zich te voet een weg te banen door het platteland.

Toen hij ruim vijftien kilometer over een oude zandweg had gelopen, kreeg hij het gevoel alsof er iets aan de hand was.

Het eerste teken waren de vogels. Of liever gezegd: hun afwezigheid. Als je dwars door het land reist, legde Ulysses uit, is er één grote constante en dat is het gezelschap van vogels. Als je van Miami naar Seattle reist, of van Boston naar San Diego, dan verandert het landschap voortdurend. Maar waar je ook gaat: er zijn vogels. Duiven of buizerds, condors of kardinalen, blauwe gaaien of merels. Als je op straat leeft, word je wakker met het geluid van hun lied bij zonsopgang, en ga je slapen met hun gekwetter bij zonsondergang.

Hoewel...

Terwijl hij over die landweg liep was er geen vogel te bekennen, niet boven de velden en evenmin op de telefoonkabels.

Het tweede teken was de karavaan auto's. De hele ochtend door was hij af en toe gepasseerd door een pick-up of een sedan die rustig reed, met zo'n vijfenzestig kilometer per uur, maar plotseling zag hij een stoet van vijftien auto's, waaronder een zwarte limousine, die zijn kant op snelde. De wagens reden zo hard, dat hij naast de berm moest springen om zich te beschermen tegen het steengruis dat door hun wielen opspatte.

Nadat ze voorbij waren gejakkerd draaide hij zich om, om in de richting te kijken waar ze vandaan kwamen. Op dat moment zag hij dat de lucht in het oosten van blauw in groen veranderde. Wat in dat deel van het land, zoals Billy goed wist, maar één ding kon betekenen.

Achter Ulysses was er zover het oog reikte niets anders dan kniehoog mais te zien, maar zo'n achthonderd meter verderop was een boerderij. Terwijl de lucht met de minuut donkerder werd begon hij te rennen.

Toen hij dichterbij kwam, kon hij zien dat de boerderij al tegen de storm was beveiligd, met de deuren en luiken dichtgetimmerd. Hij zag dat de eigenaar de schuur beveiligde en vervolgens naar het luik van zijn schuilkelder rende, waar zijn vrouw en kinderen hem opwachtten. Toen de boer zijn gezin had bereikt kon Ulysses zien dat het jongetje zijn kant op wees.

Omdat ze nu alle vier naar hem keken vertraagde Ulysses zijn pas, tot hij gewoon liep, met zijn armen naar beneden.

De boer dirigeerde zijn vrouw en kinderen de schuilplaats in – eerst de vrouw zodat zij de kinderen kon helpen, daarna de dochter en vervolgens de kleine jongen die naar Ulysses bleef kijken, tot het moment dat hij uit zicht verdween.

Ulysses verwachtte dat de boer zijn gezin zou volgen, de ladder af, maar hij boog voorover om nog iets te zeggen, deed toen het luik dicht, draaide zich om naar Ulysses en wachtte hem op. Misschien zat er geen slot op het luik, dacht Ulysses, en meende de boer dat een eventuele confrontatie beter hier kon plaatsvinden, terwijl hij nog bovengronds was. Of misschien vond hij dat als je iemand een toevluchtsoord wilt weigeren, je dat in zijn gezicht moest doen.

Ulysses hield uit respect op zes passen afstand stil, dichtbij genoeg om elkaar te verstaan maar ver genoeg om niet bedreigend te zijn.

De twee mannen bekeken elkaar aandachtig, terwijl de wind het stof rond hun voeten begon op te jagen.

– Ik kom hier niet uit de buurt, zei Ulysses na een tijdje. Ik ben alleen maar een christen die op weg is naar Des Moines, om daar een trein te nemen.

De boer knikte. Hij knikte op een manier die uitdrukte dat hij wel geloofde dat Ulysses een christen was die op weg was om een trein te nemen, maar dat die zaken er in deze omstandigheden niet toe deden.

– Ik ken je niet, zei hij eenvoudigweg.

– Nee, dat klopt, zei Ulysses.

Even overwoog Ulysses om de man te helpen hem te leren kennen – door zijn naam te noemen, te vertellen dat hij in Tennessee was opgegroeid en een veteraan was, en dat hij ooit zelf een vrouw en een kind had gehad. Maar terwijl deze gedachten door zijn hoofd schoten, besefte hij al dat het uitspreken ervan er ook niet toe zou doen. En hij besefte dat zonder wrevel.

Want als de rollen waren omgedraaid, als Ulysses op het punt had gestaan een schuilplaats in te duiken, een ruimte zonder ramen onder de grond die hij voor de veiligheid van hemzelf en zijn gezin met zijn eigen handen had uitgegraven, en als er dan ineens een witte man van een meter tachtig verscheen, dan zou hij hem ook niet verwelkomd hebben. Hij had hem weggestuurd.

Waar was een man in de bloei van zijn leven immers mee bezig als hij te voet, met niets anders dan een canvas tas over zijn schouder, het land doorkruiste? Zo'n man moest bepaalde keuzes hebben gemaakt. Hij had ervoor gekozen zijn gezin te verlaten, zijn gemeenschap, zijn kerk, in een zoektocht naar iets anders. In een zoektocht naar een ongebonden leven, zonder verantwoordelijkheden, en alleen. Nou, als hij zo zijn best had gedaan dat te bereiken, waarom zou hij dan op een moment als dit mogen verwachten om als een gewoon persoon te worden behandeld?

– Ik begrijp het, zei Ulysses, ook al had de man niets uitgelegd.

De boer keek hem even aan maar draaide toen naar rechts en wees naar een witte torenspits die boven een bosje uitstak.

– De unitariërskerk is ruim een kilometer hiervandaan. Die heeft een kelder. En als je rent heb je een goede kans dat je het haalt.

– Dank u, zei Ulysses.

Terwijl ze daar zo tegenover elkaar stonden, wist Ulysses dat de boer gelijk had. Hij zou de kerk op tijd kunnen halen als hij er als een speer vandoor zou gaan. Maar Ulysses was niet van plan voor een andere man weg te rennen, hoe goed diens advies ook was. Dat was een kwestie van waardigheid.

De boer wachtte even, maar scheen dit toen te begrijpen, en met een hoofdschudden dat niemand veroordeelde, ook hemzelf niet, maakte hij zijn luik open en voegde zich bij zijn gezin.

Een blik op de torenspits maakte Ulysses duidelijk dat de kortste route naar de kerk eerder dwars door de velden was dan via de weg, en dus ging hij zo, in vogelvlucht. Het duurde niet lang voor hij doorhad dat dit een vergissing was. Hoewel de mais maar een halve meter hoog stond en de rijen van de boer breed en goed onderhouden waren, was de grond zacht en ongelijk, wat het rennen bemoeilijkte. Na alle velden waar hij in Italië door had geploeterd, had hij beter moeten weten. Maar nu was het te laat om terug naar de weg te gaan, dus met de blik op de toren gericht zette hij zo goed hij kon door.

Toen hij halverwege was, verscheen in de verte op twee uur de tornado, een duistere zwarte vinger die van de hemel naar beneden wees – het tegenovergestelde van de torenspits, wat betreft kleur en doel.

Inmiddels schoot hij met elke stap die hij zette minder op. Er stoof zo veel aarde van de grond op dat hij met een hand voor zijn gezicht moest lopen om zijn ogen te beschermen. Vervolgens hield hij beide handen op en strompelde met afgewend gezicht in de richting van de omhoog en omlaag gerichte spitsen.

Tussen de spleetjes van zijn vingers en door de sluier van de stofwolken heen kon hij rondom hem rechthoekige schaduwen van de grond zien oprijzen – schaduwen die tegelijk ordelijk en rommelig leken. Hij liet zijn handen even zakken en begreep dat hij een kerkhof was binnengekomen, en hij kon horen dat de klok in de toren begon te beieren, alsof hij door een onzichtbare hand werd geluid. Hij kon op dat moment niet meer dan vijftig meter van de kerk af zijn.

Maar naar alle waarschijnlijkheid was dat vijftig meter te ver.

De tornado tolde tegen de richting van de klok in en de windvlagen duwden Ulysses weg van zijn doel in plaats van ernaartoe. Er begon hagel op hem te kletteren en hij maakte zich klaar voor een eindsprint. *Ik kan het halen*, zei hij tegen zichzelf. Om de afstand tussen hem en het toevluchtsoord te verkleinen begon hij uit alle macht te rennen, maar hij struikelde over een lage grafsteen en smakte tegen de grond, met de bittere berusting van de verloochende.

– Verloochend door wie? vroeg Billy met grote ogen, en met zijn boek nog op zijn schoot.

Ulysses glimlachte.

– Weet ik niet, Billy. Door het lot, het noodlot, mijn eigen gezond verstand. Maar vooral door God.

De jongen begon zijn hoofd te schudden.

– Dat meen je niet, Ulysses. Je kunt niet menen dat je door God verloochend bent.

– Maar dat bedoel ik juist wél, Billy. Als ik iets in de oorlog geleerd heb, dan is het dat wanneer je je het meest verloochend voelt, wanneer je beseft dat niemand je zal komen helpen, zelfs je Schepper niet, dát het moment is waarop je de kracht ontdekt om verder te kunnen. De Lieve Heer brengt je niet weer op de been met engelengezang en het hoorngeschal van Gabriël. Hij brengt je weer op de been doordat Hij je alleen en vergeten laat voelen. Want pas als je hebt gezien dat je werkelijk verloochend bent, zul je accepteren dat je zélf in de hand hebt wat er verder gebeurt, en niemand anders.

Toen hij daar zo op de grond van het kerkhof lag en zich bewust was van het bekende gevoel van verlatenheid, strekte hij zijn arm omhoog en kreeg hij de bovenkant van de dichtstbijzijnde grafsteen te pakken. Hij hees zichzelf op en zag dat de steen waartegen hij duwde niet verweerd of versleten was. Zelfs door het kolkende stof en puin heen kon Ulysses zien dat de steen de donkergrijze glans had van een steen die net was geplaatst. Hij kwam volledig overeind en keek over de steen heen neer in een vers gedolven graf, waar onderin de glimmend zwarte bovenkant van een doodskist te zien was.

Hier kwam die stoet auto's vandaan, realiseerde hij zich. Ze moeten net midden in de teraardebestelling gezeten hebben toen ze gewaarschuwd werden voor de naderende tornado. De dominee zal snel wat verzen hebben afgeraffeld die volstonden om de ziel van de overledene aan de hemel toe te vertrouwen en toen was iedereen naar zijn auto gerend.

Aan de kist te zien moest het een man van enig aanzien betreffen. Dit was immers geen grenenhouten kist. Hij was van glanzend mahonie met handvatten van massief koper. Op het deksel van de kist zat een bijpassende koperen plaat met de naam van de overledene: Noah Benjamin Elias.

Ulysses liet zich in de smalle ruimte tussen de kist en de grafwand zakken, draaide de sluitingen los en opende het deksel. Meneer Elias lag erin opgebaard, in driedelig pak en met zijn handen netjes gekruist op de borst. Zijn schoenen waren net zo zwart en glanzend als de kist, en over zijn vest lag in een bocht de dunne gouden ketting van een zakhorloge. Hoewel hij maar zo'n een meter vijfenzestig was, moet meneer Elias ruim negentig kilo hebben gewogen – hij zal op een wijze gegeten hebben die bij zijn status paste.

Wat was de bron van meneer Elias' aardse succes geweest? Was hij eigenaar van een bank, of een houthandel? Was het een man met lef en vastberadenheid, of was hij een hebzuchtige bedrieger geweest? Wat dan ook, hij was het niet meer. Het enige wat er voor Ulysses toe deed was dat deze man van een meter vijfenzestig een gevoel van eigenwaarde had gehad dat groot genoeg was om zich te laten begraven in een kist van ruim een meter tachtig.

Ulysses bukte voorover en greep Elias vast bij zijn revers, net zoals je zou doen als je iemand tot de orde wilde roepen. Hij trok hem omhoog uit de kist en zette hem in een staande positie, zodat ze bijna oog in oog stonden. Nu kon hij zien dat de doodgraver rouge op de wangen van de dode had gedaan en hem met gardenia had geparfumeerd, waardoor hij verontrustend veel op een sloerie leek. Ulysses boog zijn knieën om onder het zwaartepunt van de dode te komen, hief hem op uit zijn rustplaats en gooide hem naar buiten, naast het graf.

Met een laatste blik op de grote zwarte vinger die van links naar rechts zwaaiend op hem afstormde, ging hij op de met geplooide zijde gevoerde bodem van de kist liggen, strekte een hand uit en...

Pastoor John

Wanneer de wraak van de Heer op ons wordt gelegd, daalt deze niet uit de hemelen neer als een regen van meteoren met vlammende staarten. Hij slaat niet toe met donder en bliksem. Hij komt niet opzetten als een verre vloedgolf uit zee die op onze kusten te pletter slaat. Nee. Wanneer de wraak van de Heer op ons wordt gelegd, begint die als een ademtocht in de woestijn.

Licht en onschuldig draait deze kleine uitademing driemaal rond boven de harde grond, en beroert hij kalm het stof en de geur van de saliestruiken. Maar als hij dan nogmaals driemaal draait, en dan nogmaals driemaal, dan groeit die kleine wervelwind tot het formaat van een mens en begint hij te bewegen. Wervelend over het land wint hij aan snelheid en omvang en groeit hij uit tot een kolos, en zwaait en zwiept hij alles wat op zijn pad komt omhoog – te beginnen met zand en steengruis, struikgewas en ongedierte, en dan de bouwsels van de mens. Tot hij uiteindelijk honderd meter hoog oprijst en zich met honderdvijftig kilometer per uur voortbeweegt, kronkelend en kolkend, wentelend en slingerend, en zich onontkoombaar op de zondaar stort.

Zo besloot pastoor John zijn gedachtegang toen hij uit het duister stapte en met zijn eiken staf zwaaide om de zwarte man die Ulysses heette op zijn kruin te beuken.

§

Voor dood achtergelaten. Dat was pastoor John geweest. Met gekneusde kniepezen, schrammen op zijn wangen en een gezwollen rechteroog lag hij in de bramenbosjes en bereidde hij zijn eigen absolutie voor. Maar precies op het moment dat hij zou verscheiden had de Heer hem naast het spoor gevonden en zijn ledematen nieuw leven ingeblazen. Hij had hem uit de kiezels en het struikgewas getild en naar de oever van een koele beek gedragen, waar zijn dorst werd gelest en zijn wonden werden gewassen, en waar hij een tak van een oude eik in handen kreeg die hij als staf kon gebruiken.

In de uren die volgden vroeg pastoor John zich geen enkele keer af waar hij heen ging, hoe hij daar zou komen of met welk doel, want hij kon de Geest van de Heer in zich aan het werk voelen, en dat Hij hem tot Zijn instrument maakte. Van de oever leidde Hij hem door de bossen terug naar een zijspoor waar tien lege goederenwagons onbewaakt waren achtergelaten. Eenmaal veilig binnen bracht Hij een locomotief voort waaraan de wagons werden vastgehaakt, en zo werd hij oostwaarts gereden, naar de stad New York. Toen hij uitstapte op het grote spooremplacement dat tussen Pennsylvania Station en de Hudson was gelegen, beschermde de Geest hem tegen de blikken van de spoorwegbewakers en leidde Hij hem niet naar de drukke straten, maar naar het spoor van een verhoogde lijn. Leunend op de staf om zijn knie te sparen bewoog hij zich voort langs het verhoogde spoor, waarbij hij een schaduw op de avenues onder hem wierp. Zodra de zon onder was leidde de Geest hem verder, door een leeg pakhuis, door een gat in een afrastering, door hoog, wild gras en door de duisternis zelf, tot hij in de verte een kampvuur kon zien dat straalde als een ster.

Toen hij dichterbij kwam zag hij dat de Lieve Heer in Zijn oneindige wijsheid het vuur niet alleen als leidraad had ontstoken, maar ook om de gezichten van de zwarte man en de jongen te verlichten, terwijl zijn eigen aanwezigheid voor hen onzichtbaar was. Hij hield stil buiten de lichtkring van het vuur en hoorde dat de jongen net een verhaal afmaakte en aan de zwarte man vroeg of hij er niet een van zichzelf wilde vertellen.

Ach, wat had hij gelachen toen hij Ulysses maar hoorde doorratelen over die angstaanjagende tornado. Want dat wervelwindje stelde niets voor vergeleken met de draaikolk die de wraak van de Heer is. Dacht hij werkelijk dat hij een pastoor van een rijdende trein kon gooien zonder vrees voor vergelding? Dat zijn daden de ogen van God en de hand van Zijn oordeel konden ontwijken?

De Here God is alziend en alwetend, zei pastoor John zonder te spreken. *Hij was getuige van je wandaden, Ulysses. Hij was getuige van je hoogmoed en zonde. En Hij heeft mij hierheen gebracht om je Zijn misnoegen over te brengen!*

De Geest van de Heer blies zoveel toorn in de ledematen van pastoor John, dat toen hij zijn eiken staf liet neerdalen op het hoofd van de zwarte, de staf door de kracht van de klap in tweeën brak.

Toen Ulysses op de grond zakte en pastoor John in het licht trad, strekte de jongen, in alle opzichten medeplichtig aan de zwarte, in de stille ontsteltenis van de vervloekten zijn armen uit.

– Is het goed als ik met je bij je vuur kom zitten? vroeg de pastoor met een luide, hartelijke lach.

Nu zijn staf gebroken was moest John naar de jongen toe strompelen, maar dat baarde hem geen zorgen. Hij wist dat de jongen nergens heen zou gaan en niets zou zeggen. Hij zou zich daarentegen in zichzelf terugtrekken, als een slak in zijn slakkenhuis. En ja hoor, toen hij hem bij de kraag van zijn overhemd optrok kon hij zien dat de jongen zijn ogen had dichtgeknepen en met zijn bezwering was begonnen.

– Er is hier geen Emmett, zei de pastoor. Niemand komt je te hulp, William Watson.

Hij hield de kraag van de jongen stevig vast en hief met zijn andere arm de gebroken staf om hem het lesje te leren dat Ulysses twee dagen eerder had onderbroken. Een lesje met rente!

Maar vlak voor de staf zou neerdalen opende de jongen zijn ogen.

– Ik ben waarlijk verloochend, zei hij met raadselachtig veel verve.

Daarna gaf hij de pastoor een harde trap tegen zijn gewonde knie.

Met een dierlijk gejank liet John het overhemd van de jongen los, en zijn staf viel op de grond. Hij bleef staan hinkelen met tranen van pijn in zijn ene goede oog, maar voelde zich gesterkt in zijn wil om de jongen een lesje te leren dat hem nog lang zou heugen. Maar toen hij zijn armen uitstrekte kon hij door zijn tranen heen zien dat de jongen weg was.

Hij wilde erachteraan en keek verwoed om zich heen om iets te vinden wat zijn gebroken staf kon vervangen.

– Aha! riep hij.

Op de grond lag immers een schep. Hij pakte hem op, stak het blad in de grond, leunde op de handgreep en bewoog zich langzaam naar het donker waarin de jongen was verdwenen.

Na een paar stappen kon hij net de contouren onderscheiden van een kampement: een stapeltje brandhout onder een zeil, een geïmproviseerde wastafel, een rijtje van drie opgerolde kampeermatrasjes en een tent.

– William, riep hij zacht. Waar ben je, William?

– Wat is daar aan de hand, zei een stem vanuit de tent.

Pastoor John hield zijn adem in, stapte opzij, en toen kwam er een potige zwarte uit de tent. Hij zag de pastoor niet, deed een paar stappen naar voren en stopte.

– Ulysses? riep hij.

Toen pastoor John hem met het platte deel van de schep raakte, viel hij kreunend op de grond.

Nu kon pastoor John links van hem andere stemmen horen. De stemmen van twee mannen die de commotie gehoord konden hebben.

– Vergeet die jongen, zei hij tegen zichzelf.

Met de schep als loopkruk hobbelde hij zo snel hij kon terug naar het kampvuur, naar de plek waar de jongen had gezeten. Daar op de grond lagen het boek en de zaklantaarn. Maar waar was die verdomde rugzak?

Hij keek achterom, in de richting waar hij net vandaan was gekomen. Zou de rugzak bij de opgerolde matrasjes kunnen zijn? Nee. De rugzak moest vast in de buurt van het boek en de zaklantaarn zijn. Leunend op de schep boog hij voorzichtig voorover, liet de schep vallen, pakte de zaklantaarn en knipte hem aan. Met een zwaai richtte hij de lichtbundel op de achterkant van de bielzen en bewoog toen van rechts naar links.

Daar is-ie!

Zittend op een biels met zijn gewonde been vooruit gestrekt pakte hij de rugzak en legde hem op zijn schoot. En terwijl hij dat deed, hoorde hij het muziekje dat uit de rugzak kwam.

Met toenemende opwinding maakte hij de koorden los en begon hij er spullen uit te halen en opzij te gooien. Twee overhemden. Een broek. Een washandje. En op de bodem vond hij het blikje. Hij haalde het uit de tas en schudde er triomfantelijk mee.

Morgenochtend zou hij een bezoek brengen aan de joden op Forty-Seventh Street. 's Middags zou hij naar een warenhuis gaan en nieuwe kleren kopen. En morgenavond zou hij naar een goed hotel gaan waar hij een lang, warm bad zou nemen en oesters en een fles wijn zou bestellen, en misschien zelfs wat vrouwelijk gezelschap. Maar nu was het tijd om weg te gaan. Hij deed de zaklantaarn en het blikje terug in de rugzak, trok de koorden dicht en gooide de tas over zijn schouder. Eindelijk klaar om te vertrekken boog hij naar links om de schep te pakken, maar ontdekte dat die niet meer lag op de plek waar...

Ulysses

Eerst was er alleen maar duisternis. Daarna daagde er enig besef. Hij besefte dat het niet de duisternis van het heelal was, kil en uitgestrekt tot in het oneindige. Deze duisternis was intiem en warm, een duisternis die hem bedekte en omhulde als een fluwelen lijkwade.

Uit de krochten van zijn geheugen daagde geleidelijk het besef dat hij nog in de doodskist van de dikke man moest liggen. Hij kon langs zijn schouders de zachte, geplooide zijden voering voelen en daarachter de stevigte van de mahoniehouten kist.

Hij wilde het deksel lichten, maar hoeveel tijd was er voorbijgegaan? Was de tornado weg? Hij hield zijn adem in en luisterde. Hij luisterde door de geplooide zijde en het glanzende mahonie heen maar hoorde niets. Niet het geluid van fluitende wind, of van hagel die op het deksel van de kist viel, of van de kerkklok die er maar wat op los beierde. Om zich ervan te vergewissen besloot hij de kist op een kier te openen. Hij draaide zijn handpalmen naar boven en drukte tegen het deksel, maar dat gaf geen krimp.

Kon het zijn dat hij door honger en vermoeidheid verzwakt was? Maar zoveel tijd was er nou ook weer niet verstreken. Of wel? Plotseling kreeg hij het gruwelijke idee dat in de nasleep van de storm, toen hij buiten bewustzijn was, iemand bij het open graf had kunnen komen en de berg aarde op de kist had geschept, om de klus af te maken.

Hij moest het weer proberen. Hij draaide met zijn schouders en strekte zijn vingers om de bloedsomloop in zijn ledematen te herstellen, haalde diep adem, zette zijn handpalmen weer tegen de binnenkant van het deksel en duwde uit alle macht, waarbij het zweet van zijn voorhoofd druppelsgewijs in zijn ogen liep. Langzaam ging het deksel open en stroomde er koelere lucht in de kist. Met een gevoel van opluchting verzamelde Ulysses al zijn krachten en duwde hij het deksel helemaal weg, in de verwachting dat hij de middaglucht zou zien.

Maar het was geen middag.

Het zag eruit als... middernacht.

Hij stak voorzichtig een hand in de lucht en zag dat zijn huid een knipperlicht weerkaatste. Hij hoorde de langgerekte toon van een scheepshoorn en het gekrijs van een zeemeeuw, alsof hij ergens op zee was. Maar toen hoorde hij van dichtbij een stem. De stem van een jongen die verklaarde dat hij verloochend was. De stem van Billy Watson.

En opeens wist Ulysses waar hij was.

Het volgende ogenblik hoorde hij een volwassen man het uitschreeuwen van de pijn. En hoewel hij nog niet begreep wat er aan de hand was, wist hij wel wat hem te doen stond.

Hij draaide op zijn zij en hees zich met veel moeite op zijn knieën. Hij veegde het zweet uit zijn ogen en zag bij het licht van het vuur dat het bloed was, geen zweet. Iemand had hem op zijn hoofd geslagen.

Hij kwam overeind en zocht bij het vuur naar Billy en naar degene die het had uitgeschreeuwd, maar er was niemand. Hij wilde Billy's naam roepen maar begreep dat hij zodoende een onbekende vijand te kennen zou geven dat hij weer bij bewustzijn was.

Hij moest weg van het vuur, uit de lichtkring. In het donker zou hij weer bij zinnen en op kracht kunnen komen en dan kon hij Billy zoeken, en vervolgens de jacht op zijn tegenstander in gang zetten.

Hij stapte over een van de bielzen, liep vijf passen de duisternis in en oriënteerde zich. Daar was de rivier, dacht hij toen hij zich omdraaide, en daar had je het Empire State Building, en daar was hun kampement. Toen hij in de richting van Stews tent keek, meende hij iets van beweging te zien. Stilletjes, bijna te zacht om te horen, was er de stem van iemand die Billy riep – hij riep hem bij zijn doopnaam. De stem van de man mag dan wel amper hoorbaar zijn geweest, maar was niet zo zacht dat je hem niet kon herkennen.

Ulysses bleef in het donker en liep voorzichtig om het vuur heen, zacht maar onontkoombaar in de richting van de prediker.

Abrupt bleef hij staan toen hij Stew zijn eigen naam hoorde roepen. Vlak daarna hoorde hij een metalige klap en de plof van een lichaam dat op de grond valt. Ulysses voelde een vlaag van woede omdat hij te behoedzaam was geweest en maakte zich klaar om het kampement te bespringen, maar toen zag hij uit de duisternis een gedaante verschijnen die zich onregelmatig voortbewoog.

Het was de prediker, die Stews schep als kruk gebruikte. Hij liet de schep op de grond vallen, pakte de zaklantaarn van de jongen, knipte die aan en begon iets te zoeken.

Met een oog op de prediker kroop Ulysses naar de rand van het vuur, strekte zijn arm over een biels heen en pakte de schep. Toen de prediker een kreet slaakte omdat hij iets gevonden had, trad Ulysses terug in het duister en zag hij dat de man Billy's knapzak had en op zijn schoot legde nadat hij was gaan zitten.

Met opgewonden stem begon de prediker in zichzelf over hotels, oesters en vrouwelijk gezelschap te praten terwijl hij Billy's spullen uit de tas haalde en op de grond gooide – tot hij het blikje met de dollars vond. Ondertussen had Ulysses zich naar voren bewogen tot hij vlak achter de prediker stond. En toen de prediker, nadat hij de knapzak over zijn schouder had geworpen, naar links boog, liet Ulysses de schep neerdalen.

Nu de prediker ineengezakt aan zijn voeten lag, moest Ulysses ervan hijgen. Hij was zelf al gewond en de extra inspanning die het kostte om de prediker te overmeesteren had hem al zijn kracht ontnomen. Bang dat hij misschien zou flauwvallen stak hij de schep in de grond en leunde op de handgreep, en keek hij neer om er zeker van te zijn dat de prediker niet bewoog.

– Is hij dood?

Dat was Billy, die naast hem was komen staan en ook op de prediker neerkeek.

– Nee, zei Ulysses.

Gek genoeg leek de jongen opgelucht te zijn.

– Gaat het goed met je? vroeg Billy.

– Ja, zei Ulysses. En met jou?

Billy knikte.

– Ik heb gedaan wat je zei, Ulysses. Toen pastoor John zei dat ik alleen was, stelde ik me voor dat ik door iedereen verloochend was, ook door de Schepper. Toen gaf ik hem een schop en verstopte ik me onder het dekzeil van het brandhout.

Ulysses glimlachte.

– Goed gedaan, Billy.

– Wat is hier in godsnaam aan de hand?

Billy en Ulysses keken op en zagen Stew achter hen staan, met een slagersmes in zijn hand.

– Jij bloedt ook, zei Billy bezorgd.

Stew was aan de zijkant van zijn hoofd geraakt, waardoor er bloed van zijn oor op het schouderstuk van zijn overhemd was gedropen.

Ulysses voelde zich ineens stukken beter, helder van geest en stevig ter been.

– Billy, zei hij, wil je daar even de waskom en een paar handdoeken pakken?

Stew stak het mes in zijn riem, kwam naast Ulysses staan en keek naar de grond.

– Wie is dat?

– Iemand met kwade bedoelingen, zei Ulysses.

Toen keek Stew naar Ulysses' hoofd.

– Laat me daar even goed naar kijken.

– Ik heb ze erger gehad.

– Dat hebben we allemaal.

– Het gaat wel.

– Weet ik, weet ik, zei Stew hoofdschuddend. Je bent een hele flinke kerel.

Billy kwam terug met de waskom en handdoeken. De mannen maakten hun gezicht schoon en depten voorzichtig hun wonden. Toen ze klaar waren zei Ulysses dat Billy naast hem op een van de bielzen moest gaan zitten.

– Billy, begon hij, we hebben vanavond een hoop meegemaakt.

Billy knikte instemmend.

– Inderdaad, Ulysses. Emmett zal het amper geloven.

– Nou, daar wilde ik het net over hebben. Je broer heeft veel aan zijn hoofd, met het terugvinden van zijn auto en zorgen dat hij met jou voor 4 juli in Californië is. Misschien is het beter dat we wat er vanavond gebeurd is onder ons houden. Althans, voor het moment.

Billy knikte.

– Dat is waarschijnlijk het beste, zei hij. Emmett heeft al genoeg aan zijn hoofd.

Ulysses klopte Billy op zijn knie.

– Op een dag vertel je het hem wel, zei hij. Dan kun je hem en ook je kinderen vertellen dat je de prediker overmeesterde, net als een van die helden uit je boek.

Toen hij zag dat Billy hem begrepen had, stond hij op om met Stew te praten.

– Wil jij de jongen terug naar je tent brengen? En hem misschien wat te eten geven?

– Oké. Maar wat ga jij doen?

– Ik ga me om de prediker bekommeren.

Billy, die achter Ulysses' rug had meegeluisterd, ging met een bezorgde blik voor hem staan.

– Wat betekent dat, Ulysses? Wat houdt dat in, dat je je om de prediker gaat bekommeren?

Ulysses en Stew keken elkaar aan en toen weer naar de jongen.

– We kunnen hem hier niet laten liggen, legde Ulysses uit. Hij komt weer bij, net als ik. En wat voor kwaad hij ook in de zin had voor ik hem een klap verkocht, ook dát zal terugkomen, maar dan erger.

Billy keek Ulysses met gefronste wenkbrauwen aan.

– Dus, vervolgde Ulysses, ga ik hem de trap af dragen en breng hem...

– Naar het politiebureau?

– Precies, Billy. Ik breng hem naar het politiebureau.

Billy knikte, om aan te geven dat dat het beste was. Vervolgens keek Stew Ulysses aan.

– Ken je die trap die bij Gansevoort Street uitkomt?

– Ja.

– Iemand heeft daar de afrastering omgebogen. Die route is makkelijker, als ik zie wat je te dragen hebt.

Ulysses bedankte Stew en wachtte tot Billy zijn spullen had gepakt, Stew het vuur had uitgemaakt en ze samen terugliepen naar Stews tent, waarna hij zijn aandacht op de prediker richtte.

Hij pakte hem onder de oksels, tilde hem op en legde hem over zijn schouders. De man was niet zwaarder dan Ulysses had verwacht, maar hij was slungelachtig, wat hem tot een lastig vrachtje maakte. Door het lichaam wat heen en weer te schuiven probeerde Ulysses de juiste balans te vinden, alvorens hij met korte en stevige stappen begon te lopen.

Toen hij bij de trap kwam had hij, zonder nadenken, de prediker zo van de trap kunnen laten rollen, om zijn eigen kracht te sparen. Maar hij was nu toch in beweging en had het gewicht gelijkmatig over zijn schouders verdeeld, en hij was bang dat als hij stopte, hij zijn evenwicht of zijn momentum zou verliezen. En hij zou beide nodig hebben. Want van onder aan de trap was het nog een goede tweehonderd meter naar de rivier.

Duchess

Woolly's zus kwam de keuken in als een geest. Ze verscheen in de deuropening in haar lange witte peignoir en toen ze geruisloos de onverlichte ruimte betrad, was het alsof haar voeten de vloer niet raakten. Maar als ze al een geest was, dan was ze niet van het schrikaanjagende soort – zo een die jankt en kermt en waarvan je koude rillingen krijgt. Zij was meer van het vertwijfelde type. Het soort geest dat eeuwenlang door de vertrekken van een leeg huis dwaalt, op zoek naar iemand of iets wat niemand anders zich nog kan herinneren. Een visitatie, heet dat geloof ik.

Ja, dat is het.

Een visitatie.

Zonder het licht aan te doen vulde ze de fluitketel en stak het gas aan. Ze pakte een mok en een theezakje uit de kast en zette die op het aanrecht. Uit de zak van haar peignoir haalde ze een klein bruin flesje en zette dat naast de mok. Vervolgens liep ze terug naar de gootsteen en ging daar uit het raam staan kijken.

Je kreeg het idee dat ze daar goed in was, uit het raam kijken – alsof ze dat vaak had geoefend. Ze stond niet zenuwachtig met haar voeten te tikken of te schuifelen. Ze was er in feite zo goed in, zo goed in het in gedachten wegdwalen, dat ze verrast leek toen de ketel floot, alsof ze niet meer wist dat ze die had opgezet. Langzaam, bijna met tegenzin, verliet ze haar plek bij het raam, goot het water op, pakte met haar ene hand de mok en met de andere het bruine flesje en liep naar de tafel.

– Slaapproblemen? vroeg ik.

Ze was overrompeld maar gaf geen kik en liet evenmin haar theekop vallen. Ze toonde alleen lichte verbazing, net als toen ze de ketel had horen fluiten.

– Ik heb niet gezien dat je er was, zei ze, terwijl ze het kleine bruine flesje in haar zak liet verdwijnen.

Op mijn vraag of ze slaapproblemen had gaf ze geen antwoord, maar dat hoefde ook niet. Alles in de manier waarop ze zich in het donker bewoog – hoe ze door de ruimte liep, de ketel vulde, het gas aanstak – deed vermoeden dat dit een soort routine voor haar was. Het zou me niet in het minst verbazen als ik hoorde dat ze elke nacht om twee uur naar beneden kwam en naar de keuken ging, terwijl haar man diep in slaap was en niets in de gaten had.

Ze gebaarde naar het gasfornuis achter haar en vroeg of ik thee wilde. Ik wees naar het glas dat voor me stond.

– Ik heb in de zitkamer wat whiskey gevonden. Ik hoop niet dat je dat erg vindt.

Ze glimlachte flauwtjes.

– Natuurlijk niet.

Nadat ze tegenover me was gaan zitten, keek ze aandachtig naar mijn linkeroog.

– Hoe voelt het?

– Veel beter, dank je.

Ik had Harlem in zo'n goede stemming verlaten, dat toen ik terugkwam bij het huis van Woolly's zus, ik het pak slaag dat ik had gekregen totaal was vergeten. Toen zij de deur opendeed en geschrokken keek, schrok ik daar op mijn beurt bijna van.

Maar toen Woolly me had voorgesteld en ik had uitgelegd dat ik in het station een lelijke smak had gemaakt, haalde ze een schattig eerstehulpsetje uit haar medicijnkast, liet me hier aan de keukentafel zitten, maakte mijn bebloede mond schoon en gaf me een zak ingevroren doperwten om tegen mijn oog te houden. Ik had daar liever net als een bokskampioen een rauwe biefstuk voor gebruikt, maar armelui kunnen niet kieskeurig zijn.

– Wil je nog een aspirientje? vroeg ze.

– Nee hoor, het gaat best zo.

Toen ik een slok van haar mans whiskey en zij een slok van haar thee nam, waren we allebei even stil.

– Jij bent Woolly's slapie...?

– Dat klopt.

– Dus jij bent degene wiens vader op het toneel stond?

– Hij lag er net zo vaak onder als dat-ie erop stond, zei ik met een glimlach. Maar inderdaad, dat is mijn ouweheer. Hij begon als Shakespeariaan en eindigde in het variété.

Ze moest lachen bij het woord *variété*.

– Woolly heeft me geschreven over een paar van de artiesten met wie je vader werkte. De ontsnappingskunstenaars en de goochelaars... hij was heel ingenomen met ze.

– Je broer is dol op een goed verhaal voor het slapengaan.

– Ja, zeg dat wel!

Ze keek me over de tafel aan alsof ze me iets wilde vragen, maar keek toen weer naar haar mok.

– Wat is er? zei ik bemoedigend.

– Het was een persoonlijke vraag.

– Dat zijn de beste.

Ze keek me weer even peinzend aan, in een poging te peilen of ik wel oprecht was. Kennelijk besloot ze van wel.

– Hoe ben jij in Salina terechtgekomen, Duchess?

– O, dat is een lang verhaal.

– Ik heb nog een hele kop thee...

Dus nadat ik mezelf nog een vinger whiskey had ingeschonken vertelde ik haar mijn kleine komedie en dacht: misschien is iedereen in Woolly's familie wel dol op een goed verhaal voor het slapengaan.

Het was voorjaar 1952, een paar weken na mijn zestiende verjaardag, en we woonden in kamer 42 van het Sunshine Hotel, met paps op de springbox en ik op de grond.

Mijn ouweheer zat in die tijd, zoals hij graag zei, *tussen twee banen in*, wat gewoon betekende dat hij bij een baan ontslagen was en een volgende moest vinden om dáár ontslagen te worden. Hij bracht zijn dagen door met zijn oude maat Fitzy die aan de overkant van de gang woonde. In het begin van de middag gingen ze altijd rondscharrelen bij parkbanken, fruitstalletjes, kiosken en andere plaatsen waar iemand wel een stuiver kon laten vallen zonder de moeite te nemen hem op te rapen. Daarna gingen ze de metro in en zongen ze sentimentele liederen, met de hoed in de hand. Ze kenden hun publiek: voor de Ieren op de Third Avenue-lijn zongen ze 'Danny Boy', en voor de Italianen op het station van Spring Street 'Ave Maria', tranen met tuiten jankend, alsof ze elk woord meenden. Ze hadden zelfs een Jiddisch nummer, over de tijd in het sjtetl, dat ze opvoerden als ze op het perron van de halte op Canal Street waren. En dan 's avonds, als ze me een kwart dollar hadden gegeven en me naar de film hadden gestuurd, gingen ze met hun zuurverdiende geld naar een kroeg op Elizabeth Street en verzopen het tot de laatste cent.

Omdat ze nooit voor twaalf uur opstonden, dwaalde ik als ik 's morgens wakker werd door het hotel om iets te eten te vinden, of iemand om mee te praten. Zo vroeg was er weinig te halen, maar er waren een paar gasten die vroeg opstonden en de beste van hen was zonder twijfel Marceline Maupassant.

In de jaren twintig was Marceline een van de beroemdste clowns van Europa geweest en gaf hij uitverkochte voorstellingen in Parijs en Berlijn, compleet met staande ovaties en rijen vrouwen die hem bij de artiesteningang opwachtten. Echt, Marceline was niet zomaar een clown. Hij was niet zo'n vent die zijn gezicht verft, rond stampt met flapschoenen en op een toeter blaast. Hij was je van het. Een dichter en een danser. Iemand die de wereld nauwkeurig observeerde en de dingen diep voelde – net als Chaplin en Keaton.

Een van zijn topacts was als een landloper in een drukke straat. Als het doek opging was hij daar, zich een weg zoekend in een menigte grotestadsbewoners. Met een buiginkje probeerde hij de aandacht te trekken van twee mannen die bij een kiosk debatteerden over de krantenkoppen, met het lichten van zijn hoed probeerde hij een kindermeisje aan te spreken dat zich bekommerde om een baby met buikpijn. Of hij nou zijn hoed afnam of boog, iedereen met wie hij contact zocht ging door met zijn of haar besognes, alsof hij niet bestond. En net toen Marceline een verlegen jonge vrouw met een droeve blik wilde benaderen botste er een bijziende geleerde tegen hem op, waardoor zijn hoed van zijn hoofd vloog.

Marceline ging achter zijn hoed aan. Maar elke keer als hij hem wilde pakken, schopte een verstrooide voetganger hem per ongeluk een andere kant op. Na meerdere pogingen om hem terug te krijgen zag Marceline tot zijn grote schrik dat een robuuste politieagent per ongeluk bijna op de hoed ging staan. Marceline had geen andere keus dan een hand in de lucht te steken en met zijn vingers te knippen – en iedereen bleef stokstijf staan. Iedereen behalve Marceline.

En nu begon de magie.

Een paar minuten lang gleed Marceline dan met een fijn glimlachje over het toneel, volkomen zorgeloos zwierend tussen de onbeweeglijke voetgangers. Daarna nam hij van de bloemist een roos met een lange steel en gaf die bedeesd aan de terneergeslagen jonge vrouw. En dan bracht hij een paar punten in bij de discussie die de twee mannen bij de kiosk voerden. Vervolgens trok hij gekke gezichten naar de baby in de kinderwagen. Hij lachte, gaf commentaar en goede raad, allemaal zonder geluid te maken.

Maar net toen hij nog een rondje door de menigte wilde maken, klonk er een zacht belletje. Hij hield midden op het toneel halt, stak zijn hand in zijn sjofele vest en haalde er een massief gouden zakhorloge uit – duidelijk een overblijfsel uit betere tijden. Hij knipte het deksel open, zag hoe laat het was en constateerde met een droeve blik dat zijn spelletje lang genoeg had geduurd. Hij stopte het horloge terug en haalde voorzichtig zijn gekreukelde hoed van onder de voet van de politieagent – die daar al die tijd op één been had gestaan, een knap staaltje gymnastiek op zich. Hij dofte zijn hoed op en zette hem op zijn hoofd, en daarna keek hij naar het publiek en knipte met zijn vingers, waarop iedereen op het toneel zijn bezigheden hernam.

De act was het waard om meermaals te zien. Want de eerste keer dat je hem zag leek het, wanneer Marceline aan het eind met zijn vingers knipte, alsof de wereld terugging naar hoe die daarvoor was. Maar de tweede of derde keer dat je de act zag, kon je zien dat de wereld niet *precies* zoals voorheen was. Wanneer de verlegen jonge vrouw wegloopt, glimlacht ze als ze de lange roos in haar handen ziet. De twee discussiërende mannen bij de krantenkiosk zwijgen even, opeens niet meer zo zeker van hun standpunten. Het kindermeisje dat eerst zo begaan was met haar huilende baby is verbaasd als ze hem ziet kirren. Als je Marcelines voorstelling meer dan eens ging zien, kon je dit allemaal opmerken in de paar tellen voor het doek neerging.

In het najaar van 1929, toen zijn faam in Europa op zijn hoogtepunt was, werd Marceline naar New York verlokt met het vooruitzicht op een contract van ettelijke tonnen, voor een werkperiode van een half jaar in het Hippodrome. Met al het enthousiasme dat een artiest eigen is pakte hij zijn koffers voor een langdurig verblijf in het land van de vrijheid. Maar net toen hij in Bremen aan boord van zijn stoomschip ging, begon de beurs op Wall Street aan zijn steile duikvlucht.

Tegen de tijd dat hij bij de West Side-kades van boord ging, waren zijn Amerikaanse producenten failliet, was het Hippodrome gesloten en zijn contract geannuleerd. In zijn hotel wachtte hem een telegram van zijn bankiers uit Parijs met de mededeling dat ook híj alles in de Crisis had verloren en dat er niet eens genoeg over was voor een veilige terugvaart naar huis. En toen hij bij andere producenten aanklopte, kwam hij tot de ontdekking dat ondanks zijn succes in Europa, eigenlijk niemand in Amerika wist wie hij was.

Wat er nu van zijn hoofd was gevlogen was zijn zelfrespect. En elke keer als hij zich bukte om het weer op te pakken, schopte een willekeurige voetganger het buiten zijn bereik. Dan ging hij erachteraan, van de ene armzalige plek naar de andere, tot hij ten langen leste op straathoeken pantomimevoorstellingen gaf en in het Sunshine Hotel woonde – aan het eind van de gang, in kamer 49.

Nogal wiedes dat Marceline begon te drinken. Maar niet op de manier van Fitzy en mijn ouweheer. Hij ging nooit naar zo'n kroeg waar hij zijn oude glorietijd kon herbeleven en oud zeer kon ventileren. Hij kocht 's avonds een fles goedkope rode wijn en dronk die alleen in zijn kamer op, met gesloten deur, waarbij hij zijn glas vulde met een omslachtig maar vloeiend gebaar, alsof het bij een act hoorde.

Maar 's morgens liet hij zijn deur op een kier staan. En als ik daarop klopte, verwelkomde hij me altijd met het lichten van zijn hoed die hij niet meer bezat. Soms, als hij wat geld had, stuurde hij me eropuit voor melk, bloem en eieren en bakten we mini-crêpes op de onderkant van een elektrisch strijkijzer. En als we dan op de grond zaten te ontbijten, ging hij niet over zijn verleden praten maar vroeg hij mij naar mijn toekomst – naar welke plaatsen ik wilde gaan, en alles wat ik wilde gaan doen. Het was een fantastische manier om de dag te beginnen.

Maar toen ik op een ochtend de gang in liep stond zijn deur niet op een kier. En toen ik klopte kwam er geen antwoord. Ik hield mijn oor tegen het hout en hoorde een heel licht gekraak, alsof iemand zich omdraait in bed. Ik was bang dat hij ziek was en deed de deur een klein stukje open.

– Meneer Marceline? zei ik.

Toen hij geen antwoord gaf deed ik de deur helemaal open en zag dat het bed niet beslapen was, dat de bureaustoel midden in de kamer op zijn kant lag en dat Marceline aan de plafondventilator hing.

Het gekraak was niet van het bed gekomen, snap je. Het kwam van het gewicht van zijn lichaam dat zachtjes heen en weer schommelde.

Toen ik mijn vader had gewekt en naar de kamer had gebracht knikte hij alleen maar, alsof hij dit altijd al verwacht had. Vervolgens stuurde hij me naar de receptie, waar ze de politie moesten bellen.

Een halfuur later stonden er drie agenten in de kamer – twee gewone agenten en een rechercheur die verklaringen afnam van mij, mijn vader en de naburige huurders die hun hoofd om de deur kwamen steken.

– Is hij beroofd? vroeg een van de huurders.

Bij wijze van antwoord gebaarde een agent naar Marcelines bureau waar de inhoud van zijn zakken was gelegd, waaronder een briefje van vijf en wat kleingeld.

– En waar is het horloge?

– Welk horloge? vroeg de rechercheur.

Iedereen begon door elkaar te praten – men zei dat het massief gouden horloge zo'n centrale rol in de act van de clown had gespeeld, dat hij er nooit afscheid van had willen doen, ook niet toen hij platzak was.

De rechercheur keek naar de twee agenten die hun hoofd schudden, en daarna naar mijn vader. Vervolgens keek mijn vader naar mij.

– Duchess, zei hij terwijl hij een arm over mijn schouder legde, dit is heel belangrijk. Ik ga je een vraag stellen en je moet me eerlijk antwoord geven. Toen je Marceline vond, heb je toen zijn horloge gezien?

Ik schudde zwijgend mijn hoofd.

– Misschien vond je het op de grond, opperde hij behulpzaam. En toen raapte je het op, zodat het niet stuk kon gaan.

– Nee, zei ik, wederom hoofdschuddend. Ik heb zijn horloge helemaal niet gezien.

Mijn vader klopte me bijna vriendschappelijk op de schouder, wendde zich tot de rechercheur en haalde zijn schouders op, zoals iemand doet die zijn best heeft gedaan.

– Fouilleer ze, zei de rechercheur.

Stel je mijn verbazing eens voor toen de agent me vroeg mijn zakken om te keren en er tussen de kauwgompapiertjes een gouden horloge aan een lange gouden ketting zat.

Ik zeg: stel je mijn verbazing eens voor, want ik wás me toch verbaasd. Verbijsterd. Zelfs met stomheid geslagen. Voor wel twee seconden.

Het was tenslotte overduidelijk wat er was gebeurd. Mijn ouweheer had me naar beneden gestuurd zodat hij het lijk kon bestelen. En toen door de bemoeizieke buurman het horloge werd genoemd, legde mijn vader zijn arm over mijn schouder en hield hij zijn kleine toespraak, zodat hij het in mijn zak kon laten glippen voordat hij zelf beklopt werd.

– Ach, Duchess toch, zei hij, diep teleurgesteld.

Binnen een uur zat ik op het politiebureau. Als minderjarige zonder strafblad had ik goede papieren om te worden vrijgelaten en aan mijn vaders zorg te worden toevertrouwd. Maar gezien de waarde van het horloge van de oude clown ging het hier niet om kruimelwerk. Het was een grote diefstal. Tot overmaat van ramp waren er meldingen van nog een paar diefstallen in het Sunshine Hotel, plus dat Fitzy onder ede verklaarde dat hij mij uit een paar kamers had zien komen waar ik niets te zoeken had. En alsof dat niet genoeg was ontdekten mensen van de jeugdzorg dat ik, tot mijn vaders grote schrik, in geen vijf jaar naar school was geweest. Toen ik voor de kinderrechter verscheen, moest mijn vader toegeven dat hij als hardwerkende weduwnaar niet in een positie was me te beschermen tegen de kwalijke invloeden van de Bowery. Iedereen was het erover eens dat ik voor mijn eigen bestwil tot mijn achttiende in een heropvoedingsgesticht moest worden geplaatst.

Toen de rechter zijn uitspraak had gedaan, vroeg mijn vader of hij zijn afgedwaalde zoon misschien een paar woorden van advies mocht meegeven, voordat ik werd afgevoerd. De rechter stemde ermee in, waarschijnlijk in de veronderstelling dat mijn vader me terzijde zou nemen en het snel zou afwikkelen. Maar mijn ouweheer stak zijn duimen achter zijn bretels, blies zijn borst op en richtte het woord tot de rechter, de gerechtsdienaar, het schellinkje en de stenograaf. Met name de stenograaf!

– Nu onze wegen zich scheiden, mijn zoon, zei hij tegen Jan en alleman, neem mijn zegen met u. Maar draag in mijn afwezigheid deze regels in uw geheugen: Wees minzaam, nimmer te gemeenzaam. Leen ieder het oor, geef weinigen uw woord. Hoor ieders mening, doch bewaar uw oordeel. Maar bovenal, blijf aan uzelven trouw. En hieruit volgt, als op den dag de nacht, dat gij dan jegens niemand vals kunt zijn. Vaarwel mijn zoon, zei hij tot slot. Vaarwel.

En terwijl ze mij de zaal uit leidden, plengde hij daadwerkelijk een traan, de oude vos.

– Wat vreselijk, zei Sarah.

En ik kon aan haar gezicht zien dat ze het meende. Haar uitdrukking was een mengeling van medeleven, verontwaardiging en bescherming. Je kon gewoon zien dat ze, of ze in haar eigen leven nu wel of niet gelukkig werd, vast en zeker een geweldige moeder zou zijn.

– Het geeft niet, zei ik in een poging haar ontreddering te verlichten. Salina was zo slecht nog niet. Ik kreeg er drie maaltijden per dag en een matras. En als ik er niet heen was gegaan, had ik je broer nooit ontmoet.

Toen ik achter Sarah aanliep naar de gootsteen om mijn lege glas om te spoelen, bedankte ze me en bood me haar gulle glimlach. Daarna wenste ze me welterusten en draaide zich om.

– Zus Sarah, zei ik.

Toen ze zich weer omdraaide trok ze vragend haar wenkbrauwen op. Vervolgens keek ze met diezelfde stille verrassing toe hoe ik mijn hand in de zak van haar peignoir stak en er het kleine bruine flesje uithaalde.

– Geloof me, zei ik. Dit is nergens goed voor.

En terwijl ze de keuken uit liep zette ik het flesje onder in het kruidenrek, en kreeg ik het gevoel alsof ik mijn tweede goede daad van die dag had verricht.

VIER

Woolly

Op vrijdag om half twee stond Woolly op zijn allerfavorietste plek in de speelgoedwinkel. En dat wilde wel wat zeggen! Bij FAO Schwarz had je immers zoveel fantastische plekken om te gaan staan. Om op deze plek te komen moest hij bijvoorbeeld door de afdeling met reusachtige pluchen beesten – waaronder de tijger met de hypnotiserende ogen en de levensgrote giraf wiens kop zowat het plafond raakte. Hij moest door de afdeling motorsporten, waar twee jongens op een achtbaan met miniatuur-Ferrari's raceten. En boven aan de roltrap moest hij door het gebied met de goocheldozen, waar een goochelaar de ruitenboer liet verdwijnen. Maar zelfs met al dat prachtigs om te zien was er in de hele winkel geen enkele plek die Woolly zo gelukkig maakte als de grote glazen vitrine met de poppenhuismeubeltjes.

Met zijn lengte van ruim zeven meter en acht glazen planken was de uitstalkast nog groter dan de trofeeënkast in de gymzaal van het St. George, en hij was van boven tot onder en van links tot rechts gevuld met perfecte kleine replica's. Het linkerdeel van de kast bevatte een hele afdeling gewijd aan Chippendale-meubels, met Chippendale-ladekasten, Chippendale-bureaus, en een eetkamer met twaalf Chippendale-stoelen die keurig rond een Chippendale-tafel stonden. De tafel leek precies op de tafel die zijn familie vroeger in de eetkamer van het herenhuis op Eighty-Sixth Street had. Uiteraard aten ze niet elke dag aan de Chippendale. Die was gereserveerd voor bijzondere gelegenheden zoals verjaardagen en feestdagen, wanneer ze de tafel dekten met het beste servies en alle kaarsen in de kroonkandelaars aanstaken. Althans, dat was het geval tot Woolly's vader overleed en zijn moeder hertrouwde, naar Palm Beach verhuisde en de tafel doneerde aan de Vrouwenbeurs.

Man, wat was zijn zus Kaitlin daar kwaad over geweest!

Hoe kón u dat doen, had ze tegen hun moeder gezegd (of min of meer geschreeuwd) toen de verhuizers de eettafel en stoelen kwamen ophalen. *Die was van overgrootmoeder!*

O, Kaitlin, antwoordde zijn moeder. *Wat moet je in hemelsnaam met zo'n tafel? Zo'n muf oud geval voor twaalf mensen. Niemand geeft tegenwoordig nog feestelijke diners. Dat is toch zo, Woolly?*

Woolly had destijds niet geweten of er nog wel feestelijke diners werden gegeven. Hij wist het nog steeds niet. Daarom had hij maar niets gezegd. Maar zijn zus had wel iets gezegd. Ze zei het tegen hem toen de verhuizers de Chippendale de deur uit droegen.

Kijk maar eens goed, Woolly, zei ze. *Want zo'n tafel zul je nooit meer zien.*

Vandaar dat hij goed gekeken had.

Maar het bleek dat Kaitlin geen gelijk had gehad. Woolly had immers precies zo'n tafel gezien. Hij had hem hier gezien, in de vitrine van FAO Schwarz.

De meubels in de vitrine waren chronologisch opgesteld. Dus als je van links naar rechts liep kon je helemaal van het hof van Versailles reizen naar een eetkamer in een hedendaags appartement met een grammofoon, een cocktailbar en een stel Mies van der Rohe-stoelen.

Woolly begreep dat de heren Chippendale en Van der Rohe in hoog aanzien stonden vanwege hun stoelontwerpen. Maar het kwam hem voor dat de mensen die deze perfecte replica's maakten minstens zoveel aanzien verdienden, zo niet meer. Want een Chippendale of Van der Rohe in zulke kleine afmetingen maken moest wel moeilijker zijn dan er een maken waarop je kon zitten.

Maar Woolly's favoriete deel van de vitrine was helemaal aan de rechterkant, waar je een serie keukens had. Helemaal bovenaan had je iets wat de Prairie Keuken heette, met een eenvoudige houten tafel, een boterkarn en een gietijzeren koekenpan op een gietijzeren fornuis. Daarna had je de Victoriaanse Keuken. Je kon wel zien dat dit het soort keuken was waar een aparte kok kookte, want er waren geen tafel en stoelen waarop je kon zitten voor je avondeten. In plaats daarvan was er een lang, houten eiland waarboven in afnemende grootte zes koperen pannen hingen. En ten slotte was er de Hedendaagse Keuken, met alle wonderen van de moderne tijd. Behalve een stralend wit fornuis en een stralend witte ijskast was er een tafel voor vier met een rood formica blad en vier chromen stoelen met zittingen van rood vinyl. Er was een KitchenAid-mixer en een broodrooster met een klein zwart hendeltje en twee stukjes geroosterd brood. En in het keukenkastje boven het aanrecht kon je allemaal doosjes ontbijtgranen en piepkleine blikjes soep zien staan.

– Ik wist wel dat ik je hier kon vinden.

Woolly draaide zich om en zag zijn zus naast hem staan.

– Hoe wist je dat? vroeg hij verrast.

– Hoe ik dat wist! herhaalde Sarah lachend.

En Woolly moest ook lachen. Want natúúrlijk wist hij precies hoe zij het wist.

Toen ze klein waren nam oma Wilcott hen in december altijd mee naar FAO Schwarz, zodat ze ieder hun eigen kerstcadeau konden uitkiezen. Op een keer stonden ze allemaal klaar om te vertrekken, met hun dichtgeknoopte jas en hun grote rode tassen propvol pakjes, toen ze doorkregen dat de kleine Woolly in de drukte van de feestdagen zoek was. Naar alle verdiepingen werden familieleden gestuurd en ze riepen zijn naam, totdat Sarah hem uiteindelijk hier vond.

– Hoe oud waren we toen?

Ze schudde haar hoofd.

– Ik weet het niet. Het was het jaar voordat oma overleed, dus ik denk dat ik veertien was en jij zeven.

Woolly schudde zijn hoofd.

– Wat was dat moeilijk. Vond je niet?

– Wat was er moeilijk?

– Een kerstcadeau uitkiezen – en dan juist hier!

Woolly zwaaide zijn armen in de rondte om alle giraffen, Ferrari's en goocheldozen te omvatten.

– Ja, zei ze. Het was heel moeilijk kiezen. Maar vooral voor jou.

Woolly knikte.

– En dan daarna, zei hij, als we onze cadeautjes hadden uitgekozen en oma de tassen met de chauffeur naar huis had gestuurd, nam ze ons altijd mee naar het Plaza, voor thee. Weet je nog?

– Ja, dat weet ik nog.

– Dan zaten we in die grote zaal met de palmen. En dan brachten ze die etagères met van die kleine waterkers- en komkommer- en zalmsandwiches op de onderste verdiepingen, en de kleine citroengebakjes en chocolade-eclairs bovenin. En we moesten van oma eerst de sandwiches eten, vóór het gebak.

– Om in de hemel te komen moet je klimmen.

Woolly lachte.

– Ja, dat was het. Dat zei oma altijd.

Ze namen de roltrap naar de begane grond en onderwijl legde Woolly zijn gloednieuwe idee uit dat makers van de poppenhuisstoelen net zoveel waardering verdienden, zo niet meer, als de heren Chippendale en Van der Rohe. Maar toen ze de hoofdingang naderden, begon er iemand achter hen dringend te roepen.

– Pardon! Pardon, meneer!

Toen Woolly en zijn zus zich omdraaiden om te zien wat de bron van deze commotie was, zagen ze dat iemand die er zeer als een leidinggevende uitzag met opgeheven hand op hen afkwam.

– Een ogenblikje, meneer, riep de man terwijl hij zich duidelijk een weg baande richting Woolly.

In een poging een komisch-verrast gezicht te trekken keek Woolly naar zijn zus. Maar zij keek nog steeds naar de naderende man, met een vleugje ontzetting. Een vleugje, maar toch hartverscheurend.

Toen hij bij hen aankwam moest hij even op adem komen, waarna hij het woord tot Woolly richtte.

– Oprechte excuses voor het roepen. Maar u bent uw beer vergeten.

Woolly's ogen gingen wijd open.

– De beer!

Hij keek zijn zus aan, die er zowel verwonderd als opgelucht uitzag.

– Ik ben de beer vergeten, zei hij met een glimlach.

Een jonge vrouw die achter de manager aan was komen lopen trad nu naar voren, met in haar armen een panda die bijna even groot als zijzelf was.

– Dank u, allebei, zei Woolly toen hij de beer overnam. Duizendmaal dank.

Toen de twee medewerkers weer naar hun respectievelijke posten keerden, wendde Sarah zich tot Woolly.

– Heb je een reuzenpanda gekocht?

– Hij is voor de baby!

– Woolly... zei ze hoofdschuddend, met een glimlach.

– Ik heb nog getwijfeld over de grizzly en de ijsbeer, legde Woolly uit, maar die vond ik allebei een beetje te heftig.

Ter illustratie had Woolly graag zijn klauwen opgeheven en zijn tanden ontbloot, maar zijn armen waren te vol met de panda.

Zijn armen waren zo vol panda, dat hij niet door de draaideur kon. Vandaar dat de man in het knalrode uniform die bij de ingang van FAO Schwarz altijd de wacht houdt in actie kwam.

– Staat u mij toe, zei hij galant.

Vervolgens opende hij de gewone deur om broer, zus en beer uit te laten op het kleine bordes dat de winkel scheidde van Fifth Avenue.

Het was een prachtige dag, met een stralende zon die op de paardenrijtuigen en hotdogkraampjes langs de rand van Central Park scheen.

– Laten we even gaan zitten, zei Sarah, op een manier die deed vermoeden dat er een serieus gesprek in aantocht was.

Met lichte tegenzin volgde Woolly zijn zus naar een bank, en toen hij ging zitten zette hij de beer tussen hen in. Maar Sarah tilde de beer op en zette hem naast haar, zodat er niets meer tussen hen in was.

– Woolly, zei ze, ik wil je iets vragen.

Toen ze hem aankeek ontwaarde hij op haar gezicht een zorgelijke uitdrukking, maar ook een uitdrukking van onzekerheid, alsof ze er opeens niet zeker van was of ze hem uiteindelijk wel wilde vragen wat ze hem had willen vragen.

Woolly legde zijn hand op haar onderarm.

– Je hoeft me niets te vragen, Sarah. Je hoeft me niets te vragen.

Woolly keek haar aan en kon zien dat het bezorgde gevoel nog steeds om voorrang streed met het onzekere gevoel. Dus deed hij zijn best haar gerust te stellen.

– Vragen kunnen zo lastig zijn, zei hij, net als een splitsing van de weg. Heb je net zo'n leuk gesprek en dan stelt iemand een vraag, en dan ga je voor je het weet ineens een heel andere kant op. Naar alle waarschijnlijkheid zal die nieuwe weg je naar heel aangename plekken voeren, maar soms wil je gewoon die kant op die je eerder wilde opgaan.

Ze hielden allebei even hun mond. Toen kneep Woolly zijn zus in haar arm, opgewonden door een nieuwe gedachte.

– Is je nooit opgevallen, zei hij, is je nooit opgevallen hoeveel vragen er met de letter W beginnen?

Hij telde ze op zijn vingers af.

– Wie. Wat. Waarom. Wanneer. Waar. Welke.

Hij kon zien dat de bezorgdheid en onzekerheid van zijn zus even verdwenen, toen ze moest glimlachen om dit fascinerende feitje.

– Is dat niet boeiend? vervolgde hij. Ik bedoel: hoe is dat ontstaan, denk je? Wat was er zo bijzonder aan de klank van de W, al die eeuwen geleden toen woorden voor het eerst werden gemunt, dat de woordenmunters die gebruikten voor alle vragen? Vergeleken met bijvoorbeeld de T of de P? Beetje zielig voor de W, vind je niet? Ik bedoel, het is nogal een grote belasting. Vooral omdat de helft van de keren dat ze je een vraag met een W stellen, ze eigenlijk geen vraag stellen. Ze doen een bewering, in een ander jasje. Zoals… zoals…

Woolly deed de houding en de toon van hun moeder na.

– *Wanneer groei je nou eens eindelijk op!* En *Waarom doe je nou zoiets!* En *Wat bezielde je in hemelsnaam!*

Sarah lachte, en dat was fijn om te zien. Ze kon immers goed lachen. Ze was absolutief de beste lacher die Woolly ooit gekend had.

– Goed dan, Woolly. Ik zal je geen vraag stellen.

Nu was zij het die haar hand op een onderarm legde.

– In plaats daarvan moet je mij iets beloven. Je moet me beloven dat je na je bezoek teruggaat.

Woolly wilde naar beneden kijken, naar zijn voeten, maar hij voelde haar hand op zijn onderarm. En hij kon aan haar gezicht zien dat ze nog wel bezorgd was, maar dat haar onzekerheid weg was.

– Ik beloof, zei hij, ik beloof... dat ik terug zal gaan.

Toen kneep ze in zijn onderarm, net zoals hij in de hare had geknepen. Ze zag eruit alsof er een grote last van haar schouders was gevallen, en toen leunde ze achterover, dus dat deed hij ook maar. En toen ze daar zo naast de panda zaten, keken ze naar de overkant van Fifth Avenue – waar het Plaza Hotel was.

Woolly stond met een brede glimlach op en keek zijn zus aan.

– We moeten daar thee gaan drinken, zei hij. Net als vroeger.

– Woolly, zei Sarah terwijl ze haar schouders liet hangen. Het is al na tweeën. Ik moet mijn jurk bij Bergdorf's nog ophalen, naar de kapper, en terug naar de flat om me op tijd te kunnen omkleden voor mijn afspraak met Dennis in Le Pavillon.

– Blablabla, zei Woolly.

Sarah deed haar mond open om nog iets te zeggen, maar Woolly pakte de panda en waggelde ermee heen en weer, pal voor zijn zus.

– Blablabla, zei hij met een pandastemmetje.

– Goed dan, zei Sarah lachend. We gaan theedrinken in het Plaza, net als vroeger.

Duchess

Op vrijdag om half twee stond ik in de eetkamer van Woolly's zus voor de buffetkast haar keurig gerangschikte porseleinen servies te bewonderen. Net als de Watsons had ze couverts die het waard waren om doorgegeven te worden, en misschien ook al waren. Maar hier had je geen tuimelende torentjes theekopjes en geen laagje stof. Het servies van zus Sarah was netjes opgestapeld in strakke rijen, en elk bord had een vilten rondje om het oppervlak te beschermen voor het bord erbovenop. Op een plank onder het servies lag een lange zwarte cassette met daarin het net zo keurig gerangschikte familiezilver.

Ik deed de onderste kastjes van de buffetkast op slot en legde de sleutel terug op de plek waar ik hem had gevonden: in de soepterrine, die te pronken stond in het midden van de middelste plank. De vrouw des huizes had duidelijk gevoel voor symmetrie, wat niet minder loffelijk werd doordat het er zo dik bovenop lag.

Toen ik van de eetkamer de gang in liep, stelde ik tevreden vast dat ik alle kamers op de begane grond had onderzocht, en ging vervolgens de achtertrap op.

§

Bij het ontbijt had Sarah gezegd dat ze het weekend met Dennis in hun appartement in de stad zou doorbrengen, omdat ze op beide avonden een eetafspraak hadden. Toen ze vervolgens zei dat ze al voor het middaguur de stad in moest voor een paar boodschappen, en Woolly opperde dat hij mee kon gaan om haar gezelschap te houden, keek ze me aan.

– Is dat goed wat jou betreft? vroeg ze. Dat Woolly een paar uur met me meegaat, de stad in?

– Ik zou niet weten waarom niet.

Dus dat was afgesproken. Woolly zou met Sarah meerijden en ik zou hem later met de Cadillac komen oppikken, op weg naar het Circus. Toen ik Woolly vroeg waar we zouden afspreken, stelde hij uiteraard het standbeeld van Abraham Lincoln op Union Square voor. Even na elven reden ze de oprit uit richting de stad en bleef ik achter om het huis te verkennen.

Om te beginnen ging ik naar de zitkamer. Ik schonk mezelf een vinger whiskey in, zette een plaat van Sinatra op en ging zitten, met mijn voeten op tafel. Ik had die plaat nooit eerder gehoord, maar Ol' Blue Eyes was uitstekend in vorm en zong een reeks licht swingende liefdesliedjes met volledig orkest, waaronder 'I Get a Kick Out of You' en 'They Can't Take That Away from Me'.

Op de platenhoes kon je twee verliefde stelletjes aan de wandel zien terwijl Sinatra zelf in zijn eentje tegen een lantaarnpaal leunde. Hij droeg een donkergrijs pak en een schuinstaande gleufhoed, en had een sigaret zó losjes tussen zijn vingers, dat het leek of die elk moment kon vallen. Alleen van dat beeld al kreeg je zin om te roken, een hoed op te zetten en moederziel alleen tegen een lantaarnpaal te leunen.

Even vroeg ik me af of Woolly's zwager de plaat had gekocht. Maar dat was maar heel even, want het moet uiteraard Sarah zijn geweest. Ik zette de plaat op REPEAT, schonk mezelf nog een whiskey in en slenterde de gang door. Volgens Woolly was zijn zwager een soort Wunderkind op Wall Street, maar dat was niet aan zijn werkkamer af te zien. Er stond geen telex, of wat ze tegenwoordig ook mogen gebruiken om je te zeggen wat je moest kopen of verkopen. Er waren geen kasregisters, telmachines of rekenlinialen. In plaats daarvan stond de kamer geheel in het teken van het sportieve leven.

Op een plank tegenover Dennis' bureau – midden in zijn blikveld – stond op een stutje een opgezette vis, met zijn kop voorgoed naar de haak gedraaid. Op de plank boven de vis stond een recente foto van vier mannen die net een partijtje golf hadden gespeeld. Gelukkig was het een kleurenfoto, dus kon je goed al die kleren zien die je nooit zou willen dragen. Ik bestudeerde de gezichten van de golfers en koos degene die er bijzonder verwaand uitzag als zijnde Dennis. Links van de planken hing een andere foto, boven twee haken die uit de muur staken. Deze foto was van een universitair honkbalteam, met voor hen op het gras een trofee van een halve meter hoog.

Wat ontbrak was een foto van Woolly's zus. Niet aan de muur, niet op een plank en evenmin op het bureau van het Wunderkind.

Nadat ik in de keuken mijn whiskeyglas had omgespoeld, vond ik wat je vermoedelijk een bijkeuken kon noemen. Maar deze was niet zoals die in het St. Nick, die van de vloer tot het plafond was volgestouwd met zakken bloem en blikken tomaten. Deze hier had een kleine koperen gootsteen met een koperen aanrecht en vazen in alle soorten en maten, zodat Sarah er perfect elk boeket bloemen kon schikken dat Dennis nooit voor haar mee zou nemen. Maar het was wel positief van Dennis dat hij had gezorgd voor een speciaal ontworpen kast waarin een paar honderd flessen wijn konden worden opgeslagen.

Van de keuken ging ik naar de eetkamer waar ik zoals eerder gemeld het servies en het zilver bekeek, en daarna stopte ik in de zitkamer om de dop op de whiskeyfles te doen en de grammofoon uit te zetten, waarna ik de trap op ging.

Ik sloeg de kamer waar Woolly en ik hadden overnacht over en stak mijn hoofd om de hoek van een andere logeerkamer, en daarna om die van wat kennelijk een naaikamer was, voordat ik bij een slaapkamer kwam die geschilderd werd.

Midden in die kamer had iemand het dekzeil van een stapel dozen op het bed getrokken, waardoor die waren blootgesteld aan de risico's van de lichtblauwe verf. Dit leek me niet iets wat Woolly's zus zou doen, dus nam ik het initiatief om het dekzeil op zijn plaats te leggen. En toen zag ik tegen het ledikant zowaar een Louisville Slugger staan.

Dat moet het geweest zijn wat op de lege haken in Dennis' werkkamer had gelegen, dacht ik bij mezelf. Hij had waarschijnlijk vijftien jaar geleden een homerun geslagen en de honkbalknuppel toen aan de muur gehangen, zodat hij aan dat feit herinnerd kon worden als hij niet naar de vis keek. Maar om de een of andere reden had iemand de knuppel hier neergezet.

Ik pakte hem op, woog hem in mijn handen en schudde ongelovig mijn hoofd. Waarom had ik hier niet eerder aan gedacht?

Qua vorm en concept kon een Louisville Slugger niet zoveel verschillen van de knuppels die onze voorvaderen hadden gebruikt om wilde katten en wolven te overmeesteren. Maar tegelijk ziet hij er net zo gelikt en modern uit als een Maserati. Het taps toelopen van de schacht, wat voor een perfecte gewichtsverdeling zorgt… Het randje onderaan bij het handvat, waardoor je de kracht van je slag kunt vergroten zonder dat de knuppel uit je greep glijdt… Gesneden, geschuurd en gelakt met dezelfde toewijding die bij het maken van violen en schepen te pas komt, is een Louisville Slugger zowel een kunstwerk als een gebruiksvoorwerp.

Noem mij een beter voorbeeld van functionele vormgeving dan de slag van Joltin' Joe, wanneer hij de knuppel op zijn schouder legt en dan plotseling zijn lichaam in beweging zet om het projectiel, dat met honderdvijftig kilometer per uur op hem afstormt, met een lekker klinkende knal terug te meppen.

Yep, dacht ik bij mezelf. Vergeet je rechthoekige stukken hout, je koekenpannen en je whiskeyflessen. Als het erop aankomt recht te doen gaat er niets boven een oude, vertrouwde Amerikaanse honkbalknuppel. Fluitend liep ik de gang door en gebruikte de top van de knuppel om de deur naar de hoofdslaapkamer open te duwen.

Het was een prachtige kamer met veel licht, waarin niet alleen een bed stond maar ook een chaise longue, een hoge leunstoel met een voetenbankje, en commodes voor hem en voor haar in dezelfde stijl. Er waren ook twee bijpassende kasten, voor hem en voor haar. In die aan de linkerkant hing een lange rij jurken. De meeste waren net zo hups en elegant als hun eigenares, maar weggestopt in een hoek hingen een paar ranzige niemendalletjes waarvoor ik bijna te verlegen was om naar te kijken, en zij zeker te verlegen was om ze te dragen.

In de andere kast waren planken met keurig opgevouwen overhemden en een stang waaraan een collectie driedelige pakken hing die van bruin via grijs en blauw naar zwart liep. Op de plank boven de pakken lag een rij gleufhoeden, in bijpassende kleurschakeringen.

Kleren maken de man, zo luidt het gezegde. Maar je hoeft maar naar een rijtje gleufhoeden te kijken om te beseffen wat voor onzin dat is. Verzamel een groep mannen van alle rangen en standen, van een magnaat tot een malloot, laat ze hun hoed op een hoop gooien, en dan ben je jarenlang zoet met het uitproberen welke hoed bij welke man hoort. Want het is de man die de hoed maakt, niet andersom. Ik bedoel: zou je niet liever de hoed van Frank Sinatra dragen dan die van inspecteur Joe Friday? Ik bedoel maar.

Ik schatte dat Dennis al met al een stuk of tien hoeden, vijfentwintig pakken en veertig overhemden had, om onderling te combineren. Ik nam niet de moeite om uit te rekenen hoeveel potentiële kledingcombinaties er wel niet waren. Het was met het blote oog overduidelijk dat als er een ontbrak, niemand dat ooit zou merken.

Emmett

Op vrijdag om half twee kwam Emmett op 126th Street aan bij een donker pand met een hoge stoep.

– Daar gaan we weer, zei een lichtgetinte jongen die op de bovenste tree van de stoep tegen de balustrade leunde.

Terwijl de lichtgetinte sprak, keek de dikke die op de onderste tree zat met een blij verraste blik op naar Emmett.

– Kom jij ook voor een pak slaag? vroeg hij.

Toen hij geluidloos begon te schuddebuiken van het lachen ging de deur van het pand open en kwam Townhouse naar buiten.

– Kijk eens aan, zei hij met een glimlach. Als dat niet de heer Emmett Watson is.

– Hoi, Townhouse.

Townhouse wachtte even om de lichtgetinte aan te kijken, die een beetje in de weg stond. Toen hij met tegenzin opzij was gestapt kwam Townhouse de stoep af en schudde hij Emmett de hand.

– Goed je te zien.

– Vind ik ook.

– Ik neem aan dat ze je een paar maanden eerder hebben vrijgelaten.

– Vanwege mijn vader.

Townhouse knikte, bij wijze van medeleven.

De lichtgetinte jongen bekeek de interactie met een nors gezicht.

– En wie mag dit wel wezen? vroeg hij.

– Een vriend, antwoordde Townhouse zonder om te kijken.

– Dat Salina moet een ontzettend vriendelijke plek zijn geweest.

Deze keer keek Townhouse wel om.

– Kop houden, Maurice.

Maurice keek Townhouse even aan maar keek vervolgens met zijn norse blik de straat af, terwijl de goedlachse dikkerd zijn hoofd schudde.

– Kom op, zei Townhouse tegen Emmett. Laten we een eindje gaan wandelen.

Terwijl ze samen de straat uit liepen hield Townhouse zijn mond. Emmett had wel door dat hij wachtte tot ze op enige afstand van de anderen waren. Dus zei Emmett ook niets, tot ze de hoek om waren.

– Je lijkt niet erg verrast om me te zien.

– Ben ik ook niet. Duchess was gisteren hier.

Emmett knikte.

– Toen ik hoorde dat hij naar Harlem was gegaan, dacht ik al dat hij jou zou opzoeken. Wat wilde hij?

– Hij wilde dat ik hem sloeg.

Emmett bleef staan om zijn vriend recht aan te kijken, en Townhouse deed hetzelfde.

Even stonden ze zo oog in oog, zonder te spreken – twee jongemannen van verschillend ras en verschillende achtergrond, maar met een vergelijkbare mentaliteit.

– Hij wilde dat je hem sloeg?

Townhouse antwoordde op zachte toon, alsof hij in vertrouwen sprak, ook al was er niemand binnen gehoorsafstand.

– Dat is wat hij wilde, Emmett. Hij had zich in het hoofd gehaald dat hij bij mij in het krijt stond vanwege de afranseling die ik van Ackerly kreeg, en als ik hem een paar meppen verkocht zouden we quitte staan.

– Wat heb je gedaan?

– Ik heb hem geslagen.

Emmett keek zijn vriend enigszins verrast aan.

– Hij liet me niet veel keus. Hij zei dat hij helemaal naar het noorden van de stad was gereisd om de rekening te vereffenen, en zei heel beslist dat hij niet zou vertrekken voordat het geregeld was. En toen ik hem sloeg, drong hij erop aan dat ik hem nogmaals sloeg. Nog twee keer. Hij incasseerde alle drie de klappen in zijn gezicht zonder zelfs maar zijn vuist te heffen, onder aan de stoep waar we zonet stonden, voor de neus van de jongens.

Emmett keek weg van Townhouse en dacht na. Hij was niet vergeten dat hij vijf dagen geleden een vergelijkbaar pak slaag had geïncasseerd om een eigen rekening te vereffenen. Hij was niet bijgelovig aangelegd. Hij had niets met klavertjesvier en was ook niet bang voor zwarte katten. Maar het idee dat Duchess in het bijzijn van een stel getuigen drie klappen had geïncasseerd gaf hem een vreemd voorgevoel. Maar dat veranderde niets aan wat hem te doen stond.

Hij keek Townhouse weer aan.

– Heeft hij gezegd waar hij logeerde?

– Nee.

– Heeft hij gezegd waar hij heen ging?

Townhouse wachtte even en schudde toen zijn hoofd.

– Nee. Maar hoor es, Emmett, als je Duchess wilt opsporen, moet je weten dat je niet de enige bent die naar hem op zoek is.

– Wat bedoel je?

– Er waren hier gisteravond twee smerissen.

– Omdat hij en Woolly zijn weggelopen?

– Misschien. Dat zeiden ze niet. Maar ze waren duidelijk meer geïnteresseerd in Duchess dan in Woolly. En ik kreeg de indruk dat er meer aan de hand was dan alleen het opsporen van twee weggelopen jongens.

– Goed om te weten.

– Oké. Maar voor je gaat, wil ik je iets laten zien.

Townhouse nam Emmett mee naar een buurt acht straten verderop, waar het er meer latino dan zwart uitzag, met een bodega en drie mannen die op de stoep domino speelden terwijl op een radio een Zuid-Amerikaans liedje klonk. Aan het eind van de straat bleef Townhouse staan, tegenover een carrosseriebedrijf.

Emmett keek hem aan.

– Is dat hét carrosseriebedrijf?

– Ja.

Het betreffende bedrijf was van iemand die Gonzalez heette, die na de oorlog van Zuid-Californië naar New York was verhuisd, met zijn vrouw en twee zoons – een tweeling die iedereen in de buurt kende als Paco en Pico. Sinds hun veertiende moesten ze van Gonzalez na school in het bedrijf werken – gereedschap schoonmaken, de vloer vegen, vuilnis buitenzetten – zodat ze een idee kregen wat het inhield om een eerlijke boterham te verdienen.

Dat hadden Paco en Pico wel door. En toen ze vanaf hun zeventiende de verantwoordelijkheid kregen om in de weekenden de zaak af te sluiten, begonnen ze met hun eigen zaakjes.

De meeste auto's waren in de garage vanwege een loszittend spatbord of een deuk in een deur, maar verder waren ze wel in orde. Zodoende begonnen de broers op zaterdagavond de auto's in de zaak te verhuren aan jongens uit de buurt, voor een paar dollar per uur. Townhouse had op zijn zestiende eens een meisje uitgenodigd dat Clarise heette en toevallig het knapste meisje van de vijfde klas was. Toen ze ja zei, leende Townhouse vijf piek van zijn broer en huurde hij een auto van de tweeling.

Hij was van plan om een hapje en een drankje mee te nemen en met Clarise naar het grafmonument van Grant te rijden, waar ze onder de iepen konden parkeren en uitzicht over de Hudson hadden. Maar hij had de mazzel dat de enige auto die de tweeling ter beschikking had een Buick Skylark was, met open dak en veel chroom. De auto was zo mooi, dat het zonde zou zijn om een meisje als Clarise voorin te hebben zitten en dan de hele avond alleen maar naar schuiten te kijken die stroomopwaarts werden geduwd. In plaats daarvan klapte Townhouse het dak neer, zette hij de radio hard, en reed hij met zijn verkering op en neer over 125th Street.

– Je had ons eens moeten zien, had Townhouse op een avond in Salina gezegd toen ze in het donker op bed lagen. Ik op mijn paasbest met een pak dat bijna net zo blauw als de auto was, en zij had een lichtgeel jurkje aan met zo'n lage rug dat je zowat haar hele ruggengraat kon zien. Je kon met die Skylark in vier seconden optrekken van nul tot honderd, maar ik reed vijfendertig kilometer per uur, zodat we naar iedereen konden zwaaien die we kenden, en naar de helft van de mensen die we niet kenden. We reden de 125th helemaal uit, langs alle opgedofte mensen voor het Hotel Theresa, het Apollo Theater en de Showman's Jazz Club, en toen we bij Broadway kwamen keerde ik en reden we de hele weg terug. Elke keer dat we het rondje maakten schoof Clarise dichter naar me toe, totdat er niets meer dichterbij te schuiven viel.

Uiteindelijk was het Clarise die voorstelde om naar Grants grafmonument te gaan en daar onder de iepen te parkeren, dus daar gingen we heen en maakten er optimaal gebruik van de schaduwen – tot twee agenten met hun zaklantaarns de auto in schenen.

Het bleek dat de eigenaar van de Skylark een van die goedgeklede mensen voor het Apollo was. Vanwege al het zwaaien van Townhouse en Clarise duurde het niet lang voor de politie hen in het park had gevonden. Nadat ze het jonge stel uit elkaar hadden gehaald reed een van de agenten Clarise in de Skylark naar huis, terwijl de andere Townhouse achter in de zwart-witte auto naar het bureau bracht.

Als minderjarige die nooit in de problemen was geweest had Townhouse er met een standje mee weg kunnen komen als hij de tweeling had genoemd. Maar hij was geen verklikker. Toen de agenten hem vroegen hoe het kwam dat hij achter het stuur van een auto zat die niet van hem was, zei hij dat hij meneer Gonzalez' kantoortje was ingeglipt, de sleutels had gepakt en de auto het pand uit had gereden toen er niemand keek. Zodoende kreeg Townhouse in plaats van een standje twaalf maanden in Salina.

– Kom op, zei hij.

Ze staken de straat over, liepen langs het kantoortje waar meneer Gonzalez zat te bellen en gingen de werkplaats binnen. In het eerste vak stond een Chevrolet met een ingedeukte achterkant en in het tweede stond een Roadmaster met een verbogen motorkap, alsof de twee auto's aan weerszijden van dezelfde botsing hadden gestaan. Ergens uit het zicht klonk op een radio een dansnummer dat, voor zover Emmett kon horen, hetzelfde nummer was dat klonk toen ze langs de dominospelers waren gekomen, maar dat leek hem toch onwaarschijnlijk.

– Paco! Pico! riep Townhouse boven de muziek uit.

De broers kwamen in smerige overalls achter de Chevy vandaan en veegden hun handen af aan een oude lap.

Dat Paco en Pico een tweeling was zou je op het eerste gezicht niet hebben gedacht: eerstgenoemde was lang, dun en langharig en de andere was gedrongen en kortgeknipt. Pas wanneer ze allebei stralend glimlachten kon je de familiegelijkenis zien.

– Dit is de vriend over wie ik het had, zei Townhouse.

De broers keken Emmett aan en gaven hem dezelfde stralende glimlach. Toen gebaarde Paco met zijn hoofd naar het eind van de garage.

– Hij staat daar.

Emmett en Townhouse volgden de broers langs de Roadmaster naar het laatste vak, waar een auto onder een dekzeil stond. Met z'n tweeën trokken de broers de hoes weg en er kwam een lichtblauwe Studebaker tevoorschijn.

– Dat is mijn auto, zei Emmett verrast.

– Je meent het, zei Townhouse.

– Hoe is die hier terechtgekomen?

– Duchess heeft hem achtergelaten.

– Loopt-ie nog?

– Min of meer, zei Paco.

Emmett schudde zijn hoofd. Hij kon gewoon geen wijs uit wat Duchess allemaal verkoos te doen. Maar zolang Emmett de auto weer in bezit had en hij nog reed, was het ook niet nodig om uit Duchess' keuzes wijs te worden.

Emmett liep er snel omheen en was blij te zien dat er niet meer deuken in zaten dan toen hij hem had gekocht. Maar toen hij de kofferbak opende was de plunjezak weg. En belangrijker: toen hij het stuk vilt dat het reservewiel bedekte wegtrok, ontdekte hij dat de envelop er ook niet meer was.

– Alles oké? vroeg Townhouse.

– Ja, zei Emmett, terwijl hij de kofferbak met een zachte klik sloot.

Hij liep naar de voorkant van de auto en keek door het raampje van de bestuurder, en vervolgens naar Paco.

– Heb jij de sleutels?

Maar Paco keek naar Townhouse.

– We hebben ze, zei Townhouse. Maar je moet nog iets anders weten.

Voordat Townhouse dat kon uitleggen klonk er een boze uitroep van de andere kant van de garage.

– Wat is dít, verdomme!

Emmett dacht dat het meneer Gonzalez moest zijn, boos omdat zijn zoons niet aan het werk waren, maar toen hij zich omdraaide zag hij dat het Maurice was die op hen afbeende.

– Wat is dit, verdomme, herhaalde Maurice, alleen nu langzamer, en met nadruk op elk woord.

Townhouse mompelde tegen Emmett dat het zijn neef was en wachtte tot Maurice hen bereikt had voordat hij zich verwaardigde een antwoord te geven.

– Wat is wát, verdomme, Maurice?

– Otis zei dat je hem de sleutels ging geven, en ik kon het niet geloven.

– Nou, nu wel.

– Maar het is míjn auto.

– Er zit niets van jou bij.

Maurice keek Townhouse met een verbijsterde blik aan.

– Je was er zelf bij toen die mafkees mij de sleutels gaf.

– Maurice, zei Townhouse, je zit me al de hele week dwars en ik ben het zat. Dus bemoei je liever met je eigen zaken, voordat ik dat voor jou ga doen.

Maurice klemde zijn kiezen op elkaar, keek Townhouse even indringend aan, draaide zich vervolgens om en beende weg.

Townhouse schudde zijn hoofd. Als laatste blijk van minachting voor zijn neef trok hij het gezicht van iemand die zich het belangrijke punt probeerde te herinneren dat hij wilde zeggen voor hij zo onnodig was onderbroken.

– Je wilde hem iets zeggen over de auto, gaf Paco aan.

Met een knikje van herinnering wendde Townhouse zich weer toch Emmett.

– Toen ik de politie gisteravond zei dat ik Duchess niet had gezien, moeten ze me niet geloofd hebben. Want vanmorgen waren ze er weer en stelden ze in de hele buurt vragen. Bijvoorbeeld of iemand een paar witte jongens op mijn stoep had gezien, of in de buurt hadden zien rondrijden – in een lichtblauwe Studebaker...

Emmett sloot zijn ogen.

– Inderdaad, zei Townhouse. Wat voor problemen Duchess zich ook op de hals heeft gehaald, hij moet dat gedaan hebben toen hij in jouw auto zat. En als jouw auto erbij betrokken was, zal de politie uiteindelijk gaan denken dat jij er ook bij betrokken bent. Om die reden heb ik hem hier opgeborgen in plaats van hem op straat te laten. En de andere reden is dat wat verven betreft, de gebroeders Gonzalez ware kunstenaars zijn. Klopt toch, jongens?

– *Los Picassos*, antwoordde Pico, die voor het eerst zijn mond opendeed.

– Wanneer *wij* klaar met haar zijn, zei Paco, herkent haar eigen moeder haar niet eens.

De twee broers begonnen te lachen, maar hielden op toen ze zagen dat Emmett en Townhouse niet meelachten.

– Hoelang gaat dat duren? vroeg Emmett.

De broers keken elkaar aan, en toen haalde Paco zijn schouders op.

– Als we er morgen aan beginnen en flink door bikkelen, kan ze... wat, maandagochtend klaar zijn?

– *Sí*, zei Pico instemmend. *El lunes.*

Weer vertraging, dacht Emmett. Maar omdat de envelop ontbrak, kon hij New York toch niet verlaten voor hij Duchess had gevonden. En Townhouse had gelijk wat de auto betrof. Als de politie actief naar een lichtblauwe Studebaker zocht, had het geen zin daarin te rijden.

– Maandagochtend dan, zei Emmett. En bedankt, allebei.

Toen ze buiten stonden opperde Townhouse dat hij Emmett naar de metro zou brengen, maar Emmett wilde eerst iets weten.

– Toen we bij jouw stoep waren en ik vroeg waar Duchess heen zou gaan, aarzelde je, als iemand die iets weet wat hij niet wil toegeven. Als Duchess je heeft gezegd waar hij heen ging, moet je me dat zeggen.

Townhouse zuchtte.

– Kijk, zei hij, ik weet dat je Duchess graag mag, Emmett. Ik ook. Hij is op zijn eigen idiote manier een loyale vriend en een van de grappigste kletsmeiers die ik ooit heb leren kennen. Maar hij is ook een van die mensen die geen perifeer zicht hebben. Hij kan alles zien wat vlak voor zijn neus is, zelfs helderder dan de meesten, maar als er links of rechts iets een centimeter verschuift, weet hij daar niets van. Dat kan tot allerlei problemen leiden. Voor hem, én voor iedereen in zijn buurt. Wat ik wil zeggen, Emmett, is dat nu je je auto hebt, je Duchess misschien beter met rust kunt laten.

– Ik zou niets liever willen dan Duchess met rust laten, zei Emmett, maar zo eenvoudig ligt dat niet. Vier dagen geleden, net toen Billy en ik naar Californië wilden, is hij er met Woolly in de Studebaker vandoor gegaan, wat al een heel probleem was. Maar mijn vader had voordat hij overleed een envelop met drieduizend dollar in de kofferbak van de auto verstopt. Die zat daar toen Duchess wegreed, maar nu niet meer.

– Shit, zei Townhouse.

Emmett knikte.

– Begrijp me niet verkeerd: ik ben dolblij dat ik de auto terugheb. Maar ik heb dat geld echt nodig.

– Oké, zei Townhouse, toegeeflijk knikkend. Ik weet niet waar Duchess overnacht. Maar voor hij gister wegging, probeerde hij me over te halen om met hem en Woolly mee te gaan naar het circus.

– Het circus?

– Ja. In Red Hook. Op Conover Street, vlak bij de rivier. Duchess zei dat hij daar vanavond heen zou gaan, voor de voorstelling van zes uur.

Toen ze met z'n tweeën van de garage naar het metrostation liepen koos Townhouse een omweg, met de bedoeling bepaalde bezienswaardigheden te laten zien. Niet de bezienswaardigheden van Harlem, maar die van hun vroegere gesprekken. Plaatsen waar ze het in hun tijd samen over gehad hadden, wanneer ze zij aan zij in het veld werkten of als ze 's nachts op bed lagen. Zoals het flatgebouw op Lenox Avenue waar zijn grootvader op het dak duiven had gehouden, hetzelfde dak waar hij met zijn broer op warme zomernachten mocht slapen. En de school waar Townhouse kampioen korte stop was geweest. En op 125th Street kreeg Emmett een glimp te zien van het levendige stuk straat waarlangs Townhouse en Clarise op die gedoemde zaterdagavond heen en weer hadden gereden.

Toen Emmett uit Nebraska vertrok had hij weinig te betreuren. Hij betreurde het niet hun huis of bezittingen achter te laten. Hij betreurde het niet zijn vaders dromen of zijn vaders graf achter te laten. En toen hij de eerste kilometers op de Lincoln Highway had afgelegd, genoot hij van het gevoel afstand te creëren tussen hemzelf en zijn geboortestad, ook al reed hij de verkeerde kant op.

Maar toen ze door Harlem liepen en Townhouse de bezienswaardigheden uit zijn jeugd aanwees, verlangde Emmett ernaar met zijn vriend terug te kunnen naar Morgen, al was het maar voor een dag, om hem de bezienswaardigheden uit zíjn leven aan te wijzen, waarover hij eerder had verteld. Zoals de vliegtuigjes die hij met zoveel moeite in elkaar had gezet en die nog altijd boven Billy's bed hingen, en het grote huis op Madison, het eerste dat hij als medewerker van meneer Schulte had helpen bouwen, en het weidse, onbarmhartige land dat het weliswaar van zijn vader had gewonnen, maar dat in zijn ogen nooit zijn schoonheid had verloren. En ja, hij zou Townhouse ook het kermisterrein laten zien, net zoals Townhouse zonder schaamte of aarzeling hem het levendige stuk straat had laten zien dat tot zijn ondergang had geleid.

Toen ze bij het metrostation kwamen liep Townhouse met Emmett mee naar binnen en bleef hij bij hem, tot aan de draaihekjes. Voor ze afscheid namen vroeg hij, bijna terloops, of Emmett wilde dat hij die avond mee zou gaan, wanneer hij Duchess ging zoeken.

– Hoeft niet, zei Emmett. Ik denk niet dat hij me problemen gaat opleveren.

– Nee, dat doet-ie vast niet, zei Townhouse instemmend. Tenminste, niet met opzet.

Een ogenblik later schudde Townhouse zijn hoofd en glimlachte.

– Duchess haalt zich soms idiote dingen in zijn hoofd, maar op één punt had hij gelijk.

– Wat dan? vroeg Emmett.

– Ik voelde me inderdaad veel beter nadat ik hem geslagen had.

Sally

De helft van de keren dat je de hulp van een man zou kunnen gebruiken is hij nergens te bekennen. Hij is weg om iets te regelen wat net zo goed morgen in plaats van vandaag geregeld kan worden, en het is altijd net buiten gehoorsafstand. Maar op momenten dat je hem juist uit je buurt wilt hebben, krijg je hem de deur niet uit.

Net als mijn vader, op dit moment.

Het is vrijdag halfeen en hij zit in zijn gepaneerde biefstuk te snijden alsof hij een soort chirurg is en het leven van zijn patiënt afhangt van de exacte positionering van zijn mes. En wanneer hij eindelijk zijn bord heeft leeggegeten en twee koppen koffie opheeft vraagt hij, heel ongebruikelijk, om een derde.

– Dan moet ik een nieuwe pot zetten, waarschuw ik.

– Ik heb de tijd, zegt hij.

Dus gooi ik het koffiedik in de vuilnisbak, spoel de percolator om, vul hem opnieuw, zet hem op het fornuis en wacht tot hij gaat pruttelen, en bedenk hoe fijn het moet zijn om in deze roerige wereld zoveel tijd tot je beschikking te hebben.

§

Zolang ik me kan herinneren is mijn vader op vrijdagmiddag altijd naar de stad gegaan om boodschappen te doen. Zodra hij de lunch ophad klom hij met een doelgerichte blik in zijn pick-up en reed hij naar de ijzerwarenwinkel, de voederhandel en de apotheek. Tegen zeven uur, net op tijd voor het avondeten, kwam hij dan de oprit op met een tube tandpasta, tien schepels haver en een gloednieuwe nijptang.

Je kunt je terecht afvragen hoe iemand het in hemelsnaam voor elkaar krijgt om van twintig minuten boodschappen doen een excursie van vijf uur te maken. Het antwoord is makkelijk: door te kletsen. Hij kletst in elk geval met meneer Wurtele van de ijzerwarenwinkel, meneer Horchow van de voederhandel en meneer Danziger van de apotheek. Maar het kletsen blijft niet beperkt tot de winkeliers. Want op vrijdagmiddag komt in al deze zaken een groepje doorgewinterde boodschappendoeners bijeen om het weer, de oogst en de uitslag van de landelijke verkiezingen te voorspellen.

Naar mijn inschatting wordt er in elke winkel een vol uur aan alle prognoses besteed, maar kennelijk is drie uur niet voldoende. Want na het voorspellen van de uitkomsten van al het dagelijkse onkenbare, verkast het groepje dorpsoudsten naar McCafferty's Tavern waar ze onder het genot van flesjes bier nog twee uur lang hun meningen kunnen ventileren.

Als mijn vader íéts is, dan is het een gewoontedier, dus zoals ik al zei, dit is al gaande zolang ik me kan herinneren. Maar ongeveer een halfjaar geleden ging hij, toen hij klaar was met eten en zijn stoel naar achteren schoof, ineens níét rechtstreeks de deur uit naar zijn pick-up, maar naar boven om een schoon wit overhemd aan te trekken.

Ik had al snel door dat er een vrouw was die zich in zijn routine had weten te werken. Vooral omdat ze van parfum hield en ik degene ben die mijn vaders kleren wast. Maar de vraag was: wie is deze vrouw? En waar sprak hij in hemelsnaam met haar af?

Ik was er vrij zeker van dat het niet iemand van de parochie was. Want wanneer we op zondagochtend na de dienst het kleine gazon voor de kapel op liepen, was er nooit een vrouw – getrouwd of niet – die hem nadrukkelijk groette of raar naar hem keek. En het was niet Esther die de boekhouding van de voederhandel doet, want zij zou een fles parfum nog niet herkennen als die recht uit de hemel op haar hoofd viel. Ik had kunnen denken dat het een van de vrouwen was van wie bekend is dat ze af en toe naar McCafferty's gaan, maar vanaf het moment dat mijn vader een schoon overhemd begon aan te trekken, kwam hij niet meer thuis met een bierlucht.

Tja, als hij haar niet in de kerk, de winkels of de kroeg ontmoette, wist ik het ook niet meer. Dus had ik geen andere keus dan achter hem aan te gaan.

Op de eerste vrijdag in maart maakte ik een pan chili con carne, zodat ik me niet meer druk hoefde te maken om het avondeten. Na mijn vader zijn lunch te hebben gegeven zag ik vanuit een ooghoek dat hij in een schoon wit overhemd de deur uit ging, in zijn pick-up stapte en de oprit uitreed. Toen hij zo'n driekwart kilometer de weg af was haalde ik een breedgerande hoed uit de kast, sprong in Betty, en vertrok op mijn beurt.

Zoals altijd stopte hij eerst bij de ijzerwarenzaak, waar hij iets kocht en een uur lang zijn tijd verdeed met een stelletje geestverwanten. Vervolgens ging hij naar de voederhandel en de apotheek, waar heel weinig werd gekocht en heel veel tijd werd verkletst. Bij alle drie die haltes kwamen wel een paar dames opdraven om een boodschap te doen, maar als hij al een woord met hen wisselde, dan was dat niet te merken.

Maar toen hij om vijf uur uit de apotheek kwam en in zijn pick-up stapte reed hij niet Jefferson af, op weg naar McCafferty's. In plaats daarvan reed hij langs de bibliotheek, sloeg rechtsaf op Cypress en linksaf op Adams, en parkeerde aan de overkant van een klein wit huis met blauwe luiken. Hij bleef een minuutje zitten, stapte uit, stak de straat over en klopte op de hordeur.

Hij hoefde niet langer dan een minuut te wachten voor er werd opengedaan. En wie stond daar in de deuropening: Alice Thompson.

Bij mijn weten kon Alice niet ouder dan achtentwintig zijn. Ze had op school drie klassen boven mijn zus gezeten en was methodist, dus gezien die omstandigheden kende ik haar niet echt. Maar ik wist wat iedereen wist: dat ze was afgestudeerd aan Kansas State en toen was getrouwd met iemand uit Topeka, die in Korea het leven had gelaten. Alice was in het najaar van 1953 als weduwe zonder kinderen teruggekeerd naar Morgen en had een baantje als kasbediende bij de bank aangenomen.

Daar moet het gebeurd zijn. Hoewel naar de bank gaan niet tot zijn vrijdagse routine behoorde, ging hij er wel om de week op donderdag heen om het loon van de jongens op te halen. Hij moet een keer bij haar loket zijn beland en gegrepen zijn door haar droefgeestige blik. Ik kon me goed voorstellen dat hij de keer daarop zich zó in de rij manoeuvreerde dat hij bij haar uitkwam en niet bij Ed Fowler, en dan zijn stinkende best deed om een praatje aan te knopen terwijl zij het geld probeerde te tellen.

Je denkt misschien dat ik, toen ik in Betty naar dat huis zat te staren, van streek, boos of verontwaardigd was dat mijn vader de herinneringen aan mijn moeder van zich afschudde om een vrouw die half zo oud was als hij het hof te maken. Nou, je denkt er maar op los. Dat kost je niks, en mij nog minder. Maar later die avond, nadat ik de chili had geserveerd, de keuken aan kant had gebracht en het licht had uitgedaan, knielde ik voor mijn bed, vouwde mijn handen en bad. *Lieve Heer*, zei ik, *geef mijn vader alstublieft de wijsheid om genadig te zijn, het hart om grootmoedig te zijn, en de moed om deze vrouw ten huwelijk te vragen, zodat voor de verandering iemand anders voor hem kookt en schoonmaakt.*

Gedurende de volgende vier weken zei ik elke avond een dergelijk gebed.

Maar toen kwam mijn vader op de eerste vrijdag van april niet om zeven uur thuis voor het avondeten. En ook niet toen ik de keuken aan kant had gebracht en naar bed ging. Pas tegen middernacht hoorde ik hem de oprit op komen. Ik deed de gordijnen iets opzij en zag zijn pick-up in een hoek van vijfenveertig graden geparkeerd staan, met de lichten nog aan, terwijl hij zigzaggend richting de deur liep. Ik hoorde hem voorbij het avondeten dat ik had klaargezet lopen en de trap op stommelen.

Ze zeggen dat de Heer alle gebeden beantwoordt, maar soms zegt hij gewoon nee. En ik denk dat hij nee tegen de mijne zei. Want toen ik de volgende ochtend zijn overhemd uit de wasmand haalde, rook dat naar whiskey in plaats van parfum.

§

Om kwart voor twee had mijn vader eindelijk zijn derde bak koffie op en schoof hij zijn stoel naar achteren.

– Nou, dan ga ik maar eens, zei hij, en ik sprak hem niet tegen.

Toen hij eenmaal in zijn pick-up zat en de oprit uit reed, keek ik naar de klok en zag dat ik drie kwartier over had. Dus deed ik de afwas, bracht de keuken aan kant en dekte de tafel. Toen was het tien voor half drie. Ik deed mijn schort af, depte mijn voorhoofd en ging onder aan de trap zitten, waar 's middags altijd een lekker briesje waait, en waar ik makkelijk de telefoon kon horen als die overging in mijn vaders kantoor.

En daar bleef ik het volgende halfuur zitten.

Daarna ging ik staan, streek mijn rok glad en ging terug naar de keuken. Met mijn handen in mijn zij keek ik rond. Hij zag eruit om door een ringetje te halen: de stoelen aangeschoven, het aanrecht afgenomen en de borden netjes opgestapeld in de kastjes. Toen begon ik een kippenpastei te maken. Toen die klaar was ruimde ik de keuken weer op. Hoewel het geen zaterdag was haalde ik vervolgens de stofzuiger uit de kast en zoog ik de kleden in de woonkamer en de studeerkamer. Ik wilde net de stofzuiger mee naar boven nemen om de slaapkamers te doen toen ik me realiseerde dat ik, met al het kabaal dat de stofzuiger maakt, boven misschien de telefoon niet kon horen. Dus zette ik de stofzuiger maar terug in de kast. Ik stond er even naar te kijken, met zijn opgerolde slang onder in de kast, en vroeg me af wie van ons tweeën gemaakt was om de ander ten dienste te zijn. Daarna smeet ik de deur dicht, ging naar mijn vaders kantoor, nam plaats op zijn bureaustoel, pakte zijn telefoonklapper en zocht het nummer van dominee Colmore op.

Emmett

Toen ze uit het metrostation op Carroll Street kwamen, besefte Emmett dat hij een vergissing had gemaakt door zijn broer mee te nemen.

Zijn intuïtie had hem gezegd dat hij het niet moest doen. Townhouse had zich niet het precieze adres van het circus kunnen herinneren, dus het zou waarschijnlijk nogal wat veldwerk kosten om het te vinden. Als hij eenmaal binnen was, moest hij in de menigte Duchess zien te vinden. En als hij Duchess eenmaal gevonden had, was er de mogelijkheid – hoe gering ook – dat hij de envelop niet zonder een hoop gedoe zou teruggeven. Al met al zou het slimmer zijn geweest om Billy onder de hoede van Ulysses achter te laten, waar hij veilig was. Maar hoe vertel je een achtjarige jongen die zijn hele leven al naar het circus wilde, dat je van plan bent erheen te gaan zónder hem? Zodoende waren we samen om vijf uur de stalen trap van het spoor af gegaan en naar de metro gelopen.

Aanvankelijk had Emmett zich enigszins gesterkt gevoeld door het feit dat hij wist wat het juiste station, het juiste perron en de juiste trein was omdat hij de trip naar Brooklyn al eerder had gemaakt, al was dat per vergissing. Maar gisteren had hij toen hij van de trein richting Brooklyn overstapte op de trein richting Manhattan het metrostation niet verlaten. Dus pas toen ze bij het station op Carroll Street naar buiten kwamen, kreeg hij door hoe ruig dit deel van Brooklyn was. En terwijl ze zich via Gowanus naar RedHook begaven, leek het alleen maar erger te worden. De omgeving werd al snel overheerst door lange loodsen zonder ramen, met hier en daar een vervallen logement of een kroeg ernaast. Het leek weinig op een omgeving voor een circus, tenzij ze de tent bij de kade hadden opgesteld. Maar toen de rivier in zicht kwam was er geen tent te bekennen, en ook geen vlaggen of luifels.

Hij stond op het punt om rechtsomkeert te maken toen Billy naar de overkant van de straat op een onbeduidend gebouw wees, waar een klein, felverlicht venster was.

Het bleek een kaartloket te zijn dat bemand werd door iemand van in de zeventig.

– Is dit het circus? vroeg Emmett.

– De vroege voorstelling is al begonnen, zei de man, maar evengoed is het twee dollar per persoon.

Toen Emmett betaald had schoof de oude man de kaartjes over de balie met de onverschilligheid van iemand die zijn hele leven al kaartjes over balies schuift.

Emmett was opgelucht toen hij zag dat de hal meer in overeenstemming met zijn verwachtingen was. Op de vloer lag een donkerrood tapijt en de wanden waren beschilderd met afbeeldingen van acrobaten, olifanten en een leeuw met een open muil. Er was ook een kraam waar popcorn en bier werd verkocht, en een groot bord waarop de hoofdact stond aangekondigd: De Verbazingwekkende Sutter Sisters uit San Antonio, texxxas!

Toen hij hun kaartjes aan de ouvreuse in haar blauwe uniform gaf, vroeg hij waar ze moesten zitten.

– Waar je maar wilt.

Ze gaf Billy een knipoog, opende de deur en wenste hun een plezierige voorstelling.

Binnen leek het net een kleine, overdekte rodeo, met een ovale piste met zand omgeven door een afscheiding, en rondom een tribune van twintig rijen. Naar Emmetts inschatting was de zaal slechts voor een kwart vol, maar doordat de belichting op de ovale piste was gericht waren de gezichten van de toeschouwers niet goed zichtbaar.

Toen de broers ergens op een bank gingen zitten werd het licht gedimd en scheen een schijnwerper op de spreekstalmeester. Zoals het hoort was hij gekleed als een jachtmeester, met leren rijlaarzen, een knalrood jasje en een hoge hoed. Pas toen hij begon te spreken zag Emmett dat het eigenlijk een vrouw was, met een nepsnor.

– En nu, kondigde ze met een rode megafoon aan, terug uit het Oosten waar ze de radja van India betoverde en voor de koning van Siam heeft gedanst, presenteert het circus met trots: de enige, echte Delila!

De spot bewoog van de spreekstalmeester via de piste snel naar een poort in de afscheiding, waaruit een enorme vrouw in een roze tutu op een kinderdriewielertje kwam rijden.

Terwijl het publiek losbarstte in gelach en schunnig gejoel verschenen er twee zeehonden met ouderwetse politiehelmen op hun kop, die begonnen te blaffen. Delila ging er driftig de piste rond trappend vandoor terwijl de zeehonden achter haar aanzaten en de menigte hen opjutte. Toen de zeehonden Delila met succes door het poortje hadden weggejaagd, kwamen ze terug en namen ze het applaus van het publiek in ontvangst door hun kop te wiegen en met hun vinnen te klappen.

Vervolgens kwamen er twee cowgirls in de ring: de ene gekleed in wit leer met een witte hoed op een wit paard, en de andere met alles in het zwart.

– De verbazingwekkende Sutter Sisters! riep de spreekstalmeester door haar megafoon, terwijl de zussen de arena rondreden en met hun hoed naar het juichende publiek zwaaiden.

Na hun ronde begonnen ze een serie stunts af te werken. Met een redelijk gangetje zwiepten ze, helemaal synchroon, hun benen van de ene kant van hun zadel naar de andere. Daarna reden ze wat harder en sprong de Sutter in het zwart van haar paard naar dat van haar zus en weer terug.

Billy wees naar de piste en keek met een verbaasde uitdrukking op naar zijn broer.

– Zag je dat?

– Ja, zei Emmett met een glimlach.

Maar terwijl Billy zijn aandacht weer op het optreden richtte, richtte Emmett de zijne op het publiek. Voor de act van de zussen was er meer licht in de arena, waardoor het makkelijker was de gezichten in het publiek te bekijken. Na een eerste vluchtig rondje zonder resultaat begon hij nu direct links van hem aan een meer systematische ronde en keek hij van rij tot rij en van gangpad tot gangpad. Nog steeds kon hij Duchess niet vinden, maar hij merkte wel met verbazing op dat de meeste mensen in het publiek mannen waren.

– Kijk! riep Billy uit, wijzend naar de zussen die nu op de rug van hun paarden stonden, terwijl ze zij aan zij reden.

– Ja, zei Emmett. Ze zijn heel goed.

– Nee, zei Billy. Niet de ruiters. Daar, in het publiek. Daar zit Woolly.

Emmett volgde Billy's vinger naar de overkant van de arena en daar zat op de achtste rij Woolly, in zijn eentje. Emmett was zo geconcentreerd op zoek geweest naar Duchess, dat het niet bij hem was opgekomen om naar Woolly te zoeken.

– Goed gezien, Billy. Kom op.

Via het brede centrale gangpad liepen ze om de piste heen naar Woolly, die daar zat met een zak popcorn op schoot en een glimlach op zijn gezicht.

– Woolly! riep Billy, terwijl hij de laatste treden op rende.

Bij het horen van zijn naam keek Woolly op.

– *Mirabile dictu!* Daar heb je, uit het niets, Emmett en Billy Watson. Wat een toeval! Wat een verrassende wending! Neem plaats, neem plaats.

– Is het geen geweldige voorstelling? vroeg Billy, terwijl hij zijn rugzak afdeed.

– Jazeker, zei Woolly instemmend. Wis en waarachtig.

– Kijk, zei Billy, wijzend naar het midden van de piste, waar vier clowns vier autootjes heen hadden gereden.

Emmett liep achter zijn broer langs en ging zitten op de lege zitplaats aan Woolly's rechterkant.

– Waar is Duchess?

– Wat zei je? vroeg Woolly zonder zijn blik van de zussen af te wenden, die nu over de auto's heen sprongen en de clowns uiteendreven.

Emmett boog zich dichter naar hem toe.

– Waar is Duchess, Woolly?

Woolly keek op alsof hij geen flauw idee had. Vervolgens herinnerde hij het zich weer.

– Hij is in de zitkamer! Hij ging een paar vrienden in de zitkamer bezoeken.

– Waar is die?

Woolly wees naar het eind van het ovaal.

– Trap op en door de blauwe deur.

– Ik ga hem halen. Kun jij ondertussen een oogje op Billy houden?

– Natuurlijk, zei Woolly.

Emmett keek Woolly even strak aan, om het belang van wat hij net had gezegd te benadrukken. Woolly wendde zich tot Billy.

– Emmett gaat Duchess halen, Billy. Dus moeten jij en ik een oogje op elkaar houden. Oké?

– Oké, Woolly.

Woolly keek Emmett weer aan.

– Zie je wel?

– Prima, zei Emmett met een glimlach. Als jullie maar niet weglopen.

Woolly gebaarde naar de piste.

– Waarom zouden we?

Emmett klauterde achter Woolly langs en liep via het centrale gangpad naar het andere eind van de ovale piste. Hij was niet zo van circussen. Trouwens ook niet van goochelaars en rodeo's. Zelfs het bijwonen van footballwedstrijden op de middelbare school had hem nooit aangesproken, terwijl bijna de hele stad daarheen ging. Hij was gewoon nooit enthousiast geworden van het idee om in een menigte te zitten kijken naar iemand die iets interessanters deed dan wat je zelf aan het doen was. Dus toen hij de treden op ging en twee knallen van speelgoedpistolen en gejoel van het publiek hoorde, nam hij niet de moeite achterom te kijken. En toen hij boven aan de trap de blauwe deur opende en nog meer pistoolschoten gevolgd door nog harder gejoel hoorde, keek hij ook niet om.

Als hij wel had omgekeken, zou hij de gezusters Sutter met getrokken revolvers in tegenovergestelde richting hebben zien rijden. Hij zou gezien hebben dat toen ze elkaar passeerden, ze elkaars hoed van hun hoofd schoten. Hij zou gezien hebben dat toen ze elkaar weer passeerden, ze elkaars blouse van hun rug schoten, waardoor blote buiken en kanten beha's werden onthuld, een zwarte en een witte. En als hij nog een paar minuutjes had gewacht voor hij de deur door ging, zou hij gezien hebben dat de Sutters een reeks snelle schoten losten tot ze allebei net zo naakt als Lady Godiva op de rug van hun paard galoppeerden.

Toen de deur boven aan de trap achter hem dichtsloeg bleek Emmett aan het begin van een smalle gang te staan, met aan beide kanten zes deuren die allemaal dicht waren. Naarmate hij verder de gang in liep nam het gedempte gejoel van het publiek af en kon hij horen dat er op een piano klassieke muziek werd gespeeld. Dat kwam vanachter een deur aan het eind van de gang – een deur waarop het beeldmerk van een klok stond, net als dat beeldmerk dat het telefoniebedrijf gebruikte. Toen hij zijn hand op de deurknop legde, hield het klassieke spel geleidelijk op en ging het naadloos over in een ragtimedeuntje.

Emmett opende de deur en stond op de drempel van een grote, weelderig ingerichte salon. Er waren minstens vier verschillende zithoeken, met banken en stoelen die bekleed waren met kostbare, donkere stoffen. Op de bijzettafels stonden lampen met franjes aan de kappen en aan de muren hingen olieverfschilderijen van schepen. Op twee banken tegenover elkaar lagen languit een roodharige en een brunette, die alleen maar een flinterdun hemdjurkje droegen en scherp ruikende sigaretten rookten. En achter in de ruimte, bij een kunstig bewerkte bar, stond een blondine met een zijden omslagdoek tegen de piano geleund met haar vingers op de maat van de muziek te tikken.

Emmett stond versteld van het tafereel: het luxueuze meubilair, de schilderijen en de schaars geklede dames. Maar niets verraste hem meer dan dat degene die pianospeelde Duchess was, die een fris, wit overhemd droeg en op zijn achterhoofd een gleufhoed.

Toen de blondine bij de piano opkeek wie er binnen was gekomen volgde Duchess haar blik. Bij het zien van Emmett liet hij zijn vingers over de volle lengte van het klavier gaan, gaf hij nog een slotakkoord en sprong hij met een brede grijns op.

– Emmett!

De drie vrouwen keken naar Duchess.

– Ken je hem? vroeg de blonde met een bijna kinderlijk stemmetje.

– Dit is degene over wie ik jullie heb verteld!

De drie vrouwen richtten hun blik nu weer op Emmett.

– Bedoel je die ene uit North Dakota?

– Nebraska, corrigeerde de brunette.

De rooie wees met haar sigaret traag naar Emmett, met een uitdrukking of ze ineens iets doorhad.

– Degene die zijn auto aan je heeft uitgeleend.

– Precies, zei Duchess.

De drie vrouwen glimlachten naar Emmett, uit erkenning voor zijn vrijgevigheid.

Duchess beende op Emmett af en nam hem bij de arm.

– Niet te geloven dat je hier bent! Vanmorgen nog betreurden Woolly en ik je afwezigheid en telden we de dagen tot we je weer zouden zien. Maar ho! Waar zijn mijn manieren?

Hij legde zijn arm over Emmetts schouder en leidde hem naar de vrouwen.

– Laat me je voorstellen aan mijn drie goede feeën. Hier links hebben we Helena. De tweede in de geschiedenis die duizend schepen deed uitvaren.

– Aangenaam kennis te maken, zei de roodharige, en stak haar hand uit.

Toen Emmett dichterbij kwam om haar hand te schudden, zag hij dat haar hemdjurkje zo doorzichtig was, dat de donkere kring rond haar tepels door de stof heen te zien was. Hij voelde dat hij een kleur kreeg en wendde zijn blik af.

– Bij de piano hebben we Charity. Ik denk niet dat ik je hoef te vertellen hoe zij aan haar naam is gekomen. En hier rechts van mij is Bernadette.

Emmett was opgelucht dat Bernadette, die net zo gekleed was als Helena, niet de moeite nam haar hand uit te steken.

– Dat is een flinke gesp, zei ze met een glimlach.

– Aangenaam kennis met jullie te maken, zei Emmett een beetje onhandig tegen de dames.

Duchess keek hem met een grijns aan.

– Wat is dit gaaf, zei hij.

– Ja, zei Emmett niet erg enthousiast. Hoor es, Duchess, ik moet je spreken. Onder vier ogen...

– Zeker.

Hij leidde Emmett weg van de dames, maar in plaats van hem mee naar de gang te nemen waar ze privacy zouden hebben, nam hij hem mee naar een hoek van de salon, zo'n vijf meter verder.

Duchess wierp een blik op Emmetts gezicht.

– Je bent kwaad, zei hij. Dat zie ik.

Emmett wist amper waar hij moest beginnen.

– Duchess, zei hij toen maar, ik heb mijn auto niet aan je *uitgeleend.*

– Je hebt gelijk, antwoordde Duchess, met beide handen in overgave omhoog. Je hebt helemaal gelijk. Het zou juister zijn geweest als ik zei dat ik hem *van je geleend* heb. Maar zoals ik bij het St. Nick al tegen Billy zei, we gebruikten hem alleen maar om dat klusje in het Noorden te klaren. Voor je er erg in had zouden we hem terug in Morgen hebben.

– Of je mijn auto nou voor een jaar of voor een dag meenam, verandert niets aan het feit dat het míjn auto is – met mijn geld erin.

Duchess keek Emmett even aan alsof hij hem niet begreep.

– O, je bedoelt die envelop in de kofferbak. Maak je daar maar geen zorgen over, Emmett.

– Dus je hebt 'm?

– Natuurlijk. Maar nu niet bij me. Dit is tenslotte de grote stad. Ik heb hem achtergelaten in het huis van Woolly's zus, net als je plunjezak; daar is alles veilig.

– Dan gaan we alles nu halen. En onderweg kun je me alles over die smerissen vertellen.

– Welke smerissen?

– Ik heb Townhouse gesproken en hij zei dat er vanmorgen agenten waren langsgekomen die naar mijn auto informeerden.

– Ik kan me niet voorstellen waarom, zei Duchess, met een oprecht verbaasd gezicht. Dat wil zeggen, tenzij...

– Tenzij wat?

Duchess knikte nu nadenkend.

– Onderweg hierheen, toen ik een keer niet keek, parkeerde Woolly voor een brandkraan. Toen was er ineens een agent die hem om zijn rijbewijs vroeg dat hij niet had. Omdat Woolly is zoals hij is, haalde ik de agent over om hem geen bekeuring te geven. Maar hij kan een beschrijving van de auto in het systeem hebben gezet.

– Heel fijn, zei Emmett.

Duchess knikte somber, maar knipte toen ineens met zijn vingers.

– Weet je wat, Emmett? Het maakt niet uit.

– Hoezo?

– Ik heb gisteren de slag van de eeuw geslagen. Misschien niet zo'n goeie als Manhattan voor een appel en een ei, maar het komt aardig in de buurt. In ruil voor die afgetrapte Studebaker heb ik een Cadillac uit 1941 met open dak voor je in de wacht gesleept. In uitstekende staat, met minder dan duizend kilometer op de teller, en van vlekkeloze afkomst.

– Ik hoef je Cadillac niet, Duchess, waar die ook vandaan komt. Townhouse heeft me de Studebaker teruggegeven. Hij krijgt nu een nieuw laagje verf en ik haal hem maandag op.

– Nou, zei Duchess met een vinger in de lucht. Dat is nog beter. Nu hebben we de Cadillac én de Studebaker. Als we in de Adirondacks zijn geweest, kunnen we in karavaan naar Californië.

– Oooo, zei Charity van de andere kant van de salon. Een karavaan!

Voordat Emmett ideeën van deze of gene over een karavaan naar Californië kon ontzenuwen, ging achter de piano een deur open en denderde de vrouw die op het driewielertje had gereden naar binnen, maar nu in een badjas.

– Nou, nou, zei ze met een schorre stem. Wie hebben we daar?

– Dit is Emmett, zei Duchess. Over wie ik je verteld heb.

Ze keek met toegeknepen ogen naar Emmett.

– Die ene met dat trustfonds?

– Nee. Die ene van wie ik de auto heb geleend.

– Je hebt gelijk, zei ze met een zweem van teleurstelling. Hij lijkt inderdaad op Gary Cooper.

– Ik zou wel met hem willen couperen, zei Charity.

Iedereen behalve Emmett lachte, en niemand zo hard als de forse vrouw.

Terwijl Emmett voelde dat hij weer een kleur kreeg, legde Duchess een hand op zijn schouder.

– Emmett Watson, mag ik je voorstellen aan de sprankelendste cheerleader van New York: Ma Belle.

Ma Belle lachte weer.

– Je bent nog erger dan je vader.

Toen iedereen even stil was, nam Emmett Duchess bij de elleboog.

– Het was leuk met jullie kennis te maken, zei hij, maar Duchess en ik moeten weg.

– Nu al, zei Charity fronsend.

– Ik ben bang dat er mensen op ons zitten te wachten, legde Emmett uit.

Toen drukte hij met zijn vingers op het zachte plekje van Duchess' armgewricht.

– Auw, zei Duchess, die zijn elleboog wegtrok. Als je zo'n haast hebt, waarom zeg je dat dan niet? Geef me een minuutje om met Ma Belle en Charity te praten. Daarna kunnen we gaan.

Duchess klopte Emmett op de rug en ging met de twee vrouwen praten.

– Dus jullie gaan naar Tinseltown, zei de roodharige.

– Wat bedoel je? vroeg Emmett.

– Duchess zegt dat jullie allemaal naar Hollywood gaan.

Voordat Emmett dit nieuws kon verwerken draaide Duchess zich om en klapte in zijn handen.

– Nou, dames, het was goddelijk. Maar het is tijd dat Emmett en ik de benen nemen.

– Als dat moet, zei Ma Belle. Maar jullie kunnen niet weg zonder iets gedronken te hebben.

Duchess keek van Emmett naar Ma Belle.

– Daar hebben we geloof ik geen tijd voor, Ma.

– Kletskoek, zei ze. Iedereen heeft tijd voor een drankje. Bovendien kunnen jullie niet naar Californië vertrekken zonder ons op jullie te laten toosten. Dat is toch zo, dames?

– Ja, een toost! zeiden de dames instemmend.

Duchess keek Emmett met een berustend schouderophalen aan, liep naar de bar, ontkurkte een fles champagne die al op ijs lag, vulde zes glazen en deelde die rond.

– Ik wil geen champagne, zei Emmett stilletjes tegen Duchess toen hij bij hem was gekomen.

– Het is onbeleefd om niet mee te doen als er op je getoost wordt, Emmett. En het brengt ook nog ongeluk.

Emmett sloot even zijn ogen en nam vervolgens het glas aan.

– Ten eerste, zei Ma Belle, wil ik onze vriend Duchess bedanken voor het meenemen van deze heerlijke flessen prik.

– Bravo, bravo! joelden de dames, terwijl Duchess in alle windrichtingen een buiging maakte.

– Het is altijd wrang om het gezelschap van goede vrienden te verliezen, ging Ma Belle verder. Maar we putten moed uit het feit dat ons verlies Hollywoods winst is. Ter afsluiting zou ik jullie een paar regels van de grote Ierse dichter William Butler Yeats willen voordragen: Langs de kiezen en door de mond, kijk uit maag, het komt terstond.

Vervolgens dronk Ma Belle haar glas in één teug leeg.

Alle vrouwen lachten en dronken hun glas leeg. Veel keus had Emmett niet, dus deed hij het ook maar.

– Kijk, zei Duchess met een glimlach. Was dat nou zo erg?

Terwijl Charity zich verontschuldigde en de salon verliet, liep Duchess van de ene vrouw naar de andere, om op een voorspelbaar langdradige manier afscheid van ze te nemen.

Gezien de sfeer van het moment deed Emmett zijn best zich te beheersen, maar zijn geduld was bijna op. Bovendien was de salon met al die lichamen, kussens en franjes bovenmatig warm geworden en vond hij de geur van de sigaretten van de dames weerzinwekkend.

– Duchess, zei hij.

– Oké, Emmett. Ik neem alleen nog even afscheid. Wacht anders in de gang op me, dan ben ik zo bij je.

Emmett zette zijn glas neer en trok zich maar al te graag terug op de gang, om daar te wachten.

De koelere lucht bood Emmett enige verlichting, maar het scheen hem toe dat de gang langer en smaller was dan eerst. En ook dat er meer deuren waren. Meer deuren links en meer deuren rechts van hem. En hoewel hij recht vooruitkeek, begon de positionering van de deuren hem een gevoel van hoogtevrees te geven, alsof de as van het gebouw werd gekanteld en hij de volle lengte van de gang af kon vallen en door de deur aan de andere kant kon breken.

Moet door de champagne komen, dacht Emmett.

Hij schudde zijn hoofd, draaide zich om en keek terug de salon in, waar hij zag dat Duchess inmiddels op de rand van de bank van de roodharige zat en haar nog eens inschonk.

– Jezus, zei hij bij zichzelf.

Emmett begon terug naar de salon te lopen, bereid om Duchess in zijn nekvel te grijpen, indien nodig. Maar hij had nog geen twee stappen gezet of Ma Belle verscheen op de drempel en begon zijn kant op te lopen. Gezien haar omvang was er voor haar nauwelijks genoeg ruimte in de gang, en zeker niet genoeg om langs Emmett te komen.

– Kom op, zei ze met een ongeduldige zwaai met haar hand. Uit de weg.

Toen ze op hem af kwam waggelen besefte Emmett terwijl hij achteruitliep dat de deur van een van de kamers open was, dus stapte hij daar naar binnen om haar langs te laten.

Maar toen ze ter hoogte van Emmett was liep ze niet door maar stopte ze en gaf hem met haar mollige hand een duw. Toen hij achteruit de kamer in wankelde trok ze de deur dicht en hoorde Emmett het onmiskenbare geluid van een sleutel die in een slot draait. Hij sprong naar voren, greep de deurknop en probeerde de deur te openen. Toen dat niet lukte begon hij op de deur te bonzen.

– Open de deur! riep hij.

Terwijl hij die eis bleef herhalen, overviel hem de herinnering aan een vrouw die ergens anders door een gesloten deur hetzelfde naar hém had geroepen. Ineens klonk er achter hem de stem van een andere vrouw. Een stem die zachter en uitnodigender was.

– Vanwaar die haast, Nebraska?

Emmett draaide zich om en trof Charity aan, die liggend op haar zij op een weelderig bed met haar delicate hand op de sprei klopte. Hij keek om zich heen en zag dat er geen ramen waren maar alleen meer schilderijen met schepen, waaronder een groot werk boven een commode waarop een tweemaster was afgebeeld die volledig opgetuigd schuin tegen een harde wind in laveerde. De zijden omslagdoek die Charity had gedragen lag nu over de rug van een fauteuil, en ze droeg een perzikkleurig negligé met een ivoorkleurige bies.

– Duchess dacht al dat je een beetje nerveus zou zijn, zei ze met een stem die niet meer zo kinderlijk klonk. Maar je hoeft niet nerveus te zijn, hoor. Niet in deze kamer. Niet met mij.

Emmett liep weer naar de deur maar ze zei: *niet daarheen, maar híerheen*, dus draaide hij zich weer om.

– Kom hier, zei ze, kom naast me liggen. Want ik wil je wat dingen vragen. Of ik kan jou wat dingen vertellen. We kunnen ook helemaal níét praten.

Emmett zette onwillekeurig een stap in haar richting, een moeizame stap, waarbij zijn voet met een trage, zware schrede op de houten vloer landde. Vervolgens stond hij aan de rand van het bed met de donkerrode sprei en had ze zijn hand in de hare genomen. Hij keek omlaag en kon zien dat ze zijn hand met de palm omhoog vasthield, zoals een waarzegster zou doen. Emmett vroeg zich, heel even, licht verbaasd af of ze hem de toekomst ging voorspellen. In plaats daarvan legde ze zijn hand op haar borst.

Langzaam trok hij zijn hand weg van de gladde, koele zijde.

– Ik moet weg hier, zei hij. Je moet me helpen hier weg te komen.

Ze trok een pruilmondje, alsof hij haar gevoelens had gekwetst. En hij nam het zich kwalijk dat hij haar gevoelens had gekwetst. Hij nam het zich zo kwalijk, dat hij de neiging voelde om haar gerust te stellen. In plaats daarvan draaide hij zich weer om naar de deur. Maar deze keer dat hij zich omdraaide, draaide en draaide en draaide hij maar door.

Duchess

Ik was in hogere sferen. Dat is mijn excuus.

De hele dag was ik van de ene aangename verrassing in de andere gerold. Eerst was het me gegund om het huis van Woolly's zus te onderzoeken, wat me een mooi stel kleren had opgeleverd. Daarna had ik een prettig samenzijn met Ma Belle en de meiden, toen geheel onverwachts Emmett was komen opdagen, wat me de gelegenheid bood om (met hulp van Charity) mijn derde goede daad in evenzoveel dagen te verrichten. En nu zat ik achter het stuur van een Cadillac uit 1941, richting Manhattan, met het dak open. De enige kink in de kabel was dat Woolly en ik Billy op sleeptouw moesten nemen.

Toen Emmett bij Ma Belle's was verschenen, was het geen moment in me opgekomen dat hij zijn broer had meegenomen, dus ik was nogal verbaasd hem aan Woolly's zijde aan te treffen. Begrijp me niet verkeerd. Billy was een brave jongen, voor zover jongens dat zijn. Maar hij was ook nogal een betweter. En als betweters geneigd zijn je te irriteren, irriteert geen enkele betweter je méér dan een jonge betweter.

We waren nog geen uur samen of hij had me al drie keer gecorrigeerd. Eerst om me erop te wijzen dat de gezusters Suster niet met echte wapens op elkaar hadden geschoten – alsof ík een inleiding in de grondbeginselen van theatertechniek nodig had! Vervolgens wees hij erop dat zeehonden zoogdieren zijn en niet een soort vis, want ze hebben warm bloed en zijn gewerveld en blablabla. En toen we op de Brooklyn Bridge reden en het stadsgezicht zich in al zijn glorie voor ons uitstrekte, en ik in mijn verheven toestand per ongeluk vroeg of iemand één enkel voorbeeld in de geschiedenis van de mensheid kon bedenken van een rivierovergang die nóg aangrijpender was, vond de jongen, die als een kleine miljonair achterin zat, het nodig daarop in te gaan, in plaats van het poëtische moment en de geest van mijn opmerking te appreciëren.

– Ik kan wel een voorbeeld bedenken, zegt hij.

– De vraag was retorisch bedoeld, zeg ik.

Maar nu heeft hij Woolly's interesse gewekt.

– Welk voorbeeld, Billy?

– De oversteek van de Delaware door George Washington. Op kerstavond in 1776 stak George Washington de ijzige rivier over om de Hessen te besluipen. Washingtons troepen namen ze onverhoeds te grazen, versloegen de vijand en namen duizend man gevangen. De gebeurtenis is vereeuwigd in een beroemd schilderij van Emanuel Leutze.

– Ik geloof dat ik dat schilderij gezien heb! riep Woolly uit. Staat Washington niet in de boeg van een roeiboot?

– Niemand staat in de boeg van een roeiboot, merkte ik op.

– Op Emanuel Leutzes schilderij staat Washington in de boeg van een roeiboot, zei Billy. Ik kan je een plaatje laten zien, als je wilt. Het staat in professor Abernathes boek.

– Uiteraard.

– Dat is een goeie, zei Woolly, die altijd wel was te porren voor een stukje geschiedenis.

Omdat het vrijdagavond was, was het tamelijk druk en kwamen we boven op de brug stil te staan – wat ons de perfecte gelegenheid gaf om in stilte van het uitzicht te genieten.

– Ik weet er nog een, zei Billy.

Woolly draaide zich glimlachend om naar de achterbank.

– Welke, Billy?

– Toen Caesar de Rubicon overstak.

– Wat gebeurde er toen?

Je kon bijna horen dat de jongen rechtop ging zitten.

– In 49 voor Christus, toen Caesar gouverneur van Gallië was, riep de Senaat, die genoeg had van zijn ambities, hem terug naar de hoofdstad met de instructie dat hij zijn troepen op de oevers van de Rubicon moest achterlaten. Maar Caesar leidde zijn manschappen over de rivier Italië in, regelrecht naar Rome, waar hij al snel de macht greep, en de keizertijd begon. Daar komt de uitdrukking *de Rubicon oversteken* van. Dat betekent dat er geen weg terug is.

– Ook een goeie, zei Woolly.

– En dan heb je Odysseus, die de rivier de Styx overstak...

– Ik denk dat we het nu wel weten, zei ik.

Maar Woolly was nog niet klaar.

– Hoe zit het met Mozes? vroeg hij. Stak hij ook niet een rivier over?

– Dat was de Rode Zee, zei Billy. Dat was toen hij...

Ongetwijfeld was het joch van plan ons tekst en uitleg over Mozes te geven, maar voor de afwisseling onderbrak hij zichzelf.

– Kijk! zei hij, in de verte wijzend. Het Empire State Building! Alle drie richtten we onze aandacht op de desbetreffende wolkenkrabber, en toen kreeg ik een idee. Als een bliksemschicht schoot het door mijn hoofd en ik kreeg er een tintelend gevoel langs heel mijn wervelkolom van.

– Heeft hij daar niet zijn kantoor? vroeg ik, met een vlugge blik in de achteruitkijkspiegel naar Billy.

– Wiens kantoor? vroeg Woolly.

– Professor Abercrombies.

– Bedoel je professor Abernathes?

– Precies. Hoe ging het ook alweer, Billy? *Ik schrijf je vanaf het kruispunt van Thirty-Fourth Street en Fifth Avenue op het eiland Manhattan...*

– Ja, zei Billy, met wijd open ogen. Zo ging het.

– Laten we dan bij hem op bezoek gaan.

Uit mijn ooghoek kon ik zien dat Woolly door mijn voorstel verontrust werd. Maar Billy niet.

– Kunnen we bij hem op bezoek? vroeg hij.

– Ik zou niet weten waarom niet.

– Duchess..., zei Woolly.

Ik negeerde hem.

– Hoe noemt hij je ook alweer in de inleiding, Billy? *Beste lezer?* Welke schrijver zou nou geen bezoek willen krijgen van een van zijn beste lezers? Ik bedoel, schrijvers moeten twee keer zo hard werken als acteurs, toch? Maar ze krijgen geen staande ovaties, geen open doekjes, of mensen die hen buiten bij de artiesteningang opwachten. Trouwens, als professor *Abernathe* geen bezoek van zijn lezers wilde krijgen, waarom zou hij dan zijn adres op de eerste pagina hebben gezet?

– Hij zal er op dit tijdstip vast niet meer zijn, wierp Woolly tegen.

– Misschien werkt hij over, wierp ik daarop tegen.

Toen het verkeer weer in beweging kwam, nam ik de rechterbaan om de afslag voor centrum-noord te nemen, en dacht bij mezelf dat als de receptie niet meer open was, we als King Kong de gevel van het gebouw gingen beklimmen.

Ik reed op Thirty-Fifth Street naar het westen, ging bij Fifth Avenue naar links en parkeerde precies voor de ingang van het gebouw. Een tel later zat een van de portiers boven op me.

– Je kunt hier niet parkeren, maat.

– Het is maar voor een minuutje, zei ik terwijl ik hem een briefje van vijf (waar de kop van Lincoln op staat) toestak. Intussen kunnen jij en president Lincoln misschien nader kennis met elkaar maken.

In plaats van te zeggen waar ik allemaal niet kon parkeren opende hij nu Woolly's deur en leidde hij ons met een tikje tegen zijn hoed het gebouw binnen. Kapitalisme, noemen ze dat.

Toen we de hal in kwamen zag Billy er nerveus en opgewonden uit. Hij kon gewoon niet geloven waar we waren en wat we op het punt stonden te gaan doen. Zelfs in zijn stoutste dromen had hij zich dit niet voorgesteld. Maar Woolly keek me aan met een frons die beslist niet bij hem paste.

– Wat is er? zei ik.

Voor hij kon antwoorden trok Billy aan mijn mouw.

– Hoe gaan we hem vinden, Duchess?
– Je weet waar je hem kunt vinden, Billy.
– O ja?
– Je hebt het me zelf voorgelezen.
Billy's ogen sperden zich open.
– Op de vierenvijftigste verdieping.
– Precies.
Met een glimlach wees ik op de liften.
– Nemen we de lift?
– We nemen in elk geval niet de trap.
– Ik ben nog nooit in een lift geweest, zei Billy tegen de liftbediende.
– Plezierige rit, antwoordde de liftbediende.
Daarna haalde hij de hendel over en schoot hij ons omhoog, het gebouw in.
Normaal gesproken zou Woolly tijdens een rit als deze een deuntje neuriën, maar vanavond was ik degene die neuriede. En Billy was stilletjes de verdiepingen die we passeerden aan het tellen. Dat kon je zien aan zijn lipbewegingen.
– Vijftig, mompelde hij geluidloos. Eenenvijftig, tweeënvijftig, drieenvijftig.
Bij de vierenvijftigste verdieping opende de bediende de deuren en stapten we uit. Toen we van de hal de gang in liepen zagen we links en rechts eindeloos veel deuren.
– Wat doen we nu? vroeg Billy.
Ik wees naar de dichtstbijzijnde deur.
– We beginnen hier en lopen de hele verdieping af, tot we hem vinden.
– Met de klok mee? vroeg Billy.
– In welke richting je maar wilt.
Dus we begonnen met de klok mee van deur tot deur te gaan, en Billy las dan de namen op die in de kleine koperen bordjes waren gegraveerd, net zoals hij in de lift de verdiepingen had opgesomd, maar deze keer deed hij het hardop. Het was een hele parade van pennenlikkers. Be-

halve advocaten en accountants waren er makelaars in onroerend goed, verzekeringen en aandelen. Niet van de grote firma's, welteverstaan. Deze zaakjes werden gerund door de mannen die het bij de grote firma's niet konden bolwerken. Mannen die hun schoenen lieten verzolen en in afwachting van een telefoontje de strippagina's lazen.

Billy las de eerste twintig naambordjes op een slagvaardige, optimistische manier voor, alsof elk bordje een aangename verrassing was. De volgende twintig las hij met wat minder enthousiasme. Daarna begon zijn presentatie te verslappen. Je kon bijna horen hoe de zware werkelijkheid begon te drukken op dat plekje van de ziel waar jeugdig enthousiasme ontspringt. De werkelijkheid zou vanavond vrijwel zeker haar sporen op Billy Watson nalaten. En die sporen zouden hem waarschijnlijk de rest van zijn leven bijblijven, om hem eraan te herinneren dat niet alleen de helden in verhalen meestal hersenspinsels zijn, maar dat de meeste mensen die over hen schrijven ook hersenspinsels zijn.

Toen we de vierde hoek omgingen zagen we de laatste paar deuren die uitkwamen bij de plek waar we waren begonnen. Billy bewoog zich steeds langzamer en sprak steeds zachter, tot hij eindelijk bij de een-na-laatste deur stopte en helemaal niets meer zei. Hij moet tegen die tijd zo'n vijftig bordjes hebben voorgelezen, en hoewel ik achter hem stond, kon ik uit zijn houding afleiden dat hij het zat was.

Hij wachtte even en keek toen op naar Woolly, waarschijnlijk met een teleurgesteld gezicht, want Woolly trok ineens een medelijdend gezicht. Toen draaide Billy zich om en keek mij aan. Maar hij had helemaal geen teleurgesteld gezicht. Het was er een van opperste verbazing.

Hij wendde zich weer naar het koperen bordje, strekte er een vinger naar uit en las hardop wat er stond.

– Kantoor van professor Abacus Abernathe, MLA, PhD.

Ik keek Woolly aan met mijn eigen verbaasde gezicht en realiseerde me dat het medelijden op zijn gezicht niet voor Billy bedoeld was geweest maar voor mij. Want wederom waren de voeten waaronder ik het kleed vandaan had getrokken die van mijzelf. Je zou denken dat ik beter had kunnen weten, na een paar dagen met dit joch te hebben opgetrokken. Maar zoals ik al zei: het kwam doordat ik in hogere sferen verkeerde.

Wanneer de omstandigheden samenspannen om je zorgvuldig gemaakte plannen te dwarsbomen met een onverwachte wending, kun je maar het beste zo snel mogelijk met de eer strijken.

– Ik zei het toch, jongen.

Billy glimlachte naar me, maar toen keek hij wat bevreesd naar de deurknop, alsof hij niet zeker was of hij wel het lef had hem open te draaien.

– Laat mij maar! riep Woolly.

Woolly stapte naar voren, draaide de knop om en opende de deur. Binnen bevonden we ons in een kleine ontvangstruimte met een bureau, een salontafel en een paar stoelen. Het vertrek was donker op een zwak licht na, dat door het open bovenlicht van een tussendeur scheen.

– Ik denk dat je gelijk had, Woolly, zei ik met een hoorbare zucht. Ziet ernaar uit dat er niemand thuis is.

Maar Woolly hield een vinger tegen zijn lippen.

– Ssst. Hoorden jullie dat?

We keken omhoog toen Woolly naar het bovenlicht wees.

– Daar is het weer, fluisterde hij.

– Daar is wat weer? fluisterde ik terug.

– Het gekras van een pen, zei Billy.

– Het gekras van een pen, zei Woolly met een glimlach.

Billy en ik volgden Woolly die op zijn tenen door de ontvangstruimte liep en zachtjes de tweede deurknop omdraaide. Achter deze deur was een veel grotere ruimte. Het was een lange rechthoek die van het plafond tot de vloer met boeken was bekleed, en gemeubileerd met een staande globe, een bank, twee hoge leunstoelen en een groot houten bureau waarachter een kleine oude man in een klein, oud register zat te schrijven, bij het licht van een lamp met een groene kap. Hij droeg een verkreukeld streepjespak, had dun, wit haar en een leesbril op de punt van zijn neus. Met andere woorden: hij leek zoveel op een professor dat alle boeken op de planken wel voor de show moesten zijn.

Door het geluid van onze binnenkomst keek de oude man zonder een spoor van verrassing of ongenoegen op van zijn werk.

– Kan ik jullie ergens mee helpen?

Nadat we alle drie een paar stapjes hadden gezet, duwde Woolly Billy nog een stap verder.

– Vraag het 'm, moedigde hij Billy aan.

Billy schraapte zijn keel.

– Bent u professor Abacus Abernathe?

Na zijn leesbril boven op zijn hoofd te hebben gezet verschoof de oude man de lampenkap zó dat hij beter zicht op ons drieën had. Maar hij richtte zijn blik met name op Billy, omdat hij direct al begreep dat hij de reden was waarom we hier waren.

– Ik ben Abacus Abernathe, antwoordde hij. Wat kan ik voor je doen?

Hoewel het leek alsof er geen eind kwam aan alles wat Billy wist, wist hij kennelijk niet wat Abacus Abernathe voor hem kon doen. Want in plaats van een antwoord te geven keek Billy onzeker om naar Woolly. Dus nam Woolly namens hem het woord.

– Het spijt ons dat we u storen, professor, maar dit is Billy Watson uit Morgen, Nebraska, die net voor de allereerste keer in New York is aangekomen. Hij is pas acht maar heeft uw *Compendium* van avonturiers wel vierentwintig keer gelezen.

De professor had aandachtig naar Woolly geluisterd en keek nu Billy weer aan.

– Is dat waar, jongeman?

– Ja, zei Billy. Behalve dat ik het vijfentwintig keer heb gelezen.

– Nou, zei de professor, als je mijn boek vijfentwintig keer hebt gelezen en helemaal van Nebraska naar New York bent gekomen om me dat te vertellen, dan is het minste wat ik kan doen je een stoel aanbieden.

Met een uitnodigend gebaar verzocht hij Billy plaats te nemen in een van de hoge leunstoelen voor zijn bureau. Voor Woolly en mij gebaarde hij naar de bank bij de boekenkast.

Laat ik meteen zeggen dat het een heel mooie bank was. Hij was bekleed met donkerbruin leer, beslagen met koperen klinknageltjes en zo groot als een auto. Maar als drie personen die een kamer binnenkomen toestaan dat een vierde persoon hun een zitplaats aanbiedt, dan gaat niemand op korte termijn weg. Dat ligt in de aard van de mens. Na alle moeite te hebben genomen het zich gemakkelijk te maken, gaan mensen de behoefte voelen om ten minste een half uur te babbelen. En als ze na twintig minuten niets meer te zeggen hebben, gaan ze uit beleefdheid maar dingen bedenken. Dus toen de professor ons aanbood te gaan zitten, opende ik mijn mond met de bedoeling te zeggen dat het al laat was en dat onze auto aan de stoeprand stond. Maar voor ik één woord kon zeggen klauterde Billy al op de hoge leunstoel en had Woolly zich op de bank geïnstalleerd.

– Vertel eens, Billy, zei de professor, toen iedereen zich onherroepelijk had ingenesteld, wat brengt je naar New York?

Op het vlak van conversaties was dit een klassieke opening. Het was het soort vraag die elke New Yorker aan een bezoeker stelt, met de redelijke verwachting daarop een antwoord van een of twee zinnetjes te krijgen. Bijvoorbeeld *ik ben hier om een tante te bezoeken* of *we hebben kaartjes voor een voorstelling.* Maar dit was Billy Watson, dus in plaats van een of twee zinnetjes kreeg de professor de hele reutemeteut te horen.

Billy begon bij 1946, op de zomeravond toen zijn moeder bij hen was weggelopen. Hij legde uit dat Emmett zijn tijd in Salina had uitgezeten, dat zijn vader aan kanker was gestorven en dat de broers het plan hadden om het spoor van een stapeltje ansichtkaarten te volgen, zodat ze hun moeder konden terugvinden bij het vuurwerk in San Francisco op 4 juli. Hij vertelde zelfs over de escapade en hoe Emmett en hij naar New York hadden moeten meeliften met de Sunset East omdat Woolly en ik de Studebaker hadden geleend.

– Tjonge jonge, zei de professor, die geen woord gemist had. En je zegt dat je met een goederentrein naar New York bent gereisd?

– Daar ben ik voor de vijfentwintigste keer met uw boek begonnen, zei Billy.

– In de goederenwagon?

– Er was geen raam, maar ik had mijn zaklantaarn van de legerdump.

– Wat een gelukkig toeval.

– Toen we besloten om naar Californië te gaan en een nieuwe start te maken, was Emmett het met u eens dat we alleen moesten meenemen wat in een plunjezak paste. Dus deed ik alles wat ik nodig heb in mijn rugzak.

De professor had glimlachend achterovergeleund in zijn stoel gezeten, maar boog zich plotseling weer naar voren.

– Heb je toevallig het *Compendium* nu in je rugzak zitten?

– Ja, zei Billy. Dat is precies waar ik het heb.

– Misschien kan ik het dan voor je signeren?

– Dat zou echt mieters zijn! riep Woolly uit.

Op aanmoediging van de professor gleed Billy van de hoge leunstoel, deed zijn rugzak af, maakte de sluitingen los en haalde het grote rode boek eruit.

– Geef maar hier, zei de professor met een handgebaar. Geef maar hier.

Toen Billy ermee naar de andere kant van het bureau kwam, nam de professor het boek aan en hield het onder het lamplicht, om te zien hoezeer het gesleten was.

– Voor het oog van een schrijver, bekende hij Billy, zijn weinig dingen mooier dan een goed gelezen exemplaar van een van zijn boeken.

Hij legde het boek neer, pakte zijn pen en opende het boek bij de titelpagina.

– Het was een geschenk, zie ik.

– Van juffrouw Matthiessen, zei Billy. Zij is de bibliothecaresse van de openbare bibliotheek in Morgen.

– Een geschenk van een bibliothecaresse nog wel, zei de professor met nog meer voldoening.

Na behoorlijk wat in Billy's boek geschreven te hebben zette hij met een grote, theatrale zwier zijn handtekening, aangezien in New York zelfs oude mannen die compendia schrijven voor het schellinkje spelen. Voor hij het boek teruggaf bladerde hij nog even snel door de pagina's, als om na te gaan of ze er nog allemaal waren. Vervolgens keek hij met een verraste uitroep naar Billy.

– Ik zie dat je nog niets hebt ingevuld bij het hoofdstuk *Jij*. Hoe zit dat?

– Omdat ik *in medias res* wil beginnen, verklaarde Billy. En ik weet niet precies waar het midden is.

Ik vond dat nogal een geschift antwoord, maar de professor ging ervan stralen.

– Billy Watson, zei hij, als ervaren historicus en beroepsverhalenverteller kan ik met het volste vertrouwen zeggen dat je al genoeg avonturen hebt meegemaakt om te billijken dat je met je hoofdstuk begint! Maar...

Op dat moment trok hij een van zijn bureaulades open en haalde er net zo'n zwart kasboek uit als waarin hij had zitten werken toen wij binnenkwamen.

– Mochten de acht pagina's in je *Compendium* onvoldoende blijken om je verhaal in zijn geheel vast te leggen – en ik ben er vrij zeker van dat dat zo zal zijn – dan kun je doorgaan op de pagina's van dit register. En mocht je nog pagina's tekortkomen, schrijf me dan een briefje en dan stuur ik je er met alle plezier nog een.

Na de twee boeken overhandigd te hebben schudde de professor Billy de hand en zei hij wat een eer het was hem ontmoet te hebben. En daar had het, zoals ze zeggen, bij moeten blijven.

Maar toen Billy zijn boeken zorgvuldig had opgeborgen, de koorden van zijn rugzak had dichtgetrokken en de eerste paar stappen naar de uitgang had gezet, draaide hij zich om en keek hij de professor met gefronste wenkbrauwen aan – wat in Billy's geval maar één ding kon betekenen: meer vragen.

– Ik denk dat we de professor wel genoeg in beslag hebben genomen, zei ik, terwijl ik een hand op Billy's schouder legde.

– Geeft niet hoor, zei Abernathe. Wat is er, Billy?

Billy keek even naar de grond en toen weer naar de professor.

– Denkt u dat helden terugkeren?

– Bedoel je zoals Napoleon die terugkeert naar Parijs, of Marco Polo die terugkeert naar Venetië?

– Nee, zei Billy hoofdschuddend. Ik bedoel niet terug naar een plaats. Ik bedoel in de tijd.

De professor was even stil.

– Waarom vraag je dat, Billy?

Deze keer kreeg de oude pennenlikker absoluut meer dan waarop hij had gerekend. Want zonder te gaan zitten stak Billy van wal met een verhaal dat nog langer en gekker was dan zijn eerste. Hij zei dat toen hij in de Sunset East zat en Emmett op zoek was naar eten, er zomaar een pastoor in Billy's wagon was gekomen die Billy's verzameling zilveren dollars wilde stelen en hem daarna uit de trein gooien. Maar in een oogwenk was er een grote zwarte man door het luik naar beneden gekomen en was het uiteindelijk de pastoor die aan de kant werd gezet.

Maar kennelijk waren de pastoor, de zilveren dollars en de redding op het laatste moment niet eens de kern van het verhaal. Het ging erom dat de zwarte man, die Ulysses heette, zijn vrouw en zoon had achtergelaten toen hij de Atlantische Oceaan was overgestoken om in de oorlog te vechten, en dat hij sindsdien in goederentreinen door het land had gezworven.

Als een jongen van acht een dergelijk kletsverhaal ophangt – met zwarte mannen die door daken vallen en pastoors die van treinen worden gegooid – zou je denken dat zoiets de grenzen van iemands bereidheid om zijn ongeloof op te schorten danig op de proef stelt. Vooral bij een professor. Maar bij Abernathe nam die bereidheid niet in het minst af.

Terwijl Billy zijn verhaal vertelde was de brave professor langzaam weer gaan zitten door zich voorzichtig in zijn stoel te laten zakken, en leunde hij vervolgens zachtjes achterover, alsof hij niet wilde dat een plotseling geluid of snelle beweging het verhaal van de jongen of zijn eigen aandacht zou verstoren.

– Hij dacht dat hij Ulysses heette naar Ulysses S. Grant, zei Billy, maar ik legde hem uit dat hij vernoemd moest zijn naar de grote Odysseus. En dat hij, omdat hij al meer dan acht jaar zonder zijn vrouw en zoon had rondgedwaald, vast en zeker met hen herenigd zou worden wanneer hij zijn tienjarige zwerftocht had voltooid. Maar als helden níét in de tijd terugkeren, besloot Billy enigszins bezorgd, dan had ik het misschien beter niet tegen hem kunnen zeggen.

Toen Billy ophield met praten sloot de professor even zijn ogen. Niet zoals Emmett doet wanneer hij probeert zijn ergernis in te tomen, maar zoals een muziekliefhebber die net het slot van zijn favoriete concert heeft gehoord. Toen hij zijn ogen weer opende, liet hij zijn blik van Billy naar al zijn boeken langs de wanden dwalen en weer terug.

– Ik twijfel er niet aan dat helden terugkeren in de tijd, zei hij tegen Billy. En ik denk dat je groot gelijk had dat je hem verteld hebt wat je net zei. Maar ik...

Nu was het de professor die met enige aarzeling naar Billy keek, en Billy die hem aanmoedigde.

– Ik vroeg me af of deze man, deze Ulysses, nog hier in New York is?

– Ja, zei Billy. Hij is hier, in New York.

De professor bleef even stilzitten, alsof hij moed moest vergaren om deze achtjarige nog een vraag te stellen.

– Ik weet dat het laat is, zei hij uiteindelijk, en dat jij en je vrienden ervandoor moeten, en de reden waarom ik om deze gunst vraag is op niets gebaseerd, maar bestaat er een mogelijkheid dat jullie bereid zijn me naar hem toe te brengen?

Woolly

Het was in 1946, tijdens een reis met zijn moeder naar Griekenland, dat Woolly voor het eerst, aan de voet van het Parthenon, een vaag idee kreeg van de Lijst – die opsomming van alle plaatsen die je verondersteld werd te bezoeken. *Daar zijn we dan*, had ze gezegd, zichzelf met een plattegrond toewuivend, toen ze de stoffige top met uitzicht over Athene hadden bereikt. *Het Parthenon in al zijn glorie.* Woolly begreep al snel dat er naast het Parthenon het Piazza San Marco in Venetië was, het Louvre in Parijs, en het Uffizi in Florence. En je had de Sixtijnse Kapel, de Notre Dame en Westminster Abbey.

Het was Woolly een raadsel waar de Lijst vandaan kwam. Hij scheen lang voor Woolly was geboren door verscheidene geleerden en eminente historici te zijn samengesteld. Niemand had Woolly ooit goed uitgelegd *waarom* je alle plaatsen van de Lijst moest zien, maar het grote belang daarvan was onmiskenbaar. Zijn opvoeders zouden hem immers zonder meer prijzen als hij er een had bezocht, gefronst hebben als hij voor een geen belangstelling toonde, en hem op niet mis te verstane wijze getuchtigd hebben als hij bij een in de buurt was geweest maar verzuimd had die te bezoeken.

Kortom, wat het bezoeken van plaatsen op de Lijst aangaat was Woolly Wolcott Martin er als de kippen bij! Altijd als hij op reis was zorgde hij ervoor de juiste reisgidsen te hebben en zich van de diensten van de juiste chauffeurs te verzekeren om hem op de juiste tijd naar de juiste plaats te brengen. *Naar het Colosseum, signore, en snel een beetje!* zei hij dan. En dan scheurden ze weg door de bochtige straten van Rome, alsof ze politieagenten waren die met spoed achter een dievenbende aanzaten.

Altijd als hij bij een plaats van de Lijst aankwam had hij dezelfde drievoudige reactie. Ten eerste kreeg hij een gevoel van ontzag. Dit waren immers geen doorsnee plaatsen waar je stopte. Ze waren groot, met veel details, en gemaakt met allerlei indrukwekkende materialen zoals marmer, mahonie en lapis lazuli. Ten tweede was er een gevoel van dankbaarheid jegens zijn voorvaderen, omdat die alle moeite hadden genomen om de opsomming van de ene generatie aan de volgende door te geven. Maar het derde en belangrijkste was een gevoel van opluchting – opluchting dat hij zijn koffers in zijn hotel had gedropt, achterin een taxi door de stad was gesjeesd en nu weer een plaats van de Lijst kon afvinken.

Maar hoewel hij zichzelf sinds zijn twaalfde als een ijverige afvinker beschouwde, had hij eerder die avond, onderweg naar het circus, een soort openbaring gehad. Ook al was de Lijst consistent en nauwgezet door vijf generaties Wolcott – dat wil zeggen: Manhattaners – doorgegeven, er zat om een of andere vreemde reden geen enkele bezienswaardigheid van de stad New York bij. En hoewel hij plichtsgetrouw Buckingham Palace, La Scala en de Eiffeltoren had bezocht, had hij helemaal nooit, nog niet één keer, over de Brooklyn Bridge gereden.

Doordat hij was opgegroeid aan de Upper East Side had Woolly er nooit overheen gehoeven. Om naar de Adirondacks te gaan, of naar Long Island, of naar een van die goeie ouwe kostscholen in New England, reisde je via de Queensborough Bridge of de Triborough Bridge. Dus toen Duchess Broadway af was gereden en een rondje om het stadhuis had gemaakt, realiseerde Woolly zich met een merkbaar gevoel van opwinding ineens dat ze de Brooklyn Bridge naderden, en wel met de aan zekerheid grenzende waarschijnlijkheid dat ze eroverheen gingen rijden.

Wat was de architectuur ervan toch majesteitelijk, dacht Woolly. Hoe inspirerend waren de kathedraalachtige steunpilaren en de kabels die door de lucht zweefden. Wat een hoogtepunt van constructie, vooral omdat hij was gebouwd in achttienhonderd zus-en-zoveel en sindsdien het voortbewegen van massa's mensen had ondersteund, van de ene kant van de rivier naar de andere en weer terug, elke dag weer. De Brooklyn Bridge verdiende het echt om op de Lijst te staan. Hij had minstens zoveel reden om erop te staan als de Eiffeltoren, die met vergelijkbaar materiaal en in dezelfde periode was gemaakt maar die niemand ergens heen bracht.

Het moet een miszicht zijn geweest, besloot Woolly.

Net als zijn zus Kaitlin en de olieverfschilderijen.

Toen zijn familie het Louvre en het Uffizi had bezocht, had Kaitlin de grootste bewondering geuit voor al die schilderijen die in hun vergulde lijsten de muren bedekten. Lopend van de ene zaal naar de andere zei ze de hele tijd Sst! tegen Woolly en wees ze opdringerig naar een of ander portret of landschap dat hij dan in stilte moest bewonderen. Maar het gekke was dat hun herenhuis op Eighty-Sixth Street bomvol had gehangen met portretten en landschappen in vergulde lijsten. Net als het huis van hun grootmoeder. En toch had hij in al die jaren dat hij opgroeide zijn zus niet één keer voor zo'n schilderij stil zien staan om de grootsheid ervan te aanschouwen. Daarom noemde Woolly het een miszicht. Want Kaitlin zag die olieverfschilderijen niet, ook al hingen ze vlak voor haar neus. Dat moet de reden zijn geweest waarom de Manhattaners die de Lijst hadden doorgegeven geen enkele bezienswaardigheid van New York hadden opgenomen. Waardoor Woolly zich begon af te vragen wat ze nog meer vergeten waren.

En toen.

En toen!

Amper twee uur later, toen ze voor de tweede keer op dezelfde avond over de Brooklyn Bridge reden, hield Billy halverwege een zin op met praten om in de verte te wijzen.

– Kijk! riep hij uit. Het Empire State Building!

Nou, dat behoorde zéker op de Lijst, dacht Billy. Het was het hoogste gebouw ter wereld. Het was zelfs zo hoog dat er ooit een echt vliegtuig tegen de spits was gebotst. En ook al stond het hier precies in het midden van Manhattan, nog nooit had Woolly er ook maar één voet in gezet. Dus zou je, toen Duchess voorstelde erheen te gaan om professor Abernathe te bezoeken, hebben kunnen verwachten dat Woolly dezelfde opwinding zou voelen als toen hij besefte dat ze over de Brooklyn Bridge zouden rijden. Maar wat hij voelde was een steek van ongerustheid – een steek die niet kwam door het idee om in een piepklein liftje naar de stratosfeer te worden geschoten, maar door de toon van Duchess' stem. Want Woolly had die toon vaker gehoord. Hij had hem van drie schoolhoofden, twee anglicaanse dominees en een zwager die 'Dennis' heette gehoord. Het was de toon die mensen gebruikten wanneer ze je terecht gingen wijzen.

Het kwam Woolly voor dat je zo nu en dan, in de loop van je dagelijks leven, het geluk hebt een opvatting te krijgen. Stel bijvoorbeeld dat het medio augustus is en je dobbert met je roeiboot midden op het meer, met rondom libellen die over het water scheren, en je komt ineens op deze gedachte: waarom duurt de zomervakantie niet tot 21 september? Per slot van rekening eindigt het zomerseizoen niet in het weekend van Labor Day. Het zomerseizoen duurt tot de herfstequinox – net zo gewis als het lenteseizoen duurt tot de zomerzonnewende. En kijk eens hoe zorgeloos iedereen midden in de zomervakantie is. Niet alleen de kinderen maar ook de volwassenen, die met zo veel genoegen om tien uur een potje tennis spelen, om twaalf uur gaan zwemmen en om klokslag zes een gin-tonic nemen. Het lijkt logisch dat als we er allemaal mee zouden instemmen om de zomervakantie tot de equinox te laten duren, de wereld een stuk gelukkiger zou zijn.

Nou, als je zo'n soort opvatting hebt, moet je héél voorzichtig zijn bij je keuze van degene met wie je hem gaat delen. Want als bepaalde mensen lucht van je opvatting krijgen – mensen als je schoolhoofd, je dominee of je zwager 'Dennis' – gaan ze zich waarschijnlijk moreel verplicht voelen om je te laten plaatsnemen en je terecht te wijzen. Ze gebaren dat je moet gaan zitten in de grote stoel voor hun bureau en zullen je niet alleen uitleggen hoe ondoordacht je opvatting is, maar ook wat voor een beter mens je zult worden zodra je dit feit zelf erkent. En dat was de toon die Duchess tegen Billy gebruikte – de toon die voorafgaat aan het ontkrachten van een illusie.

Je kunt je de voldoening, ja zelfs verrukking wel voorstellen die Woolly voelde toen ze – na helemaal naar de vierenvijftigste verdieping te zijn gestegen, alle gangen te hebben afgesjokt, naar elk naambordje te hebben getuurd en er nog maar twee te gaan waren – bij het bordje kwamen waarop stond: Professor Abacus Abernathe, Abc, PhD, Lmnop.

Arme Duchess, dacht Woolly met een weemoedige glimlach. Misschien is hij wel degene die vanavond een lesje leert.

Zodra ze het heilige der heiligen van de professor hadden betreden, had Woolly door dat het een gevoelige, vriendelijke man was. En ook al stond er een hoge leunstoel voor zijn bureau: Woolly kon wel zien dat hij niet het type was dat je er liet plaatsnemen om je terecht te wijzen. Bovendien was hij niet het type dat je opjaagt omdat tijd geld is, of van essentieel belang, of vliegt, of wat dan ook.

Wanneer iemand je een vraag stelt – zelfs een vraag die oppervlakkig gezien relatief simpel en eenduidig is – moet je soms een heel stuk teruggaan om alle details te geven die nodig zijn om je antwoord begrijpelijk te maken. Desondanks zijn er veel vragenstellers die wanneer je over die essentiële details begint, een ongedurig gezicht zullen trekken. Ze gaan in hun stoel zitten schuifelen. Ze zullen hun best doen je op te jutten en erop aandringen dat je van A naar Z gaat, waarbij je alle tussenliggende letters overslaat. Zo niet professor Abernathe. Toen hij Billy een bedrieglijk simpele vraag stelde en Billy helemaal tot de wieg terugging om een alomvattend antwoord te geven, leunde de professor achterover in zijn stoel en luisterde hij met de aandachtigheid van Salomon.

Dus toen Woolly, Billy en Duchess eindelijk opstonden om te vertrekken, nadat ze op één avond twee van New Yorks wereldberoemdste plekken hadden bezocht (allebei afgevinkt!) en het onweerlegbare bestaan van professor Abernathe hadden aangetoond, zou je kunnen denken dat de avond niet nog beter kon worden.

En dan had je het mis gehad.

Een halfuur later reden ze met z'n allen, inclusief de professor, in de Cadillac over Ninth Avenue naar de West Side Elevated, het verhoogde spoor, nog zo'n plek waar Woolly nog nooit van gehoord had.

– Volgende rechts, zei Billy.

Op deze aanwijzing ging Duchess rechtsaf een straat met kasseien in, met aan beide kanten vrachtwagens en vleesverwerkende bedrijven. Woolly kon wel zien dat het vleesverwerkende bedrijven betrof, want op een laadplatform waren twee mannen in lange witte jassen halve runderen uit een truck aan het lossen, terwijl boven een ander een groot neon bord hing in de vorm van een stier.

Kort daarna zei Billy dat Duchess weer naar rechts moest, en daarna naar links, en vervolgens wees hij op een soort kooi van ijzerdraad die vanaf de straat oprees.

– Daar, zei hij.

Toen Duchess aan de kant stopte, zette hij de motor niet uit. Op dit stuk waren geen slagers meer, en ook geen neon uithangborden. Het was alleen een leeg terrein waar een auto zonder wielen stond geparkeerd. Aan het eind van de straat liep een enkele gedaante, potig en gedrongen, onder een straatlantaarn door en verdween toen in de duisternis.

– Weet je zeker dat het hier is? vroeg Duchess.

– Ik weet het zeker, zei Billy terwijl hij zijn rugzak om deed.

In een wip was hij de auto uit en liep hij naar de kooi.

Woolly draaide zich om naar de professor om verrast zijn wenkbrauwen op te trekken, maar die was al op weg om Billy in te halen. Dus stapte Woolly maar uit om de professor in te halen, en liet hij het aan Duchess over om hém in te halen.

In de kooi was een ijzeren trap die boven je in het niets leek te verdwijnen.

Nu was het de professor die met opgetrokken wenkbrauwen naar Woolly keek, zij het meer uit opwinding dan uit verrassing.

Billy pakte een stuk van het hekwerk beet en begon dat terug te trekken.

– Wacht, zei Woolly. Laat mij maar even.

Hij stak zijn vingers door het gaas en trok eraan, zodat iedereen erdoor kon. Vervolgens gingen ze de trap op, almaar in de rondte, waarbij hun acht voeten op de oude metalen treden klepperden. Toen ze boven aankwamen trok Woolly weer een stuk hekwerk opzij, zodat iedereen eruit kon.

O, wat een verbazing viel Woolly ten deel toen hij uit de kooi de openlucht instapte! In het zuiden kon je de torens van Wall Street zien, en in het noorden de torens van Midtown. En als je heel nauwkeurig naar het zuidzuidwesten keek kon je net de contouren van het Vrijheidsbeeld zien – nog zo'n bezienswaardigheid van New York die vast op de Lijst thuishoorde en waar Woolly nooit geweest was.

– Nóg nooit geweest was! verkondigde hij opstandig, aan niemand anders dan zichzelf.

Maar wat er zo verbazend was aan het verheven spoor, was niet het zicht op Wall Street of Midtown, en zelfs niet de grote, zomerse zon die net onderging achter de Hudson. Het verbazende was de flora.

Toen ze in professor Abernathes kantoor zaten had Billy uitgelegd dat ze naar een stuk verhoogde spoorweg zouden gaan dat sinds drie jaar buiten gebruik was. Maar in Woolly's ogen zag het eruit alsof het al decennialang verlaten was. Overal waar je keek waren wilde bloemen en struikjes, en het gras tussen de bielzen stond bijna kniehoog.

Maar drie jaar, dacht Woolly. Dat is korter dan naar kostschool gaan, of om een universitair diploma te halen. Het is korter dan een termijn van een president of de tijdsspanne tussen twee Olympische Spelen.

Pas twee dagen eerder had hij bij zichzelf opgemerkt hoe vreselijk bestendig New York bleef, ondanks dat er elke dag miljoenen mensen doorheen marcheerden. Maar kennelijk was het niet het marcheren van de miljoenen wat de stad ten einde zou brengen. Het was hun afwezigheid. Want hier kreeg je een glimp van New York te zien dat aan zichzelf was overgelaten. Hier was een stukje stad dat de mensen maar even de rug hadden toegekeerd, en tussen het steengruis door waren de struikjes, de klimop en het gras opgekomen. En als je dit kreeg na slechts een paar jaar van onbruik, dacht Woolly, stel je dan eens voor hoe het er na een paar decennia uit zou zien.

Toen Woolly van de flora opkeek om zijn observatie met zijn vrienden te delen zag hij dat ze zonder hem waren doorgelopen, op weg naar een kampvuur in de verte.

– Wacht op mij, riep hij, wacht op mij!

Toen Woolly weer bij de groep kwam, was Billy net bezig de professor voor te stellen aan een lange zwarte man die Ulysses heette. Hoewel de twee mannen elkaar nooit eerder hadden ontmoet, hadden ze allebei wel van Billy iets over de ander gehoord, en toen ze elkaar een hand gaven viel het Woolly op dat ze dat met een zekere plechtigheid deden, een grootse, benijdenswaardige plechtigheid.

– Neemt u plaats, zei Ulysses met een gebaar naar de bielzen rond het vuur, net zoals de professor in zijn kantoor naar de bank en de leunstoel had gebaard.

Toen ze hadden plaatsgenomen en het vuur knetterde en vonkte was iedereen even stil, en kwam het Woolly voor dat Billy, Duchess en hij jonge krijgers waren die het voorrecht hadden gekregen om getuige te zijn van de ontmoeting tussen twee stamhoofden. Maar uiteindelijk was het Billy die als eerste het woord nam en Ulysses aanmoedigde om zijn verhaal te vertellen.

Ulysses gaf Billy een knikje, keek vervolgens de professor aan en stak van wal. Eerst legde hij uit hoe hij en een vrouw die Macie heette, allebei alleen op de wereld, elkaar hadden ontmoet in een danszaal in St. Louis, verliefd waren geworden en in de echt waren verbonden. Hij legde uit hoe Macie hem toen de oorlog uitbrak strak aan haar zijde hield terwijl zijn gezonde buren zich bij de strijd aansloten en hoe ze haar greep had verstevigd zodra ze, stralend en wel, zwanger werd. Hij legde uit dat hij, haar waarschuwingen ten spijt, in dienst was gegaan, in Europa had gevochten, een paar jaar later was teruggekomen en had ontdekt dat ze, zoals ze had gezegd, spoorloos met hun zoontje was verdwenen. Ten slotte beschreef hij hoe hij die dag was teruggekeerd naar Union Station en daar de eerste de beste trein naar waar dan ook had genomen, en sindsdien voortdurend op reis was geweest. Het was een van de treurigste verhalen die Woolly ooit had gehoord.

Iedereen hield een poosje zijn mond. Zelfs Duchess die altijd graag na iemand anders' verhaal met een verhaal van hemzelf kwam zweeg, misschien omdat hij – net als Woolly – aanvoelde dat zich, vlak voor hun ogen, iets met verstrekkende gevolgen voltrok.

Na een paar minuten, alsof hij het moment van stilte nodig had gehad om zich te herpakken, ging Ulysses verder.

– Ik ben van mening, professor, dat alles van waarde in dit leven verdiend moet worden. Ik bedoel: verdiend zou móéten worden. Want zij die iets van waarde krijgen zonder het verdiend te hebben, zullen het waarschijnlijk verspillen. Ik vind dat je respect zou moeten verdíénen. Je zou vertrouwen moeten verdienen. Je zou de liefde van een vrouw moeten verdienen, net als het recht jezelf een man te noemen. En je zou ook het recht op hoop moeten verdienen. Op een gegeven moment had ik een bron van hoop – een bron die ik niet zelf had verdiend. En niet wetende wat die waard was verliet ik op een dag vrouw en kind, en verspilde ik die bron. Zodoende heb ik gedurende de laatste achtenhalf jaar geleerd zonder hoop te leven, net zo zeker als Kain zonder hoop leefde toen hij het land van Nod betrad.

Leven zonder hoop, zei Woolly bij zichzelf, en hij schudde zijn hoofd en veegde de tranen uit zijn ogen. Leven zonder hoop in het land van Nod.

– Dat wil zeggen, zei Ulysses, tot ik deze jongen ontmoette.

Zonder zijn blik van de professor af te wenden legde Ulysses een hand op Billy's schouder.

– Toen Billy zei dat ik, omdat ik Ulysses heet, misschien ben voorbestemd om mijn vrouw en kind weer te zien voelde ik iets in mij roeren. En toen hij me uit uw boek voorlas, voelde ik dat nog sterker. Zo sterk dat ik het waagde me af te vragen of ik, na al die jaren alleen door het land te hebben gedwaald, misschien eindelijk het recht om weer te hopen heb verdiend.

Toen Ulysses dit zei ging Woolly rechtop zitten. Eerder die dag had hij geprobeerd zijn zus een idee te geven van hoe een uitspraak, verhuld als een vraag, iets lelijks kan zijn. Maar nu bij het kampvuur, toen Ulysses tegen de professor zei dat hij *misschien eindelijk het recht om weer te hopen* had verdiend, begreep Woolly dat dit een vraag verhuld als een uitspraak was. En Woolly vond het prachtig.

Professor Abernathe scheen dit ook te begrijpen. Want na een moment van stilte kwam hij met een antwoord. En terwijl hij sprak, luisterde Ulysses met hetzelfde respect als de professor hem had getoond.

– Mijn leven zoals het is, meneer Ulysses, is in veel opzichten het tegenovergestelde van het uwe geweest. Ik ben nooit ten strijde getrokken. Ik heb dit land niet bereisd. In werkelijkheid ben ik de afgelopen dertig jaar op het eiland Manhattan gebleven. En gedurende de afgelopen tien jaar ben ik grotendeels dáárin gebleven.

Hij draaide zich om en wees naar het Empire State Building.

– Ik heb daar in een kamer gezeten, omringd met boeken, net zo afgezonderd van het geluid van krekels en zeemeeuwen als van het bereik van geweld en mededogen. Als u – naar ik vermoed – gelijk heeft dat wat waardevol is verdiend moet worden of dat het anders verspild wordt, dan hoor ik zeker bij de verspillers. Iemand die zijn leven in de derde persoon en in de verleden tijd heeft geleefd. Dus laat me beginnen met de erkenning dat ik alles wat ik u zeg, met de grootste nederigheid zeg.

De professor boog plechtstatig zijn hoofd naar Ulysses.

– Maar nu ik heb bekend dat ik mijn leven door boeken heb geleefd, kan ik ten minste melden dat ik dat met overtuiging heb gedaan. Wat betekent, meneer Ulysses, dat ik heel veel heb gelezen. Ik heb duizenden boeken gelezen, waarvan vele meer dan eens. Ik heb geschiedverhalen en romans gelezen, wetenschappelijke traktaten en dichtbundels. En één ding dat ik uit al die pagina's heb geleerd, is dat er net voldoende variatie in menselijke belevingen bestaat om ieder mens in een stad ter grootte van New York het gevoel te geven dat zíjn beleving uniek is. En dat is iets prachtigs. Want om iets na te streven, om verliefd te worden, om te vallen en dan weer op te staan, moeten we tot op zekere hoogte geloven dat wat we meemaken nooit precies zo beleefd is zoals wíj het hebben beleefd.

De professor liet zijn blik van Ulysses over iedereen in de kring gaan, inclusief Woolly. Maar toen hij Ulysses weer aankeek stak hij een vinger omhoog.

– Nochtans, vervolgde hij, na opgemerkt te hebben dat er voldoende variatie in menselijke belevingen bestaat om ons gevoel van individualiteit op een plek zo groot als New York te bestendigen, heb ik het sterke vermoeden dat er slechts nét voldoende variatie is om dat te doen. Want als we in staat waren om alle persoonlijke verhalen die door de eeuwen heen in meerdere steden en plaatsen overal ter wereld beleefd zijn te verzamelen, dan twijfel ik er niet aan dat er veel dubbelgangers zouden zijn. Mensen wier leven, ondanks een afwijking hier en daar, op alle wezenlijke punten precies als ons leven zou zijn. Mensen die hebben liefgehad zoals wij liefhadden, huilden zoals wij huilden, hebben bereikt wat wij hebben bereikt en faalden zoals wij hebben gefaald, mensen die ruziemaakten, nadachten en lachten precies zoals wij.

Hij keek de kring weer rond.

– Onmogelijk, zeg je?

Maar niemand had een woord gezegd.

– Een van de grondbeginselen van oneindigheid luidt dat het per definitie niet alleen één van alles moet omvatten, maar ook alles in duplo, en in triplo. In feite is je voorstellen dat er, verstrooid door de menselijke geschiedenis, additionele versies van onszelf bestaan mínder bizar dan je voorstellen dat die niet bestaan.

Hij keek Ulysses weer aan.

– Denk ik derhalve dat het mogelijk is dat uw leven een echo van het leven van de grote Odysseus kan zijn, en dat u na tien jaar herenigd kan worden met uw vrouw en zoon? Welnu, ik weet het wel zeker.

Ulysses had alles wat de professor had gezegd heel serieus in zich opgenomen. Nu ging hij staan, en de professor ook, en de twee grepen elkaars hand, en beiden leken in elkaar een onverwachte vertroosting te hebben gevonden. Maar toen ze hun handen lieten zakken en Ulysses zich omdraaide, pakte de professor hem bij de arm en nam hem even apart.

– U moet nog iets anders weten, meneer Ulysses. Iets wat ik niet in Billy's boek heb gezet. Halverwege Odysseus' reizen, toen hij de onderwereld bezocht en de geest van Tiresias ontmoette, zei de oude ziener dat hij gedoemd was over de zeeën te dwalen totdat hij zich met de goden middels een eerbetoon zou hebben verzoend.

Als Woolly in Ulysses' schoenen had gestaan zou hij, bij het horen van dit extra stukje informatie, grote verslagenheid hebben gevoeld. Maar

Ulysses niet. Hij knikte naar de professor, alsof het precies zo hoorde te zijn.

– Wat voor eerbetoon?

– Tiresias zei tegen Odysseus dat hij een roeispaan moest pakken en die het binnenland in moest dragen, totdat hij een streek had bereikt waar men zó onbekend was met het zeeleven, dat iemand op straat hem zou aanhouden en vragen: *Wat draag jij nou op je schouder?* Op die plek moest de grote Odysseus de roeispaan ter ere van Poseidon in de grond steken, en vanaf dat moment zou hij vrij zijn.

– Een roeispaan..., zei Ulysses.

– Ja, zei de professor opgewonden, in het geval van Odysseus was het een roeispaan. Maar in uw geval moet het iets anders zijn. Iets wat bij úw verhaal hoort, uw jaren van dwalen. Iets...

De professor begon om zich heen te kijken.

– Zoiets als dit?

Ulysses boog zich voorover en raapte het zware stuk ijzer op waarnaar de professor had gewezen.

– Een spoorspijker, zei hij.

– Ja, zei de professor, een spoorspijker. Die moet u naar een plek brengen waar men zo onbekend is met de spoorwegen dat ze u vragen wat het is, en op die plek moet u hem de grond in slaan.

§

Toen Woolly, Billy en Duchess klaarstonden om te vertrekken besloot professor Abernathe achter te blijven, om nog wat verder met Ulysses te praten. Nadat ze gedrieën in de Cadillac waren gestapt waren Billy en Duchess al binnen een paar minuten in slaap gevallen. Dus toen Woolly op de West Side Highway naar het huis van zijn zus reed, had hij een moment voor zichzelf.

Eerlijk gezegd had Woolly meestal liever niet een moment voor zichzelf. Hij vond dat momenten met andere mensen veel vaker met gelach en verrassingen gevuld waren dan momenten met jezelf. En momenten met jezelf hadden vaker de neiging binnenwaarts naar gedachten te gaan die je sowieso liever niet wilde hebben. Maar bij deze gelegenheid, bij deze gelegenheid dat hij een moment voor zichzelf bleek te hebben, was hij er blij mee.

Het bood hem immers de kans om de dag opnieuw te beleven. Hij begon bij FAO Schwarz, toen hij op zijn favoriete plek stond en opeens zijn zus was verschenen. Daarna waren ze omwille van de goeie ouwe tijd de straat overgestoken naar het Plaza, waar ze met de panda thee hadden gedronken en een paar oude familieverhalen hadden opgehaald. Na het afscheid van zijn zus vond hij het een prachtige dag om helemaal naar Union Square te lopen, zodat hij Abraham Lincoln zijn eer kon betuigen. Vervolgens was het óp naar het circus, en toen de Brooklyn Bridge over, en omhoog in het Empire State Building waar professor Abernathe Billy een boek met blanco pagina's had geschonken om er zijn avonturen in te noteren. Daarna had Billy hen allemaal naar het overwoekerde verhoogde spoor gebracht, waar ze rond het kampvuur hadden gezeten en naar het zo bijzondere gesprek van de professor en Ulysses hadden geluisterd.

Maar daarna, na dat allemaal, toen het eindelijk tijd was om te gaan en Ulysses Billy's hand had geschud en hem voor zijn vriendschap had bedankt, en Billy hem succes met zijn zoektocht naar zijn gezin had gewenst, had Billy een hanger die om zijn nek hing gepakt.

– Dit, zei hij, is het medaillon van St. Christoffel, de beschermheilige van de reizigers. Ik heb hem vlak voor onze reis naar New York van zuster Agnes gekregen, maar ik vind dat jij hem nu moet hebben.

En toen knielde Ulysses voor Billy zodat hij het medaillon om zijn nek kon hangen, net zoals de leden van de Ronde Tafel voor koning Arthur hadden geknield om tot ridder te worden geslagen.

– Als je het zo stelt, zei Woolly tegen niemand anders dan zichzelf terwijl hij een traan uit zijn ooghoek veegde, als je het allemaal precies zo stelt, met het begin aan het begin, het midden in het midden en het eind aan het eind, dan valt het niet te ontkennen dat vandaag een enig-in-zijnsoort soort dag was.

DRIE

Woolly

Koriander! zei Woolly enthousiast tegen zichzelf.

Terwijl Duchess Billy liet zien hoe je *correct* een saus roerde, was Woolly begonnen de kruiden op alfabetische volgorde te zetten. En het duurde niet lang voor hij ontdekte hoeveel kruiden er wel met de letter K begonnen. In het hele kruidenrek was er maar een die met de letter A begon: Anijs. En na Anijs had je twee kruiden die met de letter B begonnen: Bieslook en Bonenkruid. Enzovoort. Maar toen hij eenmaal bij de letter K kwam, leek er geen eind aan te komen! Tot dusver had hij al Kaneel, Kardemom, Karwij, Kattenkruid, Kervel, Komijn, Kruidnagel, en nu dus Koriander.

Dat zette je wel aan het denken.

Misschien, dacht Woolly, misschien was het net zoiets als de letter W aan het begin van vragen. Heel vroeger moest op een bepaald moment de letter K bijzonder geschikt hebben geleken voor het benoemen van kruiden en specerijen.

Of misschien kwam het door een bepaalde *plaats* in vroegere tijden. Een bepaalde plaats waar de letter K de baas was in het alfabet. Ineens herinnerde Woolly zich uit een van zijn geschiedenislessen dat er, vele manen geleden, zoiets had bestaan als de Specerijenroute – een lange, moeizame route waarlangs handelslieden reisden om de specerijen uit het Oosten naar de keukens van het Westen te brengen. Hij herinnerde zich zelfs een kaart met een pijl die met een wijde boog dwars over de

Gobiwoestijn en de Himalaya ging en dan veilig landde in Venetië of iets dergelijks.

Dat de K-kruiden hun oorsprong hadden aan de andere kant van de aardbol leek Woolly heel goed mogelijk, omdat hij van de helft ervan niet eens wist hoe ze smaakten. Uiteraard kende hij Kaneel. In feite was dat een van zijn favoriete smaken. Dat werd niet alleen gebruikt bij het bakken van appel- en pompoentaart, maar het was een *sine qua non* voor kaneelbeschuit. Maar Kardemom, Komijn en Koriander? Woolly vond deze mysterieuze woorden een duidelijk oosterse klank hebben.

– Aha! zei Woolly toen hij het potje Kerrie ontdekte dat zich achter de Rozemarijn had verschanst, op de een-na-laatste rij van het rek.

Kerrie was immers wis en waarachtig een smaak uit het Oosten.

Hij maakte wat ruimte en zette de Kerrie naast de Komijn. Vervolgens richtte hij zijn aandacht op de laatste rij, en liep hij met zijn vinger langs de etiketjes van de Oregano, de Salie en de…

– Waar ben je in hemelsnaam mee bezig? vroeg Woolly zichzelf af.

Maar voor hij zijn eigen vraag kon beantwoorden, stelde Duchess hem een andere.

– Waar is hij heen gegaan?

Woolly keek op van het kruidenrek en zag Duchess in de deuropening staan, met zijn handen in zijn zij, maar Billy was nergens te bekennen.

– Draai ik me heel even om en weg is-ie.

Dat klopt, dacht Woolly. Billy had in weerwil van zijn taak om de saus te roeren de keuken verlaten.

– Hij is toch niet weer naar die verdomde klok, hè? vroeg Duchess.

– Ik ga wel even op onderzoek.

Woolly liep stilletjes de gang door en nam een kijkje in de zitkamer, waar Billy inderdaad heen was gegaan, voor de grootvadersklok.

Eerder die ochtend had Billy gevraagd wanneer Emmett zou aankomen en had Duchess heel stellig geantwoord dat hij er voor het avondeten zou zijn – dat stipt om acht uur zou worden opgediend. Normaliter zou dit Billy ertoe hebben aangezet om af en toe op zijn dumphorloge te kijken, maar dat was in de goederentrein door Emmett kapotgegaan. Dus hij had eigenlijk geen andere keus om dan maar af en toe naar de zitkamer te gaan, waar de wijzers van de grootvadersklok nu heel eenduidig aangaven dat het 19u42 was.

Woolly ging op zijn tenen terug naar de keuken om dit aan Duchess uit te leggen toen de telefoon ging.

– De telefoon! riep Woolly bij zichzelf. Misschien is het Emmett.

Hij maakte snel een omweg naar het kantoor van zijn zwager, liep om het bureau heen en nam precies bij de derde ringtoon de hoorn op.

– Hallo, hallo! zei hij met een glimlach.

Woolly's vriendelijke begroeting werd aanvankelijk beantwoord met een stilte. Daarna werd er een vraag gesteld op een toon die niet anders dan als scherp kon worden omschreven.

– Wie is dit? wilde de vrouw aan de andere kant van de lijn weten. Ben jij dat, Wallace?

Woolly hing op.

Hij staarde even naar de telefoon. Toen haalde hij de hoorn eraf en legde die op het bureau.

Wat Woolly zo leuk vond aan het telefoonspel was dat een zin die er aan het eind van de lijn uitkwam, zo kon verschillen van de zin die er eerst was ingegaan. Die kon raadselachtiger zijn. Of verrassender. Of grappiger. Maar als iemand als zijn zus Kaitlin in een échte telefoon sprak, kwam die er helemaal niet raadselachtiger uit, of verrassender, of grappiger. Die kwam er net zo scherp uit als hij erin was gegaan.

De hoorn op het bureau begon te zoemen als een mug, 's nachts in een slaapkamer. Woolly schoof de telefoon in een van de lades en deed die zo goed mogelijk dicht, voor zover dat kon met het eruit stekende snoer.

– Wie was dat? vroeg Duchess toen Woolly weer in de keuken kwam.

– Verkeerd verbonden.

Billy, die ook gehoopt moest hebben dat het Emmett was, keek Duchess met een bezorgd gezicht aan.

– Het is bijna acht uur, zei hij.

– O ja? zei Duchess, op een manier die suggereerde dat een uur zo goed als elk ander was.

– Hoe gaat het met de saus? vroeg Woolly, om van onderwerp te veranderen.

Duchess stak de roerlepel naar Billy uit.

– Proef maar eens.

Na een momentje nam Billy de lepel aan en doopte hem in de pan.

– Lijkt nogal heet, waarschuwde Woolly.

Billy knikte en blies nauwgezet. Toen hij de lepel in zijn mond stak bogen Woolly en Duchess zich tegelijk naar voren, omdat ze graag het oordeel wilden horen. Maar in plaats daarvan hoorden ze de dingdong van de deurbel.

Ze keken elkaar aan. Toen vlogen Duchess en Billy ervandoor, de eerstgenoemde door de gang en de laatstgenoemde via de eetkamer.

Woolly moest even glimlachen toen hij het zag. Maar toen overviel hem een angstige gedachte: wat als dit een ander geval van Schrödingers kat was? Wat als het bellen twee verschillende, mogelijke werkelijkheden inluidde, waarbij als de deur door Billy werd geopend Emmett op de stoep zou staan, maar als Duchess hem opende, er een handelsreiziger zou staan? In een staat van wetenschappelijke onzekerheid en grote bezorgdheid haastte Woolly zich de gang door.

Duchess

Wanneer er op het St. Nick nieuwe jongens aankwamen, zette zuster Agnes ze altijd aan het werk.

Als ons wordt gevraagd ons toe te leggen op wat er vóór ons is, zei ze altijd, *zullen we minder gauw piekeren over wat er niet is.* Dus wanneer ze bij ons op de stoep stonden en er nogal aangeslagen en bedeesd uitzagen, en bijna in huilen uitbarstten, dan stuurde ze hen naar de eetzaal om het bestek voor de lunch uit te leggen. Als de tafels gedekt waren, stuurde ze hen naar de kapel om de gezangboeken over de koorbanken te verdelen. Als de gezangboeken op hun plek lagen, moesten er handdoeken worden ingezameld, lakens worden gevouwen en bladeren worden aangeharkt – totdat de nieuwe jongens ophielden nieuwe jongens te zijn.

En dat is precies wat ik met het joch deed.

Waarom? Omdat hij voor het ontbijt voorbij was al vroeg wanneer zijn broer zou komen.

Persoonlijk verwachtte ik niet dat Emmett voor het middaguur zou verschijnen. Charity kennende schatte ik in dat hij zeker tot twee uur ’s nachts zijn handen vol zou hebben. Ik nam aan dat hij tot elf uur sliep en in bed bleef rondhangen, en dan misschien tegen twee uur ’s middags in Hastings-on-Hudson kon zijn. Op z’n vroegst. Voor de zekerheid zei ik tegen Billy dat hij voor het avondeten hier zou zijn.

– Hoe laat is het avondeten?

– Om acht uur.

– Stipt acht uur? vroeg Woolly.

– Stipt, bevestigde ik.

Billy knikte, verontschuldigde zich beleefd, bracht een bezoek aan de klok in de zitkamer en kwam terug met het nieuws dat het twee minuten over tien was.

Wat dit inhield was duidelijk. Er waren nog 598 minuten tussen nu en zijn broers toegezegde komst, en Billy was van plan elke minuut te tellen. Dus meteen toen Woolly de ontbijtspullen ging afruimen vroeg ik Billy om me te helpen. Eerst ging ik met hem naar de linnenkast waar we een mooi tafelkleed uitzochten dat we vervolgens op de eettafel legden – waarbij we ervoor zorgden dat de uiteinden precies gelijk neerhingen. Bij de vier zitplaatsen legden we linnen servetten, elk met een verschillende bloem erop geborduurd. Toen we onze aandacht op de buffetkast richtten en Billy opmerkte dat die op slot zat, merkte ik op dat sleutels zich zelden ver van hun slot bevonden en stak ik mijn hand in de soepterrine.

– Voilà.

En uit het geopende buffet kwamen de porseleinen borden voor het voorgerecht, hoofdgerecht en toetje. De kristallen glazen kwamen eruit, voor water en wijn. De twee kandelaars kwamen eruit, en de platte zwarte cassette waar het familiezilver in zat.

Na Billy uitgelegd te hebben hoe hij het bestek moest neerleggen dacht ik dat ik zijn werk wel zou moeten verbeteren als hij klaar was. Maar wat tafeldekken betreft bleek Billy een natuurtalent te zijn. Het zag eruit alsof hij elke vork en lepel en elk mes met zijn liniaal en kompas in positie had gebracht.

Toen we daar zo op een afstandje zijn werk stonden te bewonderen, vroeg hij of het vanavond een bijzonder avondeten ging worden.

– Precies.

– Waarom wordt het een bijzonder avondeten, Duchess?

– Omdat het een hereniging is, Billy. Een hereniging van de Vier Musketiers.

Dat zorgde voor een brede glimlach op het gezicht van de jongen, maar vervolgens kwam er een frons. Bij Billy Watson zat er tussen een glimlach en een frons nooit langer dan een minuut.

– Als het een bijzonder avondeten wordt, wat gaan we dan eten?

– Een uitstekende vraag. Op verzoek van ene Woolly Martin gaan we iets eten wat bekendstaat als *Fettuccine Mio Amore*. Bijzonderder dan dat bestaat niet, mijn vriend.

Nadat ik Billy een boodschappenlijst van alle benodigde ingrediënten had laten opstellen vertrokken we naar Arthur Avenue, met een snelheid van driehonderd vragen per uur.

– Wat is Arthur Avenue, Duchess?

– De hoofdstraat in het Italiaanse deel van de Bronx, Billy.

– Wat is een Italiaans deel?

– Waar alle Italianen wonen.

– Waarom wonen alle Italianen op één plek?

– Dan kunnen ze zich met elkaar bemoeien.

Wat is een trattoria, Duchess?

Wat is een paisano?

Wat is artisjok, pancetta en tiramisu?

Toen we een paar uur later terugkwamen was het nog te vroeg om te gaan koken, dus nam ik Billy, nadat ik was nagegaan of zijn rekenkunde op peil was, mee naar het kantoor van Woolly's zwager om wat boekhouding te doen.

Ik zette hem met pen en papier achter het bureau, ging zelf op het vloerkleed liggen en ratelde alle uitgaven op die Woolly en ik hadden gedaan sinds ons vertrek uit het St. Nick. Zes volle benzinetanks, tweemaal volpension bij Howard Johnson's, de kamers en handdoeken in het Sunshine Hotel en de twee maaltijden op Second Avenue. Voor de zekerheid liet ik hem nog twintig dollar toevoegen voor toekomstige uitgaven en daarna de hele lijst optellen, onder het kopje Operationele Uitgaven. Als we eenmaal Woolly's fonds uit de Adirondacks hadden, moesten deze kosten aan Emmett worden vergoed voordat er verder ook maar één dollar werd verdeeld.

In een aparte kolom, onder het kopje Persoonlijke Uitgaven, liet ik Billy het interlokale telefoontje naar Salina opnemen, de tien dollar voor Bernie in het Sunshine Hotel, de fles whisky voor Fitzy, de champagne en het gezelschap bij Ma Belle en de fooi voor de portier van het Empire State Building. Omdat geen van die uitgaven essentieel was voor onze gezamenlijke onderneming, vond ik dat die van mijn kant moesten komen.

Op het laatste moment herinnerde ik me de boodschappen op Arthur Avenue. Je kon zeggen dat die tot de Operationele Uitgaven hoorden, omdat we gezamenlijk zouden eten. Maar met een 'ach, kan mij het schelen' zei ik tegen Billy dat hij ze in mijn kolom moest zetten. Vanavond trakteerde ik.

Toen Billy alles had genoteerd en zijn optelsommen twee keer had nagekeken, spoorde ik hem aan een nieuw vel te pakken en de twee optellingen over te schrijven. De meeste kinderen zouden bij zo'n voorstel willen weten waarom ze het nog eens moesten doen als de klus al een keer geklaard was. Maar Billy niet. Met zijn intuïtieve voorkeur voor ordentelijkheid pakte hij een nieuw vel papier en begon zijn werk te dupliceren met dezelfde precisie als waarmee hij de vorken en messen had neergelegd.

Toen hij klaar was knikte hij drie keer, waarmee hij de optellingen zijn gepatenteerde zegel van goedkeuring gaf. Maar toen fronste hij zijn wenkbrauwen.

– Moet er geen titel boven, Duchess?

– Wat had je in gedachten?

Billy dacht daar even over na terwijl hij op het uiteinde van zijn potlood beet. Daarna schreef hij het in hoofdletters op, en las hij hardop:

– De Escapade.

Nou, wat vind je daarvan?

Toen het financiële verslag klaar was, was het na zessen – tijd om met het koken te beginnen. Na de ingrediënten te hebben uitgestald leerde ik Billy alles wat Lou, de chef van Leonello's, mij had geleerd. Ten eerste hoe je een tomatensaus maakt met tomaten uit blik en een soffritto (*Wat is een soffritto, Duchess?*). Toen dat eenmaal op het gas stond liet ik hem zien hoe je correct bacon in dobbelsteentjes en ui in plakjes snijdt. Ik pakte een steelpan en liet zien hoe je die samen met het laurierblad correct bakt. En hoe je alles in witte wijn met oregano en chilivlokken laat sudderen. En hoe je er ten slotte een kop tomatensaus door roert, en geen theelepel meer.

Het belangrijkste, legde ik uit, is dat je er nu een oogje op houdt, Billy. Ik moet even naar de badkamer, dus ik wil dat je blijft waar je bent en af en toe roert. Oké?

– Oké, Duchess.

Ik gaf Billy de lepel, verexcuseerde me en ging naar Dennis' kantoor.

Ik zei al dat ik niet dacht dat Emmett hier tegen tweeën zou zijn, maar ik dacht zeker wel tegen zessen. Ik deed zachtjes de deur dicht en belde Ma Belle. Ze liet de telefoon twintig keer overgaan voor ze opnam, maar na me de oren te hebben gewassen over de regels voor iemand bellen terwijl die in bad zit, praatte ze me bij.

– O, o, zei ik toen ik ophing.

Na het rekenwerk met Billy deed ik nu zelf wat rekenwerk. Omdat Emmett al een beetje uit zijn hum was vanwege de Studebaker, had ik gehoopt het goed te maken door hem een nacht met Charity te geven, maar dat was duidelijk niet gelopen zoals bedoeld was. Hoe kon ik nou weten dat Woolly's medicijn zo sterk was? Tot overmaat van ramp was ik vergeten een adres achter te laten. Ja, dacht ik bij mezelf, het is heel goed mogelijk dat Emmett slechtgehumeurd is wanneer hij aankomt. Dat wil zeggen, aangenomen dat hij ons kan vinden…

Ik ging terug naar de keuken en zag dat Woolly naar het kruidenrek stond te staren en niemand op de saus lette. Daarna raakte alles in een versnelling.

Eerst ging Woolly op onderzoek uit.

Daarna ging de telefoon en kwam Billy weer tevoorschijn.

Vervolgens kwam Woolly terug met de mededeling dat er verkeerd was verbonden, zei Billy dat het bijna acht uur was en ging de bel.

Alsjeblieft, alsjeblieft, alsjeblieft, zei ik in mezelf terwijl ik de gang door rende. Met mijn hart in mijn keel en Billy op mijn hielen zwaaide ik de deur open – en daar was Emmett, in een schoon stel kleren en maar een klein beetje gammel.

Voor iemand iets kon zeggen begon de klok in de zitkamer acht uur te slaan.

Ik keek naar Billy, stak mijn armen uit en zei:

– Wat heb ik je gezegd!

Emmett

Aan het begin van Emmetts derde jaar op de middelbare school had meneer Nickerson, de nieuwe wiskundeleraar, Zeno's paradox uit de doeken gedaan. In het oude Griekenland, zei hij, stelde een filosoof die Zeno heette dat je om van A naar B te komen, eerst halverwege moest gaan. Maar om van halverwege naar B te komen moest je eerst weer de helft van die afstand afleggen, en vanaf dat punt weer eerst de helft, enzovoort. En als je al die helften die je moest gaan om van het ene punt bij het andere te komen bij elkaar optelde, was de enige conclusie dat je er niet zou komen.

Meneer Nickerson had gezegd dat dit een perfect voorbeeld van paradoxaal redeneren was. Emmett had het een perfect voorbeeld gevonden van de reden waarom naar school gaan tijdverspilling kon zijn.

Stel je toch eens voor, dacht Emmett, al het denkvermogen dat er verkwist was, niet alleen aan het formuleren van deze paradox, maar ook om hem al die eeuwen door te geven en van de ene in de andere taal te vertalen, zodat hij in 1952 op een schoolbord in de Verenigde Staten van Amerika gekrabbeld kon worden – vijf jaar nadat Chuck Yeager boven de Mojave-woestijn de geluidsbarrière had doorbroken.

Meneer Nickerson moest Emmetts gezichtsuitdrukking achter in de klas gezien hebben, want toen de bel ging vroeg hij Emmett om even na te blijven.

– Ik wil alleen even weten of je de argumentatie van vanmorgen hebt gevolgd.

– Ik heb 'm gevolgd, zei Emmett.

– En wat vond je ervan?

Emmett keek een ogenblik uit het raam, niet zeker of hij zijn standpunt zou delen of niet.

– Zeg het maar, spoorde meneer Nickerson hem aan. Ik hoor graag je mening.

Goed dan, dacht Emmett.

– Het leek me een nogal lange en ingewikkelde manier om iets te bewijzen wat mijn zesjarige broertje in een paar seconden met zijn eigen twee voeten kon weerleggen.

Maar toen hij dit zei leek meneer Nickerson totaal niet uit het veld geslagen. Hij knikte daarentegen enthousiast, alsof Emmett op het punt stond een ontdekking te doen die net zo belangrijk was als die van Zeno.

– Als ik je goed begrijp, Emmett, zeg je dat Zeno zijn bewijsvoering nastreeft omwille van de argumentatie en niet omwille van de praktische waarde ervan. En je bent niet de enige die dat vindt. Er bestaat voor deze manier van doen zelfs een woord dat bijna net zo oud is als Zeno zelf: *Sofisme*. Van de Griekse *sofisten* – de leermeesters in filosofie en retorica die hun studenten argumentaties leerden die intelligent of overtuigend konden zijn, maar die niet noodzakelijkerwijs op de werkelijkheid waren gebaseerd.

Meneer Nickerson schreef het woord zelfs op het schoolbord, vlak onder zijn grafiek van de oneindig in tweeën gehakte reis van A naar B.

Dat is toch fantastisch, dacht Emmett. Naast het doorgeven van de lessen van Zeno hebben geleerden een speciaal woord doorgegeven met als enige doel de praktijk van het onderwijzen van iets onzinnigs als iets zinnigs aan te duiden.

Dat had Emmett althans gedacht toen hij in meneer Nickersons klas was. Wat hij dacht toen hij door een bochtige, met bomen omzoomde straat in het plaatsje Hastings-on-Hudson liep, was dat Zeno misschien toch zo gek nog niet was.

§

Emmett was die ochtend bij bewustzijn gekomen met het gevoel alsof hij dreef – als iemand die op een warme zomerdag wordt meegevoerd door een brede rivier. Hij deed zijn ogen open en bleek zich onder de dekens van een onbekend bed te bevinden. Op het nachtkastje stond een lamp met een rode kap die de kamer een roze tint gaf. Maar het bed noch het lamplicht was zacht genoeg om zijn hoofdpijn te verlichten.

Hij deed kreunend een poging om overeind te komen, maar van de andere kant van de kamer kwam het getrippel van blote voeten en vervolgens een hand die zachtjes op zijn borst drukte.

– Blijf maar rustig liggen.

Hoewel ze nu een eenvoudige witte blouse droeg en haar haar in een staart was gebonden, herkende hij in zijn verpleegster de jonge vrouw in het negligé die de afgelopen avond had gelegen waar hij nu lag.

Charity liep naar de gang en riep *hij is wakker*, en even later stond Ma Belle in de deuropening, gekleed in een gigantische, gebloemde kamerjas.

– Inderdaad, zei ze.

Emmett hees zich weer overeind, deze keer met meer succes. Maar terwijl hij dat deed, schoof het beddengoed van zijn borst en besefte hij tot zijn schrik dat hij naakt was.

– Mijn kleren, zei hij.

– Dacht je dat ik jou in een van mijn bedden heb laten leggen met die vieze rommel aan, zei Ma Belle.

– Waar zijn ze...?

– Ze liggen op de commode op je te wachten. Nou, sta maar op en kom dan iets eten.

Ma Belle draaide zich naar Charity.

– Kom maar, schat. Je wake hier is afgelopen.

Toen de twee vrouwen de deur achter zich dichttrokken sloeg Emmett de dekens opzij en stond hij voorzichtig op, omdat hij nog een beetje ongemakkelijk ter been was. Hij liep naar de commode en verrast trof hij zijn kleren aan, frisgewassen en netjes opgevouwen op een stapeltje, met zijn riem er opgerold bovenop. Terwijl hij zijn overhemd dichtknoopte keek hij naar het schilderij dat hij de avond ervoor al had opgemerkt. Alleen kon hij nu zien dat de mast niet scheef stond omdat het schip hoog aan de wind voer, maar omdat het op de rotsen liep, terwijl sommige zeelieden aan het tuig hingen en andere in een sloep klauterden, en het hoofd van een van hen op de woeste koppen van de golven deinde om ofwel tegen de rotsen te smakken, ofwel te worden meegesleurd naar open zee.

Zoals Duchess altijd zei: *Precies*.

Toen hij de slaapkamer uit kwam keek hij nadrukkelijk naar links, om niet naar de duizelingwekkende rij deuren rechts te kijken. In de salon trof hij Ma Belle in een hoge leunstoel, met Charity aan haar zijde. Op de salontafel stond koffie met ontbijtkoek.

Emmett liet zich op de bank zakken en wreef met een hand over zijn ogen.

Ma Belle wees op een roze rubberen zak op een bord naast de koffiepot.

– Er is een ijszak, als je wilt.

– Nee, bedankt.

Ma Belle knikte.

– Ik heb daar zelf ook nooit het aantrekkelijke van gezien. Na een stevige nacht moet ik geen zak ijs in mijn buurt hebben.

Een stevige nacht, dacht Emmett hoofdschuddend.

– Wat is er gebeurd?

– Ze hebben drugs in je drankje gedaan, zei Charity met een schalks lachje.

Ma Belle fronste.

– Het waren geen drugs, Charity. En er was geen sprake van *ze*. Alleen Duchess die typisch Duchess was.

– Duchess? vroeg Emmett.

Ma Belle gebaarde naar Charity.

– Hij wilde je een plezier doen. Omdat je je tijd op die werkboerderij erop had zitten. Maar hij was bang dat je misschien de kriebels zou krijgen – omdat je zo christelijk bent, en nog maagd.

– Er is niets mis met christen zijn, of maagd, zei Charity behulpzaam.

– Nou, dat weet ik nog niet zo net, zei Ma Belle. Hoe dan ook, om in de stemming te komen moest ik een toost voorstellen en dan zou Duchess iets in je drankje doen om te ontspannen. Maar dat 'iets' bleek veel sterker te zijn dan hij dacht, want toen je eenmaal in Charity's kamer was draaide je twee keer in de rondte en ging het licht voor je uit. Zo was het toch, schat?

– Maar goed dat je in mijn schoot belandde, zei Charity met een knipoog.

Beide dames leken dit een grappige wending te vinden. Maar Emmett moest ervan knarsetanden.

– Zeg, je hoeft niet boos op ons te worden, hoor, zei Ma Belle.

– Als ik al boos ben, is dat niet op jullie.

– Nou, dan moet je ook niet boos op Duchess worden.

– Hij had geen kwaad in de zin, zei Charity. Hij gunde je alleen maar een beetje plezier.

– Zo is het, zei Ma Belle. En op zíjn kosten.

Emmett nam maar niet de moeite om uit te leggen dat het zogenaamde plezier net als de champagne van de afgelopen avond met zijn geld was betaald.

– Als jongen al, zei Charity, zorgde Duchess er altijd voor dat iedereen het naar zijn zin had.

– Hoe dan ook, ging Ma Belle verder, we moesten je zeggen dat Duchess, je broer en die andere vriend...

– Woolly, zei Charity.

– Juist, zei Ma Belle. Woolly. Ze wachten op je in het huis van zijn zus. Maar eerst moet je iets eten.

Emmett wreef weer met een hand over zijn ogen.

– Ik weet niet of ik wel trek heb, zei hij.

Ma Belle fronste haar wenkbrauwen.

Charity boog zich naar voren en zei zachtjes: Ma Belle serveert normaal gesproken geen ontbijt.

– Verdomd als het niet waar is.

Na uit beleefdheid een kop koffie en een plak ontbijtkoek te hebben aangenomen, bedacht hij dat goede manieren de helft van de tijd vooral goed voor jezelf zijn. Want het bleek dat de koffie met koek precies was wat hij nodig had. En wel in die mate dat hij een tweede ronde graag aannam.

Terwijl hij at vroeg hij de dames hoe ze Duchess al als jongen hadden leren kennen.

– Zijn vader heeft hier gewerkt, zei Charity.

– Ik dacht dat hij acteur was.

– Dat was hij ook, zei Ma Belle. En als hij geen toneelwerk kon krijgen, trad hij op als ober of gastheer. Maar na de oorlog heeft hij hier een paar maanden als spreekstalmeester gewerkt. Harry kon zo'n beetje alles wel acteren, denk ik. Maar de meeste tijd gedroeg hij zich als zijn eigen grootste vijand.

– Hoe dat zo?

– Harry is een charmeur met een zwak voor alcohol. Hij kon zich binnen een paar minuten een baantje in lullen, maar zich er net zo snel ook weer uit zuipen.

– Maar wanneer hij bij het circus werkte, bracht Charity in, liet hij Duchess bij ons achter.

– Bracht hij Duchess híér? vroeg Emmett, lichtelijk geschokt.

– Ja, zei Ma Belle. Rond die tijd was hij waarschijnlijk een jaar of elf. En terwijl zijn vader beneden werkte, werkte hij hierboven in de salon. Nam hij hoeden aan en schonk hij drankjes voor de klanten in. Hij verdiende goed. Niet dat zijn vader het hem liet houden.

Emmett keek de ruimte rond en probeerde zich Duchess als elfjarige voor te stellen, die hoeden aannam en drankjes inschonk in een huis van lichte zeden.

– Het was toen anders dan nu, zei Ma Belle, die zijn blik volgde. Destijds had je op zaterdagavond alleen maar staanplaatsen in het circus en hadden we hier boven wel tien meisjes in dienst. Er kwamen niet alleen mannen van de marinewerf. We hadden mensen uit *hogere kringen*.

– Zelfs de burgemeester kwam, zei Charity.

– Wat is er dan gebeurd?

Ma Belle haalde haar schouders op.

– De tijden zijn veranderd. De buurt is veranderd. Smaken veranderen.

Vervolgens keek ze ietwat nostalgisch de ruimte rond.

– Ik dacht dat de oorlog ons de das om zou doen, maar uiteindelijk kwam het door de buitenwijken.

Kort voor twaalven stond Emmett klaar om te vertrekken. Hij kreeg een kusje op zijn wang van Charity en een hand van Ma Belle, en hij bedankte hen voor de schone kleren, het ontbijt en hun vriendelijkheid.

– Als je me alleen nog even het adres geeft, dan ben ik weg.

Ma Belle keek Emmett aan.

– Welk adres?

– Dat van Woolly's zus.

– Waarom zou ik dat hebben?

– Heeft Duchess het dan niet bij je achtergelaten?

– Nee. En bij jou, schatje?

Toen Charity haar hoofd schudde, sloot Emmett zijn ogen.

– Laten we in het telefoonboek kijken, opperde Charity vrolijk.

Charity en Ma Belle keken Emmett aan.

– Ik weet de achternaam van haar man niet.

– Nou, dan heb je wel klotepech.

– Ma, zei Charity berispend.

– Oké, oké. Even nadenken.

Ma Belle keek een poosje in de verte.

– Die vriend van jullie… Woolly. Wat is zijn achtergrond?

– Hij komt uit New York…

– Dat wisten we al. Welk stadsdeel?

Emmett keek haar aan zonder haar te begrijpen.

– Welk stadsdeel. Brooklyn? Queens? Manhattan?

– Manhattan.

– Dat is een beginnetje. Weet je op welke school hij zat?

– Hij zat op kostschool. St. George... St. Paul... St. Marc...

– Hij is katholiek! zei Charity.

Ma Belle rolde met haar ogen.

– Dat zijn geen katholieke scholen, schatje. Dat zijn kakscholen. En duur. En aangezien ik meer dan genoeg van hun oud-leerlingen heb gekend, verwed ik er een blauwe blazer om dat Woolly van de Upper East Side is. Maar naar welke school ging hij: het St. George, het St. Paul of het St. Marc?

– Alle drie.

– Alle dríé?

Toen Emmett uitlegde dat Woolly er van twee was afgeschopt, schudde Ma Belle van het lachen.

– O, boy, zei ze uiteindelijk. Als je van een van die scholen wordt geschopt, moet je uit een behoorlijk oude familie komen om op een andere te komen. Maar van twee worden afgeschopt en dan naar een derde gaan? Dan moet je op de *Mayflower* zijn aangekomen! Dus hoe heet die Woolly-snuiter echt?

– Wallace Wolcott Martin.

– Uiteraard. Charity, ga eens naar mijn kantoor en breng me dat zwarte boek dat in mijn bureaula ligt.

Toen Charity terugkwam uit de kamer achter de piano verwachtte Emmett dat ze een adresboekje bij zich had. Maar ze had een groot zwart boek met een donkerrode titel in haar handen.

– *Het Patriciaat*, verklaarde Ma Belle. Hier staat iedereen in.

– Iedereen? vroeg Emmett.

– Niet iedereen. Wat het Patriciaat betreft ben ik er op, onder, achter en voor geweest, maar nooit ín. Omdat het is bedacht als register van de ándere mensen. Hier. Schuif eens op, Gary Cooper.

Toen Ma Belle op de bank naast Emmett neerplofte kon hij de kussens een heel stuk dichter naar de vloer voelen zakken. Hij bekeek de voorkant van het boek en het viel hem op dat het de uitgave van 1951 was.

– Het is verouderd, zei hij.

Ma Belle fronste haar wenkbrauwen.

– Dacht je soms dat je hier makkelijk aan kon komen?

– Dat weet hij niet, zei Charity.

– Nee, wellicht niet. Hoor es, als je een willekeurige Poolse of Italiaanse vriend zoekt wiens grootouders op Ellis Island aankwamen, dan heb je ten eerste geen boek waarin je kunt zoeken. Maar zelfs al was er een boek, dan was er het probleem dat die lui van naam en adres veranderen alsof het kleren zijn. Daarom kwamen ze sowieso naar Amerika. Om uit het vastgeroeste spoor te komen waar hun voorouders hen in hadden gezet.

Ma Belle legde eerbiedig haar hand op het boek op haar schoot.

– Maar bij deze mensen verandert er nooit iets. De namen niet en de adressen niet. Geen ene reet. En daarom zijn ze wie ze zijn.

Het kostte haar vijf minuten om te vinden wat ze zocht. Omdat hij nog jong was had Woolly geen eigen lemma in het register, maar stond hij vermeld als een van de drie kinderen van Mevr. Richard Cobb, meisjesnaam Wolcott, weduwe van Thomas Martin, lid van de Colony Club en de DAR, voorheen te Manhattan, tegenwoordig Palm Beach. Haar twee dochters, Kaitlin en Sarah, waren beiden getrouwd en stonden vermeld met hun echtgenoten: Dhr. en Mevr. Lewis Wilcox te Morristown, en Dhr. en Mevr. Dennis Whitney te Hastings-on-Hudson, New York.

Duchess had niet gezegd bij welke zus ze logeerden.

– Je moet hoe dan ook terug naar Manhattan om de trein te nemen, zei Ma Belle. Als ik jou was begon ik met Sarah, want Hastings-on-Hudson is een kortere rit en heeft het voordeel dat het niet in New Jersey ligt.

§

Toen Emmett Ma Belle verliet was het al half een. Om tijd te winnen hield hij een taxi aan, maar toen hij de chauffeur vroeg hem naar het treinstation in Manhattan te brengen, vroeg de chauffeur welk.

– Is er dan meer dan één treinstation in Manhattan?

– Er zijn er twee, jongen: Penn Station en Grand Central. Welke wil je?

– Welk station is groter?

– Ze zijn allebei groter dan het andere.

Emmett had nog nooit van Grand Central gehoord maar hij herinnerde zich dat de bedelaar in Lewis had gezegd dat de Pennsylvania Railroad de grootste van het land was.

– Penn Station, zei hij.

Toen hij daar aankwam dacht hij dat hij goed had gekozen, want de gevel van het station had marmeren zuilen die vier verdiepingen hoog boven de avenue uittorenden en binnen had je een uitgestrekte ruimte onder een huizenhoog glazen plafond, met massa's reizigers. Maar toen hij de informatiebalie had gevonden hoorde hij dat er van Penn geen treinen naar Hastings-on-Hudson gingen. Die reden op de Hudson River-lijn vanaf Grand Central. Dus in plaats van naar Sarah's huis te gaan stapte hij op de trein van 13u55 naar Morristown, New Jersey.

Toen hij aankwam bij het adres dat Ma Belle hem had gegeven, vroeg hij de taxichauffeur om te wachten en klopte hij op de deur. De vrouw die opendeed zei op redelijk vriendelijke toon dat ze inderdaad Kaitlin Wilcox was. Maar toen Emmett vroeg of haar broer Woolly er toevallig was, werd ze bijna boos.

– Ineens wil iedereen weten of mijn broer hier is. Maar waarom zou hij? Waar gaat dit over? Span je soms samen met dat meisje? Wat zijn jullie van plan? Wie ben jij?

Terwijl hij vlug terugliep naar de taxi kon hij haar vanaf de voordeur horen roepen en wilde ze opnieuw weten wie hij was.

Dus moest hij terug naar het station van Morristown, waar hij de trein van 16u20 naar Penn Station nam, en daarna een taxi naar Grand Central, dat klaarblijkelijk zijn eigen marmeren zuilen had, zijn eigen huizenhoge plafond en zijn eigen massa's reizigers. Daar wachtte hij een halfuur op de trein van 18u15 naar Hastings-on-Hudson.

Toen hij kort na zeven uur aankwam nam hij voor de vierde keer die dag een taxi. Maar na tien minuten rijden zag hij de meter met vijf cent naar $1,95 springen en bedacht hij dat hij misschien niet genoeg geld voor de hele rit had. Hij deed zijn portemonnee open en stelde vast dat hij door al die treinen en taxi's nog maar twee dollar over had.

– Kunt u even stoppen? vroeg hij.

Met een vragende blik in de spiegel hield de taxi halt in de berm van een met bomen omzoomde weg. Emmett hield zijn portemonnee omhoog en legde uit dat hij alleen had wat er op de meter stond.

– Geen geld, geen taxi.

Emmett knikte begrijpend, gaf de chauffeur de twee dollar, bedankte hem voor de rit en stapte uit. Gelukkig was de chauffeur zo hoffelijk om voor hij wegreed het passagiersraampje open te draaien en Emmett de weg te wijzen: *Na ruim drie kilometer naar rechts op Forrest en dan anderhalve kilometer verderop naar links op Steeplechase Road.* Toen de taxi wegreed begon hij te lopen en werden zijn gedachten in beslag genomen door de vloek van oneindig in tweeën gehakte reizen.

Amerika is 4800 kilometer breed, dacht hij bij zichzelf. Vijf dagen geleden waren Billy en hij vertrokken met de bedoeling 2400 kilometer westwaarts naar Californië te rijden. In plaats daarvan hadden ze 2400 kilometer oostwaarts gereisd, naar New York. Bij aankomst had hij de stad doorkruist, van Times Square naar Zuid-Manhattan en weer terug. Naar Brooklyn en Harlem. En toen hij ten langen leste in de buurt van zijn bestemming leek te zijn had hij drie treinen genomen, vier taxi's, en nu was hij te voet.

Hij kon zich goed voorstellen hoe meneer Nickerson dat in een grafiek zou zetten, met San Francisco aan de linkerkant van het bord en Emmetts zigzaggende voortgang aan de rechterkant, en elk stuk van zijn reis korter dan het voorafgaande stuk. Maar de paradox waarmee Emmett te stellen had was niet die van Zeno. Het was de welbespraakte, zich alles permitterende, plannen dwarsbomende paradox die bekendstond als Duchess.

Maar hoe irritant dit alles ook was, hij begreep toch dat de hele middag op en neer moeten reizen wellicht wel ergens goed voor was. Want toen hij eerder die dag bij Ma Belle was weggegaan kookte hij van woede, en als Duchess daar op straat had gestaan, had hij hem vast tegen de vlakte geslagen.

De trein- en taxiritten en zijn wandeling van vijf kilometer hadden hem echter de tijd gegeven om niet alleen de redenen van zijn woede – de Studebaker, de envelop en het drogerende drankje – te overdenken, maar ook de redenen om zich te beheersen. Zoals de belofte die hij Billy en zuster Agnes had gedaan. En het pleit van Ma Belle en Charity. Maar wat Emmett met name weerhield en tot gematigdheid noopte was het verhaal dat Fitzy FitzWilliams hem bij wat glazen whisky in die treurige kroeg had verteld.

Gedurende bijna tien jaar had Emmett in stilte zijn veroordeling van zijn vaders stommiteiten gekoesterd – het koppige vasthouden aan een boerendroom, het niet om hulp willen vragen en het naïeve idealisme dat hem op de been hield maar hem wel zijn boerderij en zijn vrouw had gekost. Maar met al zijn tekortkomingen was Charlie Watson nog niet in de buurt gekomen van de manier waarop Harry Hewett Duchess had belazerd.

En waarvoor?

Voor een prul.

Een snuisterij die van het lijk van een clown was gegrist.

De ironie die schuilging achter het verhaal van de oude podiumartiest was Emmett geen seconde ontgaan. Die drong zich onvermijdelijk op, en wel als een terechtwijzing. Want van alle jongens die Emmett in Salina had gekend, zou hij Duchess als eerste hebben aangemerkt als iemand die van de regels zou afwijken of zou liegen, als hem dat goed zou uitkomen. Maar uiteindelijk was Duchess degene die onschuldig was. Hij was naar Salina gestuurd terwijl hij niets had misdaan. Terwijl Townhouse en Woolly auto's hadden gestolen. En hij, Emmett Watson, een eind aan iemand anders' leven had gemaakt.

Welk recht had hij om van Duchess te eisen dat hij boete voor zijn zonden deed? Welk recht had hij om dat van wie dan ook te eisen?

Nadat hij bij de Whitneys had aangebeld, kon hij direct horen dat er binnen gerend werd. Vervolgens zwaaide de deur open.

Tot op zekere hoogte moest hij verwacht hebben dat Duchess zich berouwvol zou tonen, want hij voelde een felle steek van ergernis toen hij hem daar zag staan glimlachen en bijna triomfantelijk keek terwijl hij zich met uitgestrekte armen naar Billy draaide – net zoals hij had gedaan in de deuropening van de schuur van de Watsons – en uitriep:

– Wat heb ik je gezegd!

Billy stapte met een grote glimlach om Duchess heen om Emmett te omhelzen. Vervolgens begon hij leeg te lopen.

– Je gelooft níét wat er allemaal gebeurd is, Emmett! Nadat we bij het circus weggingen en jij bij je vrienden bleef, heeft Duchess ons naar het Empire State Building gereden zodat we het kantoor van professor Abernathe konden zoeken. We namen de snellift naar de vierenvijftigste verdieping en we vonden niet alleen zijn kantoor, maar ook de professor! En hij gaf me een van zijn opschrijfboeken voor als ik niet genoeg blanco papier had. En toen ik hem over Ulysses vertelde...

– Stop even, zei Emmett, ondanks zichzelf glimlachend. Ik wil er alles over horen, Billy. Echt. Maar eerst moet ik een minuutje alleen met Duchess praten, oké?

– Oké, Emmett, zei Billy, een beetje onzeker bij die gedachte.

– Kom maar met mij mee, zei Woolly tegen Billy. Ik wilde je toch al iets laten zien!

Emmett zag Billy en Woolly de trap op gaan. Pas toen ze op de overloop uit het zicht waren verdwenen draaide hij zich om, om Duchess te confronteren.

Hij kon zien dat Duchess iets te zeggen had. Alles aan hem wees daarop: hij stond op de bal van zijn voeten, zijn handen klaar om te gebaren, en met een gretige maar ernstige blik. Maar hij stond niet alleen op het punt om alleen iets te zeggen. Hij zou zich met hart en ziel in een nieuw excuusverhaal gaan storten.

Dus voor hij ook maar een woord kon zeggen pakte Emmett hem bij zijn kraag en bracht hij zijn gebalde vuist in de aanslag.

Woolly

Het was wel degelijk waar dat Woolly uit eigen ervaring wist hoe moeilijk het kon zijn om te weten wat je met jezelf aan moest wanneer iemand zei dat hij iemand anders onder vier ogen wilde spreken. Maar toen Emmett vroeg om Duchess te spreken wist Woolly precies wat hij moest doen. In feite had hij daar al sinds 19u42 over nagedacht.

– Kom maar met mij mee, zei hij tegen Billy. Ik wilde je toch al iets laten zien!

Hij nam Billy mee naar boven, naar de slaapkamer die van hem was maar ook niet.

– Kom binnen, kom binnen, zei hij.

Toen Billy binnen was sloot Woolly de deur – tot op een kier, zodat ze niet konden horen wat Emmett Duchess te zeggen had, maar het wel konden horen als Emmett zover was om hen terug te roepen.

– Van wie is deze kamer?

– Heel lang geleden was hij van mij, zei Woolly met een glimlach. Maar ik heb hem opgegeven zodat de baby dichter bij mijn zus kan zijn.

– En nu heb je de kamer bij de achtertrap.

– Wat veel handiger is, zei Woolly, met al dat komen en gaan van mij.

– Mooie kleur blauw, zei Billy. Het is net de kleur van Emmetts auto.

– Dat is precies wat ik ook dacht!

Toen ze klaar waren met het bewonderen van de blauwe tint richtte Woolly zijn aandacht op de afgedekte stapel in het midden van de kamer. Hij trok het dekzeil weg, vond de doos die hij zocht, maakte hem open, haalde de tennistrofee eruit en vervolgens de sigarendoos.

– Voilà, zei hij.

Omdat het bed vol lag met Woolly's spullen gingen Billy en hij op de grond zitten.

– Is dat een verzameling? vroeg Billy.

– Ja, zei Woolly. Maar niet zoals jouw zilveren dollars, of je kroonkurken in Nebraska. Want het is geen verzameling van verschillende versies van hetzelfde ding. Het is een verzameling van dezelfde versie van verschillende dingen.

Hij opende het deksel en hield de doos schuin voor Billy.

– Zie je? Het zijn het soort dingen die je zelden gebruikt, maar die je veilig moet opbergen zodat je precies weet waar je ze kunt vinden als ze ineens nodig zijn. Hier bewaar ik bijvoorbeeld de boordenknoopjes en manchetknopen van mijn vader, mocht ik ineens een smoking aan moeten. En dat zijn een paar Franse franken, mocht ik naar Frankrijk gaan. En dat is het grootste stuk zeeglas dat ik ooit heb gevonden. Maar hier...

Woolly schoof zijn vaders portefeuille zachtjes opzij en haalde van onder uit de doos een horloge tevoorschijn, dat hij aan Billy gaf.

– De wijzerplaat is zwart, zei Billy verrast.

Woolly knikte.

– En de cijfers van de uren zijn wit. Precies het tegenovergestelde van wat je zou verwachten. Dat noemen ze een officiershorloge. Ze werden zo gemaakt, zodat wanneer een officier op het slagveld moest kijken hoe laat het was, vijandelijke scherpschutters niet konden mikken op het wit van de wijzerplaat.

– Was het van je vader?

– Nee, zei Woolly hoofdschuddend. Van mijn grootvader. Hij droeg het in Frankrijk tijdens de Eerste Wereldoorlog. Maar daarna gaf hij het aan mijn moeders broer Wallace. En daarna gaf oom Wallace het aan mij als kerstcadeautje, toen ik nog jonger was dan jij. Hij is de Wallace naar wie ik vernoemd ben.

– Dus jij heet Wallace, Woolly?

– Ja, helemaal.

– Noemen ze je daarom Woolly? Zodat mensen jou en je oom niet door elkaar halen als jullie samen zijn?

– Nee, zei Woolly. Oom Wallace overleed jaren geleden. In de oorlog, net als mijn vader. Het was alleen niet in een van de wereldoorlogen. Het was in de Spaanse Burgeroorlog.

– Waarom vocht jouw oom in de Spaanse Burgeroorlog?

Woolly pinkte vlug een traan weg en schudde zijn hoofd.

– Dat weet ik niet precies, Billy. Mijn zus zegt dat hij zó veel dingen had gedaan die van hem verwacht werden, dat hij eens iets totaal onverwachts wilde doen.

Samen keken ze naar het horloge dat Billy voorzichtig in zijn hand hield.

– Kijk, zei Woolly, er is ook een secondewijzer. Maar in plaats van een grote secondewijzer die op de grote wijzerplaat rondloopt, zoals op jouw horloge, is het een kleine secondewijzer die rondloopt op zijn eigen kleine wijzerplaatje. Secondes zijn in oorlogen heel belangrijk om in de gaten te houden, zou ik denken.

– Ja, zei Billy, zou ik ook denken.

Toen stak Billy zijn hand uit, om het horloge terug te geven.

– Nee, nee, zei Woolly. Het is voor jou. Ik heb het uit de doos gehaald omdat ik het aan jou wilde geven.

Billy schudde zijn hoofd en zei dat zo'n horloge veel te kostbaar was om weg te geven.

– Maar dat is niet zo, sprak Woolly hem opgewonden tegen. Het is geen horloge dat te kostbaar is om weg te geven. Het is een horloge dat te kostbaar is om te bewaren. Het werd doorgegeven van mijn grootvader aan mijn oom, die het op zijn beurt aan mij doorgaf. Nu geef ik het door aan jou. En op een dag, over heel veel jaren, kun jij het doorgeven aan iemand anders.

Misschien had Woolly zich niet perfect uitgedrukt, maar Billy scheen het te begrijpen. Dus zei Woolly dat hij het moest opwinden. Maar eerst legde hij de enige eigenaardigheid van het klokje uit: dat het een keer per dag *precies* veertien keer moest worden opgewonden.

– Als je het maar twaalf keer opwindt, zei Woolly, loopt het aan het eind van de dag vijf minuten achter. Terwijl het als je het zestien keer opwindt, vijf minuten voor gaat lopen. Maar als je het precies veertien keer doet, blijft het gelijk lopen.

Na dit verwerkt te hebben wond Billy het horloge precies veertien keer op, waarbij hij in zichzelf de tel bijhield.

Wat Woolly Billy niet vertelde was dat hij soms – bijvoorbeeld toen hij net op het St. Paul zat – het horloge zes dagen lang opzettelijk zestien keer opwond, zodat hij op iedereen een halfuur voorliep. En dat hij het op andere momenten zes dagen lang twaalf keer opwond, zodat hij een halfuur achter kon lopen. Hoe dan ook, of hij het nou zestien of twaalf keer opwond: het was een beetje zoals wanneer Alice door de spiegel stapte, of de Pevensies door de klerenkast, om je in een wereld te bevinden die de jouwe was maar tegelijk ook niet.

– Toe maar, doe het maar om, zei Woolly.

– Bedoel je dat ik het nu mag dragen?

– Natuurlijk, zei Woolly. Natuurlijk, natuurlijk, natuurlijk. Dat is het hele punt!

Daarop deed Billy het zonder hulp om zijn pols.

– Ziet dat er niet prachtig uit, zei Woolly.

Toen Woolly op het punt stond om zijn woorden voor de nadruk te herhalen, klonk er van ergens beneden plotseling een geluid dat verdacht veel op een pistoolschot leek. Woolly en Billy keken elkaar met grote ogen aan, sprongen overeind en renden de deur uit.

Duchess

Emmett was duidelijk in een slechte bui. Hij probeerde het te verbergen, want zo'n type is het wel. Maar ik had het zó door. Vooral toen hij Billy midden in zijn verhaal onderbrak en zei dat hij mij apart wilde spreken.

Jezus, als ik hem was zou ik mij ook apart willen spreken.

Een ander favoriet gezegde van zuster Agnes was: *een wijs mens verklikt zichzelf.* Haar punt was uiteraard dat als je iets verkeerds had gedaan – of het nu achter het onderhoudsschuurtje of midden in de nacht was – ze daarachter zou komen. Na het verzamelen van de aanwijzingen ging ze het op haar gemak in haar leunstoel zitten herleiden, net als Sherlock Holmes. Of ze ontwaarde het uit je manier van doen. Of ze hoorde het rechtstreeks uit de mond van God. Wat de bron ook was, ze kwam achter je overtreding, daar was geen twijfel aan. Dus vanuit het oogpunt van tijdsbesparing was het beter als je jezelf verklikte. Toegeven dat je een misstap had begaan, berouw tonen en beloven het goed te maken – bij voorkeur voordat iemand anders er een woord tussen kon krijgen. Dus meteen toen Emmett en ik alleen waren stond ik klaar.

Maar het bleek dat Emmett een ander idee had. Een nog beter plan. Want voordat ik een woord kon uitbrengen, pakte hij me bij de kraag om me ervan langs te geven. Ik sloot mijn ogen en wachtte op verlossing.

Maar er gebeurde niets.

Ik gluurde vanuit mijn rechteroog en zag dat hij tandenknarste en tegen zijn eigen instincten streed.

– Toe maar, zei ik. Dan voel je je beter. En ik ook!

Maar terwijl ik probeerde hem aan te moedigen voelde ik zijn greep verslappen. Daarna duwde hij me een halve meter naar achteren. Dus uiteindelijk kon ik hem toch nog mijn excuses maken.

– Het spijt me zeer, zei ik.

Meteen erachteraan begon ik op mijn vingers mijn misstappen af te lopen.

– Ik heb zonder het te vragen de Studebaker van je geleend, ik liet je barsten in Lewis, ik heb je belangstelling voor de Cadillac verkeerd ingeschat en bovendien heb ik je nacht bij Ma Belle verprutst. Wat kan ik zeggen? Ik heb het verkeerd aangepakt. Maar ik zal het goed met je maken.

Emmett hief zijn beide handen omhoog.

– Je hoeft niets goed met me te maken, Duchess. Ik accepteer je excuses. Ik wil het er gewoon niet meer over hebben.

– Oké, zei ik. Ik waardeer je bereidheid om dit hoofdstuk achter ons te laten. Maar eerst het belangrijkste...

Ik haalde zijn envelop uit mijn achterzak en gaf hem die met een plechtstatig gebaar. Hij was zichtbaar opgelucht hem in handen te hebben. Misschien zuchtte hij er wel bij. Maar tegelijk kon ik zien dat hij de inhoud woog.

– Het is er niet allemaal, gaf ik toe. Maar ik heb nog iets anders voor je.

Uit mijn andere zak haalde ik de afrekening.

Emmett leek een beetje beduusd toen hij het papier aannam, en nog meer toen hij er een blik op had geworpen.

– Is dit Billy's handschrift?

– Jazeker. Ik zeg het je, Emmett, die jongen heeft een hoofd voor cijfers.

Ik ging naast hem staan en gebaarde losjes naar de kolommen.

– Alles staat erop. De nodige uitgaven zoals de benzine en hotels, die je vóór alles terugkrijgt. Dan zijn er wat meer discretionaire uitgaven, die je van mij krijgt – zodra we naar de Adirondacks gaan.

Emmett keek met een air van ongeloof op van het vel papier.

– Duchess, hoe vaak moet ik je nog zeggen dat ik niet naar de Adirondacks ga. Zo gauw de Studebaker klaar is gaan Billy en ik naar Californië.

– Ik snap het, zei ik. Omdat Billy daar voor 4 juli wil zijn, is het logisch dat jullie voortmaken. Maar je zei dat je auto pas maandag klaar is, toch? En je zult wel trek hebben. Dus laten we vanavond goed eten, met z'n viertjes. Dan nemen Woolly en ik morgen de Cadillac, rijden we naar het kamp en halen de poen op. We moeten even stoppen in Syracuse om mijn ouweheer te bezoeken, maar daarna pakken we de snelweg. We zullen maar een paar dagen op jullie achterlopen.

– Duchess..., zei Emmett, terwijl hij getergd het hoofd schudde.

Hij leek zelfs een beetje uit het veld geslagen, wat atypisch was voor zo'n doorpakker. Kennelijk was er iets aan het plan wat hem niet beviel. Of misschien was er ergens een complicatie waar ik geen weet van had. Voor ik de kans kreeg daarnaar te vragen, hoorden we vanaf de straat een knal. Emmett draaide zich om en keek even naar de voordeur. Toen sloot hij zijn ogen.

Sally

Mocht ik ooit gezegend worden met een kind, dan zou ik haar eerder anglicaans opvoeden dan katholiek. Anglicanen vallen onder de protestanten, maar dat zou je aan hun diensten niet afzien, met al die gewaden en gezangen. Ik geloof dat ze het graag 'hoogkerkelijk' noemen. Ik noem het eerder hooghartig.

Maar op één ding kun je rekenen bij de anglicaanse kerk, en dat is dat ze hun archieven goed bijhouden. Daar staan ze op, bijna net zoals bij de mormonen. Dus toen Emmett vrijdag niet zoals beloofd om 14u30 belde, liet hij me geen andere keus dan contact op te nemen met dominee Colmore in het St. Lucas.

Toen ik hem eenmaal aan de lijn had legde ik uit dat ik een parochielid van een anglicaanse kerk in Manhattan probeerde op te sporen, en of hij een idee had hoe ik dat kon aanpakken. Zonder verder te hoeven nadenken zei hij dat ik contact moest opnemen met dominee Hamilton Speers, de predikant van het St. Bartholomeus. Hij gaf me zelfs het nummer.

Dat St. Bartholomeus moet een bijzonder soort kerk zijn, verzeker ik je. Want toen ik belde kreeg ik in plaats van dominee Speers een receptioniste die me in de wacht zette (ondanks het feit dat het een interlokaal gesprek was). Daarna verbond ze me door met een hulppredikant, die op zijn beurt wilde weten waarom ik de dominee moest spreken. Ik legde uit dat ik een verre verwant was van een familie in zijn parochie, dat mijn vader die nacht was overleden en ik mijn New Yorkse neven en nichten hierover moest inlichten, maar met geen mogelijkheid mijn vaders adresboekje kon vinden.

Strikt genomen was dit geen eerlijke bewering. Maar hoewel de christelijke religie in het algemeen het drinken van spiritualiën afkeurt, wordt een slok rode wijn niet alleen gedoogd maar speelt die zelfs een essentiële rol bij de eredienst. En hoewel de kerk spitsvondigheden in het algemeen afkeurt, denk ik dat een leugentje om bestwil net zo christelijk kan zijn als het zondagse wijntje, mits gepleegd in dienst van de Heer.

Hoe heette die familie, wilde de assistent weten.

Toen ik antwoordde dat het de familie van Woolly Martin betrof, zette hij me weer in de wacht. Een paar stuivers later kreeg ik dominee Speers aan de lijn. Eerst wilde hij mij zijn innige deelneming bewijzen met het overlijden van mijn vader, en dat hij in vrede mocht rusten. Vervolgens vertelde hij dat Woolly's familie, de Wolcotts, al sinds de oprichting van de parochie van St. Bartholomeus in 1854 lid waren, en dat hij persoonlijk vier van hen had getrouwd en tien gedoopt. Ongetwijfeld had hij er nog veel meer begraven.

Binnen een paar minuten had ik de telefoonnummers en adressen van Woolly's moeder, die in Florida zat, en de twee zussen, die beiden getrouwd waren en in de regio New York woonden. Ik probeerde eerst de zus die Kaitlin heette.

De Wolcotts mogen dan wel lid van St. Bartholomeus zijn sinds de oprichting in 1854, maar Kaitlin Wolcott Wilcox moet tijdens de Schriftlezingen slecht hebben opgelet. Want toen ik zei dat ik haar broer probeerde te vinden werd ze achterdochtig. En toen ik zei dat ik had gehoord dat hij misschien bij haar logeerde, werd ze ronduit onvriendelijk.

– Mijn broer is in Kansas, zei ze. Waarom zou hij hier zijn? Wie heeft u gezegd dat hij hier zou zijn? Wie bent u?

Enzovoort.

Daarna belde ik Sarah. Deze keer bleef de bel maar overgaan en overgaan en overgaan. Toen ik eindelijk ophing, bleef ik daar een poosje met mijn vingers op mijn vaders bureau zitten trommelen.

In mijn vaders kantoor.

Onder mijn vaders dak.

Ik ging de keuken in, pakte mijn portemonnee, telde vijf dollars uit en legde die bij de telefoon om de kosten van de interlokale gesprekken te dekken. Toen ging ik naar mijn kamer, haalde mijn koffer uit de kast en begon te pakken.

§

De reis van Morgen naar New York duurde twintig uur, verspreid over anderhalve dag.

Voor sommigen mag dat een hele tocht lijken. Maar ik geloof dat ik in mijn hele leven nooit eerder twintig uur aan één stuk de tijd heb gehad om na te denken. En waar ik over nadacht was, nogal logisch, het mysterie van onze wil om ons voort te bewegen.

Uit elk bewijsstuk blijkt dat de wil om zich voort te bewegen zo oud als de mensheid is. Neem de mensen van het Oude Testament. Die waren altijd in beweging. Eerst had je Adam en Eva die uit het paradijs trokken. Vervolgens wordt Kain veroordeeld tot eindeloos rondzwerven, dobbert Noah op de wateren van de zondvloed en leidt Mozes de Israëlieten uit Egypte naar het beloofde land. Sommige van die figuren waren bij de Heer uit de gunst en andere waren erin, maar ze waren allemaal in beweging. En wat het Nieuwe Testament aangaat: Onze-Lieve-Heer Jezus Christus was een zogenoemde rondtrekker, dus iemand die áltijd van hot naar her gaat, of het nu te voet is, op de rug van een ezel of op de vleugels van engelen.

Maar het bewijs voor de wil om voort te gaan beperkt zich niet tot de pagina's van de Heilige Schrift. Elk kind van tien kan je vertellen dat opstaan-en-gáán onderwerp nummer één is op de lijst van wat mensen doen. Neem nou dat grote rode boek waar Billy altijd mee rondsjouwt. Daar staan zesentwintig verhalen in die door de eeuwen tot ons zijn gekomen en bijna allemaal gaan ze over iemand die ergens heen gaat. Napoleon op weg naar zijn veroveringen of koning Arthur op zoek naar de Heilige Graal. Sommige van die mannen zijn historisch en andere zijn verzonnen, maar echt of niet, bijna allemaal zijn ze op weg naar ergens anders dan waar ze begonnen.

Dus als de wil om je voort te bewegen zo oud als de mensheid is en elk kind je dat kan bevestigen, wat is er dan aan de hand met iemand als mijn vader? Welke schakelaar is er in dat hoofd van hem omgezet waardoor de door God gegeven wil om je voort te bewegen veranderd is in de wil om te blijven zitten waar je zit?

Het komt niet door een gebrek aan daadkracht. De transformatie vindt immers niet plaats wanneer mensen als mijn vader oud en zwak worden. Het gebeurt wanneer ze fris en gezond zijn, en op het hoogtepunt van hun vitaliteit. Als je vraagt wat die verandering teweegbracht, zullen ze dat omschrijven in termen van deugd. Ze zullen je zeggen dat de Amerikaanse droom gaat over je vestigen, een gezin stichten en eerlijk je brood verdienen. Ze zullen vol trots spreken over hun banden met de gemeenschap via de kerk, de Rotary en de kamer van koophandel, en al die andere manieren van blijvenzitterij.

Maar misschien, dacht ik terwijl ik de Hudson overstak, heel misschien stamt de wil om te blijven zitten niet uit iemands deugden maar uit iemands ondeugden. Want gaan vraatzucht, luiheid en hebzucht eigenlijk niet allemaal over blijven zitten? Komen ze niet neer op diep in je stoel zitten, waar je nog meer kunt eten, nog meer kunt niksen, en nog meer dingen kunt begeren? In zekere zin gaan trots en na-ijver ook over willen blijven zitten. Want net zoals trots gefundeerd is op wat je voor jezelf hebt opgebouwd, zo is na-ijver gebaseerd op wat je buurman aan de overkant van de straat heeft opgebouwd. Iemands huis kan zijn kasteel zijn, maar de slotgracht dient volgens mij net zo goed om mensen binnen te houden als om ze buiten te houden.

Ik geloof dat de Lieve Heer voor ieder van ons een missie heeft – een missie die barmhartig is voor onze zwakheden, die past bij onze kracht en die bedacht is in ons belang. Maar misschien komt Hij niet aankloppen en het ons allemaal op een presenteerblaadje aanbieden. Misschien, heel misschien, verlangt, verwacht en hoopt Hij dat wij – net als Zijn enige Zoon – de wijde wereld in gaan om onze missie zelf te vinden.

Toen ik uit Betty stapte, kwamen Emmett, Woolly en Billy allemaal uit het huis gelopen. Billy en Woolly hadden een brede glimlach, maar Emmett deed zoals gewoonlijk alsof een glimlach een kostbare grondstof was.

Woolly, die kennelijk goed was opgevoed, wilde weten of ik bagage had.

– Wat attent om dat te vragen, antwoordde ik zonder naar Emmett te kijken. Mijn koffer ligt in de achterbak. En Billy, op de achterbank staat een mand, als je zo vriendelijk wilt zijn. En niet gluren, hoor!

– We nemen alles mee, zei Billy.

Terwijl Billy en Woolly mijn spullen naar binnen brachten schudde Emmett zijn hoofd.

– Sally, zei hij, niet zo'n klein beetje geërgerd.

– Ja, meneer Watson.

– Wat kom je hier doen?

– Wat ik hier kom doen? Nou, laat eens kijken. Ik had geen bijzonder dringende zaken in mijn agenda staan. En ik wilde altijd al de grote stad bezoeken. En dan was er nog dat dingetje dat ik gistermiddag heb zitten wachten op een telefoontje.

Hierdoor ging hij een toontje lager zingen.

– Het spijt me, zei hij. Ik ben het echt helemaal vergeten om je te bellen. Sinds we uit Morgen zijn vertrokken heb ik het ene probleem na het andere.

– We hebben allemaal onze beproevingen, zei ik.

– Je hebt gelijk. Ik zal geen uitvluchten meer zoeken. Ik had moeten bellen. Maar dat ik dat niet deed, was dat nou echt een reden om helemaal hierheen te rijden?

– Misschien niet. Ik denk dat ik ook wel had kunnen zitten duimen en hopen dat Billy en jij het goed maakten. Maar ik dacht dat je wel zou willen weten waarom ik de sheriff op bezoek heb gehad.

– De sheriff?

Voor ik het kon uitleggen had Billy zijn arm om mijn middel geslagen en keek hij op naar Emmett.

– Sally heeft nog meer koekjes en aardbeiencompote meegenomen.

– Ik dacht dat ik zei dat je niet mocht gluren, zei ik.

Toen woelde ik door zijn haar, dat duidelijk niet gewassen was sinds de laatste keer dat ik hem had gezien.

– Ik weet dat je dat hebt gezegd, Sally. Maar dat meende je toch niet. Of wel?

– Nee, ik meende het niet.

– Heb je *aardbeien*compote meegenomen? vroeg Woolly.

– Ja. En ook frambozen. Over compote gesproken, waar is Duchess?

Iedereen keek enigszins verrast, alsof ze toen pas merkten dat Duchess ontbrak. Maar op datzelfde moment kwam hij de voordeur uit, met onder zijn schone witte schort een overhemd en stropdas, en zei:

– Aan tafel!

Woolly

O, o, wát een avond was het!

Om te beginnen had Duchess om klokslag acht de voordeur geopend en bleek Emmett daar te staan, een reden tot feestvieren op zich. Nog geen kwartier later, net nadat Woolly zijn ooms horloge aan Billy had gegeven, klonk er een kleine explosie en wie verscheen daar tot ieders verrassing: Sally Ransom, die helemaal uit Nebraska was komen rijden. En voordat ze de kans kregen om dát te vieren, stond Duchess in de deuropening om te zeggen dat het avondeten klaarstond.

– Deze kant op, zei hij toen ze allemaal naar binnen gingen.

Maar in plaats van naar de keuken te gaan bracht Duchess hen naar de eetkamer, waar de tafel was gedekt met het porseleinen servies, de kristallen glazen en de twee kandelaars, ook al was er niemand jarig en was het geen feestdag.

– Tjonge jonge, zei Sally toen ze binnenkwam.

– Mejuffrouw Ransom, neemt u hier plaats, zei Duchess terwijl hij haar stoel naar achter schoof.

Vervolgens liet hij Billy naast Sally plaatsnemen, Woolly aan de overkant en Emmett aan het hoofd. Duchess reserveerde het andere eind van de tafel voor zichzelf, dat was het dichtst bij de deur naar de keuken, waar hij ijlings door verdween. Maar nog voordat de deur ophield met zwaaien was hij alweer terug met een servet over zijn arm en een fles wijn in de hand.

– Je kunt een goed Italiaans diner niet appreciëren zonder een glaasje *vino rosso*, zei hij.

Hij ging de tafel rond en schonk voor iedereen een glas in, ook voor Billy. Hij zette de fles neer, liep door de keukendeur en kwam weer terug, deze keer met vier borden tegelijk: een in elke hand en een op elke onderarm – precies de constellatie, dacht Woolly, waarvoor de klapdeur was ontworpen!

Na rond de tafel te zijn gesneld om de anderen een bord te serveren verdween Duchess weer en kwam hij terug om zichzelf een bord te serveren. Maar toen hij deze keer door de deur kwam droeg hij geen schort meer, maar een vest met alle knoopjes dicht.

Toen Duchess weer ging zitten, staarden Sally en Emmett naar hun bord.

– Wat in vredesnaam..., zei Sally.

– Gevulde artisjokken, zei Billy.

– Niet zelf gemaakt, bekende Duchess. Billy en ik hebben ze eerder vandaag op Arthur Avenue gehaald.

– Dat is de hoofdstraat in het Italiaanse deel van de Bronx, zei Billy.

Met stijgende verbazing keken Emmett en Sally van Duchess naar Billy en weer terug naar hun bord.

– Je schraapt met je ondertanden het vlees van de blaadjes, legde Woolly uit.

– Hè? zei Sally.

– Kijk, zó!

Om het te laten zien plukte Woolly een van de blaadjes, schraapte dat met zijn tanden af en liet het op zijn bord vallen.

Binnen een paar minuten had iedereen de grootste lol met het plukken van blaadjes, het drinken van wijn, en hadden ze het met gepaste bewondering over de allereerste mens die de moed had om een artisjok te eten.

Toen iedereen klaar was met het voorgerecht streek Sally het servet op haar schoot glad en vroeg ze wat de volgende gang was.

– *Fettuccine Mio Amore*, zei Billy.

Emmett en Sally keken voor een uitleg naar Duchess, maar omdat hij druk was met afruimen vroeg hij Woolly om de honneurs waar te nemen.

Dus vertelde Woolly hun het hele verhaal. Hij vertelde over Leonello's, dat restaurant waar ze geen reserveringen aannamen en geen menu's uitdeelden. Hij vertelde over de jukebox, de kreeften en Marilyn Monroe. Hij vertelde over Leonello zelf, die van tafel naar tafel ging om de gasten te groeten en op drankjes te trakteren. Tot slot vertelde hij dat als de ober naar je tafel kwam, hij *Fettuccine Mio Amore* zelfs niet noemde, want als je niet genoeg wist om ernaar te vragen, verdiende je het ook niet om het te eten.

– Ik heb geholpen het klaar te maken, zei Billy. Duchess liet me zien hoe je correct een ui moet snijden.

Sally keek Billy enigszins geschokt aan.

– Correct?!

– Ja, zei Billy. Correct.

– En, vertel eens, hoe moet dat dan?

Voor Billy dat kon uitleggen zwaaide de deur open en verscheen Duchess met alle vijf de borden.

Terwijl Woolly bezig was met zijn beschrijving van Leonello's had hij gemerkt dat Emmett en Sally een beetje sceptisch waren, en dat kon hij ze niet kwalijk nemen. Wat verhalen vertellen betreft was Duchess immers een beetje een soort Paul Bunyan, voor wie het altijd drie meter gesneeuwd had en de rivier zo breed als de zee was. Maar na het eerste hapje kon iedereen aan tafel zijn twijfels terzijde schuiven.

– Wat is dit heerlijk, zei Sally.

– Dat moet ik jullie nageven, zei Emmett. Toen hief hij zijn glas, en voegde eraan toe: Op de chefs!

Waarop Woolly reageerde met: Bravo, bravo!

En toen zeiden ze allemaal bravo, bravo.

Het eten was zo lekker dat iedereen nog een bord wilde, en Duchess schonk nog eens in, en Emmetts ogen begonnen te glinsteren terwijl Sally een blos op haar wangen kreeg, en onderwijl droop het kaarsvet vrolijk van de armen van de kandelaars.

Vervolgens vroeg iedereen aan iemand anders om iets te vertellen. Eerst vroeg Emmett aan Billy om over het bezoek aan het Empire State Building te vertellen. Daarna vroeg Sally aan Emmett om over de reis met de goederentrein te vertellen. En toen vroeg Woolly aan Duchess om te vertellen over de goocheltrucs die hij op het toneel had gezien. En ten slotte vroeg Billy aan Duchess of hij zelf ook goocheltrucs kende.

– Ik heb er in de loop der jaren wel een paar geleerd.

– Wil je ons er een voordoen?

Duchess nam een slok wijn, dacht even na en zei: Waarom niet?

Hij schoof zijn bord naar achteren, haalde de kurkentrekker uit zijn vestzakje, verwijderde de kurk en legde die op tafel. Daarna pakte hij de wijnfles, goot de droesem eruit en duwde de kurk er weer in – niet gewoon in de hals waar hij normaal zit, maar helemaal door de hals heen, zodat hij op de plek viel waar de droesem had gezeten.

– Zoals jullie kunnen zien, zei hij, heb ik de kurk terug in de fles gedaan.

Daarna gaf hij de fles door, zodat iedereen op zijn beurt kon vaststellen dat de fles van stevig glas was en de kurk er echt in zat. Woolly draaide de fles zelfs ondersteboven en schudde ermee, om aan te tonen wat iedereen in principe wel wist: dat als het zo moeilijk was om de kurk helemaal de fles in te duwen, het onmogelijk was om de kurk er weer uit te schudden.

Toen de fles rond was geweest stroopte Duchess zijn mouwen op, hield hij zijn handen op om te laten zien dat ze leeg waren en vroeg hij Billy of hij zo vriendelijk wilde zijn om af te tellen.

Tot Woolly's grote voldoening nam Billy die taak niet alleen aan, maar gebruikte hij er zelfs de kleine secondewijzer op de wijzerplaat van zijn nieuwe horloge bij, om het heel precies te doen.

Tien, zei hij toen Duchess de fles pakte en buiten het zicht in zijn schoot legde. *Negen... Acht...* zei hij, terwijl Duchess diep in- en uitademde. *Zeven... Zes... Vijf...* terwijl Duchess zijn schouders naar voor en achter rolde. *Vier... Drie... Twee,* terwijl hij zijn oogleden zo ver liet zakken dat het leek of hij zijn ogen gesloten had.

Hoe lang duurt tien seconden? dacht Woolly tijdens Billy's aftellen. Het is lang genoeg om vast te stellen dat een zwaargewicht bokser zijn partij heeft verloren. Lang genoeg om de komst van een nieuw jaar aan te kondigen. Maar het leek bij lange na niet lang genoeg om een kurk van onderuit een fles te halen. Maar toch, maar toch, precies op het moment dat Billy *Een* zei zette Duchess met zijn ene hand de lege fles op tafel en met zijn andere de kurk er rechtop naast.

Met stokkende adem keek Sally naar Billy, Emmett en Woolly. En Billy keek naar Woolly, Sally en Emmett. En Emmett keek naar Billy, Woolly en Sally. Wat wil zeggen dat iedereen naar iedereen keek. Behalve Duchess, die recht voor zich uit keek, met de ondoorgrondelijke glimlach van een sfinx.

Toen begon iedereen tegelijk te praten. Billy verkondigde dat het tovenarij was. En Sally zei: *Wel heb ik ooit!* En Woolly zei: ongelooflijk, ongelooflijk, ongelooflijk. En Emmett wilde de fles zien.

Dus liet Duchess de fles rondgaan en kon iedereen zien dat die leeg was. Vervolgens opperde Emmett, die het niet geloofde, dat er twee flessen en twee kurken moesten zijn geweest en dat Duchess ze op zijn schoot had omgewisseld. Dus keek iedereen onder de tafel en draaide Duchess zich met uitgestrekte armen om, maar er was geen tweede fles te vinden.

Nu praatte iedereen weer en ze vroegen Duchess om te laten zien hoe hij het had gedaan. Duchess antwoordde dat een goochelaar nooit zijn geheimen onthult. Maar na de *correcte* hoeveelheid smeken en aandringen besloot hij om het toch maar te doen.

– Wat je moet doen, legde hij uit nadat hij de kurk terug in de fles had gedaan, is je servet pakken en de omgevouwen punt daarvan zó in de flessenhals steken, en dan de kurk zó husselen dat hij in de vouw terecht komt, en dan zachtjes aan het servet trekken.

En inderdaad, toen Duchess zacht trok, ging de gevouwen punt van het servet om de kurk zitten, trok hij het geheel door de hals en kreeg hij de kurk met een bevredigende *plop* de fles uit.

– Laat mij eens proberen, zeiden Billy en Sally tegelijk.

– Laten we het allemaal eens proberen! opperde Woolly. Hij sprong van zijn stoel en holde via de keuken naar de bijkeuken, waar 'Dennis' zijn wijn bewaarde. Hij pakte drie flessen *vino rosso* en bracht ze naar de keuken, waar Duchess de kurken eruit trok zodat Woolly ze in de gootsteen kon leeggieten.

Terug in de eetkamer duwden Billy, Emmett, Sally en Woolly ieder hun eigen kurk in hun eigen fles en vouwden ze hun eigen servet, terwijl Duchess rond de tafel liep en handige instructies gaf.

– Vouw je servet wat meer in de hoek, zó… Hussel de kurk wat meer zó… Probeer 'm wat dieper in de sleuf te krijgen. Nu trekken, maar voorzichtig.

Plop, plop, plop deden Sally's, Emmetts en Billy's kurk.

Daarna keek iedereen naar Woolly, iets wat hem er normaliter toe zou nopen om op te staan en de kamer te verlaten. Maar niet na met vier van zijn beste vrienden artisjokken en *Fettuccine Mio Amore* gegeten te hebben. Niet vanavond!

– Wacht, wacht, zei hij. Ik snap het, ik snap het.

Op het puntje van zijn tong bijtend zat Woolly te husselen en te frunniken en daarna begon hij heel voorzichtig te trekken. Terwijl hij trok hield iedereen aan tafel, zelfs Duchess, zijn adem in tot het moment waarop Woolly's kurk ook plopte, en ze allemaal in luid gejuich losbarstten.

Op dat moment klapte de klapdeur open en stapte 'Dennis' de eetkamer binnen.

– O, jee, zei Woolly.

– Wat is hier in godsnaam aan de hand? wilde 'Dennis' weten, waarbij hij een van de W-vragen stelde waarop hij geen antwoord verwachtte.

Toen klapte de klapdeur weer en daar was Sarah, met een bij voorbaat al bezorgd gezicht.

'Dennis' stapte bruusk naar voren, pakte de fles die voor Woolly stond en keek de tafel rond.

– Château Margaux 1928! Jullie hebben vier flessen Château Margaux 1928 gedronken?!

– We hebben maar één fles gedronken, zei Billy.

– Dat klopt, zei Woolly. Die andere drie flessen hebben we doorgespoeld.

Maar zodra hij dit had gezegd, besefte hij dat hij dat niet had moeten doen. Want 'Dennis' was ineens net zo rood als zijn Château Margaux.

– Jullie hebben ze doorgespoeld!

Nu stapte Sarah, die achter haar man zwijgend de deur open stond te houden, de kamer in. Nu moet ze zeggen wat er gezegd moet worden, dacht Woolly: datgene waarvan hij later zou wensen dat hij er de tegenwoordigheid van geest voor had gehad om het zelf te zeggen. Maar toen ze langs 'Dennis' liep en de gelegenheid had zelf het hele tafereel in zich op te nemen, pakte ze het servet op dat naast Woolly's bord lag en dat net als de andere servetten op tafel onder de grote rode wijnvlekken zat.

– O, Woolly toch, zei ze heel zacht.

Hartverscheurend zacht.

Nu hield iedereen zijn mond. Een even wist niemand waar hij moest kijken. Want ze wilden niet naar elkaar kijken, of naar de flessen, of naar de servetten. Maar toen 'Dennis' de lege fles Château Margaux op de tafel zette, was het alsof er een betovering werd verbroken en keken ze allemaal naar Woolly, vooral 'Dennis'.

– Wallace Martin, zei hij, kan ik je even onder vier ogen spreken.

Toen Woolly zijn zwager het kantoor in volgde, besefte hij dat een beroerde situatie zojuist nog beroerder was geworden. Want hoewel 'Dennis' heel duidelijk had gemaakt dat hij niet wilde dat mensen zijn kantoor betraden als hij er niet was, was zijn telefoon in de bureaula gepropt en hing het snoer er nog uit.

– Ga zitten, zei 'Dennis' terwijl hij de telefoon met een klap weer op zijn plek zette.

Vervolgens keek hij Woolly minstens een minuut lang aan, iets wat mensen die achter bureaus zitten wel vaker schijnen te doen. Eerst dringen ze erop aan je onmiddellijk te willen spreken en dan zitten ze daar minstens een minuut zonder een woord te zeggen. Maar zelfs minstens een minuut komt tot een einde.

– Je zult je wel afvragen waarom je zus en ik hier zijn?

Eigenlijk had Woolly er helemaal niet aan gedacht zich dat af te vragen. Maar nu 'Dennis' het zei, leek het inderdaad wel interessant zich dat af te vragen, omdat ze immers samen de nacht in de stad zouden doorbrengen.

Welnu, het bleek dat Kaitlin vrijdagmiddag gebeld was door een jonge vrouw die vroeg of Woolly bij haar was. Vervolgens was er eerder vandaag een jongeman bij Kaitlin aan de deur verschenen met precies dezelfde vraag. Ze kon maar niet begrijpen waarom mensen zouden vragen of Woolly daar was, wanneer hij verondersteld werd in Salina zijn straf uit te zitten. Uiteraard was ze ongerust geworden en besloot ze haar zus te bellen. Maar toen ze Sarahs nummer draaide en Woolly opnam, had hij niet alleen direct opgehangen maar kennelijk ook de hoorn van de haak gelaten, want toen ze bleef terugbellen kreeg ze alleen maar de ingesprektoon. In deze omstandigheden zat er voor haar niets anders op dan Sarah en 'Dennis' te traceren – ook al waren ze uit eten bij de Wilsons.

Toen Woolly jong was, had hij interpunctie altijd als een soort tegenstander beschouwd – een vijandige macht die het op zijn ondergang had gemunt, ofwel door spionage, ofwel door met een grote overmacht zijn stranden te bestormen. Toen hij dit in de vijfde klas aan de vriendelijke en geduldige juf Penny had bekend, legde zij hem uit dat hij het helemaal mis had. Interpunctie, zei ze, was zijn bondgenoot, niet zijn vijand. Al die tekentjes – de punt, de komma, de dubbele punt – waren er om hem te helpen, zodat hij er zeker van kon zijn dat mensen begrepen wat hij probeerde te zeggen. Maar kennelijk was 'Dennis' er zo zeker van dat wat hij te zeggen had begrepen werd, dat hij helemaal geen interpunctie nodig had.

– Wij hebben onze gastheer en gastvrouw onze excuses aangeboden en zijn helemaal naar Hastings gereden en dan treffen we nota bene een pick-uptruck aan die de oprit verspert een rotzooi in de keuken vreemden die in de eetkamer onze wijn opdrinken en het tafellinnen mijn god het tafellinnen dat je grootmoeder aan je zus heeft gegeven nu onherstelbaar bevlekt omdat je dat hebt behandeld zoals je alles behandelt zoals je iedereen behandelt wat wil zeggen zonder enig respect

'Dennis' keek Woolly even aandachtig aan, alsof hij oprecht probeerde hem te begrijpen en een compleet beeld van hem te krijgen.

– Op je vijftiende stuurt je familie je naar een van de beste scholen van het land en daar word je van afgeschopt om redenen die ik me niet eens kan herinneren en dan hop naar het St. Marc waar je weer van wordt afgeschopt nota bene vanwege het in brand steken van een doelpaal en als geen enkele school van naam nog bereid is je een blik waardig te keuren overtuigt je moeder het St. George ervan je aan te nemen door ze te herinneren aan je oom Wallace die daar niet alleen excelleerde als student maar die uiteindelijk ook in de raad van toezicht zat en toen je daar werd afgegooid en je niet voor een tuchtcommissie moest verschijnen maar voor een rechter dan liegt je familie zowaar over je leeftijd zodat je niet als volwassene wordt veroordeeld en huren ze een advocaat van niemand minder dan Sullivan en Cromwell in om de rechter ervan te overtuigen je naar een of andere tuchtschool in Kansas te sturen waar je een jaar lang groenten kunt telen maar kennelijk heb je niet eens voldoende ruggengraat om dat ongerief tot een goed einde te brengen

'Dennis' stopte voor de gewichtige pauze.

Woolly wist heel goed dat de gewichtige pauze een essentieel onderdeel was van iemand onder vier ogen spreken. Het was voor zowel de spreker als de luisteraar het teken dat wat komen ging van het grootste belang was.

– Ik begrijp van Sarah dat als je terugkeert naar Salina ze je je straf binnen enkele maanden laten uitzitten zodat je je kunt aanmelden voor een studie en je door kunt met je leven maar wat wel als een paal boven water staat Wallace is dat je een studie nog niet op waarde schat en de beste manier voor iemand om te leren een studie op waarde te schatten is een paar jaar een baan hebben waar dat geen vereiste voor is dus met dat in het achterhoofd zal ik morgen contact opnemen met een vriendje van me bij de beurs die altijd op zoek is naar jongelui die als loopjongen kunnen dienen en misschien slaagt hij er beter in dan wij om je te leren wat het inhoudt om je brood te verdienen

En op dat moment wist Woolly zeker wat hij de avond ervoor al had moeten weten, toen hij zo opgewekt tussen de wilde bloemen en het kniehoge gras stond: dat hij nooit het Vrijheidsbeeld zou bezoeken.

Emmett

Toen meneer Whitney was uitgesproken met Woolly, was hij naar zijn slaapkamer boven gegaan, enige minuten later gevolgd door zijn vrouw. Woolly zei dat hij het voortbewegen van de sterren wilde controleren en was de voordeur uit gegaan, enige minuten later gevolgd door Duchess die zeker wilde weten of het wel goed met hem ging. En Sally was naar boven gegaan om Billy naar bed te brengen. Waardoor Emmett alleen achterbleef met de rotzooi in de keuken.

En daar was hij blij om.

Toen meneer Whitney door de klapdeur was binnengekomen, was Emmetts stemming direct omgeslagen van vrolijk naar beschaamd. Wat hadden ze met z'n vijven wel niet gedacht? Een beetje de beest uithangen in andermans huis, zijn goede wijn drinken en het tafellinnen van zijn vrouw besmeuren voor een kinderachtig spel. Boven op deze steek van schaamte kwam plots de herinnering aan Parker en Packer in hun Pullmanwagon, met hun eten dat op de grond was gegooid en de halflege fles gin op z'n kant. Hoe snel had Emmett wel niet met zijn oordeel klaargestaan en die twee veroordeeld voor de verziekte en botte manier waarop ze zich gedroegen.

Daarom nam hij meneer Whitney zijn woede niet kwalijk. Hij had alle recht om kwaad te zijn. Zich gekwetst te voelen. Ziedend te zijn. Wat Emmett verrast had was de reactie van mevrouw Whitney, hoe hoffelijk ze was geweest door hen op haar zachtmoedige wijze, toen Woolly en meneer Whitney de kamer hadden verlaten, te zeggen dat het niet erg was, dat het maar om een paar servetten en enkele flessen wijn ging en ze erop aandrong, zonder ook maar een zweem van boosheid, dat de huishoudster alles wel zou opruimen, en zei in welke kamers ze konden slapen en in welke kasten ze extra dekens, kussens en handdoeken konden vinden. Hoffelijk was het enige juiste woord ervoor. Een hoffelijkheid waardoor Emmett zich nog extra beschaamd ging voelen.

Daarom was hij blij alleen te zijn, blij om de gelegenheid te hebben de eettafel af te ruimen en de afwas te doen, als een klein blijk van boetedoening.

Hij had net de borden afgewassen en wilde doorgaan met de glazen toen Sally terugkwam.

– Hij slaapt, zei ze.

– Bedankt.

Zonder nog iets te zeggen pakte Sally een theedoek en begon ze de borden af te drogen terwijl hij met de glazen begon; daarna droogde ze de glazen af terwijl hij de pannen waste. En het bood troost om dit werk te doen, om dit werk in gezelschap van Sally te doen, waarbij geen van beiden het nodig vond om iets te zeggen.

Emmett kon wel merken dat Sally zich net zo schaamde als hij, en dat bood ook troost. Niet de troost van het besef dat iemand anders zich net zo op zijn nummer gezet voelde. Eerder de troost van het besef dat je gevoel voor goed en kwaad werd gedeeld door iemand anders, en daardoor op een bepaalde manier aan kracht won.

TWEE

Duchess

Bij het variété draaide alles om de opbouw. Dat gold zowel voor de komieken als voor de jongleurs en goochelaars. Het publiek kwam het theater binnen met zijn eigen voorkeuren, zijn eigen vooroordelen en zijn eigen reeks verwachtingen. De podiumkunstenaar moest die dus, zonder dat het publiek het doorhad, vervangen door een andere reeks verwachtingen – verwachtingen waarop hij beter kon inspelen, die hij beter kon manipuleren en waaraan hij uiteindelijk kon voldoen.

Neem Mandrake de Geweldige. Manny was niet echt wat je noemt een topgoochelaar. Tijdens de eerste helft van zijn act toverde hij een boeket bloemen uit zijn mouw tevoorschijn, of kleurige linten uit zijn oren, of een stuiver uit het niets – kortom de dingen die je ziet op het verjaardagspartijtje van een tienjarige. Maar waar het Manny net als Kazantikis aan ontbrak in het begin van zijn act, maakte hij goed in de finale.

Een verschil tussen Mandrake en de meeste van zijn soortgenoten was dat hij in plaats van een langbenige blondine een grote witte kaketoe, Lucinda genaamd, aan zijn zijde had. Manny legde het publiek uit dat hij lang geleden, toen hij in het Amazonegebied reisde, een jong vogeltje had gevonden dat in het woud uit zijn nest was gevallen. Hij had het opgeknapt en grootgebracht tot het volwassen was, en sindsdien waren ze altijd bij elkaar gebleven. Tijdens de act zat Lucinda boven op haar vergulde standaard en assisteerde ze hem door een sleutelbos in haar klauwen te houden of door met haar snavel drie keer op een spel kaarten te tikken.

Maar wanneer de act ten einde liep, kondigde Manny aan dat hij een truc ging proberen die hij nooit eerder had opgevoerd. Een toneelknecht reed dan een onderstel met daarop een zwartgelakte kist met een afbeelding van een grote rode draak het toneel op. Manny zei dan dat hij het voorwerp op een recente reis naar het Oosten had ontdekt op een vlooienmarkt. Direct toen hij het zag, had hij het herkend: het was een Mandarijnse Kist. Manny kende maar een klein beetje Chinees, maar de oude man die het curiosum verkocht bevestigde Manny's vermoeden en vertelde hem bovendien de toverwoorden waarmee het werkte.

Vanavond zal ik, voor de eerste keer op het westelijk halfrond, de Mandarijnse Kist gebruiken om mijn trouwe kaketoe voor uw ogen te laten verdwijnen en weer terug te toveren, kondigde hij aan.

Voorzichtig zette hij Lucinda in de kist en sloot de deurtjes. Hij deed zijn ogen dicht, mompelde in zelfbedacht Chinees een bezweringsformule en tikte met zijn toverstaf op de kist. Toen hij de deurtjes weer opende was de vogel weg.

Hij boog voor een rondje applaus en vroeg vervolgens om stilte, omdat de toverformule om de vogel weer te laten verschijnen veel moeilijker was dan die waarmee ze was weggetoverd. Hij haalde diep adem en deed, op steeds hogere toon, nog een schepje boven op zijn oosterse abracadabra. Vervolgens opende hij zijn ogen en richtte hij zijn toverstaf. Als uit het niets ontplofte er dan een vuurbal die de hele kist omvatte, wat bij het publiek de adem deed stokken en Manny twee stappen achteruit deed wijken. Maar toen de rook eenmaal was opgetrokken stond daar de Mandarijnse Kist, zonder een schrammetje. Manny stapte naar voren en opende aarzelend de deurtjes... stak zijn handen naar binnen... en haalde er een schaal uit waarop een perfect gebraden vogel lag, omringd met alle garnituur.

Gedurende een kort ogenblik was zowel het publiek als de goochelaar verbijsterd en doodstil. Vervolgens keek Manny van de schaal naar de zaal en zei hij: *Oeps!*

Nou, dan ging het dak er wel af.

Zodoende. En op zondag 20 juni gebeurde het volgende…

We waren bij het krieken van de dag wakker geworden en op Woolly's aandringen pakten we onze tassen, liepen op onze tenen naar beneden en glipten de deur uit zonder enig geluid te maken.

We zetten de Caddy in z'n vrij en duwden hem de oprit uit, waarna we hem startten en in de rijstand gooiden, en een halfuur later zweefden we over de Taconic State Parkway als Ali Baba op zijn vliegend tapijt.

Wat er aan verkeer op de weg was ging allemaal de andere kant op, dus we schoten goed op en kwamen om zeven uur al langs Lagrangeville en om acht uur langs Albany.

Nadat hij van zijn zwager op zijn sodemieter had gekregen, had Woolly het grootste deel van de nacht liggen draaien en woelen en zag hij er bij het opstaan sipper uit dan ik hem ooit had gezien, dus toen ik een blauwe torenspits aan de horizon zag, zette ik de richtingaanwijzer aan.

Weer in zo'n feloranje eethoek te zitten leek hem op te beuren. Hoewel hij niet zo in zijn placemat geïnteresseerd leek, at hij wel de helft van zijn pannenkoeken en al mijn bacon op.

Niet lang nadat we Lake George waren gepasseerd moest ik van Woolly van de grote weg af en begonnen we over kronkelwegen te rijden door de imposante, idyllische wildernis waar de staat New York voor negentig procent uit bestaat, maar die totaal geen faam heeft. Naarmate de plaatsjes verder uit elkaar lagen en de bomen dichter bij de weg stonden leek Woolly meer tot zichzelf te komen en neuriede hij mee met de reclamespotjes van de radio, ook al stond die niet aan. Het moet tegen elven zijn geweest toen hij op het puntje van zijn stoel ging zitten en naar een opening in het bos wees.

– Volgende rechts.

We kwamen op een zandweg die door een woud slingerde met de grootste bomen die ik ooit had gezien.

Om heel eerlijk te zijn had ik, toen Woolly had verteld over de honderdvijftig ruggen die in het familiekamp in een kluis lagen, mijn twijfels gehad. Ik kon me gewoon niet voorstellen dat al dat geld zomaar ergens in een blokhut kon liggen. Maar toen we uit het bos kwamen rees er voor ons een huis op dat leek op een jachtverblijf van de Rockefellers.

Toen Woolly het zag slaakte hij een nog grotere zucht van verlichting dan ik, alsof hij zelf ook had zitten twijfelen. Alsof die hele plek misschien wel een verzinsel van zijn verbeelding was geweest.

– Welkom thuis, zei ik.

En hij gaf me zijn eerste glimlach van die dag.

We stapten uit en ik volgde Woolly via het gazon naar de voorkant van het huis, waar een enorme waterpartij in de zon lag te schitteren.

– Het meer, zei Woolly.

De bomen liepen door tot aan de oever en er was geen enkel ander huis te zien.

– Hoeveel huizen liggen hier aan dit meer? vroeg ik.

– Een...? vroeg hij terug.

– Oké, zei ik.

Toen begon hij met de rondleiding.

– De steiger, zei hij, naar de steiger wijzend.

En het boothuis, zei hij, naar het boothuis wijzend. En de vlaggenmast, zei hij, naar de vlaggenmast wijzend.

– De opzichter is hier nog niet geweest, merkte hij op met opnieuw een zucht van verlichting.

– Hoe weet je dat?

– Omdat het vlot niet op het meer ligt, en de roeiboten niet aan de steiger liggen.

We draaiden ons om en keken een poosje bewonderend naar het huis, dat over het water uitkeek alsof het daar sinds het begin van Amerika al had gestaan. En misschien was dat ook wel zo.

– Misschien moeten we onze spullen…? stelde Woolly voor.

– Met uw welnemen!

Als een kruier van het Ritz huppelde ik naar de auto en opende de kofferbak. Ik legde de Louisville honkbalknuppel opzij, haalde onze schooltassen eruit en volgde Woolly naar het smalle deel van het huis, waar twee rijen witgeverfde keien naar de deur leidden.

Op de stoep stonden vier bloempotten op hun kop. Ongetwijfeld zouden daar, wanneer het vlot op het meer lag en de roeiboten aan de steiger, plantensoorten in gezet worden die kakkers wel decoratief vonden maar niet te opzichtig.

Woolly gluurde onder elke pot, vond onder de vierde een sleutel en opende de deur. Vervolgens toonde hij een on-Woollyaanse tegenwoordigheid van geest door voor hij ons binnenliet de sleutel terug te leggen waar hij hem had gevonden.

Eerst kwamen we in een vertrek met allerlei vakjes, haken en manden waar zich, netjes gerangschikt, alles bevond wat je voor het buitenleven maar nodig had: jassen en hoeden, hengels en haspels, pijlen en bogen. Voor een glazen vitrinekast met vier geweren stonden op elkaar een paar grote witte tuinstoelen die van hun pittoreske plekjes op het gazon naar binnen moesten zijn gehaald.

– De rommelhal, zei Woolly.

Alsof een Wolcott ooit rommel in huis zou halen!

Boven de wapenkast hing een groot groen bord, net als wat we in Salina hadden, waarop de huisregels stonden geschilderd. Verder hingen de muren tot ongeveer het plafond vol met donkerrode bordjes in de vorm van een V met in het wit lijstjes namen erop.

– De winnaars, verklaarde Woolly.

– Van wat?

– De toernooien die we op 4 juli altijd hielden.

Woolly wees van het een naar het ander.

– Geweerschieten, boogschieten, de zwemwedstrijd, de kanowedstrijd, de korte sprint.

Toen ik mijn blik over de bordjes liet dwalen moet Woolly gedacht hebben dat ik zijn naam zocht, want hij zei uit zichzelf dat hij er niet tussen zat.

– Ik ben niet zo goed in winnen, bekende hij.

– Het is erg overgewaardeerd, verzekerde ik hem.

Toen we de rommelhal uitgingen kwamen we in de gang en benoemde Woolly de diverse vertrekken.

– De theekamer… de biljartkamer… de spelletjeskast…

De gang kwam uit in een grote zitruimte.

– Dit noemen we de zaal, zei Woolly.

En dat was niet als grap bedoeld. Net als in de ontvangstruimte van een groot hotel waren er zes verschillende zithoeken met banken, hoge leunstoelen en staande lampen. Er was ook een kaarttafel bedekt met vilt, en een open haard die eruitzag alsof hij in een kasteel hoorde. Alles stond op de juiste plek, behalve de donkergroene schommelstoelen die samengepakt bij de buitendeuren stonden.

Toen Woolly die zag, leek hij teleurgesteld.

– Wat is er?

– Die horen eigenlijk op de veranda.

– Doen we meteen.

Ik zette de tassen neer, gooide mijn hoed op een stoel en hielp Woolly de schommelstoelen naar de veranda te brengen, waar we ze zorgvuldig, op zijn aanwijzingen, op gelijke afstanden van elkaar neerzetten. Toen ze allemaal op hun plek stonden vroeg Woolly of ik de rest van het huis wilde zien.

– *Absolutief*, zei ik, wat een nog bredere glimlach teweegbracht. Ik wil alles zien, Woolly. Maar laten we niet vergeten waarom we hier zijn…

Hij keek me even nieuwsgierig aan en stak toen ten teken van herkenning een vinger op. Vervolgens ging hij me voor door de gang aan de andere kant van de zaal en deed een deur open.

– De werkkamer van mijn overgrootvader, zei hij.

Terwijl we door het huis liepen, leek het belachelijk dat ik er ooit aan had getwijfeld dat hier geld kon zijn weggestopt. Gezien de grootte van de kamers en de kwaliteit van de inrichting hadden er wel vijftig ruggen onder een matras in de kamer van de dienstmeiden kunnen liggen, en nog eens vijftig ergens verdwaald tussen de kussens van de banken. Maar als de grandeur van het huis mijn vertrouwen al had gesterkt, dan was dat niets vergeleken met de werkkamer van de overgrootpapa. Hier had je een kamer van iemand die niet alleen wist hoe je geld kon verdienen, maar ook hoe je het kon behouden. Wat per slot van rekening twee heel verschillende zaken zijn.

In zekere zin was het een kleinere versie van de zaal, met dezelfde houten stoelen, rode tapijten en weer een open haard. Maar er stond ook een enorm bureau, er waren boekenkasten, en zo'n trappetje dat boekenwurmen gebruiken om bij de boeken op de bovenste planken te kunnen. Aan een muur hing een schilderij van een stel koloniale gasten met strakke broeken en witte pruiken, verzameld rond een bureau. Maar boven de haard hing een portret van iemand van eind vijftig met een bleke teint en een knap, besluitvaardig gezicht.

– Je overgrootvader? vroeg ik.

– Nee, zei Woolly. Mijn grootvader.

Daar was ik ergens wel opgelucht over om te horen. Een portret van jezelf boven de haard van je eigen werkkamer hangen leek me niet des Wolcotts.

– Het is geschilderd in de periode dat mijn grootvader het papierbedrijf overnam van mijn overgrootvader. Toen hij kort daarna overleed, heeft mijn overgrootvader het hiernaartoe verhuisd.

– Wat is er met het papierbedrijf gebeurd? vroeg ik.

– Dat heeft oom Wallace overgenomen toen grootvader stierf. Hij was toen pas vijfentwintig en hij heeft het geleid tot hij ongeveer dertig was, maar toen overleed hij ook.

Ik merkte maar niet op dat baas zijn van het papierbedrijf van de Wolcotts een baan was die je beter kon vermijden. Ik vermoed dat Woolly dat al begrepen had.

Woolly draaide zich om, liep naar het schilderij van de kolonisten en stak een hand uit.

– De Presentatie van de Onafhankelijkheidsverklaring.

– Je meent het.

– Ja echt, zei Woolly. Daar heb je John Adams en Thomas Jefferson en Ben Franklin, en John Hancock. Ze zijn er allemaal.

– Waar is de Wolcott, vroeg ik met een ondeugende grijns.

Maar Woolly deed nog een stapje naar voren en wees naar een klein hoofd achter in de menigte.

– Oliver, zei hij. Hij heeft ook de statuten van de Confederatie getekend, en was gouverneur van Connecticut. Maar dat was zeven generaties geleden.

We stonden beiden even te knikken, als om die ouwe Ollie eer te bewijzen. Toen reikte Woolly omhoog en opende hij het schilderij alsof het een kastdeur was en ziedaar, daar had je overgrootpapa's kluis, die eruitzag alsof hij van het staal van een pantserkruiser was gemaakt. Hij had een vernikkeld handvat en vier kleine draaischijven, en was zo'n halve meter hoog en breed. Als hij ook een halve meter diep was, zou hij groot genoeg zijn geweest om de spaarcentjes van zeventig generaties Hewetts te bevatten. Als het niet zo'n plechtig moment was geweest, zou ik gefloten hebben.

Vanuit overgrootpapa's gezichtspunt was de inhoud van de kluis waarschijnlijk een weerspiegeling van het verleden. In dit imposante oude huis, achter dit eerbiedwaardige oude schilderij, lagen documenten die tientallen jaren geleden waren getekend, juwelen die van generatie op generatie waren doorgegeven, en geld dat gedurende meerdere mensenlevens was vergaard. Maar binnen een enkel ogenblik zou de inhoud van de kluis veranderd zijn in een weerspiegeling van de toekomst.

Emmetts toekomst. Woolly's toekomst. Mijn toekomst.

– Daar is-ie dan, zei Woolly.

– Daar is-ie dan, beaamde ik.

Daar moesten we allebei van zuchten.

– Zou jij…? vroeg ik, met een gebaar naar de draaischijven.

– Wat? O, nee. Doe jij het maar.

– Oké, zei ik. Waarbij ik me moest inhouden om niet in mijn handen te wrijven. Geef me de cijfercombinatie maar, dan neem ik de honneurs wel waar.

– Cijfercombinatie? vroeg hij.

Toen moest ik lachen. Ik lachte tot ik er buikpijn van kreeg en de tranen me uit de ogen sprongen.

Zoals ik al zei: bij het variété draait alles om de opbouw.

Emmett

– Mooi gedaan, zei mevrouw Whitney. Heel erg bedankt.

– Niets te danken, zei Emmett.

Ze stonden in de deuropening van de babykamer naar de muren te kijken die Emmett net allemaal geschilderd had.

– Je zult wel trek hebben na al dat werk. Kom maar naar beneden, dan maak ik wat boterhammen voor je.

– Heel graag, mevrouw Whitney. Ik moet alleen nog even opruimen.

– Natuurlijk, zei ze. Maar noem me alsjeblieft Sarah.

Toen Emmett die ochtend naar beneden was gekomen bleken Duchess en Woolly ervandoor te zijn. Ze waren heel vroeg opgestaan en met de Cadillac weggereden, met achterlating van een enkel briefje. Meneer Whitney was ook al weg, terug naar hun appartement in de stad, zonder de tijd te nemen om te ontbijten. En mevrouw Whitney had in de keuken gestaan, in een tuinbroek en met haar haar weggestoken in een hoofddoek.

– Ik heb beloofd het verfwerk van de babykamer af te maken, legde ze enigszins verlegen uit.

Het kostte Emmett niet veel moeite haar ervan te overtuigen dat hij dat klusje wel zou klaren.

Met mevrouw Whitneys instemming verhuisde Emmett de dozen met Woolly's spullen naar de garage, waar hij ze op elkaar stapelde op de plek waar de Cadillac had gestaan. Met wat gereedschap dat hij in de kelder had gevonden haalde hij het bed uit elkaar en legde de onderdelen naast de dozen. Toen de kamer leeg was plakte hij de randen af, legde het dekzeil op de vloer, roerde de verf door en begon met het schilderen.

Als je zo'n klus goed was begonnen – met het leegruimen van de kamer, het afplakken van de randen en het beschermen van de vloer – dan was schilderen een ontspannend werkje. Het had een soort ritme waardoor je gedachten tot bedaren kwamen of zelfs helemaal wegvielen. Uiteindelijk was je je alleen nog bewust van de heen en weer gaande beweging van de kwast, waardoor de al gegronde witte muur zijn nieuwe kleur blauw kreeg.

Toen Sally zag waar Emmett mee bezig was, knikte ze goedkeurend.

– Heb je hulp nodig?

– Ik red het wel.

– Je hebt wat verf gemorst op het dekzeil daar bij het raam.

– Ja.

– Oké, zei ze. Dat je het maar weet.

Vervolgens keek Sally enigszins fronsend de gang door, alsof ze teleurgesteld was dat er geen andere kamer geschilderd hoefde te worden. Ze was het niet gewend om niets te doen, en al helemaal niet als ongenode gast in het huis van iemand anders.

– Misschien ga ik met Billy het dorp in, zei ze. Naar een cafetaria, waar we kunnen lunchen.

– Lijkt me een goed plan, zei Emmett instemmend terwijl hij de kwast op de rand van het blik legde. Ik geef je wel wat geld.

– Ik kan heus zelf wel een hamburger voor je broer betalen. Trouwens, het laatste wat mevrouw Whitney wil is dat je met je verfschoenen door het hele huis banjert.

§

Toen mevrouw Whitney naar beneden ging om de boterhammen te maken bracht Emmett al zijn verfspullen via de achtertrap naar beneden (nadat hij zijn schoenen twee keer had nagekeken, om zeker te weten dat er geen verf op de zolen zat). In de garage maakte hij met terpentine de kwasten, de verfbak en zijn handen schoon. Vervolgens ging hij naar mevrouw Whitney in de keuken, waar boterhammen met ham en een glas melk op de tafel stonden.

Toen hij ging zitten nam mevrouw Whitney plaats in de stoel tegenover hem, met een kop thee, maar zonder iets te eten.

– Ik moet naar mijn man in de stad, zei ze, maar ik begreep van je broer dat je auto in de garage is en pas morgen klaar is.

– Dat klopt, zei Emmett.

– In dat geval kunnen jullie drie hier vannacht wel logeren. Haal maar uit de koelkast wat jullie willen voor het avondeten, en morgenochtend kun je wanneer jullie weggaan de deur achter je dichttrekken.

– Dat is heel vriendelijk van u.

Emmett betwijfelde of een dergelijk plan meneer Whitney wel zou bevallen. Hij had vast tegen zijn vrouw gezegd dat hij ze het huis uit wilde hebben zo gauw ze wakker waren. Hij werd in zijn vermoeden bevestigd toen mevrouw Whitney er bijna terloops aan toevoegde dat als de telefoon ging, ze niet moesten opnemen.

Terwijl hij zat te eten zag hij dat er midden op tafel, rechtop tussen de zout- en peperstrooiers, een briefje zat gestoken. Mevrouw Whitney volgde zijn blik en gaf te kennen dat het van Woolly was.

Toen Emmett eerder die ochtend naar beneden was gekomen en mevrouw Whitney had gezegd dat Woolly weg was, had ze door zijn vertrek bijna opgelucht geleken, maar ook een beetje ongerust. Toen ze naar het briefje keek, keerden die emoties weer terug op haar gezicht.

– Wil je het lezen? vroeg ze.

– Dat is niet aan mij.

– Geeft niks hoor. Ik weet zeker dat Woolly het goed zou vinden.

Normaal zou Emmett het nog een tweede keer van de hand wijzen, maar hij voelde aan dat mevrouw Whitney wilde dat hij het briefje las. Hij legde zijn boterham neer en pakte het tussen de strooiers vandaan.

Het was geschreven in Woolly's handschrift en gericht aan *Sis*, en er stond dat het hem speet dat hij er een bende van had gemaakt. Spijt van de servetten en de wijn. Spijt van de telefoon in de la. Spijt van 's morgens zo vroeg te vertrekken zonder fatsoenlijk afscheid te hebben genomen. Maar ze moest zich geen zorgen maken. Nog geen minuut. Nog geen ógenblik. Nog geen halve seconde. Alles zou goed gaan.

Hij had het briefje afgesloten met een raadselachtig PS: *De Comptons aten hun kool in de keuken.*

– Zou het? vroeg mevrouw Whitney toen Emmett het briefje op tafel legde.

– Pardon?

– Zou alles wel goed gaan?

– Ja, antwoordde Emmett. Ik weet het zeker.

Mevrouw Whitney knikte, maar Emmett kon wel zien dat dit niet zozeer instemming met zijn antwoord betekende maar eerder dat ze dankbaar voor zijn geruststelling was. Ze keek even omlaag naar haar thee die inmiddels lauw moest zijn.

– Mijn broer is niet altijd problematisch geweest, zei ze. Hij was natuurlijk Woolly, maar alles veranderde voor hem tijdens de oorlog. Toen vader zijn aanstelling bij de marine aanvaardde, was het op de een of andere manier Woolly die in woelig vaarwater terechtkwam.

Ze moest een beetje droevig glimlachen om haar eigen geestigheid. Toen vroeg ze of Emmett wist waarom haar broer naar Salina was gestuurd.

– Hij vertelde een keer dat hij iemands auto had gepikt.

– Ja, zei ze met een lachje. Daar kwam het wel op neer.

Het was gebeurd toen Woolly op het St. George zat, zijn derde kostschool in evenzoveel jaren.

– Op een voorjaarsdag besloot hij midden onder schooltijd om naar het dorp te gaan, nota bene om een ijsje te halen, legde ze uit. Toen hij een paar kilometer van school bij het kleine winkelcentrum aankwam, zag hij een brandweerwagen bij de stoep staan. Hij keek om zich heen en zag geen spoor van brandweermannen, en raakte er toen van overtuigd, zoals alleen mijn broer ergens overtuigd van kan raken, dat ze de wagen vergeten waren. Vergeten zoals, weet ik veel, een paraplu aan de rugleuning van een stoel, of een boek op de zitplaats in een bus.

Met een vertederd lachje schudde ze haar hoofd en ging toen verder.

– Woolly wilde de brandweerwagen graag naar de rechtmatige eigenaars terugbrengen, dus hij klom achter het stuur en ging op zoek naar de brandweerkazerne. Hij reed het plaatsje rond met een brandweerhelm op zijn hoofd, zoals later werd gerapporteerd, en toeterde voor de kinderen die hij tegenkwam. Na ik weet niet hoelang te hebben rondgereden vond hij de kazerne, parkeerde de wagen en liep hij helemaal terug naar school.

De vertederde glimlach verflauwde toen ze in haar gedachten vooruitliep op alles wat er daarna was gebeurd.

– Het bleek dat de brandweerwagen op het parkeerterrein van het winkelcentrum stond omdat een paar brandweerlieden in een winkel boodschappen deden. En terwijl Woolly rondreed kwam er een oproep vanwege een stal die in brand stond. Tegen de tijd dat er een brandweerwagen van een naburig stadje aankwam, was de stal afgebrand. Gelukkig was er niemand gewond. Maar de jonge stalknecht die dienstdeed, was er in zijn eentje niet in geslaagd alle paarden het gebouw uit te krijgen, en er kwamen er vier om in het vuur. De politie spoorde Woolly op in de school en dat was het.

Na een poosje wees mevrouw Whitney naar Emmetts bord, om te vragen of hij uitgegeten was. Toen hij dat bevestigde, bracht ze het bord samen met haar theekop naar de gootsteen.

Ze probeert het zich niet voor te stellen, dacht Emmett. Ze probeert zich niet die vier paarden voor te stellen die vastzaten in hun box, hinnikend en steigerend, terwijl het vuur naderbij kwam. Ze probeert zich het onvoorstelbare niet voor te stellen.

Hoewel ze nu met haar rug naar hem toe stond, kon hij aan haar armbeweging zien dat ze tranen wegveegde. Hij besloot dat hij haar met rust moest laten, stak Woolly's briefje weer op zijn plek en schoof zachtjes zijn stoel naar achteren.

– Weet je wat ik zo vreemd vind? vroeg mevrouw Whitney terwijl ze nog bij de gootsteen stond, met haar rug naar Emmett.

Toen hij geen antwoord gaf draaide ze zich met een spijtig lachje om.

– Als we jong zijn, leren we de hele tijd hoe belangrijk het is dat we onze ondeugden in toom houden. Onze woede, onze jaloezie, onze hoogmoed. Maar als ik om me heen kijk, lijkt het wel alsof veel levens juist worden bemoeilijkt door een deugd. Als je een karaktertrek neemt die in alle opzichten gewaardeerd wordt – een eigenschap die door dominees en dichters wordt geprezen, een eigenschap die we bij onze vrienden bewonderen en bij onze kinderen hopen aan te kweken – en je kent die in ruime mate aan een of andere arme drommel toe, dan zal dat vrijwel zeker een obstakel voor zijn geluk betekenen. Net zoals iemand te slim voor zijn eigen bestwil kan zijn, heb je ook mensen die te geduldig voor hun eigen bestwil zijn, of te ijverig.

Mevrouw Whitney schudde haar hoofd en keek naar het plafond. Toen ze weer omlaagkeek kon Emmett zien dat er weer een traan van haar wang biggelde.

– Mensen die te goed van vertrouwen zijn... of te bezorgd... of te vriendelijk...

Emmett begreep dat wat mevrouw Whitney met hem probeerde te delen, haar poging was om de teloorgang van haar goedhartige broer te begrijpen, te verklaren, zin te geven. Tegelijkertijd vermoedde hij dat mevrouw Whitneys opsomming tevens een excuus bevatte voor haar echtgenoot, die te slim, of te zelfverzekerd, of te ijverig voor zijn eigen bestwil was. Misschien wel alle drie. Maar hij vroeg zich ook af van welke deugd mevrouw Whitney zélf te veel had. Intuïtief dacht hij, ook al vond hij het moeilijk om toe te geven, dat het waarschijnlijk vergevingsgezindheid was.

Woolly

En dit was mijn favoriete schommelstoel, zei Woolly tegen niemand in het bijzonder.

Hij stond op de veranda, kort nadat Duchess naar de winkel was gegaan. Hij gaf de stoel een zetje en luisterde naar het getsjak van het heen en weer schommelen, en het viel hem op dat elke individuele tsjak steeds korter op de voorafgaande volgde naarmate de schommelbewegingen kleiner werden, tot het schommelen helemaal ophield.

Hij zette de stoel weer in beweging en keek uit over het meer. Dat was op dat moment zo stil, dat je elke wolk in de hemel op het wateroppervlak weerspiegeld kon zien. Maar over een uurtje of zo, rond vijf uur, zou de middagbries komen opzetten die het oppervlak deed rimpelen en dan zouden alle weerspiegelingen weggevaagd worden. Dan zouden de gordijnen in de vensters zich gaan roeren.

Soms, dacht Woolly, soms, aan het eind van de zomer, wanneer de orkanen huishielden op de Atlantische Oceaan, werd de middagbries zo hard, dat alle slaapkamerdeuren dichtsloegen en de schommelstoelen uit zichzelf begonnen te schommelen.

Na zijn favoriete stoel nog een laatste zetje te hebben gegeven ging hij door de openslaande deuren de zaal weer in.

– En dit is de zaal, zei hij, waar we op regenachtige middagen altijd parcheesi speelden en legpuzzels legden… En dit is de gang… En dit is de keuken, waar Dorothy gebraden kip en haar beroemde bosbessenmuffins maakte. En dat is de tafel waaraan we aten toen we nog te klein waren om in de eetkamer te eten.

Hij haalde het briefje dat hij zittend aan zijn overgrootvaders bureau had geschreven uit zijn zak en stak het netjes tussen de zout- en peperstrooiers. Daarna verliet hij de keuken via de enige deur in het huis die naar beide kanten open kon.

– En dit is de eetkamer, zei hij, gebarend naar de lange tafel waar zijn neefjes en nichtjes en ooms en tantes zich altijd omheen schaarden. Als je eenmaal groot genoeg was om hier te eten, legde hij uit, kon je zitten waar je maar wilde zolang het niet aan het hoofd van de tafel was, want daar zat overgrootvader altijd. En daar heb je de kop van de eland.

Hij ging aan de andere kant de eetkamer uit en kwam weer in de zaal die hij van hoek tot hoek bewonderend bekeek, waarna hij Emmetts schooltas pakte en ermee de trap op ging, gaandeweg tellend.

– *Twee, vier, zes, acht, wie heeft hier de meeste kracht.*

Boven aan de trap kon je twee kanten op: de gang naar het oosten of die naar het westen, met aan beide kanten slaapkamerdeuren.

De muur aan de zuidkant was leeg, maar de muur aan de noordkant hing vol foto's, waar je maar keek. Volgens een familielegende was Woolly's grootmoeder de eerste geweest die een foto op de gang had opgehangen: een foto van haar vier kinderen toen ze nog klein waren, midden boven de wandtafel tegenover de trap. Kort daarna werden er een tweede en derde foto links en rechts van de eerste gehangen. En toen werden er een vierde en vijfde onder en boven gehangen. In de loop der jaren werden er links en rechts en boven en onder foto's toegevoegd, totdat ze de hele muur bedekten.

Hij zette de tas neer, ging naar de eerste foto en bekeek daarna alle andere, in de volgorde waarin ze waren opgehangen. Er was een foto van oom Wallace, als jongetje in een matrozenpakje. En daar had je de foto van zijn grootvader op de steiger, met een tatoeage van een tweemaster op zijn arm, die zich voorbereidde op zijn zwempartij van twaalf uur. En daar had je de foto van zijn vader die zijn blauwe lintje ophield na het winnen van de schietwedstrijd op 4 juli 1941.

– Hij won altijd de schietwedstrijd, zei Woolly terwijl hij met de rug van zijn hand een traan van zijn wang veegde.

En daar, nog een stap van de wandtafel vandaan, hing de foto van Woolly met zijn vader en moeder in de kano.

Deze foto was genomen… O, hij wist het niet meer zeker, maar zo rond zijn zevende. In ieder geval vóór Pearl Harbor en het vliegdekschip. Voor Richard en 'Dennis'. Voor het St. Paul, St. Marc en St. George.

Voor, voor, voor.

Het grappige aan een foto, dacht Woolly, het grappige aan een foto was dat hij weliswaar alles wist wat er tot aan het moment dat hij werd genomen was gebeurd, maar absolutief niets van wat er daarna ging gebeuren. En toch, als de foto eenmaal ingelijst aan de muur hing, zag je als je goed keek alle dingen die op het punt stonden te gebeuren. Alle niet-dingen. De dingen die onvoorbereid waren. En onbedoeld. En onomkeerbaar.

Woolly veegde weer een traan van zijn wang, haalde de foto van de muur en pakte de schooltas op.

Net als bij de stoelen in de eetkamer was er op de gang één kamer waar je niet mocht slapen, omdat die van overgrootvader was. Ieder ander persoon kon op verschillende momenten in verschillende slaapkamers slapen, afhankelijk van hoe oud je was, of je getrouwd was, of hoe vroeg of laat je in de zomer was aangekomen. In de loop der jaren had Woolly in een aantal van die kamers geslapen. Maar het vaakst, of wat althans het vaakst leek, had hij met zijn neefje Freddy in de een-na-laatste kamer links geslapen. Dus daar ging hij naartoe.

Hij ging naar binnen, legde de schooltas neer en zette de foto van hem en zijn ouders op de commode, achter de karaf en de glazen. Hij keek even naar de karaf en liep er toen mee door de gang naar de badkamer, vulde hem met water en nam hem mee terug. Hij schonk water in een van de glazen en zette het glas op het nachtkastje. Daarna deed hij een raam open, zodat de bries na vijven de kamer binnen kon, en begon hij uit te pakken.

Eerst haalde hij de radio uit de tas en zette die op de commode naast de karaf. Daarna haalde hij zijn woordenboek eruit en legde dat naast de radio. Toen pakte hij de sigarendoos, waarin hij zijn verzameling van dezelfde versie van verschillende dingen bewaarde, en legde die naast het woordenboek. Vervolgens pakte hij zijn reserveflesje medicijn en het kleine bruine potje dat hij in het kruidenrek had gevonden, waar het op hem had staan wachten, en zette ze allebei op het nachtkastje, naast het glas water.

Terwijl hij zijn schoenen uittrok hoorde hij het geluid van een auto die de oprit opkwam: Duchess die terugkwam van de winkel. Woolly liep naar de deuropening en hoorde de hordeur van de rommelhal open- en dichtgaan gaan. En daarna voetstappen die door de zaal gingen. En vervolgens het verschuiven van meubilair, in de werkkamer. En ten slotte het geluid van een metalig getik.

Het was geen delicaat geluid, zoals het geklingel van een kabeltram in San Francisco, vond Woolly. Het waren krachtige metalige klanken, zoals van een smid die op een aambeeld op een roodgloeiend hoefijzer hamert.

Of misschien geen hoefijzer... dacht Woolly met een schok.

Beter dat de smid op iets anders hamerde. Zoiets als... zoiets als... zoiets als een zwaard. Ja, dat was het. Het metalige geluid klonk als een smid uit de oudheid die op het blad van Excalibur hamerde.

Met dat prettiger beeld in gedachten sloot Woolly de deur, zette de radio aan en ging op het linker bed liggen.

In het verhaal van Goudlokje en de Drie Beren moet Goudlokje drie verschillende bedden in voordat ze het juiste bed voor haar vindt. Maar Woolly hoefde niet drie verschillende bedden in, omdat hij al wist dat het bed links precies goed voor hem was. Want net als in zijn jeugd was het niet te hard of te zacht, en niet te lang of te kort.

Hij schudde de kussens op, dronk in één keer het reserveflesje van zijn medicijn leeg en maakte het zich gemakkelijk. Hij keek omhoog naar het plafond en zijn gedachten dwaalden af naar de legpuzzels die ze op regenachtige dagen legden.

Zou het niet prachtig zijn, dacht hij, als ieders leven net als een stukje van een legpuzzel was. Dan zou niemands leven ooit iemand anders' leven hoeven te storen. Het zou gewoon precies in zijn eigen, speciaal ontworpen plekje passen en er zodoende toe bijdragen dat het hele, gedetailleerde beeld compleet werd.

Terwijl Woolly die prachtige gedachte had kwam er op de radio een reclamespotje ten einde en begon er een hoorspel. Hij stapte weer uit bed en draaide het volume van de radio naar tweeënhalf.

Wat betreft het luisteren naar hoorspelen was het belangrijk om te weten, wist Woolly, dat de delen die je bang moesten maken – zoals het gefluister van moordenaars, het geritsel van bladeren of het kraken van voetstappen op een trap – relatief zacht waren. Maar dat de delen die je gerust moesten stellen – zoals het plotseling verschijnen van de held, of het gieren van zijn autobanden, of de knal van zijn pistool – juist relatief hard waren. Dus als je het volume naar tweeënhalf draaide kon je de delen die je bang moesten maken amper horen, terwijl je nog wel alle delen die je gerust moesten stellen kon horen.

Hij ging weer terug naar zijn bed en schudde alle kleine roze pilletjes uit het kleine bruine potje op het nachtkastje. Met een vingertop schoof hij ze in de palm van zijn hand, waarbij hij zei: *Een twee drie, kusje op je knie, vier vijf zes, dopje op de fles, zeven acht negen, ik ben heel verlegen.* Toen slikte hij ze met een grote teug water door en maakte het zich weer gemakkelijk.

Nu de kussens correct waren opgeschud, het volume correct was afgesteld en de roze pilletjes correct waren doorgeslikt, zou je denken dat Woolly niet zou weten waaraan hij moest denken, doordat Woolly Woolly was en hij alles op zijn Woolly's deed.

Maar hij wist precies waaraan hij moest denken. Bijna zodra het achter de rug was had hij geweten waaraan hij moest denken.

– Ik begin voor de vitrinekast in FAO Schwarz, zei hij bij zichzelf, met een glimlach. En dan komt mijn zus, en gaan we met de panda theedrinken in het Plaza. En wanneer Duchess me bij het standbeeld van Abraham Lincoln treft, gaan hij en ik naar het circus, waar dan ineens Billy en Emmett verschijnen. En dan gaan we over de Brooklyn Bridge en omhoog in het Empire State Building, waar we professor Abernathe ontmoeten. Dan hopla, naar het spoor met het gras, waar we bij het kampvuur het verhaal van Odysseus en Ulysses zullen horen, en van de oude ziener die uitlegde hoe ze hun weg naar huis konden vinden – hoe ze hun weg naar huis konden vinden, na tien lange jaren.

Maar je moet rustig aan doen, dacht Woolly, terwijl de gordijnen zich roerden in het venster en het gras door de naden tussen de vloerdelen begon op te komen, en de klimop de poten van de commode beklom. Want een enig-in-zijn-soort soort dag verdient het om in een heel laag tempo opnieuw beleefd te worden, zodat elk moment, elke draai en wending van de gebeurtenissen tot in de kleinste details onthouden werd.

Abacus

Lang geleden was Abacus tot de conclusie gekomen dat de grootste heldenverhalen de vorm hebben van een ruit op zijn kant. Het leven van de held begint bij een spitse punt en ontvouwt zich dan in zijn jeugd, wanneer hij zijn sterke kanten en feilbaarheden, zijn vriendschappen en vijandschappen begint te ontwikkelen. Dan gaat hij door, de wereld in, streeft hij in luisterrijk gezelschap heldendaden na, en beginnen de hommages en loftuitingen zich op te stapelen. Maar op een bepaald, onverwacht moment maken de twee zijden, die de buitengrenzen van zijn wijde wereld van kloeke compagnons en eervolle avonturen vormen, tegelijkertijd een hoek en beginnen ze geleidelijk naar elkaar toe te lopen. Het gebied dat onze held bereist, de verscheidenheid van mensen die hij tegenkomt en de doelgerichtheid die hem zo lang heeft voortgedreven beginnen zich allemaal te versmallen en komen uiteindelijk samen in dat vaste, onverbiddelijke punt dat zijn lot bepaalt.

Neem het verhaal van Achilles.

In de hoop haar zoon onoverwinnelijk te maken houdt de waternimf Thetis haar pasgeboren zoon bij de enkel en doopt hem in de rivier de Styx. Vanaf dat specifieke moment, met dat samenknijpen van haar hand, neemt het verhaal van Achilles zijn aanvang. Als stoere jonge knaap wordt hij door de centaur Chiron geschoold in geschiedenis, literatuur en filosofie. Op de sportvelden wint hij aan kracht en behendigheid. En met zijn strijdmakker Patroclus krijgt hij een zeer hechte band.

Als jonge man trekt Achilles de wijde wereld in, waar hij de ene heldendaad na de andere verricht en tal van tegenstanders verslaat, en zijn roem zich overal verbreidt. En dan, op het hoogtepunt van zijn faam en fysieke kracht, zet Achilles koers naar Troje om zich bij mensen als Agamemnon, Menelaos, Odysseus en Ajax te voegen, in de grootste strijd ooit door mensen gestreden.

Maar op zeker moment tijdens zijn overtocht, ergens midden in de Egeïsche Zee, en zonder dat Achilles het weet, maken de zijden van zijn leven hun hoek en beginnen aan hun meedogenloze baan naar binnen.

Tien lange jaren zal Achilles op de slagvelden van Troje verblijven. In de loop van die tien jaar wordt het oorlogsgebied kleiner naarmate de frontlinies steeds dichter bij de muren van de belegerde stad komen te liggen. De ooit talloze legioenen Griekse en Trojaanse soldaten zullen kleiner worden en met elke gesneuvelde verder afnemen. En in het tiende jaar, waarin Hector, prins van Troje, de geliefde Patroclus doodt, zal Achilles' wereld nog kleiner worden.

Vanaf dat moment wordt de vijand met al zijn bataljons in Achilles' hoofd teruggebracht tot die ene persoon die verantwoordelijk is voor de dood van zijn vriend. De uitgestrekte slagvelden worden teruggebracht tot de paar vierkante meter tussen hem en Hector. En zijn ambitie, die ooit plichtsbesef, eergevoel en glorie omvatte, is nu teruggebracht tot louter een ziedend verlangen naar wraak.

Misschien is het daarom niet verrassend dat slechts een paar dagen nadat Achilles erin slaagt Hector te doden, een giftige pijl uit de lucht de enige onbeschermde plek van Achilles' lichaam doorboort – de enkel waaraan zijn moeder hem had vastgehouden toen ze hem onderdompelde in de Styx. En exact op dat moment worden al zijn herinneringen en dromen, al zijn gewaarwordingen en gevoelens, al zijn deugden en ondeugden tenietgedaan, zoals de vlam van een kaars die tussen wijsvinger en duim wordt gedoofd.

Ja, al sinds lange tijd had Abacus begrepen dat de grote heldenverhalen leken op een ruit op zijn kant. Maar sinds kort had bij hem het besef postgevat dat niet alleen de levens van beroemdheden aan deze geometrische vorm voldeden. Want ook de levens van mijnwerkers en stuwadoors voldeden eraan. En de levens van serveersters en kindermeisjes voldeden eraan. De levens van ondergeschikten en onbekenden, van de onbenulligen en zij die vergeten zijn.

Alle levens.

Zíjn leven.

Ook zíjn leven begon bij een punt – op 5 mei in 1890, toen een jongen die Sam heette werd geboren in de slaapkamer van een klein, geschilderd buitenhuis op het eiland Martha's Vineyard, de enige nakomeling van een verzekeringsagent en een naaister.

Zoals elk kind bracht Sam zijn eerste jaren door in de warme geborgenheid van het gezin. Maar op een dag toen hij zeven was ging Sam, in de nasleep van een orkaan, met zijn vader mee naar een schipbreuk die voor de verzekeraars getaxeerd moest worden. Het vaartuig was helemaal uit Port-au-Prince gekomen en op een zandbank bij West Chop aan de grond gelopen, en daar lag het nog, met een gebroken kiel, de zeilen aan flarden, en de lading rum die met de golven aanspoelde op de kust.

Vanaf dat moment begonnen de schansen rond Sams leven naar buiten te wijken. Na elke storm drong hij erop aan met zijn vader mee te gaan om de wrakken te zien, de schoeners, fregatten en zeiljachten. Of ze nu op de rotsen waren geslagen of volgelopen waren door een roerige vloed: Sam zag niet alleen maar een schip in nood. Hij zag de wereld die het schip vertegenwoordigde. Hij zag de havens van Amsterdam, Buenos Aires en Singapore. Hij zag de specerijen, de stoffen en het aardewerk. Hij zag de zeelui die afkomstig waren uit elke zeevarende natie ter wereld.

Sams fascinatie voor schipbreuken voerde hem naar fantasieverhalen over de zee, zoals die van Sinbad en Jason. De fantasieverhalen voerden hem naar de geschiedenissen van de grote ontdekkingsreizigers en zijn wereldbeeld werd met elke pagina die hij las breder. Uiteindelijk voerde Sams alsmaar groeiende liefde voor geschiedenis en mythe hem naar de met klimop begroeide collegezalen van Harvard, en vervolgens naar New York, waar hij – nadat hij zich had omgedoopt tot Abacus en zich had uitgeroepen tot schrijver – kennismaakte met musici, architecten, schilders, geldschieters, alsmede criminelen en zwervers. En ten slotte ontmoette hij Polly, dat wonder der wonderen, die hem vreugde, kameraadschap, een dochter en een zoon schonk.

Wat een buitengewone periode waren die eerste jaren op Manhattan geweest, toen Abacus uit de eerste hand de almachtige, alomtegenwoordige en alzijdige verbreding die het leven is ervoer!

Althans, in de eerste helft van het leven.

Wanneer was de omslag gekomen? Wanneer hadden de buitengrenzen van zijn leven de hoek bereikt om te beginnen aan hun onstuitbare opmars naar het eindpunt, waar ze samenkwamen?

Abacus had geen idee.

Misschien niet lang nadat zijn kinderen volwassen waren geworden en hun eigen weg gingen. In elk geval voordat Polly overleed. Ja, waarschijnlijk in die jaren, toen haar tijd zonder dat ze er erg in hadden opraakte, terwijl hij, in de zogenaamde bloei van zijn leven, monter doorging met zijn zaken.

De manier waarop dat samenkomen je rauw op je dak valt is nog het naarst. En toch is het vrijwel onvermijdelijk. Want op het moment dat de hoek wordt genomen, zijn de twee tegenover elkaar liggende zijden van je leven zo ver van elkaar verwijderd dat je de verandering van hun baan nooit kon zien. En in die eerste jaren, waarin de zijden naar elkaar toe beginnen te buigen, lijkt de wereld nog steeds zo open, dat je geen aanleiding ziet om de inperking te vermoeden. Maar op een dag, jaren nadat het naar elkaar toe lopen is ingezet, kun je niet alleen de binnenwaartse koers van de verschansingen voelen, maar komt zelfs het eindpunt in het verschiet, terwijl het gebied dat nog voor je ligt versneld begint te krimpen.

Abacus had in de gouden jaren, toen hij eind twintig was, kort na zijn aankomst in New York drie goede vrienden gemaakt. Deze twee mannen en een vrouw waren gezworen kameraden en mede-avonturiers van het verstand en de geest. Zij aan zij hadden ze de wateren des levens bevaren, heel voortvarend en behoorlijk zelfverzekerd. Maar net in de afgelopen vijf jaar was de eerste getroffen door blindheid, de tweede door longemfyseem en de derde door dementie. Wat een uiteenlopende lotsbestemmingen, zou je misschien geneigd zijn te denken: verlies van zicht, longcapaciteit en denkvermogen. Maar in werkelijkheid komen die drie kwalen neer op hetzelfde vonnis: het versmallen van het leven aan de uiterste punt van de ruit. Het leefgebied van deze vrienden was stap voor stap gekrompen van de hele wereld naar hun land, naar hun regio, naar hun huis, en uiteindelijk naar een enkele kamer waar ze gedoemd waren om blind, amechtig en vergeetachtig hun dagen te slijten.

Hoewel Abacus nog geen noemenswaardige kwalen had, was ook zíjn wereld gaan krimpen. Ook hij had gezien dat de buitengrenzen van zijn leven waren vernauwd van de wereld als geheel tot het eiland Manhattan, tot dat met boeken gestoffeerde kantoor waar hij met filosofische berusting wachtte op het dichtknijpen van de wijsvinger en de duim. En toen dit...

Dit!

Deze buitengewone ommekeer.

Er komt een kleine jongen uit Nebraska opdagen, met een zachtmoedige manier van doen en een fantastisch verhaal. Let wel, niet uit een in leer gebonden boek. Niet uit een episch gedicht geschreven in een taal die niet meer gesproken wordt. Niet uit een archief of wetenschappelijke instelling. Maar uit het leven zelf.

Hoe gemakkelijk vergeten wij, de professionele verhalenvertellers, dat het altijd om het leven zelf draait. Een moeder die verdwenen is, een vader die heeft gefaald, een broer die vastberaden is. Een reis van de prairie naar de stad in een goederenwagon, met een vagebond die Ulysses heet. Daarvandaan naar een spoorweg die boven de stad hangt, net zo zeker als het walhalla in de wolken hangt. En daar begonnen de jongen, Ulysses en hijzelf, nadat ze bij een kampvuur waren gaan zitten dat zo oud als de mensheid was...

– Het is tijd, zei Ulysses.

– Wat zeg je? zei Abacus. Tijd?

– Als u nog mee wilt.

– Ja, ik ga mee! zei hij. Ik kom eraan!

Abacus kwam overeind in een bosje dertig kilometer ten westen van Kansas City en klauterde in het donker door het kreupelhout, waarbij de zak van zijn colbertje scheurde. Buiten adem volgde hij Ulysses door de open plek in het bos, de spoordijk op en de goederenwagon in die voorbestemd was om hen Joost mag weten waarheen te brengen.

Billy

Emmett sliep. Billy wist dat Emmett sliep omdat hij snurkte. Hij snurkte niet zo hard als hun vader altijd snurkte, maar hij snurkte hard genoeg om te weten dat hij sliep.

Stilletjes glipte Billy onder de dekens vandaan en ging op het vloerkleed staan. Hij graaide onder het bed, vond zijn rugzak, maakte de bovenkant open en haalde zijn zaklantaarn van de legerdump eruit. Om zijn broer niet wakker te maken richtte hij de lantaarn op het vloerkleed en deed hem vervolgens aan. Daarna haalde hij professor Abernathes *Compendium van Helden, Avonturiers en Andere Onversaagde Reizigers* uit de tas, sloeg hoofdstuk tien op en pakte zijn potlood.

Als hij helemaal bij het begin zou beginnen, zou hij moeten teruggaan naar 12 december 1935, de dag dat Emmett werd geboren. Dat was twee jaar nadat hun vader en moeder in Boston waren getrouwd en naar Nebraska waren verhuisd. Dat was tijdens de Crisis, toen Franklin Roosevelt president was, en Sally bijna een jaar oud.

Maar Billy ging niet helemaal bij het begin beginnen. Hij zou beginnen *in medias res*. Zoals Billy Emmett in het station van Lewis had uitgelegd, was het alleen heel moeilijk om te weten waar het middenstuk was.

Eén plan van Billy was om te beginnen op 4 juli 1946, toen hij, Emmett en hun vader en moeder naar Seward waren gegaan om naar het vuurwerk te kijken.

Billy was destijds nog maar een baby, dus hij kon zich niet herinneren hoe dat uitstapje was geweest. Maar Emmett had hem er op een middag alles over verteld. Hij had verteld over hun moeders enthousiasme voor vuurwerk, over de picknickmand op zolder en het geblokte tafelkleed dat ze altijd op het grasveld midden in Plum Creek Park uitspreidden. Zodoende kon Billy, om de dag precies te beschrijven, gebruiken wat Emmett hem verteld had.

Maar hij had ook de foto.

Hij haalde uit zijn rugzak de envelop die in het binnenste binnenvak zat. Hij maakte de envelop open, liet de foto eruit glijden en hield die bij het licht van zijn zaklantaarn. Het was een foto van Emmett, Billy in een reiswiegje, hun moeder en de picknickmand, allemaal in gelid op het geblokte tafelkleed. Hun vader moet degene geweest zijn die de foto nam, want hij stond er niet op. Iedereen op de foto glimlachte en hoewel Billy's vader er niet op stond, begreep Billy wel dat ook hij geglimlacht moest hebben.

Billy had de foto tegelijk met de ansichtkaarten van de Lincoln Highway gevonden in het blik dat in de onderste la van hun vaders ladekast had gelegen.

Maar toen hij de ansichtkaarten in de beige envelop had gedaan om ze aan Emmett te laten zien wanneer hij uit Salina terugkwam, had hij de foto uit Seward in een andere envelop gedaan. Hij had hem in een andere envelop gedaan omdat hij wist dat herinneringen aan het uitstapje naar Seward zijn broer boos maakten. Billy wist dat, want zijn broer was boos geworden toen hij Billy over het uitstapje naar Seward had verteld. En daarna had hij Billy er nooit meer over verteld.

Billy had de foto bewaard omdat hij wist dat Emmett niet altijd boos op zijn moeder zou blijven. Als ze haar eenmaal in San Francisco hadden gevonden en zij de kans had gehad hun alles te vertellen wat ze in de jaren dat ze gescheiden waren geweest had gedacht, dan zou Emmett niet meer boos zijn. Daarna zou Billy hem de foto geven, en Emmett zou blij zijn dat Billy die voor hem bewaard had.

Maar het was niet logisch om het verhaal daar te beginnen, dacht Billy toen hij de foto weer in de envelop deed. Want op 4 juli 1946 had hun moeder hen nog niet verlaten. Dus die avond was dichter bij het begin van het verhaal dan bij het midden.

Een ander plan van Billy was om te beginnen op de avond dat Emmett Jimmy Snyder had geslagen.

Billy had geen foto nodig om zich die avond te herinneren want hij was erbij geweest, en oud genoeg om het zich zélf te herinneren.

Het was op zaterdag 4 oktober 1952, de laatste avond van de kermis. Hun vader, die de avond ervoor met hen was meegegaan naar de kermis, had besloten om op zaterdag thuis te blijven. Dus waren Emmett en Billy er samen in de Studebaker heen gereden.

In sommige jaren kan de temperatuur op de kermis aanvoelen als het begin van de herfst, maar dat jaar voelde de temperatuur aan als het eind van de zomer. Billy wist dat nog, omdat ze met open raampjes naar de kermis waren gereden, en toen ze waren aangekomen hadden ze besloten om hun jasje in de auto te laten liggen.

Ze waren om vijf uur van huis vertrokken zodat ze iets konden eten en een paar ritjes in de attracties maken, en dan nog tijd over zouden hebben om bij de vioolwedstrijd plaatsen vooraan te vinden. Emmett en Billy waren allebei dol op de vioolwedstrijd, vooral wanneer ze plaatsen vooraan hadden. Maar op die speciale avond, ook al waren ze nog zo vroeg, zouden ze de vioolspelers niet te zien krijgen.

Toen ze van de draaimolen naar het toneel liepen was Jimmy Snyder begonnen lelijke dingen te roepen. In het begin leek het Emmett niet te schelen wat Jimmy allemaal zei. Daarna werd Emmett boos en probeerde Billy hem weg te trekken, maar Emmett wilde niet mee. En toen Jimmy nog een laatste rotopmerking over hun vader probeerde te maken, sloeg Emmett hem op zijn gezicht.

Nadat Jimmy achterwaarts was gevallen en zijn hoofd had gestoten moet Billy zijn ogen hebben gesloten, want hij wist niet meer hoe de daaropvolgende minuten eruit hadden gezien. Hij wist alleen nog hoe ze hadden geklonken: Jimmy's vrienden die naar adem snakten en vervolgens om hulp riepen, en toen tegen Emmett begonnen te schreeuwen terwijl andere mensen zich om hen heen verdrongen. En daarna was Emmett, die Billy's hand de hele tijd was blijven vasthouden, de een na de ander gaan uitleggen wat er was gebeurd, tot de ambulance arriveerde. En de hele tijd speelde het stoomorgel bij de draaimolen zijn muziek en deden de geweren van de schiettent van *plop, plop, plop.*

Maar het was ook niet logisch om het verhaal daar te beginnen, dacht Billy. Want de avond op de kermis was nog voordat Emmett naar Salina was gestuurd en zijn lesje had geleerd. Dus dat hoorde ook nog bij het begin.

Om *in medias res* te zijn, dacht Billy, zouden er net zo veel belangrijke dingen al gebeurd moeten zijn als belangrijke dingen die nog niet waren gebeurd. Voor Emmett hield dat in dat hij al naar Seward moest zijn geweest om het vuurwerk te zien, en hun moeder moest al de Lincoln Highway naar San Francisco hebben gevolgd, en Emmett moest al gestopt zijn met werken op de boerderij om timmerman te worden, en hij moest met zijn spaargeld al de Studebaker hebben gekocht, en hij moest op de kermis al boos zijn geworden en Jimmy Snyder op zijn gezicht hebben geslagen en naar Salina zijn gestuurd en zijn lesje hebben geleerd.

Maar de komst van Duchess en Woolly in Nebraska, en de treinreis naar New York, en de zoektocht naar de Studebaker, en de hereniging met Sally, en de reis die ze op het punt stonden te maken van Times Square naar het Paleis van het Legioen van Eer om er op 4 juli hun moeder te treffen: al die dingen moesten nog niet gebeurd zijn.

Om die reden besloot Billy, gebogen over hoofdstuk tien en met zijn potlood in de hand, dat de perfecte plek om het verhaal van Emmetts avonturen te beginnen het moment was dat hij van Salina naar huis reed, voorin in de auto van de directeur.

EEN

Emmett

Om negen uur 's morgens liep Emmett in zijn eentje van het metrostation op 125th Street West Harlem in.

Twee uur eerder was Sally beneden de keuken van de Whitneys binnengekomen met de mededeling dat Billy sliep als een roos.

– Hij is waarschijnlijk bekaf, zei Emmett.

– Dat lijkt mij ook, zei Sally.

Even dacht Emmett dat Sally's opmerking voor hem was bedoeld – een por omdat hij Billy de afgelopen dagen aan zoveel beproevingen had blootgesteld. Maar toen hij naar haar gezicht keek, zag hij dat ze alleen maar zijn eigen gevoel beaamde: Billy was doodop.

Dus besloten ze hem maar te laten slapen.

– Ik heb trouwens wel wat tijd nodig om de lakens te wassen en de andere bedden op te maken, zei Sally.

In de tussentijd zou Emmett de trein naar Harlem nemen om de Studebaker op te halen. Omdat Billy zijn zinnen erop had gezet om hun reis op Times Square te beginnen, opperde Emmett dat zij drieën elkaar daar om half elf zouden ontmoeten.

– Oké, zei Sally. Maar hoe treffen we elkaar?

– Wie er het eerst is kan wachten onder het reclamebord van Canadian Club.

– En waar mag dat wel wezen?

– Geloof me, zei Emmett, dat kun je niet mislopen.

Toen Emmett bij het carrosseriebedrijf aankwam stond Townhouse hem op straat op te wachten.

– Je auto is klaar, zei hij nadat ze elkaar de hand hadden geschud. Heb je je envelop terug?

– Ja.

– Goed. Nu kunnen jij en Billy naar Californië. Dat is geen moment te vroeg...

Emmett keek zijn vriend aan.

– De politie is gisteravond weer geweest, vervolgde Townhouse. Alleen waren het geen agenten maar twee rechercheurs. Ze stelden dezelfde vragen over Duchess, maar nu vroegen ze ook naar jou. En ze maakten duidelijk dat als ik van jou of Duchess zou horen en het hun niet zou vertellen, ik me een hoop ellende op de hals zou halen. Omdat er een auto die voldoet aan de beschrijving van je Studebaker gezien is bij het huis van Oude Testament-Ackerly – op dezelfde middag dat iemand hem het ziekenhuis in sloeg.

– Het ziekenhuis?

Townhouse knikte.

– Het schijnt dat een of meerdere onbekenden Ackerly's huis in Indiana zijn ingegaan en hem met een stomp voorwerp op zijn hoofd hebben geslagen. Ze denken dat hij het wel zal redden, maar hij is nog niet bijgekomen. In de tussentijd hebben de jongens in het blauw een bezoekje gebracht aan Duchess' ouweheer in een of ander luizig logement in het centrum. Hij was er niet, maar Duchess was er wel geweest. Met een andere witte jongen, en een lichtblauwe auto.

Emmett sloeg zijn hand voor zijn mond.

– Jezus.

– Dat bedoel ik. Ik vind dat wát die klootzak van een Ackerly ook heeft gekregen, zijn verdiende loon was. Maar voorlopig kun je waarschijnlijk beter wat afstand houden van New York. En als je toch bezig bent, hou dan ook wat afstand van Duchess. Kom op. De tweeling is binnen.

Townhouse ging voorop en bracht Emmett via de werkplaats naar de plek waar de gebroeders Gonzalez en de jongen die Otis heette stonden te wachten. De Studebaker stond nog onder het zeildoek en Paco en Pico stonden er stralend naast te glimlachen – twee ambachtslieden die graag hun vakwerk wilden onthullen.

– Klaar? vroeg Townhouse.

– Klaar, zei Paco.

– Toe maar dan.

Toen de broers het zeildoek wegtrokken, stonden Townhouse, Emmett en Otis er even sprakeloos bij. Daarna begon Otis te schudden van het lachen.

– Géél? vroeg Emmett ongelovig.

De broers keken van Emmett naar elkaar en weer terug.

– Wat is er mis met geel? vroeg Paco defensief.

– Dat is de kleur van een lafaard, zei Otis, opnieuw lachend.

Pico begon rap met zijn broer in het Spaans te praten. Toen hij klaar was, wendde Paco zich tot de anderen.

– Hij zegt dat het niet de kleur van een lafaard is. Het is het geel van een hoornaar, een reuzenwesp. Maar ze ziet er niet alleen uit als een wesp, ze heeft er ook het venijn van.

Paco begon naar de auto te gebaren, als een verkoper die de eigenschappen van een nieuw model aanprijst.

– Los van de nieuwe laklaag hebben we haar ook uitgedeukt, het chroom gepoetst en de olie ververst. Maar we hebben er ook wat extra pk's bij gedaan.

– Nou, in elk geval zal de politie je nu niet herkennen, zei Otis.

– En als ze dat tóch doen, zullen ze je niet te pakken krijgen, zei Paco.

De gebroeders Gonzalez lachten met veel voldoening.

Emmett had spijt van zijn eerste reactie en uitte uitvoerig zijn dank, vooral vanwege de snelheid waarmee de broers de klus hadden geklaard. Maar toen hij zijn envelop met geld uit zijn achterzak trok, schudden ze allebei het hoofd.

– Deze is voor rekening van Townhouse, zei Paco. Dat waren we hem nog schuldig.

Op de terugweg naar 126th Street moesten Emmett en Townhouse lachen om de gebroeders Gonzalez, de auto en haar gloednieuwe venijn. Tegen de tijd dat ze bij Townhouse's huis aankwamen vielen ze allebei stil en maakte geen van beiden aanstalten om uit te stappen.

– Waarom Californië? vroeg Townhouse na een poosje.

Voor het eerst vertelde Emmett over zijn plan met het geld van zijn vader – het plan om een vervallen huis te kopen, het op te knappen en dan te verkopen om daarna twee andere huizen te kopen, en vandaar de noodzaak om in een staat met een omvangrijke en groeiende bevolking te zitten.

– Kijk, dat is nou typisch een Emmett Watson-plan, zei Townhouse glimlachend.

– En jij? vroeg Emmett. Wat ga jij nu doen?

– Ik weet het niet.

Townhouse keek uit het passagiersraampje naar zijn stoep.

– Mijn moeder wil dat ik weer naar school ga. Ze heeft een droombeeld van mij dat ik een beurs krijg en op een universiteit ga honkballen, wat geen van beide gaat gebeuren. En pa wil me een baan bij het postkantoor bezorgen.

– Hij is blij met de zijne, toch?

– Hij is er niet blij mee, Emmett. Hij is er dólblij mee.

Townhouse schudde met een bedeesd lachje zijn hoofd.

– Als je postbode bent geven ze je een route, snap je? De straten waar je elke dag met je tas doorheen sjouwt – als een soort pakezel op een pad. Maar mijn ouweheer lijkt het niet te beleven als werk. Omdat hij iedereen op zijn route kent, en iedereen hém. De oude dames, de kinderen, de kappers, de winkeliers.

Townhouse schudde weer zijn hoofd.

– Op een avond zes jaar geleden kwam hij thuis en zag hij er doodongelukkig uit. Zo hadden we hem nog nooit gezien. Toen mijn moeder vroeg wat er mis was, barstte hij in tranen uit. We dachten dat er iemand was overleden of zo. Het bleek dat de hoge omes na vijftien jaar zijn route hadden veranderd. Ze hadden hem zes straten zuidelijker en vier straten oostelijker geplaatst, en dat deed hem bijna de das om.

– En toen? vroeg Emmett.

– Hij stond 's morgens op, sjokte de deur uit, en tegen het eind van het jaar was hij ook met die route dólblij.

Ze moesten allebei lachen. Toen stak Townhouse een vinger op.

– Maar hij is zijn eerste route nooit vergeten. Elk jaar gaat hij op Memorial Day, als hij vrij heeft, dat buurtje in. Om gedag te zeggen tegen iedereen die hem herkent, en ook zo'n beetje iedereen die hem niet herkent. Hij zegt dat als je een baan als postbode hebt, de regering je betaalt om vrienden te maken.

– Als je het zo stelt, klinkt het zo gek nog niet.

– Kan zijn, beaamde Townhouse. Kan zijn. Maar hoeveel ik ook van mijn vader hou, ik zie mezelf niet zo leven. Dag in dag uit, week in week uit, jaar in jaar uit dezelfde route lopen.

– Oké. En als het geen universiteit of postkantoor wordt, wat dan wel?

– Ik heb aan het leger zitten denken.

– Het leger? vroeg Emmett verrast.

– Ja, het leger, zei Townhouse, bijna alsof hij de klank van het woord bij zichzelf uitprobeerde. Waarom niet? Er is momenteel geen oorlog. Het betaalt vrij goed en het is vast werk. En als je geluk hebt word je overzee geplaatst en zie je iets van de wereld.

– Je bent dan wel weer terug in de barakken, merkte Emmett op.

– Dat kan me niet zo schelen, zei Townhouse.

– Je aanpassen... bevelen opvolgen... een uniform dragen...

– Dat is het juist, Emmett. Of je nu een postbodetas draagt, een lift bedient, benzine tankt of in de bak zit: als zwarte man draag je altijd een uniform. Dus dan kun je maar beter het uniform kiezen dat je bevalt. Ik denk dat ik, als ik me gedeisd hou en aan mijn verplichtingen voldoe, misschien carrière kan maken. Officier worden. Dat anderen voor jou salueren in plaats van andersom.

– Ik zie het helemaal voor me, zei Emmett.

– Weet je wat? zei Townhouse. Ik ook.

Toen hij eindelijk uitstapte, deed Emmett dat ook. Hij liep om de motorkap heen naar Townhouse op het trottoir waar ze elkaar zwijgend een hand gaven, met de genegenheid van familieleden.

Een week eerder, toen Billy zijn ansichtkaarten had uitgespreid en aan Emmett had uitgelegd dat ze hun moeder zouden vinden door een van de grootste 4 juli-vieringen van Californië te bezoeken, had Emmett zijn broers idee hooguit fantasierijk gevonden. Maar toch, ondanks het feit dat hij en Townhouse jongemannen waren die op het punt stonden heel verschillende kanten op te gaan, zonder zeker te weten waar ze zouden uitkomen, had hij toen Townhouse bij hun afscheid *Tot ziens* zei, er totaal niet aan getwijfeld dat dat waar was.

§

– Wat is dat in hemelsnaam? zei Sally.

– Dat is mijn auto, zei Emmett.

– Dat lijkt net zoveel op een auto als een van die borden.

Ze stonden aan de noordzijde van Times Square, waar Emmett de Studebaker pal achter Betty had geparkeerd.

Sally had er alle reden toe om zijn auto te vergelijken met de reclameborden om hen heen, want hij sprong net zo in het oog. Zelfs in die mate dat hij bekijks had van een stel voorbijgangers. Emmett wilde geen oogcontact met hen maken, want hij had geen idee of ze stilstonden om te gniffelen of uit bewondering.

– Hij is geel! riep Billy, die net terugkwam van een kiosk vlakbij. Net zo geel als mais.

– Eigenlijk is hij zo geel als een wesp, zei Emmett.

– Als jij het zegt, zei Sally.

Emmett wilde graag van onderwerp veranderen en wees naar het zakje in Billy's hand.

– Wat heb je daar?

Terwijl Sally naar haar pick-up liep, liet Billy wat hij had gekocht voorzichtig uit het zakje glijden en gaf het aan Emmett. Het was een ansichtkaart van Times Square. Aan de bovenkant van de foto was achter de gebouwen een klein stukje lucht te zien, en net zoals op de andere kaarten van Billy's verzameling was die vlekkeloos blauw.

Billy ging naast Emmett staan en wees van de ansichtkaart naar de bezienswaardigheden.

– Zie je? Daar heb je het Criterion Theatre. En Bond Clothiers. En het reclamebord van Camel-sigaretten. En ook het bord van Canadian Club.

Billy keek met waardering rond.

– De man van de kiosk zei dat de borden 's nachts worden aangelicht. Allemaal. Kun je je dat voorstellen?

– Dat is heel bijzonder.

Billy sperde zijn ogen wijd open.

– Ben jij hier weleens geweest met al die verlichte borden?

– Heel kort, gaf Emmett toe.

– Hé makker, zei een zeeman met zijn arm over de schouder van een brunette. Wil je niet een ritje met ons maken?

Emmett negeerde hem en ging op zijn hurken zitten, om dichter bij zijn broer te zijn terwijl hij met hem sprak.

– Ik weet hoe opwindend het hier is op Times Square, Billy. Maar we hebben nog een heel eind te gaan.

– En we zijn pas net begonnen.

– Inderdaad. Dus kijk nog maar een laatste keer goed rond, en dan nemen we afscheid van Sally en gaan we op weg.

– Oké, Emmett. Dat lijkt me een goed idee. Ik kijk nog een laatste keer goed rond en dan gaan we op weg. Maar we hoeven geen afscheid van Sally te nemen.

– Hoezo?

– Vanwege Betty.

– Wat is er met Betty?

– Ze heeft het begeven, zei Sally.

Emmett keek op en zag Sally bij het portier aan de passagierskant van zijn auto staan, met haar koffer in de ene en haar mand in de andere hand.

– Ze raakte op Sally's reis van Morgen twee keer oververhit, legde Billy uit. En er was een grote wolk stoom en gerammel toen we op Times Square aankwamen. Daarna gaf ze er de brui aan.

– Ik geloof dat ik iets te veel van haar heb gevergd, zei Sally. Maar ze heeft ons precies gebracht waar we moesten zijn, goddank.

Toen Emmett weer ging staan keek Sally van hem naar de Studebaker. Vervolgens deed hij een stap naar voren om het achterportier voor haar te openen.

– Eigenlijk vind ik dat we allemaal voorin moeten zitten, zei Billy.

– Dat kan weleens krap worden, zei Emmett.

– Dat zou inderdaad weleens kunnen, zei Sally.

Vervolgens zette ze haar koffer en de mand op de achterbank, sloot het achterportier en deed het voorportier open.

– Ga jij er maar eerst in, Billy, zei ze.

Nadat Billy met zijn rugzak in was gestapt, stapte zij in. Daarna keek ze recht voor zich uit door de voorruit, met haar handen in haar schoot.

– Vriendelijk bedankt, zei ze toen Emmett het portier sloot.

Toen Emmett goed en wel op de bestuurdersplaats zat, had Billy zijn kaart al uitgevouwen. Hij keek op en wees naar voren.

– Brigadier Williams, de tweede agent die ik sprak, zei dat het officiele beginpunt van de Lincoln Highway op de hoek van Forty-Second Street en Broadway is. Vandaar ga je rechts en dan naar de rivier. Hij zei dat toen de Lincoln Highway voor het eerst openging, je met de pont over de Hudson moest, maar nu kun je de Lincoln Tunnel nemen.

Met een gebaar naar de kaart legde Emmett Sally uit dat de Lincoln Highway de eerste transcontinentale weg van Amerika was.

– Dat hoef je niet te vertellen, hoor, zei ze. Ik weet er alles van.

– Inderdaad, zei Billy. Sally weet er alles van.

Emmett startte de auto.

Toen ze de Lincoln Tunnel inreden vertelde Billy, tot Sally's kennelijke ongenoegen, dat ze onder de Hudson door gingen – een rivier die zo diep was, dat hij er net een paar nachten geleden een hele vloot oorlogsschepen op had zien varen. En hij begon, om haar een plezier te doen, aan een beschrijving van het verhoogde spoor, Stew en de kampvuren, waardoor Emmett aan zijn eigen gedachten was overgeleverd.

Nu ze in beweging waren dacht Emmett aan wat hij zich had voorgesteld en waar hij naar had uitgekeken om aan te denken: namelijk aan de weg die voor hen lag. Toen de gebroeders Gonzalez hadden gezegd dat ze wat extra pk's onder de kap hadden gestopt was dat geen grapje geweest. Emmett kon het voelen – en horen – telkens wanneer hij het gaspedaal indrukte. Dus als de weg tussen Philadelphia en Nebraska redelijk leeg was, dacht hij dat ze gemiddeld tachtig, misschien wel honderd kilometer per uur konden rijden. Ze konden Sally morgen aan het eind van de middag in Morgen afzetten en dan op pad gaan, eindelijk naar het westen, door de landschappen van Wyoming, Utah en Nevada die zich onderwijl voor hen zouden uitstrekken. Naar hun eindpunt, de staat Californië, met een bevolking die goed op dreef was de zestien miljoen te halen.

Maar toen ze de tunnel uitkwamen en New York achter zich hadden, bleek Emmett in plaats van aan de weg voor hen te denken aan wat Townhouse eerder die ochtend had gezegd: dat hij afstand van Duchess moest houden.

Dat was een verstandig advies en het kwam overeen met wat Emmett intuïtief ook vond. Het enige probleem was dat zolang het onderzoek naar de aanslag op Ackerly gaande was, de politie op zoek naar Duchess én naar hem was. En dat was in de veronderstelling dat Ackerly zou herstellen. Als Ackerly overleed zonder bij bewustzijn te komen, zouden de gezagsdragers niet rusten voor ze een van hun tweeën achter slot en grendel hadden.

Emmett keek zijdelings naar rechts en zag dat Billy weer naar zijn kaart keek, terwijl Sally naar de weg keek.

– Sally...

– Ja, Emmett?

– Wat kwam sheriff Petersen bij jou doen?

Billy keek op van zijn kaart.

– Is de sheriff bij jou geweest, Sally?

– Het stelde niks voor, verzekerde ze hen. Te stom om het over te hebben.

– Twee dagen geleden vond je het anders belangrijk genoeg om er het halve land voor door te rijden, merkte Emmett op.

– Dat was twee dagen geleden.

– Sally.

– Oké, oké. Het had te maken met dat akkevietje van jou met Jake Snyder.

– Je bedoelt, toen Jake hem in de stad had geslagen? vroeg Billy.

– Hij en ik hadden nog iets recht te zetten, zei Emmett.

– Zal wel, zei Sally. Maar goed. Het schijnt dat toen jij en Jake iets aan het rechtzetten waren, er een andere gast was, een vriend van Jake, en dat die kort daarna in de steeg achter de Bijou voor zijn kop is geslagen. En wel zó hard dat hij per ambulance naar het ziekenhuis moest. Sheriff Petersen weet dat jij het niet gedaan hebt omdat je op dat moment bij hem was. Maar toen hoorde hij praten over een jonge vreemdeling die die dag in de stad was. En daarom kwam hij bij mij langs. Om te vragen of jij bezoek had gehad.

Emmett keek Sally aan.

– Ik heb natuurlijk nee gezegd.

– Heb je nee gezegd, Sally?

– Ja Billy, inderdaad. En dat was een leugen. Maar een leugen om bestwil. Trouwens, het idee dat een van je broers vrienden betrokken was bij dat gedoe achter de Bijou is flauwekul. Woolly loopt nog een kilometer om om niet op een rups te trappen. En Duchess? Nou, iemand die een gerecht als Fettuccine Nogwat kan maken en dat vervolgens opdient aan een perfect gedekte tafel zou nooit iemand met een stuk hout op zijn kop kunnen slaan.

En hier eindigt de les, dacht Emmett.

Maar hij was er nog niet zo zeker van…

– Billy, die ochtend dat ik de stad in ging, waren Duchess en Woolly toen bij jou?

– Ja, Emmett.

– De hele tijd?

Billy dacht even na.

– Woolly was de hele tijd bij mij. En Duchess was het grootste deel van de tijd bij ons.

– Wanneer was Duchess niet bij jullie?

– Toen hij ging wandelen.

– Hoelang duurde dat?

Billy dacht weer na.

– Zo lang als *De Graaf van Monte Cristo, Robin Hood, Theseus* en *Zorro*. Volgende links, Emmett.

Emmett zag het richtingbord voor de Lincoln Highway, veranderde van rijstrook en sloeg af.

Terwijl hij naar Newark reed kon hij zich voorstellen wat er in Nebraska gebeurd moest zijn. Nadat Emmett hem gevraagd had om zich niet te laten zien, was Duchess toch de stad in gegaan (Natúúrlijk had hij dat gedaan). Eenmaal in de stad moet hij op Emmetts confrontatie met Jake zijn gestuit en het hele smerige gedoe gezien hebben. Maar als dat zo was, waarom had hij dan de moeite genomen Jakes vriend te slaan?

Terugdenkend aan de lange vreemdeling met de cowboyhoed die tegen de Studebaker stond geleund, herinnerde hij zich diens lakse houding en verwaande gezichtsuitdrukking, herinnerde hij zich dat de vreemdeling Jake tijdens het gevecht had opgejut, en ten slotte herinnerde hij zich de eerste woorden die de man had gezegd: *Het schijnt dat Jake hier nog iets met jou heeft af te handelen, Watson.*

Zo had hij het uitgedrukt, dacht Emmett: *nog iets af te handelen.* En volgens de oude podiumkunstenaar FitzWilliams was *nog iets af te handelen* precies wat Duchess had gezegd over wat hij met zijn vader had...

Emmett stopte in de berm en legde zijn handen op het stuur.

Sally en Billy keken hem nieuwsgierig aan.

– Wat is er, Emmett? vroeg Billy.

– Ik geloof dat we Duchess en Woolly moeten zien te vinden.

Sally keek verrast.

– Maar mevrouw Whitney zei dat ze op weg naar Salina waren.

– Ze zijn niet op weg naar Salina, zei Emmett. Ze zijn op weg naar het huis van de Wolcotts in de Adirondacks. Het enige probleem is dat ik niet weet waar dat is.

– Ik weet waar het is, zei Billy.

– O, ja?

Billy keek omlaag en schoof zijn vinger langzaam weg van Newark, New Jersey, weg van de Lincoln Highway, en omhoog naar het midden van de staat New York waar iemand een grote rode ster had getekend.

Sally

Toen we door dat godvergeten New Jersey reden – wie wil dáár nou wonen – en Emmett stopte en aankondigde dat we naar het Noorden moesten om Duchess en Woolly te zoeken, heb ik geen woord gezegd. Vier uur later, toen hij bij een motel langs de weg stopte dat er meer uitzag als een behoeftige bouwval dan een plaats om te overnachten, heb ik geen woord gezegd. En toen Emmett in het verloederde kantoortje het gastenboek tekende met de naam Schulte, heb ik ook geen woord gezegd.

Maar…

Toen we eenmaal onze kamers hadden gevonden en ik Billy naar de badkamer had gestuurd om een bad te nemen, ging Emmett er eens goed voor zitten. Hij zette een ernstig gezicht op en zei dat hij niet zeker wist hoelang het zou duren om Duchess en Woolly te vinden. Het kon wel een paar uur duren, misschien meer. Maar zo gauw hij terugkwam konden we met z'n drieën wat eten en vroeg naar bed, en als we dan om zeven uur 's morgens weer op pad waren, konden ze me woensdagavond in Morgen afzetten, zonder al te veel om te rijden.

En dat was het moment dat mijn voorraad 'geen woord zeggen' op was.

– Maak je maar niet druk om al dat omrijden, zei ik.

– Het is geen probleem, hoor, verzekerde hij me.

– Of dat nu wel of niet zo is, maakt niet veel uit. Want ik ben niet van plan om in Morgen afgezet te worden.

– Oké, zei hij enigszins aarzelend. Waar wil je dan afgezet worden?

– San Francisco lijkt me prima.

Emmett keek me even aan. Toen sloot hij zijn ogen.

– Je kunt je ogen nu wel sluiten, zei ik, maar dat betekent niet dat ik hier niet ben, Emmett. Bij lange na niet. Sterker nog, als je je ogen sluit, ben ik er niet alleen, maar is ook Billy er, en dit prachtige motel, en de hele wijde wereld – precies waar jij het achterliet.

Emmett opende zijn ogen weer.

– Sally, zei hij, ik weet niet wat voor verwachtingen ik misschien bij je heb gewekt, of wat je misschien zelf bent gaan verwachten…

Wat is dit, vroeg ik me af. Verwachtingen die hij bij mij zou hebben gewekt? Wat ik zelf was gaan verwachten? Ik boog me iets naar voren, om geen enkel woord te missen.

– … maar Billy en ik hebben dit jaar heel wat voor onze kiezen gekregen, met het verlies van onze vader, en de boerderij…

– Ga door, zei ik. Ik ben een en al oor.

Emmett schraapte zijn keel.

– Het is gewoon dat... met alles wat we hebben doorstaan… ik denk dat wat Billy en ik nu nodig hebben… is samen een nieuwe start maken. Alleen hij en ik.

Ik keek hem een ogenblik strak aan. Toen slaakte ik een zucht.

– Dus dát is het, zei ik. Je denkt dat ik mezelf uitnodig voor de rit naar San Francisco met de bedoeling om deel van jullie huishouden uit te maken.

Hij keek een beetje ongemakkelijk.

– Sally, ik zeg alleen maar…

– O, ik weet wel wat je zegt – want je zei het net. Het was zo klaar als een klontje, ondanks al dat wikken en wegen van je. Dus laat ik ook zo klaar als een klontje zijn. Voor de naaste toekomst, meneer Watson, is het enige huishouden waar ik deel van wil uitmaken het mijne. Een huishouden waar al het koken en schoonmaken puur voor mezelf is.

Míjn ontbijt, míjn middageten, míjn avondeten klaarmaken. Míjn afwas doen. Míjn was doen. Míjn vloer vegen. Dus wees maar niet bang dat ik jullie nieuwe start zal bederven. De laatste keer dat ik erop lette waren er heel wat nieuwe starten in de aanbieding.

Toen Emmett de deur uit liep en in zijn knalgele auto stapte, dacht ik bij mezelf dat er in Amerika wel degelijk heel wat grote dingen zijn. Het Empire State Building en het Vrijheidsbeeld zijn groot. De Mississippi en de Grand Canyon zijn groot. De hemel boven de prairie is groot. Maar niets is groter dan de eigendunk van een man.

Ik schudde mijn hoofd en knalde de deur dicht, en daarna klopte ik op de badkamerdeur om te kijken hoever Billy was.

§

Op zijn broer na denk ik dat ik Billy Watson beter ken dan ongeveer iedereen. Ik weet hoe hij zijn kip met doperwten en puree eet (eerst de kip, dan de doperwten, en de aardappels bewaart hij voor het laatst). Ik weet hoe hij zijn huiswerk maakt (rechtop zittend aan de keukentafel, en met dat gummetje aan het eind van zijn potlood wist hij ieder spoor van elk foutje). Ik weet hoe hij zijn gebeden zegt (hij denkt er altijd aan om zijn vader, zijn moeder, zijn broer en mij te noemen). Maar ik weet ook hoe hij zich in de nesten werkt.

Het was op de eerste donderdag in mei.

Ik weet het nog omdat ik bezig was om voor het feestje van de kerk citroen-meringuetaarten te maken, toen ik een telefoontje kreeg: of ik maar even naar de school wilde komen.

Ik geef toe dat ik al een beetje pissig was toen ik het kantoor van het schoolhoofd binnenstapte. Ik was net klaar met het kloppen van de eiwitten voor het schuimgebak toen ik werd gebeld, dus ik moest de oven uitdoen en kon de eiwitten wel in de gootsteen mieteren. Maar toen ik de deur opendeed en Billy op een stoel voor schoolhoofd Huxleys bureau naar zijn schoenen zag zitten staren liep ik rood aan. Ik weet zeker dat Billy Watson nooit van zijn leven reden heeft gehad om naar zijn schoenen te staren. Dus als hij naar zijn schoenen staart, is dat omdat iemand hem daar onterecht toe heeft aangezet.

– Goed, zei ik tegen schoolhoofd Huxley. U heeft ons allebei voor u. Wat is het probleem?

Het bleek dat de school kort na de lunch een zogenaamde Duik-en-schuiloefening had. Midden onder schooltijd, terwijl de kinderen gewoon les kregen, ging de schoolbel vijf keer achter elkaar, waarop de kinderen onder hun tafeltje moesten kruipen en hun handen op hun hoofd vouwen. Maar kennelijk had Billy, toen de bel was gegaan en mevrouw Cooper nog eens had gezegd wat de kinderen moesten doen, dat geweigerd.

Billy weigert niet vaak iets. Maar als hij daarvoor kiest, doet hij dat met een hoofdletter W. En juf Cooper kon vleien, aandringen en berispen wat ze wilde, maar Billy ging gewoon niet met zijn klasgenootjes onder de tafeltjes zitten.

– Ik heb William geprobeerd uit te leggen, legde schoolhoofd Huxley mij uit, dat het doel van de oefening zijn eigen veiligheid is, en dat hij door te weigeren mee te doen niet alleen zichzelf in gevaar brengt maar ook de orde verstoort, net op het moment dat ordeverstoring ánderen het meest kan schaden.

De jaren hadden hun tol van meneer Huxley geëist. Het haar boven op zijn hoofd was heel dun geworden, en het praatje ging rond dat mevrouw Huxley een *vriend* in Kansas City had. Dus ik denk dat enig medeleven wel op zijn plaats was. Maar ik had Huxley niet bepaald gemogen toen ik daar op de lagere school zat en zag weinig aanleiding om hem nu wel te mogen.

Ik keek Billy aan.

– Is dat waar?

Zonder op te kijken knikte hij.

– Misschien kun je ons vertellen waarom je juf Coopers instructies weigerde op te volgen, opperde het schoolhoofd.

Voor het eerst keek Billy me aan.

– In de inleiding van zijn *Compendium* zegt professor Abernathe dat een held nooit zijn rug keert tegen gevaar. Hij zegt dat een held dat altijd recht in de ogen ziet. Maar hoe kan iemand gevaar recht in de ogen zien als hij met zijn handen op zijn hoofd onder zijn tafeltje zit?

Duidelijke taal en gezond verstand. Geen speld tussen te krijgen.

– Billy, zei ik, wil je even buiten wachten?

– Oké, Sally.

Het schoolhoofd en ik keken beiden toe hoe Billy het kantoor uit liep, nog steeds naar zijn schoenen starend. Toen de deur dicht was, keek ik het schoolhoofd aan zodat hij me recht in de ogen zag.

– Meneer Huxley, zei ik terwijl ik mijn best deed goedgehumeurd te blijven, zegt u me nu, pas negen jaar nadat de Verenigde Staten van Amerika wereldwijd de strijdkrachten van het fascisme hebben verslagen, dat u een achtjarige jongen straft omdat hij weigert zijn kop onder zijn tafeltje te steken, als een struisvogel in het zand?

– Juffrouw Ransom...

– Ik heb nooit gepretendeerd een wetenschapper te zijn, vervolgde ik. Toen ik op de middelbare school zat had ik een 7 voor natuurkunde en een 7,5 voor biologie. Maar het weinige dat ik bij die vakken leerde doet me wel vermoeden dat een tafelblad een kind net zomin tegen een nucleaire explosie beschermt als die paar haren op uw hoofd uw schedel tegen de zon beschermen.

Ik weet het. Het was niet erg christelijk om dat te zeggen. Maar mijn stekels stonden overeind. En ik had nog maar twee uur om mijn oven opnieuw op te warmen, mijn taarten af te maken en ze naar de kerk te brengen. Dus dit was geen moment om zoete broodjes te bakken.

En wat denk je: toen ik vijf minuten later het kantoor verliet, had Huxley ermee ingestemd dat, om de veiligheid van de scholieren te garanderen, een dappere ziel die Billy Watson heette werd benoemd tot inspecteur Duiken-en-schuilen. Voortaan zou Billy wanneer de schoolbel vijf keer achter elkaar ging zich niet onder zijn tafeltje verstoppen, maar met een klembord in de hand van klas naar klas lopen, om te controleren of alle anderen zich wel aan de regels hielden.

Zoals ik al zei ken ik Billy beter dan bijna iedereen, en weet ik hoe hij zichzelf in de nesten kan werken.

Dus had het me eigenlijk niet moeten verrassen dat ik, toen ik na driemaal kloppen de badkamerdeur opendeed, zag dat de badkraan liep, het raam openstond en Billy verdwenen was.

Emmett

Nadat hij ruim anderhalve kilometer over de bochtige zandweg had gereden begon Emmett te vermoeden dat hij een verkeerde afslag had genomen. De man bij het tankstation, die de Wolcotts van naam kende, had gezegd dat hij nog zo'n veertien kilometer Route 28 moest volgen en dan rechts afslaan bij een zandweg met aan weerszijden witte ceders. Emmett had op de kilometerteller de afstand gemeten en hoewel hij niet zeker wist hoe witte ceders eruitzagen, was de weg waar hij op uitkwam omzoomd met een soort naaldbomen, dus had hij die afslag genomen. Maar anderhalve kilometer verder was er nog steeds geen teken van een woonhuis. Gelukkig was de weg niet breed genoeg om er te kunnen keren dus reed hij maar verder, en een paar minuten later kwam hij bij een groot houten huis aan de rand van een meer – waarnaast Woolly's auto stond geparkeerd.

Emmett liet zijn Studebaker uitrollen tot achter de Cadillac, stapte uit en liep naar het meer. Het was laat in de middag en het water was zo stil, dat het oppervlak de pijnbomen van de tegenoverliggende oever en de verscheidene wolkjes in de lucht perfect weerspiegelde, waardoor de wereld een schijn van verticale symmetrie kreeg. Het enige teken van beweging kwam van een grote blauwe reiger die, verstoord door het dichtslaan van Emmetts autoportier, was opgevlogen vanuit het ondiepe water en nu geruisloos een halve meter boven het water scheerde.

Links van hem was een gebouwtje dat op een soort werkplaats leek, want dichtbij lag op twee bokken een sloep ondersteboven te wachten op de reparatie van een gat in de boeg.

Rechts van Emmett was het huis dat uitkeek over het grasveld, het meer en de steiger. Langs de voorkant was een grote veranda met schommelstoelen en een trap met brede treden die uitkwam op het gras. Boven aan de trap zou een hoofdingang zijn, wist Emmett, maar aan de andere kant van de Cadillac was een pad met aan weerszijden geverfde keien dat leidde naar een stoep en een open deur.

Emmett ging de stoep op, opende de hordeur en riep naar binnen.

– Woolly? Duchess?

Toen hij niets hoorde, ging hij naar binnen en liet de hordeur achter zich dichtvallen. Hij bevond zich in een rommelhal, met een hele verzameling vishengels, wandelschoenen, oliejassen en schaatsen. Alles in dat vertrek was keurig opgeborgen, behalve de Adirondack-tuinstoelen die midden op de vloer opgestapeld stonden. Boven een wapenkast hing een handgeschilderd bord met een lijstje regels, met als opschrift HET HUIS AFSLUITEN.

1. Slagpinnen verwijderen
2. Kano's bergen
3. IJskast leegruimen
4. Schommelstoelen binnenhalen
5. Vuilnis buitenzetten
6. Bedden opmaken
7. Rookkanalen sluiten
8. Ramen vergrendelen
9. Deuren op slot
10. Naar huis gaan

Emmett verliet de rommelhal en kwam de gang in, waar hij stilhield, luisterde en nog eens om Woolly en Duchess riep. Toen hij geen antwoord kreeg liep hij door en stak hij zijn hoofd om de deur van diverse kamers. De eerste twee leken onaangeroerd, maar in de derde waren op het vilt van een biljarttafel een keu en een aantal ballen achtergelaten, alsof iemand halverwege een partijtje was gestopt. Aan het eind van de gang kwam hij in een zitkamer met een hoog plafond, meerdere arrangementen van banken en stoelen, en een open trap die naar de eerste verdieping leidde.

Emmett keek vol bewondering rond. Het was een van de mooiste vertrekken die hij ooit had gezien. Veel meubilair was in de arts-and-craftsstijl, gemaakt van kersen- en eikenhout, perfect in elkaar gezet en met subtiele details. In het midden van het plafond hing een grote kroonluchter die net als de overige lampen kapjes van mica had, waardoor de ruimte bij het vallen van de avond in een warme gloed werd gezet. De open haard, de plafonds, de banken en de trap waren allemaal groter en hoger dan gebruikelijk, maar alles was in proportie met elkaar en bleef goed passen bij de menselijke maat, waardoor het vertrek knus en tegelijk royaal was.

Het was niet moeilijk te begrijpen waarom dit huis zo'n prominente positie in Woolly's beleving was blijven innemen. Het zou ook in Emmetts beleving een prominente positie hebben gehad, als hij de luxe had gekend om erin op te groeien.

Door een stel open deuren kon hij een eetkamer met een lange eiken tafel zien, en verderop in de gang kon hij deuren naar andere vertrekken zien, waaronder – aan het eind – een keuken. Maar als Woolly en Duchess in een van die kamers waren geweest, hadden ze hem moeten horen roepen. Dus ging Emmett maar naar boven.

Boven aan de trap ging de gang beide richtingen op.

Eerst bekeek hij de slaapkamers rechts. Hoewel ze verschilden in grootte en meubilair – sommige met tweepersoonsbedden, andere met eenpersoonsbedden, en een met stapelbedden – hadden ze allemaal een stoer soort eenvoud gemeen. In een huis als dit, begreep Emmett, werd je niet verondersteld lang in je slaapkamer rond te hangen. Je werd verondersteld beneden met de familie te ontbijten aan de lange eikenhouten tafel en daarna de rest van de dag buiten door te brengen. Geen enkele kamer zag eruit alsof die de afgelopen nacht gebruikt was, dus maakte Emmett rechtsomkeert en liep hij naar het andere eind van de gang.

Al lopende wierp hij een blik op de foto's aan de muur, met de bedoeling er maar terloops aandacht aan te besteden. Maar hij bleek steeds langzamer te gaan lopen, en uiteindelijk zelfs te stoppen, om ze van dichtbij te bekijken.

Hoewel de foto's in formaat verschilden, hadden ze gemeen dat ze allemaal van mensen waren. Er zaten groepsportretten en individuele portretten tussen, kinderen en volwassenen, sommige in beweging en andere in rust. Elk op zich waren ze niet eens heel bijzonder. De gezichten en de kleren waren tamelijk gewoon. Maar als geheel had deze wand met foto's in hun gelijkvormige zwarte lijsten iets heel benijdenswaardigs. En dat lag niet aan het zonnige weer en de zorgeloos lachende gezichten. Het was een kwestie van erfgoed.

Emmetts vader was ook in zo'n soort omgeving opgegroeid. Zoals hij in zijn laatste brief had geschreven, bestond datgene wat er van generatie op generatie werd doorgegeven niet alleen uit aandelen en obligaties, maar ook uit huizen en schilderijen, meubels en boten. En wanneer zijn vader weleens anekdotes uit zijn jeugd vertelde, leek er geen einde te komen aan de neven en nichten en ooms en tantes die rond de vakantietafel zaten. Maar op de een of andere manier, om redenen die nooit geheel waren verklaard, had Emmetts vader dat allemaal achter zich gelaten toen hij naar Nebraska verhuisde. Achter zich gelaten zonder een spoor.

Of bijna zonder een spoor.

Er waren de koffers op zolder met hun exotische stickers van buitenlandse hotels, de picknickmand met het ordelijk gerangschikte eetgerei, en het ongebruikte servies in de buffetkast – overblijfselen van het leven dat zijn vader had opgegeven om zijn Emerson-ideaal na te streven. Emmett schudde zijn hoofd, omdat hij niet wist of zijn vaders gedrag voor hem nu een reden voor teleurstelling of voor bewondering moest zijn.

Zoals gebruikelijk bij dit soort hartsaangelegenheden was het antwoord waarschijnlijk: allebei.

Naarmate hij verder de gang door liep kon Emmett aan de kwaliteit van de foto's en de kledingstijl zien dat ze teruggingen in de tijd. Ze begonnen ergens in de jaren veertig en gingen terug door de jaren dertig en twintig, helemaal tot in de jaren tien. Maar toen hij langs de wandtafel boven aan de trap kwam, werd die route omgekeerd en begonnen de decennia juist op te lopen. Op het moment dat hij was teruggekeerd tot de jaren veertig en nieuwsgierig naar een lege plek op de muur stond te kijken, hoorde hij ergens verderop in de gang zacht muziek klinken. Hij liep op het geluid af, langs enkele kamers, tot hij stilhield bij de een-na-laatste deur en luisterde.

Het was Tony Bennett.

Tony Bennett die zong dat hij van arm rijk zou worden, als je maar zei dat je om hem gaf.

Emmett klopte.

– Woolly? Duchess?

Toen hij geen antwoord kreeg, deed hij de deur open.

Het was weer zo'n eenvoudig ingerichte kamer, deze keer met twee eenpersoonsbedden en een commode. Op een van de bedden lag Woolly, met zijn kousenvoeten die voorbij het voeteneind staken, zijn ogen dicht en zijn handen over elkaar op zijn borst. Op het nachtkastje bevonden zich twee lege medicijnflesjes en drie roze pillen.

Emmett liep met een afschuwelijk voorgevoel naar het bed. Hij zei Woolly's naam, schudde zachtjes aan zijn schouder – en voelde dat hij stijf was.

– O, Woolly, zei hij, terwijl hij op het andere bed ging zitten.

Toen hij zich misselijk begon te voelen wendde hij zich af van het uitdrukkingsloze gezicht van zijn vriend en staarde naar het nachtkastje. Hij had het lichtblauwe flesje al herkend als Woolly's zogenaamde medicijn, en pakte het bruine glazen potje op. Hij had nooit gehoord van de medicatie die op het etiket stond, maar zag wel dat het aan Sarah Whitney was voorgeschreven.

Precies op die manier leidt de ene ellende tot de andere, dacht hij. Want hoe vergevingsgezind Woolly's zus ook was: dít zou ze zichzelf nooit kunnen vergeven. Terwijl hij het lege potje terugzette, klonk er op de radio een swingend maar ongepast jazznummer.

Emmett stond op, liep naar de radio en zette hem uit. Op de commode lagen naast de radio een oude sigarendoos en een woordenboek die overal vandaan hadden kunnen komen, maar er was ook een ingelijste foto tegen de muur gezet die alleen afkomstig kon zijn van de lege plek in de gang.

Het was een kiekje van Woolly als jongen die tussen zijn vader en moeder in een kano zat. Woolly's ouders – een knap stel van eind dertig – lieten allebei een peddel op het gangboord rusten, alsof ze op het punt stonden weg te varen. Aan Woolly's gezicht zag je dat hij een beetje nerveus was, maar hij lachte ook, alsof iemand buiten de foto, op de steiger, een gek gezicht naar hem trok.

Nog maar een paar dagen eerder, toen ze buiten het weeshuis op Duchess zaten te wachten, had Billy Woolly over hun moeder en het vuurwerk in San Francisco verteld, en toen had Woolly op zijn beurt verteld over de 4 juli-vieringen die zijn familie altijd hier op het kamp hield. Het kwam bij Emmett op dat deze foto van Woolly met zijn ouders in de kano weleens genomen kon zijn op precies dezelfde dag dat hij tussen zijn ouders naar het vuurwerk in Seward had liggen kijken. En misschien wel voor het eerst kreeg hij een flauw vermoeden van de reden waarom de reis westwaarts over de Lincoln Highway zo belangrijk voor zijn broer was geworden.

Emmett zette de foto zachtjes terug op zijn plek op de commode. Vervolgens ging hij, na nog een laatste blik op zijn vriend, op zoek naar een telefoon. Maar toen hij door de gang liep, hoorde hij van beneden metalig getik.

Duchess, dacht hij.

En het verdriet dat in hem was opgeweld sloeg om in een gevoel van razernij.

Hij ging de trap af en snelde door de gang in de richting van de keuken, wederom afgaand op de bron van een geluid. Hij opende de eerste deur links van hem en kwam in een vertrek dat leek op de werkkamer van een heer, maar dan in wanorde – met boeken die uit de kasten waren getrokken, bureauladen die openstonden en papieren die verspreid over de vloer lagen. Links van hem hing een ingelijst schilderij haaks van de muur, terwijl Duchess achter het schilderij in het wilde weg met een bijl vergeefs op het gladde grijze oppervlak van een wandkluis stond te hakken.

– Kom op nou, zei Duchess bemoedigend terwijl hij weer op de kluis insloeg. Kom op, schatje.

– Duchess, riep Emmett.

En toen nog eens, maar harder.

Duchess hield geschrokken zijn slag in en keek om. Maar toen hij Emmett zag kwam er direct een glimlach op zijn gezicht.

– Emmett! Man, wat ben ik blij je te zien!

Emmett vond Duchess' glimlach net zo ongepast als de jazzmuziek die in Woolly's kamer uit de radio had geklonken en hij voelde hetzelfde dringende verlangen om hem uit te zetten. Toen Emmett op Duchess afkwam, veranderde Duchess' uitdrukking van opgetogen in zorgelijk.

– Wat is er? Is er iets mis?

– Wat er mis is? zei Emmett, die verbijsterd bleef staan. Ben je niet boven geweest? Heb je Woolly niet gezien?

Opeens drong het tot Duchess door. Hij legde de bijl op een stoel en schudde met een plechtig gezicht zijn hoofd.

– Ik heb hem gezien, Emmett. Wat kan ik zeggen? Het is vreselijk.

– Maar hoe...? blèrde Emmett. Hoe kon je dat laten gebeuren?

– Laten gebeuren? herhaalde Duchess verbaasd. Denk je echt dat als ik had geweten wat Woolly van plan was, ik hem alleen had gelaten? Ik heb Woolly vanaf de eerste minuut dat ik hem ken in de gaten gehouden. Nog geen week geleden ging ik zelfs zo ver dat ik hem zijn laatste flesje medicijn heb afgepakt. Maar hij moet er nog een achtergehouden hebben. En vraag me niet hoe hij aan die pillen is gekomen.

In al zijn onmacht en razernij wilde Emmett Duchess de schuld geven. Hij wilde hem héél erg de schuld geven. Maar hij begreep ook wel dat het niet Duchess' schuld was. En toen kwam, als brandend maagzuur, de herinnering bij hem op aan Woolly's zus die hij had verzekerd dat alles wel goed zou gaan.

– Heb je op z'n minst een ambulance gebeld? vroeg Emmett na een poosje, waarbij hij zijn eigen stem hoorde haperen.

Duchess schudde zijn hoofd, met een gezicht alsof het om een futiliteit ging.

– Tegen de tijd dat ik hem aantrof was het al te laat. Hij was al ijskoud.

– Goed dan, zei Emmett. Ik ga de politie bellen.

– De politie…? Waarom zou je dat doen?

– We moeten het toch tegen iemand zeggen.

– Natuurlijk moeten we dat. En dat gaan we ook doen. Maar of we het nu doen of later maakt wat Woolly betreft niet uit. Maar voor ons maakt dat wel veel uit.

Emmett negeerde Duchess en liep naar de telefoon op het bureau. Toen Duchess doorhad waar Emmett op afstevende haastte hij zich dezelfde kant op, maar Emmett was hem voor.

Met een hand hield hij Duchess van zich af en met de andere nam hij de hoorn op, maar er klonk geen verbinding – de lijn moest voor het seizoen nog geactiveerd worden.

Toen Duchess besefte dat de telefoon niet werkte, ontspande hij zich.

– Laten we hier even rustig over praten.

– Kom mee, zei Emmett, en hij nam Duchess bij de elleboog. We gaan naar het politiebureau.

Emmett dirigeerde Duchess de werkkamer uit en de gang door, en luisterde amper naar Duchess die iets van uitstel probeerde te bepleiten.

– Het is vreselijk wat er is gebeurd, Emmett. Ik ben de eerste die dat toegeeft. Maar het is waar Woolly zelf voor gekozen heeft. Om zijn eigen redenen. Redenen die wij misschien nooit helemaal zullen begrijpen maar die we niet achteraf in twijfel moeten trekken. Wat nu van belang voor ons is, is om in gedachten te houden wat Woolly gewild zou hebben.

Toen ze bij de hordeur van de rommelhal waren gekomen draaide Duchess zich om en keek Emmett aan.

– Je had erbij moeten zijn toen jouw broer sprak over het huis dat hij in Californië wil bouwen. Ik heb Woolly nog nooit zo enthousiast gezien. Hij kon zich heel goed voorstellen hoe jullie twee daar samen zouden wonen. Als we nu naar de politie gaan – ik zweer het je, dan barst het hier binnen een uur van de mensen en kunnen we nooit afmaken wat Woolly in gang heeft gezet.

Met een hand opende Emmett de hordeur en met de andere duwde hij Duchess de stoep af.

Na een paar meter in de richting van de omgekeerde sloep te hebben gesjokt draaide Duchess zich ineens om, alsof hij een idee had gekregen.

– Hé! Zie je dat boothuis? Er is daar een werkbank met een hele verzameling beitels, vijlen en boren. Ik kon er niet mee overweg. Maar ik weet zeker dat jij die kluis binnen een paar minuten open hebt. En als we Woolly's fonds eruit hebben gehaald kunnen we samen een telefoon gaan zoeken. En als de ambulance dan onderweg is, kunnen wij naar Californië vertrekken, precies zoals Woolly wilde.

– *Wij* gaan helemaal nergens heen, zei Emmett met een rood wordend hoofd. Wíj gaan niet naar San Francisco, Los Angeles of Tinseltown. Mijn broer en ik gaan naar Californië. *Jij* gaat naar Salina.

Duchess keek Emmett ongelovig aan.

– Waarom zou ik in hemelsnaam naar Salina gaan, Emmett?

Toen Emmett geen antwoord gaf, schudde Duchess zijn hoofd en wees hij naar de grond.

– Ik blijf hier totdat ik die kluis open heb. En als je niet wilt blijven en meehelpen is dat jouw zaak. We leven in een vrij land. Maar ik kan je als vriend wel vertellen, Emmett: als je nu weggaat, is dat een beslissing waar je spijt van gaat krijgen. Want als je eenmaal in Californië bent, zul je zien dat een paar duizendjes je niet veel verder zullen helpen. Dan zou je willen dat je toch je deel van het fonds had gehad.

Emmett deed een stap naar voren en pakte Duchess bij zijn kraag, net zoals hij in het huis van de Whitneys had gedaan, alleen gebruikte hij nu beide handen en kon hij voelen hoe de stof strak om Duchess' keel ging zitten naarmate hij zijn vuisten draaide.

– Snap je het dan niet? siste hij door zijn tanden. Er is geen fonds. Geen erfenis. Geen geld in de kluis. Het is een sprookje. Een sprookje dat Woolly bedacht zodat je hem thuis zou brengen.

Met een gebaar van afschuw gaf hij Duchess een duw naar achteren.

Duchess struikelde over de keien die het pad omzoomden en viel in het gras.

– Je gaat naar de politie, zei Emmett, ook al moet ik je naar het bureau slepen.

– Maar Emmett, er is wél geld in de kluis.

Emmett draaide zich vliegensvlug om en zag zijn broer in de deuropening van de rommelhal staan.

– Billy! Hoe kom jíj hier?

Voordat Billy kon antwoorden veranderde zijn gezichtsuitdrukking van belerend in alarmerend, waardoor Emmett zich omdraaide – precies op het moment dat Duchess' arm in beweging kwam.

De klap was hard genoeg om Emmett onderuit te halen, maar niet hard genoeg om hem buiten westen te slaan. Hij voelde de koelte van bloed op zijn voorhoofd, herstelde zich en kwam weer overeind, op handen en knieën, net op tijd om te zien dat Duchess Billy het huis in duwde en de binnendeur dichtsloeg.

Duchess

Nadat Woolly de dag ervoor had erkend dat de notie van een cijfercombinatie hem wis en waarachtig volkomen was ontgaan, had hij gevraagd of ik niet een wandelingetje naar de steiger wilde maken.

– Ga jij maar vast, zei ik. Ik denk dat ik even alleen wil zijn.

Toen Woolly naar buiten was gegaan bleef ik een paar minuten met mijn handen in mijn zij naar overgrootvaders kluis staan kijken. Daarna vermande ik me en ging aan het werk. Eerst probeerde ik met mijn oor tegen de stalen deur en draaiend aan de knoppen het geklik van de radertjes te horen, net als in de film – wat dus net zo goed werkte als alles wat je uit films probeert na te doen.

Ik haalde de Othello-doos uit mijn schooltas en pakte het mes van mijn ouweheer. Ik was van plan de punt van het mes in de naad tussen de kluisdeur en de omlijsting te steken en dan heen en weer te wrikken. Maar toen ik mijn volle gewicht erop zette, begaf het lemmet het en brak het bij het heft af.

– Gesmeed, getemperd en gepolijst door een vakman in Pittsburgh: ammehoela, mopperde ik.

Vervolgens ging ik op zoek naar écht gereedschap. Ik opende elke keukenla en snuffelde in elke kast, en ging daarna naar de rommelhal, waar ik elk vakje en elke mand doorzocht: allemaal tevergeefs. Even overwoog ik met een van de geweren op de kluis te schieten, maar met mijn geluk zou ik dan waarschijnlijk zelf door een afgeketste kogel worden getroffen.

Zodoende ging ik naar de steiger, waar Woolly het uitzicht stond te bewonderen.

– Hé, Woolly, riep ik vanaf het land. Weet jij of er een gereedschapswinkel in de buurt is?

– Wat? vroeg hij terwijl hij zich omdraaide. Een gereedschapswinkel? Weet ik niet. Maar acht kilometer verderop is een algemene winkel.

– Perfect. Ik ben zo terug. Heb jij iets nodig?

Woolly dacht even na en schudde toen zijn hoofd.

– Ik heb alles wat ik nodig heb, zei hij met een Woollyaans glimlachje. Ik ga gewoon even wat rondlopen en dan uitpakken. Daarna dacht ik misschien een dutje te gaan doen.

– Waarom niet, zei ik. Je hebt het verdiend.

Twintig minuten later was ik de gangpaden van de algemene winkel aan het afstruinen en bedacht dat ze die zo noemen omdat ze in het algemeen alles hebben, behalve wat je zoekt. Het was alsof iemand een huis op zijn kop had gezet en leeggeschud totdat alles wat niet vastgespijkerd zat uit de deur was gekieperd: pannenlikkers, ovenwanten en eierwekkers, sponzen, borstels en zeep, potloden, schrijfblokken en gummetjes, jojo's en rubberen ballen. In een staat van consumentenwanhoop vroeg ik de eigenaar uiteindelijk of hij ook mokers had. Hij kwam niet verder dan een bolhamer en een setje schroevendraaiers.

Toen ik weer bij het huis kwam was Woolly al naar boven, dus ging ik met het gereedschap terug naar de werkkamer. Ik moet ongeveer een uur lang op die kluisdeur hebben staan rammen, met als enige resultaat een paar krasjes en een drijfnat hemd van het zweet.

Het uur daarop bracht ik door met het uitpluizen van de werkkamer, op zoek naar de cijfercombinatie. Ik dacht dat een gehaaide ouwe geldwolf als meneer Wolcott niet zo slordig zou zijn om de cijfercombinatie van zijn kluis over te laten aan de wisselvalligheden van het geheugen.

Vooral als je bedenkt dat hij meer dan negentig werd. Hij moest het ergens hebben opgeschreven.

Ik begon uiteraard met zijn bureau. Eerst ging ik door de lades, op zoek naar een agenda of adresboekje waar op de achterpagina een belangrijk nummer kon zijn genoteerd. Daarna trok ik de lades eruit en keerde ze om, om te zien of hij het misschien op een van de onderkanten had geschreven. Ik keek onder de voet van de bureaulamp en de onderkant van het borstbeeld van Abraham Lincoln, ook al woog dat ongeveer honderd kilo. Vervolgens stortte ik me op de boeken, die ik doorbladerde op een mogelijk verstopt briefje. Ik ging daarmee door tot ik me realiseerde dat het doorbladeren van alle boeken van de oude baas me de rest van mijn leven zou kosten.

Op dat moment besloot ik Woolly te gaan wekken – om hem te vragen welke slaapkamer van zijn overgrootvader was.

Toen Woolly eerder had gezegd dat hij een dutje zou gaan doen had ik daar niets bijzonders bij gedacht. Zoals ik al zei, had hij de vorige nacht weinig geslapen en had hij me bij zonsopgang al wakker gemaakt, om snel te vertrekken. Dus dacht ik dat een dutje doen precies was wat hij van plan was.

Maar op het moment dat ik de slaapkamerdeur opendeed, wist ik wat er aan de hand was. Ik had tenslotte al eens eerder op zo'n drempel gestaan. Ik herkende de schijn van orde – Woolly's spullen netjes op een rij op de commode, en zijn schoenen naast elkaar op de vloer aan het voeteneind. Ik herkende de onbeweeglijkheid – in contrast met de lichte beweging van de gordijnen en het gereutel van een nieuwsuitzending op de radio. En ik herkende de uitdrukking op Woolly's gezicht: net als bij Marceline was het een gezicht dat geluk noch verdriet uitstraalde, maar wel een zekere vrede suggereerde.

Toen Woolly's arm langszij was gevallen moet hij te ver heen of te onverschillig zijn geweest hem weer te heffen, want zijn vingers raakten net de grond, precies zoals toen in de HoJo. En net als toen legde ik zijn arm waar die hoorde – deze keer legde ik beide handen gekruist op zijn borst.

Eindelijk dan, dacht ik, waren de huizen, de auto's en Roosevelts allemaal naar beneden gedonderd.

– *Een wonder dat hij het zo lang heeft uitgehouden.*

Toen ik wegging zette ik de radio uit. Maar daarna zette ik hem weer aan, met het idee dat Woolly het de komende uren waarschijnlijk wel zou waarderen om af en toe een reclamespotje als gezelschap te hebben.

Die avond at ik bonen uit blik die ik wegspoelde met een warme Pepsi-Cola, het enige wat ik in de keuken aan eten kon vinden. En om Woolly's geest met rust te laten ben ik op de bank in de zaal gaan slapen. En toen ik 's morgens wakker werd, ging ik meteen aan de slag.

In de uren die volgden moet ik de kluis wel duizend keer geraakt hebben. Ik sloeg er met de hamer op. Ik sloeg er met een croquetstick op. Ik heb zelfs geprobeerd er met het borstbeeld van Abe Lincoln op te slaan, maar daarvoor had ik niet genoeg grip.

Rond vier uur 's middags besloot ik een bezoekje te brengen aan de Caddy, in de hoop er een bandenlichter te vinden. Maar toen ik het huis uit liep viel me op dat er in de omgekeerde roeiboot op de bok een flink gat in de boeg zat. Ik bedacht dat iemand hem daar zo had geplaatst om hem te repareren, dus ik ging het boothuis in om te kijken of daar gereedschap was dat van nut kon zijn. En ja hoor, achter alle peddels en kano's stond een werkbank met een hele reeks lades. Ik was wel een halfuur bezig om die grondig te doorzoeken, maar het leverde alleen maar meer handgereedschap op dat me niet verder zou helpen dan dat van de winkel. Ik herinnerde me dat Woolly had gesproken over een jaarlijks vuurwerk op het kamp en haalde het boothuis overhoop op zoek naar explosieven. En net toen ik, moreel uitgeteld, op het punt stond weg te lopen, zag ik tussen twee haken aan de muur een bijl hangen.

Met een houthakkersfluitje op mijn lippen slenterde ik terug naar de werkkamer, ging daar voor de kluis in positie staan en begon met de bijl te zwaaien. Ik had de kluis nog geen tien keer geraakt of daar kwam opeens, uit het niets, Emmett Watson door de deur tevoorschijn.

– Emmett! riep ik uit. Man, wat ben ik blij je te zien!

En ik meende het. Want als ik iemand op deze hele wijde wereld kende die een manier kon bedenken om in die kluis te komen, was het Emmett wel.

Voor ik de situatie kon uitleggen nam het gesprek een andere wending – wat wel begrijpelijk was. Want Emmett had bij aankomst, toen ik in het boothuis was, niemand thuis getroffen en was toen naar boven gegaan, waar hij Woolly had gevonden.

Hij was er duidelijk van overstuur. Naar alle waarschijnlijkheid had hij nooit eerder een dood lichaam gezien, en zeker niet het lijk van een vriend. Dus ik kon het hem niet echt kwalijk nemen dat hij mij ergens de schuld van gaf. Dat doen mensen die overstuur zijn namelijk. Ze gaan wijzen. Ze wijzen naar wie er het dichtstbij staat – en gezien de manier waarop mensen samenkomen is dat eerder een vriend dan een vijand.

Ik herinnerde Emmett eraan dat ik degene was die de afgelopen anderhalf jaar een oogje op Woolly had gehouden, en ik kon zien dat hem dat rustiger maakte. Maar toen begon hij een beetje raar te praten. En raar te doen.

Ten eerste wilde hij de politie bellen. Toen hij merkte dat de telefoon niet werkte, wilde hij naar het politiebureau rijden – en hij wilde dat ik meeging.

Ik probeerde hem tot rede te brengen. Maar hij was zo gespannen dat hij me de gang door dirigeerde, de deur uit duwde en me tegen de grond sloeg, met de woorden dat er geen geld in de kluis zat, dat ik naar het politiebureau moest, en dat hij, indien nodig, me er anders wel heen zou sleuren.

Gezien de staat waarin hij verkeerde twijfel ik er niet aan dat dat precies was wat hij gedaan zou hebben – hoezeer hij dat later ook zou betreuren. Met andere woorden: hij liet me geen keus.

En het lot leek daarmee in te stemmen. Want toen Emmett mij neersloeg, landde ik op het gras met mijn hand zowat op een van die geverfde keien. En toen dook uit het niets ineens Billy op – net op tijd om Emmett af te leiden.

De kei die ik in mijn hand had was zo groot als een grapefruit. Maar ik wilde Emmett geen ernstig letsel toebrengen. Ik moest hem alleen voor een paar minuten afremmen, zodat hij de dingen weer in perspectief kon zien voordat hij iets onherroepelijks zou doen. Ik kroop een stukje opzij en pakte een kei die niet groter was dan een appel.

Die haalde hem wel degelijk onderuit toen ik hem ermee sloeg. Maar dat kwam meer door de verrassing dan door de kracht van de slag. Ik wist dat hij voor je het wist weer op de been zou zijn.

Ik bedacht dat als íémand Emmett tot rede kon brengen, het zijn broer moest zijn, dus ik rende de treden op, duwde Billy naar binnen en deed de deur achter ons op slot.

– Waarom heb je Emmett geslagen? riep Billy, die er meer overstuur uitzag dan zijn broer. Waarom heb je hem geslagen, Duchess? Je had hem niet moeten slaan!

– Je hebt helemaal gelijk, gaf ik toe, in een poging hem te kalmeren. Ik had dat niet moeten doen. En ik zweer je, ik zal het nooit meer doen.

Ik leidde hem een paar stappen weg van de deur, pakte hem bij de schouders en deed een poging tot een gesprek van man tot man.

– Luister, Billy: het is hier een beetje een klerezooi. De kluis is er, precies zoals Woolly zei. En ik ben het volkomen met je eens dat het geld erin zit, klaar om gevorderd te worden. Maar we hebben de cijfercombinatie niet. Dus we hebben wat tijd nodig, en Amerikaanse vindingrijkheid, en een goeie samenwerking.

Direct toen ik Billy bij de schouders had gepakt had hij zijn ogen gesloten. En voor ik halverwege mijn toespraakje was begon hij met zijn hoofd te schudden en herhaalde hij zachtjes zijn broers naam.

– Maak je je zorgen om Emmett? vroeg ik. Is dat het? Ik beloof je dat er geen reden tot bezorgdheid is. Ik heb hem amper geraakt. Hij kan elk moment weer op de been zijn.

Terwijl ik dat zei hoorden we gerammel aan de deurknop achter ons, en vervolgens Emmett die op de deur bonsde en onze namen riep.

– Zie je wel? zei ik terwijl ik de jongen de gang in stuurde.

Toen het bonzen op de deur ophield ging ik zachter praten, om vertrouwelijk over te komen.

– Het is namelijk zo, Billy, dat om redenen waar ik nu niet op in kan gaan, je broer de autoriteiten wil bellen. Maar ik ben bang dat als hij dat doet we nooit in de kluis komen, er geen verdeling zal zijn, en dat dat huis van jullie – dat van jou en Emmett en jullie moeder – nooit gebouwd gaat worden.

Ik meende dat ik een stevig pleidooi had gehouden, maar Billy bleef maar met gesloten ogen zijn hoofd schudden en Emmetts naam noemen.

– We gaan met Emmett praten, verzekerde ik hem, een tikje gefrustreerd. We gaan het allemaal met hem bespreken, Billy. Maar voorlopig zijn het alleen jij en ik.

En hopla, de jongen hield op zijn hoofd te schudden.

Daar zul je het hebben, dacht ik. Ik dring tot hem door!

Maar toen deed hij zijn ogen open en gaf hij me een schop tegen mijn scheenbeen.

Is dat niet kostelijk?

Even later stond ik op een been te hinken en rende hij de gang in.

– Jeminee, zei ik terwijl ik achter hem aan ging.

Maar toen ik bij de zaal kwam was hij weg.

Ik zweer het je, ook al was die jongen nog geen halve minuut uit mijn zicht geweest: hij was opgelost in het niets – als Lucinda de kaketoe.

– Billy? riep ik, terwijl ik achter de ene na de andere bank keek. Billy?

Van elders in het huis hoorde ik gerammel aan een andere buitendeur.

– Billy! riep ik tegen de zaal in het algemeen, met een groeiend gevoel van urgentie. Ik weet dat de escapade niet precies heeft uitgepakt als gepland, maar het is van belang dat we bij elkaar blijven en er samen uitkomen! Jij, je broer en ik! Allen voor een en een voor allen!

Op dat moment kwam uit de richting van de keuken het geluid van brekend glas. Iets later zou Emmett binnen zijn. Daar was geen twijfel aan. Omdat ik geen andere keus had ging ik regelrecht naar de rommelhal, en toen ik daar de wapenkast op slot aantrof, pakte ik een croquetbal en gooide die door de glazen ruit.

Billy

Nadat ze hadden ingecheckt in kamer 14 van het White Peaks Motel op Route 28 en Billy zijn rugzak had afgedaan, zei Emmett dat hij op pad ging om Woolly en Duchess te zoeken.

– Tot die tijd is het waarschijnlijk beter dat jij hier blijft, zei hij tegen Billy.

– Trouwens, wanneer ben jij voor het laatst in bad geweest, jongeman? zei Sally. Het zou me niet verbazen als dat nog in Nebraska was.

– Dat klopt, zei Billy met een knikje. De laatste keer dat ik in bad ben geweest was in Nebraska.

Terwijl Emmett zachtjes met Sally begon te praten deed Billy zijn rugzak op zijn rug en liep hij naar de badkamer.

– Heb je die tas daarbinnen echt nodig? vroeg Sally.

– Ik heb hem nodig, zei Billy met een hand op de deurknop, want mijn schone kleren zitten erin.

– Oké. Maar vergeet niet om achter je oren te wassen.

– Nee.

Toen Emmett en Sally doorgingen met praten liep Billy de badkamer in, sloot de deur en draaide de badkranen open. Maar hij trok zijn vuile kleren niet uit. Hij trok zijn vuile kleren niet uit, want hij zou niet in bad gaan. Dat was een leugen om bestwil geweest. Zoals dat wat Sally tegen sheriff Petersen had gezegd.

Na nog eens gecontroleerd te hebben of het afvoerputje wel open was zodat de badkuip niet zou overlopen trok hij de koorden van zijn rugzak goed strak, klom op de wc, duwde het schuifraam omhoog en glipte door het raam, zonder dat iemand het in de gaten had.

Billy wist dat zijn broer en Sally misschien maar kort met elkaar zouden praten, dus moest hij zo snel hij kon om het motel heen rennen, naar de plek waar de Studebaker stond geparkeerd. Hij had zo hard gerend dat toen hij in de kofferbak kroop en de klep dichtdeed, hij zijn hart in zijn borstkas tekeer kon horen gaan.

Toen Duchess Billy had verteld hoe hij en Woolly zich in de kofferbak van de auto van de directeur hadden verstopt, had Billy gevraagd hoe ze er weer uit waren gekomen. Duchess had uitgelegd dat hij een lepel had meegenomen, om de vergrendeling open te wippen. Zodoende had Billy voor hij de Studebaker in kroop zijn zakmes uit zijn rugzak gehaald. Daarna had hij ook zijn zaklantaarn gepakt, want het zou in de kofferbak donker zijn als de klep dicht was. Billy was niet bang in het donker. Maar Duchess had verteld hoe moeilijk het was geweest om het slot open te wippen zonder het te kunnen zien. *Het had maar zóveel gescheeld,* zei Duchess terwijl hij zijn duim en wijsvinger twee centimeter van elkaar hield, *of we waren helemaal terug naar Salina gereden zonder maar een glimp van Nebraska te zien.*

Billy deed zijn zaklantaarn aan en keek snel op Woolly's horloge hoe laat het was. Het was halfvier. Toen deed hij zijn zaklantaarn uit en wachtte. Een paar minuten later hoorde hij het portier open- en dichtgaan en het starten van de motor, en daar gingen ze.

§

Daarnet in de motelkamer, toen Emmett had gezegd dat het waarschijnlijk beter was als hij achterbleef, was Billy niet verrast geweest.

Emmett dacht vaak dat het beter was als Billy achterbleef wanneer hij ergens anders heen ging. Zoals toen hij het gerechtsgebouw in Morgen in ging om veroordeeld te worden door rechter Schomer. *Het lijkt me beter*, had hij tegen Billy gezegd, *dat jij hier buiten met Sally wacht.* Of toen ze in het station van Lewis waren en Emmett was gaan informeren naar de goederentreinen naar New York. Of toen ze op de West Side Elevated waren en hij Duchess' vader was gaan zoeken.

In de derde alinea van de inleiding van zijn *Compendium van Helden, Avonturiers en Andere Onversaagde Reizigers* zegt professor Abernathe dat de held vaak zijn familie en vrienden achterlaat als hij op weg gaat om een heldendaad te verrichten. Hij laat zijn familie en vrienden achter omdat hij ze niet aan gevaren wil blootstellen, en omdat hij zo moedig is om het onbekende in zijn eentje tegemoet te treden. Daarom dacht Emmett zo vaak dat het beter was als Billy achterbleef.

Maar Emmett wist niets van Xenos af.

In hoofdstuk 24 van zijn *Compendium* zegt professor Abernathe: *Zolang er grote mannen waren die grote zaken tot stand brachten, waren er verhalenvertellers die hun heldendaden met graagte boekstaafden. Maar of het nu Hercules of Theseus, Caesar of Alexander was: welke prestaties deze mannen ook leverden, welke overwinningen ze ook behaalden en welke tegenstand ze ook te boven kwamen, dat alles zou nooit mogelijk zijn geweest zonder de hulp van Xenos.*

Hoewel Xenos klinkt als een mogelijke naam van een historische figuur, zoals Xerxes of Xenofon, is Xenos helemaal geen persoonsnaam. *Xenos* is een Oudgrieks woord dat buitenlander en vreemdeling, gast en vriend betekent. Of kortweg: de ander. Zoals professor Abernathe zegt: *Xenos is degene die zich in zijn onopvallende kleren in de periferie ophoudt en die je amper ziet. In de loop der tijd is hij verschenen in veel gedaantes: als bewaker of assistent, koerier of page, als winkelier, ober of zwerver. Hoewel meestal anoniem, overwegend onbekend en maar al te vaak in de vergetelheid geraakt, verschijnt Xenos altijd op precies het juiste moment en op precies de juiste plek om zijn essentiële rol in de loop der gebeurtenissen te spelen.*

Om die reden had Billy, toen Emmett opperde dat het beter zou zijn als Billy achterbleef wanneer hij op zoek ging naar Woolly en Duchess, geen andere keus dan uit het raam te glippen en zich in de kofferbak te verstoppen.

§

Dertien minuten na hun vertrek uit het motel kwam de Studebaker tot stilstand en ging het portier van de bestuurder open en dicht.

Billy stond op het punt het slot van de kofferbak open te wippen toen hij benzine rook. Ze moesten bij een tankstation zijn, dacht hij, en Emmett vroeg naar de weg. Hoewel Woolly een grote rode ster op Billy's kaart had gezet om de locatie van het familiehuis aan te geven, was de kaart op een te grote schaal om de binnenwegen te bevatten. Dus Emmett wist wel dat hij in de buurt van Woolly's huis zat, maar hij wist niet waar het precies was.

Met gespitste oren hoorde Billy dat zijn broer dankjewel tegen iemand riep. Daarna ging het portier weer open en dicht en reden ze verder. Twaalf minuten later nam de Studebaker een afslag en begon hij steeds langzamer te rijden, tot hij stilstond. Toen werd de motor uitgezet en ging het portier van de bestuurder weer open en dicht.

Deze keer besloot Billy om minstens vijf minuten te wachten voor hij zou proberen het slot open te wippen. Hij richtte zijn zaklantaarn op Woolly's horloge en zag dat het nu 16u02 uur was. Om 16u07 hoorde hij zijn broer om Woolly en Duchess roepen, gevolgd door het dichtslaan van een hordeur. Emmett was waarschijnlijk het huis in gegaan, dacht Billy, maar hij wachtte nog twee minuten. Toen het 16u09 was, wipte hij de vergrendeling open en klom hij naar buiten. Hij stopte zijn zakmes en zaklantaarn weer in zijn rugzak, deed zijn rugzak weer op zijn rug en sloot de kofferbak, zonder geluid te maken.

Het huis was het grootste huis dat Billy ooit had gezien. Aan het uiteinde aan deze kant was de hordeur waar Emmett door moest zijn gegaan. Stilletjes beklom Billy de treden van de stoep, gluurde door de hordeur, ging naar binnen, en lette erop dat de deur niet met een klap achter hem dichtsloeg.

De eerste ruimte die hij binnenkwam was een opslagruimte met allerlei dingen die je buiten kon gebruiken, zoals laarzen en regenjassen, schaatsen en geweren. Aan de muur hing een bord met tien regels voor Het huis afsluiten. Billy zag wel dat de lijst was geschreven op volgorde van hoe je de dingen moest doen, maar hij verbaasde zich over het laatste punt, waar stond: *Naar huis gaan*. Het duurde even voor hij besloot dat het er als grapje bijgezet moest zijn.

Toen hij zijn hoofd om de hoek van de opslagruimte stak, zag hij aan het eind van de gang zijn broer die in een grote kamer naar het plafond stond te staren. Emmett deed dat soms: stilstaan en naar een kamer staren, om te begrijpen hoe die gebouwd was. Na een poosje ging Emmett via een trap naar boven. Toen Billy boven hem zijn broers voetstappen kon horen, sloop hij de gang door, de grote kamer in.

Zodra hij de open haard zag, die zo groot was dat iedereen eromheen kon zitten, wist Billy precies waar hij was. Door de ramen kon hij de veranda zien met het overhangende dak, waar je op regenachtige dagen onder kon zitten en waar je op warme zomernachten bovenop kon liggen. Boven zouden voldoende kamers zijn voor vrienden en familie die in de vakantie op bezoek kwamen. En daar in de hoek was de speciale plek voor de kerstboom.

Achter de trap was een kamer met een lange tafel met stoelen. Dat moest de eetkamer zijn, dacht Billy, waar Woolly het Gettysburg Address had gehouden.

Billy liep de grote kamer door, ging de tegenoverliggende gang in en stak zijn hoofd om de hoek van de eerste kamer waar hij langskwam. Het was de werkkamer, precies waar Woolly hem getekend had. Terwijl de grote kamer netjes en opgeruimd was, was de werkkamer dat niet. Het was er een bende, met overal verspreid boeken en paperassen en een borstbeeld van Abraham Lincoln op de vloer, onder een schilderij met het signeren van de Onafhankelijkheidsverklaring. Op een stoel bij het borstbeeld lagen een hamer en een paar schroevendraaiers, en op de voorkant van de kluis zaten allemaal krassen.

Woolly en Duchess moeten geprobeerd hebben om met de hamer en de schroevendraaiers in de kluis te komen, dacht Billy, maar dat zou niet lukken. Een kluis was van staal en ontworpen om ondoordringbaar te zijn. Als je een kluis met een hamer en schroevendraaiers kon openen, zou het geen kluis zijn.

Op de deur ervan zaten vier draaiknoppen, met elk de nummers 0 tot en met 9. Dat betekende dat er tienduizend verschillende combinaties mogelijk waren. Het was beter geweest als Duchess en Woolly alle tienduizend hadden uitgeprobeerd, te beginnen met 0000 en dan door tot 9999, dacht Billy. Dat zou minder tijd kosten dan te proberen hem open te breken met een hamer en schroevendraaiers. Maar het zou nog beter zijn om de combinatie die Woolly's overgrootvader had gekozen te raden.

Dat kostte Billy zes pogingen.

Toen de kluis eenmaal open was, deed die Billy denken aan het blik onder in de ladekast van zijn vader omdat daar ook belangrijke papieren in zaten – alleen waren er hier veel meer. Maar onder de plank met de paperassen telde Billy vijftien stapeltjes vijftigdollarbiljetten. Billy herinnerde zich dat Woolly's overgrootvader honderdvijftigduizend dollar in zijn kluis had gestopt. Dat betekende dat elk stapeltje uit tienduizend dollar bestond. Stapeltjes van tienduizend dollar in een kluis met tienduizend mogelijke cijfercombinaties, dacht Billy. Hij sloot de deur van de kluis en draaide zich om, maar draaide zich toen weer terug, om de draaiknoppen een draai te geven.

Hij verliet de werkkamer, liep verder de gang door en ging de keuken in. Die was netjes en opgeruimd, afgezien van een leeg frisdrankflesje en een blik bonen waar rechtop een lepel in stak, als het stokje van een lolly. Het enige andere teken dat er iemand in de keuken was geweest was de envelop die op de tafel tussen de zout- en peperstrooiers stond. De envelop, waarop *Openen in geval van mijn afwezigheid* stond, was daar achtergelaten door Woolly. Billy wist dat die daar door Woolly was achtergelaten omdat het handschrift op de envelop overeenkwam met het handschrift op Woolly's tekening van het huis.

Toen hij de envelop terugzette tussen de zout- en peperstrooiers hoorde hij het geluid van metaal op metaal. Hij liep op zijn tenen door de gang en keek om de hoek van de deur van de werkkamer, waar hij Duchess met een bijl op de kluis zag inslaan.

Hij wilde Duchess net gaan uitleggen over de tienduizend combinaties toen hij de stampende voetstappen van zijn broer de trap af hoorde komen. Billy rende snel de gang weer door en glipte de keuken in, uit het zicht.

Toen Emmett in de werkkamer was kon Billy niet horen wat hij zei, maar uit de toon kon hij wel opmaken dat Emmett kwaad was. Na een poosje hoorde Billy iets wat leek op een handgemeen en vervolgens kwam Emmett naar buiten en hield hij Duchess vast bij diens elleboog. Terwijl Emmett hem de gang door dirigeerde, sprak Duchess snel over iets wat Woolly voor zichzelf had gekozen, vanuit zijn eigen beweegredenen. Vervolgens dirigeerde Emmett Duchess de opslagruimte in.

Billy ging er snel maar geruisloos achteraan en gluurde net op tijd om de hoek van de deur om Duchess tegen Emmett te horen zeggen waarom ze niet naar de politie moesten gaan. Daarna duwde Emmett Duchess de deur uit.

In hoofdstuk 1 van het *Compendium van Helden, Avonturiers en Andere Onversaagde Reizigers* schrijft professor Abernathe, na het stuk waarin hij uitlegt waarom veel grote avonturenverhalen *in medias res* beginnen, over de tragische tekortkomingen van helden uit de klassieke Oudheid. *Alle klassieke helden,* zegt hij, *hoe sterk, wijs en dapper ze ook zijn, hebben in hun persoonlijkheid een bepaalde tekortkoming die tot hun ondergang leidt.* Bij Achilles was de noodlottige tekortkoming woede. Als Achilles kwaad was, had hij zichzelf niet in bedwang. Ook al was het voorspeld dat hij tijdens de Trojaanse Oorlog kon sneuvelen keerde hij, toen zijn vriend Patroclus was gedood, terug naar het slagveld, verblind door een zwarte, moordzuchtige razernij. En op dat moment werd hij getroffen door de giftige pijl.

Billy begreep dat zijn broer dezelfde tekortkoming als Achilles had. Emmett was niet roekeloos. Zelden verhief hij zijn stem of gaf hij blijk van ongeduld. Maar als er iets gebeurde wat hem kwaad maakte, kon zijn woede zó hoog oplopen dat dit leidde tot *een onbezonnen daad met onherroepelijke gevolgen.* Volgens Billy's vader had rechter Schomer gezegd dat Emmett zich daaraan schuldig had gemaakt toen hij Jimmy Snyder sloeg: *een onbezonnen daad met onherroepelijke gevolgen.*

Billy kon door de hordeur zien dat Emmetts woede inmiddels behoorlijk opliep. Hij kreeg een rood gezicht en hij schreeuwde, en had Duchess bij zijn kraag gevat. Hij riep dat er geen fonds was, geen erfenis, geen geld in de kluis. En toen duwde hij Duchess tegen de grond.

Dit moet het zijn, dacht Billy. Dit is het moment en de plaats waar ik moet zijn om mijn essentiële rol in de loop der gebeurtenissen te spelen. Dus opende hij de hordeur en zei tegen zijn broer dat er wél geld in de kluis lag.

Maar toen Emmett zich omdraaide, sloeg Duchess hem met een kei op zijn hoofd en viel Emmett op de grond. Hij viel op de grond net als Jimmy Snyder.

– Emmett! riep Billy.

En Emmett moest Billy gehoord hebben, want hij kwam op zijn knieën overeind. Daarna was Duchess ineens bij de deur en duwde hij snel pratend Billy naar binnen, waarna hij de deur op slot deed.

– Waarom heb je Emmett geslagen? zei Billy. Waarom heb je hem geslagen, Duchess? Je had hem niet moeten slaan.

Duchess zwoer dat hij het nooit meer zou doen, maar daarna begon hij weer snel te praten. Hij had het over iets wat hij een klerezooi noemde. En vervolgens had hij het over de kluis. En Woolly. En iets Amerikaans.

Toen Emmett op de deur van de opslagruimte begon te bonzen duwde Duchess Billy de gang in, en toen Emmett ophield met bonzen begon Duchess weer te praten, deze keer over de autoriteiten en het huis in Californië.

En opeens kreeg Billy het gevoel dat hij dit eerder had meegemaakt. De stevige greep van Duchess en de indringende toon waarop hij sprak gaven Billy het gevoel dat hij weer op de West Side Elevated was, in het donker, in de handen van pastoor John.

– We gaan met Emmett praten, zei Duchess. We gaan het allemaal met hem bespreken, Billy. Maar voorlopig zijn het alleen jij en ik.

Toen begreep Billy het.

Emmett was er niet. Ulysses was er niet. Sally was er niet. Opnieuw was hij alleen en verloochend. Verloochend door iedereen, inclusief zijn Schepper. En wat er vervolgens zou gebeuren lag helemaal aan hemzelf.

Billy deed zijn ogen open en schopte Duchess zo hard hij kon.

Op hetzelfde moment kon hij Duchess' greep voelen verslappen. Vervolgens rende hij de gang door. Hij rende de gang door tot aan de verstopplaats onder de trap. Hij vond de deur met het slotje precies op de plek die Woolly had aangeduid. De deur was ongeveer half zo groot als een normale deur en van boven driehoekig omdat hij onder de trap moest passen. Maar voor Billy was hij groot genoeg. Hij glipte naar binnen, trok de deur dicht en hield zijn adem in.

Vlak daarna kon hij Duchess zijn naam horen roepen.

Billy wist dat Duchess heel dichtbij was maar hem niet zou kunnen vinden. Zoals Woolly had gezegd dacht niemand er ooit aan in de verstopplaats onder de trap te kijken, omdat die zo dichtbij was.

Emmett

Na de deur van de rommelhal geprobeerd te hebben, die op slot bleek te zijn, rende Emmett naar de achterkant van het huis en probeerde hij de deur die bij de eetkamer uitkwam. Toen die op slot bleek, en vervolgens ook die van de keuken, had hij genoeg van het deuren proberen. Hij deed zijn riem af en wikkelde die om zijn rechterhand, met de gesp boven op zijn knokkels. Vervolgens sloeg hij een van de glazen ruitjes van de deur in. Met het metalen deel van de gesp tikte hij de overgebleven scherven die uit de sponning staken weg. Hij stak zijn linkerhand door het vrijgemaakte paneel en maakte de deur open. De riem liet hij om zijn vuist zitten, want hij dacht dat die nog weleens van pas kon komen.

Toen hij de keuken in liep zag hij in een flits Duchess aan het eind van de gang een hoek om rennen en de rommelhal in verdwijnen – zonder Billy.

Emmett ging er niet achteraan. Hij begreep dat Billy zich bevrijd moest hebben, dus het directe gevaar leek geweken. Wat hij nu voelde was onontkoombaarheid. Het maakte niet uit hoe hard Duchess rende of waar hij heen rende: het was onontkoombaar dat hij in Emmetts handen zou vallen.

Maar toen Emmett de keuken uit ging, hoorde hij glas breken. Het was niet het geluid van een ruitje maar van een grotere glasplaat. Even later verscheen Duchess aan het andere eind van de gang, met een van de geweren in zijn hand.

Dat Duchess een geweer had maakte voor Emmett niets uit. Langzaam maar zonder te aarzelen begon hij op Duchess af te lopen, en Duchess liep op hem af. Toen ze allebei zo'n drie meter van de trap stonden stopten ze, op zo'n zes meter van elkaar. Duchess hield het geweer met een hand vast, met de loop naar beneden gericht en zijn vinger aan de trekker. Uit de manier waarop hij het vasthield kon Emmett opmaken dat Duchess eerder een geweer had vastgehouden, maar ook dat maakte voor hem geen verschil.

– Leg dat geweer neer, zei hij.

– Dat gaat niet, Emmett. Niet voordat je gekalmeerd bent en weer verstandig praat.

– Ik prááť verstandig, Duchess. Voor het eerst in een week. Of je wilt of niet, je gaat naar het politiebureau.

Duchess keek oprecht teleurgesteld.

– Vanwege Woolly?

– Niet vanwege Woolly.

– Wat dan?

– Omdat de politie denkt dat je in Morgen iemand hebt neergeknuppeld, en daarna Ackerly het ziekenhuis in hebt geslagen.

Nu keek Duchess verbijsterd.

– Waar héb je het over, Emmett? Waarom zou ik iemand in Morgen slaan? Ik ben daar nog nooit van mijn leven geweest. En wat Ackerly betreft: de lijst met mensen die hem graag het ziekenhuis in willen slaan moet wel duizend pagina's lang zijn.

– Het doet er niet toe of je die dingen nou wel of niet hebt gedaan, Duchess. Wat ertoe doet is dat de politie dénkt dat je ze hebt gedaan – en dat ik er op een of andere manier bij betrokken was. Zolang ze jou zoeken, zoeken ze mij. Dus je moet jezelf aangeven en orde op zaken stellen.

Emmett deed een stap naar voren, maar deze keer hief Duchess het geweer zo hoog dat de loop naar Emmetts borst wees.

In zijn achterhoofd wist Emmett dat hij Duchess' dreiging serieus moest nemen. Zoals Townhouse had gezegd liep iedereen in de omgeving gevaar wanneer Duchess ergens zijn zinnen op had gezet. Of hij zich nu toelegde op het ontlopen van Salina of op het bemachtigen van het geld uit de kluis, of op wat er nog met zijn vader afgehandeld moest worden: in het vuur van de strijd was Duchess heel goed in staat om zoiets stoms te doen als het overhalen van een trekker. En als Emmett neergeschoten werd, wat zou er dan met Billy gebeuren?

Maar voordat hij de voors en tegens van deze gedachtegang kon overwegen, voor hij zelfs maar de kans kreeg om te aarzelen, zag hij in zijn ooghoek een gleufhoed op de zitting van een leunstoel, en de herinnering aan Duchess die in Ma Belle's salon aan de piano zat met zijn hoed zo arrogant op zijn achterhoofd bezorgde hem een nieuwe vlaag van woede, waardoor hij dat gevoel van onontkoombaarheid weer terugkreeg. Emmett zou Duchess te pakken krijgen en hem naar de politie brengen, en Duchess zou al snel terug op weg zijn naar Salina, of Topeka, of waar ze hem ook naartoe wilden sturen.

Hij begon weer te lopen, waardoor de afstand tussen hen afnam.

– Emmett, zei Duchess met een gezicht alsof het hem bij voorbaat al speet, ik wil je niet neerschieten. Maar als je me geen keus laat, schiet ik.

Toen ze drie stappen van elkaar af stonden bleef Emmett staan. Het was niet de dreiging van het geweer of het pleit van Duchess wat hem deed stilstaan. Het was het feit dat drie meter achter Duchess Billy was verschenen.

Hij moest zich ergens achter de trap hebben verstopt. Nu liep hij daar zachtjes vandaan, om te zien wat er gebeurde. Emmett wilde hem zonder dat Duchess het zou merken duidelijk maken dat hij terug moest naar zijn schuilplaats.

Maar het was al te laat. Duchess had Emmetts gezichtsuitdrukking zien veranderen en keek achterom. Toen hij zag dat het Billy was, deed hij twee stappen opzij en draaide zich vijfenveertig graden, zodat hij Emmett nog kon zien terwijl hij de loop van het geweer op Billy richtte.

– Daar blijven, zei Emmett tegen zijn broer.

– Ja, Billy. Verroer je niet. Dan verroert je broer zich ook niet, en ik ook niet, en kunnen we dit gezamenlijk bespreken.

– Maak je geen zorgen, zei Billy tegen Emmett. Hij kan me niet neerschieten.

– Billy, je weet niet wat Duchess wel of niet zal doen.

– Nee, zei Billy. Ik weet niet wat Duchess wel of niet zal doen. Maar ik weet dat hij me niet neer kan schieten. Want hij kan niet lezen.

– Wat? zeiden Emmett en Duchess tegelijk, de een verbaasd en de ander gekrenkt.

– Wie zegt dat ik niet kan lezen? wilde Duchess weten.

– Jij zelf, verklaarde Billy. Eerst zei je dat je van kleine letters hoofdpijn kreeg. Daarna zei je dat je van lezen in de auto misselijk werd. En daarna zei je dat je allergisch voor boeken was.

Billy keek Emmett aan.

– Hij zegt het op die manier, omdat hij zich er te veel voor schaamt om toe te geven dat hij niet kan lezen. Net zoals hij zich er te veel voor schaamt om toe te geven dat hij niet kan zwemmen.

Terwijl Billy sprak bleef Emmett naar Duchess kijken, en hij zag hem rood worden. Misschien van schaamte, dacht Emmett, maar misschien nog eerder van verontwaardiging.

– Billy, waarschuwde Emmett, of Duchess nou wel of niet kan lezen doet er nu niet toe. Laat dit maar aan mij over.

– Het doet er wel toe, Emmett. Het doet ertoe omdat Duchess niet weet wat de regels voor het sluiten van het huis zijn.

Emmett keek zijn broer even aan. Daarna keek hij naar Duchess – arme, misleide, analfabete Duchess. Emmett zette de laatste drie stappen, legde zijn hand op het geweer en rukte het uit Duchess' greep.

Duchess begon als een bezete te praten en zei dat hij nooit de trekker zou hebben overgehaald. Niet tegen een Watson. Nog in geen honderd jaar. Maar los van Duchess' gepraat hoorde Emmett zijn broer een enkel woord zeggen. Hij zei zijn naam, op een toon alsof hij hem ergens aan wilde herinneren.

– Emmett...

En Emmett wist het weer. Op het gazon van het plaatselijke gerechtsgebouw had Emmett zijn broer een belofte gedaan. Een belofte waaraan hij zich wilde houden. Dus terwijl Duchess doorratelde over alles wat hij nooit zou hebben gedaan, telde Emmett tot tien. En terwijl hij telde kon hij de drift voelen zakken en de woede voelen bekoelen, tot hij helemaal niet kwaad meer was. Vervolgens hief hij de kolf van het geweer en sloeg hij, uit alle macht, Duchess in het gezicht.

§

– Volgens mij moet je nu even hiernaar kijken, drong Billy aan.

Nadat Duchess tegen de vlakte was gegaan, was Billy naar de keuken gelopen. Toen hij even later terugkwam zei Emmett dat hij op de trap moest gaan zitten zonder een vin te verroeren. Daarna pakte hij Duchess onder de oksels en begon hij hem door de zitkamer te slepen. Hij was van plan hem via de rommelhal, de stoep en het gazon naar de Studebaker te slepen zodat hij hem naar het dichtstbijzijnde politiebureau kon rijden en hem daar voor de deur dumpen. Hij had nog geen twee stappen gezet toen Billy hem aansprak.

Emmett keek op en zag dat Billy een envelop vasthield. Zeker nog een brief van hun vader, dacht Emmett met lichte ergernis. Of nog een ansichtkaart van hun moeder. Of nog een kaart van Amerika.

– Ik zal er straks naar kijken, zei Emmett.

– Nee, zei Billy hoofdschuddend. Nee. Ik vind dat je er nu naar moet kijken.

Emmett liet Duchess op de grond vallen en liep naar zijn broer.

– Het is van Woolly, zei Billy. Om te openen in het geval van zijn afwezigheid.

Enigszins verbluft bekeek Emmett wat er op de envelop stond.

– Hij is toch afwezig? vroeg Billy.

Emmett had nog niet echt besloten of en hoe hij zijn broer over Woolly zou vertellen. Maar uit de manier waarop Billy *afwezig* zei, scheen hij het al te weten.

– Ja, zei Emmett. Hij is afwezig.

Emmett ging naast Billy op de trap zitten en opende de envelop. Er zat een handgeschreven notitie in, op een vel briefpapier van Wallace Wolcott. Emmett wist niet of deze Wallace Wolcott Woolly's overgrootvader, grootvader of oom was. Maar het deed er niet toe wiens briefpapier het was.

Het briefje was gedateerd op 20 juni 1954 en geadresseerd als *Aan wie dit aangaat*. Er stond in dat ondergetekende, gezond van lichaam en geest, een derde van zijn trustfonds van honderdvijftigduizend dollar naliet aan Dhr. Emmett Watson, een derde aan Dhr. Duchess Hewett, en een derde aan Dhr. William Watson – en dat ze ermee konden doen wat hun behaagde. Het was getekend met *Hoogstachtend, Wallace Wolcott Martin*.

Toen Emmett de brief dichtvouwde, realiseerde hij zich dat zijn broer over zijn schouder had meegelezen.

– Was Woolly ziek? vroeg hij. Zoals pa?

– Ja, zei Emmett. Hij was ziek.

– Dat dacht ik al, toen hij mij het horloge van zijn oom gaf. Want dat was een horloge om door te geven.

Billy dacht even na.

– Heb je dáárom tegen Duchess gezegd dat Woolly naar huis gebracht wilde worden?

– Ja, zei Emmett. Dat bedoelde ik.

– Ik denk dat je daarin gelijk had, zei Billy, instemmend knikkend. Maar je had het mis over het geld in de kluis.

Zonder op Emmetts reactie te wachten stond hij op en liep de gang in. Emmett volgde met tegenzin zijn broer het kantoor van meneer Wolcott in, naar de kluis. Bij de boekenkasten stond een meubel dat leek op de eerste drie treden van een trap. Billy sleepte het tot voor de kluis, klom erop, draaide aan de vier draaiknoppen en opende de deur.

Emmett was een moment met stomheid geslagen.

– Hoe weet jij de cijfercombinatie, Billy? Heeft Woolly je die verteld?

– Nee. Woolly heeft me die niet verteld. Maar hij vertelde wel hoezeer zijn overgrootvader van 4 juli hield, meer dan elke andere feestdag. Dus de eerste combinatie die ik probeerde was 1776. Toen probeerde ik 7476, want dat is een andere manier om 4 juli 1776 te schrijven. Daarna probeerde ik 1732, het geboortejaar van George Washington, maar toen herinnerde ik me dat Woolly's overgrootvader zei dat hoewel Washington, Jefferson en Adams de visie hadden gehad om de Republiek te stichten, het meneer Lincoln was geweest die zo moedig was die te perfectioneren. Dus probeerde ik 1809, het geboortejaar van president Lincoln, en 1865, het jaar dat hij stierf. Op dat moment besefte ik dat het 1119 moest zijn want 19 november was de dag van het Gettysburg Address. Hier, zei hij terwijl hij de treden afstapte, kom maar kijken.

Emmett schoof het trapje opzij en kwam bij de kluis, waar onder een plankje met paperassen in keurige stapeltjes duizenden gloednieuwe biljetten van vijftig dollar lagen.

Emmett sloeg zijn hand voor zijn mond.

Honderdvijftigduizend dollar, dacht hij. Honderdvijftigduizend dollar van meneer Wolcotts vermogen was nagelaten aan Woolly, en nu had Woolly het nagelaten aan hen. Hij had het nagelaten middels een laatste wilsbeschikking die naar behoren was getekend en gedateerd.

Er bestond geen twijfel over Woolly's bedoeling. In dat opzicht had Duchess het bij het rechte eind gehad. Het was Woolly's geld en hij wist precies wat hij ermee wilde doen. Karakterologisch ongeschikt bevonden om het zelf te gebruiken, wilde hij in zijn afwezigheid dat zijn vrienden het gebruikten al naargelang hun behaagde.

Maar wat zou er gebeuren als Emmett Duchess naar de Studebaker zou slepen en hem bij het politiebureau zou dumpen?

Hoe vreselijk Emmett het ook vond om toe te geven: Duchess had ook wat dat betreft gelijk gehad. Zodra Duchess in handen van de politie was en het duidelijk werd dat Woolly dood was, zouden de raderen van Emmetts en Billy's toekomst tot stilstand komen. Er zouden agenten en rechercheurs naar het huis komen, gevolgd door familieleden en advocaten. De omstandigheden zouden worden uitgezocht. De inventaris zou worden opgemaakt. Er zou aan bedoelingen worden getwijfeld. Er zouden eindeloos veel vragen worden gesteld. En elke gunstige wending van het lot zou met de grootste argwaan worden bezien.

Binnen enkele ogenblikken zou Emmett de deur van de kluis sluiten. Dat stond vast. Maar als de deur eenmaal dicht was, waren er twee verschillende toekomsten mogelijk. In de ene zou de inhoud van de kluis onaangeroerd blijven. In de andere zou de ruimte onder het plankje leeg zijn.

– Woolly wilde het beste voor zijn vrienden, merkte Billy op.

– Ja, inderdaad.

– Voor jou en mij, zei Billy. En ook voor Duchess.

§

Toen de beslissing eenmaal was genomen besefte Emmett dat ze snel aan de slag moesten om alles op orde te brengen en zo min mogelijk sporen achter te laten.

Nadat hij de kluis had gesloten gaf hij Billy opdracht om de werkkamer op te ruimen, terwijl hij de rest van het huis voor zijn rekening nam. Eerst haalde hij alle gereedschappen bij elkaar die Duchess had verzameld – de hamer, de schroevendraaiers en de bijl – en bracht die naar buiten, en via de kapotte sloep naar de werkschuur.

Toen hij weer binnen was ging hij naar de keuken. Woolly zou nooit bonen direct uit blik hebben gegeten, dus stopte Emmett het lege blik en het Pepsi-flesje in een papieren zak, om af te voeren. Daarna maakte hij de lepel schoon en deed die terug in de bestekla.

Het gebroken ruitje in de keuken baarde hem geen zorgen. De autoriteiten zouden denken dat Woolly het had ingeslagen om het afgesloten huis in te komen. Maar de wapenkast was wel een punt. Die kon weleens vragen oproepen. Ernstige vragen. Emmett zette het geweer terug op zijn plaats in de kast en haalde de croquetbal eruit. Vervolgens zette hij de stapel tuinstoelen zo neer, dat het leek of ze waren omgevallen, waardoor het glas van de wapenkast was gebroken.

Nu was het tijd om zich om Duchess te bekommeren.

Hij pakte hem weer onder zijn armen en sleepte hem door de gang, de rommelhal uit en het gras op.

Toen Emmett en Billy hadden besloten om hun deel van het geld te nemen en Duchess met zijn deel achter te laten, moest Emmett van Billy beloven dat hij Duchess niet méér zou toetakelen dan hij al gedaan had. Maar met elke minuut die voorbijging nam het risico toe dat Duchess zou bijkomen en voor een heleboel nieuwe problemen zou zorgen. Emmett moest hem ergens brengen waar hij zich nog een paar uur niet zou verroeren. Of in elk geval lang genoeg zodat Billy en Emmett hun klus konden klaren en al een eind op weg zouden zijn.

De kofferbak van de Cadillac? vroeg hij zich af.

Het probleem met de kofferbak was dat als Duchess bijkwam, hij er óf snel uit zou kunnen komen, óf helemaal niet. Beide uitkomsten waren onwenselijk.

– Shit, zei Emmett bij zichzelf.

De werkschuur?

Nee. Daarvan kon je de deuren niet van buitenaf op slot doen.

Hij keek naar beneden en zag dat Duchess zijn hoofd zachtjes van de ene naar de andere kant bewoog, alsof hij op het punt stond om bij te komen. Toen hij ook nog eens kreunde, keek Emmett over zijn schouder om zich ervan te vergewissen dat Billy niet in de buurt was. Daarna boog hij zich voorover, hield met zijn linkerhand Duchess bij zijn kraag omhoog en gaf hem met zijn rechterhand een dreun in zijn gezicht.

Nu Duchess weer tot rust was gekomen sleepte Emmett hem naar de schuur.

Twintig minuten later waren ze klaar om te vertrekken.

Zoals te verwachten was had Billy de werkkamer weer perfect op orde gebracht. Elk boek stond terug op zijn plank, elk papier lag weer op zijn stapel en elke la was weer op zijn plek. Het enige wat hij niet had teruggezet was het borstbeeld van Abraham Lincoln, want dat was te zwaar. Toen Emmett het oppakte en rondkeek naar een plek waar hij het kon neerzetten liep Billy naar het bureau.

– Hier, zei hij, en hij zette een vinger op de plek waar heel subtiel de omtrek van het voetstuk van het beeld was te zien.

Terwijl Billy bij de keukendeur wachtte, sloot Emmett de deuren naar de veranda en de rommelhal af en maakte hij nog een laatste ronde door het huis. Bij de slaapkamer boven bleef hij in de deuropening staan. Het was zijn bedoeling om alles precies zo achter te laten als hij het had aangetroffen. Maar toen hij het lege bruine potje zag, pakte hij dat op en stak het in zijn zak. Daarna nam hij voor de laatste keer afscheid van Wallace Woolly Martin.

Toen hij de deur dichtdeed zag hij op een stoel zijn oude schooltas en realiseerde hij zich dat de tas die hij Duchess had geleend ook nog ergens in huis moest zijn. Hij keek alle slaapkamers na en vervolgens de zitkamer, waar hij de tas op de vloer naast een bank vond, waar Duchess de nacht moest hebben doorgebracht. Pas toen hij naar de keuken ging om zich bij Billy te voegen herinnerde hij zich de gleufhoed en haalde die alsnog van de leunstoel.

Toen ze vanuit de keuken langs de steiger liepen liet Emmett Billy zien dat Duchess er gezond en wel bij lag. Hij gooide Duchess' schooltas en hoed voor in de Cadillac. In de kofferbak van de Studebaker legde hij twee papieren zakken: een met de rommel uit de keuken en de andere met hun deel van Woolly's fonds. Toen hij de kofferbak sloot werd hij eraan herinnerd dat hij pas negen dagen geleden op dezelfde plek had gestaan, toen hij zijn vaders nalatenschap in ontvangst had genomen: het geld, en het citaat van Emerson – wat deels een excuus en deels een aansporing was. Na vierentwintighonderd kilometer in de verkeerde richting te hebben afgelegd en op het punt staand om nog eens achtenveertighonderd kilometer verder te reizen, was Emmett van mening dat hij een nieuw soort kracht in zich had, dat niemand behalve hij kon weten waartoe hij in staat was, en dat hij zich dat pas net was gaan realiseren.

Hij sloot de kofferbak, ging naast Billy voorin zitten, draaide de sleutel om en startte de auto.

– Ik had eerst gedacht dat we hier wel konden overnachten, zei hij tegen zijn broer. Maar zullen we in plaats daarvan Sally ophalen en op weg gaan?

– Dat is een goed idee, zei Billy. Laten we Sally ophalen en dan op weg gaan.

Terwijl Emmett in een boog achteruit reed om de auto op de oprit te zetten was Billy de kaart al aan het bestuderen – met een frons.

– Wat is er? vroeg Emmett.

Billy schudde zijn hoofd.

– Van hier is dit de snelste route.

Hij zette zijn vingertop op Woolly's grote rode ster en schoof die langs verscheidene wegen in een zuidwestelijke koers van het huis van de Wolcotts naar Saratoga Springs en Scranton, en vervolgens westwaarts richting Pittsburgh, waar ze uiteindelijk weer op de Lincoln Highway zouden komen.

– Hoe laat is het? vroeg Emmett.

Billy keek op Woolly's horloge en zei dat het één minuut voor vijf was.

Emmett wees naar een andere weg op de kaart.

– Als we teruggaan naar waar we vandaan kwamen, zei hij, zouden we onze reis op Times Square kunnen beginnen. En als we opschieten, kunnen we daar net op tijd zijn om alle lichten te zien aangaan.

Billy keek op met zijn ogen wijd open.

– Zou dat kunnen, Emmett? Zou dat echt kunnen? Maar is dat geen omweg?

Emmett deed alsof hij even moest nadenken.

– Wel een beetje een omweg, denk ik. Maar welke dag is het?

– Het is 21 juni.

Emmett zette de Studebaker in de rijstand.

– Dan hebben we dertien dagen om de oversteek te maken, als we tegen 4 juli in San Francisco willen zijn.

Duchess

Ik kwam weer bij bewustzijn met een gevoel alsof ik dreef – als iemand die op een zonnige middag in een roeiboot zit. En wat bleek: dat was precies waar ik zat, in een boot, op een zonnige middag! Ik schudde met mijn hoofd om weer helder te worden, zette mijn handen op het gangboord en hees mezelf overeind.

Het eerste wat me opviel, ik zal het ruiterlijk toegeven, was de prachtige natuur die ik voor me zag. Hoewel ik nooit zo'n veldmuis ben geweest – ik vind het grote buitengebeuren in het algemeen oncomfortabel en soms ook onherbergzaam – had dit landschap iets buitengewoon bevredigends, met al die pijnbomen die oprezen langs de oevers van het meer, het zonlicht dat met bakken uit de hemel werd gegoten en het wateroppervlak dat beroerd werd door een zacht briesje. Je ging onwillekeurig zuchten door al die grootsheid.

Maar dankzij de pijn in mijn achterwerk kwam ik weer bij zinnen. Ik keek omlaag en zag dat ik op een bergje geverfde keien had gezeten. Ik raapte er een op om die van dichtbij te bekijken en zag dat er niet alleen opgedroogd bloed op mijn hand zat, maar ook op de hele voorkant van mijn overhemd.

Toen wist ik het weer.

Emmett had me met de kolf van het geweer geslagen!

Hij was binnengestormd terwijl ik bezig was de kluis open te krijgen. We hadden een meningsverschil, iets van een handgemeen, en we gaven elkaar lik op stuk. Omwille van enig drama had ik met een geweer gezwaaid, min of meer in de richting van Billy. Maar Emmett had mijn bedoelingen verkeerd geïnterpreteerd, pakte mijn geweer af en gaf me ervanlangs.

Hij had misschien wel mijn neus gebroken, dacht ik. Wat zou verklaren waarom ik zoveel moeite had om door mijn neus te ademen.

Toen ik mijn hand uitstak om voorzichtig mijn verwonding te betasten hoorde ik het grommende geluid van een optrekkende auto. Ik keek naar links en zag de kanariegele Studebaker achteruitrijden, even stoppen en vervolgens de oprit van de Wolcotts uit scheuren.

– Wacht! riep ik.

Maar toen ik opzij leunde om Emmetts naam te roepen, dook de neus van de boot omlaag naar het water.

Ik dook terug en ging weer voorzichtig in het midden zitten.

Oké, dacht ik bij mezelf, Emmett heeft me met het geweer buiten westen geslagen. Maar daarna heeft hij me in plaats van naar het politiebureau te brengen, zoals hij dreigde, zonder peddel in een roeiboot op het meer gezet. Waarom zou hij zoiets doen?

Toen knepen mijn ogen zich samen.

Omdat die kleine wijsneus hem had gezegd dat ik niet kon zwemmen. Daarom. Door mij op het meer te laten dobberen, dachten de gebroeders Watson alle tijd te hebben die ze nodig hadden om in de kluis te komen en Woolly's erfenis voor zich op te eisen.

Maar net toen ik deze akelige gedachte had – een gedachte waarvoor ik nooit genoeg boete zal kunnen doen – zag ik in de boeg de stapels geld.

Emmett was inderdaad in de kluis van de oude baas gekomen, zoals ik al had gedacht. Maar in plaats van me met lege handen te laten zitten, had hij mijn rechtmatige deel hier voor mij achtergelaten.

Het was toch mijn rechtmatige deel?

Ik bedoel: zo ziet vijftigduizend dollar er toch ongeveer uit? Nieuwsgierig als ik ben bewoog ik me naar de voorkant van de boot, om het geld snel even na te tellen. Maar terwijl ik dat deed ging door de verplaatsing van mijn gewicht de neus van de boot omlaag en begon er door een gat in de boeg water naar binnen te stromen. Ik ging gauw terug naar mijn plaats, waardoor de boeg omhoog kwam en het binnenstromen stopte.

Dit was niet zomaar een roeiboot, besefte ik terwijl het water rond mijn enkels klotste. Dit was de roeiboot die bij het boothuis had gelegen om gerepareerd te worden. En daarom heeft Emmett de achterkant volgeladen met stenen. Om de kapotte boeg boven de waterlijn te houden.

Wat vernuftig, dacht ik met een glimlach. Een boot met een gat zonder roeispanen midden op een meer. Het had wel een opzetje van Kazantikis kunnen zijn. Het was nog mooier geweest als hij mijn handen op mijn rug had gebonden. Of me had geboeid.

– Goed dan, zei ik, helemaal klaar voor de uitdaging.

Naar mijn inschatting was ik nog geen honderd meter van de oever. Als ik naar achter leunde, mijn handen in het water stak en rustig peddelde, zou ik in staat moeten zijn vaste grond onder mijn voeten te bereiken.

Mijn armen over de achterkant van de boot steken bleek verrassend lastig en het water bleek verrassend koud te zijn. Eigenlijk moest ik om de paar minuten stoppen met peddelen, om mijn handen op te warmen.

Maar net toen ik voortgang begon te maken stak er een namiddagbries op, waardoor ik telkens als ik even ophield met peddelen terugdreef naar het midden van het meer.

Om dat te ondervangen begon ik sneller te peddelen en korter te stoppen. Maar het leek wel alsof het in reactie daarop harder begon te waaien. Zelfs zo erg dat een van de biljetten van de stapel geld weg fladderde en zo'n zeven meter verderop in het water landde. Daarna fladderde er nog een weg. En nog een.

Ik peddelde zo snel ik kon en nam geen pauzes meer. Maar de wind bleef waaien en de biljetten bleven de lucht in gaan en overboord dwarrelen, vijftig dollar per stuk.

Ik had geen andere keus meer, stopte met peddelen, ging staan en begon naar voren te schuifelen. Bij mijn tweede stapje ging de boeg iets te ver naar beneden en begon er water binnen te stromen. Ik deed een stap achteruit en het binnenstromen stopte.

Zoiets kun je niet behoedzaam doen, besefte ik. Ik moest een graai naar het geld maken en dan snel terug naar de achterkant, voordat er te veel water binnenboord kwam.

Ik ging stevig staan met mijn armen naar voren en maakte me klaar voor de duik.

De enige vereiste was behendigheid. Een snelle beweging in combinatie met enige subtiliteit.

Precies, dacht ik bij mezelf. De hele onderneming mocht hooguit tien seconden duren. Maar zonder Billy's hulp zou ik het aftellen zelf moeten doen.

Bij *Tien* zette ik de eerste stap naar voren en helde de boot naar rechts. Bij *Negen* maakte ik dat goed door naar links te stappen, en dook de boot naar links. Bij *Acht* verloor ik door al dat gewiebel en geslinger mijn evenwicht en viel ik naar voren, zodat ik boven op het geld landde en het water door het gat naar binnen gutste.

Ik reikte naar het gangboord en probeerde mezelf op te drukken, maar mijn vingers waren zo verkleumd van het peddelen dat ik mijn greep verloor, weer naar voren viel en met mijn gebroken neus tegen de boeg botste.

Jankend krabbelde ik in een reflex overeind, terwijl het ijskoude water rond mijn enkels naar binnen bleef gutsen. Omdat ik met mijn volle gewicht voorin in de boot stond en de achterkant dus omhoogkwam, rolden de geverfde keien naar mijn voeten, ging de boeg nog dieper en belandde ik halsoverkop in het meer.

Ik trapte met mijn voeten naar de diepte, sloeg met mijn armen op het wateroppervlak en probeerde diep in te ademen, maar kreeg in plaats van lucht een grote slok water binnen. Proestend en spartelend voelde ik hoe ik kopje-onder ging en hoe mijn lichaam begon te zinken. Ik keek omhoog naar de gevlekte waterspiegel en zag de schaduwen van de bankbiljetten die als herfstbladeren op het water dreven. Vervolgens dreef de boot over me heen, die een veel grotere schaduw wierp, een schaduw die zich naar alle kanten uitbreidde.

Maar net toen het leek alsof het hele meer in duisternis gehuld zou worden ging er een groot doek op en bleek ik op een drukke straat in een drukke metropool te staan, behalve dat iedereen om me heen een bekende van me was en iedereen onbeweeglijk stilstond.

Op een bank vlakbij zaten Woolly en Billy glimlachend naar de plattegrond van het huis in Californië te kijken. En daar had je Sally die zich over een kinderwagen boog, om het dekentje in te stoppen van het kind waar ze voor zorgde. En daar bij de bloemenkar was zus Sarah, die er droefgeestig en verlaten uitzag. En nog geen vijftien meter verder, bij het portier van zijn knalgele auto, stond Emmett, die er eerzaam en rechtschapen uitzag.

– Emmett, riep ik.

Maar terwijl ik dat riep, hoorde ik in de verte het luiden van een klok. Het was alleen geen klok, en ook niet in de verte. Het was het gouden horloge dat in mijn vestzakje was gestopt, en dat ik nu ineens in mijn hand hield. Ik keek naar de wijzerplaat en kon niet zien hoe laat het was, maar ik wist wel dat na nog een paar slagen de hele wereld weer in beweging zou komen.

Daarom nam ik mijn verkreukelde hoed af en maakte een buiging voor Sarah en Sally. Ik maakte een buiging voor Woolly en Billy. En ik maakte een buiging voor de enige, echte Emmett Watson.

En toen de laatste slag klonk, richtte ik me tot hen allen, om met mijn allerlaatste ademtocht te zeggen: *Wat volgt, is stilte* – net als Hamlet.

Of was het Iago?

Dat heb ik nooit kunnen onthouden.